# LA HERB[illegible]ERA

## Una joven curandera acusada de brujería

**Toti Martínez de Lezea**, nacida en Vitoria-Gasteiz en 1949, vive en Larrabetzu, un pequeño pueblo de Vizcaya, en compañía de su familia, rodeada de libros y objetos de artesanía de diversas procedencias.

Durante veinte años compaginó su profesión de traductora técnica con trabajos para teatro y televisión, donde escribió y dirigió más de mil programas infantiles.

Desde noviembre de 1998, año en el que vio publicada su primera novela, *La calle de la Judería,* esta autora prolífica, apasionada de la novela histórica, no ha dejado de escribir y de sorprender a sus lectores. Sus obras *Las torres de Sancho, La herbolera, Señor de la guerra, La Abadesa, Los hijos de Ogaiz, La voz de Lug, La Comunera, El verdugo de Dios, A la sombra del templo, La cadena rota,* así como *Los graffitis de mamá, Leyendas de Euskal Herria,* y las novelas juveniles *El mensajero del rey* y *La hija de la luna* han visto sucesivamente la luz con gran éxito.

Toti Martínez de Lezea

# LA HERBOLERA

## Una joven curandera acusada de brujería

MAEVA

Diseño de cubierta: ROMI SANMARTÍ
Fotografía de la autora y mapa: © ARITZ ALBAIZAR
Imagen de cubierta: NAUSICA, FREDERIC LORD LEIGHTON / AGENCIA COVER



1.ª edición: marzo de 2006
2.ª edición: agosto de 2006
3.ª edición: enero de 2007


Benito Castro, 6
28028 MADRID (España)
emaeva@maeva.es
www.maeva.es

ISBN-10: 84-96231-74-7
ISBN-13: 978-84-96231-74-0
Depósito legal: M-639-2007

Fotocomposición: G-4, S. A.
Impresión: Lavel, S. A.
Impreso en España / Printed in Spain

*A Alberto*

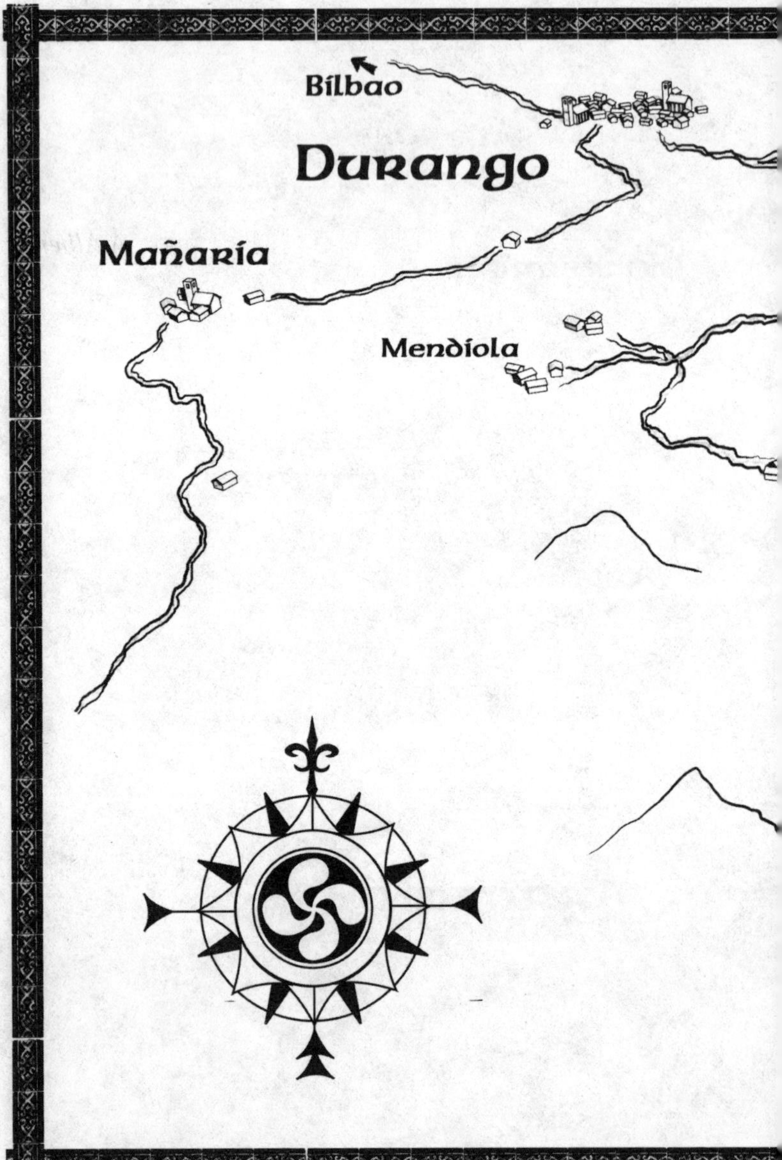
Bilbao
Durango
Mañaria
Mendiola

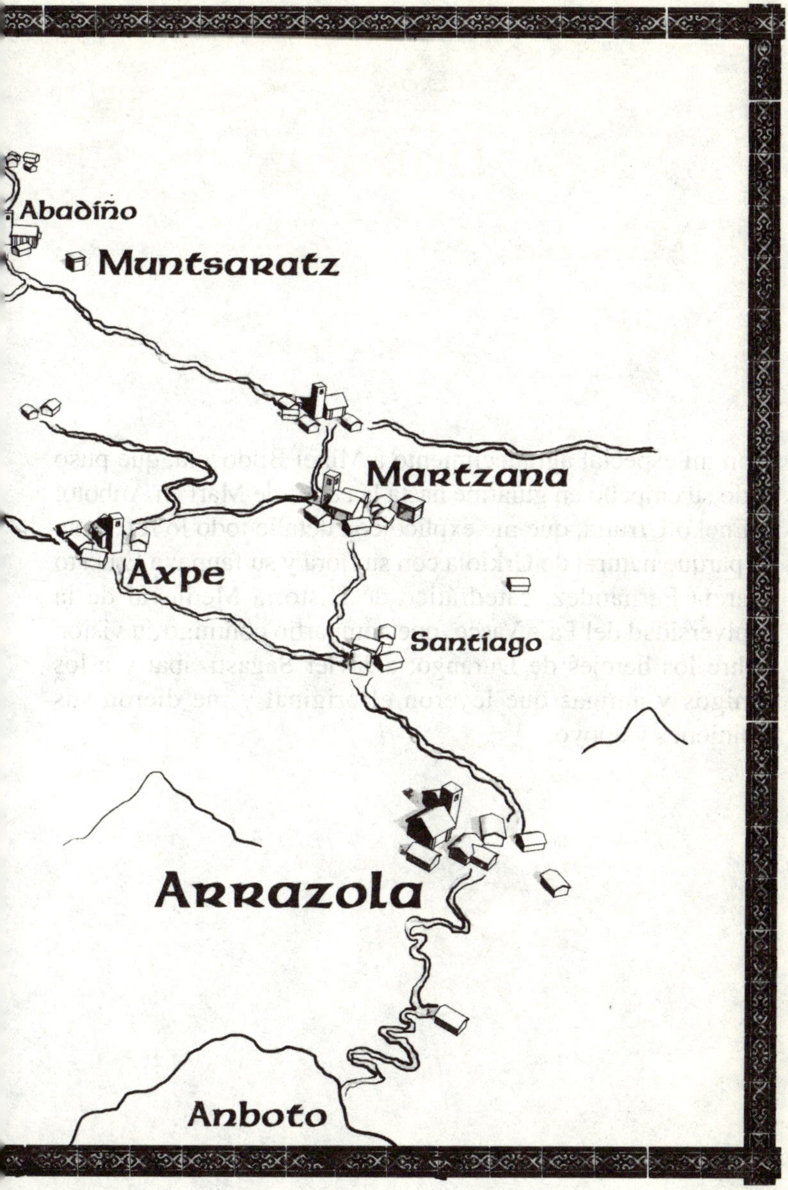
Abadiño
Muntsaratz
Martzana
Axpe
Santiago
Arrazola
Anboto

Con mi especial agradecimiento a Mikel Bildosola, que puso todo su empeño en guiarme hasta la cueva de Mari en Anboto; a Eneko Urrutia, que me explicó con detalle todo lo referente al parque natural de Urkiola con su flora y su fauna; a Ernesto García Fernández, catedrático de Historia Medieval de la Universidad del País Vasco, que compartió conmigo su visión sobre los herejes de Durango; a Javier Sagastizabal y a los amigos y amigas que leyeron el original y me dieron sus opiniones y apoyo.

*Dejemos las cosas comunes rimadas,*
*que riman y cantan por cada cantón,*
*de Circe, Tiresia, Medea, Jasón,*
*con las* Durangas de Embote* *nombradas.*
*Basta que sepas de cómo dañadas*
*son por sus obras en este caos,*
*tentaban las cosas del supero Dios*
*y fueron por lucha mortal derribadas,*
*no sólo por una caída mas dos.*

*(*Anboto)*

*El Cartujano, 1521*

*[...] y en las montañas y provincias de Vizcaya, de otros que llaman de la sierra de Amboto que tenían diabólicos errores [...]. En los cuales tratos también se entremeten, y mucho, unas falsas mujeres hechiceras que llamamos brujas y sorguiñas, las cuales hacen hechizos y maldades, tienen sus pláticas y tratos con los demonios [...]. En los procesos que se hicieron contra aquellos de la sierra de Amboto, se dice y confiesa por muchas personas haber visto al diablo y habládole, a veces en figura de cabrón, otras veces en figura de un mulo grande y hermoso [...] y dicen éstas que se reconciliaron y confesaron su error, que si algunas veces aparecía el diablo en figura de hombre, siempre traía alguna señal que demostraba su maldad, como un cuerno en la cabeza o en la frente, o algunos dientes de fuera que se salían fuera de la boca, o cosa semejante.*

*Arcediano don Pedro Fernández de Villegas, hacia 1510*

# Principales personajes de la novela

**Catalina de Goiena**, joven curandera y partera.
**Domenja**, abuela de Catalina.
**Graciana**, madre de Catalina.
**Miguel de Ausona, "Ixile"**, criado de la casa Goiena.
**Juan Ortiz de Gesala**, ayudante del escribano Unda.
**Bartolomé Martínez de Unda**, escribano de Tabira de Durango.
**Hernando Sánchez de Guinea**, visitador del Santo Oficio.
**Don Tomás de Arandia**, párroco de Santa María de Tabira.
**Don Alfonso de Arandia**, antiguo párroco de Santa María de Tabira.
**Don Diego de Olea**, médico de Tabira.
**Magdalena**, hija del escribano Unda.
**Juan López de Uría**, alcalde de Tabira.
**Íñigo de Muntsaratz**, banderizo y tío de Catalina.
**Josefa**, partera de Tabira.
**Maritxiki**, partera de Tabira.
**Marinatxo**, anciana acusada de brujería.
**Min de Olejua**, tabernero.

—¡Katalintxe! ¡Katalintxe!

Catalina alzó la cabeza al escuchar los gritos de su madre. Estaba sentada sobre la hierba mullida y verde de la loma, una corona de margaritas sobre sus cabellos cortos, los pies descalzos tintados de verdín y el cestillo lleno de flores silvestres sobre su regazo. Había corrido a su escondite secreto como de costumbre, en cuanto pudo escapar de sus tareas diarias: barrer, ordeñar a las cabras, dar de comer a las gallinas, recoger los huevos y soltar a los perros. Aquél era un lugar encantado que sólo ella conocía. Ella y la Dama que habitaba en una cueva del monte sagrado.

La silueta del Anboto se recortaba sobre el claro cielo de primavera. Como siempre que la Dama se hallaba en él, hilos de nubes entrelazados cubrían su cumbre ocultándola de la vista de los mortales, rodeándola de misterio. Desde el comienzo de los tiempos, los habitantes del valle habían dirigido cada día sus miradas hacia la cúspide, suspirando aliviados cuando comprobaban que estaba cubierta porque sabían entonces que la diosa estaba en su casa y podían contar con su protección, y descorazonados por la incertidumbre de su regreso cuando aparecía limpia porque ello significaba que Mari había acudido a alguna de sus otras moradas en Zaldiaran, Aketegi, Murumendi, Akelarre, Lezea o Azalegi.

Catalina acudía a su lugar secreto con la esperanza de ver algún día a la Señora. Conocía los relatos que narraban desapariciones de jóvenes lo suficientemente osadas o inconscientes para entrar sin permiso en la morada de Mari. No había quedado rastro de ellas y únicamente algunas veces, y mucho tiempo después, aparecía una prenda, un pañuelo o el anillo de alguna desventurada. No, ella no se adentraría en la cueva sin permiso, esperaría paciente a ser invitada, si es que algún día lo era. Entraría respetuosa, esperaría a que la Dama hablara y después se retiraría despacio, caminando hacia atrás, sin darle en ningún momento la espalda. Mientras, aprovechaba cualquier momento para acudir a aquel lugar, sentarse en la hierba de cara a la peña, tejer coronas de flores y hablar con la Dama como con una amiga íntima a la que nada se oculta.

A pesar de pertenecer a Arrazola, aldea situada a su vez a poco de Axpe, Abadiño y la importante villa de Tabira de Durango, los moradores del caserío Goiena siempre se habían sentido ajenos al resto del mundo. Nunca participaban en las fiestas, celebraciones y procesiones organizadas en el pequeño pueblo del valle de Atxondo, el más alto de todos, el más cercano a la peña. Pero si Arrazola estaba alto, ellos lo estaban aún más y vivían mucho más cerca de la Dama que ningún otro ser de la Tierra. Tal vez por ese motivo, por sentirse tan próximos a la diosa o, simplemente, porque para llegar hasta la casa era preciso subir una estrecha y empinada pendiente que exigía ciertas dosis de ánimo, pasaban meses sin que vieran a nadie conocido o desconocido. No sabían el nombre del señor de Vizcaya; por no saber, a veces ni siquiera conocían al alcalde de Arrazola y tampoco les importaba demasiado. No recibían visitas, ni las hacían. Durante generaciones, los antepasados de Catalina habían sido considerados las personas más hurañas de la anteiglesia y ellos habían procurado no perder tal fama.

Durante algunos años, en vida de la otra Catalina, la bisabuela, los Goiena habían dejado de estar tan aislados. El don de la anciana señora atraía como la miel a las moscas y raro era el día en que no se viera a hombre o mujer subir sudorosos la pendiente, a pesar de que luego tardaban algún tiempo en recuperarse del esfuerzo y del temor que ella les producía. La casa volvió a estar silenciosa tras su muerte, puesto que ni su hija ni su nieta habían heredado su talento.

Graciana de Goiena subía la loma, pero se detuvo al ver que la joven bajaba.

–¡La abuela quiere hablar contigo! –gritó, haciéndole un gesto para que apresurase el paso.

Era una mujer madura, pero aún joven, bien proporcionada y de rasgos armoniosos, aunque su mirada reflejaba una mezcla de bondad y tristeza que no dejaba de llamar la atención. Había trabajado duramente desde su niñez y no recordaba ni un solo día de su vida en que hubiera tenido tiempo para el ocio, siempre ocupada en las tareas que la obligaban a levantarse antes del amanecer y la mantenían en vela hasta muy entrada la noche. Lo único que nunca le cansaba ni aburría era el tiempo dedicado a las hierbas, aunque, a decir verdad, consideraba dicha actividad como parte del trabajo de la casa.

Había aprendido de su madre –quien a su vez lo había aprendido de la suya, y ésta de la suya– el arte de las herboleras. Conocía uno por uno los nombres de todas las hierbas, plantas y flores que crecían desde las laderas del Anboto hasta las campas de Abadiño; distinguía con los ojos cerrados la diferencia entre las hojas de la adelfilla y las del arraclán; podía predecir si un pequeño brote llegaría a germinar y ni la ceniza ni la grasa hacían desaparecer el verde de sus dedos y uñas. Lo que en otra persona hubiera, sin duda, constituido un pasatiempo o una curiosidad, en Graciana era algo elemental. La recogida de las hierbas en su momento más oportuno, su disposición en ramilletes atados y colgados en el desván, su preparación y aplicación no tenían secretos para ella, como tampoco los habían tenido para ninguna mujer del caserío Goiena durante varias generaciones.

Al nacer la joven Catalina, su abuela Domenja no pudo ocultar su emoción.

–¡Tiene el don! –exclamó feliz al contemplar a su nieta recién nacida.

–¿Cómo puedes saberlo? –preguntó Graciana.

–Porque lo sé. Lo veo en su mirada –respondió Domenja satisfecha–. Es el don de las mujeres de nuestra familia. Ni tú ni yo lo tenemos, pero la pequeña Katalintxe sí que lo tiene, ¡igual que mi madre!

Graciana no supo entonces si alegrarse o apenarse por la noticia. Recordaba vagamente a su abuela, una mujer enjuta, eternamente vestida de negro, parca en palabras y gestos. La recordaba moviéndose por la casa, ligera y silenciosa como un gato, musitando extrañas palabras, preparando compuestos de hierbas y otros elementos en una esquina de la cocina o poniendo sus manos en las personas desconocidas que subían hasta la casa para que ella aliviase sus males. Luego murió. Su madre solía decir con orgullo que jamás había habido en la comarca un funeral como aquél. Nada más morir repicaron las campanas de Arrazola, que fueron respondidas por las de Axpe y por las de todas las pequeñas iglesias, ermitas y conventos del valle. Se dijo entonces que las campanas habían repicado solas, que nadie había tirado de las sogas. Decenas de personas llegaron para el velatorio desde todos los rincones de Atxondo y aún fueron muchas más las que, al día siguiente, acompañaron el cadáver durante el entierro. Eran incontables los que le debían su salud y la de los suyos. Graciana se sorprendía a veces pensando que, en realidad, el motivo de tal multitud en los funerales de su abuela no había sido el agradecimiento, sino el deseo de ver con sus propios ojos que la enigmática señora estaba bien muerta. Que ella recordara, jamás la había besado y tampoco recordaba que alguna vez le hubiera sonreído. Por nada del mundo quería que su pequeña Katalintxe se le pareciera.

Aún se hablaba de ella en el valle a pesar de los años transcurridos. Muchos lamentaban que ninguna otra mujer de la familia hubiese heredado el maravilloso talento que le hacía predecir la salud o la enfermedad, e incluso la muerte; que le permitía conocer exactamente el mal que aquejaba al enfermo y preparar ungüentos, jarabes o tisanas que, si no en todas, en muchas ocasiones aliviaban el mal. No había en la zona ninguna otra herbolera-curandera capaz de sanar como ella unas fiebres con una tisana de hinojo y ajenjo, un mal de estómago con emplastos de harina de linaza y leche o una gangrena a base de lavados con agua de cocido de la dedalera. Pero era sobre todo su talento para predecir si un enfermo sanaría o no, lo que verdaderamente añoraban sus vecinos. Si la enfermedad tenía cura, ella la encontraba, y si no, ¿para qué molestarse en ir hasta Abadiño en busca del físico? Más valía dejar al enfermo en paz y ocuparse de los preparativos del entierro.

En un principio, Domenja se encargó de seguir suministrando algunos preparados que había aprendido a elaborar ayudando a su madre, pero pronto dejó de hacerlo. Sus conocimientos sobre las propiedades terapéuticas de las hierbas no eran mayores a las de cualquier otro. En todos los caseríos se disponía de una buena reserva de toronjil, ajenjo, malvavisco, borraja, cola de caballo, tomillo, corteza de cerezo silvestre y de sauce, hojas secas de zarzamora, hierba del señor San Juan y otras hierbas básicas para curar cualquier tipo de resfriados, dolor de muelas, males de mujeres o luxaciones. Por mucho que lo intentara, nunca llegaría a ser tan diestra y capaz, y su hija Graciana tampoco parecía tener una habilidad especial para la curación. Poco tiempo después nadie en Arrazola mencionaba a las dos últimas moradoras del caserío Goiena si no era para denostar su aislamiento y su ausencia de la iglesia.

Así estaban las cosas cuando Catalina nació. Su abuela y su madre estaban todo el día pendientes de ella. La primera esperaba ansiosa el momento en que la niña diera muestras del don que estaba segura tenía, la segunda veía en ella el reflejo del hombre que durante un tiempo había compartido su vida.

Fue un tiempo corto, demasiado corto, que le dejó un recuerdo enamorado y engrandecido, mezclado con un poso de amargura que, a veces, la despertaba en medio de la noche cubierta de sudor. Encendía entonces el candil y esperaba encontrarlo en el lecho, a su lado, desnudo y fuerte, extendiendo sus brazos para protegerla y entregarse a ella. Pero no era él, sino la pequeña criatura quien dormía a su lado, arrebujada y tranquila. Trataba de reconocer en su hija los rasgos del hombre amado y lloraba porque apenas si se acordaba de ellos. Los años habían borrado su huella, como el agua borraba las pisadas sobre el camino.

El padre y el abuelo de Catalina murieron en la misma emboscada que los parientes de la familia Butrón tendieron a los partidarios de Martzana de Axpe, familiares a su vez de los Abendaño, enemigos acérrimos de los primeros. Una de tantas confrontaciones que tenían lugar desde hacía varios siglos en tierras del Señorío, en Guipúzcoa, Álava y Navarra. Domenja y Graciana lloraron juntas, juntas enterraron a sus muertos y juntas afrontaron el futuro con la esperanza puesta en el vientre abultado de la más joven.

La niña nació en medio de una noche tormentosa en la que los rayos iban a estrellarse contra el Anboto. Tardó en llegar, como si no quisiera abandonar el refugio silencioso y acogedor que la había protegido durante sus primeros nueve meses de vida. Varias semanas después, las dos mujeres bajaron a Arrazola con la recién nacida en brazos. El párroco, don Miguel, no pudo reprimir un gesto de sorpresa al verlas entrar en la iglesia y ochenta pares de ojos se volvieron hacia la puerta. La última vez que habían sido vistas en la población había sido en el funeral de los muertos de Martzana, seis aquel día, y desde entonces había transcurrido más de un año. Ellas no habían bajado al pueblo, pero tampoco nadie había ido a visitarlas durante aquel tiempo. Un murmullo recorrió el recinto a medida que los presentes se apartaban para dejarles paso hasta el altar.

–Graciana de Goiena, ¿quién es la criatura que tienes en los brazos? –preguntó el clérigo en tono acusador.

–Es mi hija –respondió ella mirándole directamente a los ojos–. La he traído a bautizar.

–Es hija del pecado –dijo el párroco, alzando el tono de la voz para que todo el mundo pudiese escuchar bien claro sus palabras.

Se percibió un nuevo murmullo. Domenja se encaró a sus vecinos y el murmullo cesó. Después se giró de nuevo hacia el cura y fijó su mirada en él.

–Es hija legítima –su voz suave pero firme sonó amenazadora–. Martín de Muntsaratz, el marido de Graciana, fue su padre.

–¡No estaban casados como Dios manda! –tronó el hombre.

–Estaban casados ante los suyos.

–¡Pero no ante Dios! ¡Yo no les di el santo sacramento! –gritó nuevamente don Miguel.

Los vecinos esperaban el desenlace sin apenas respirar. Tendrían de qué hablar durante semanas, aunque aquella situación no era nueva para nadie. La Iglesia ponía gran empeño en acabar con las uniones no bendecidas por ella, pero seguía manteniéndose la antigua costumbre de la prueba prematrimonial, considerada por todos como un verdadero matrimonio si no se rompía. El caso de Graciana era muy similar al de otros muchos mayorazgos. Cuando el heredero o heredera estaban en edad de matrimoniar, los padres les buscaban pareja y en el momento en que llegaban a un acuerdo con la otra familia se celebraba un gran banquete al que eran invitados amigos y parientes y los dos dormían en el mismo lecho a partir de entonces. La otra boda, la de la iglesia, se celebraba cuando la pareja había tenido un primer hijo o incluso varios. Eso demostraba que ambos eran fértiles y que la casa y las tierras pasarían a sus descendientes. Podía ocurrir que el heredero de la casa muriese sin haber tenido hijos y entonces la propiedad pasara al extraño legalmente casado y la heredad, conservada durante varias generaciones, fuera a manos de gente ajena a la familia. Si pasados algunos años no había señales de preñez, la unión se disolvía y se buscaban nuevos enlaces.

Ni qué decir que a los ojos de la Iglesia semejante costumbre no dejaba de ser un concubinato repudiable. Todos, obispos, curas y frailes, llevaban su propia cruzada para atajar un uso a todas luces pagano, reminiscencias de un pasado aún no muy lejano. Pero así como la religión cristiana había acabado con muchas de las antiguas prácticas vasconas, aquélla, entre otras, estaba siendo un hueso duro de roer. Por mucho que vociferasen y clamasen que ningún buen creyente podía fornicar fuera del matrimonio consagrado, a la hora de tratarse de heredades, casas y dineros, ni el más cristiano de los vizcaínos estaba dispuesto a jugarse el futuro de la familia. Aunque –todo hay que decirlo– la mayoría llevaba el asunto con discreción, sin banquetes prematrimoniales, presentándose ante el cura con los hechos consumados. La boda y el bautizo solían celebrarse al mismo tiempo para desesperación de los clérigos y regocijo de las familias de los contrayentes.

–Con o sin tu bendición estaban casados –repitió Domenja en el mismo tono–. ¿Vas a bautizar a mi nieta o no?

Durante unos instantes pareció que el párroco iba a negarse.

–¿Cómo la llamaréis? –preguntó finalmente.

–Catalina, como su bisabuela –respondió ella con orgullo.

–¿Y los padrinos?

Domenja se volvió de nuevo, miró a la concurrencia e hizo una seña casi imperceptible. Dos hombres y dos mujeres se aproximaron al altar y Catalina de Goiena fue bautizada.

Un día, varios años después, la pequeña Catalina supo que uno de los corderos estaba muy enfermo y se echó a llorar. Su madre y su abuela corrieron hacia ella asustadas, les contó lo que ocurría y ellas se acercaron al animal, pero no vieron en él señal alguna de heridas, ni ojos vidriosos, ni mala respiración.

–El cordero está bien, cariño –dijo Domenja acariciando la cabeza de su nieta y deseando, aun sin atreverse a decirlo en voz alta, que la niña estuviera en lo cierto.

Dos días después el borreguito estaba muerto. Graciana lo encontró tumbado sobre un montón de paja seca, debajo del carro, y llamó a su madre. Comprobaron una vez más que no había herida aparente, ni mordisco de lobo, ni señal de enfermedad en el animal y lo enterraron rápidamente para evitar que la niña lo viera. Después la abuela Domenja sacrificó un carnero con sus propias manos, le extrajo las asaduras y se dirigió a la parte alta de sus tierras, la más cercana al Anboto.

La niebla cubría el valle transformándolo en un mar de aguas silenciosas y quietas, alterado únicamente por el sonido de los esquilones de ovejas y cabras que se desparramaban por las laderas, pero, en aquel lugar, el cielo estaba despejado y en la hierba brillaba el rocío de la mañana iluminado por los rayos del sol. Se aseguró de que la cumbre del monte estaba cubierta y sonrió sabiendo que la diosa se encontraba en su morada. Guió sus pasos hacia unos matorrales, tras unas rocas; con mucho cuidado dejó las asaduras en el suelo y durante un buen rato arrancó matas y hierbas hasta que sus manos estuvieron llenas de arañazos. Limpió la piedra con el delantal y depositó sobre ella las entrañas del carnero. Entonces se descalzó y sintió la fuerza de la tierra que ascendía por sus pies. Esperó un rato con los ojos fijos en un punto cercano a la cresta de la montaña, la entrada de la cueva de la Dama, que, más que verse, se intuía desde la lejanía; cerró los ojos, colocó sus manos encima de las asaduras aún templadas del animal e invocó a Mari ofreciéndole el sacrificio. Al igual que había hecho su madre muchos años atrás, al igual que lo habían hecho todas las mujeres de su familia desde tiempos remotos, al igual que ella misma hizo cuando nacieron su hija y su nieta.

Sintió que una ráfaga de aire helado la envolvía como un sudario y la transportaba por los aires hasta la cueva. Supo que caminaba a través de un estrecho pasadizo dentro de la montaña. La fuerza la empujaba hacia una zona luminosa que se abría al final del mismo y vio al llegar allí la figura resplandeciente de Mari que extendía sus brazos para recibir la ofrenda. Era tal su emoción y su congoja que únicamente fue capaz de emitir un sonido ronco al abrir la boca:

–Katalintxe...

Cuando despertó, el sol se hallaba en su punto más alto y ella se encontraba tumbada sobre la hierba, completamente empapada por la humedad. Se levantó con dificultad y dirigió una última mirada a la montaña. ¿Había tenido un desmayo? ¿Había soñado? Nunca antes había pasado por una experiencia similar, ni siquiera en la última ocasión, cuando fue a agradecer a la diosa el nacimiento de su nieta que tanta alegría le había causado después de tantas desgracias. Recogió sus abarcas para regresar a la casa y entonces se fijó en la piedra. Las asaduras del carnero habían desaparecido.

Catalina había acabado de bajar la pendiente y entró en la casa como una tromba, dirigiéndose directamente a la cocina.

–Abuela, ¿qué quieres? –preguntó con el rostro enrojecido por la carrera.

–Niña –dijo Domenja mirándole con seriedad–, ya eres una mujer y como una mujer debes empezar a comportarte.

La joven sonrió. ¿Iba acaso a decirle que tenía un marido para ella? Bien sabía su abuela, porque muchas veces habían hablado del asunto medio en serio medio en chanza, que no tenía prisa por casarse. Únicamente lo haría con un hombre al que amase. No en vano su madre le había relatado una y otra vez en la intimidad de la noche, cuando ambas esperaban a que el sueño llegara, lo mucho que había querido a su padre, lo apuesto y valiente que era, y la tristeza que embargaba su alma desde el día en que los bastardos de Butrón lo arrebataron de su lado. Había embellecido su recuerdo, lo había adornado con las más nobles prendas y lo había colocado en el altar de los dioses, para siempre hermoso, para siempre eterno. Y cuando ella le preguntaba por qué no se casaba de nuevo, respondía que no había sitio en su corazón para otro hombre que aquel que había sido y siempre sería su dueño. Ella quería un marido como su padre, bello como el amanecer, fuerte como el roble que sombreaba la entrada a la casa, que la rodease con sus brazos y le diera unos hijos tan hermosos como él.

Domenja también sonrió. Sabía exactamente lo que pasaba por la mente de su nieta, pero tiempo habría para bodas. A fin de cuentas, nadie diría que no a la única heredera de Goiena, una de las heredades más extensas de Arrazola y, por otra parte, tampoco tenía prisa por tener a un extraño viviendo en la casa.

–Katalintxe –dijo–, hora es de que empieces a poner en práctica el maravilloso talento que nuestra Dama tuvo a bien concederte.

La muchacha frunció el ceño, ¡ya estaba de nuevo a vueltas con aquello del talento! Total, porque había podido decir unas cuantas veces que este o aquel animal estaba enfermo, o porque se daba buena maña para curar las patas heridas de las ovejas, o porque ella sola se había ocupado del parto de la vaca *Zuria*, cuyo ternero venía de través, sin que le hubiera soltado una coz. ¡Pura casualidad!

–No lo es, niña –replicó Domenja a los pensamientos no expresados–. No es casualidad. Nunca pienses que lo es, ofenderías gravemente a la Dama y la desgracia podría abatirse sobre nuestra casa.

Pasó, una vez más, a relatarle el poder de la otra Catalina, la bisabuela, y el de otras muchas más mujeres de la familia que se habían visto bendecidas con el maravilloso don de curar, algo que no a todo el mundo le era dado, como bien podía verlo en ella misma y en su madre. Durante generaciones que se perdían en el tiempo, las mujeres de Goiena habían sido protegidas por la diosa. Sacerdotisas de los antiguos ritos, que iban perdiéndose de forma inexorable, habían respondido al extraordinario privilegio manteniendo las viejas creencias en el seno de su familia.

–Pero no basta con saber que alguien está enfermo y se va o no a curar –prosiguió Domenja–, también hay que saber de plantas y ungüentos, conocer la palabra justa en el momento oportuno, saber predecir cuándo la luna es favorable y cuándo no lo es, escuchar al viento y a la lluvia, reconocer los cuerpos con las manos y descubrir dónde está el mal. Son muchas las cosas –continuó con una sonrisa– que debes aprender y hora es ya de que empieces tu aprendizaje.

De nada valió que Graciana hablara con su madre y le insinuara que aún había tiempo, que Catalina era muy joven y que incluso le hiciera partícipe de la oculta zozobra que sentía.

–¿Qué dices, mujer? –preguntó la anciana malhumorada–. ¿De qué miedos hablas?

Le recordó el temor que los habitantes de Arrazola siempre habían sentido por la bisabuela y también por ellas mismas, que las tildaban de raras –como poco–, que procuraban pasar lejos de ellas e incluso cambiar de camino para no tener que atravesar las tierras de Goiena.

–Lo sabes bien, madre –insistió–, las gentes nos temen.

–¡Bobadas, Graciana! –exclamó la anciana–. Nos respetan, que no es lo mismo. Saben que no somos como ellas y la prueba es que todo el valle asistió al entierro de tu abuela y que muchos han sido los que han lamentado que ni tú ni yo poseyésemos su don. Mari se enojará con nosotras y con nuestra casa y nuestros descendientes si hacemos algo para evitar que Katalintxe desarrolle su habilidad. Entre el temor de las gentes y el enojo de la Dama, elijo lo primero.

No se habló más del asunto. La vida de la joven cambió de forma radical a partir de entonces. Pasaba largas horas con su madre aprendiendo los nombres y los tipos de plantas, matas, hierbas, hojas; cuáles eran venenosas y cuáles no; cómo y cuándo recolectarlas y guardarlas; cuáles eran más útiles frescas y cuáles secas. Con su abuela aprendió a preparar pomadas, ungüentos, jarabes y cataplasmas; cuál era el mejor remedio según el mal; qué palabras había que repetir mientras preparaba las mixturas y cuáles mientras se aplicaban al enfermo. Aprendió todo lo que las dos mujeres sabían. Cuando éstas vieron que conseguía con caricias y suaves palabras que el burro se tumbara en la hierba y se dejara limpiar, curar y coser la herida que se había hecho con un saliente de roca, sin apenas moverse, ni rebuznar, supieron que nada más podían enseñarle.

–Tiene que seguir aprendiendo con alguien que sepa más que nosotras –sentenció Domenja una tarde en que se hallaba sentada al lado del hogar.

–¿Quieres decir que tiene que marcharse? –preguntó Graciana horrorizada ante la idea.

–Sabe tanto como cualquier otro de por aquí y no aprenderá mucho más sin alguien que se lo enseñe. Tiene que marcharse.

Por un instante, Graciana pensó en enfrentarse a su madre, decirle que estaba cansada de hacer siempre lo que ella ordenaba y de tener que acatar sus decisiones, pero supo de antemano que de nada valdría su rebeldía y permaneció callada.

Acababa de transcurrir la procesión en honor a la Virgen y Hernando Sánchez de Guinea la había seguido con la vista desde la ventana del primer piso de la torre de Leriz, su residencia mientras permaneciera en Durango. Había tratado de vislumbrar algunos rostros de entre la masa de fieles que con actitud devota caminaban detrás de la imagen respondiendo a las letanías del párroco de Santa María, don Tomás de Arandia. Se abrió el cuello de la camisa y se abanicó con el documento que tenía en la mano; el verano estaba resultando inusualmente caluroso aquel año.

Su pensamiento voló al pasado, como a menudo hacía en los últimos tiempos. Se veía a sí mismo, cuarenta y cinco años más joven, cuando aún era sólo un mozalbete ansioso por emular a su padre y deseoso de llegar a ser como él. Otxoa Sánchez de Guinea, teniente del prestamero mayor de Vizcaya y de las encartaciones por el corregidor Ferrando de Mendoza, había acudido a Durango para acabar con el foco de herejía que llevaba larvándose en la merindad desde hacía años. Él, segundo de sus hijos, lo había acompañado y nunca en su vida se había sentido tan orgulloso como en aquellos momentos, cabalgando a su lado e imitando todos sus gestos.

¿Cómo habían podido llegar las cosas a tal punto? ¿Cuándo había comenzado todo aquel asunto y por qué razón había ocurrido algo semejante en una villa como tantas otras, cuyos habitantes se hallaban más preocupados por la subsistencia de cada día que por las polémicas religiosas que tenían lugar en otras regiones de Europa?

Los dos frailes franciscanos, causantes de todo aquello, habían llegado algunos años antes a Durango y se habían alojado en una pequeña casa en frente de San Pedro Apóstol de Tabira a pesar de que, al parecer, la familia de uno de ellos, Alonso de Mella, tenía una vivienda en propiedad en el propio centro de la villa. Sus comienzos habían sido discretos. Habían empezado por aleccionar al anfitrión, Pío de Ibarra, y a su familia, que pronto se convirtieron en seguidores de sus prédicas y no se cansaban de declarar a todo parroquiano que se acercaba a la taberna, con ánimos no precisamente evangelizadores, que aquellos dos santos varones representaban la verdadera Iglesia de Jesucristo, la Iglesia de los pobres.

Guinea se dirigió a un gran escritorio colocado en medio de la amplia habitación que le habían asignado y revolvió entre los diversos legajos que se desparramaban encima de él de forma desordenada. Tras un rato de búsqueda, encontró lo que quería y se dejó caer en una silla de cuero con antebrazos en cuyo respaldo había grabada una escena de caza. Leyó con atención el contenido del documento que tenía entre las manos, el mismo documento que había sido remitido por la diócesis de Calahorra cuatro decenios antes.

Según el informe, los dos frailes pertenecían a una secta herética, condenada por Roma en diversas ocasiones. Encontró en la última hoja una descripción detallada de los errores religiosos en los que incurría la dicha secta, pero antes se entretuvo en leer la historia de tan singulares personajes aparecidos en el Duranguesado no se sabía por qué razón, aunque habían conseguido quinientos simpatizantes en pocos años. La mayoría de sus seguidores eran campesinos, pequeños artesanos y mujeres, muchas mujeres, y el autor del informe apuntaba la posibilidad de que fueran las prédicas en favor de los pobres y en contra de las riquezas de la Iglesia lo que más les atraía.

–¡Cómo no iban a simpatizar! –exclamó Guinea al leer la última aseveración–. Con tanto diezmo y primicia y las obras que la Iglesia lleva a cabo sin parar, sólo los ricos sobreviven.

Recapacitó unos instantes antes de continuar con la lectura. En el fondo, él también estaba dc acuerdo con aquello de que la Iglesia no daba precisamente un buen ejemplo atesorando riquezas y poderes. ¿No había dicho Jesús que el Reino de los Cielos era de los pobres? Había hecho un viaje a Roma dos años antes y se había quedado atónito al contemplar las inmensas riquezas que atesoraban el Vaticano y los palacios de los cardenales. Estos últimos llevaban vestiduras de seda púrpura con largas colas sostenidas por pajes y criados; en sus dedos brillaban piedras preciosas engarzadas en enormes sortijas de oro macizo y de sus cuellos colgaban cruces de tal valía que una sola de ellas hubiera podido dar de comer a varias familias durante años. No eran ciertamente la mejor muestra de santidad y humildad cristiana.

Desvió de nuevo su vista hacia el documento. No quería perderse en un mar de cavilaciones que únicamente podían aportarle sensaciones desapacibles y un fuerte dolor de cabeza. Estaba allí para poner orden y perseguir a los criminales, no para juzgar el comportamiento de los prelados.

El escrito finalizaba enumerando las diversas maldades de la secta. No sólo se predicaba el compartimiento de bienes, sino que según la misma regla, la de que Jesús había sido pobre, los frailes también alentaban la unión entre hombres y mujeres sin que mediase el matrimonio entre ellos, puesto que el Hijo de Dios tampoco había estado casado y, sin embargo, había predicado el amor en todos sus aspectos. Además se les acusaba de celebrar misas nocturnas seguidas de orgías, o hacer saltar de mano en mano un recién nacido sobre una hoguera hasta «secarlo» para fabricar polvos con los que elaborar un bebedizo o quemarlo para mezclar sus cenizas con harina y elaborar hostias para sus misas sacrílegas.

Hernando Sánchez de Guinea dejó el escrito sobre la mesa con un gesto de fastidio y recordó las palabras de su padre.

–¿Por qué han tenido que llegar estos dos perturbados al corazón del señorío para causar más problemas de los que ya hay? –había exclamado el teniente del prestamero con contenida ira.

Éste acababa de regresar a Bilbao después de haber acompañado a Pedro de Abendaño a Otxandio y Aramaio, donde habían quemado la casa fuerte de Gómez de Butrón en el primero y veinte casas llanas en el segundo. Butrón, a su vez, lo había cercado en su casa de Zubilea y le había hecho pagar más de mil maravedíes por las quemas. Estaba preparando su desquite cuando el corregidor Mendoza lo envió a Durango a comprobar si era cierto que había una herejía, tal como el obispo de Calahorra aseguraba.

Su padre sentía un interés morboso por los herejes. Él, que había sido educado por una madre que creía a pies juntillas en todo lo que los clérigos le indicaban, no veía nada extraño en empozar a un ladrón, es decir, atarle una piedra al cuello y tirarlo a un pozo o al río hasta que se ahogara, instantes después de haber sido apresado. A fin de cuentas, hombres así eran delincuentes y más les valía estar muertos. Tampoco le importaba plantar batalla a los oñacinos y quemar sus casas. ¡No eran más que unos campesinos e incluso algunos de ellos pretendían sacudirse el yugo castellano y volver a Navarra como en los tiempos antiguos! Sin embargo, le horrorizaba y fascinaba a la vez el que alguien negara los dogmas de la Iglesia y estuviera dispuesto a dejarse quemar por ello.

–Imagina, Hernando –le dijo en aquella ocasión–, lo terrible que tiene que ser sentir el fuego mordiendo las carnes vivas y ¡todo por una idea!

–Vos también, padre –había respondido él–, estáis dispuesto a morir por defender vuestros derechos.

–Pero mis, nuestros, derechos pueden tocarse, medirse e incluso pesarse. Sin embargo, ¿por qué ese empeño en negar las verdades de la religión y exponerse a la tortura y a la muerte?

–Tal vez para esas gentes sus creencias representen tanto como para vos las vuestras... –se había atrevido a insinuar con cierta ironía.

Su padre no parecía haberse percatado del tono de su voz.

–¡Será interesante interrogar a esos sujetos y hacerles confesar sus crímenes contra la fe! –dijo guiñándole un ojo cómplice.

Luego recordó que, además de las herejías, el corregidor había enviado a su padre a investigar la delación de algunos seguidores de la secta que aseguraban que el tal Alonso de Mella quería alzarse en armas y fundar en Durango un estado independiente para poder llevar a cabo sus máximas con toda libertad. Cierto que como teniente del prestamero obtenía muchos beneficios concedidos por la Iglesia a él y a sus herederos, pero teniendo en cuenta que era el brazo derecho del corregidor, además de consejero del rey Juan II de Castilla, señor de Vizcaya, su preocupación política era más importante que la religiosa. ¡Sólo faltaba en el señorío una revuelta de carácter religioso!

Ixile, así llamado por ser la persona más callada del valle, dispuso el viejo carro, ató el burro a él y esperó paciente a la puerta del caserío. Domenja salió al poco con el porte majestuoso de una noble dama, vestida de negro, con una capa de lana verde oscuro, una toca blanca y unos zapatos de piel que únicamente calzaba en ocasiones muy especiales. El hombre la ayudó a subir al carro y le colocó una manta sobre las rodillas. Poco después salió Catalina, alegre como un cascabel, seguida por su madre, que llevaba su saco de viaje y no hacía más que secarse las lágrimas con el borde de su delantal.

–Venga, madre, es sólo por poco tiempo –dijo tratando de animar a la llorosa mujer.

–Ni por un poco de tiempo quiero yo separarme de ti, hija mía –respondió ésta entre suspiros–. Temo por ti.

–¿Por qué habrías de hacerlo? –preguntó la joven sin poder ocultar una sonrisa–. Sólo estaré fuera unos meses y volveré antes de que te des cuenta.

Cuando supo que iba a marcharse se sintió algo asustada. ¿Marcharse de Goiena?, ¿dejar a su abuela y a su madre? ¡De ninguna manera! Luego lo pensó mejor. Estaba condenada a vivir allí toda su vida, nunca conocería otros lugares ni otras gentes, nunca sabría cómo era el mundo fuera de su entorno... y ahora se le presentaba la oportunidad de salir durante algún tiempo, dejar Arrazola, donde no tenía ninguna amiga de su edad con quien intercambiar confidencias. Se sentía como un bicho raro las pocas veces que bajaba al pueblo y sabía que la gente hablaba de ella y la señalaba con el dedo, aunque esto, desde luego, jamás lo hacían si iba acompañada por su abuela. Era emocionante pensar que podría alejarse de todo ello durante una temporada. Su abuela no había dicho exactamente dónde pensaba dejarla, tenía que hablar con ciertas personas, dijo, pero a ella le daba igual y, además, también era muy excitante el hecho de hacer un pequeño viaje.

Corrió al escondite seguida de *Lista*, su perra, y se sentó exhausta ante la inmensa mole del Anboto. La montaña que la había visto nacer y crecer seguiría en el mismo sitio cuando volviera. La Dama también la esperaría. Llevaba esperando miles de años a todos aquellos que la adoraban y respetaban, a los que le hacían ofrendas y a los que le suplicaban su intercesión para que las cosechas fueran buenas, para que el pedrisco no destruyese los cultivos y las tormentas no arrasasen los campos recién sembrados. Los hombres ya no bailaban medio desnudos en torno a las hogueras las noches de luna llena invocando su nombre, ni las mujeres enterraban las placentas de sus partos solicitando su bondad para con el recién nacido, pero continuaba allí paciente, sabiendo que antes o después volverían a ella como lo hicieran sus antepasados, confiándole sus vidas, sus presentes y sus futuros e, incluso, los secretos más recónditos de sus corazones.

–Volveré, Dama, y te contaré lo que he visto y lo que he hecho. Cuida tú de la madre y de la abuela mientras esté fuera –suplicó antes de regresar a la casa cuando ya la tarde empezaba a declinar y el sol se ocultaba detrás de la inmensa peña rodeándola de sombras y fantasmas del pasado.

–Madre, ¡no llores o yo también me echaré a llorar! –dijo.

Y Graciana trató de sonreír entre las lágrimas que empañaban sus ojos.

Cogió el saco y subió de un salto al carro sin esperar a que Ixile la ayudara a hacerlo y se volvió para agitar su pañoleta en señal de despedida cuando el burro cogió la vereda que conducía a Arrazola.

Desde Goiena no era necesario atravesar el pueblo, pero Domenja indicó al hombre que guiara el carro hasta la plaza porque tenía que recoger el encargo de una parienta. Su llegada causó una gran expectación. Era domingo y la gente acababa de salir de la iglesia. A pesar del viento helado del norte que azotaba el lugar, los vecinos se entretenían conversando en el pórtico y sus aledaños cuando los vieron llegar. Catalina disfrutó observando sus caras asombradas, sabiendo que hubieran dado mucho de lo que poseían por conocer el destino de la señora de Goiena y de su nieta, acompañadas de aquel hombre a quien nadie era capaz de sacar ni una palabra. Don Miguel, el clérigo, que se entretenía con el alcalde y dos de los regidores, les lanzó una mirada furibunda. ¿Cómo se atrevía aquella mujer imposible a retarlo delante de todos sus feligreses? No solamente no había vuelto a la iglesia desde el bautizo de su nieta y de algún que otro funeral, sino que además se atrevía a viajar en domingo. ¿Hasta dónde llegaría su osadía? No sería él, se prometió, quien permitiera unos funerales cristianos el día en que el diablo se la llevara, cosa que no tardaría en ocurrir, vista su edad. Domenja lo miró fijamente y sonrió sabiendo lo que pasaba por la cabeza del clérigo, teniendo sus propios planes para cuando fuera a reunirse con sus muertos.

Dejaron atrás el pueblo y tomaron el camino hacia Abadiño, siguiendo el curso del río Arrazola.

–¿Ves aquel caserón de allí? –preguntó a su nieta al tiempo que señalaba con el dedo una maciza torre–. Es la torre de Martzana, tu abuelo era el hijo menor de esa torre, ¡maldita sea!

–¡Abuela!

–El hermano mayor de tu abuelo entró en pleitos con el de Butrón en apoyo de los Abendaño y llamó a todos sus parientes –explicó–. ¡Estúpidos! Fue una carnicería. Murieron todos, tu padre incluido, en la torre de Arandia, cerca de Tabira. –Domenja escupió al camino–. ¡Era un botarate como pocos!

–¿Quién?, ¿mi padre? –nunca le había escuchado palabras semejantes y era la primera vez que oía aquellos nombres.

–El hermano de tu abuelo, Pedro –aclaró la anciana–. ¡Inguma se lo lleve al infierno! Él no murió y se pudre lentamente, solo, en esa torre de las desgracias, que irá a parar a algún sobrino. Varias veces ha enviado recado a Goiena para que fuéramos a visitarlo, pero para mí está tan muerto como mi pobre marido.

Continuaron hacia Abadiño. Catalina no se cansaba de mirar y de preguntar a su abuela, quien respondía pacientemente acerca de esta casa, de aquellos campos, de aquella torre. Incluso Ixile, tan parco él, sonrió más de un par de veces al escuchar los entusiasmados comentarios de la joven.

–Y en esa otra torre nació tu padre.

Domenja señaló un hermoso edificio almenado.

–También era un hijo menor –aclaró de nuevo–, de los Muntsaratz.

–Abuela, ¡parémonos aquí! –rogó la joven.

–¿Para qué? –preguntó la mujer como si la petición hubiera sido la cosa más rara que hubiera oído en su vida.

–¿Cómo que para qué? –inquirió a su vez Catalina, extrañada de que le hiciera semejante pregunta–. Quiero ver la casa en la que nació mi padre. ¿No hay ningún pariente vivo, algún hermano, algún tío?

–La verdad es que no lo sé y tampoco me importa –replicó la anciana despectivamente–. De éstos pienso lo mismo que de los Martzana, jefecillos que creen que todo es válido y envían a sus parientes a morir en su lugar y que sólo me producen desprecio.

–Abuela...

–De acuerdo. Pararemos un rato para estirar las piernas, pero no pienses que voy a entrar en esa casa –afirmó Domenja tajantemente–. Nunca, desde la muerte de tu padre, se han interesado por tu madre ni por ti. Lo mismo les ha dado que estuvierais vivas o muertas.

La joven saltó del carro y corrió hacia el portón de la entrada. Antes de llegar, éste se abrió y un hombre con aspecto de pocos amigos apareció en el umbral.

–¡Hola! –saludó–. Me llamo Katalintxe y mi padre era hijo de esta casa.

El hombre la miró con atención, pero no abrió la boca.

–Mi padre se llamaba Martín de Muntsaratz –insistió.

Esta vez el hombre miró hacia el carro. Ixile estaba de pie, junto al burro, y Domenja paseaba arriba y abajo sin apartarse una pulgada de la cabalgadura. El individuo fijó la mirada de nuevo en la muchacha, dio media vuelta y le cerró la puerta en las narices. No había reaccionado la joven ante aquel gesto abrupto cuando la puerta se abrió de nuevo y apareció otro hombre con una sonrisa irónica en los labios.

–¿Así que tú eres la hija de mi hermano Martín? ¿No vendrás a reclamar la herencia? –preguntó casi gritando con voz cavernosa.

Catalina retrocedió un par de pasos, asustada ante la visión, y el hombre soltó una risotada que estuvo a punto de dar con ella en el suelo.

Íñigo de Muntsaratz era un gigantón capaz de impresionar a cualquiera, fuerte y robusto. Llevaba una larga melena hasta media espalda atada con una cinta de cuero al modo de los antiguos y una barba que le llegaba a medio pecho y se abría en dos partes desiguales desde la comisura izquierda del labio inferior hasta la mandíbula derecha, mostrando una cicatriz que aumentaba su terrorífico aspecto. Sus cejas espesas y sus ojos negros no ayudaban en nada a suavizar su apariencia. Él lo sabía y siempre disfrutaba del efecto que causaba en los demás.

Había estado desde su más temprana juventud pegado a la silla de su caballo y pocas eran las ocasiones en las que su mano se había visto libre del pesado espadón de doble filo que siempre llevaba consigo. Había acompañado a su padre, el abuelo de Catalina, en todas las peleas contra los de Butrón hasta el día en que el viejo Muntsaratz murió en un enfrentamiento en Gernika. Un Butrón lo atravesó con su lanza ante la impotencia de su hijo, que nada pudo hacer por salvarlo y que, a su vez, cayó bajo el tremendo golpe que le propinó otro oñacino y le abrió la mandíbula. Estuvo durante horas bajo el cadáver de su padre, notando cómo la sangre que le había dado la vida le resbalaba por el rostro e iba a unirse a la suya propia que manaba de la herida de la barbilla. Cuando regresó a casa, los suyos creyeron ver llegar a un espectro. Cubierto de sangre de pies a cabeza, con el cuerpo del muerto atravesado en la montura, las riendas en una mano y la espada en la otra, era la viva imagen de la muerte y no hubo quien no se santiguase ante la aparición.

Domenja se había acercado rápidamente al oír la pregunta del gigante.

–¡Íñigo! –le gritó antes de llegar hasta él–. ¡Mi nieta no necesita la herencia de Muntsaratz, tiene de sobra con la suya propia!

Era digno de ver el enfrentamiento de la menuda anciana y el hombretón que casi le doblaba en tamaño a lo alto y a lo ancho. Catalina los contemplaba atónita. Durante un instante pareció que su tío iba a responder, sus cejas se arquearon y sus ojos empequeñecieron hasta quedar casi cerrados, luego soltó de nuevo su risa sonora e hizo una pequeña inclinación.

–Domenja de Goiena, ¿cómo estás? –preguntó tratando de suavizar el tono de su voz.

–Mejor que tú, por lo que veo –respondió ella fijando su mirada en la barbilla marcada.

–Una herida ya vieja en el cuerpo, aunque no en el alma, te lo puedo asegurar –las aletas de su nariz se hincharon al decir esto–. Y ¿qué te trae por esta casa?

–A mí nada –aseguró Domenja–. Vamos a Tabira y Katalintxe ha tenido curiosidad por ver si aún quedaba vivo algún pariente de su padre.

Muntsaratz miró a la joven sonriéndole casi con amabilidad y ella no pudo evitar temblar de nuevo.

–Pues ya lo ves, muchacha, yo soy tu tío Íñigo y también tienes otro tío, Pedro, que anda en algún lugar de Castilla sirviendo a aquel rey –escupió al suelo con desprecio– en vez de estar aquí, junto a los suyos, que buena falta nos haría.

Catalina no sabía qué decir. Trataba de reconocer en aquel hombre temible algún rastro del padre hermoso, noble y bondadoso tantas veces descrito por su madre e intentaba hacerse idea de cómo habrían sido sus años mozos al lado de semejante hermano.

–Bueno, ¡nos vamos! –su abuela cortó en seco sus cavilaciones.

–¡Domenja! –exclamó el banderizo–. ¿Quieres ofenderme?

Esta vez le tocó a ella sorprenderse.

–¿Crees acaso que puedes llegar y marcharte así, sin más? –preguntó en tono amenazador–. Acabo de conocer a mi sobrina y ¿ya piensas en llevártela?

La anciana lo miró fijamente y apretó los labios antes de responder.

–Nació hace quince años –le recordó–. ¿Acaso se ha preocupado alguien en esta casa por saber qué había sido de la mujer de Martín? ¡Ganas me darían de reír si el asunto no fuera tan triste!

–Tal vez tengas razón, mujer –aceptó Muntsaratz de mala gana–. Pero lo hecho, hecho está y ahora quiero conocer a mi sobrina. Os quedaréis aquí esta noche y no se hable más.

No era una invitación, era una orden y así lo entendió Domenja al comprobar que se habían aproximado varios hombres de la casa y que incluso uno de ellos se había hecho cargo del burro y del carro y lo había atado bajo la tejabana donde se apilaban leños y sacos de mijo.

–Que así sea –respondió ella en el mismo tono–, pero mañana al amanecer partiremos hacia Tabira.

El gigantón soltó otra risotada y se hizo a un lado para dejar entrar a la suegra de su hermano, luego pasó el brazo por encima del hombro de su sobrina y la arrastró dentro de la casa.

Hernando de Guinea levantó la cabeza al escuchar unos golpes en la puerta.

–Adelante –respondió, molesto por la interrupción.

Su molestia se acrecentó al ver entrar en su escritorio a Bartolomé Martínez de Unda, notario y escribano del concejo, y al párroco, don Tomás de Arandia, que vestía un tabardo negro que le llegaba hasta los pies y que mostraba claras señales de no haber pasado en años por el tintorero. No le gustaban aquellos hombres. Había tenido oportunidad de intercambiar opiniones con ellos en un par de ocasiones. Eran intolerantes y obtusos y estaba seguro de que le iban a hacer su tarea mucho más difícil.

–Dios esté con vos –dijeron ambos al unísono.

Los saludó con un gesto de cabeza, se levantó y les mostró dos asientos al otro lado de la mesa. Luego volvió a sentarse.

–¿A qué debo vuestra visita?

–Los representantes de la villa y del cabildo desean saber cuáles van a ser vuestros pasos en el tema de los sectarios –dijo el clérigo sin más preámbulos.

Guinea se sintió actor de una obra de teatro ya representada con anterioridad. Miró atentamente al párroco. El parecido con su tío, Alfonso Pérez de Arandia, era el de dos gotas de agua. Calculó que su edad sería, más o menos, la de aquél cuando ocurrieron los hechos. Sabía que el antiguo párroco seguía vivo porque así le había informado el señor de Leriz. Según su anfitrión, el pobre hombre estaba loco de atar, pero, a pesar de su edad, cercana a los ochenta, su estado físico era inmejorable. Cuarenta y cinco años atrás don Alfonso se había dirigido a su padre en parecidos términos.

–Antes habrá que pillarles en los hechos... –había respondido el teniente del prestamero con cierta sequedad en su tono.

–¿Qué hechos? –don Alfonso había alzado imperceptiblemente la voz–. La denuncia se cursó hace un par de meses.

–Ya, pero convendréis conmigo en que todo sería mucho más fácil si les pilláramos con las manos en la masa, como vulgarmente se dice. Los delatores también eran sectarios, ¿no es cierto?

–Pero arrepentidos –afirmó el párroco–. Yo mismo he hablado con ellos y puedo dar fe de su arrepentimiento. Fueron inducidos en el error con falsas palabras y...

–¿Es cierto que ese fraile...?

–Alonso de Mella.

–¿Es cierto que ese Alonso de Mella es natural de Durango?

–Eso dicen algunos –afirmó don Alfonso muy a su pesar–. De hecho, su familia tiene una casa en Barrenkale, pero nadie recuerda haberlos visto por aquí. También dicen que es de Zamora o de Santander... ¡Quién sabe!

–Su padre era embajador real y sus hermanos son hombres notables... –el teniente del prestamero había revisado sus papeles antes de proseguir–. Juan de Mella es obispo de Zamora y se asegura que pronto será nombrado cardenal; Fernando de Mella es obispo de Lidda, en Palestina, y su otro hermano, Luis, es regidor...

–Y éste es un hereje –concluyó don Alfonso– y de los de la peor calaña. Antes de llegarse hasta estas tierras, anduvo predicando por Italia y fue detenido, aunque lo soltaron gracias a la mediación de su hermano.

–¿Cómo es posible que vos y los otros clérigos hayáis permitido que se establecieran aquí y consiguieran tantos adeptos? La villa no es tan grande. También me han informado de que sus seguidores proceden de los otros pueblos de la merindad...

El párroco había alzado las cejas al notar un cierto deje irónico en las palabras de su padre.

–Sus reuniones son secretas y nosotros no vamos por ahí metiendo las narices en casas ajenas –contraatacó.

–Pero –había insistido su padre– estaréis de acuerdo conmigo en que quinientos adeptos son muchos adeptos para pasar desapercibidos.

–Todos mis feligreses acuden puntualmente a los rezos de las vísperas y los domingos. Lo que hagan el resto de la semana es asunto suyo.

–Pero –el teniente del prestamero volvió a la carga disfrutando de un enfrentamiento en el que su oponente llevaba todas las de perder– ¿qué hay de esas mujeres que se dice que han abandonado a sus padres y a sus maridos?

–Cierto es. Lo han asegurado los cuatro colaboradores que han decidido denunciar sus malas prácticas.

–¿Es también cierto que entre los seguidores de los *fraticellos* hay muchas más mujeres que hombres?

–Así debe de ser según nuestras informaciones. –Arandia no estaba dispuesto a dar su brazo a torcer.

–¿Y dónde viven todas esas mujeres?

Por la expresión de su cara, estaba claro que el clérigo no sabía muy bien qué responder.

–Porque si todas esas mujeres han abandonado a sus familias, en algún sitio tendrán que vivir... –Su padre había sonreído al observar la consternación de su interlocutor–. ¿Y qué queréis que yo haga si no hay pruebas?

–Las hay, y en abundancia –había respondido el párroco en el mismo tono–. Hay declaraciones en número sobrado de familiares y vecinos de mujeres que han abandonado sus hogares.

–¿Y eso qué demuestra?

–Demuestra que han sido abducidas por los dos hijos de Satanás que se esconden tras sus hábitos religiosos.

–Con todo respeto, eso lo diréis vos –había afirmado el teniente del prestamero con cierto enfado–. Todo el mundo es libre de vivir donde quiera y si esas mujeres no estaban a gusto con sus maridos y han preferido abandonarlos, es asunto de ellas.

–¿Y qué me decís de las mozas?

–Asunto también de ellas y de sus familias.

La cólera había hecho enrojecer a don Alfonso de Arandia, las venas de su rostro se marcaban con toda claridad y parecían a punto de estallar.

–¡Viven amancebadas con los hombres de su secta! –gritó–. Rechazan el sagrado matrimonio, rechazan los sacramentos. Niegan la supremacía de la Iglesia de Roma. ¡Son piedra de escándalo!

–¿Les habéis visto vos en el momento del acto? ¿Podéis presentarme un testigo que pruebe con detalle que todo eso es cierto? –Su padre había decidido gritar también–. Por lo que yo sé, se trata de una comunidad religiosa, de un beaterio, y entre sus miembros hay personas de calidad como doña María de Muntsaratz y doña María Pérez de Mondragón. ¿Vais también a decirme que estas dos señoras cargadas de años se dedican a ayuntarse con frailes y villanos menesterosos?

–Esas dos señoras han perdido el seso o han sido embrujadas –afirmó Arandia convencido–. Sólo así puede entenderse que hayan decidido dejar sus confortables hogares por una pocilga y que hayan abandonado a los suyos para ir a escuchar las prédicas blasfemas de esos dos degenerados. Si vos no hacéis nada, otros tendrán que hacerlo.

–¿Me estáis amenazando?

–Os estoy advirtiendo. No podemos permitir que este estado de cosas siga igual por más tiempo. Vuestra obligación es descubrir y detener a los dos frailes y a todos sus seguidores –el enfado del párroco era patente–, que no sólo son herejes, sino que también amenazan a las almas puras de mi grey e intentan organizar una sublevación.

–En esto último estamos de acuerdo, abad –había respondido su padre con voz grave–. Y si me lo permitís, ahora debo escribir varios mensajes urgentes que no admiten dilación.

Hernando recordaba aún la mirada atónita y a la vez furiosa de Arandia al verse despedido de manera tan súbita. El párroco había hecho un amago de reverencia y había salido de la habitación sin tan siquiera haber dirigido una mirada al joven que esperaba cerca de la puerta a que finalizara la entrevista.

–¿Qué quería? –había preguntado el joven Hernando dejándose caer en una de las sillas ocupada momentos antes por uno de los visitantes.

–Saber cómo van las pesquisas relacionadas con la secta de los frailes...

–¿Y qué le habéis dicho?

–Que estoy esperando órdenes. ¿Qué iba a decirles? No hemos encontrado nada las veces que hemos intentado pillarles in fraganti...

–Se avisan.

–¿Qué?

–Se avisan –había repetido él–. ¿No os habéis dado cuenta de que siempre que nos acercamos suena una trompa? Al principio creía que era un cuerno de esos que utilizan los pastores para avisarse si anda el lobo, pero me ha dicho el tabernero que es una trompa que se trajeron los frailes cuando llegaron de Laredo. La utilizan para convocar a sus adeptos o para avisar en caso de peligro. Los pájaros emprenden el vuelo cada vez que alguien que no es de los suyos se acerca. Deben de tener varios ojeadores en diversos puntos del camino, desde el centro de la villa hasta San Pedro extramuros.

–¿Y qué más te ha dicho el tabernero?

–Que por eso llaman *tromperris* a los sectarios.

–Es decir, que todo el mundo sabe que la secta existe...

–¡Por supuesto que lo saben! –había reído entonces con la alegría despreocupada de un muchacho que ansiaba ser testigo de hechos inusuales para luego poder contárselos a sus amigos–. Los únicos que al parecer estaban donde el gallo de San Pedro dio las tres voces eran el párroco y los notables. La gente llana conoce al dedillo todo lo que se cuece a su alrededor.

–¿Y qué hay de esas mujeres que abandonan a sus padres y a sus maridos?

–Algunas hay. Viven en la misma casa que los dos frailes, pero –su mirada se había perdido por un instante en el cielo completamente azul que podía observarse a través de la ventana del escritorio– la mayoría siguen viviendo en sus casas. Fray Alonso y fray Guillén predican la pobreza, la comunidad de bienes y...

–Y de mujeres –añadió Guinea.

–Pues si es verdad que hay seis mujeres por cada hombre, como dicen que hay, esos hombres tienen que ser verdaderos colosos para contentarlas a todas.

Se echó a reír y su padre, olvidando la gravedad del asunto que les había llevado a la merindad, lo acompañó en su risa.

–¿Qué nos respondéis?

La voz altiva de Tomás de Arandia le devolvió a la realidad de la cual se había evadido durante breves instantes.

–He de examinar los hechos...

–Los hechos han sido ya suficientemente examinados, señor –el párroco lo retaba con la mirada–, como ya lo fueron hace más de cuarenta años cuando vuestro padre se encargó del asunto.

–No hace falta que me lo recordéis –respondió Guinea conteniendo su enfado–. Yo estaba aquí.

–Entonces sabréis que quedó ampliamente demostrada la culpabilidad de los encausados, que fueron condenados y ejecutados por su herejía.

–Puede que el asunto no sea el mismo...

–¡Es el mismo! –los ojos de Arandia parecían desprender chispas–. Se mató a la serpiente, pero algunos de sus huevos quedaron desparramados por la merindad. Cuanto más se retrase la acción, más costará erradicar la herejía.

–Y la brujería –añadió Unda.

–¿Brujería? Creía que se trataba de un grupo de herejes.

El notario Unda sudaba a borbotones y no dejaba de pasarse por la frente un delicado pañuelo, que en aquellos momentos tenía más aspecto de trapo de limpieza que de primorosa labor de bordadoras.

–Lo cual no quita para que usen de las malas artes para atraer a sus prosélitos. Se dice que elaboran bebedizos con grasa de niños y que...

–Por favor... –le interrumpió. Ya sólo faltaba que aquellos dos pájaros de mal agüero se pusieran a hablar de brujerías.

–¿Comunicaréis al concejo qué es lo que...?

Guinea interrumpió de nuevo al escribano.

–El concejo será informado en cuanto yo mismo reciba órdenes del señorío y del obispo de Calahorra –afirmó tajantemente.

Y se enfrascó en los legajos, tras saludarles con una ligera inclinación de cabeza.

La estancia de Domenja y de su nieta en la casa-torre duró más de lo previsto. Daba la impresión de que Íñigo de Muntsaratz no tenía ninguna prisa por desembarazarse de la visita imprevista de aquella a la que con tanta suspicacia había recibido.

Después de la muerte de su padre y de su fantasmal aparición en la heredad, apenas mantenía tratos con nadie que no fueran sus hombres, e incluso aquello tampoco podía llamarse una relación, puesto que el señor de la casa casi no hablaba excepto cuando tenía que dar órdenes o gritar a algunos de sus siervos, entre los que se contaban no pocos miembros de su propia familia. Ocupaba todo su tiempo en la caza en un bosque cercano y en coger espléndidas borracheras con los ojos fijos en los leños que ardían en la chimenea y el corazón y la mente puestos en los Butrón y en la forma de saciar su sed de venganza. Ideaba mil formas para acabar con los odiados enemigos causantes de la muerte de su padre y de muchos de los suyos. Sus hombres temblaban aterrorizados al escuchar su risa histérica elevándose por encima de sus cabezas cuando le habían complacido las torturas imaginadas entre los vahos del alcohol.

La llegada de la suegra y de la hija de su hermano fue como un revulsivo. Tenerlas bajo su techo lo retrajo a tiempos pasados en los que las risas de mujeres y niños se oían en la torre, cuando la casa se llenaba de voces y riñas, de gente yendo y viniendo, cuando la cocina estaba todo el día encendida y lo rodeaba el calor de los suyos. Recordaba a su madre organizando su vida y la de los demás miembros de la familia, siempre activa, siempre atenta. Recordaba a su querida tía

María, a la que no había vuelto a ver desde que decidiera unirse a la secta de fanáticos religiosos. Recordaba a sus dos hermanas, a las que Pedro, Martín y él perseguían, asustándolas, con unas viejas máscaras de carnaval encontradas en la cuadra, en el fondo de un arca desvencijada. Pero, sobre todo, recordaba a su padre, el señor de Muntsaratz, el hombre que le había enseñado a cazar, a pelear, a beber y a gozar de las mujeres.

–Escucha bien, Íñigo, lo que tengo que decirte –solía decirle cuando todavía era un muchacho–. Nuestro linaje es muy antiguo, tanto que nadie sabe a ciencia cierta quién fue el primer Muntsaratz. Pero si nuestra familia es vieja, más aún lo es la tierra que hemos defendido con la sangre. Hay quien cree que es mejor olvidar el pasado y fijar la mirada en el futuro, pero yo digo que pueden hacerse ambas cosas porque ¿en qué cimientos nos apoyaremos para enfrentarnos a lo desconocido? Nunca reniegues de tus antepasados, hijo, ni pienses que eres mejor de lo que ellos fueron porque entonces estarás perdido, tu espíritu no hallará la paz y vagará sin rumbo por toda la eternidad.

Despertaba a veces cubierto de sudor y veía el cuerpo ensangrentado de su padre encima del suyo propio, mirándolo fijamente con los ojos sin vida. La única manera de aplacar la terrible visión era coger la bota de vino, siempre a mano, y acabarla de un solo trago. Descubrió con sorpresa que no había vuelto a tener pesadillas desde que las dos mujeres dormían bajo su techo.

Los habitantes de la torre, todos hombres y todos tan huraños como su señor, se vieron de pronto envueltos en una actividad completamente inusual en sus costumbres. Íñigo de Muntsaratz ordenó limpiar todos los rincones de la casa de polvo y telarañas, sacar lustre a los viejos arcones, aparadores y camas, aventar los colchones y fregar los suelos, empezando por el cuarto principal, el de sus padres, que servía de acomodo a las invitadas. Mandó venir de Abadiño a tres mujeres, una cocinera y dos sirvientas, e, incluso, organizó un gran banquete en el que no faltaron verduras, carnes y aves, para presentar a su sobrina a los parientes que vivían en los alrededores.

Domenja observaba todo aquel trajín con desconfianza. ¿A cuento de qué se mostraba tan solícito el terrible banderizo? No es que lo conociera a fondo, pero sí lo suficiente como para saber que no era hombre de malgastar sus dineros y menos en dos mujeres con las que jamás había mantenido trato. De hecho, pensó con ironía, ninguno de los hombres que conocía lo eran. Las veces que había insinuado la conveniencia de proseguir su camino, tanto el tío como la sobrina se habían opuesto. Él con cierta brusquedad y la joven con voz melosa y suplicante. A Catalina todas aquellas atenciones le parecían el colmo del lujo. No tener que fregar, lavar o planchar; ni ocuparse de la comida, sentarse a la mesa y dejarse servir, era lo más parecido a sentirse una gran dama de aquellas a las que nunca había visto, pero que sabía existían en las grandes villas. Su abuela accedía de mala gana, decidida a no perder de vista al señor de la torre para ver si averiguaba lo que tramaba con tanta y excesiva amabilidad. No tardó en apercibir una alegría inusual en los ojos del hombretón cada vez que Catalina aparecía. En su presencia se volvía incluso locuaz. Los monosílabos y gruñidos se transformaban, como por arte de magia, en narraciones, exageradas para la ocasión, sobre la familia, los antepasados, las hazañas bélicas y otros hechos que arrancaban a la joven exclamaciones de terror o emoción, según fuera el caso, o lágrimas.

Domenja observaba la escena con el ceño fruncido. La mitad de las cosas que Muntsaratz narraba eran mentira, bien lo sabía ella, y la otra mitad exageraciones para deslumbrar a su nieta.

–¡Es absurdo! Se comporta como un jovencillo fanfarroneando ante sus amigos –susurró el día en que escuchó narrar la batalla de Aramaio.

–Ellos eran diez por cada uno de nosotros –explicaba dirigiéndose exclusivamente a su sobrina–. Más de una vez creí llegada mi hora. Butrón y sus hombres nos cercaron a unos pocos en una loma, pero estábamos dispuestos a vender caras nuestras vidas. Por cada uno de nosotros morirían al menos cuatro de ellos. Estaba a punto de acabar con todos y pasar a cuchillo a los vivos, cual es su costumbre, cuando apareció mi padre al mando de un pequeño grupo y se lanzó como poseído contra el enemigo. Las cabezas volaron aquel día y el campo se tiñó de rojo. Estábamos cubiertos de sangre desde el cabello a los pies –dijo, añadiendo más detalles truculentos al constatar el espanto en los ojos de Catalina–. Vi con mis propios ojos cómo Otxoa, el bastardo de Butrón, abría el pecho de Juan de Muskiz y le arrancaba el corazón.

La joven se tapó la boca para evitar un grito de horror.

–¿Quieres que esta criatura tenga malos sueños esta noche? –preguntó Domenja en tono agrio–. ¿Acaso no sabes hablar de otra cosa que de muertes y sangre?

–Ésta es nuestra historia –a Muntsaratz le hubiera gustado estrujar el cuello de la mujer por interrumpirle en el momento más emocionante–. Todos, hombres y mujeres de esta tierra, tienen que conocerla. Que sepan que lo que tenemos es por derecho propio y que muchos han dado su vida para que nosotros sigamos aquí.

–¡Y así nos va! No hay casa sin viuda, ni hogar sin huérfano –respondió ella en el mismo tono–. ¡Mírate tú mismo! ¿Qué quedará de ti y de tu gloria?, ¿qué quedará de tu heredad cuando estés muerto? Nadie se acordará de ti y te pudrirás al igual que se han podrido todos los que te han precedido y, además, ni siquiera dejarás un hijo legítimo que herede tu nombre y tus tierras.

El hombre iba a responder con violencia, pero se contuvo. Curiosamente aquellas mismas palabras se las había dicho muchas veces a sí mismo. El tiempo pasaba. Día a día notaba cómo pasaba y no había forma de detenerlo. En cualquier momento, en cualquiera de aquellas batallas que eran parte de su vida, caería en los brazos tenebrosos de la muerte y con él el último de los guerreros que tanto honor y gloria habían dado a su linaje. Recordó que también tenía un hermano, un año más joven, pero su voluntario exilio en tierras castellanas y los servicios que prestaba a aquel rey lo hacían desmerecedor de su apellido. No tenía noticias de él desde hacía mucho tiempo y tampoco le importaba demasiado saber si estaba vivo o muerto, casado o no, si tenía hijos o no, puesto que, aunque así fuera, ninguno de ellos heredaría ni un pote de tierra de Muntsaratz como tampoco heredarían los sobrinos, hijos de sus hermanas, educados entre sedas, a los que no consideraba dignos de llevar el apellido familiar.

–¿Te gustan las historias de amor, Katalintxe? –preguntó de pronto a la joven y sonrió ante el efecto que sus palabras habían causado entre la media docena de personas que se encontraban junto al fuego, intentando olvidar el frío y la lluvia que caía en el exterior.

–¡Claro, señor tío! –respondió la muchacha entusiasmada–. ¿Conocéis vos alguna?

No le dijo que únicamente conocía aquella historia, tantas veces repetida, escuchada de labios de sus tías y de su madre.

–¡La mejor de todas! Ocurrió aquí, en esta misma torre, hace ya mucho tiempo. El rey de Navarra tenía una hija por casar, pero a pesar de todas las peticiones que había recibido de otros reyes y príncipes, quería que su yerno fuera el hombre más fuerte y valeroso –se detuvo un momento y comprobó satisfecho que todos estaban pendientes de sus palabras, incluso dos de sus hombres, cubiertos de cicatrices y tenidos por muy feroces–. Así que el rey dijo que casaría a su hija con quien venciera en lucha al negro de su corte.

–¿Negro? –preguntó Catalina excitada. No podía imaginar que hubiera nadie de ese color.

–Negro de pies a cabeza, muchacha. Negro como el carbón –añadió para crear más expectación entre sus oyentes–. Mi antepasado y el tuyo, Pedro Ruiz de Muntsaratz, se presentó para luchar contra el negro y, ¡naturalmente!, venció.

–¡Bravo! –exclamó la joven, imaginándose la lucha de aquel antepasado con un coloso negro como el carbón–. ¡Qué enamorado tenía que estar de la princesa!

Íñigo sonrió. Era niño la primera vez que escuchó la historia de labios de una vieja tía, pero supo inmediatamente que la razón de tan arriesgada apuesta no había sido el amor, sino el deseo de medir fuerzas con el famoso negro, vencerlo y convertirse en el mejor guerrero del reino cuya gesta se recordaría durante siglos.

–El caso es que nuestro muchas veces bisabuelo y su mujer regresaron a estas tierras, construyeron esta torre, tuvieron muchos hijos e hijas y vivieron felices el resto de sus vidas.

–¿Por qué no cuentas el resto de la historia? –el tono irónico de la voz de Domenja rompió el encanto del momento.

–¿Qué resto? ¡No hay nada más que contar! –exclamó furioso el gigante.

Doce pares de ojos se habían vuelto hacia la anciana.

–Aquel Pedro Ruiz y su esposa, en efecto, tuvieron muchos hijos y entre ellos el mayor que se llamó Ibon y la más joven Mariurrika –Domenja comenzó a hablar sin prestar atención a las miradas furibundas del hermano de su yerno–. Ibon fue nombrado heredero de Muntsaratz y su hermana, que lo tenía por blando, lo odió. Ella era la más fuerte de todos los hijos de la pareja, la más parecida a su padre, el luchador. Podía manejar una espada y montar a pelo como un hombre y estaba convencida de que sólo ella era digna de ser la futura señora de la torre. Así que decidió acabar con la vida de su hermano.

El silencio en la cocina era total, únicamente interrumpido por la segura voz de la mujer y el ruido que hacían los leños al crepitar en el fuego.

–Organizó un paseo a Anboto e invitó a su hermano a ir con ella y con otros compañeros. Comieron en el monte, como se hace los días de romería, y Mariurrika hizo que sirvieran mucho vino hasta que Ibon y sus amigos se durmieron, vencidos por el rojo líquido que tan débiles convierte a los que de él abusan –se detuvo y sonrió. Todos, incluso Íñigo de Muntsaratz, estaban pendientes de sus palabras–. Entonces, y con la ayuda de una criada, la joven precipitó a su hermano peñas abajo.

El viento arreciaba en el exterior y el fuerte golpe de una contraventana hizo que más de uno sufriera un sobresalto.

–Ibon murió a los pies del Anboto y Mariurrika regresó a la torre –Domenja prosiguió su relato–. Una vez aquí dijo a sus padres que su hermano había muerto a consecuencia de una caída en el peñascal. El dolor de Pedro y de su mujer fue inenarrable. El señor organizó rápidamente una batida para recuperar el cadáver del hijo que era toda su esperanza, pero nunca lo hallaron. Mariurrika no pudo dormir, su descanso se agitaba entre malos sueños. Veía al muerto, blanco como la luna, acercarse a su lecho y señalarla con el dedo acusador. Despertó sobresaltada y se vio rodeada por los genios, siervos de Mari, que habían ido en su busca. Mariurrika desapareció de Muntsaratz aquella misma noche. Dicen que desde entonces la muchacha habita en Anboto unas veces y en Sarrimendi otras y que se la ve atravesar los aires en forma de ráfaga de fuego cuando se traslada al monte Oiz, pero esto es mentira –concluyó.

El silencio más pesado había caído en la cocina.

–Qué historia tan terrible... ¿Por qué dices que es mentira, abuela? –preguntó Catalina al cabo de un rato.

–Porque no es Mariurrika la que habita en Anboto y se traslada por los aires –respondió ella–. Sólo Mari es capaz de hacer algo así y, además, ella jamás permitiría que una asesina habitase el sagrado lugar.

–¿Qué fue entonces de ella?

–Fue lanzada a la sima de los espíritus perdidos, allí donde Sugoi, el compañero de Mari, es amo absoluto y donde penan los malvados, aunque –Domenja miró a Íñigo con ironía– pertenezcan a familias ilustres.

La reunión se disolvió poco después. El relato había dejado a todos muy impresionados. Era costumbre que las familias se reuniesen en los atardeceres y se narrasen historias, incluso historias tremebundas de genios malignos y fantasmas, pero aquella en particular en la que los protagonistas eran antiguos miembros del linaje les tocaba muy de cerca. La fratricida Mariurrika y el desafortunado Ibon habían vivido allí, y de todos era sabido que los muertos no desaparecían completamente del mundo de los vivos. Uno podía tener la desagradable experiencia de encontrárselos en cualquier rincón de la casa.

Íñigo de Muntsaratz se fue a la cama acompañado de la bota de vino que había abandonado durante un par de semanas. Presentía que aquella noche tendría necesidad de ella. Había querido impresionar a su sobrina y había salido trasquilado. ¡Maldita vieja! Jugueteó un rato con su espada que, como siempre, descansaba a su lado, encima del lecho. Podía permitir que se dijesen las mayores barbaridades de otras familias, pero ¡atreverse a hablar de fratricidios en su propia casa! Sus dedos nerviosos tropezaron con la divisa de los Muntsaratz grabada en la empuñadura. No necesitaba leerla, la conocía de memoria. «Éstos viven y vivieron guardando la honra y fama que tuvieron.» ¿Quién guardaría su honra y su fama cuando ya estuviera muerto? Entre los vahos del alcohol, antes de cerrar los ojos, tuvo una última visión que iluminó la alcoba.

El plan fue tomando cuerpo durante los días siguientes. Cuanto más lo pensaba, más razonable lo encontraba. ¿Por qué no? Él aún no era tan viejo que no pudiera procrear un buen número de hijos y su sobrina era joven, saludable y alegre. ¿Qué mejor combinación para insuflar nuevos aires a la torre y al linaje? Además, Katalintxe heredaría las extensas propiedades de Goiena y eso tampoco era algo para echar en saco roto.

Halló el momento oportuno para exponer su idea un día en que, cosa rara, encontró solas en la cocina a la abuela y a la nieta. Se sentía incómodo y permaneció en silencio durante mucho rato mientras las dos mujeres hablaban del mal tiempo que asolaba la comarca. Salió de su mutismo al oír decir a

Domenja que era preciso partir de una vez. Alguien las esperaba en Tabira y ella tenía que volver a Goiena antes del invierno.

–He estado pensando –dijo de pronto– en lo que me dijiste el otro día, Domenja. Hora es ya de que forme mi propia familia y tenga hijos legítimos que perpetúen mi estirpe...

Lo escuchaban en silencio, la joven bastante sorprendida y su abuela con el ceño fruncido, algo que hacía habitualmente cuando la sospecha se adueñaba de ella.

–Había pensado en nombrar a Katalintxe heredera de mis tierras, que también lo fueron de su abuelo... –esperaba que respondieran algo, que se alegraran, que se negaran, algo, pero ambas permanecían mudas como piedras–. Bien sabéis que vuestra presencia ha alegrado mi triste vida estas últimas semanas y que puedo nombrar heredero a quien me plazca.

–Tienes un hermano vivo y también otros sobrinos –le recordó Domenja– y mi nieta no necesita más herencia de la que por derecho le pertenece.

–¡Al diablo con mi hermano y los sobrinos! –exclamó enfadado, poniéndose en pie y dando grandes zancadas por la cocina–. Es como si no los tuviera. De todas formas, he cambiado de opinión. No quiero nombrarla mi heredera, quiero que sea mi mujer.

Ya estaba dicho. Esperó un instante antes de fijar su mirada en ellas y sopesar su reacción. Domenja lo miraba ahora con curiosidad.

–¿Por qué? –preguntó.

–¿Por qué?, ¿por qué? –preguntó él a su vez–. Porque yo soy un hombre y ella es una mujer. Me dará los hijos que necesito.

–No veo cuáles puedan ser las ventajas para ella... –meditó la anciana en voz alta.

–¿No las ves? ¡Pues bien claras que están! Será la señora de Muntsaratz, respetada por todos los habitantes del valle. Entre sus tierras y las mías tendremos un poder que nadie osará discutir.

–Sois parientes en primer grado –a Domenja empezaba a divertirle aquella proposición que había tomado como locura en un primer instante.

–¿Y qué? –preguntó él en tono retador–. No seremos los primeros ni los últimos en hacerlo. Pediré licencia y no habrá clérigo que se niegue a dármela –añadió acariciando la empuñadura del espadón.

Fijó entonces sus ojos en Catalina y se quedó de piedra. La joven lo miraba sin poder dejar de sonreír. No hacía falta que hablara, la respuesta podía leerse claramente en su rostro. Pasado el primer momento de estupor, había tomado la cosa como una chanza. ¿Cómo podía imaginar su tío que pudiera casarse con él? Un hombre tan mayor, que olía mal y tenía la cara desfigurada. ¿Casarse con un viejo que por ende era su tío? Loca tendría que estar para aceptar una propuesta semejante. Íñigo vio claramente en la mirada de su sobrina que lo despreciaba como marido. En su rabia imaginó que ella se preguntaba, curiosa, si él sería capaz de engendrar hijos. Las miró con odio y salió de la cocina dando un portazo que hizo retumbar las paredes y tiró al suelo varias piezas de loza que se hicieron añicos.

El señor de la torre no pudo dormir aquella noche, pero tampoco echó mano de la bota. Quería estar sobrio, quería pensar con detenimiento en la gran afrenta sufrida por su orgullo.

–En realidad –se dijo–, no me ha rechazado y la vieja tampoco.

Luego recordó sus miradas divertidas. Estaba claro que no pensaban tomarse su propuesta en serio y que probablemente se estarían riendo de él y no tardarían en ir contando por ahí que él, Íñigo de Muntsaratz, último descendiente de un linaje sin tacha, había sido despreciado por una cría a la que podía desnucar de una simple bofetada. Se vio asimismo en boca de todas sus gentes, de sus parientes, de las comadres chismosas... No soportaría la mirada burlona de sus hombres ni la de sus mujeres y tomó la decisión que le pareció más adecuada en vista de su actual situación. O la honra o el ridículo. No había término medio.

A media mañana del día siguiente entró en la cocina y se dirigió a Domenja, que estaba tomando leche caliente con sopas.

–He dado órdenes para que mañana temprano esté preparado vuestro carro y podáis partir hacia Tabira.

Dicho esto, volvió a salir dejando a la mujer sorprendida y aliviada. ¡Por fin podrían continuar su camino! Con un poco de suerte, ella estaría de vuelta en Goiena antes de que la luna del solsticio invernal brillara en las noches frías sobre la cumbre de su amado Anboto. Sin embargo, la cuchara quedó a medio camino de su boca y su contenido cayó de nuevo en el cuenco. ¿Por qué razón tenía Íñigo tantas prisas en verlas partir? No habían vuelto a verlo desde la víspera. Ninguna de las dos había dicho nada que pudiera ofenderle, ni siquiera habían dado una negativa por respuesta. Claro que habían comentado el asunto y habían hecho algunas risas, pero en voz baja y en su alcoba. Era del todo improbable que él las hubiera oído y era algo inusual, conociendo la materia de la que estaba hecho, que ahora tomara una decisión tan drástica aceptando sin rechistar una negativa no expresada.

Domenja dejó el cuenco de leche sin terminar y se acercó a la ventana. Observó durante un buen rato cómo Muntsaratz hablaba con Manu, *el Manco*, su hombre de mayor confianza, así apodado porque, en efecto, le faltaba una mano que no se molestaba en tapar, dejando el muñón herido a la vista para impresionar a todos. Íñigo parecía agitado, algo extraño en una persona que raramente perdía su aplomo.

No le pasaron desapercibidos otros detalles a lo largo del día. Pilló a Manu cerca de su habitación en el piso superior y, al preguntarle qué hacía allí, el hombre farfulló algo ininteligible. El señor de la torre apareció de nuevo a la hora de la comida y se mostró extremadamente amable con ella y con la muchacha, a la que varias veces llamó «mi pariente», y les ofreció ayuda y escolta hasta Tabira. Al caer la noche, Domenja aprovechó una excusa ineludible y se acercó al establo. El carro no estaba aparejado y nada parecía demostrar que fuera a estarlo o que alguien hubiera recibido órdenes de prepararlo para el supuesto viaje de la mañana siguiente. Todas estas señales le hicieron pensar que el tío de su nieta tramaba una fechoría, ¡para algo era tan vieja!

Aquella noche, como todas las demás, se hallaban junto al fuego cuando alguien habló sobre un acontecimiento que había levantado no pocos comentarios en los alrededores. La hija del caserío Mendialde se había negado a matrimoniar con el hombre elegido por sus padres. La bronca había sido descomunal y las voces de padre e hija, de igual genio, habían podido escucharse en toda la vecindad.

–Esto me recuerda un hecho acaecido en Arrazola hace muchos años –comentó Domenja.

Habiéndola escuchado la noche anterior, nadie allí dudó de que se disponía a narrar otra historia, aunque esta vez esperaban que no fuera tan lúgubre y les hiciera reír, algo que todo el mundo apreciaba al final de una dura jornada de trabajo.

–¿Te acuerdas, Ixile? –preguntó mirando fijamente a su hombre.

Ixile no movió ni un músculo de la cara, pero sus ojos empequeñecieron como hacían cada vez que algo atraía su interés.

–También en aquella ocasión una joven casadera se negó a aceptar al pretendiente propuesto por su familia –comenzó a narrar–. Estaba profundamente enamorada de un hombre de la casa que se había criado con ella desde niño. El padre, por supuesto, no quiso ni oír hablar del asunto y amenazó a su hija con encerrarla para toda la vida si no obedecía sus órdenes. Entonces ambos enamorados decidieron huir. Un día como hoy, fresco y lluvioso, cuando la noche ya había caído y todo el mundo dormía, la joven salió de la casa. Su amante la esperaba a la puerta con una mula y los dos partieron al trote en dirección a Abadiño.

–¿Y? –a Catalina, como a todos los demás, le parecía que la historia debía continuar de una u otra manera.

–Los pillaron –afirmó la anciana–, los pillaron antes de llegar a Martzana. La mula que llevaban era vieja y lenta. El padre y sus hombres galopaban sobre caballos de buen porte. Al mozo le dieron una paliza y lo echaron de la casa, y a la chica la casaron con el pretendiente elegido.

Al ver la cara de pena de su nieta, la abuela no pudo evitar una amplia sonrisa.

–Pero tiempo después, el mozo regresó –explicó, guiñándole un ojo–. La joven, ya una mujer, seguía amándolo y se entregó a él.

–¿Y el marido?

–El marido nunca se enteró. Ni nadie más en la familia y durante años vivieron un amor apasionado e intenso.

–Entonces vivían en pecado –sentenció una de las criadas.

–Bueno, eso es lo que dicen los frailes –respondió Domenja–, pero ¿quién es el pecador? ¿El que actúa según su deseo o el que obliga a otro a hacer su voluntad?

Al decir esto miró directamente a su anfitrión y después se dirigió a Ixile.

–Te acuerdas, ¿verdad?

El hombre silencioso hizo un gesto afirmativo con la cabeza.

Muntsaratz indicó la conveniencia de que se retiraran, puesto que todo estaba dispuesto para que partieran al día siguiente de buena hora y era menester que lo hicieran descansadas y en buena forma. Domenja estuvo de acuerdo y empujó a su nieta hacia la escalera.

–Sin duda, nuestra estancia en tu casa ha sido muy interesante –dijo dirigiéndose al hombretón.

–Me complace saber que habéis disfrutado de mi hospitalidad –respondió él en el mismo tono.

El hombre hizo un gesto con la mano y regresó a la cocina. Los hombres y mujeres ya se habían retirado, aunque Manu, *el Manco,* seguía allí. Los oyeron hablar en voz baja y poco después salieron los dos. El amo apagó los candiles y esperó en la oscuridad a que pasara un tiempo prudencial. La idea le había venido la noche anterior, antes de dormirse. Podía recordar la sonrisa irónica de su sobrina mirándolo con pena y diciéndose –él así lo creía– que un hombre tan viejo sería incapaz de contentar a una hembra y hacerle un hijo. ¡Ya vería la muy deslenguada! La tomaría por la fuerza y no les quedaría más remedio, a ella y a su abuela, que aceptar su honrosa propuesta. Salió de la cocina y esperó un buen rato cerca de las escaleras, tratando de percibir algún ruido del piso superior, pero todo estaba silencioso. Se quitó las botas y las calzas y subió las escaleras procurando pisar firme en el lado de la pared, que era más robusto y no crujía tanto como la parte del centro. Se detuvo al llegar al rellano y soltó una maldición. Él, que jamás temblaba en la batalla, estaba allí, como un ladrón que se introduce en una casa para robar, temiendo ser descubierto.

Encendió una pequeña vela antes de entrar en la habitación. No era cuestión de confundirse de persona y acabar fornicando con la abuela. Estuvo a punto de echarse a reír ante el solo pensamiento de que algo así pudiera suceder, pero se contuvo y avanzó despacio hacia la cama. Había tenido suerte. Catalina dormía en el lado derecho, tal como él había supuesto, pues era el más próximo a la ventana. Se acercó, dejó la vela encima de la mesa de noche, retiró la ropa de cama con mucho cuidado y soltó un juramento. La muchacha estaba completamente vestida, incluso llevaba puesta la capa de viaje. No había aún reaccionado cuando su sobrina abrió los ojos.

–Hola, tío –dijo con una sonrisa.

–¿Cómo diablos...?

No pudo decir más. Algo duro lo golpeó en la cabeza, la vista se le nubló y cayó pesadamente encima del lecho.

–Tenías razón, abuela –exclamó la joven.

Se había movido con rapidez evitando que el corpachón de su tío le cayese encima. Con un gesto ágil, saltó de la cama y se acercó a su abuela, que aún tenía en la mano un enorme canto de los que se introducían en la leche para purificarla y que ella había sustraído de la cocina horas antes.

–Ya hablaremos luego, niña –le ordenó–. Coge la bolsa y mira que no haya nadie en el pasillo. Yo, mientras, amordazaré y ataré bien a este sinvergüenza que mamó leche agria de los pechos de su madre, no vaya a ser que despierte antes de tiempo y salga en nuestra búsqueda.

Poco después abandonaban la torre y corrían hasta el camino, donde Ixile las esperaba impaciente. Subieron los tres al carro y cogieron la dirección de Tabira.

–Veo que te has acordado de la historia de los enamorados y has cambiado nuestro viejo burro por una mula joven –le dijo Domenja al hombre cuando ya no se veía la torre.

–Así es –replicó éste ante la sorpresa de Catalina, poco acostumbrada a oírle hablar–, soy un buen oidor de historias.

–¿Y el Manco? –preguntó ella.

–Tardará varias horas en despertar y lo hará en buena compañía –calló unos instantes–. Lo he dejado en la pocilga –añadió después a modo de explicación.

Domenja e Ixile rieron, pero la joven no sabía de qué estaban hablando y tampoco entendía muy bien lo que había ocurrido en las últimas horas.

Llegaron a Tabira mucho antes de que el sol intentara atravesar, sin conseguirlo, la espesa capa de nubes grises que amenazaban con un nuevo día de incesante lluvia y se dirigieron a una pequeña casa de sólida apariencia situada en la plaza de Santa Ana, cerca de la puerta del mismo nombre. Domenja y su nieta se apearon del carro e Ixile lo condujo hacia el camino de Vitoria, fuera de la muralla en la que por un maravedí podía dejar carro y mula en una casa de postas.

La gruesa puerta de madera tardó un rato en abrirse y por su resquicio apareció la cara dormida y desconfiada de un anciano de pelo blanco y abundante. Las escudriñó con atención y sus facciones se trocaron en la más amable de las sonrisas.

–¡Domenja! ¡Domenja de Goiena! –exclamó agradablemente sorprendido.

–Mi buen amigo Diego –dijo ella sonriendo igualmente–, perdona que lleguemos a estas horas intempestivas, pero hemos tenido algunos problemas que luego te explicaré.

Los dos parecían ser muy buenos amigos y se abrazaron con efusión cuando la puerta se abrió completamente para dejarles entrar.

–Ésta es mi nieta, Katalintxe –la presentó–. Tiene el don –añadió dando a su voz una entonación de misterio.

El hombre se tapó la boca con las manos y cerró los ojos como si estuviera recitando una plegaria.

–Niña –dijo de nuevo Domenja señalando al hombre–, te presento al físico don Diego de Olea.

El doctor Olea la miró durante largo rato, le puso después las manos sobre los hombros y le dio un par de besos sonoros en las mejillas, algo que le resultó sorprendente y violento, puesto que no recordaba que ningún hombre la hubiera besado en toda su vida. La condujo a una habitación y le dijo que se acostara. Estaba demasiado cansada por la noche en vela para quitarse la ropa y se dejó caer encima de la cama. Poco después entró Domenja con un gran cuenco de leche caliente y la ayudó a desvestirse, esperó a que bebiera la leche y la tapó como si aún fuera una niña.

–¿Quién es ese hombre, abuela? –preguntó entre bostezo y bostezo.

–Ya te lo contaré más tarde –respondió ella–. Ahora duerme.

Antes de quedarse dormida, tuvo todavía tiempo de repasar los acontecimientos de las últimas horas, anteriores a la llegada a aquella casa.

Al subir a la habitación, en la casa de su tío, la abuela le había hecho una seña para que permaneciese en silencio mientras ella comprobaba que nadie las había seguido. Después, y con una agilidad impropia de sus muchos años, metió a toda prisa en la bolsa los pocos enseres desparramados por la alcoba y le tendió su capa de viaje.

–Ponte la capa, métete en la cama y hazte la dormida –le ordenó.

–¿Por qué? –preguntó, ¿acaso su abuela desvariaba?

–No preguntes y haz lo que te digo –respondió la anciana impaciente–. Ya te lo explicaré más tarde.

Obedeció sin rechistar. A veces, algún animal se volvía loco por haber comido los hongos de las piedras, así llamados porque crecían cerca de las rocas y daban mal cuerpo y peores sueños. De todos era sabido que la única manera de tratarlos en dichas ocasiones era dejándolos en paz hasta que se les pasasen los efectos, pero no recordaba que su abuela hubiera comido hongos aquel día.

Estaba a punto de quedarse dormida cuando oyó crujir las tablas del corredor y, poco después, el suave chirriar de la puerta de la alcoba. Miró hacia ella y vio una luz parpadeante que parecía flotar en medio de la habitación y que se le aproximaba lentamente. Cerró los ojos, horrorizada, creyendo que era el alma en pena de Mariurrika, la fratricida, que acudía en su busca. Los abrió de nuevo tras notar que alguien retiraba las ropas de la cama y vio el rostro de su tío Íñigo iluminado por la luz de la vela.

–Hola, tío –fue todo lo que se le ocurrió decir.

–¿Cómo diablos...?

Siguió a Domenja escaleras abajo, montó en el carro sin decir palabra y no abrió la boca hasta que llegaron a su destino.

La joven despertó en un lecho mullido y blando que olía a romero y a hierbabuena, y se arrebujó sin querer abrir los ojos. Cuando por fin lo hizo, la luz del sol entraba de lleno por la pequeña ventana y tardó unos instantes en darse cuenta de dónde estaba.

Se sentó en la cama y miró a su alrededor. Se hallaba en una habitación pequeña en la que el lecho ocupaba más de la mitad del espacio. Un arcón y una mesilla con una palangana y una jarra de agua eran todo el mobiliario. Se levantó perezosa y se lavó como un gato, metiendo la mano en la jarra y pasándosela por la cara. Se acercó a la estrecha ventana y miró a través de ella. La vista le devolvió un paisaje ya conocido, verde, gris y montañoso, el monte sagrado a lo lejos, llamándola. Echó de pronto en falta sus paseos y sus visitas a la Dama y, por primera vez desde que había salido de casa, deseó volver al seguro refugio de su hogar, lejos de aventuras y sobresaltos.

Bajó las escaleras y el sonido de las voces la condujo a la cocina. Abrió la puerta con suavidad y asomó la cabeza.

–¡Vaya! ¡Por fin te has despertado! –exclamó Domenja mirándola complacida.

–¿Has dormido bien, pequeña? –preguntó a su vez el médico.

Penetró en la cocina y se sentó en una banqueta al lado de los dos ancianos.

–¿Qué hora es? –inquirió.

–Media tarde, querida –le respondió su abuela con una sonrisa–. Has dormido muchas horas.

–Los jóvenes recuperan así sus fuerzas –expresó doctamente Olea–. No nos ocurre igual a los viejos. Tal vez nuestro cuerpo quiere aprovechar al máximo la vida que aún nos queda.

–Katalintxe, debes saber que ésta será tu casa durante algún tiempo. –Domenja le hizo una seña para que no interrumpiera–. Don Diego era amigo de tu bisabuela y también lo es mío. Aquí aprenderás muchas cosas que desconoces.

–Me ha dicho tu abuela que tienes el don –añadió el físico–. Yo conocí muy bien a tu bisabuela y no puedes imaginarte lo feliz que me hace saber que posees su habilidad.

La joven miraba a uno y a la otra sin entender muy bien de qué iba la cosa. ¿Qué tenía ella que aprender con un hombre tan viejo? ¿Pensaba en serio su abuela dejarla allí? Domenja se apresuró a aclarar sus dudas.

–Desde hace muchas generaciones, niña, lo sabes porque te lo he contado muchas veces, siempre ha habido en nuestra familia una mujer con talento para curar. La última en tenerlo fue mi madre, ni Graciana ni yo lo tenemos, pero tú sí. Siempre has sabido cuándo una vaca iba a parir un ternero muerto o cuándo una cabra iba a curarse de una mala caída. Hora es pues de que apliques tu capacidad a las personas y transformes tu intuición en algo real.

–¿Por qué?

–Porque es un talento que muy pocas personas poseen, querida, por eso –insistió Domenja–. Mari te lo otorgó el día en que naciste y sería ingrato no corresponder. ¿Qué crees que hemos estado haciendo tu madre y yo durante estos últimos tiempos? Te hemos enseñado todo lo que sabíamos, que bien poco es. Has aprendido de hierbas y remedios, de ungüentos y cataplasmas, pero eso no basta. Don Diego te enseñará a curar heridas y enfermedades, a atajar una hemorragia, a componer huesos rotos, y... –se detuvo un instante antes de proseguir– serás la mejor partera de Atxondo.

Catalina no salía de su estupor. ¿Partera? ¿Ocuparse en traer niños como había hecho con las vacas de casa? ¿Meter sus manos en el vientre de una mujer para sacar a la cría?

–Querida niña –la voz juvenil de don Diego no se ajustaba en absoluto a su edad–, sé que te preguntas la razón de todo esto y espero que vayas entendiéndolo a medida que pase el tiempo. El cambio será muy brusco y tal vez te cueste un poco adaptarte, pero créeme cuando te digo que no hay nada en este mundo más hermoso que el poder ser útil a tus semejantes. La mayoría de los físicos aprenden su arte como podrían aprender un oficio cualquiera, pero son pocos aquellos a quien Dios ha concedido el don del discernimiento. Ya lo entenderás cuando llegue el momento.

Le hubiera gustado protestar, negarse, echar a correr y volver a casa lo antes posible, pero permaneció sentada, sin decir nada, mirando a su abuela y al médico y pensando que ambos se habían dado un buen atracón de hongos. Aquello era un mal sueño y en cualquier momento despertaría en Goiena, junto a su madre, sus animales y su amado Anboto.

Los primeros días lloró todo lo que podía llorarse. Se encerraba en su pequeño cuarto y no dejaba de lamentarse. Era como estar prisionera en una torre y varias veces pensó en escaparse y regresar a Arrazola por sus propios medios. Incluso pensó que hubiera sido mejor aceptar la propuesta de su tío Íñigo y casarse con él, pero los días pasaban y ella continuaba allí. Don Diego la dejaba tranquila y únicamente la llamaba a la hora de la comida. El buen hombre no era lo que podía decirse un buen cocinero y el menú diario apenas variaba: potaje con algo de carne, verduras y manzanas.

Se sorprendió a sí misma el día en que, harta ya de estar continuamente metida en el cuarto, bajó a la cocina y encontró al físico contemplando un pedazo de costilla sin saber qué hacer con ella.

–Tú no sabrás cocinar esto, ¿verdad? –le preguntó risueño.

–Es costilla –respondió la joven, rompiendo la promesa que se había hecho de no dirigirle la palabra.

–Ya lo sé, pero no tengo ni idea de cómo se guisa. El carnicero ha insistido en que la comprase –dijo, tratando de justificarse.

–No se guisa, se asa –se sintió importante por saber algo que él desconocía–. En casa comemos costilla bastante a menudo.

–¿Te importaría decirme cómo se hace? Me temo que mis conocimientos culinarios distan mucho de ser excelentes.

La mirada del hombre era suplicante y a Catalina le entró la risa.

–Yo más bien diría que son escasos –respondió.

–¿Te has cansado de comer guisado todos los días?

–Si he de ser sincera, sí. No deseo ofenderos, don Diego, pero si es así como curáis a vuestros enfermos, poca esperanza tienen...

Se miraron y se echaron a reír.

–No temas. Estoy más a gusto componiendo huesos rotos que haciendo comidas, pero un hombre solo tiene que arreglárselas como bien puede.

–¿Dónde está vuestra esposa? –preguntó la joven con curiosidad.

–No tengo esposa, nunca la he tenido. No encontré la mujer adecuada.

Sentía curiosidad por saber más, pero se contuvo y fijó su atención en el pedazo de costilla.

–¿Tenéis miel?

–¡Por supuesto! –exclamó el hombre con el rostro iluminado–. Mal físico sería si no la tuviera. La miel es fuente de salud.

–¿Menta? ¿Laurel? ¿Sal? ¿Grasa?

A medida que ella preguntaba, el anciano iba sacando potes de una vieja y oscura alacena que ocupaba una de las paredes de la cocina y que estaba repleta de frascos, botellas, pequeñas vasijas y recipientes.

Catalina untó la costilla con la grasa; se restregó las manos con sal y luego frotó el pedazo de carne como si estuviera dándole un masaje; dispuso una parrilla encima de las brasas y esperó a que se calentara. Luego colocó la costilla sobre ella y añadió la menta picada y el laurel. De vez en cuando metía una pequeña vara de cocina en el pote de la miel y la pasaba por encima de la carne. Cuando la parte de abajo adquirió un apetitoso color dorado, le dio la vuelta y reanudó los mismos gestos, menta, laurel, miel...

Ya puesta en la tarea, limpió y troceó un repollo que colocó en un recipiente, le añadió una manzana en trozos, unos nabos pequeños y unas cuantas nueces que aliñó con aceite y sal. Satisfecha del resultado, después de dar otra vuelta a la costilla y como si aquélla hubiera sido siempre su casa, dispuso la mesa y con ayuda de un tridente colocó la costilla en una fuente y se volvió sonriente y acalorada hacia el médico, que no había perdido detalle de sus manejos.

–La comida está lista –dijo con una sonrisa y Diego de Olea sonrió también.

Don Tomás de Arandia llevaba todo el día enfrascado en un grueso volumen que había obtenido por la buena mediación de Orúe, el librero, que se encargaba de buscar en los más recónditos lugares obras maestras, prohibidas o simplemente interesantes para sus clientes. El clérigo sospechaba que Orúe tenía contactos en los puertos de la costa y que probablemente adquiría libros prohibidos o rechazados por la Iglesia que tenían un acceso más libre por mar que por tierra, pero el hombre le era necesario porque, de otro modo, se hubiera literalmente muerto de aburrimiento sin otro quehacer que celebrar misas y funerales. El libro en cuestión, *Contra las herejías*, escrito por un monje de Bohemia de nombre Arcadius, recogía el mismo título de la obra de San Ireneo, obispo de Lyon, quien había combatido la herejía gnóstica en el siglo III. El monje hacía en su obra una recopilación de todas las herejías conocidas desde la misma época de Cristo.

El párroco recorrió con la vista las diversas herejías mencionadas, dejando de lado aquellas que interpretaban erróneamente el misterio de la Trinidad o aquellas que discutían la verdadera naturaleza del Hijo de Dios, que eran muy numerosas, y se centró en las que se aproximaban a las doctrinas que, según se decía en las actas del juicio contra los *fraticellos*, impartían los dos franciscanos, es decir: el compartimiento de bienes y mujeres. Así supo de la existencia pasada, y tal vez actual, de los adamitas, ya mencionados en la obra de Epifanio, doctor de la Iglesia griega, que postulaban por volver a los tiempos anteriores a la caída de Adán y Eva e iban desnudos por la vida; los apostólicos o *Pauperes Christi*, los pobres de

Cristo, que predicaban la incompatibilidad entre la posesión de bienes materiales y la salvación; los bogomilos, que aseguraban que el mundo no era creación del buen Dios, sino de un espíritu del mal cuyos sirvientes eran los nobles y clérigos enriquecidos; los espíritus libres, que propugnaban la pobreza como vía hacia la espiritualidad; los husitas, seguidores del bohemio Jan Hus, condenado a la hoguera algunos años atrás, que predicaba contra el afán de riquezas y de influencia política del clero; los lolardos, seguidores del inglés John Wycliffe, que predicaba que la Iglesia debía dejar los afanes de riqueza y poder político; los marcionistas, que negaban que el Dios del Antiguo Testamento, guerrero, iracundo y vengativo, pudiera ser el Dios bueno y misericordioso descrito por Jesús; los valdenses, también llamados Pobres de Lyon, que rechazaban el trabajo manual, el matrimonio y el asentamiento en lugares fijos, y que además consideraban que el materialismo de la Iglesia católica merecía el rechazo de los buenos cristianos como ellos. Superando a todos estaban los cátaros, es decir, «los puros», que rechazaban los bienes materiales y los placeres mundanos, cebos de Satanás para mantener a los humanos prisioneros de sus cuerpos, y que decían que la Iglesia, tan aficionada al dinero y al poder, estaba al servicio del Malo y no del verdadero Dios.

Todos estos herejes habían sido perseguidos, torturados o ejecutados a lo largo de los siglos. Algunas de sus herejías habían desaparecido de la faz de la tierra, pero otras se mantenían ocultas o semiocultas bajo otros nombres, y era preciso, aseguraba el autor de la obra, acabar con ellas de una vez por todas.

Arandia volvió las hojas y releyó el párrafo que se refería a los *fraticelli*, o fraticellos, como se los conocía en Tabira: a la muerte de San Francisco de Asís, ocurrida en 1226, sus seguidores se habían dividido en dos facciones: los conventuales, que opinaban que la Orden como institución necesitaba propiedades y medios materiales, y los espirituales, que aducían que Cristo y los apóstoles no habían sido propietarios y que la única forma de seguir las enseñanzas y el testamento de su santo fundador era la pobreza más absoluta. Cincuenta y tres años más tarde, el papa Nicolás III proclamaba que la Orden podía tener bienes materiales aunque el papado sería el teórico propietario.

La respuesta por parte de los espirituales no se hizo esperar. Basándose en las profecías de Joaquín de Fiore, contemporáneo de San Francisco, que anunciaba una nueva era presidida por el Espíritu Santo, Pierre Olivi predicó contra la Iglesia existente, llamándola «prostituta de Babilonia», lo que, según el Apocalipsis, simbolizaba la corrupción, ya que los príncipes de la Iglesia únicamente pensaban en hacerse ricos y ser poderosos.

En 1323 el papa Juan XXII había excomulgado a los espirituales y anatematizado a aquellos que predicasen que Jesús y sus seguidores habían sido pobres. Los *fraticelli*, apelativo que les daban las gentes sencillas, fueron perseguidos, torturados y condenados a la hoguera. Sin embargo, no desaparecieron y proclamaron que ellos eran los verdaderos cristianos y que el Papa y sus obispos eran los herejes. Los pobres, según decía el informe, simpatizaban con la herejía y prestaban ayuda a sus predicadores un poco por todas partes en Europa.

–No será acusándolos de predicar la pobreza la mejor forma para enviarlos a la hoguera –comentó el clérigo en voz alta sobresaltándose al escuchar su propia voz.

¡Con lo fácil que era seguir las indicaciones de Roma y aceptar los dogmas de los sucesores de Pedro inspirados por el Espíritu Santo! El caos se apoderaría del orbe cristiano si no se imponía el orden y la obediencia. La merindad era una ínfima parte del orbe, pero tan importante para él como la más grande. No permitiría que la herejía volviera a establecerse en aquella tierra, ni que un grupo de desgraciados viniera a perturbar las almas de sus feligreses, en especial de las mujeres de la zona, ¡que bastantes problemas tenía ya!

Estaba también el asunto de las beatas que se hacían llamar hermanas de la Tercera Orden de San Francisco y Casa de

San Jacobo, que se habían agrupado para consagrarse al Señor. El párroco chasqueó la lengua disgustado y tamborileó con los dedos sobre la mesa. Su tío Alfonso también había tenido que bregar con ellas y no había conseguido nada. Llevaban varios años viviendo en el antiguo albergue de peregrinos y estaban obligadas a pagar a la parroquia los diezmos y primicias como todo hijo de vecino. Habían solicitado una bula al Papa para que ratificara su fundación y les permitiera disponer de capilla y cementerio propios. La bula había llegado tres años después de haber sido firmada por Eugenio IV, y no sólo ratificaba la fundación, sino que amenazaba con la excomunión a aquellos que les exigieran el pago de los diezmos o las inquietaran de cualquier manera. No obstante, al igual que su tío, estaba convencido de que no había bulas que valiesen en el tema de los diezmos.

–¡Ya sólo nos falta que empiecen a surgir conventos de mujeres por todas partes! –exclamó enojado.

Si las beatas conseguían mantenerse independientes de la parroquia o del convento franciscano de hombres, su ejemplo sería seguido por otras. Los monasterios femeninos le parecían bien siempre que estuvieran bajo el control de los hombres, que, como todo el mundo sabía, tenían mucho más seso que las mujeres. También le molestaba y hería su orgullo que el receptor de la bula pontificia hubiera sido el prior del monasterio de Fresdelval en Burgos y no las autoridades religiosas del señorío. Todo parecía indicar que ni la parroquia ni el cabildo podrían inmiscuirse en la vida de aquellas mujeres santurronas. Su número había aumentado extraordinariamente en los últimos años y él sospechaba que algunas herejes se habían acogido al beaterio para escapar de la justicia.

–¡Pues que se anden con cuidado porque voy a tener muy abiertos los ojos!

Y, por si esto fuera poco, le habían llegado rumores de que grupos de mujeres y hombres, más mujeres que hombres, se reunían en ciertos lugares de la merindad para participar en extrañas ceremonias en las que, se decía, bailaban sin ninguna modestia, se despojaban de sus capas y tocas e incluso copulaban indecentemente.

–Pero ¿qué es lo que ocurre? –gritó.

–¿Qué es lo que ocurre?

La imprevista llegada de maese Bartolomé de Unda le hizo dar un respingo en el asiento.

–¡Dios! ¡Qué susto me habéis dado!

–¿Hay algún problema? Os veo muy agitado.

El escribano tomó asiento en una hermosa silla de madera, brillante y lustrosa por las incontables capas de ceras que se le habían aplicado a lo largo de los años.

–¿Cómo no estarlo? –respondió don Alfonso alzando las dos manos hacia el techo a modo de súplica–. Da la impresión de que los demonios se han confabulado para hacer sus fechorías aquí, en la merindad. Herejes que niegan el santo sacramento del matrimonio; mujeres que en lugar de casarse y fundar una familia deciden vivir juntas en un beaterio; paganos, que otra cosa no pueden ser, que se reúnen para danzar y organizar orgías... ¿Es que todo el mundo se ha vuelto loco?

–Lo de los herejes pronto estará solucionado. Fue una buena idea de vuestro tío hacerles decir a aquellos cuatro renegados que Alonso de Mella pretendía alzarse en armas –indicó Unda–. Era la mejor manera para conseguir que la autoridad civil tomara cartas en el asunto.

–En realidad, puede que aquel iluminado incluso hubiera llegado a insinuar algo por el estilo –añadió Arandia buscando una anotación en el volumen que poco antes había estado ojeando–. Aquí está. Oíd: «[...] los paulicianos, un movimiento nacido en el lejano país llamado Armenia, que seguían con veneración las enseñanzas de San Pablo, rechazaban el Antiguo Testamento. Creían en un Dios bueno que moraba más allá del universo material, que era el creador y dueño del mundo sensible y que había enviado a Cristo para redimir a la humanidad. Este Cristo no tenía cuerpo físico, sino sólo aparente en contraposición con el Mal representado por la materia. Rechazaban por tanto todos los atributos materiales de la religión y se negaban a reverenciar la cruz y demás imágenes religiosas. También rechazaban la jerarquía de la Iglesia y los sacramentos, el del matrimonio entre otros. Karbeas, un caudillo pauliciano, fundó la ciudad de Tephrike y organizó campañas militares contra los bizantinos. Dicen que llegó hasta las mismas puertas de Constantinopla [...]».

–¿Cómo habéis dicho que se llamaba ese país?

–¿Qué más da el nombre? –preguntó el párroco a su vez–. Lo importante es la idea, ¿no lo veis? Esos herejes rechazaban la jerarquía de la Iglesia y sus santos sacramentos, fundaron una ciudad y organizaron un ejército. ¿Quién nos dice que los dos frailes no siguieran una meta parecida?

–Yo que vos no me preocuparía demasiado –afirmó Unda convencido–. Incluso en el supuesto caso de que los frailes hubieran tenido la pretensión de alzarse, ¡hubiera sido de ver a un grupo de mujeres, mozas y viejos empuñando las armas contra un ejército organizado! De todos modos, su número hoy en día es muy inferior al de hace cuarenta años y les sería imposible llevar a cabo tal hazaña.

–Yo no confiaría demasiado en ello...

–¿En verdad teméis que algo así haya podido o pueda tener la mínima posibilidad de ser cierto? –inquirió Unda en el colmo de la sorpresa.

–¿Queréis que os diga lo que en realidad pienso? Creo que los frailes y sus seguidores contaban entonces, y puede que aún cuenten, con fuertes apoyos. Aquellas dos señoras que murieron, doña María de Muntsaratz y doña María Pérez de Mondragón, pertenecían a dos familias importantes. ¿Qué hacían mezclándose con la chusma?

–Puede que se hubiesen dejado subyugar por las prédicas.

–¿Y creéis que habrían seguido adelante si no hubieran contado con el apoyo más o menos oculto de sus parientes? –don Tomás sonrió convencido de que la súbita idea que de pronto le había venido a la mente podía ser cierta–. Si en verdad hubo intención de levantarse en armas, no partió de los sectarios, abocados a la derrota, sino de gentes con influencia, hombres y... armas.

–¿Y por qué no lo hicieron? ¿Por qué abandonaron a los herejes?

–¿Quién sabe? Tal vez la revuelta acabó antes de empezar por el hecho de que los sectarios fueran detenidos por los hombres de mi tío.

–O tal vez cambiaron de opinión, que todo pudo ser...

Los dos hombres permanecieron en silencio durante un buen rato. Unda recordó haber oído a su padre decir que «algunos» que se las daban de muy listos habían salido trasquilados y habían tenido que dejar sus ambiciones para mejor ocasión.

–¿Y qué es eso que habéis dicho sobre un grupo de paganos que organizan orgías? –preguntó de nuevo.

–Ah, eso... No es la primera vez que oigo hablar de ello. Aún hay mucha superstición en tierras de Vizcaya.

–Costumbres antiguas...

–Que pueden llegar a ser actuales en los tiempos que corren –aseguró don Tomás–. Vos sabéis tan bien como yo que en todo esto hay algo más que mera superstición. Vale con que un par de viejas crean en un ser poderoso que habita en las montañas. A fin de cuentas, Dios está en todas partes y lo importante es creer, pero otra cosa es que se vuelva a las antiguas prácticas, a las danzas del plenilunio, a la obscena coyunda, al resurgimiento de las agoreras...

–¿Creéis de verdad que pueda ser algo tan serio?

–¡Peores cosas se han visto! ¿Habéis oído hablar alguna vez de los satanistas?

Maese Bartolomé abrió los ojos como platos y se santiguó tres veces antes de responder.

–¿Habláis de las sectas?

–No sólo de ellas. Un satanista es quien rinde culto al diablo, aunque no esté en ninguna secta. Hablo de los magos que celebran rituales para dominar los poderes del Mal y hacer uso de ellos, los heréticos que se apoyan en él para dañar a la Iglesia y las mujeres.

–¿Las mujeres?

–Las mujeres, amigo mío –afirmó el párroco con el ceño fruncido–, son seres incompletos que se dejan tentar por el Maligno, al igual que Eva se dejó tentar en el Jardín del Edén, y que luego utilizan sus artes para confundir a los hombres.

–¿Todas?

–Al menos muchas.

Don Tomás se levantó del asiento y se dirigió a una repisa en la que había una docena de volúmenes de gruesas cubiertas. Pasó el dedo índice por los lomos y finalmente cogió uno de ellos y lo colocó sobre la mesa.

–En este libro se describe de forma clara el poder que el Maléfico ejerce en las mujeres –informó el clérigo al atónito escribano–. Se asegura que algunas cabalgan de noche sobre ciertos animales para ir a reunirse con Diana, la diosa de los paganos, y que recorren enormes distancias obedeciendo sus órdenes. Se reúnen en las noches de luna llena y bailan desnudas, invocando las fuerzas de las tinieblas para cometer los más terribles actos.

Unda también se había levantado del asiento y se había aproximado al párroco. Sus ojos se extasiaron ante una ilustración que mostraba a una mujer completamente desnuda, los cabellos al viento, montada sobre un caballo volador. Cerró los ojos y tuvo que hacer un verdadero esfuerzo antes de hablar.

–¿Creéis que estas cosas también pueden ocurrir aquí, en nuestra tierra? –preguntó por fin.

–En cualquier lugar puede ocurrir de todo, estad seguro de ello –afirmó Arandia con la misma convicción con la que se dirigía a sus parroquianos durante el sermón.

–Yo nunca he oído hablar de esta diosa –insistió maese Bartolomé señalando la ilustración.

–Puede que aquí tenga otro nombre. ¿Qué más da que se llame Diana, Mari o Astarté? Ya os lo he dicho antes, lo importante son los actos y no estaría de más que averiguásemos qué es lo que esas mujeres se traen entre manos.

–¿Las de las orgías?

–Sí.

–Dejádmelo a mí –afirmó Unda, preso de una súbita excitación–. Todo el mundo os conoce y con vuestro hábito os será difícil obtener información. Yo puedo ir preguntando por aquí y por allí, como si nada...

–Bien. Ahora sólo me queda el asunto de las beatas. Tengo que encontrar un medio para que sigan pagando el diezmo a la parroquia, mal que les pese... ¡Mujeres!

–¿Podríais..., podríais prestarme ese libro para que yo lo estudie y sepa a qué atenerme?

El clérigo vaciló durante unos instantes. Jamás prestaba sus libros. Su posesión le proporcionaba un sentimiento de superioridad sobre los demás mortales, de ahí que respetase al librero Orúe a pesar de sus dudas en cuanto a su ortodoxia. Pero Bartolomé Martínez de Unda –pensó con rapidez– no era como los demás vecinos de la villa. Llevaba tiempo tratando con él y conocía la rectitud de sus ideas, era un hijo fiel de la Iglesia y, de hecho, era el único que le había prestado atención y apoyo cuando alertó sobre el renacimiento de la herejía de los fraticellos, que tal vez nunca había desaparecido por completo. Los demás, incluidos el alcalde y los regidores, se habían alzado de hombros o se habían limitado a sonreír con ironía.

–Tened cuidado –le indicó, cerrando el volumen y empujándolo hacia él–. Es una obra antigua y de gran valor.

–Lo cuidaré como a una joya y no dejaré que nadie ponga sus manos en él.

El escribano se dirigió a su casa poco después. Llevaba la preciosa obra sujeta entre sus brazos y apretándola contra su pecho como si se hubiera tratado de una hermosa mujer. Al llegar se encerró en su escritorio y abrió el libro por la primera página.

La vida de Catalina dio un giro de noventa grados a partir de entonces. Se levantaba a primeras horas de la mañana, bajaba al minúsculo gallinero que tenía el físico en un pequeño patio detrás de la casa, daba de comer a las tres gallinas que campaban felices por sus dominios y recogía los tres huevos que escrupulosamente éstas ponían cada día; encendía el fuego, calentaba la leche y preparaba un suculento desayuno que trataba de variar con los pocos elementos de que disponía. Después, mientras el médico iba al mercado memorizando los pedidos que ella le encargaba, limpiaba la pequeña casa y esperaba el regreso de su maestro.

Estaban enfrascados en la tarea de su enseñanza mucho antes de que las calles se llenaran de gente ruidosa y de comerciantes gritones. Descubrió un mundo nuevo y desconocido que cada día la atraía con más fuerza. No se cansaba de hacer preguntas al viejo médico, que procuraba responder de forma sencilla, dejando para más adelante los vericuetos más complicados de su arte.

A media mañana empezaban a llegar los pacientes. Al principio la joven permanecía en la cocina con la puerta entornada, prestando la mayor atención a todo lo que se decía en un cuarto contiguo que el físico había dispuesto como consulta. Recibía a los pacientes de uno en uno y, al no haber suficiente espacio en la casa, los demás tenían que esperar haciendo cola en el exterior, una regla que don Diego no permitía que se trastocase excepto en los casos de urgencia. Un mes después de su llegada, Catalina ya asistía a las consultas como mera oyente y observadora, ayudando en tareas pequeñas como la de lavar una herida o vendar una llaga. Cada día conocía y apreciaba más a su maestro. Era bondadoso con los enfermos y sabía explicar las cosas de forma que ella entendiese.

–Todo lo que sé –le confesó un día– se lo debo a don Simón Eder, un gran hombre y un gran físico. Me aceptó como alumno cuando tenía más o menos tu edad, y tanto él como yo tuvimos que soportar muchos malos ratos.

–¿Por qué razón?

–Porque él era judío y yo cristiano.

–¿Qué es un judío? –era la primera vez que la joven oía aquella palabra.

–Una persona de otra religión. ¿No lo has oído nunca en la iglesia? –le preguntó extrañado.

–Nosotras sólo vamos a la iglesia cuando se muere algún pariente.

–¿Tampoco has ido a clase de doctrina? –insistió el buen hombre con curiosidad.

–¿Qué es eso?

Diego de Olea la contempló en silencio antes de relatarle parte de su vida. Sintió un profundo pesar cuando murió su maestro. Simón Eder había sido para él más que un padre. De hecho, tomó su lugar cuando su verdadero padre lo echó de casa por no querer ser soldado.

–Si te vas con ese judío, no volverás a ser miembro de esta familia –sentenció el temible patriarca.

–Quiero ser médico –protestó él tratando de conmover a su padre.

–Nunca ha habido físicos en nuestra familia –replicó éste–. No permitiré que un hijo mío ande por ahí curando a apestosos y menos en compañía de un judío.

–Todo el mundo precisa un médico de vez en cuando, padre, incluso tú.

Su padre lo miró con desprecio. Tenía el cuerpo marcado por cicatrices y huesos rotos mal compuestos, pero estaba orgulloso de haber sobrevivido a más de cien batallas, según contaba, aunque el número era lo de menos, y nunca había recurrido a un físico.

–Antes moriré desangrado que dejar que un matasanos ponga sus manos sobre mí –replicó.

–De todos modos, quiero ser médico –insistió su hijo– y Simón Eder es el único por aquí que puede enseñarme.

Dejó su casa y sus tierras y decidió no volver a poner los pies en Zeberio. Lo hizo, sin embargo, algunos años más tarde cuando su hermano pequeño fue a buscarlo a Tabira. Su madre estaba muy enferma y el viejo cacique, le dijo, mandaba en su busca. No se lo pensó dos veces y recorrió a lomos de su mula las millas que separaban las dos localidades. Supo, al examinar a su madre, que nada podría hacer por salvarla. Ya había visto antes bultos como aquellos, pero ninguno tan grande como el de ella que ocupaba parte de su pecho izquierdo y se extendía bajo su axila. Su padre no le dirigió la palabra en ningún momento y después del funeral abandonó la casa que lo vio nacer sabiendo que nunca más volvería a ella.

Se sintió perdido y solo cuando murió Eder poco después. El concejo de la villa no le ofreció el puesto dejado por el difunto, así que decidió desaparecer de Tabira durante una temporada. Cerró la casa, recogió unos pocos enseres y un par de libros y cabalgó en dirección a Axpe. Conocía a Pedro de Martzana desde hacía años y estaba seguro de que lo acogería en su torre durante todo el tiempo que necesitara su estado de ánimo para recuperarse.

En la torre fue recibido, tal como esperaba, con los brazos abiertos. Pedro era exactamente su reverso de la moneda. Nervioso, impaciente, amante de trifulcas, incapaz de dedicar un solo minuto a algo que no fueran sus caballos, sus perros y sus armas. No obstante, sabía ser un buen anfitrión y supo desde el primer momento que lo que su amigo buscaba era paz y silencio, así que no insistió para que lo acompañara en sus expediciones cetreras o en francachelas que finalizaban a la misma hora en que los aldeanos iniciaban sus quehaceres.

Le gustaba andar durante largas horas, se perdía por pequeños caminos flanqueados de hayas y robles, recogiendo plantas y raíces, ensimismándose con los trinos de tordos y petirrojos o metiendo sus pies cansados en alguno de los arroyuelos que bajaban, frescos y claros, desde las cimas. Un día se acercó hasta una fuente, conocida por el agua roja ferruginosa que manaba de la roca y que, según los habitantes del lugar, era del color de la saya de una mujer que había perdido la vida tratando de salvar a su hijo caído en un sima más arriba. Se sintió molesto al ver a una mujeruca que recogía el precioso líquido en un pequeño cántaro de cobre. No le gustaba hablar con nadie y aquellos paseos le hacían creer, por breves momentos, que era el único ser humano vivo de la tierra. Se acercó, no obstante, y saludó a la mujer, que, en un primer momento, lo miró de arriba abajo sin cortarse un ápice.

Un rato después estaban los dos sentados en la hierba hablando animadamente acerca de las propiedades curativas del agua ferruginosa, intercambiando recetas y conocimientos y disfrutando mutuamente de su compañía. Supo que la mujer era herbolera curandera y que llevaba toda su vida ejerciendo el oficio, con éxito al parecer. Su nombre era Catalina. Al día siguiente encaminó sus pasos hacia Goiena. A instancias de la dueña, permaneció en el caserío mientras un mozo era enviado a dar aviso a Martzana y a recoger sus pertenencias.

Habían pasado muchos años y aún recordaba aquellos días como los mejores de su vida. Su estancia en Goiena se alargó más de lo previsto y llegó a creer que se quedaría allí para siempre, pero un día llegó un mensajero de Tabira rogándole que volviera a la villa pues el concejo reclamaba sus servicios. ¿Qué podía hacer sin familia y sin fortuna? Sin embargo, a partir de entonces y hasta que murió la anciana, regresó a Goiena siempre que pudo y nunca dejó de admirarle que una mujer sin estudios médicos fuera capaz de discernir la enfermedad y su cura, si la había, con tanta maestría.

–¿Por qué no le gustaba a vuestro padre vuestro maestro? –preguntó Catalina volviendo al tema inicial de la conversación.

–Es una vieja historia. Teníamos otras costumbres, otras formas de ver las cosas, otra religión.

–¡Qué tontería! –exclamó impulsiva–. ¡Como si eso tuviera alguna importancia!

Luego recordó las miradas que los vecinos de Arrazola le dirigían cuando alguna vez bajaba al pueblo. Nunca había entendido por qué razón la miraban de aquella forma, por qué no tenía amigas y por qué nadie del pueblo las visitaba. Su abuela había intentado explicárselo una vez.

–Nos temen –afirmó, olvidando que eso era justamente lo que su hija Graciana decía y que ella rebatía con energía.

–¿Por qué?

–¡Quién sabe! –exclamó haciendo un gesto despectivo–. Vivimos separadas del resto, raramente bajamos al pueblo y vamos poco a la iglesia. Tal vez por eso o porque hay gente que nos tiene envidia, otros que recuerdan a tu bisabuela y dicen que era una bruja, aunque olvidan las muchas veces que les curó un mal de hígado o una llaga purulenta.

–¿La bisabuela Catalina era una bruja?

–¡Por supuesto que no! –replicó Domenja indignada–. Pero cualquier cosa vale a la hora de hablar mal de los demás.

–¿Y qué es una bruja? –preguntó la muchacha con interés.

Su abuela solía impacientarse en aquellas ocasiones.

–Katalintxe de Goiena –decía–, ¿no te cansas nunca de preguntar?

–No –respondía ella en el mismo tono–. ¿Cómo voy a enterarme de las cosas si no pregunto?

Entonces Domenja se echaba a reír y le acariciaba los rizos de la cabeza. Pero, pensándolo con detenimiento, nunca le había explicado qué era exactamente una bruja y por qué sólo iban a la iglesia con motivo del funeral de algún pariente. Incluso en dichas ocasiones, sentía que los demás vecinos las miraban con temor pero, cosa curiosa, también con un cierto respeto.

–Otra cosa, Catalina –la voz del físico interrumpió sus pensamientos–, de ahora en adelante deberás acostumbrarte a llamarme tío.

–¿Tío? –preguntó extrañada.

Diego de Olea sonrió abiertamente.

–Bueno –casi se disculpó–, he ido diciendo por ahí que eres mi sobrina. Sería un poco raro, ahora que empiezas a ayudarme en la consulta, que sigas llamándome don Diego. La gente se extrañaría de que hubiera tanta formalidad entre un tío y una sobrina.

–¿Tengo que llamaros tío? –repitió la pregunta.

–Sí.

–No sé si podré.

–Tendrás que acostumbrarte y, si quieres que te diga la verdad –añadió–, me gustará mucho que lo hagas. Hace tiempo que ya no tengo familia, ni hermanos, ni sobrinos, y será para mí un placer pensar que, aunque no sea cierto, tengo una verdadera sobrina.

–Bueno, lo intentaré... –balbuceó–, tío... Diego.

Se miraron con simpatía. Hacía tiempo que el médico no se sentía tan a gusto. La llegada de la joven había aportado un poco de alegría a su vida, totalmente dedicada a sus enfermos y poco más. Ya casi no recordaba su llegada a Tabira, más de cincuenta años atrás. No había tenido dificultades en adaptarse, aun cuando la gente tardó en comprender que él no era judío como su maestro. Los años habían pasado, había ido envejeciendo y volviéndose más retraído; había olvidado lo que era tener alguien con quien conversar, alguien más joven e impaciente que no dejaba de hacer preguntas todo el día, que le hacía reír y que además cocinaba muy bien, algo que agradecía su estómago poco dado a caprichos gastronómicos.

Según él, Domenja tenía razón. Catalina tenía el talento para curar. Podía comprobarlo día a día, la observaba moverse en la consulta, consolando a los sufrientes, preparando medicinas y remedios y mirando con infinita tristeza a un enfermo que no tenía cura.

–¡Qué lástima que no sea varón! –se dijo el día en que comprobó la maña que se daba suturando una herida en la pierna de un niño que se había caído de un árbol.

No era fácil coser una herida y menos en un niño incapaz de comprender el dolor. La joven daba pequeñas puntadas mientras distraía la atención del pequeño.

–Te va a quedar una marca –le dijo–, una marca preciosa que podrás enseñar a tus amigos y decirles que te la ha hecho un oso o un lobo.

Al decir eso, le dio un pequeño golpe con la mano izquierda y a continuación metió la aguja con la derecha. El niño tuvo un sobresalto, pero no gritó.

–Además –continuó–, cuando seas mayor, podrás mostrársela a tu novia y presumir de fuerte y valiente.

De nuevo el golpe y la aguja. La madre, que poco antes se deshacía en lágrimas como su hijo, sonreía ahora viéndolo más tranquilo y dispuesto a dejarse curar.

–Yo he visto muchas heridas, te lo puedo asegurar, pero ninguna tan importante como ésta –añadió dando otro golpe y otra puntada–. Ahora te duele, pero dentro de poco ya verás cómo no sientes nada.

Acabó la cura lavando la herida con agua de toronjil; aplicó una pomada de calabaza, elaborada con hojas de verdolaga y carne de calabaza, aceite y cera para bajar la inflamación, y luego vendó la herida con gasas de lino cortadas en tiras.

–Mañana te espero para cambiarte el vendaje –le dijo antes de despedirse y darle un palo de regaliz, que el niño cogió rápidamente–, entonces te daré otro palo mucho más gordo que guardo para los valientes.

Don Diego observaba complacido la sonrisa en los rostros del pequeño y de su madre, y también él sonrió. Eran momentos como aquellos los que le hacían olvidar los muchos sinsabores experimentados a lo largo de su extensa carrera. Luego fijó su atención en Catalina.

Si hubiera sido un hombre..., ¡qué buen discípulo habría sido! ¡Qué porvenir tan brillante! Pero era mujer y esto no sólo limitaba sus posibilidades, sino que, si continuaba ampliando sus conocimientos y poniéndolos en práctica, podría acarrearle no pocos disgustos. Más de una vez había pensado en enviarla de vuelta a su casa. En poco tiempo había aprendido más que cualquier otro alumno de los que había tenido en el pasado. Tanto era así que ella se encargaba de todos los preparados de uso común, ocupándose él únicamente de aquellos que requerían una atención especial o que precisaban plantas como la adormidera o la cicuta, tóxicas e incluso letales si no se tenía el debido cuidado a la hora de realizar las mezclas.

Tal como se lo había prometido a Domenja, le había enseñado todo lo que él sabía de partos y habían tenido la buena fortuna de poner en práctica dicha enseñanza pocos días después, con ocasión de uno que presentaba problemas. Fueron en su busca a altas horas de la madrugada y él despertó a Catalina para que lo acompañara.

La esposa del cordelero Sagarna estaba en plena labor y gemía, entre sudores y espasmos, en una enorme cama de roble, rodeada por su marido y un par de parientes que no sabían qué hacer y estaban muy asustados. Echaron a todos de la habitación, incluido el cordelero.

–Le he mandado llamar, doctor –explicó la partera, una mujer gruesa con más aspecto de soldado que de comadrona–, porque lleva ya muchas horas y no consigo que el niño salga. A lo mejor entre los dos... La silla de partos no ha servido para mucho.

–Bien, bien –dijo Olea, poniéndose manos a la obra. De sobra sabía él que las mujeres siempre recurrían a sus servicios cuando ya no sabían qué hacer–. Ah, ésta es mi sobrina. Es mi ayudante y está aprendiendo.

La partera miró a la joven y asintió con la cabeza, luego se volvió hacia la parturienta que acababa de emitir un sonido agónico parecido a un grito.

El parto duró mucho tiempo. La mujer era primeriza y no acababa de dilatar. Según explicó Olea a Catalina, que mantenía un candil e intentaba ver, sin conseguirlo, la pelvis de la mujer era estrecha y eso casi siempre era motivo para que tanto la madre como el hijo murieran en el intento. Muchas veces había hablado con su maestro Eder acerca de los problemas del parto y del gran número de mujeres que perdían la vida durante y después del mismo. Simón Eder era firme partidario de efectuar una cesárea en casos extremos, no en vano había estudiado con atención algunas obras de eminentes doctores árabes en las que se explicaba la operación, un corte en las paredes del abdomen y del útero de la madre.

–*Natus ab utero caesus*, se decía de Julio César, nacido de esta manera –informó a su discípulo.

También le había mostrado una ilustración vieja de tres siglos en la que aparecía una reina a la que se le estaba practicando una cesárea.

–Ésta –le había explicado– era una reina de Navarra. Según dicen, murió de un flechazo estando muy avanzada en su preñez. Uno de sus caballeros le abrió el vientre y le extrajo viva la criatura. El rey le premió concediéndole un título y el nombre de Ladrón, porque había conseguido robarle el niño a la muerte.

Sin embargo, y no se sabía muy bien por qué razón, estaba prohibido realizar la operación y únicamente se autorizaba a fin de salvar al hijo en el caso de una mujer embarazada recién fallecida.

–Las vivas que se las arreglen como puedan –mascullό el físico.

–¿Decíais algo, maese Diego? –preguntó Josefa, la partera.

–No, nada –respondió éste, y añadió dirigiéndose a Catalina–: ¿Se te ocurre algo?

–Azafrán.

Médico y partera levantaron la cabeza y se quedaron mirando a la joven.

–¿Qué has dicho? –preguntó el hombre como si no hubiera entendido la respuesta.

–Azafrán –repitió Catalina–. He oído decir a mi abuela que no hay nada mejor que el azafrán para ayudar en los partos, pero yo nunca he visto esa planta.

Olea trataba de pensar rápidamente. Conocía las propiedades de la planta traída por los árabes a la Península. Además de muchas otras virtudes, la tisana elaborada con las hebras remediaba muchas enfermedades de la matriz, provocaba los menstruos y era mano de santo en los partos difíciles. Él utilizaba el azafrán para aliviar las convulsiones de sus pacientes tísicos, sabiendo que no debía abusarse de él, puesto que un exceso podía provocar la muerte. Disponía de una cierta cantidad, regalo de un ovejero de la Mesta en su paso hacia el Cantábrico. La mujer del ovejero que lo acompañaba en el viaje había caído enferma de fiebres justo antes de llegar a Tabira. Él no sólo la había curado, sino que también la había alojado en su propia casa mientras sanaba del todo y esperaba la vuelta del marido, contratando además a una viuda para que se ocupara de la enferma y, de paso, para no dar qué hablar a los vecinos. El ganadero había regresado al cabo de varias semanas, embarcadas las ovejas hacia Inglaterra, encontrando a su joven esposa recuperada y con buen color. Por el brillo de sus ojos, el físico había podido constatar cuánto le satisfacía verla en tan buen estado de salud, pero, parco en palabras como buen castellano, se había limitado a preguntar.

–¿Dinero o especias?

No pudo menos que pedirle una explicación ante tan curiosa pregunta.

–Llevo conmigo especias que se cultivan en los campos de Toledo y que no se dan por aquí –dijo el ovejero–. A veces la gente prefiere que les pague con ellas.

–¿Y cuáles son esas especias? –preguntó muy interesado el físico.

– Orégano, comino, pimienta, tomillo y azafrán.

–¿Azafrán?

–En mi tierra se dice «onza de azafrán, onza de oro» por el gran valor que tiene –explicó el ovejero sonriendo por primera vez.

Sacó del fondo del morral que llevaba al hombro un atadijo envuelto en una pieza de tela y atado con una cuerda. Como si estuviera revelando un gran misterio, desató la cuerda y abrió el envoltorio. Apilados unos sobre otros había una serie de paquetes pequeños envueltos con igual cuidado.

–No llevo tanto como una onza, pero me haréis un gran favor si lo aceptáis –dijo tendiéndole el paquete.

Eso había ocurrido dos veranos antes y nunca se había arrepentido del trueque. Disponer de azafrán en Tabira, o en cualquier zona norteña, era un verdadero lujo.

–Corre a casa –ordenó a Catalina–. En la alacena, el pequeño tarro de vidrio que está al lado de las semillas de cáñamo...

La joven no se hizo repetir la orden. Salió disparada y regresó un rato después, sudorosa y jadeante, con el tarro en las manos.

El niño nació amarillo, pero vivo y, aparentemente, sano.

–¡Buen trabajo, maese Diego! –exclamó la comadrona cuando ya los tres estaban de nuevo en la calle.

–Para trabajo el de esa mujer –respondió el médico con humor.

–Y vuestra sobrina, ¿cómo se llama? –preguntó Josefa.

–Catalina.

–Bien, Catalina –dijo la mujer dirigiéndose a la joven–, ayuda a tu tío y aprende mucho de él. Es un hombre sabio.

Dicho esto, hizo un gesto de despedida con la mano y se dirigió en dirección contraria. La vieron partir sin moverse de su sitio.

–Le pediré que te lleve con ella la próxima vez que tenga que atender a una parturienta –indicó el médico, señalando la figura que ya doblaba la esquina.

No pudo evitar una sonrisa al ver la mirada de asombro de su discípula.

–Aunque pueda parecerte extraño, no es a mí a quien llaman cuando va a nacer una criatura –explicó–. Las mujeres prefieren que otras mujeres se ocupen de sus asuntos y sólo acuden a los físicos cuando hay problemas, pero no siempre ocurre como hoy y la mayoría de las veces llegamos tarde para salvar a la madre o al hijo. Josefa es la mejor de las parteras y con ella aprenderás mucho más que conmigo, al menos sobre males de mujeres.

Don Diego había, en efecto, hablado con la matrona y a partir de entonces Catalina tuvo trabajo doble porque Josefa le tomó cariño y, al verla tan dispuesta, no dejaba de llamarla un día sí y otro también. No siempre eran partos, también había hemorragias, náuseas, dolores, menstruos irregulares, climaterios, abortos naturales y otros provocados por pacientes que echaban mano de artilugios y remedios para evitar, por diversas razones, que el hijo creciera en sus entrañas.

–Lo que nunca me verás hacer –le dijo un día que habían asistido a una mujer que se desangraba después de haber tomado una gran cantidad de cornezuelo de centeno– es provocar un aborto. A veces ocurren, pero no seré yo quien los provoque. La vida es sagrada y, además, una no puede fiarse.

–¿Fiarse de qué? –preguntó Catalina.

–Provocar un aborto es un crimen y si te pillan, te ahorcan –aclaró la comadrona–. ¡No pienso arriesgar mi pescuezo porque una jovencita o menos jovencita se haya levantado las sayas a destiempo!

El comentario le hizo reír, pero Josefa siguió hablando imperturbable.

–Y si vas a dedicarte a este oficio –le aconsejó–, acuérdate de lo que te digo. Por mucho que te prometan que no van a decírselo a nadie, ¿quién te asegura que no vayan a hacerlo? Tratar de arreglar el entuerto sí, pero meterse en el terreno de la ley, ¡ni hablar!

Comprobó que las palabras del médico eran ciertas. Las mujeres apenas acudían a consulta para ellas. Siempre acompañaban a un familiar, el marido, el hijo, el hermano, o, en todo caso, si precisaban atención, era para curar una herida de hoz o una quemadura producida por carbones o agua hirviendo, nunca por razones propias de su condición. Desde el momento en que dejaban de ser niñas, también dejaban de acudir al físico, prefiriendo a Josefa o a cualquier otra comadre, curandera o herbolera del lugar, que igualmente les proporcionara hojas de culantrillo o marrubio para atajar el dolor mensual, un frasquito de agua de melisa para las crisis de nervios, jarabes de ortiga para la falta de apetito o una mezcla de jugo de alcachofa con miel y vino para que sus hombres dejaran de acudir a la taberna y les prestaran la atención que los años y la costumbre habían dejado olvidada. Soluciones, en fin, para males grandes y pequeños.

La atención que prestaba al físico, cada día más encogido y desgastado, su ayuda en la consulta –de la que a veces incluso se ocupaba ella sola–, así como las llamadas de Josefa, la mantenían todo el tiempo atareada y había días en los que las horas de sueño apenas servían para despejarla un poco. Se quedaba profundamente dormida, sin fuerzas ni para desvestirse, cuando al fin podía tumbarse encima de su colchón de hierba seca. De todos modos, su elección ya estaba hecha. Cuando llegara el momento, únicamente se ocuparía de los males de las mujeres.

No tenía tiempo para echar en falta a su abuela ni a su madre y casi había olvidado la forma de las colinas que rodeaban su caserío, vestidas de todos los tonos verdes que uno podía imaginar, suaves como el terciopelo, llenas de vida. Tampoco echaba en falta sus correrías por las faldas del Anboto ni sus conversaciones con la Dama. De vez en cuando, muy de vez en cuando, una ráfaga de recuerdos pasaba por su mente.

–¡Era una niña entonces! –exclamaba en voz alta, casi enfadada, al evocar las coronas de flores que trenzaba en honor a Mari y que dejaba en el suelo esperando que la diosa las recogiera.

Todas las mañanas, sin embargo, al levantarse dirigía su mirada hacia la cumbre del monte sagrado que veía desde la ventana de su cuarto y comprobaba si había nubes enganchadas en la cima, sonriendo cuando así era y sintiendo una pizca de desilusión si la cima aparecía limpia.

Tenía la impresión de que su vida siempre había estado en Tabira, en casa del físico, ocupándose de heridas, partos y boticas. Finalmente había tenido que dar la razón a su abuela. En efecto, tenía el talento del que ella tanto hablaba. Sabía cuándo una persona tenía cura o cuándo nada podía hacerse para arrancarla de los brazos fríos y tenaces de la muerte, y esta aptitud le provocaba profundos sentimientos de angustia. Una cosa era saber si una ardilla caída de un árbol podría saltar de nuevo de rama en rama y otra, muy diferente, ver la muerte en los ojos esperanzados de una mujer a punto de parir. Algunas noches, después de haber tenido una de sus experiencias con un enfermo que había muerto, se despertaba bañada en sudor en mitad de un sueño en el que se le aparecía el espíritu del difunto con una mirada acusadora en sus ojos de fuego.

–No debes tener miedo –le dijo don Diego un día en que le había confiado sus temores–. Eres joven y tu corazón sensible sufre al ver sufrir a los demás, pero yo habría dado la mitad de mi vida por tener tu talento. ¿Qué mejor virtud para un galeno que el saber que su paciente responderá al tratamiento?

–¿Y qué mayor dolor que el no poder hacer nada por salvarlo? –musitó ella.

–Pero, querida niña –le dijo con una sonrisa–, nosotros sólo podemos aliviar los dolores y tratar de encontrar remedios para sanar a los enfermos. Dios es el único que puede decidir sobre la vida o la muerte.

Permanecieron un buen rato en silencio con los ojos fijos en las llamas. Finalmente, el médico tomó de nuevo la palabra.

–No obstante, querida Katalintxe, deberás ser precavida.

–¿Precavida?

–Cauta, prudente –insistió el anciano–. Nadie, ¿me oyes?, nadie debe saber jamás que tienes esa capacidad tan extraordinaria.

La joven dejó de mirar las llamas y posó su mirada interrogante en el rostro del físico, que seguía con los ojos puestos en el hogar.

–No puedo vaticinar tu futuro –prosiguió–, pero conozco la naturaleza humana. El temor, la superstición y la envidia anidan en muchas almas. Si se supiera que puedes predecir, que sientes si una persona sanará o morirá, vendrían en tu busca desde los rincones más alejados. Te acosarían, te bendecirían si la respuesta fuera positiva y te acusarían si ésta fuera negativa. Algunos te tildarían de santa y otros de bruja, pero al final acabarían contigo.

Notó que el vello de sus brazos se erizaba, sintió frío y se arrebujó bajo el manto que llevaba sobre los hombros.

–Lo que el ser humano no puede entender lo achaca a poderes sobrenaturales –prosiguió don Diego– y de nada valdría explicarle los experimentos ya realizados desde la antigüedad sobre la energía que nos rodea desde el momento en que nacemos, la capacidad para sanar que tienen algunas personas con sólo poner sus manos sobre el miembro enfermo, la que tienen otras para encontrar agua con una simple horquilla o lo que hace que dos personas se comuniquen aun estando alejadas la una de la otra. No son poderes sobrenaturales, sino fuerzas de una naturaleza desconocida de la que nosotros también formamos parte. Algunos pueden o saben desarrollar esas capacidades y otros no, pero éstos son mayoría y, ¡ay! –suspiró–, en este mundo es la mayoría, influenciada o no, la que dicta las reglas del comportamiento.

–Pero... ¿qué tiene todo eso que ver conmigo?

–Katalintxe, Katalintxe... –se impacientó el maestro–. Escucha a un viejo y hazle caso. Tu bisabuela, a la que tanto respeté, también tenía el don y la gente la temía más que la amaba. Nunca hizo daño a nadie, pero a muchos les hubiera gustado verla arder en las llamas de la hoguera.

Un nuevo escalofrío recorrió su espina dorsal.

–Tú no llegaste a conocerla, era una mujer extraordinaria, pero su propio talento y la respuesta de la gente a la que ayudaba acabaron por recluirla en sí misma y sus últimos años fueron amargos y solitarios.

–Estaban mi abuela y mi madre...

–No es ese tipo de soledad de la que hablo, querida –le explicó don Diego, poniendo su mano sobre la de ella–. Es la soledad de la persona que se ve solicitada y rechazada al mismo tiempo. Pero aún hay más. De tiempo en tiempo las gentes sufren una especie de ataque colectivo y achacan todos sus males a las fuerzas infernales que dominan la tierra, las plagas, las tempestades, las sequías. Al igual que en la antigüedad, ofrecen sacrificios para conjurar dichos males. Buscan chivos expiatorios para inmolar como lo hicieran los paganos cuando el mundo estaba en tinieblas. Unas veces es a los judíos a los que temen y acusan de crímenes horribles; otras son los herejes los que amenazan el orden impuesto por la Iglesia de Roma y otras son los llamados brujos a los que se culpa de todo tipo de males.

Se sobresaltó al escuchar las últimas palabras.

–¿Brujos?

–Encantadores, hechizadores, aojadores...; tienen muchos nombres.

–Mi abuela dice que mucha gente creía que su madre era una bruja –recordó de pronto que nunca le había explicado qué era exactamente lo que hacían las brujas para que la gente les tuviera tanto miedo.

–No digo que no existan los brujos –el fuego y el pote de vino que el anciano tenía en la mano habían avivado el color de sus mejillas–. Pero ni todos los que se dice lo son, ni se dice todos los que son. En cuanto alguien actúa de forma incomprensible por su edad, sus costumbres o su forma de vida, se le acusa de brujería. Si además esa persona es una mujer que vive sola y, por ende, es vieja y fea o tiene algún defecto físico, se le culpa de las plagas, la enfermedad del ganado, el piojo de las gallinas, las tormentas o las sequías, de las enfermedades e incluso de la muerte de personas y animales.

–¡Mi bisabuela no hacía nada de eso! –exclamó acalorada.

Don Diego sonrió.

–Por supuesto que no, Katalintxe, pero a muchos les gustaba imaginar que así era y, por otra parte, no podían explicarse que tuviera el talento, y en vez de achacarlo a Dios, lo achacaban al diablo que todos llevamos dentro.

–Mi abuela dice que el talento es un don de Mari –aclaró la joven con seriedad.

El físico sonrió de nuevo. Bien sabía él que a pesar de que los frailes hacían grandes esfuerzos para erradicar las antiguas creencias de Vizcaya, la mente popular seguía manteniéndolas aún mezclándolas con los dogmas cristianos. Y también sabía que si bien los domingos se dedicaban a la iglesia, muchos hogares continuaban con las viejas prácticas y nunca faltaba un tazón de leche dejado a la puerta para algún espíritu errante, ni el cardo solar para defenderse de los seres malignos y, sobre todo, las preces a Mari invocando su protección.

–Katalintxe, escúchame bien –la miró directamente a los ojos mientras seguía sosteniendo su mano con fuerza–. Corren tiempos peligrosos para todos aquellos que no sigan las consignas establecidas. Sé por una fuente fidedigna que van a acusar de herejía y prácticas brujeriles a algunos de nuestros vecinos, aunque yo estoy convencido de que únicamente se trata de pobres gentes que hallan consuelo a la espera de una vida mejor. Si alguna vez llegase a saberse de tu talento, ten por seguro que te acusarían de bruja y acabarías en la hoguera –notó que la muchacha se estremecía de terror, pero prosiguió en el mismo tono–. Has sido bendecida y debes hacer uso de ello, pero no digas nunca que puedes ver el futuro de un enfermo o de un herido, nunca, ¿me has oído?

Catalina recuperó su mano y se la frotó nerviosa. Afirmó con la cabeza y comenzó a llorar quedamente sin poder evitarlo. Quería volver a su casa, al refugio seguro, a los brazos de las dos mujeres que tanto la querían.

Don Diego de Olea se mostró exhausto tras su larga exposición. No era hombre de muchas palabras. Tras palmear suavemente el hombro de su discípula, se puso en pie con dificultad y abandonó la cocina con paso cansado. La muchacha lo vio salir a través de sus lágrimas y tuvo la certeza de que a la figura borrosa que desaparecía por la puerta se le acababa de escapar un poco de vida.

La villa de Tabira de Durango tenía el privilegio de estar situada en medio de un valle extenso donde se fundían varios caminos importantes que llevaban bien de Bilbao a San Sebastián, como a Bermeo o Vitoria. La gran actividad de sus pañeros y fraguas era una fuente de riqueza y prosperidad que había atraído a la villa a muchos caseros de los alrededores, en su mayoría arrendatarios, que no disponían de dinero suficiente para hacerse con un par de bueyes para arar los campos y mucho menos para pedirlos prestados a sus vecinos más afortunados, teniendo en cuenta que éstos exigían muchas veces a cambio cifras astronómicas imposibles de conseguir. Había igualmente pobres de solemnidad que habían acudido a la villa con la esperanza de encontrar un trabajo, algo bastante difícil dado que los dueños de las fábricas de paños exigían cierta especialidad en el oficio; y también algunos franceses, expertos caldereros y carboneros, que no eran bien vistos por la población a causa de su aspecto y su acento gutural, pero que eran muy apreciados por los dueños de las herrerías.

Los linajes tenían a la población divida en dos bandos y no había día en que no hubiera una reyerta entre los simpatizantes de ambos. Desde el desafío que los había enfrentado delante de la iglesia de San Torcuato de Abadiño y que tanta mortandad había causado, los gamboínos de Martzana, con los Muntsaratz, Unda, Olaso e Ibargoen, por un lado, y los oñacinos de Ibarra, con los Ortueta, Ardanza, Uría y Zaldíbar, por el otro, pugnaban para que cada año, el día de San Miguel, saliera elegido un alcalde afín y dócil a quien poder manejar a su antojo.

Bartolomé de Unda, escribano y ricohombre, se mantenía al margen de los conflictos, aunque no era del todo ajeno a los intereses de su familia y siempre estaba dispuesto a apoyar su causa si así lo requería la situación. Sin embargo, consideraba que aquellas riñas eran meras simplezas comparadas con los oscuros peligros que amenazaban a su amado solar. Adoraba los paseos matinales que le conducían, lloviese o hiciese sol, hasta la iglesia de San Pedro extramuros que, según decían, era la más antigua del señorío. Permanecía largo rato embelesado en su contemplación, imaginando a los primeros cristianos que la habían edificado en pleno corazón de una tierra infestada de hechicería y cultos paganos, y diciéndose que si él hubiera vivido en aquellos remotos tiempos, también habría contribuido en su construcción.

Su mirada recorría luego la apacible campiña, las casas sin edad, desperdigadas sobre la hierba como sobre una suave alfombra, y se detenía en el edificio que ya una vez había sido morada del mal. Intentaba entonces descubrir a los discípulos del diablo que habitaban en su interior, pero no podía observar nada extraordinario en las gentes que entraban y salían, ocupándose en el acarreo de leña y agua, hablando cordialmente con sus vecinos o sentándose en los bancos de piedra adosados para disfrutar del sol. Sus antiguos propietarios habían muerto o tenido que exilarse, pero él estaba seguro de que el mal seguía habitando en aquel lugar.

–Los lobos se disfrazan de corderos para atraer a sus presas –pensaba para sí; y regresaba a Durango con paso rápido.

Una mañana, cuando regresaba de su habitual paseo, tuvo la desagradable sorpresa, al observar cierto movimiento delante de la pequeña ermita de San Roque, de encontrar a un criado de Juan de Larrea, beneficiado de dicha ermita, en tratos con un aldeano que llevaba una cerda amarrada con una soga al cuello como si fuera un perro. Los dos hombres discutían y sus voces rompían el apacible despertar del entorno.

–¿Qué ocurre aquí? –preguntó con el tono severo de voz que utilizaba en los juicios.

–Éste –dijo el criado de Larrea señalando al aldeano–, que no quiere pagar el medio sueldo.

–Ni medio sueldo ni ochavo por un cerdo que no cumple –respondió el hombre con firmeza.

–¿Cómo sabes que no ha cumplido? –le increpó el criado.

–Porque lo he visto con mis propios ojos, por eso.

–¿Qué pasa? –insistió el criado–. ¿Has metido las narices en la concha de tu cerda?

–No ha hecho falta –replicó el aldeano impertérrito–, el puerco ni siquiera lo ha intentado. ¡Si eso es un semental, yo soy San Pedro!

Maese Bartolomé los escuchaba atónito sin entender ni media palabra. La mención del nombre del apóstol de Jesús le hizo reaccionar.

–¡Basta ya! –gritó ofendido–. ¡No permitiré blasfemias en mi presencia!

Los dos hombres interrumpieron la discusión y se le quedaron mirando asombrados.

–Quiero saber qué es lo que ocurre aquí –dijo de nuevo el letrado–. ¿Qué hace una cerda en un lugar sagrado y de qué semental estáis hablando?

–De ése.

El criado señaló al interior de la ermita y a maese Bartolomé estuvo a punto de darle un ataque al constatar que dentro había un enorme y rollizo gorrino durmiendo a pierna suelta entre ronquidos y silbidos.

–¿Qué..., qué...? –no encontraba las palabras adecuadas.

–Mi amo tiene aquí al puerco –explicó el criado de Larrea con toda naturalidad– porque está a las afueras de la villa y no molesta a nadie cuando le traen las hembras para cubrir.

–¿En la ermita?

–Sí, claro –respondió el mozo como si la pregunta estuviera fuera de lugar.

–¿En la ermita? –repitió maese Bartolomé sintiendo que le ahogaba la indignación.

–Sí, ya os lo he dicho. El puerco vive aquí casi todo el año, menos durante los días anteriores a la fiesta del santo. Entonces lo sacamos, limpiamos el lugar y ¡aquí no ha pasado nada! Cuando acaba la fiesta, volvemos a traerlo.

–Aunque es un robo –añadió el aldeano– que Larrea quiera cobrar medio sueldo por el servicio de un puerco tan gordo que apenas puede mantenerse en pie y menos todavía cubrir a una hembra como Dios manda.

–¡Yo sí que voy a mandar a los alguaciles para que os prendan a los dos! –gritó el escribano–. ¡Blasfemos! ¡Herejes! ¡Discípulos del Anticristo! ¡Desapareced de mi vista antes de que os atraviese con mi acero!

Diciendo esto, sacó el estilete de su *makila* y amenazó con él a los dos hombres, que no se lo pensaron dos veces y salieron corriendo, con cerda y todo, desapareciendo en el interior del recinto.

Aquello trajo sus consecuencias. Unda acusó a Juan de Larrea ante el consistorio de ofensa grave a Dios, San Roque y la Santa Madre Iglesia y exigió que el culpable fuera juzgado como convenía a su crimen. Su sorpresa fue mayúscula cuando comprobó que no solamente todos conocían el tejemaneje que el hidalgo se traía con su puerco, sino que además parecía importarles muy poco. Sólo la amenaza del escribano de presentar el caso ante el corregidor de Vizcaya obligó al alcalde a ordenar a Larrea que se llevase a su animal a otra parte y dar el asunto por zanjado. No estaba dispuesto a permitir intervenciones externas en los asuntos de la villa.

Este hecho afincó aún más la certidumbre de maese Bartolomé en cuanto a la impiedad, la falta de decoro, la desidia y muchas otras cosas más de las que hacían gala sus vecinos y que no podían atribuirse a otras causas que a las malas artes que los tenían hechizados. Decidió no esperar a los resultados de la investigación de su escribiente y ocuparse personalmente del asunto de forma directa. Tabira entera estaba contaminada y era preciso hacer todo lo necesario para erradicar el mal de sus calles.

–¿Puede saberse qué es todo ese lío que has organizado con los Larrea?

Doña Marijuán de Ibargoen penetró en el escritorio de su marido como una furia desatada, causando tal sobresalto en el letrado que a punto estuvo de caerse de la silla.

–Juan de Larrea tiene un puerco en la ermita de San Roque –explicó con un hilo de voz aún bajo la impresión de la súbita aparición.

–¿Y qué? ¡Como si quiere tener media docena!

–Es una ofensa contra...

–¡Allá cada cual con sus asuntos! –lo interrumpió la mujer cada vez más encolerizada–. ¡Que se ocupen los que tienen que hacerlo, que para eso se les paga!

–Es deber de todo buen cristiano –maese Bartolomé había recuperado algo de su aplomo– velar por los buenos usos y luchar contra la...

–¿Qué? ¿Ahora también eres clérigo? –le interrumpió nuevamente su mujer–. A mí lo único que me preocupa es que vamos a ser el hazmerreír de toda Tabira. Que una hija de Íñigo González de Ibargoen, alcalde del Fuero, se vea envuelta en una disputa por un puerco es lo más humillante que podría ocurrirle.

–Más humillante es que en estos lugares se haya perdido el decoro de tal forma que se tome a chirigota el uso de una ermita consagrada como lugar para el apareamiento de cerdos –respondió maese Bartolomé recuperando por completo la serenidad–, y más aún que vengas tú a interrumpir mi tarea con quejas propias de comadres que no tienen otra cosa que hacer que andar hablando mal de todo hijo de vecino.

Doña Marijuán iba a responder, pero se calló y miró a su marido de arriba abajo.

–¡Infeliz! –le espetó, y salió de la habitación igual que había entrado.

Bartolomé de Unda necesitó un rato para tranquilizarse. Siempre le ocurría igual cuando tenía una disputa con su mujer, algo muy común por otra parte. Llevaba más de media vida casado con ella y no recordaba ni un solo día en que sus relaciones hubieran sido medianamente normales. La imposición de su padre y de su hermano mayor para que matrimoniase con la hija del famoso alcalde del Fuero en un momento en el que la posición del bando gamboíno en la merindad era más bien precaria, el continuo recordatorio de su mujer en cuanto a que el linaje de los Ibargoen era mucho más antiguo que el de los Unda y el poco favor que había hecho a su familia aceptando una boda a todas luces desventajosa habían amargado su vida. Marijuán no sólo se comportaba con él como si de un subalterno se tratara, sino que además se había negado a compartir su lecho y todo lo que de este hecho se derivaba. En un primer momento creyó que era la reacción normal de una joven que de la noche a la mañana se encuentra viviendo con un extraño. Intentó ganársela con regalos y bonitas palabras, pero todo fue inútil.

–Tú en tu cama y yo en la mía –había dicho la irascible mujer.

–¿Y los hijos? –aventuró él en un último intento.

–Si quieres un hijo, búscate un expósito, pero ni se te ocurra traerlo a mi casa.

Había seguido el consejo a su manera y se había amancebado con una joven aldeana, llegada a Durango en busca de trabajo. La había alojado en una pequeña habitación en casa de una antigua criada de su familia que se ganaba los cuartos hospedando a mujeres en circunstancias parecidas y a las que no preguntaba por sus visitas masculinas. La joven, de nombre Xacobe, le había dado una hermosa hija, nacida, a modo de premonición, el día de Santa Magdalena. Llegó a pensar en casarse con ella y repudiar a su esposa aduciendo su negación para consumar el matrimonio, pero después de sopesar lo que ello significaría para su prestigio como hombre y como letrado, decidió dejar las cosas como estaban. Cuatro años más tarde, Xacobe desapareció con otro hombre sin dejar ni rastro. La antigua sirvienta mandó recado pidiendo indicaciones y dinero para mantener a la pequeña, ya que ésta no había sido parte del equipaje de su madre. Bartolomé llevó a la niña al convento de Barria, en Álava, donde profesaba una hermana suya, y dio orden expresa a las monjas de educarla santa y sanamente, a cambio de una más que generosa cantidad de dinero, sin por ello desviar sus pensamientos hacia la vida conventual, puesto que esperaba de ella nietos que perpetuasen su apellido. Magdalena de Unda había crecido en medio del olor a incienso y velas, ajena a intrigas y habladurías, querida por las religiosas y esperando ansiosa la llegada de la festividad de la santa pecadora cuyo nombre portaba para ver a su padre. Maese Bartolomé, en efecto, y con la disculpa de visitar a su hermana, a pesar del largo viaje que ello le suponía, acudía puntualmente a Barria cada año, tomaba habitación en la hospedería de las monjas y celebraba el cumpleaños de su hija dos días después.

Las circunstancias de su matrimonio, el abandono de su amante, el no haber conocido a su madre, muerta cuando él apenas contaba dos años, las lecturas de insignes padres de la Iglesia que prevenían contra la influencia de la mujer y sus artes, y el desasosiego que le invadía cada vez que se cruzaba en su camino una moza de caderas anchas habían ido marcando su aversión y recelo por el sexo *nefasto*, apelativo que siempre utilizaba al hablar de las mujeres.

–Bien lo dijo Odón de Cluny hace cinco siglos: «Si los hombres vieran lo que hay debajo de la piel, la visión de las mujeres les daría náuseas. Puesto que ni con la punta de los dedos toleraríamos tocar un escupitajo o un excremento, ¿cómo podemos desear abrazar este saco de heces?» –dijo en voz alta, recitando un párrafo de uno de sus libros favoritos, un tratado titulado *La mujer fuente de pecado*, que más bien era un compendio de opiniones, a cual más negativa, sobre las mujeres, de hombres como San Agustín, Santo Tomás de Aquino, Ambrosio de Milán, Geoffroy de Vendôme, Hildeberto de Lavardin, Marbode, obispo de Rennes, y muchos otros eruditos de tiempos pasados y presentes que no hacían otra cosa que darle la razón.

Cogió su capa, su sombrero y la *makila* con empuñadura de plata, herencia de su padre, y salió de la casa sin despedirse de nadie, dispuesto a emprender una lucha sin cuartel contra el mal en forma de mujer.

Le despertaron unos fuertes golpes en la puerta de la casa. Aún era de noche. Escuchó durante un rato los ruidos de la calle y supo que, aunque temprano, la jornada ya había comenzado para muchos de sus vecinos. Los golpes en la puerta arreciaron. Catalina se levantó de un salto, se calzó las zapatillas de paño y echó a correr escaleras abajo cubriéndose con la capa de lana.

–Algún enfermo urgente –se dijo mientras quitaba la tranca de la puerta.

Al mismo tiempo que una ráfaga de aire frío y húmedo, penetró en la casa un hombre cuyo rostro ya casi había olvidado.

–¡Ixile! –exclamó gozosa y sorprendida, pero otro pensamiento rápido como el rayo suplantó inmediatamente su momentánea sorpresa–. ¿Ocurre algo en Goiena?

El hombre acabó de entrar y cerró la puerta.

–He venido a buscarte –fue la lacónica respuesta.

Antes de que la joven pudiera reaccionar, don Diego apareció con un candil en la mano. Un temblor recorrió su cuerpo. Allí, en la semioscuridad de la entrada, el rostro ceñudo del criado y el sorprendido de su tutor, ambos viejos, iluminados por la luz del candil, parecían espectros salidos de las profundidades.

–Ixile ha venido a buscarme –explicó con un hilo de voz.

–Vamos a la cocina –dijo el médico, abriendo él mismo el camino con la luz en alto para que pudieran seguirlo sin tropezar.

En el hogar aún quedaban algunas brasas del día anterior, a las que se añadieron ramas secas que enseguida comenzaron a arder. Sin haber abierto de nuevo la boca, Catalina puso sobre el fuego una pequeña olla en la que todavía quedaba caldo de castañas y col del día anterior y miró al recién llegado.

–¿Ocurre algo? –repitió de nuevo la pregunta.

–Me han dicho que venga a buscarte –respondió el hombre.

–¿Quién?

–Tu abuela.

–¿Le ha pasado algo? ¿Está enferma? ¿Tal vez mi madre...?

Ixile se alzó de hombros. Estaba claro que no diría nada más, incluso si algo sabía. Catalina cogió dos escudillas de la alacena y llenó una hasta los bordes poniéndola luego en manos del hombre de la casa Goiena. Luego miró a don Diego, que hizo una señal afirmativa, y le sirvió también a él una ración. No había mucho más que decir, así que salió de la cocina y se dirigió a su alcoba para vestirse y meter en un saco sus escasas pertenencias.

Cuando bajó de nuevo, los dos hombres hablaban sobre los últimos acontecimientos que tenían revuelta la villa. Se levantaron del banco en cuanto la vieron e Ixile se puso de nuevo el gorro de fieltro que se había quitado antes de tomar el caldo. El gesto indicaba claramente que había llegado el momento de irse.

–No te preocupes, Katalintxe –le dijo el físico mientras los acompañaba hasta la puerta, queriendo reconfortarla, pero sin poder evitar que le temblara la voz–. Vete tranquila, hora era ya de que regresaras a tu hogar.

–Volveré...

–¿Quién lo sabe? –la pregunta no iba dirigida a nadie en concreto–. De todos modos, ya sabes que eres para mí como la hija que nunca he tenido y que ésta es tu casa.

–Volveré –prometió cogiéndole las manos–, volveré, tío, os lo prometo.

–Y si no lo haces, seré yo quien vaya a Goiena –el anciano sonreía, pero no había alegría en su sonrisa–. Tu partida es tan súbita que no sé qué decir.

–Tampoco me voy tan lejos...

–Cuídate, niña, cuídate mucho.

Don Diego la atrajo hacia él y le dio un beso en la frente. Catalina lo abrazó con todas sus fuerzas y se volvió apresuradamente para subir al carro. Miró de nuevo hacia la puerta cuando el carro se puso en movimiento. El viejo médico la despidió con la mano. Ya había clareado, la villa revivía como cada día, la campana de Santa María llamaba a misa, se oían las voces de los aguadores, las de los tenderos en los bajos de las casas, las de las madres llamando a sus chiquillos, pero ella sólo tenía ojos para la exigua figura embutida en su vieja bata de lana que iba haciéndose cada vez más pequeña.

No llovía, pero el cielo, de un gris oscuro, casi negro, amenazaba con un gran chaparrón en cualquier momento. El color verde de los campos y de los montes parecía más profundo que de costumbre y el aire traía los olores a madera quemada y a hierba húmeda tan unidos en el recuerdo de los naturales que vivían en otras tierras añorando la suya.

Intentó hablar con Ixile y sonsacarle alguna explicación, pero el hombre parecía sordo y mudo, y todo lo que consiguió fueron algunos gruñidos como respuesta a sus preguntas. Finalmente, decidió olvidarse de su acompañante, se tapó con la vieja manta que aquél había echado sobre sus piernas, cruzó los brazos para sentirse más protegida y dejó que sus pensamientos recorrieran el tiempo transcurrido desde que pasara por aquellos mismos lugares camino a Tabira.

Lo que en principio iba a ser un aprendizaje de unos pocos meses, se había convertido en una larga estancia de casi dos años. Recordó que acababa de cumplir los quince y que ahora, poco antes de las fiestas de la Natividad, cumpliría diecisiete. El tiempo había pasado como un suspiro y no había tenido oportunidad de volver a Arrazola. Una vez, hacía ya más de un año, su madre había ido a visitarla a Tabira y durante unos días compartieron la cama en casa del médico. Le habló entusiasmada de lo mucho que estaba aprendiendo con don Diego y con Josefa, la partera; le contó cómo, los días de mercado, la villa se llenaba de aldeanos que bajaban de sus caseríos vestidos con sus mejores trajes, trayendo consigo hortalizas, huevos, frutas y quesos; cómo, los días de fiesta, acudían al lugar comediantes, volatineros, milagreros con pócimas para que a los calvos les creciese el cabello o cremas exóticas para hacer desaparecer el molesto vello sobre el labio superior de las mujeres; predicadores ofreciendo reliquias, vendedores de oropeles y extraños tejidos bellos a la vista y suaves al tacto; le describió los hermosos trajes bordados en plata de las ricashembras de Tabira y las garnachas, sayos y jubones de terciopelo que portaban los hombres adinerados.

Estaba segura de que la intención de su madre era llevarla consigo de vuelta a Goiena, pero llegó el día de la partida y besándola en ambas mejillas le aconsejó que siguiera aprendiendo mucho y que aprovechara la magnifica ocasión que ella misma nunca había tenido. No sintió remordimientos al verla marchar acompañada, como siempre, del inmutable Ixile. Pero ahora, mientras el carro seguía a trompicones la vereda que la llevaba de vuelta a casa, sintió un molesto hormigueo al recordar que a su vez apenas le había preguntado acerca de ella y de la abuela, de su cabra favorita y de los cuatro perros que había dejado atrás gimiendo por su marcha.

Pasaron por delante de la torre de Muntsaratz e instintivamente se encogió en el asiento, cubriéndose la cara con la manta. Ixile advirtió su movimiento y sonrió sin decir nada. Catalina había visto a su tío en Tabira dos o tres veces, pero él no parecía haberla reconocido. Era difícil, de todos modos, que se fijara en ella entre tanta gente llevando, además, la cabeza y parte de la cara cubiertas con la sobrefalda que se echaba encima cada vez que salía a la calle. Íñigo iba acompañado por varios de sus hombres y no reparaba en los viandantes que cruzaban por su lado. Su gran tamaño y su porte fiero recomendaban alejarse de su camino y cuando alguien se descuidaba era apartado de un manotazo. Al principio temió que cualquier día él o alguno de los suyos se presentara en casa de don Diego, pero el físico le quitó un gran peso de encima.

–Conozco al banderizo de nombre, mas no en persona –afirmó–, porque hay otros médicos en Tabira y probablemente acude a alguno de ellos. Aunque –añadió con humor– me da la impresión de que tu tío no es de esos que acuden a los físicos con facilidad.

No obstante, y a pesar del tiempo transcurrido, estaba segura de que su tío no se había olvidado de ella. Antes o después volverían a encontrarse. No supo bien si el frío que sentía era debido al viento que se metía entre sus ropas o al solo pensamiento de encontrarse de nuevo algún día con su temible pariente.

Trató de pensar en algo que la animase, pero no conseguía quitarse el frío de encima y empezó a tiritar. Ixile la miró de reojo y unos momentos después se desvió de la ruta principal, tomó un pequeño camino lleno de piedras y detuvo el carro delante de un sólido caserío de madera y piedra que parecía haber brotado de la propia tierra. Se apeó sin darle ni tiempo para reaccionar, la cogió en brazos y empujó la puerta de la casa con el pie. Dentro había dos hombres que, tras la sorpresa inicial de ver invadida su intimidad de forma tan brusca, hicieron grandes aspavientos de alegría al reconocer al intruso. El hombre de Goiena acercó su carga al fuego que ardía bajo una gran campana de piedra y frotó las manos ateridas de Catalina. Aquel gesto la sorprendió y emocionó mientras notaba agradecida cómo el calor iba poco a poco penetrando en su cuerpo.

Ixile parecía otra persona, ¿o es que tal vez nunca se había fijado en él con atención? Era alto y corpulento, bien proporcionado y musculoso, la nariz aguileña, los ojos vivos. El cabello, más blanco que negro, que caía lacio hasta los hombros, y la barba espesa formaban un todo que enmarcaba su rostro al igual que las tocas lo hacían con los de las mujeres de Vizcaya. Vestido con ropa de viaje, calzas negras de lana y un *kapuzai* amplio de color rojo oscuro con capucha y mangas anchas que se utilizaban en ocasiones a modo de bolsas, y botas de piel de cabra hasta medio muslo que una vez fueron marrones, pero que habían oscurecido con el tiempo, el porte de Ixile no era ciertamente el de un criado o, al menos, eso le pareció. Pensó divertida que en su juventud había tenido que ser muy gallardo.

Los hombres se habían apartado de su lado y no conseguía oír lo que decían, pero estaba claro que era el imperturbable quien llevaba la voz cantante, mientras los otros dos se limitaban a escuchar o a afirmar con la cabeza. Uno parecía tener más o menos la misma edad que Ixile y el otro era claramente más joven. Lo que de pronto le sorprendió fue lo mucho que los tres se parecían. Eran casi de la misma estatura, el joven algo más alto, y tenían el mismo perfil afilado e incluso los cabellos lacios, que el viejo ataba con una cinta en la frente y el joven con una cola en la nuca. Trató de hacer memoria, pero no recordaba que en casa se hubiese hablado sobre el origen del silencioso criado y se prometió preguntar a su abuela. Si alguien conocía el pasado y la vida de aquel hombre que, desde donde ella podía recordar, siempre había velado por ellas tres, ésa era sin duda Domenja de Goiena.

Antes de darse cuenta estaba de nuevo sentada en el carro, con un gran pedazo de pan con tocino caliente entre las manos y una pesada piel de oveja que el otro hombre, el viejo, había puesto encima de sus piernas con una sonrisa. No se atrevió a hacer preguntas e Ixile tampoco se molestó en explicarle nada, así que siguieron el viaje tal como lo habían iniciado, en silencio. A medida que se acercaban a Arrazola, fueron adentrándose en una niebla cada vez más espesa. No se veía la cumbre del Anboto y casi no se distinguían los caseríos que aquí y allá se alzaban por campos y colinas. No llovía, pero la humedad era tan grande que sintió su cabello pegajoso bajo el capuchón de la capa. Pasaron por Santiago; la aldea estaba desierta y únicamente se oía el ladrido de los perros al paso del carro. Con semejante tiempo y no pudiendo trabajar la tierra, ni apacentar el ganado, sus habitantes habían decidido, al parecer, quedarse al abrigo de sus muros, junto al fuego, tejiendo o arreglando aperos.

El corazón empezó a latirle con fuerza cuando escuchó la campana de la iglesia de Arrazola llamando al ángelus y estuvo a punto de saltar del carro cuando divisó entre la niebla el pequeño pueblo asentado encima de una loma, como si sus primeros habitantes lo hubieran levantado lo más cerca posible del monte sagrado. No entraron en la población. Ixile cogió una vereda lateral, más propia de cabras que de carros, y animó al burro a que subiera por ella a pesar de que estaba claro que el pobre animal no podía hacerlo él solo. El hombre se apeó, agarró el bocal y tiró del burro y del carro con Catalina dentro. La joven no se atrevía a decir nada mientras miraba espantada la estrechura del camino y oía el ruido de las piedras rodando ladera abajo.

Respiró tranquila al llegar a la campa que llevaba directamente a Goiena y, sin poder aguantar más, saltó del carro y recorrió el trecho que le separaba de las dos personas que más quería en el mundo y a las que llamó a gritos.

–¡Madre! ¡Abuela! ¡Ya estoy aquí!

Instantes después estaban junto al hogar. Graciana y Domenja le habían quitado la ropa húmeda, le secaron el cabello con un paño y frotaron sus pies para que entrara en calor mientras no dejaban de mirarla, tocarla, reír y hacer una pregunta tras otra.

–¿Cómo he podido estar tanto tiempo lejos de aquí? –se preguntó, asombrada de que así hubiera sido.

Su madre tenía los ojos húmedos, sonreía y no dejaba de acariciarla como si temiera que fuera a desaparecer en cualquier momento. La abuela también sonreía, pero era su sonrisa un gesto de triunfo satisfecho. Había llevado a una niña a Tabira y regresaba hecha una mujer preparada para la vida.

Bartolomé Martínez de Unda cerró el grueso volumen, pasó la mano por encima de la suave cubierta de piel de cierva disfrutando del contacto con su propia piel y se detuvo a pensar sobre los buenos ingresos que, como beneficiado de varias parroquias, debía de obtener Arandia para poder adquirir tan hermosos ejemplares como el que tenía entre las manos.

La caligrafía era exquisita y legible, los márgenes estaban decorados con mágnificos dibujos y más extraordinarias aún eran las ilustraciones que aparecían cada dos hojas.

–¡Obra de un verdadero artista! –había exclamado admirado.

Hermosas doncellas de largos cabellos y formas desnudas y generosas; viejas arrugadas y feas como el pecado; animales fantásticos volando por los aires o pozos inmundos repletos de sapos y culebras; orgías en las que mujeres copulaban con seres horribles, mitad hombres, mitad bestias... No se cansaba de contemplar aquellas imágenes que evocaban en él mil y una fantasías.

Dejó el libro con sumo cuidado a un lado de la mesa y abrió otro, más pequeño y grueso. ¡Qué gran invento el de la imprenta! Cualquiera podía tener acceso al conocimiento humano y no sólo los frailes que antaño escribían e iluminaban los manuscritos y los pocos potentados que podían permitirse pagarlos. El método consistía en planchas de madera en las que se grababa el escrito, pasando luego la tinta por encima con un rodillo. La plancha así grabada se presionaba sobre la hoja de papel y en éste quedaba impreso el mensaje. Este sistema, insistían los entendidos, abarataría los costos y podrían elaborarse cientos de ejemplares de una misma obra. Todo aquel que supiera leer podría dominar el saber gracias a los libros. Contempló con placer la docena de volúmenes que se alineaban en la estantería y sonrió gozoso. No era tan inculto –pensó– como para no apreciar lo que significaba la posesión de un manuscrito, con sus márgenes ilustrados y su cuidada escritura, pero estaba claro que era mucho más práctico disponer de libros impresos, más ligeros y manejables. De nuevo centró su atención en la obra que tenía delante, *Malleus Maleficarum*.

Escrita por dos frailes predicadores, Enrique Institoris y Jacobo Sprenger, la obra había sido impresa por vez primera en la ciudad de Colonia, en Alemania, en 1487, y se había difundido con gran rapidez por toda Europa. Incluso había sido traducida al alemán y al inglés. El ejemplar que tenía en sus manos pertenecía a la primera edición y había sido regalo de un rico comerciante agradecido por la mediación exitosa del jurista en un pleito que había evitado que toda su fortuna pasase a sus acreedores. El comerciante lo había hecho encuadernar con unas tapas de badana y el título había sido grabado en letras doradas. El *Martillo de brujas* era el mejor regalo que maese Bartolomé había recibido en mucho tiempo.

Obsesionado por el lado oscuro de la vida, Bartolomé de Unda siempre había prestado oídos atentos a los relatos sobre magia, hechicería y seres sobrenaturales. De pequeño, eran las narraciones familiares que mucho tenían que ver con el mundo mágico y pagano que aún perduraba en amplias zonas de Vizcaya. Luego, durante sus años de estudiante en Salamanca, acudió a las cuevas extramuros donde famosos nigromantes impartían clases a jóvenes ansiosos de nuevas y excitantes experiencias y descubrió la existencia de dos tipos de magia: la gran ciencia, que operaba por medio de los ángeles puros, y su oponente, la ciencia diabólica, inspirada por los espíritus inmundos. Aquellas lecciones, que algunos de sus compañeros tomaban a risa y que no dejaban de ser una excusa para luego reunirse en destartalados cuartos estudiantiles y poner en práctica lo aprendido, habían sido para él la revelación de que en verdad existía un mundo oculto, poco accesible y enormemente atractivo. Siguió pensando de igual manera, aunque no tuvo demasiada suerte en sus intentos por ponerse en contacto con el mundo de lo extraordinario que los nigromantes aseguraban estaba al alcance de cualquiera que tuviera el don de la ubicuidad y siguiera de manera concienzuda los pasos necesarios para ello.

Un día se armó de valor y se dispuso a entrar en el círculo de la gran magia. Durante varias jornadas preparó las ropas y objetos necesarios: la espada, nueva, lavada con vino y sangre de una paloma blanca, sacrificada un lunes a la salida del sol; los cuchillos de acero puro y mango de madera de saúco; el estilete, también de acero, hoja y empuñadura; el buril de acero, mandado fabricar un viernes; las plumas, mojadas en sangre de cordero; el tintero nuevo; la taza de tierra no barnizada para depositar la sangre de las víctimas; el bastón para Venus, también fabricado con una rama de saúco; el infiernillo de las incensaciones, de tierra negra, no barnizada; la túnica nueva de lino blanco inmaculado, al igual que los calzones y el libro de las oraciones escrito de su puño y letra. Un buen mago debía escribir con sangre de paloma encima de un pergamino virgen las oraciones, signos, caracteres y el nombre de cada uno de los ángeles extraídos del *Libro de Salomón*, una copia del cual obraba en poder de su maestro, un viejo clérigo que se jactaba de poder convocar a Zaphkiel, Zadkiel, Gamaliel, Rafael, Haniel, Miguel y Gabriel, los siete ángeles de Dios, y que él había conseguido sustraer durante un día y medio. Dibujó un círculo con arcilla blanca en el suelo del mísero habitáculo que ocupaba en un sobrado, se colocó justo en el medio y recitó las oraciones durante todo una noche, desde la puesta del sol hasta el amanecer, evocando al monje e investigador Roger Bacon, famoso encantador. El alba le sorprendió exhausto, entumecido y con las calzas húmedas por el gran terror sentido en algunos momentos de aquella larga noche. Su firme creencia en la existencia del mundo sobrenatural no disminuyó a pesar de su fracaso. Tal vez, se consoló, no había hecho suficientes méritos o su alma no era tan pura como debía serla la de aquel que intentase entrar en contacto con los espíritus.

El *Malleus* era toda una revelación. Por vez primera tenía la prueba de que el mundo estaba amenazado por el Maligno y su corte poblada por seres amorfos, tal como él siempre había sospechado. El hecho de que los autores de la obra se concentraran en el sexo femenino no hacía más que reforzar su propia tesis en cuanto a que el mal provenía de las mujeres, puesto que el hombre había sido creado puro por Dios. Desde la creación del mundo, el mal residía en la mujer, seducida por el diablo encarnado en serpiente y formada de una costilla, por ende torcida, del varón. Tenía en su poder otros libros como el *Libro de todas las artes ocultas, de la herejía y brujería*, del doctor Hartlieb, o *El azote de herejes*, del inquisidor francés Nicolás Jaquier, pero ni éstas ni otras obras demostraban tan claramente como el *Martillo de brujas* que la mujer era una presa fácil para el diablo y que, por tanto, debía prestársele una atención especial.

El fundamento del trabajo de Institoris y Sprenger era la encíclica *Sumis desiderantes*, promulgada por el papa Inocencio VIII en 1484, en la que se acusaba a clérigos y seglares de negar a los dos inquisidores el derecho a cumplir con su deber, pasando luego a describir con detalle la secta maligna que asolaba varias regiones de Europa. Demostrado había quedado, tras las confesiones de numerosas brujas y brujos sometidos a tormento, que ellas fornicaban con demonios en forma de hombres, íncubos, mientras que ellos lo hacían con diablos en forma de mujer, súcubos. Pero era sobre todo el poder de las brujas lo que más aterrorizaba a los descubridores de tan horribles hechos. Las maléficas podían dañar las cosechas, producir esterilidad en hombres y animales, provocar tormentas, fabricar sortilegios amatorios y venenos. Las había incluso que sacrificaban a niños recién nacidos para devorarlos o chuparles la sangre, o simplemente los mataban sin haber sido bautizados para ofrecer su alma a Satanás.

Maese Bartolomé suspiró. ¡El mal estaba en todas partes! Amenazaba a las buenas almas y ponía en peligro la salvación del género humano. Trató de concentrarse en un par de casos que requerían su atención, pero una y otra vez sus ojos se desviaban de los legajos, fijándose en el libro que había dejado de lado y que parecía brillar con luz propia.

–¡Juan! –gritó.

Instantes después se abría la puerta del escritorio y penetraba en él un joven alto, de cabello oscuro y ojos azules que no dejaban de llamar la atención a quien los veía por primera vez. Unda lo observó mientras se aproximaba a la mesa. Ciertamente su ayudante era lo que podía decirse un hombre atractivo. Sintió una ligera desazón, al igual que le ocurría siempre que el joven aparecía. Nunca sabía si aquella sensación se la producía la mirada impenetrable del color del cielo en un día claro de verano o lo poco favorecido que salía él de la comparación. Bajo y rechoncho, con más onzas de las necesarias y escaso cabello en su cabeza, era el polo opuesto del elegante meritorio que tenía delante.

–Juan –repitió, tratando de centrarse en el asunto que le preocupaba–, ¿has oído hablar de la existencia de brujas?

El joven recapacitó antes de hablar.

–¿Aquí? –preguntó a su vez–. ¿En Tabira?

–Aquí o en cualquier otro lado –respondió el letrado.

–Todo el mundo ha oído hablar de ellas.

–¿Y qué opinas?

–¿De qué? –inquirió de nuevo el ayudante con cautela.

Maese Bartolomé entornó sus ojillos e intentó no demostrar el fastidio que le producía no recibir una respuesta directa a sus preguntas.

–De las brujas, por supuesto.

–No lo sé. No conozco a ninguna.

–¿Has oído hablar de un libro titulado *Malleus Maleficarum*?

El joven se llevó la mano a la barbilla como si tratara de recordar.

–No –dijo finalmente.

–¿Sabes que en los países vecinos la brujería se ha extendido como una plaga mucho más devastadora que las diez que el Señor envió a los egipcios? –insistió el jurista haciendo gala de sus conocimientos.

–No –respondió Juan una vez más, intentando no sonreír. Le divertía la fijación que su jefe mostraba de forma casi continua por la parte tenebrosa del espíritu humano. Tenía un crucifijo de plata encima de la mesa y había visto que llevaba un amuleto colgado al cuello un día en el que el calor había apretado más de lo habitual y se había desabrochado el sayo y la camisa. A menudo dejaba entrever su preocupación y le hacía partícipe de sus temores. Él lo escuchaba atento y se guardaba muy bien de decirle que, en su opinión, cualquiera que creyera en cuentos de hadas y brujas era un necio de tomo y lomo. A fin de cuentas, el letrado era su patrón y, mientras le pagase el jornal puntualmente, podía creer en lo que le viniera en gana.

–Imagino que sí habrás oído decir que aquí mismo, en la merindad y en tierras del señorío aún subsisten prácticas paganas y supersticiosas –aseveró maese Bartolomé.

–Sí, claro –asintió con la cabeza–. Es de general conocimiento. Los aldeanos no acaban de olvidar las antiguas creencias de nuestros antepasados, pero tampoco hacen ningún daño.

–¿Cómo lo sabes?

La pregunta lo pilló desprevenido. Recordó a su abuela, una mujer menuda, alegre y vivaracha que hasta el último minuto de su vida no había dejado de invocar al numen que, según ella, vivía en la peña de Anboto y era capaz de transformar el carbón en oro y de muchas cosas más.

–Abuela, ¿de verdad crees que existe ese ser a quien tú llamas la Dama? –le había preguntado un día, cuando aún era muy pequeño.

–Hijo –respondió la anciana–, todo lo que tiene nombre existe, si la Dama tiene nombre es porque es real, no te quepa la menor duda.

Su abuela había sido la persona más maravillosa de su vida y, desde luego, no se la imaginaba haciendo conjuros y comiendo niños recién nacidos.

–Las mentes simples se aferran a creencias que les han sido transmitidas por sus padres y a éstos por los suyos –afirmó–. Mi abuela creía en ellas y nunca hizo mal a nadie.

–Pero no todos son como ella –insistió maese Bartolomé– y debemos estar prevenidos contra aquellos que usan de las malas artes para corromper a sus vecinos.

Juan no respondió. El letrado no estaba hablando con él. Expresaba en voz alta lo que pasaba por su mente en aquellos momentos.

–¿Deseáis algo más? –preguntó.

–No.

Hizo ademán de salir, pero lo detuvo la voz del letrado.

–Sí –le oyó decir–. Quiero que averigües si las antiguas prácticas van más allá de unos simples ramos de fresno colgados en las puertas.

Se giró. ¿Había oído bien?

–Pregunta por ahí –prosiguió el escribano–; entérate si esa gente se reúne, si invocan la presencia del diablo, si sacrifican gallinas negras o fabrican pócimas con testículos de gallos y ojos de lechuzas.

Juan Ortiz de Gesala miró detenidamente al letrado antes de preguntar.

–¿Estáis seguro de que queréis que indague sobre ello?

–Lo estoy –respondió el hombre y metió las narices entre los legajos, dando la conversación por finalizada.

Juan Ortiz de Gesala recapacitó largo y tendido acerca de las palabras del escribano. Sólo tenía dos posibilidades, hacer lo que le pedía o buscarse otro empleo. Frunció el ceño disgustado. Aquel hombre estaba loco de atar. Al principio, cuando comenzó a trabajar para él, se tomó a chirigota los comentarios que hacía sobre diablos, espíritus malignos y hechiceros, pero ya habían pasado un par de años y, al parecer, estaba cada día más obsesionado con el tema. Pensó en sus propias ideas al respecto. Ciertamente, él no creía en nada de todo aquello. Tampoco creía en muchas otras cosas, pero la hechicería en concreto era algo que más bien le divertía. Por supuesto, no negaba que existieran magos poderosos capaces de hacer conjuros y jugar malas pasadas, pero de ahí a decir que eran poderes recibidos directamente del infierno había un gran trecho. De todas maneras, se hizo con un par de tomos y algunos fascículos que sobre el tema encontró en casa del librero Orúe. No era cuestión de empezar a buscar la piedra filosofal sin saber dónde mirar.

El mundo en el que se vio inmerso al pasar las hojas le dejó atónito. Ni el peor sueño podía ser tan horrible. No se consideraba un erudito, simplemente un hombre cabal capaz de discernir la realidad de la fantasía y no acababa de comprender cómo hombres intelectualmente preparados podían escribir tantas memeces. Entendía que cien años antes hubieran existido hombres crédulos, que incluso grandes pensadores religiosos como Santo Tomás de Aquino hubiesen alertado contra el peligro de la hechicería y que muchos concilios de la Iglesia hubiesen tratado el tema y propiciado su aniquilamiento.

Pero hablar de mujeres capaces de volar por los aires, de pactar con el diablo, a quien se entregaban a cambio de conocer los sortilegios que debían realizarse la víspera de San Juan o de la Natividad, y de cometer los más horribles crímenes mediante brebajes elaborados con huesos robados de los cementerios o grasa de los cadáveres de los ahorcados le parecía un desvarío.

Centró sus pesquisas en el pequeño mundo que le rodeaba. Un mundo eminentemente rural en el que aún se mantenían antiguas costumbres consideradas normales por todo el mundo. ¿Podía llamarse brujería a la creencia en la maldición de un mendigo? Nadie dudaba que dicha maldición siempre se cumplía y por esta razón no había quien no diese un pedazo de pan, unas botas viejas o una pequeña pieza de cobre a un mendicante. ¿Y qué decir de los usos diarios escrupulosamente respetados como el decirle a la gallina «que la Magdalena te guarde» para obtener más pollas que pollos? ¿O la creencia generalizada de que las nueces ennegrecidas y duras lo eran debido a la orina de las brujas? Había cientos de modalidades diferentes para cada caso: la roña, los objetos perdidos, el rayo, el vino, el parto, las plantas..., incluso había quienes comían un poco de ceniza todos los días por creer que así irían directos al cielo.

El escribiente se levantó del escritorio y contempló a la gente que se afanaba en sus quehaceres y deambulaba por la calle, justo debajo de su ventana. Iba a ser difícil averiguar si existía brujería en Durango y, desde luego, no la encontraría en unos libros escritos en países extranjeros ni repasando la lista de costumbres y supersticiones que tenían sus vecinos. Por un momento se le pasó por la cabeza dejar el asunto y olvidar el mandado, pero no era el letrado persona que olvidara fácilmente sus encargos y, por otra parte, tenía ante sí la ocasión de dejar por un tiempo el aburrido trabajo de copiar actas y transcribir pleitos y juicios. Sería divertido perseguir una quimera.

Siguió dándole vueltas al asunto mientras se dirigía a la posada de su amigo Min de Olejua. Los dos se habían conocido mientras aprendían el oficio de toneleros en un taller de Kalebarria, la nueva calle trazada en la villa a la que habían ido a asentarse los más diversos negocios. Min era el menor de cuatro hermanos y, a pesar de que el Fuero dejaba libertad a los padres para elegir al mayorazgo, era el que menos posibilidades tenía de heredar el caserío y las tierras de su familia. Decidió aprender un oficio con vistas a un futuro no demasiado lejano en el que se vería irremediablemente abocado a trabajar de criado en su propia casa o a buscarse la vida. Optó por esto último antes de que fuera tarde.

Juan, por su parte, también era el hermano pequeño de dos. En su caso no había herencias en perspectiva. Su madre, viuda y pobre, cosía para los Larrea y su hermano Otxote se dedicaba al acarreo de madera y carbón entre la merindad y Bilbao. Siendo aún muy pequeño había acudido a la escuela para niños pobres en Santa María de Uribarri. Se le daban bien las letras y los números, y el párroco, don Tomás, se dispuso a prepararlo para entrar en el seminario pensando que podría hacer un buen clérigo del chaval. A él no le pareció mala idea teniendo en cuenta que podría seguir estudiando y comer caliente todos los días. Pero las necesidades pecuniarias de la familia no podían permitirse el lujo de tener un escolástico y la respuesta de su hermano fue sacarlo de la escuela y meterlo de aprendiz en casa del tonelero. Juan lo odiaba por eso. Alquilaba libros que leía por la noche, a la luz de los cabos de vela que podía sustraer del taller de su jefe, con los pocos céntimos que Otxote le daba a cambio de su jornal. Creía firmemente que algún día su suerte cambiaría, se marcharía de aquella pocilga y sería alguien importante. Mientras, continuaba practicando la lectura y la escritura.

Tal vez hubiera continuado toda su vida soñando en un futuro mejor si la suerte no se hubiera cruzado en su camino. Un día fue a entregar una barrica nueva al viejo escribano Ezpeleta y descubrió, asombrado, que el hombre poseía casi tantos libros como el librero Orúe. Los volúmenes gruesos se hallaban cuidadosamente alineados en repisas y los fascículos, legajos y documentos apilados por temas unos sobre otros. Se quedó fascinado contemplando aquella maravilla y Ezpeleta reparó en ello cuando fue a pagarle el precio de la barrica.

–¿Te gustan los libros? –le preguntó, divertido por la admiración que veía reflejada en su mirada azul.

–Daría cualquier cosa por tener algunos –respondió él sin apartar la vista de las repisas.

–¿Sabes leer? –preguntó el escribano un tanto extrañado, ya que el aspecto del mozo no indicaba que tuviera la mínima instrucción.

–Leer y escribir, y también sé de números –respondió Juan con orgullo.

Poco tiempo después pasó a vivir con el escribano en calidad de aprendiz y ayudante. Ezpeleta lo acogió en su casa, envió una buena cantidad de dinero a la viuda y al hermano para resarcirlos por la pérdida de ingresos e indicó que no esperaran más, que si bien a partir de entonces no contarían con el miserable jornal del aprendiz de tonelero, tampoco iban a tener que gastar en su manutención ni vestimenta, algo que, a la vista estaba, era un gasto bien escaso.

La vida de Juan sufrió un cambio como el de la noche al día. Dispuso de ropa nueva, de una habitación para él solo y, sobre todo, pudo continuar aprendiendo. El escribano murió tres años más tarde dejándolo heredero de su casa y de unos ingresos que le permitirían seguir subsistiendo sin escaseces, pero que no eran suficientes para montar su propio negocio, así que se empleó con el letrado Martínez de Unda, esperando el momento en que podría disponer de su vida.

Por su parte, Min de Olejua se había visto convertido en propietario de forma inesperada. Un hermano de su padre, chico viejo, había muerto legándole una casa amplia y bien surtida con una docena de vacas. Aunque su nueva posición era, en verdad, muy afortunada, el joven no estaba dispuesto a pasar el resto de su vida ordeñando y recogiendo estiércol. Vendió las reses y con el dinero obtenido transformó el establo en una hermosa hospedería cuyo techo hizo calafatear con lona y brea, al modo que se hacía en las embarcaciones, para evitar que las goteras destrozaran su porvenir, y colocó unas largas mesas y bancos para que la clientela pudiese disfrutar de su hospitalidad. Se hacía traer buenos vinos de Rioja, sidra de Usurbil y txakoli de Getaria. Él mismo se encargaba de asar corderos que adquiría a los pastores de la zona y *kaskallus* que se pescaban en el propio Mañaria, y su madre, que había ido a vivir con él tras quedarse viuda, se ocupaba de tener siempre a punto grandes ollas de habas y verduras. En poco tiempo, La Posada de Min era parada obligatoria para los numerosos viajeros que llegaban a Tabira por negocios o de paso hacia otros lugares.

Reconociéndose afortunados y bendecidos por la Divina Providencia, los dos amigos habían seguido manteniendo su relación y no había nada que el uno pensase o hiciese que no lo supiese el otro.

–¿Te imaginas –preguntó Juan a su amigo con sorna– a una cuadrilla de viejas arrugadas y secas levantándose las faldas para fornicar con el diablo?

–A fe mía que el Maligno tiene que ser ciego y tonto para hacer algo así –respondió el otro en el mismo tono–. Si es tan poderoso como dicen, podría echarse a cualquier moza con un buen par de tetas y dejarse de monsergas.

Se echaron a reír imaginándose el cuadro.

–Maese Bartolomé cree firmemente en lo que dice –continuó Juan–. Posee varios libros que hablan del tema y quiere que yo investigue el asunto.

–¿Qué asunto? –inquirió su amigo–. ¿El de si unas cuantas viejas desmadradas se dedican a ayuntarse con diablos a la luz de la luna?

–Eso y también si pueden volar, matar a las buenas gentes, destrozar las cosechas y empozoñar las fuentes, transformarse en gatos y en asnos, hacer impotentes a los hombres o arrebatar niños de los úteros de sus madres.

–Habla con mi madre –le aconsejó Min.

–¿Es bruja?

–No, ¡por Dios! –exclamó el tabernero–, pero conoce al dedillo a toda la vecindad y puede decirte con pelos y señales si una vieja tiene una verruga del diablo en el trasero.

Volvieron a reírse y a punto estuvieron de volcar una jarra del mejor vino que Min reservaba exclusivamente para sus amigos.

–Yo no me tomaría a la ligera un asunto tan serio.

Se volvieron al escuchar una voz seca que procedía del fondo del local, casi vacío en aquel momento.

–¿Os dirigís a nosotros? –preguntó Min con suspicacia.

–¿A quién si no? –preguntó el extraño a su vez–. Llevo un rato escuchando vuestra palabrería y la mofa que hacéis de asuntos que tanto preocupan a la Iglesia y a los reyes.

Sin ponerse de acuerdo, los dos amigos se acercaron al hombre que se hallaba sentado en una esquina de la mesa más próxima a la puerta.

–¿Quién sois? –preguntó Min tratando de reconocer su cara.

– Mi nombre es Hernando de Guinea –respondió el hombre–. Soy visitador de la Inquisición de Calahorra.

Se miraron sin saber qué responder. Era la primera vez que se encontraban cara a cara con un miembro de la temible organización que ya una vez había pasado por Durango dejando un recuerdo imborrable y el olor de la carne humana abrasada por las llamas de las hogueras. Min sintió un escalofrío, pero Juan lo observó con curiosidad. Nada por su aspecto dejaba entrever que aquel hombre de mediana edad, bien vestido con una garnacha oscura de viaje y calzas a juego, botas con espuelas y sombrero de pluma, de rostro agradable y cuidadas manos, fuera uno de los agentes dedicados a descubrir herejes para llevarlos ante los tribunales.

–¿Puedo sentarme con vos? –le preguntó, ocupando un sitio a su lado sin esperar la contestación–. ¿Puedo invitaros a comer?

Guinea hizo un gesto de asentimiento y Juan hizo otro a su amigo, quien desapareció a toda velocidad por la puerta de la cocina. Poco después tenían delante un guisado de cordero en salsa de menta acompañado por unas escudillas de verduras variadas y una jarra del vino bueno reservado para los amigos.

–Decidme –inició la conversación el escribiente cuando se hubieron quedado solos–, ¿qué os trae por Tabira, señor inquisidor?

–Preferiría que me llamarais por mi nombre –respondió el hombre antes de hincar el cuchillo en un pedazo de carne.

–De acuerdo, ¿señor... Guinea?

–Doctor.

–¿En medicina?

–En leyes y teología.

–Y bien, doctor Guinea, ¿qué es lo que os ha traído a Tabira en un día como hoy? –repitió Juan la pregunta.

–En realidad –fue la respuesta–, llevo aquí bastantes días, aunque apenas he salido de la torre de Leriz. Espero poder volver pronto a mi casa, a menos que...

El inquisidor interrumpió su frase y se quedó mirando a Juan con una media sonrisa en los labios.

–A menos que... ¿qué? –inquirió éste.

–A menos que haya algo de cierto en lo que contabais a vuestro amigo cuando he entrado en este local.

–Os referís a las viejas locas que...

–Me refiero al interés que vuestro jefe tiene por averiguar si existe herejía en este lugar.

–¿Herejía? –Juan levantó la ceja derecha al preguntar–. Yo no he dicho nada sobre herejes.

–No, cierto es –afirmó Guinea, sorbiendo un trago de vino y haciendo un gesto afirmativo de conocedor antes de proseguir—, pero habéis hablado de brujas, y ¿qué es la brujería sino un tipo de herejía? Las brujas y brujos son personas bautizadas y, por lo tanto, herejes si adoran a quien no deben. La organización no suele inmiscuirse en asuntos de vuelos nocturnos y transformaciones en animales, que considera imaginaciones de mentes obtusas y poco cuerdas, pero si en verdad existen reuniones de prosélitos, ritos y adoraciones, ¡ése es ya otro cantar! Además no sería la primera vez que se hubieran dado casos de herejía en la merindad de Durango.

–¿Os referís a los frailes que hace unos años encandilaron a unos cuantos chiflados? –preguntó Juan interesado–. Que yo sepa, aquello se acabó, aun cuando no es fácil olvidar el recuerdo de cien vecinos ejecutados en diversos lugares y la visión de otros trece ardiendo en la plaza de la iglesia...

–¿Qué es entonces lo que preocupa a vuestro jefe?

–Maese Bartolomé cree en verdad que estamos rodeados por todo tipo de seres malignos –explicó no sin cierta ironía en su voz– y desea confirmar si sus aprensiones son ciertas o no, para lo cual me ha encargado que averigüe si hay por aquí alguna secta de hechiceros que pueda quitarle el sueño.

–No parece que vos creáis demasiado en los poderes del Maligno –el tono de Guinea se había afilado.

–Oh, ¡claro que creo en sus poderes! –exclamó Juan con toda la convicción de que fue capaz para eliminar las sospechas del inquisidor–. Pero también creo que no precisa de unas cuantas mujerucas ignorantes. Si el diablo quiere hacer maldades, puede bastarse él solo.

Guinea esbozó una sonrisa y untó un buen pedazo de pan en la salsa del guisado antes de continuar.

–Estamos de acuerdo, pero eso no quita que aunque esas mujeres sean inofensivas, ofenden a Dios Nuestro Señor practicando ritos perversos e invocando el nombre de Satanás.

–En estas tierras tenemos creencias propias –dijo Juan también con una sonrisa– que nada tienen que ver con el diablo y el infierno, os lo puedo asegurar.

–Soy curioso por naturaleza y me gusta conocer las costumbres de los pueblos por los que paso. ¿Os importaría contarme los usos supersticiosos de los durangueses?

–No creáis que soy muy ducho en la materia –aclaró el joven–, sé lo que todos saben e incluso hago lo que todos hacen.

–¿Como qué? –preguntó Guinea esperando una revelación extraordinaria.

–Como que el viernes no es un buen día para comenzar la siembra o que si se cortan las uñas en lunes, enseguida duelen las muelas...

Se miraron durante un instante y después se echaron a reír. Min, desde la cocina, respiró aliviado y sacó del horno una fuente de barro con unas hermosas manzanas asadas que se apresuró a servir a los dos hombres.

La vieja *Lista* la despertó con unos lametones y, no contenta con ello, se subió a la cama de un salto y no paró hasta conseguir introducirse bajo las sábanas, quedándose allí quieta, satisfecha, con la cabeza apoyada en la almohada, sintiendo a su lado el cuerpo caliente y medio adormilado de su ama.

Catalina abrió los ojos y tardó un rato en darse cuenta de que ya no estaba en el cuartito que había ocupado durante tres años en casa de don Diego, sino en su propia alcoba, la misma que había sido la suya desde que fue lo suficientemente mayor como para dormir en una cama sin caerse de ella. Entraba la luz por las rendijas de los tablones colocados en la ventana durante el invierno, que evitaban que se colaran el frío y la lluvia. Aspiró el olor a hierba fresca y paja seca, a cera, a madera quemada y a los ramilletes de hierbabuena y tomillo que su madre esparcía por toda la casa. Escuchó atentamente y pudo oír a las dos mujeres trajinando en la cocina, justo debajo de su habitación.

Estaba tan a gusto que se arrebujó de nuevo y cerró los ojos, pero *Lista* no estaba dispuesta a dejarla zanganear y se removió intranquila a su lado; después saltó al suelo y volvió a saltar encima de ella, acariciándole una y otra vez suavemente el rostro con una pezuña callosa y blanda a la vez.

–¡De acuerdo, amiga! ¡Ya me levanto! –exclamó la muchacha entre risas haciendo un verdadero esfuerzo por quitársela de encima mientras la perra ladraba para demostrar que había entendido.

Cuando finalmente bajó a la cocina, la estaban esperando un humeante plato de papilla de harina de borona y leche, un par de huevos escalfados y un pan recién hecho, junto a un pote de dulce de manzana y otro de miel.

–¡Voy a engordar! –rió recordando el talle esbelto de las jóvenes duranguesas que tenían mucho cuidado de no sobrepasar la talla debida, por lo menos hasta después de la boda.

–¡Bobadas! –exclamó Domenja–. Las mujeres de nuestra familia son delgadas como las espigas de trigo.

Miró a ambas con ternura. Era cierto. Nunca les había visto privarse de un buen plato de guisado o de un sabroso conejo en salsa y, sin embargo, continuaban usando las mismas faldas y corpiños año tras año.

–Y ahora, decidme: ¿por qué me habéis hecho volver con tantas prisas? –les preguntó con la boca llena de pan untado con miel.

Las dos mujeres se miraron sin responder.

–¿Dos años te parecen algo apresurado? –le interrogó su abuela con brusquedad.

–No hablo del tiempo, sino de la forma –respondió Catalina–. Me llevé un buen susto cuando apareció Ixile a primeras horas de la mañana. Creía que os había ocurrido algo, que estabais enfermas o algo parecido...

El rostro de Domenja se suavizó.

–¿Te basta si te decimos que te echábamos mucho en falta?

–¿No me habréis buscado un marido? –insistió guiñando los ojos.

Las dos mujeres volvieron a mirarse y a la joven se le atragantó el bocado.

–No pienso casarme, os lo aviso –declaró muy seria–. Por lo menos, no por ahora.

–Los jóvenes nada tienen que opinar cuando sus mayores deciden –respondió Domenja en el mismo tono.

–Eso sería en tus tiempos, abuela –replicó encarándose con ella–. Yo no pienso meter en mi cama a un desconocido.

–¿Qué pasa? ¿Es eso lo que has aprendido en la villa? ¿A no respetar a tus mayores?

Domenja hablaba con el tono de voz que tanto Graciana como su hija conocían bien. Era el que adoptaba cuando se aprestaba a la pelea, cuando retaba al cura o a cualquier vecino que intentaba meterse en sus asuntos. Un tono que presagiaba tormenta.

–Madre, por favor, acaba de llegar –Graciana intentó mediar entre ambas, tan iguales, tan rebeldes.

–Cállate, Graciana –le ordenó–. Mientras esté viva, sigo siendo la dueña de Goiena y aquí se hará lo que yo mande.

Observó atentamente a su abuela y apreció detalles en los que no había reparado la víspera con la emoción del reencuentro. A pesar de la dureza de su voz, le pareció frágil, a punto de romperse, y se asustó. Las manos le temblaban imperceptiblemente y tenía los ojos hundidos, cercados por unas profundas ojeras. Le dio la impresión de que la ropa le estaba ancha y comprobó que los pómulos sobresalían como dos aristas en medio del rostro tan conocido y tan querido.

–Ahora vuelvo –dijo, y salió rápidamente de la cocina sin darles tiempo a reaccionar.

Salió de la casa seguida por *Lista* y otros dos perros más jóvenes que saltaban alegremente a su alrededor, encantados de poder alejarse de la casa y correr a sus anchas por las huertas.

La niebla del día anterior había desaparecido por completo y el cielo estaba claro y limpio. Hacía frío y la chaquetilla de lana que llevaba puesta no era abrigo suficiente, pero no volvió atrás y se dirigió colina arriba hacia su escondite secreto. Con la cabeza llena de pensamientos dejó que sus pies la condujeran hacia el lugar en el que tantas veces se había refugiado de niña. Se sentó sobre una roca, lamentando que la hierba estuviese mojada y no poder revolcarse en ella al igual que lo hacían sus perros un poco más lejos. Echó una mirada a su alrededor y sintió aquella maravillosa sensación de sentirse sola en la tierra. Allí no había caminos, ni caseríos, ni gente, únicamente lomas que ascendían y descendían, bosques de robles, hayas, castaños y nogales; ovejas y caballos desperdigados un poco por todas partes y un grupo de vacas que la contemplaron con curiosidad durante unos breves instantes antes de volver a su continuo masticar. Respiró hondo y cerró los ojos durante un rato, luego los abrió de nuevo para dirigir su mirada hacia lo alto, al lugar en el que se hallaba la morada de Mari, pero no habló con ella. Le bastaba el silencio y la paz que poco a poco iban inundando su cuerpo y su mente.

El sol estaba en el mediodía cuando regresó a Goiena y la temperatura, aunque fresca, se había caldeado un poco; una suave brisa acariciaba su rostro y jugaba con sus rizos mientras bajaba la última loma.

La casa estaba silenciosa, no se oían voces ni movimientos y fue directamente a la cocina. Su madre no estaba allí, ni tampoco Ixile, pero Domenja dormitaba junto al hogar sentada en la vieja silla de madera con respaldo y antebrazos, oscurecida y lustrosa por el paso del tiempo. En aquella silla siempre se habían sentado las señoras de Goiena y únicamente ellas. Se arrodilló junto a su abuela y contempló el viejo y querido rostro. Sentía haberse enfrentado a ella y deseó abrazarla y pedirle perdón, pero en lugar de eso apoyó su mano sobre la arrugada y huesuda de la anciana. Sintió un dolor agudo que le traspasaba el corazón y retiró la mano tapándose la boca con ella para no gritar.

Con los ojos llenos de lágrimas, maldijo el don regalo de Mari o de Inguma, el genio del mal, en aquel momento que le hacía ver claramente que su abuela se moría. Por eso la había llamado, no porque quisiera casarla, sino porque deseaba tenerla a su lado antes de morir y desaparecer de su vida. Ahogó un suspiro y volvió la vista hacia el fuego. Los leños crepitaban y las llamas subían y bajaban, ondulándose con el aire que se colaba por la puerta. Mil veces había contemplado las llamas mientras su abuela y su madre tejían y remendaban, desgranaban el maíz o repetían viejas o nuevas historias. No podía recordar ni un solo día sin la presencia protectora de las dos mujeres a su lado. Las cosas ya no volverían a ser iguales. Un movimiento imperceptible le hizo girar la cara hacia la anciana. Estaba mirándola con una sonrisa en los labios.

–Así que después de todo yo tenía razón, tienes el talento –no era una pregunta, sino una constatación que le llenaba de alegría.

–En mala hora... –respondió la joven, tratando de aguantarse las lágrimas.

–Ah, mi querida niña, nunca digas eso. Si hay algo cierto en esta vida es que nadie vive eternamente, ni siquiera yo –rió quedamente–. Sabía que lo averiguarías antes o después, y mejor que haya sido antes, porque así tendremos más tiempo.

–¿Qué tienes?

–¿Quién sabe? Primero fueron unos dolores en el costado izquierdo que poco a poco han ido extendiéndose por todo el cuerpo. No hace falta ser muy sabia para saber que no es nada bueno.

–¿Has llamado al físico? –le preguntó sabiendo que no lo habría hecho.

–¿Para qué? El físico de Abadiño es un viejo carcamal –respondió–, bueno para sacar un ternero atravesado, pero incapaz de mucho más. Además, juré que él nunca pondría los pies en esta casa.

La joven sonrió muy a pesar suyo. Conocía la vieja disputa que enfrentaba a los dos desde hacía muchos años, puesto que la había oído contar un sinfín de veces. Fue a raíz de la muerte de su madre, cuando Domenja siguió elaborando preparados para sus antiguos clientes. El físico la había denunciado ante el alcalde y el cura de Arrazola y la bronca había sido descomunal. Catalina estaba segura de que fue más la aceptación del hecho de no poseer la buena mano de la vieja herbolera que la denuncia lo que hizo que su abuela abandonara la preparación de remedios, ungüentos, pomadas y jarabes, pero no dejaba de culpar al físico siempre que tenía la oportunidad.

–Pero tal vez... –intentó una vez más.

–Déjalo, Katalintxe, déjalo –le interrumpió–. No tenemos tiempo que perder en esas nimiedades. Tengo muchas cosas que decirte antes de irme, mucho que enseñarte y explicarte para que afrontes el futuro con energía.

–¿De verdad quieres que me case? –le preguntó la joven, creyendo que a eso se refería–. Perdona por lo que te he dicho esta mañana. Si quieres que me case, así lo haré.

Domenja soltó una risita que acabó en una tos ahogada.

–Me gustaría, en efecto –asintió recuperándose del ataque de tos–. Más que nada por saber que habría aquí un hombre joven para ocuparse de ti y de tu madre, pero, si quieres que te diga la verdad, apenas he pensado en alguien que pudiera convenirte y convenir a Goiena. Los segundones de Arrazola no tienen dónde caerse muertos y los mayorazgos sólo estarían interesados en añadir nuestras tierras a las suyas. ¡Ojalá conociese a un buen mozo, de buen porte y mejores sentimientos, capaz de despertar el amor en ti! Porque, hija mía, no hay nada que una no pueda hacer teniendo al hombre amado a su lado.

Catalina no pudo evitar sonreír al escuchar aquellas palabras en boca de su anciana abuela.

–¿Te hace gracia? –le preguntó ésta sonriendo también–. ¿Acaso crees que siempre he sido una vieja seca?, ¿que no ha habido en mi vida el amor de un hombre?

–El abuelo...

–Bueno...

No acabó la frase y durante un brevísimo instante la mente de la anciana retrocedió en el tiempo.

–¡Dejémonos de cháchara! –exclamó de pronto con renovada energía–. Dentro de unos días vendrás conmigo y conocerás cosas que te han sido vedadas hasta ahora.

–¿Adónde iremos? –le preguntó Catalina interesada. No se le ocurría ningún lugar al que su abuela tuviera interés en llevarla.

–Ya lo verás cuando llegue la ocasión –respondió Domenja en el tono que utilizaba cuando no quería seguir hablando de un asunto–. Ahora pon la olla al fuego que pronto será la hora de la comida y tu madre e Ixile aparecerán por esa puerta en cualquier momento.

Juan despertó bien entrado el día y comprobó, satisfecho, que la joven meretriz a la que había pagado más de lo debido por pasar la noche con él ya se había marchado. No convenía dar que hablar, aunque todo el mundo estuviera de acuerdo en afirmar que un hombre joven y sano de alguna manera tenía que dar rienda suelta a su energía. Aunque las prostitutas estaban en lo más bajo de la escala de valores, también era verdad que valía más que los jóvenes se desfogasen con ellas a que intentasen hacerlo con muchachas honradas. Además, se dijo, no hacía más que ayudar a aquellas pobres mujeres que, viudas o sin recursos, no podían hacer otra cosa que echarse a la calle en busca de unos pocos maravedíes para poder comer.

Recordó la conversación mantenida con Hernando de Guinea la víspera en La Posada de Min. Tal vez era así por naturaleza o tal vez fue gracias al buen vino de su amigo, pero el inquisidor no parecía ser mala persona, lo que contradecía en gran parte la opinión general que se tenía de los de su profesión. Resultó ser un hombre culto, hijo del antiguo teniente del prestamero de Vizcaya y de las encartaciones. A raíz de los sucesos ocurridos en la merindad de los que había sido testigo cuando era aún un mozalbete había decidido consagrarse a la Iglesia estudiando leyes y teología, aunque sin perder su estado laico. Los juicios que habían seguido a las detenciones de los sectarios, la visión de la ejecución de algunos de ellos en la propia Tabira y las carretas que se dirigían hacia Valladolid y Santo Domingo de la Calzada con más de cien personas acusadas habían hecho honda mella en su espíritu.

–¡Los han quemado!

–¿A todos?

–A todos.

El rumor se había propagado por toda la merindad entre exclamaciones de horror e indignación. Las noticias habían llegado temprano por la mañana por un correo procedente de Castilla. Los herejes apresados habían sido juzgados y condenados a la hoguera, sentencia que se había llevado a cabo sin dilación. Semejante hecho les parecía una barbaridad incluso a aquellos que habían alzado sus voces contra los sectarios.

La ejecución de casi cien personas, en su mayoría mujeres, lejos de su tierra y de los suyos, sin defensa ni posibilidad de hallar clemencia en sus jueces y verdugos, provocó tal conmoción entre los habitantes de la merindad y de todo el señorío que el corregidor ordenó que se reforzaran los puntos clave del territorio, tales como puentes, pasos y puertos, se enviaran patrullas para vigilar los caminos, se registraran las viviendas, establos y graneros, se detuviera a todo sospechoso y se colgara o se empozara sin dilación alguna a cualquiera que llevara armas o las tuviera escondidas en su casa.

Por una vez, en más de doscientos años, los linajes se pusieron de acuerdo y se negaron a entregar sus armas aduciendo que como señores de sus solares no podían dejar indefensos los mismos y que, por otra parte, nadie les aseguraba que sus enemigos obedecieran la orden. Por si el corregidor se empecinaba en su idea, espadas, mazas y lanzas fueron escondidas bajo haces de paja o enterradas en tierras de pastos a la espera de lo que pudiera acontecer.

El hijo del teniente del prestamero mayor de Vizcaya y de las Encartaciones, con un futuro prometedor por delante y con medios para alcanzar en la corte los puestos más elevados, decidió entonces dedicarse al estudio y poner sus conocimientos al servicio de la Iglesia.

Cuando el vino, la comida y la buena compañía repitieron una vez más el milagro de hermanar a los que comparten la misma mesa, le preguntó la razón por la cual un hombre como él había decidido trabajar para el Tribunal de la Inquisición en lugar de servir al rey o a algún alto cargo de la corte.

–Sirvo a alguien más importante que el mismo rey, a Dios –respondió místicamente transfigurado–. Otros lo hacen vistiendo los hábitos y dedicándose a la oración o predicando la Palabra, pero no suelen tener discernimiento en cuestión de leyes y son más bien..., ¿cómo diría...?, ignorantes en la materia. El servicio a Dios también requiere preparación y estudios.

–¿No basta con rezar?

–No, y menos en los casos de herejía que me ocupan –afirmó el letrado, sirviéndose un trago de licor de bayas, elaborado por el propio Min y que éste había sacado para acompañar a las manzanas asadas–. La herejía es en muchos casos fruto de irredentos, judíos o musulmanes, que únicamente se han convertido para medrar en sus negocios, pero aunque éstos sean mayoría, también los hay que reniegan de la verdad y vituperan a nuestro Salvador. Si yo os contara...

–Contad, contad –le animó Juan, interesado como pocas veces por un asunto del que desconocía casi todo.

–Hay cristianos viejos que niegan la virginidad de la madre de Cristo y otros que durante la misa, en el momento de la consagración, dicen cosas obscenas y hacen mofa del sacramento, y no hablemos de los blasfemos, ¡que son legión! Jamás me atrevería a repetir algunas de las blasfemias que yo mismo he escuchado en algunos de los juicios.

Guinea sorbió otro trago del licor de bayas y prosiguió con su enumeración de crímenes execrables.

–Existen sodomitas que muestran sin ningún recato sus relaciones nefandas; así como clérigos que dicen misa y confiesan sin haber sido ordenados sacerdotes; hay quienes mantienen mancebas e incluso procrean con ellas; bígamos, adúlteros, arpías de larga lengua, canallas que violan a doncellas y hasta a mujeres casadas; los que proclaman que a Dios no le place el matrimonio o aquellos que acusan al Santo Tribunal de juzgar a inocentes para quedarse con sus bienes. ¡La lista es interminable!

–¿Y la hechicería? –inquirió el escribiente con la mente puesta en la encomienda de su jefe, el letrado.

–La hechicería, tal como ya os he dicho, únicamente nos preocupa si los acusados son adoradores del diablo, pero no siempre es éste el caso. Astrólogos y nigromantes ocupan puestos muy altos cerca de papas, reyes y nobles –dijo el inquisidor–, incluso nuestro rey Fernando se hace decir el futuro de una alianza o el resultado de una batalla –añadió en tono confidencial–. ¿Sabéis que el emperador Maximiliano, el abuelo del marido de la princesa Juana, recurre a los consejos y adivinaciones de un mago llamado Tritemio?

Juan negó con la cabeza. ¿Cómo iba él a saber tales cosas?

–Tritemio es abad y su piedad está sobradamente demostrada, está bendecido con el don para ver el más allá y convocar a los espíritus de grandes héroes que vivieron en tiempos remotos; además –añadió por si quedaba alguna duda–, numerosos escritos suyos denuncian a las sectas de hechiceros o brujos, especialmente si son mujeres, que acarrean a la raza humana daños incalculables.

–Pero no deja de ser un mago.

–Hay magos buenos y magos malos –su voz adquirió el tono de un maestro dirigiéndose a su clase–. Al papa Silvestre II, que era el hombre más culto del milenio, lo apodaban el papa mago, y la misma fama tuvo San Alberto Magno, que, de haber sido un mago maligno, no hubiera llegado a santo.

–¿Y los brujos? –insistió Juan esperando una aclaración concreta sobre el tema.

–No sé mucho de ellos, ésa es la verdad –admitió Guinea–. Pero se dice que su número crece de día en día, sobre todo entre las mujeres, y hace bien vuestro jefe en preocuparse.

Hay que tener en cuenta que la mujer es débil por naturaleza, dada a la promiscuidad y al libertinaje, y que, por tanto, también es presa fácil de Satanás, que nos acecha a todas horas y busca el medio de infiltrarse en nuestras almas.

Guinea continuó enumerando las maldades de las que, según había oído, se valían los brujos para conseguir prosélitos para el Príncipe de las Tinieblas, en pugna continua con Dios desde su expulsión del cielo. Sin embargo, Juan no obtuvo la aclaración que buscaba, y tras su conversación con el magistrado, sabía mucho más de herejes y nada de brujos. Permaneció en La Posada de Min decidido a interrogar a Bastiane, la madre de su amigo, cuando finalmente el hombre determinó volver a su residencia y se despidieron en buena amistad, prometiendo volver a verse cualquier día de aquéllos.

–¿Brujos en Tabira? –preguntó la mujer algo sorprendida–. No conozco a ninguno.

Continuó frotando concienzudamente con un estropajo de esparto, empapado de grasa de aceite y hollín, una gran olla de cobre y pareció olvidarse de él y de la pregunta. Juan esperó unos instantes confiando en que añadiese algo más, cosa que no ocurrió, y decidió marcharse.

–Aunque...

La voz de Bastiane detuvo su marcha hacia la puerta y le hizo regresar a su lado.

–¿Sí?

–Se habla de unas reuniones que tienen lugar en Jentilkoba de Mañaria y también en Zeanuri y en Argiñeta de Elorrio –Bastiane había tomado carrerilla como si de pronto le hubiera vuelto la memoria–. En Petralanda de Dima dicen que se oyen sonidos de flautas y panderos y gritos durante ciertas noches del año, y lo mismo ocurre en Eperlanda de Muxika, cerca del camino a Gernika y también en Akerlanda de Gautegiz.

–¿Crees que son reuniones de brujos? –preguntó esperanzado.

La mujer se santiguó antes de responder.

–¡La Santa Madre de Dios no lo quiera! –exclamó horrorizada–. Ya tenemos bastante con esa secta de los herejes como para que ahora salga a relucir una de brujos.

Estaba claro que Bastiane no sabía mucho más del asunto, pero un nombre se le quedó grabado con claridad, Jentilkoba. Una cueva cercana a Mañaria, también llamada de San Martín porque estaba situada cerca de una ermita en honor a tal santo. Muchos pensaban que la ermita se había erigido para conjurar a los diablos que se decía habitaban la cueva y organizaban grandes ruidos en las inmediaciones. Él conocía el lugar porque en una ocasión había acompañado a su hermano Otxote para ayudarle en el acarreo de madera de la tala en las faldas del Untzillatz. Descubrió la cueva por casualidad, cuando buscaba un lugar para descargar el atracón de alubias que les habían ofrecido los dueños del caserío Legorra, encargados de la tala. La cueva, llamada de los Gentiles, estaba formada por grandes bloques de piedra que las gentes del lugar creían a pies juntillas que era obra de los Gentiles, los colosos paganos que habían enseñado a los antiguos a construir presas y molinos, sembrar el trigo y extraer el mineral de las entrañas de la tierra. Si había un lugar en la merindad en el que brujos y brujas podían reunirse, ése era, sin duda, Jentilkoba.

Regresó a su casa satisfecho de la jornada y dispuesto a averiguar si sus sospechas eran ciertas. Podría ser algo muy interesante acudir a una reunión de misteriosos hombres y mujeres invocadores del diablo.

A la mañana siguiente se levantó de buena hora, acabó de lavarse, alargó la mano para coger el paño colgado en la pared y se frotó el rostro con fuerza, convencido de que un buen masaje diario impedía la temprana aparición de las arrugas; sacó el jabón de la jofaina y lo depositó con sumo cuidado en un platillo de loza que había encargado expresamente para tal fin al ollero Urreta. El jabón se lo había proporcionado su amigo Juan Sainz, físico renombrado que se ocupaba principalmente de atender a los notables de la villa.

–No hay mujer de hidalgo que no lo use –le había explicado el médico– y yo les cobro una buena cantidad por cada pieza.

–¿Resulta difícil de elaborar? –preguntó él, interesado en un tema que desconocía.

–No, ¡qué va! –exclamó Sainz riéndose abiertamente–. Lo hace mi mujer.

–¿Es herbolera?

–No. Es una receta familiar. Su madre y sus hermanas también lo utilizan, con buenos resultados, vista la suave piel que tienen en las manos a pesar de estar todo el día dándole a la azada.

El jabón, según le explicó el físico, lo hacían secando raíces de una planta llamada «hierba jabonera».

–Aunque su nombre real es hierba lanaria –añadió en plan docto.

Después se dejaban secar las raíces y se desmenuzaban, se cocían en agua hasta conseguir una especie de pasta que se mezclaba con el aceite de las olivas. Era, de todos modos, mucho más agradable de usar que el habitual jabón de ceniza mezclada con aceite de ballena.

Fue a vaciar la jofaina y se fijó en un par de cabellos que flotaban lánguidamente sobre el agua. Sonrió recordando que su madre siempre se apresuraba a vaciar las palanganas del aseo porque estaba convencida de que un cabello en una jofaina con agua se convertía en culebra.

–¡Supersticiones! –exclamó, pero se apresuró a tirar el agua por la ventana que daba al patio.

Se cepilló la barba y el cabello liso que le llegaba hasta los hombros, se colocó un sayo rojo sobre una camisa de un blanco inmaculado, adornada con cuello y puños de encaje, e hizo un signo afirmativo de satisfacción al contemplar su imagen en un espejo de mediano tamaño, enmarcado con un precioso cerco de madera de roble tallada. Lo había obtenido de los Ibáñez de Sunza a cambio de interceder ante maese Bartolomé para que agilizara el papeleo de la venta de un molino que tanta prisa les corría para cancelar unas deudas. Eran pequeños favores de ese estilo los que le permitían disponer de algunos caprichos que ciertamente no habría podido adquirir con el menguado salario que cobraba como escribiente. Tenía sus propios clientes bajo manga, y el negocio, aunque discreto, no le iba del todo mal. Martínez de Unda estaba demasiado ocupado en grandes empresas, en sus negocios y propiedades, alternando con la alta sociedad de Tabira y persiguiendo a brujas inexistentes como para ocuparse de los pequeños chanchullos que su ayudante pudiera traerse entre manos.

Bajó a la planta baja en la que se abría un amplio pasillo, entablonado con anchos listones de madera, encerados y brillantes, abrió una de las puertas y contempló con placer el escritorio lleno de libros de su difunto benefactor. Algún día aquél sería su escritorio de trabajo, recibiría a su propia clientela y colocaría en la puerta de la casa un letrero con un rimbombante «Maese Juan Ortiz de Gesala. Escribano». Algo le decía que ese día no estaba lejano.

–¿Has descansado bien, hijo?

La viuda Ortiz lo esperaba cerca de la puerta de la calle con su sombrero negro de ala ancha acabado en pico que había cepillado con esmero.

–Sí, gracias, madre.

Le acercó la mejilla al tiempo que cogía el sombrero y se dejó besar fugazmente por ella. La mujer lo contempló mientras se alejaba. Le hubiera gustado que su hijo fuera más cariñoso, que se confiara a ella, que entre ellos existiera la complicidad que veía en otros hijos con sus madres, pero lo había perdido el día en que permitió que Otxote lo sacara de la escuela parroquial y lo metiera de aprendiz en casa del tonelero. Después de muerto el notario Ezpeleta, la llevó a vivir con él, pero no en calidad de señora de la casa, sino de mera ama de llaves, encargada de limpiar y fregar, de que la alacena estuviera llena y de que sus ropas estuvieran siempre limpias y planchadas. Era criada en casa de su hijo, aunque, también era cierto, prefería vivir con él que con el mayor, tan brusco y desagradable. Recordó la última vez que había visto a Otxote. Se había atrevido a presentarse en la casa de su hermano para pedirle dinero y la entrevista entre ambos había sido muy desagradable.

–Necesito dinero –dijo el mayor sin más preámbulos.

–Pues búscalo en otra parte –le respondió Juan.

–¿Quién te has creído que eres? –preguntó Otxote en un tono ofendido–. Todo lo que tienes me lo debes a mí.

–¡Lo que me faltaba por oír! –exclamó el joven.

–Di lo que quieras, pero si yo no te hubiera metido de aprendiz a tonelero nunca habrías entrado en esta casa de la que ahora tanto presumes.

–Si tú no hubieras sido un zoquete iletrado, te hubieras dado cuenta de que yo podría haber estudiado para llegar a ser alguien importante –afirmó Juan notando que el odio que sentía por su hermano revivía de nuevo en su interior–. Entonces te habría sacado de la inmundicia en la que vives y habríamos sido buenos hermanos. Preferiste robarme los cuatro céntimos que ganaba en casa del tonelero y eso es todo lo que habrás sacado de mí.

Otxote había intentado entonces abofetear a su hermano, pero Juan era más joven, más ágil y además esperaba el ataque, así que no le costó nada eludir el golpe y darle él a su vez un buen puñetazo en plena nariz. Luego lo echó a la calle de un fuerte empujón. La viuda Ortiz sospechaba que la paliza que su hijo mayor había recibido varios días después del enfrentamiento había sido obra de Juan, pero no se atrevió a preguntar nada y Otxote no volvió a aparecer por la casa.

La mujer observó una vez más la figura esbelta que desaparecía por la esquina de la calle y cerró la puerta.

Juan se dirigió directamente a La Posada de Min. Se había acostumbrado a desayunar en compañía de su amigo. Un par de huevos fritos con sendas lonchas de jamón, un buen pedazo de pan y un generoso pote de vino era la mejor receta para comenzar el día, teniendo en cuenta que a veces no tenía tiempo para probar bocado hasta muy entrada la tarde.

–Y bien, Min, ¿has averiguado lo que te pedí? –le preguntó en cuanto los dos estuvieron sentados a la mesa.

–¿Tú qué crees? –inquirió el otro a su vez con la ironía que le era habitual.

–¿Entonces...?

–Dentro de dos días. Martín Negugogor te llevará a la asamblea.

–¿En Jentilkoba?

–En Jentilkoba.

Dio un manotazo en la espalda de su amigo y se lanzó con voracidad sobre los huevos que Bastiane acababa de poner delante de él, mientras dejaba correr sus pensamientos. La vida era bella. Poseía más que la mayoría de los mortales y aún tendría mucho más, de eso estaba seguro. Era hora de ir pensando en echarse una esposa que le aportara una buena dote y que no fuera demasiado fea porque, a fin de cuentas, debería meterse en la cama con ella, y aunque en la noche todos los gatos eran pardos, no estaba por la labor de tener a un callo como esposa.

–¿Has pensado en la hija de los Larrea? –le había preguntado Min un día en el que ambos hacían planes.

–¿En cuál? ¿En esa chica vieja picada de viruelas?

–Pero con una espléndida dote, ¡recuérdalo! –rió Min.

–Demasiado sacrificio por unos cuantos ducados y un par de acres de tierra... –meditó en voz alta–. Preferiría casarme con una viuda que, además de experiencia en las cosas del lecho, tenga buenos dineros de su difunto. Además, Larrea no estaría por la labor de casar a su hija con un don nadie. Los parientes mayores tienen mucho orgullo y siempre acaban emparentándose entre ellos.

–Depende. Todo es cuestión de encandilar a la chica y dejarle a ella el trabajo de convencer al padre. Por otra parte, no creo que tenga mucho dónde elegir –aseguró Min.

–Primero buscaré en otros lugares y luego ¡ya veremos!

Los dos se habian reido en aquella ocasión, pero no era un tema para tomárselo a guasa. Había demasiados solteros en la merindad y las ofertas no eran muy abundantes.

–Hoy mismo empezaré a redactar una lista con todas las posibles y ¡alguna caerá! –se dijo con cinismo y dejó de preocuparse por su futuro de hombre casado para dar buena cuenta del desayuno al que Bastiane había añadido unas cuantas rodajas de morcilla asada.

Una tarde, varios días después de la conversación mantenida con su abuela, Catalina se hallaba ayudando a su madre con la plancha, doblando un gran montón de ropa que habían lavado en el arroyo y tendido al sol aprovechando que no llovía. Las dos estaban sofocadas y tenían las mejillas sonrosadas por el calor y el esfuerzo. El trabajo de la plancha exigía mucho cuidado y atención y no era plato de gusto para ninguna de ellas. Primero sacaban de un arcón tres pesadas planchas de hierro en forma de triángulo con un asa también de hierro, las colocaban sobre una parrilla puesta sobre las brasas, esperaban a que se calentaran y se turnaban para pasarlas por encima de sábanas, manteles, faldas, corpiños y camisas. Tenían que tener mucho cuidado y cierta agilidad porque el calor podía quemar las prendas y, además, debían sujetar el asa con un guante grueso de cuero forrado con piel de oveja para no abrasarse la mano. El menor descuido acababa con un triángulo de color marrón en la mejor falda o con una quemadura en la mano, así que apenas podían hablar ni distraerse del tedioso trabajo.

Domenja entró en la cocina vestida con la toca de viuda que ocultaba cabello y cuello, la eterna capa de lana embozándola de arriba abajo, y los pies enfundados en gruesas medias del mismo material metidos en zuecos de madera.

–¡Katalintxe! –le ordenó–. Coge tu capa y los zuecos, y vámonos...

La joven dejó con cuidado la plancha sobre la parrilla y se volvió hacia Graciana.

–¿Tú no vienes, madre? –le preguntó.

–No, cariño –le respondió sin levantar la vista de la prenda que acababa de colocar sobre la tabla.

No trató de averiguar la razón por la cual no las acompañaba y salió corriendo escaleras arriba para recoger la capa y los zuecos. Al bajar pudo escuchar cómo su madre y su abuela casi discutían.

–Es muy joven –decía Graciana.

–Mayor que lo que era yo cuando fui por primera vez y mayor que tú también –respondió Domenja con impaciencia.

–Eran otros tiempos.

–Los mismos.

–¿Por qué tienes que liarla con esas cosas? –la voz de Graciana tenía un tono de queja.

–Ella entenderá aquello de lo que tú nunca fuiste capaz.

–Yo...

Catalina entró en la cocina y las dos mujeres callaron. Domenja salió a su vez y le hizo una seña para que la siguiera. Prometió recordar lo que había oído y preguntar a su madre sobre ello cuando volvieran de aquella misteriosa visita, y siguió a su abuela. Le sorprendió encontrar a Ixile esperándolas con el carro y el burro preparados. Así pues, el lugar estaba lo suficientemente lejos como para coger el carro... Se sentó detrás mientras el hombre ayudaba a la anciana a subir a la parte delantera y cubría sus piernas con la gruesa piel de oveja que aquel otro hombre había colocado sobre las suyas unos días antes.

El cielo estaba despejado y las estrellas empezaban a asomar, tímidas, por encima de sus cabezas. La luna apareció al ascender la primera cuesta, aún baja, en todo el esplendor de su plenilunio, desparramando su luz sobre campos y aldeas. Redonda como las monedas de plata que la joven había visto en Tabira por primera vez, igual a las que algunas mujeres llevaban colgadas del cuello o a otras más pequeñas, cosidas en delantales y corpiños. La luna de sus sueños infantiles, cuentos que le contaba su madre cuando se veía el astro resplandeciente en la noche a través de la ventana de su cuarto; el hombre que llevaba una carga de argoma robada y que, al aparecer la luna, le había dicho a ésta. «No necesito de ti, tate» y había sido arrebatado por ella..., pero también la luna de los espíritus de la noche, de *Inguma* el maléfico, de *Gaueko* el señor de la noche, del perro de la tea; la luna de las hoces, azadas y aperos que se sacaban fuera para que la blanca luz los afilase; la de los ríos plateados en los que se hundían espadas y cuchillos para adquirir una dureza a prueba de golpes; la de las doncellas que se cortaban el cabello para que les creciese con más fuerza; la de las preñeces venturosas; la que producía el rocío beneficioso para los males de la piel; la de la matanza del cerdo que hacía más sabrosa su carne... Era extraño que de pronto recordase cosas a las que nunca había prestado mucha atención o que ya había olvidado.

Se dio cuenta de que estaban en Axpe. El pueblo, iluminado por la luz lunar, parecía otro, pero no se detuvieron allí. Continuaron hacia Donibane, tomando después un camino que ella desconocía y que se internaba en un bosque de enormes robles y encinas cuyas ramas más elevadas se entrelazaban muy por encima de sus cabezas. Sentía mil pares de ojos puestos en ellos y, de vez en cuando, la sobresaltaba el aleteo de un búho volando bajo o el inconfundible silbido de la lechuza. No sentía miedo, sólo curiosidad. Su abuela e Ixile hablaban en un susurro como si no quisieran romper con el sonido de sus voces el silencio del bosque. Una vez intentó escuchar lo que decían y se encaramó al asiento delantero.

–Siéntate, Katalintxe, que puedes caerte –le ordenó Domenja sin levantar la voz, ni girar la cabeza.

No tuvo más remedio que obedecer. Hubiera dado cualquier cosa por saber de qué hablaban. Después de tantos años juntos era increíble que aún tuvieran algo que contarse y tuvo que admitir, molesta, que entre ellos existía una relación de la que ella quedaba excluida.

Finalmente, el hombre detuvo el carro y se apeó para atar el burro a un árbol, después extendió los brazos y la abuela se apoyó en ellos para bajar a su vez. Hizo una seña a su nieta para que los siguiese y ascendieron por unos peldaños naturales socavados en una pequeña ladera hasta topar con la boca de una enorme cueva. «¿No pensarán entrar ahí?», se preguntó algo atemorizada.

Recordó las historias que se narraban acerca de personas que habían penetrado en las cuevas de los genios de la tierra y a las que nunca más se había vuelto a ver: jóvenes, mozas y hasta una madre con su hijo. Esto último lo había escuchado en Tabira, en una de las reuniones que, sólo para mujeres, se organizaban en casa de las recién paridas. Josefa, la partera, era siempre invitada y ella también lo era cuando había estado presente en el nacimiento.

Allí las mujeres descansaban de sus quehaceres durante unas horas, bebían vino, comían pastelillos de manzana y nueces y, sobre todo, hablaban de cosas de un modo que le hubiera parecido impensable meses atrás. Muchas veces no reparaban en que ella era aún joven y en que no estaba casada ni conocía hombre alguno, excepto a don Diego de Olea. Las mujeres daban rienda suelta a todo tipo de conversaciones, desde la mejor forma de fajar al recién nacido hasta el uso de la piedra de leche que, colocada encima de los pechos de la nueva madre, evitaba que los pezones se endurecieran y aparecieran grietas, pasando por todos los chismorreos de la villa, habladurías y escándalos recientes, entre los que no podía faltar lo que estaba ocurriendo en la zona a cuenta de los frailes y sus seguidores. Siempre acababan achispadas por el vino y hablando de los hombres en general, los propios y los ajenos. A ella era esa parte de las conversaciones la que más le divertía y procuraba hacerse muy pequeña en un rincón de la habitación para que no le mandaran salir. Pero eso nunca ocurría, en parte porque no le prestaban la menor atención y, en parte, porque la opinión general era que una joven debía saber bien pronto lo que podía esperar el día que estuviera casada.

–¡Katalintxe! ¿Piensas quedarte ahí toda la noche?

La voz de Domenja la devolvió a la realidad. Ixile había desaparecido dentro de la oquedad y ella hizo otro tanto. No tuvo más elección que seguir sus pasos pensando, eso sí, que le hubiera gustado vivir algunos años más, pero dispuesta a sacrificarse y no dejar que su abuela corriese el riesgo sola.

Al principio no vio nada. Todo estaba negro, como siempre había imaginado que estarían las entrañas de la tierra, y sintió terror. Poco a poco, sin embargo, sus ojos fueron adaptándose a la oscuridad y divisó una luz al fondo del estrecho pasillo entre las dos paredes rocosas. Escuchó voces al aproximarse y hasta creyó oír el son de un silbo y de un tamboril.

–Son los genios de las cuevas celebrando sus nuevas víctimas –susurró temblorosa para escuchar su propia voz y sentirse acompañada.

Avanzó decidida y penetró en el antro iluminado por decenas de velas de grasa de ballena que desprendían mucho humo y un olor muy fuerte.

No podía dormir. La cabeza le daba vueltas, la piel le olía a humo y le dolían los pies. No eran genios de la tierra los reunidos en Jentilkoba, eran hombres y mujeres de todas las edades e incluso algunos muchachos y muchachas más jóvenes que ella. Se había quedado parada en la entrada con la boca abierta, atónita ante lo que veían sus ojos. El espacio era grande, lo suficiente para dar cabida holgada a un número de personas que se contaban siete veces con los dedos de sus dos manos y que, bien de pie o sentadas, hablaban animadamente y se saludaban como si estuvieran en una reunión familiar. Las mujeres no llevaban las tocas puestas ni tampoco las capas, y los hombres se habían despojado de sus kapuzais y jubones. No podía saberse por su aspecto si eran campesinos o hidalgos, pobres o ricos. Domenja la asió de la mano y la llevó de unos a otros, presentándola.

–Katalintxe, mi nieta y heredera –decía simplemente.

Para su sorpresa, los que estaban sentados se levantaban y los que estaban de pie la saludaban con una sonrisa y una inclinación de cabeza. Su azoramiento no tuvo límites cuando se hizo el silencio al llegar adonde una mujer que por su aspecto era con mucho la más vieja de todos.

–Ésta es Katalintxe –dijo Domenja.

La mujer la escudriñó con atención. Era menuda y en su piel, casi transparente, se marcaban las venas azuladas. Apenas tenía arrugas excepto alrededor de los ojos, donde se tejía una red de líneas que aparecían perfectamente trazadas. Sus ojos eran grandes y negros como la piel de *Lista*, y una mirada inquisitiva e inquietante se iluminó al reconocerla.

–Has vuelto –dijo; cogió su mano y la besó.

De nuevo reinó el barullo como si todo el mundo hubiera estado esperando una señal y, sin saber de dónde había salido, la joven se encontró con una pequeña escudilla en las manos. Acercó el recipiente a la nariz y no reconoció el olor del líquido humeante en el que bailaban pequeñas hojas minuciosamente cortadas y alguna que otra semilla, pero lo bebió al comprobar que tanto su abuela como todos los demás hacían otro tanto. No sabía mal, algo amargo tal vez, pero el paseo en el carro la había destemplado y era de agradecer una bebida caliente y reconfortante. No tardó mucho en sentir calor y, al igual que las demás mujeres que allí se encontraban, se desprendió de la capa de lana y poco después lo hizo del corpiño con mangas que llevaba encima de la camisa. Se sentía ligera y tenía la impresión de que iba a echar a volar de un momento a otro.

Unos hombres comenzaron a tañer una especie de panderos y dos o tres *albokas*. Unas cuantas mujeres empezaron a andar cogidas de la mano, siguiendo la melodía acompasada, alrededor de un gran tronco vacío colocado en medio del antro. Vio del todo natural unirse al corro cuando una de las mujeres alargó la mano y cogió la de ella. Nunca antes había bailado, pero le daba igual. Le parecía una situación curiosa y divertida. El pandero marcó otra cadencia cuando el corro estuvo completo. Las danzantes cambiaron el paso y, dando la espalda al tronco, comenzaron a moverse al compás de la música, cada vez más rápida, dando tres pasos hacia delante y otros tres hacia atrás, al tiempo que chocaban ligeramente las caderas unas con otras y giraban sobre sí mismas. Tardó unos instantes en aprender el movimiento, pero poco después nadie hubiera podido decir, al verla, que era aquélla la primera vez que bailaba.

Una danza siguió a otra, a veces las mujeres solas, otras, hombres y jóvenes alzaban las piernas y giraban a cual más rápido, y otras, hombres y mujeres juntos. De vez en cuando, cuando paraba la música, Catalina se sentaba en un saliente de roca o simplemente en el suelo, pero enseguida iba alguien a buscarla para que se uniera a los danzantes. Se detuvieron cuando a las velas de grasa sólo les quedaban tres dedos de altura. Cansados y acalorados, acabaron todos sentados en el suelo, menos los ancianos que no habían tomado parte en el baile, pero que habían contemplado las piruetas de los más jóvenes con una sonrisa no exenta de envidia y añoranza.

A la mañana suiguiente intentó levantarse de la cama, pero el vértigo la obligó a acostarse de nuevo. Tenía la boca seca, aún con el sabor amargo de la bebida desconocida que había ingerido.

Por fin el sueño comenzó a cerrar sus párpados y suspiró aliviada. Antes de quedarse profundamente dormida, dos imágenes volvieron a su mente. ¿Había soñado o en verdad había visto a su abuela y a Ixile besándose en la boca? ¿Y quién era aquel hombre de cabello largo y mirada fría que no había tomado parte en las danzas ni se había sumado al jolgorio general, pero que no le había quitado la vista de encima durante toda la velada?

Le dolía la cabeza cuando se despertó. Durante dos días no se levantó de la cama. Graciana le llevaba la comida y la ayudaba a asearse, pero apenas hablaban, estaba demasiado cansada y volvía a adormilarse en cuanto se quedaba sola. Al tercer día abrió los ojos y descubrió aliviada que se sentía como nueva, con una vitalidad renovada, no le dolía la cabeza ni el cuerpo, tenía hambre y ganas de hacer ejercicio.

Se levantó, se vistió y bajó a la cocina. No sabía la hora que era, pero debía de ser muy temprano, puesto que ni siquiera estaba encendido el fuego. Avivó las brasas de la víspera, colocó encima algunas ramas secas de sarmiento y un par de troncos y se entretuvo con el soplillo hasta que prendió la madera. Puso a calentar las piedras de la leche y se sentó a esperar.

–¿Ya te sientes mejor?

Volvió la cabeza al oír a su abuela y sonrió. Domenja se aproximó al hogar y se sentó en su silla.

–Siempre ocurre lo mismo la primera vez –le explicó–, pero, de todos modos, la próxima procura no tomar toda la hierba loca de un trago..., una escudilla debe durar toda la noche si no quieres volver a sentirte mal.

–¿La hierba loca? –preguntó extrañada.

–Sí –sonrió–, también se le llama beleño, pero yo prefiero lo otro, porque ciertamente puede volver loca a una persona que la tome sin mesura y a todas horas.

Abrió los ojos asombrada. ¿Le había dejado beber algo tan peligroso?

–No, no es peligroso –prosiguió Domenja, leyendo una vez más los pensamientos de su nieta–. Es como muchas otras cosas que no son malas en sí, pero que lo son si se abusa de ellas.

–¿Por qué..., por qué...? –no acertaba a encontrar las palabras adecuadas.

–¿Por qué bebemos la hierba loca en lugar de una buena tisana de hierbabuena?

La joven afirmó con la cabeza.

–Tal vez porque aligera nuestras mentes y nuestros cuerpos –aseveró con una sonrisa–, hace olvidar penas y preocupaciones y, no cabe la menor duda, agudiza nuestros sentidos.

–¿Quiénes eran aquellas gentes? –preguntó de nuevo, recordando borrosamente unos rostros que nunca antes había visto.

–Amigos que acuden desde todas partes del valle.

–¿Por qué? –insistió.

–Katalintxe de Goiena, ¿nunca vas a dejar de hacer preguntas? –exclamó Domenja, recordando lo que solía decirle cuando aún era una niña que continuamente lo cuestionaba todo.

–¿Cómo sabré si no pregunto? –respondió ella como tantas otras veces.

Su abuela sonrió de nuevo antes de responder.

–Es una antigua tradición, querida, tan antigua que ni siquiera mi madre sabía cuándo comenzó. Se ha transmitido de padres a hijos entre aquellos que siempre han habitado estos lugares. Tu bisabuela solía decir que fue como respuesta a los nuevos usos que se establecieron en el valle e hicieron que los hijos e hijas de esta tierra renegaran de sus antiguas costumbres.

–¿Qué nuevos usos? –inquirió la joven intrigada.

–Los que llegaron con gentes venidas de otros lugares, gentes que maldecían nuestras creencias y nos imponían otras desconocidas. Destruyeron los altares de los dioses construidos por nuestros antepasados, derribaron los árboles sagrados, prohibieron cantos y danzas, obligaron a los naturales a ir a las iglesias y persiguieron a los que se mantuvieron firmes, acusándolos de brujería y despeñándolos por los riscos o haciéndolos arder en las hogueras.

»Fue entonces –prosiguió Domenja– cuando algunas gentes aterrorizadas comenzaron a reunirse en lo más profundo de los bosques, en las cimas de los montes y en las cuevas. Eran reuniones secretas a las que únicamente podía accederse acompañado de un familiar o un amigo previamente aceptado en ellas. Tenían lugar varias veces al año, siempre en noches de plenilunio, pero muy especialmente durante el solsticio del verano y en el del invierno. Ya no se convocaba a ellas por medio del cuerno o las hogueras en las cimas, sino que era un aviso susurrado de oído a oído entre los que estaban en el secreto. En las asambleas se bailaban danzas prohibidas, se entonaban cantos no escuchados al aire libre desde hacía cientos de años, se bebía la hierba loca o se untaban los cuerpos con ungüentos elaborados por manos expertas con hierbas como el beleño o la belladona que les permitían retroceder al comienzo de los tiempos y ver con sus propios ojos la raíz de su tierra emergiendo viva, aunque oculta. Pero sobre todo hablaban. Los viejos narraban historias que a su vez habían escuchado de otros viejos cuando aún eran jóvenes: las gestas de los antiguos y las luchas contra el conquistador, entremezcladas con invocaciones a los genios del día y de la noche, al sol y a la luna, a la suprema Mari o al terrorífico Inguma; historias de seres gigantescos que habían poblado los lares y les habían enseñado a plantar el trigo, a cultivar los campos o a salar la carne y el pescado; fórmulas tan antiguas como el mundo para mantener el mal alejado de los hogares o para obtener buenas cosechas y olvidados amuletos de hierro o azabache para proteger de peligros ocultos a sus portadores.

Catalina escuchaba a su abuela con la boca abierta por el asombro. Nunca antes había oído hablar de algo parecido, ni siquiera durante el tiempo pasado en Tabira. Tampoco había notado nada extraño en sus visitas a parturientas, enfermos o amigos. ¿Cómo era posible que todo aquello se hubiera mantenido en secreto? ¿Qué ocurriría si algún extraño lo averiguaba algún día?

–Probablemente nos llevarían a todos ante los tribunales del señorío –afirmó Domenja– y nos condenarían a penas de prisión o a muerte, que todo puede ser.

–Entonces, ¿por qué lo hacéis? –preguntó la joven sin entender cuál era la razón que impulsaba a unos cuantos aldeanos a reunirse en secreto al margen de la ley establecida.

–¿Por qué respiramos? –le preguntó su abuela a su vez–. Para vivir, hija, para no morir y para que no muera el espíritu de nuestros antepasados. Es algo que se siente o no se siente. Tu madre, por ejemplo, nunca ha sentido la llamada de Mari. También a ella la llevé a las asambleas, pero no quiso verse mezclada, tal vez por temor o tal vez por indiferencia, en lo que algunos considerarían un crimen o una herejía. Estaremos muertos el día en que dejemos de honrar la memoria de aquellos que nos precedieron. Ese día, querida, ya no quedará nadie que nos recuerde qué somos y de dónde venimos. Vagaremos por el mundo como seres sin pasado ni futuro, puesto que el que no tiene aquél, tampoco tiene éste.

No entendía muy bien las palabras de su abuela y todo aquello le sonaba a algo prohibido y nefasto que únicamente podía llevar desgracias a sus vidas. Su existencia había sido tranquila hasta entonces, había disfrutado de una infancia feliz y su estancia en la villa le había enseñado que el mundo era algo más grande que las cuatro paredes de Goiena y los montes que las circundaban. Sin embargo, todo aquello le estaba resultando tan extraordinario que deseaba saber más.

–¿Quién era la anciana que me besó la mano? ¿Por qué dijo que yo había llegado? ¿Llegado de dónde?

Domenja posó su mirada en las piedras que Catalina había dejado encima del fuego y le hizo una seña para indicarle que ya estaban listas y que podía cocer la leche. La joven cogió un *kaiku*, vertió en él la leche recién ordeñada que se hallaba dispuesta en un recipiente de madera, introdujo las piedras y esperó unos instantes. Siempre le había gustado escuchar el ruido que producían las piedras calientes al ser introducidas en el líquido. Después se giró de nuevo hacia su abuela con una mirada interrogante en sus ojos.

–Es María de Usúa –dijo Domenja, respondiendo a su pregunta–. Nadie conoce la edad que tiene, pero se dice que cuando la peste asoló la comarca, muchos años antes de que tu madre naciera, ella ya era vieja. Desde luego, lo es mucho más que yo –aclaró con coquetería–. Es la representante de Mari en las asambleas, es a ella a quien le presentamos nuestras ofrendas. Conoce palabras que los demás ignoramos y muchos son los que la han visto obrar maravillas, aunque yo personalmente no he tenido oportunidad de ser testigo de ninguna.

El primer pensamiento que le vino a la cabeza fue que aquella María de Usúa era una vieja loca y que también estaban locos todos los demás, incluida su abuela, por creer en tales fantasías. No obstante, se abstuvo de decir lo que pensaba e insistió en conocer la razón por la cual le había besado la mano.

–Vio en ti a mi madre, tu bisabuela –le aclaró su abuela–, que fue la anterior representante de Mari en las juntas. Te pareces tanto que, sin duda, creyó que tú eras ella. María de Usúa veneraba a mi madre y le llamaba maestra.

–Yo creía que la bisabuela era una herbolera sanadora –dijo la joven sorprendida.

–Y así era –respondió Domenja–. Cada cual es lo que es. Una cosa nada tiene que ver con la otra. A las asambleas acuden personas de toda condición y oficio. Bien es cierto que son más los procedentes de las aldeas que de la villa, porque en el campo se han mantenido más puras las costumbres, pero también hay algunas personas de alcurnia que desean, como deseamos todos, mantener vivos los usos antiguos.

Vertió la leche en dos cuencos y ofreció uno a su abuela mientras ella apuraba el otro. Permanecieron en silencio un buen rato hasta que finalmente Domenja volvió a hablar.

–La próxima asamblea será la víspera del señor San Juan para la Iglesia y el solsticio de verano para nosotros. Es muy importante que acudas porque yo no creo que pueda ir –le hizo un gesto con la mano para que no la interrumpiera–. Mi tiempo se está acabando, lo noto cada día que pasa. Antes de esa fecha yo ya habré partido para la morada de Mari. Celebramos la fiesta del sol, el astro que nos da luz y calor y que nos mantiene vivos. Las ramas del espino albar, del fresno, del hipericón, los helechos floridos y otras plantas de la diosa deben proteger nuestros hogares de los rayos. Encendemos grandes hogueras y dejamos en las cuatro esquinas de nuestros campos labrados manojos de hierbas que han prendido en esas hogueras para ahuyentar a los malos espíritus y evitar las plagas de las cosechas, y paseamos descalzos sobre la hierba húmeda de rocío para que no nos ataquen las enfermedades. Tú debes estar presente. Es lo único que te pido. Después haz lo que creas conveniente y no vuelvas si no lo deseas, pero prométeme que irás esa noche.

–Te lo prometo –dijo la joven en un susurro.

No sabía exactamente qué era lo que estaba prometiendo. Lo único que estaba claro era que su abuela había predicho la fecha de su muerte y ella estaba aterrada ante semejante idea. ¿Qué haría sin ella? ¿A quién acudiría cuando la oscuridad llenara su corazón y no supiera qué camino tomar? Era parte de su ser como ella misma, era su alma gemela y no podía concebir la vida sin su presencia.

Domenja partió a comienzos de la primavera, cuando los campos estallaban en mil colores, las espigas se alzaban triunfantes hacia el cielo y los ríos desaguaban sus cuencas repletas. Había enflaquecido de tal manera que su cuerpo no pesaba más que el de una niña de corta edad. Apenas dejaba el lecho y se había encerrado en un mutismo que dolía profundamente a Graciana y a su hija. Permanecía todo el tiempo con los ojos puestos en una parte del Anboto que podía verse a través del ventanuco de su habitación. A veces Catalina la encontraba musitando unas palabras que no lograba entender.

–La abuela estaba rezando –le dijo un día a su madre–. ¿Qué reza?

–¿Cómo sabes que está rezando?

–No lo sé –tuvo que admitir–, pero habla muy bajito y todo de seguido, como hacen en la iglesia cuando hay un funeral.

–Puede que esté hablando con los espíritus de los antepasados –le informó su madre–, que les esté avisando de que pronto estará con ellos.

–¡Madre! –exclamó la joven horrorizada–. ¡No digas eso!

–Hijita –la voz de Graciana sonaba dulce, pero entristecida–, vete haciéndote a la idea. La abuela tendrá que partir algún día, todos tendremos que hacerlo, como ya antes lo hicieron tu abuelo y tu padre.

Sabía que las palabras de su madre eran ciertas, pero le parecía un mal augurio hablar de ello. La muerte podría oírlas y llegar antes de lo previsto.

Un día, a una hora aún temprana, Ixile entró en la casa portando a la espalda un curioso artilugio, similar a un arnés, las saludó con un gesto de cabeza y subió los peldaños de dos en dos encaminándose a la alcoba de la anciana. Graciana y Catalina se miraron asombradas y esperaron al pie de la escalera. El hombre bajó poco después, llevando a Domenja sentada en el artilugio y sujeta a él por un cinturón de cuero. Se había puesto su mejor vestido –una túnica azul oscuro de varios vuelos con los bordes de las mangas y de la falda bordados con hilo de plata– y sobre él la capa de lana que su nieta siempre había conocido. Llevaba medias y unos escarpines de badana que nunca la había visto calzar.

–Son demasiado delicados para usarlos –solía decirle cuando le preguntaba la razón por la cual nunca se los ponía.

No llevaba la toca puesta y había peinado su largo y fino cabello blanco en un moño del que se desprendían algunos mechones que caracoleaban sobre su frente y orejas.

Ixile se detuvo al llegar a la altura de las dos expectantes mujeres.

–Bien, queridas –dijo Domenja–. Ha llegado el momento y tengo que dejaros.

Graciana ahogó un gemido y asió la delgada mano, cubriéndola de besos y lágrimas.

–Ya sé que me quieres, Graciana, hija –dijo la anciana emocionada–. Yo también te quiero y nunca sabrás cuánto.

–¿Adónde vas, abuela?

La pregunta de su nieta le hizo sonreír.

–No puedes venir conmigo, niña –respondió–. Es un viaje que tengo que emprender sola.

–¡No pienso dejarte ir sola! –exclamó la joven, no queriendo entender lo que su abuela trataba de decirle.

–Puedes acompañarme durante un rato, si quieres –aceptó la anciana.

Graciana asió de nuevo su mano y la besó con devoción. No quería desprenderse de ella, pero Domenja tocó suavemente el hombro de Ixile indicándole la puerta y éste se puso en marcha. Graciana continuó aferrada a la mano de su madre durante un buen rato. No decía nada, sólo lloraba. Finalmente la dejó ir y los otros emprendieron el camino hacia el Anboto. Catalina se giró para mirar a su madre y la vio sentada sobre la hierba con el rostro entre las manos y el cuerpo agitado por el llanto.

No hablaron durante todo el recorrido. La abrupta pendiente exigía concentración y los tres parecían más interesados en ella y sus propios pensamientos que en mantener una conversación. Se detuvieron al llegar a una prominencia rocosa. Ixile depositó con sumo cuidado su preciosa carga sobre una roca más plana que las demás, a la sombra de otra más grande y se afanó en construir un pequeño altar en la parte más alta. Desde allí Catalina pudo contemplar toda la sierra de Anboto, el valle de Atxondo, caseríos y pueblos como pequeñas manchas entre bosques, valles y campos, e incluso sonrió al descubrir Tabira en la lejanía. Jamás había subido tan alto y el paisaje que se extendía ante sus maravillados ojos le hizo olvidar por unos momentos el motivo de la ascensión. Durante un rato, el hombre de Goiena desapareció para regresar poco después cargando un carnero que colocó sobre el altar y al que abrió en canal para extraerle las entrañas. Mientras Ixile manipulaba el animal, la anciana recobró el habla.

–Querida Katalintxe, mi nieta amada –dijo–, si algo me apena en este momento es no volver a contemplar tu rostro y no conocer a tus hijos, pero velaré por ti y por ellos en compañía de mi señora, la Dama. Hasta aquí me has acompañado y aquí has de quedarte porque no puedes proseguir el camino conmigo.

–Pero, abuela –exclamó la joven verdaderamente asustada–, ¿por qué hablas de ese modo?

–¿Aún no has comprendido o es que no quieres comprender? –había tanta ternura en su voz que Catalina estuvo a punto de echarse a llorar–. Mi vida ha llegado a su fin. Se ha cumplido el ciclo vital que me unía a la tierra y ahora parto hacia la morada de Mari. Ixile me llevará hasta la cueva y me adentraré en ella con el corazón gozoso y el espíritu en paz. Allí esperaré a que la Dama acuda en mi busca.

–¿Por qué él? –preguntó rabiosa–. No es más que un criado...

–No es un criado, querida. Renunció a su casa y heredad para estar junto a mí. ¿Recuerdas aquella historia que os conté en casa de tu tío Muntsaratz sobre una joven que había huido con su enamorado? Éramos Ixile y yo. Nos conocimos en las asambleas de Jentilkoba y nos enamoramos. Vino a Goiena cuando mi padre murió y, aunque guardé el respeto debido a tu abuelo, él ha sido mi compañero a todos los efectos.

–Cuando me trajo de vuelta nos detuvimos en una casa, había dos hombres que...

–Son su hermano y su sobrino –le aclaró Domenja–. Abandonó su casa y renunció a su heredad por mí. Nos hemos amado toda la vida y es natural que sea él quien me acompañe en mi último paseo. Lo entiendes, ¿verdad?

No lo entendía del todo, pero afirmó con la cabeza. La confesión de su abuela, su decisión de morir dentro de la cueva y el hecho de ver las manos llenas de sangre de Ixile no le dejaban tiempo para la sorpresa.

–Me voy ya –continuó Domenja–. No olvides tu promesa de asistir a la asamblea del solsticio del verano, la víspera del señor San Juan, y recuerda que siempre estaré contigo hasta que volvamos a encontrarnos en la morada de Mari.

Ixile cargó de nuevo el arnés sobre sus espaldas y lo amarró fuertemente a pecho y cintura. Catalina se levantó del suelo. Quería ir con ellos, penetrar en la cueva y compartir el destino de la mujer que había sido guía y protección desde su nacimiento, pero permaneció allí, de pie, viendo cómo se alejaban por el estrecho y peligroso sendero, colgado sobre el vacío, que llevaba a la gruta.

El día estaba despejado y el sol comenzaba a caldear el ambiente, pero una gran nube blanca y transparente flotaba sobre la cumbre de la montaña. Sonrió. Fijó la vista en los brezos que brotaban entre las rocas y los musgos pegados a la piedra donde había quedado expuesto el cadáver del carnero. Se aproximó y contempló las entrañas aún humeantes del animal, después buscó de nuevo con la mirada a las dos figuras antes de que desaparecieran de su vista.

–¡Abuela!

No fue un grito, sino un lamento, lo que salió de su garganta y fue a estrellarse contra la inmensa mole del Anboto. Notó entonces que una suave brisa rozaba su rostro, como una caricia, y una gran paz inundó su corazón. Sin saber por qué ni cómo, descalzó sus pies, cerró los ojos y levantó los brazos hacia el cielo. Sintió una extraña energía que ascendía desde la tierra hasta llegar a sus sienes y entonces tuvo la visión de Ixile depositando a la mujer que amaba en un recoveco rocoso, a modo de asiento. Vio las lágrimas en los ojos de él y la sonrisa en los de ella cuando sus labios se unieron en un largo beso y su cuerpo todo se estremeció de dolor. El hombre salió de la morada de la diosa andando hacia atrás, sin dejar de contemplar a su compañera de tantos años, y su abuela permaneció sola en medio del silencio. Vio una luz avanzar desde lo más profundo de la cueva, ni un millar de hachas luminosas podrían emitir tanta claridad. La luz envolvió a su abuela y ella sonrió. Era tal el gozo que sus facciones mostraban que el dolor de Catalina se apaciguó.

Sintió que volaba suavemente como la pluma que se desprende del cuerpo del ave y cae con un movimiento acompasado. Abrió los ojos y se encontró en brazos de Ixile. Su reacción fue de sorpresa y susto, se deshizo del fuerte abrazo y corrió de vuelta a la piedra del sacrificio. El carnero había desaparecido del ara.

Cuando regresó a casa, ya casi de noche, con los ojos arrasados en lágrimas, se dirigió a la colmena y dio tres golpecitos en ella.

–Ha muerto el ama de la casa –dijo; y ató a la pata un pañuelito que Domenja le había regalado no hacía mucho.

A comienzos del mes de junio, Durango ardía en dimes y diretes. Nadie había ya que ignorase la presencia en la villa de Hernando Sánchez de Guinea, representante del Tribunal de la Inquisición de Calahorra y con poderes concedidos por el corregidor de Vizcaya para buscar pruebas con el fin de redactar un informe oficial y proceder según conviniese.

Muchos, horrorizados por el recuerdo de los herejes y la mala fama que habían llevado a la merindad, deseaban ansiosamente que el magistrado finalizara su investigación y detuviese a los culpables, si es que los había. Por nada en el mundo querían volver a pasar por la infamia que había ensombrecido sus vidas durante décadas. La mayoría, sin embargo, no veía con buenos ojos que alguien venido de fuera se inmiscuyese en asuntos que únicamente incumbían a la merindad. Las discusiones de los que estaban a favor y de los que estaban en contra se planteaban en cualquier lugar y en cualquier momento, lo mismo a la salida de misa que en las tabernas, las ferrerías o las tahonas. Tabira contaba con no más de tres mil almas, muchas emparentadas entre sí. No había familia que no hubiera tenido a un seguidor de los frailes. El miedo se abatió sobre la villa como las tormentas veraniegas que descargan rayos, truenos y agua en el mismo lugar en que momentos antes brillaba un sol resplandeciente.

El tiempo pasaba y, a gusto de don Tomás y de Bartolomé de Unda, Hernando Sánchez de Guinea no estaba haciendo bien su trabajo. En las semanas que llevaba en Tabira no había detenido a un solo hereje a pesar de que las delaciones habían sido bastante numerosas. Bastaba con que alguien mostrara su disgusto por lo que estaba ocurriendo para que fuera acusado por cualquier vecino envidioso o por alguno que se la tuviera jurada. Sabían que varias veces había intentado pillar a los congregados reunidos en alguna casa, pero éstos se avisaban, y para cuando el inquisidor y sus gentes llegaban al lugar, únicamente encontraban a unos cuantos amigos degustando un plato de verduras o un potaje de carne. No había nada en su aspecto que los delatase como peligrosos criminales. A pesar de los registros, nunca se habían encontrado libros prohibidos o armas u objetos de idolatría. Los dos hombres estaban convencidos de que era preciso detener a todos aquellos acusados, aunque se tuviera de ellos una simple sospecha. Los jueces se encargarían de hacerles confesar sus crímenes y delatar a sus compinches.

Don Tomás y Bartolomé de Unda se habían presentado una vez más en la torre de Leriz para reprochar a Guinea su falta de decisión.

–Vuestro padre hubiera actuado de otro modo –afirmó Arandia.

–Medid vuestras palabras, señor cura –respondió Guinea sintiendo que su paciencia estaba a punto de desbordarse–. Vuestras acusaciones son serias, pero también es muy serio el ejercicio de la justicia que me ha traído a esta villa. No actuaré hasta que no esté seguro de que debo hacerlo.

El párroco no respondió, rebuscó en el bolsillo de su tabardo, sacó de él un pliego de papel doblado en cuatro partes y lo lanzó sobre el escritorio.

–¡Ahí tenéis una lista con los nombres denunciados por personas honradas! –exclamó con furia–. Empezad a ejercer vuestro cometido o seremos nosotros los que lo hagamos en vuestro lugar.

Los dos hombres hicieron una ligera inclinación de cabeza y salieron de la habitación. Hernando de Guinea los vio salir de la torre y los siguió con la vista hasta que se perdieron en un recodo de la calle.

–¡Malditos pueblerinos! –exclamó cerrando un puño y golpeando con él la palma de la otra mano.

Llamó a gritos a su secretario y le ordenó que se dirigiera a Bilbao a toda velocidad y que comunicase al corregidor que las cosas se estaban poniendo cada vez más difíciles.

–¿Creéis que el concejo se atreverá a actuar por su cuenta?

–Mucho me temo que sí –afirmó Guinea–. Este tema se está saliendo del cántaro y lo están aprovechando los oñacinos de la villa en su propio beneficio. Acusan a sus contrarios y tratan de conseguir partidarios para su causa. Los frailes y sus seguidores les importan un bledo. Lo único que quieren es obtener más poder y cualquier disculpa es buena. De seguir así, pronto nos encontraremos en medio de una batalla campal entre los Ibargoen y Zaldíbar como ya ocurrió hace años.

–¿Y qué queréis que le diga al corregidor?

–Que me permita detener a los sospechosos y llevarlos a Bilbao para que sean juzgados.

–¿No contravendrá dicha solicitud el Fuero de la merindad?

–El corregidor actúa en nombre del rey, que es el señor de Vizcaya, y no hay fueros que valgan –aseguró Guinea con fuerza–. Y yo actúo en nombre del obispo de Calahorra, que, en representación de Dios, está por encima del propio rey.

–El alcalde de Fuero y el de Tabira no lo aceptarán...

–Dile también que, de paso, me envíe una mesnada de hombres para hacer frente a posibles revueltas.

Uriarte no se hizo repetir la orden y se dirigió rápidamente hacia las cuadras, saltó a pelo sobre su caballo y salió disparado a todo galope por la calle arrollando a todo el que se ponía delante. Don Tomás y Bartolomé tuvieron que apartarse de su camino con tan mala fortuna que metieron los pies en un charco de lodo y otras materias desconocidas.

–¡El diablo te confunda! –gritó el párroco con el puño alzado–. ¡Habráse visto el sinvergüenza!

–Era el secretario de Guinea –aclaró Unda mientras trataba de quitarse la porquería de sus botas frotándolas contra unas hierbas medio secas que crecían a la vera del camino.

–¿Cómo lo sabéis?

–Porque lo sé –afirmó el licenciado con una sonrisa–. Lo he visto varias veces en La Posada de Min. Es un joven impetuoso y hablador, dispuesto a entablar conversación con cualquiera que se preste a ello. Ayer mismo me dijo que su señor no sabía qué hacer con este asunto que nos traemos entre manos.

–O sea, que no piensa hacer nada –aseguró don Tomás tratando inútilmente de limpiar el lodo que en grandes y pequeños goterones se extendía por toda la parte baja del tabardo.

–Tal vez debamos darle un pequeño empujoncito...

–¿Cómo de pequeño?

Los dos hombres se dirigieron a la sacristía de la parroquia. Don Tomás se quitó el tabardo y las botas nada más entrar, se calzó unas zapatillas y se apresuró a servir dos copas de licor. Para sorpresa de Bartolomé, que nunca había estado con él en privado, el clérigo llevaba una camisa blanca inmaculada con bordados en el cuello y en los puños, y unas calzas negras que hacían resaltar unas piernas esbeltas y bien torneadas. El escribano se fijó con más atención en su interlocutor. Siempre lo había visto con el viejo tabardo, que más bien parecía una prenda dada en caridad que un hábito religioso. Recordó que los Arandia se hallaban entre aquellos que se enorgullecían de haber poblado la merindad cuatrocientos años antes por iniciativa del abad de San Millán y que la torre de su propiedad mostraba un descomunal escudo en el que aparecía un brazo que sujetaba una calavera y un alfanje debajo, lo cual no dejaba duda alguna acerca de la belicosidad de dicha familia. Extrañamente, nunca se le había ocurrido relacionar al aparentemente desastrado párroco con el rico linaje gamboíno.

–¿Cómo de pequeño? –reiteró el clérigo.

–¿Decíais?

–¿Cómo de pequeño ha de ser el empujón que hay que dar a Guinea para que actúe de una maldita vez?

–Vos deberíais saberlo. Tengo oído que en la otra ocasión ocurrió algo parecido.

–¿Ah, sí?

–Sí. El padre de nuestro inquisidor también se andaba por las ramas a pesar de su mucha fiereza. –Unda paladeó su licor antes de proseguir–. Y también a pesar de la declaración de cuatro sectarios arrepentidos que estaban dispuestos a exponer los hechos y a acusar a los herejes más acérrimos. Vuestro tío, desesperado por la lentitud del teniente del prestamero, preparó a un grupo de hombres comunes que, hartos del escándalo que suponía la presencia de los herejes en nuestra tierra, deseosos de liberar a sus parientes de tan nefasta influencia y velando por el futuro de sus hijos, decidieron hacer justicia por su mano...

–¿Ajusticiaron a los remisos?

–¡No! Sólo los detuvieron y los entregaron a la autoridad.

El alboroto fue descomunal el día en que se supo que los sectarios de la casa habían sido detenidos. Las gentes corrían por las calles dando gritos y comunicándose la noticia. Un grupo de hombres armados hasta los dientes había entrado a saco en la vivienda nada más amanecer y había detenido a todos los que se encontraban dentro, se había llevado a los detenidos a rastras y los había encerrado en una casa vieja que hacía las veces de cárcel o de almacén de grano, según fuera la necesidad. El tumulto que se organizó en la villa fue extraordinario. Todo el mundo salía de sus casas para ver pasar a la comitiva. Los gritos de protesta por la detención y de apoyo a los captores se mezclaban con las imprecaciones y amenazas de los que se sentían directamente perjudicados.

Al cabo de unas horas pudo comprobarse que el éxito de la captura no había sido tanto como se creía. Faltaban varios de los sectarios más importantes, como Pío de Ibarra, su mujer y sus dos hijas; otro, Juan de Baseta, también había conseguido escapar por una ventana aprovechando el alboroto, no sin antes haber abierto en canal a dos de los atacantes. Pero lo que más consternó al párroco Arandia y a todos los que estaban en el asunto fue el hecho de constatar que los dos frailes causantes de todo el embrollo no se encontraban entre los detenidos.

Habían huido en el mismo momento del ataque a lomos de unas mulas que llevaban meses aparejadas y dispuestas en la huerta trasera de la casa en previsión de un trance similar. El rumor de que se habían llevado con ellos a dos de las mozas más jóvenes se propagó como un incendio en época de estío. Las dos jóvenes pasaron a ser tres y luego siete. Nadie sabía a ciencia cierta cuál era el número real y el alcalde ordenó a los alguaciles que fueran de casa en casa preguntando si faltaba alguna mujer. Lo que sí parecía claro era que fray Alonso de Mella, su compañero y las mujeres, fuese cual fuese su número, habían alcanzado la costa y se habían embarcado hacia rumbo desconocido.

La retención de los sectarios planteaba un tipo de problemas con los que los organizadores de la captura no habían contado. Las familias de algunos de los detenidos exigían su custodia hasta el momento del juicio a cambio de una fianza, tal como estaba previsto en las ordenanzas. Además, el concejo y el cabildo entraron en disputas para decidir cuál de los dos pagaría la vigilancia y el mantenimiento de los apresados.

Una sobrina suya, casada con un Ibáñez de Arandia, primo del párroco, se hizo fiadora de doña María de Muntsaratz. La pobre dama parecía haber envejecido cien años en una sola noche. Por su aspecto demacrado y sus ropas rasgadas, más parecía una mendiga de las que se apostaban a las puertas de Santa María esperando recibir alguna limosna los domingos a la hora de la misa que una de las señoras principales de la merindad. La humedad y el frío del antro se le habían metido hasta el tuétano y no dejaba de tiritar, los ojos desvaídos y la frente ardiente. El físico Sainz no dio esperanzas a la familia y la devota mujer expiró antes de ver un nuevo amanecer, a pesar de cataplasmas, tisanas y sangrías.

Doña María Pérez de Mondragón la siguió dos días después, aunque por causas bien diferentes. Tal como había prometido, había vendido caro su arresto y se había defendido como un soldado en plena batalla. La llegada de los asaltantes la había sorprendido compartiendo amigablemente unas sopas con los demás moradores de la casa. Su reacción fue inmediata. Se había hecho con un pequeño puñal que siempre llevaba en su faltriquera desde el mismo día en el que se había hablado de la posibilidad de luchar por defender la justicia de sus creencias. Le faltó tiempo para empuñarlo y repeler el ataque. La confusión del momento no le impidió marcar la mejilla de uno de los hombres que la había asido por un brazo. La reacción y respuesta del hombre fue instintiva: una puñalada en el pecho. Cuando sus familiares fueron a buscarla, la encontraron agonizante, aunque su extraordinaria fortaleza y sus ganas de vivir eran tan grandes que resistió dos días antes de dejarse vencer por la muerte.

Las familias de las dos señoras tuvieron que amenazar a don Alfonso para que enterrara a sus parientes en tierra consagrada. El párroco se negó en un principio a oficiar la misa de difuntos por las dos heréticas, como no dejó de llamarlas en ningún momento, aduciendo que el Concilio de Letrán había dispuesto que ningún hereje pudiera ser jamás enterrado junto a los fieles católicos. La presión de su primo y de los miembros de ambas familias, además del hecho de que no habían sido juzgadas y menos aún condenadas, le hicieron cambiar de opinión.

–Pero –advirtió– si durante el juicio se demuestra que eran unas verdaderas heréticas, yo seré el primero en levantar las losas para que sus cuerpos vayan a parar a la hoguera.

Días más tarde, el teniente del prestamero Sánchez de Guinea, en nombre de la justicia real y del corregidor de Vizcaya, se presentó ante el concejo acompañado por una tropa de soldados del señorío y dos alguaciles enviados ex profeso por el rey Juan II y solicitó en presencia del escribano Juan Sánchez de Mañuro que le fueran entregados los presos, así como las fianzas de los fiadores y cualesquiera bienes raíces que pertenecieran a los supuestos herejes hasta que el juez fallase su veredicto.

Tanto el concejo como el cabildo respiraron aliviados al quitarse el peso de encima, pero exigieron que el juicio se llevara a efecto en la misma Tabira y que el jurado encargado de examinar las pruebas estuviese formado por personas notables y reconocidas de la villa. Tras muchos y discutidos tiras y aflojas, el jurado quedó constituido por el propio teniente del prestamero Guinea, el alcalde de la villa, el regidor de la merindad y el del Fuero, siendo el presidente del mismo el párroco don Alfonso Pérez de Arandia, y Mañuro su escribano y notario de actas. Juan Martínez de Unda, padre de Bartolomé, asistió a las pruebas en calidad de testigo imparcial de la actuación del jurado.

Pronto empezaron a dar fruto las presiones físicas y morales ejercidas sobre los detenidos, que no tardaron en delatar a sus congéneres: algunos, atemorizados ante la idea de los terribles castigos que les esperaban si no confesaban, y otros después de que sus piernas hubieran sido machacadas con una versión propia de las llamadas botas españolas, un artilugio que consistía en quebrar los huesos de pies y piernas mediante la presión de unas tablas gracias a un torniquete. Pocos días más tarde el número de personas detenidas llegaba al centenar y otras tantas o más habían puesto tierra por medio y habían desaparecido de la zona. Hacinados en la casa vieja y en un establo contiguo, los presos se lamentaban y gritaban pidiendo auxilio. Todo el que pasaba por las cercanías podía escucharlos y las quejas no dejaban de llegar a los miembros del concejo, tanto en forma de súplica como de amenaza.

–Mi padre me relató muchas veces lo acontecido durante las diligencias preliminares del juicio y durante el propio juicio –aclaró Bartolomé con los ojos fijos en su vaso de licor.

Las disputas entre el teniente del prestamero, el alcalde y los regidores de Tabira habían durado varios días antes de llegar a un acuerdo para la formación del tribunal y su presidencia. Otxoa de Guinea alegaba su condición de enviado del corregidor, que era lo mismo que serlo del rey, según él, para imponer sus condiciones y exigir el puesto de presidente. A lo que el alcalde, Pero López de Azpiazu, respondía que el Fuero de la merindad no era el mismo que el del señorío y que, por tanto, no estaban obligados a acatarlo. Finalmente se llegó a un acuerdo y se decidió que fuera el párroco, don Alfonso de Arandia, quien presidiera el juicio.

El gran número de detenidos era algo que también preocupaba al alcalde. No había familia en Tabira y los alrededores que no tuviera a algún pariente en el granero y en los demás recintos dispuestos para encerrar a los sospechosos. Las primeras detenciones habían sido acogidas con cierta simpatía, dado lo mucho y malo que se hablaba de los dos frailes y de sus seguidores, pero a medida que se procedía a encerrar a más gente, empezaron a escucharse las quejas y protestas de sus allegados, que no sólo acusaban al concejo de hacer detener a muchos inocentes, sino de utilizar la excusa de la herejía para deshacerse de partidarios del bando contrario y apropiarse fraudulentamente de sus bienes. A pesar de que el alcalde estaba convencido de la honradez y sinceridad de su gestión, no por ello dejaba de sentirse menos nervioso a medida que transcurrían los días. Al final se dejó convencer por el teniente del prestamero y solicitó de éste que pidiera todos los refuerzos militares que fueran necesarios para mantener el orden hasta el comienzo de la causa.

Arandia y Unda quedaron en silencio. El párroco se había sumido en la estupefacción que le provocaba el hecho de que su tío jamás hubiera mencionado la forma en la que se había capturado a los herejes, ni tampoco las discusiones que habían tenido lugar entre los miembros del tribunal. Siempre había creído que todos los buenos cristianos de la villa se habían puesto de acuerdo para acabar con la herejía que pugnaba por corromper sus tranquilas vidas.

–¿Qué ocurrió con Alonso de Mella y los que huyeron con él? –preguntó Unda de pronto–. ¿Se supo algo de ellos?

–Según noticias que llegaron mucho después, el hereje, su compañero y algunas mujeres se embarcaron en algún lugar de la costa y luego prosiguieron rumbo hacia tierras andaluzas. Allí intentaron convertir a los moros a su doctrina y causaron tal escándalo que el rey permitió que se jugara con ellos a las cañas.

–¿Jugar a las cañas?

–Sí. Al parecer el juego consiste en lanzar cañas afiladas contra una diana –aclaró el párroco–. Sólo que en este caso la diana eran ellos.

Los dos hombres volvieron a permanecer en silencio, imaginando ambos la estampa que presentaría el fraile como si fuera un nuevo San Sebastián herético.

–Es un alivio saber que los culpables recibieron merecido castigo. En cuanto al otro tema, el de la brujería –prosiguió Unda–, el libro que me prestasteis está siendo muy interesante. ¿Recordáis haber leído que las brujas llevan a cabo algunas de las prácticas de las que se ha acusado a los sectarios?

–¿Como cuáles? –inquirió el párroco interesado.

–Utilizan cadáveres de infantes recién nacidos para elaborar sus pócimas. Además, en sus reuniones rechazan a la Iglesia y sus santos sacramentos, realizan el ritual de la misa al revés y, en vez de invocar a Dios, invocan al diablo.

Don Tomás quedó unos instantes pensativo.

–Es decir, que también podríamos acusar de brujería a los sospechosos de herejía.

–En caso de que ésta no fuera suficiente para que se les juzgue y condene.

–Hice bien en prestaros el libro –afirmó el clérigo.

–Mucho mejor de lo que pensáis –sonrió Unda–. Os aseguro que dentro de poco pondré ante vuestros ojos una extensa relación de las prácticas brujeriles que se dan en nuestra tierra y que ponen los pelos de punta.

–¡Herejes y brujas a la hoguera!

–¡Herejes y brujas a la hoguera!

Don Tomás sirvió más licor y los dos hombres alzaron sus copas, brindando por su éxito y el fin del reinado del Maligno en la merindad.

–¡Nosotros también arderemos en el fuego para toda la eternidad!

La súbita aparición de un anciano que se mantenía en pie apoyado en un bastón, con una poblada cabellera blanca enmarañada y los ojos a punto de salirse de sus cuencas, provocó tal conmoción a los dos hombres que el líquido que estaban a punto de beber se derramó sobre el escritorio y el suelo.

–¡Tío! –gritó don Tomás–. ¿Cuántas veces os he dicho que no debéis abandonar vuestra habitación?

–¡El fuego consumirá a los abyectos hijos de Satanás! –gritó el anciano mientras su mirada espantada recorría la estancia–. ¡A todos los que en nombre de Dios envían a la muerte a seres inocentes y se regocijan con el sufrimiento humano!

–¡Tío!

Don Tomás se había lanzado contra el demente y lo había agarrado por los hombros sacudiéndolo con todas sus fuerzas. Por un instante pareció que la cordura volvía a él, sus músculos se relajaron y dejó de gritar. Miró primero a su sobrino y luego al escribano.

–Sé, porque lo he visto –dijo con infinita tristeza–, que mi cuerpo sufrirá cien veces cien el suplicio del fuego al que yo condené a aquellos infelices, pero vuestro tormento será aún mayor porque sois incapaces de ver en mí vuestro destino. ¡Deteneos antes de que sea demasiado tarde! ¡No dejéis que su sangre caiga sobre las cabezas de vuestros hijos!

Los gritos del anciano y los de su sobrino habían alertado a los cuatro sirvientes del párroco, tres mujeres y un hombre, que entraron en la sala y, sin decir palabra, asieron al enfermo por las axilas y los tobillos y se lo llevaron en volandas.

–Disculpad la escena –dijo Arandia con voz entrecortada mientras trataba de servir otra ronda con mano temblorosa–. Mi tío es presa de ataques de locura que son difíciles de prevenir.

Bartolomé de Unda se mantuvo en silencio. La escena, como la llamaba su anfitrión, le había causado una tremenda impresión. Volvieron entonces a su memoria frases sueltas oídas en reuniones sociales, en la calle, en la taberna...

Después del famoso juicio, de la marcha de los cien y de la ejecución de los trece vecinos delante de su parroquia, don Alfonso no había vuelto a ser el mismo. No se lavaba y apenas comía, no lograba conciliar el sueño y dejó de celebrar misa por no tener que ver las miradas acusadoras de aquellos de sus parroquianos que habían perdido a algún miembro de sus familias durante la caza de los herejes. A veces, algún trasnochador se lo encontraba pasada la media noche de rodillas en medio de la plaza, con los brazos en cruz, llorando como un niño perdido. Otras veces, los días de mercado, el hombre acudía a la plaza y se ponía a despotricar contra los que hacían gala de su gran religiosidad acudiendo a los oficios y colocándose en las primeras filas y luego mandando torturar y matar a pobres mujeres indefensas. Al principio, la gente se arremolinaba en torno a él al igual que lo hacían alrededor de un buhonero que, procedente de otras tierras, llegaba con su carro lleno de mercancías y exponía ante sus ojos las maravillas de un nuevo artilugio para picar la carne o un misterioso elixir para hacer crecer el cabello. Pero dejaron de prestarle atención a medida que sus apariciones se repitieron, confundiéndose su voz cascada con las de los mercaderes de tejidos y utensilios, los barberos, los verduleros y demás vendedores que se desgañitaban para atraer a la clientela.

No tardaron las autoridades de la villa en enviar noticia del estado de su párroco a la diócesis de Calahorra. La respuesta llegó en la persona de un nuevo clérigo que venía para sustituir a don Alfonso, pero el nuevo párroco era castellano y no conocía el idioma de sus feligreses, por lo que el concejo lo envió de vuelta a Calahorra con una nota para el obispo en la que le decía que él mismo se encargaría de buscar un sustituto. El asunto no quedó del todo solucionado y fueron varios los clérigos que se sucedieron hasta que el sobrino del demente regresó a Tabira después de haber cursado sus estudios eclesiásticos en el seminario de Zaragoza.

Unda recordó haber oído un rumor que señalaba a su anfitrión como hijo de don Alfonso. La influencia de su familia había acallado las habladurías y el niño había pasado por hijo de un hermano del párroco. El Fuero prohibía que ningún hijo de clérigo tuviera acceso a cargos de importancia, pero un sobrino no era un hijo y Tomás de Arandia no había tenido problemas para seguir adelante con su carrera dentro de la Iglesia. Observó con mayor atención al párroco mientras éste trataba de recobrar la calma y se preguntó hasta qué punto serían ciertos los rumores.

La víspera del señor San Juan, tal como lo había prometido, Catalina asistió a la asamblea en la cueva de los Gentiles. A pesar de sus ruegos, Graciana no quiso acompañarla, pero tampoco hizo ni dijo nada para hacerla desistir de su decisión. Al salir de la casa encontró a Ixile esperándola con el carro y el burro preparados. No se sorprendió. De alguna forma sabía que iría a buscarla aunque en las últimas semanas apenas se había dejado ver. Pasaba la mayor parte de la jornada en la parte alta de las tierras y únicamente regresaba cuando ellas ya se habían retirado. Sabían que iba a dormir al caserío porque Graciana dejaba todas las noches una olla con potaje que aparecía medio vacía a la mañana siguiente.

La ayudó a subir al pescante, al igual que lo había hecho siempre con su abuela, y un temblor recorrió su cuerpo al contacto de aquella mano con la que tantas veces había sostenido la de la querida anciana. Recorrieron el camino en silencio. Él no parecía tener intención de hablar y tampoco ella hizo intentos por iniciar una conversación, a pesar de las muchas preguntas que pugnaban por salir de su boca. ¡Le hubiera gustado saber tantas cosas! Contempló su perfil como tallado en la roca, su barba y sus cabellos blancos recogidos en una cola y trató de imaginárselo cincuenta años atrás, cogiendo a su abuela en brazos e intentando vanamente escapar de las iras de su bisabuelo montados en una torpe mula. Lo imaginó años después, regresando a Goiena en busca de su amor nunca olvidado y lo recordó hasta donde llegaba su memoria, silencioso, fiel guardián de las tres mujeres del caserío Goiena.

Al llegar a Jentilkoba se estremeció como la primera vez al contemplar la oscura boca de la cueva y escuchar el sordo rumor de las voces en su interior. Penetró en el antro, más iluminado y repleto de gente que la vez anterior, y permaneció unos instantes contemplando a los reunidos. Entonces comprendió lo que su abuela había tratado de explicarle. Todas aquellas personas estaban allí, desafiando leyes y prohibiciones, con el fin de preservar la esencia de sus antepasados, de honrarlos y de no olvidar lo que habían significado en la historia de su pueblo. Observó que Ixile se dirigía al mismo saliente de roca en el que ella le había visto besar a su abuela. En el saliente había lugar para otra persona, pero estaba libre a pesar de la multitud reunida. Comprendió que el asiento se mantenía vacío como señal de respeto y recuerdo por ella, y sus ojos se humedecieron de emoción.

Avanzó y, a medida que avanzaba, la gente callaba e iba abriéndole camino al tiempo que las cabezas se inclinaban y las manos rozaban su falda. Llegó a la altura de la anciana María de Usúa.

–Has llegado –dijo la mujer al igual que la otra vez. Le besó la mano y después alzó la voz para que todo el mundo pudiera escucharla–: Selatsa, Lakubegi, Anderixo, Heraukorritse, Erditse, Lurgorr, Aherbelste, Leheren, Iturbe, Aberri, Artetx, Belisama, Baizorixo, Asto-ilun, Arixo, Ilixo, Ilurberrixo, Larrason, dioses de nuestro pasado, recibid con agrado a Catalina de Goiena, representante de la madre Mari Urtzia, nuestra diosa y protectora.

La joven estaba paralizada por el estupor. La vieja loca decía palabras que ella nunca había oído y la llamaba representante de Mari. Se había convertido en la maestra de la asamblea sin que nadie hubiera demandado su opinión. Sintió unas ganas tremendas de salir corriendo de allí y no parar hasta hallarse metida en la cama de su madre, a salvo, pero permaneció quieta cuando, uno a uno, todos los presentes acudieron a besar su mano. Se había hecho un vacío a su alrededor. Alguien llevó un macho cabrío que apestaba y lo ató cerca de ella. De todos era conocido que el cabrón era el animal favorito de Mari y que su presencia en los establos evitaba que la enfermedad se adueñase del ganado, pero, se dijo, de eso a tener que aguantar su presencia y su olor durante toda la noche había un abismo. Los asistentes iban depositando sus ofrendas: cestos llenos de nueces y manzanas, cuartos de carnero, pollos recién sacrificados, huevos, panes aún calientes... Antes de que todos ellos hubieran pasado por su vera, sonaron *albokas* y atabales, se encendió la gran hoguera alrededor del tronco de árbol seco que se hallaba en medio del antro y se formó un gran corro que comenzó a moverse de forma que la fogata siempre quedaba a la izquierda de los danzantes. Poco después, otro corro había rodeado al primero y sus componentes seguían rítmicamente el compás marcado por las *txalapartas*.

–Te honro, nieta de Domenja, sangre de mi sangre.

Dio un respingo al escuchar la voz grave de Ixile que asió su mano y se la llevó a los labios. Su asombro no tuvo límites. Sus palabras sólo podían significar que Graciana, su madre, era su hija y que él era su abuelo. Apenas tuvo tiempo de pensar en ello y recuperarse de la sorpresa cuando los sones de las *albokas* cambiaron de ritmo y la danza adquirió un movimiento ágil y rápido. Veía pasar por delante de ella a los danzantes, cuyo número había aumentado y que componían ahora cuatro corros de movimientos inversos. Sintió que su vista se nublaba y estuvo a punto de desvanecerse. Unos brazos fuertes la sostuvieron e impidieron la caída. Miró al dueño de los brazos y de nuevo topó con los extraños ojos azules que tanto la habían atraído la primera vez.

El resto de la velada transcurrió a la velocidad del rayo. María de Usúa untó las palmas de sus manos y de los pies, el pecho, la espalda, la barbilla y la frente con un unto que llevaba en un pequeño pote. No tuvo fuerzas para negarse y preguntarle la razón de su acto. Nada de lo que ella dijese o hiciese iba a cambiar la situación. Decidió firmemente no volver nunca más a Jentilkoba y regresar a Tabira para seguir ejercitándose con Josefa la partera. Le ofrecieron un cuenco en cuyo interior reconoció el líquido y recordó las palabras de su abuela.

–Una escudilla debe durar toda la noche si no quieres volver a sentirte tan mal...

Bebió sólo un sorbo, a pesar de que tenía la garganta seca, porque no deseaba sufrir las consecuencias durante los días siguientes. De nada valieron sus precauciones. El ambiente, el calor, el humo de las velas de grasa de ballena, la música, las danzas, el olor del macho cabrío, que aburrido había acabado por tumbarse en el suelo, y, sobre todo, el unto de la vieja Usúa la sumergieron en un estado en el cual era incapaz de distinguir la realidad de la fantasía.

Sintió que se elevaba y que podía volar. Su túnica estaba confeccionada con retazos de nubes y su cabello lo formaban hilos de seda que flotaban en el aire. Veía a los concurrentes moverse por debajo de ella e incluso, en algún momento, salía de la cueva, sobrevolaba todo el valle de Atxondo, el monte sagrado y las peñas de Urkiola y regresaba instantes después a ocupar su puesto. Oía las palabras extrañas que la mujer iba vertiendo en su oído y que se mezclaban con una risa tonta provocada por su estado, pero no conseguía, por mucho que lo intentaba, ver de nuevo al hombre de los ojos azules como los pétalos de la genciana.

Al amanecer, toda la asamblea se dirigió en tropel al río Mañaria y se bañó en él, pues eran conocidas las propiedades de las aguas de los ríos en la madrugada del solsticio o del día del señor San Juan, como cada cual gustase. Eran beneficiosas para todo tipo de enfermedades de la piel, revitalizaban el cabello de las mujeres y vigorizaban las funciones del varón. Llena de euforia, se quitó la ropa y se zambulló en el pequeño riachuelo. El agua estaba fría, pero agradeció su frescor después del sofoco sufrido en la cueva. Tardó en darse cuenta de que varias mujeres habían formado un corro a su alrededor y no permitían que nadie se acercara. Podía ver cómo, un poco más lejos, jóvenes y muchachas intercambiaban risas y chapuzones, pero ella estaba protegida al igual que un árbol recién plantado lo era de las cabras voraces por medio de estacas.

Durmió durante todo el día y toda la noche, pero no despertó dolorida como en su experiencia anterior, sino alegre y descansada. Pensó que, de todos modos, no lo había pasado mal, pero recordó su decisión de regresar a Tabira y volver a ejercer ayudando a Josefa. Estaba convencida de que allí nadie iría a buscarla para asistir a fiestas prohibidas y que podría acabar su aprendizaje. Ixile la llevó a la villa varios días después.

Fue difícil convencer a su madre para que la dejara partir.

–¿Quieres abandonarme ahora que ha muerto tu abuela? –le reprochó dolorida.

–No te abandono, madre –dijo tratando de quitar importancia a su decisión–. Cuando la abuela llamó por mí, aún no había acabado de aprender todo lo que una buena partera debe saber.

–¿Y quién te dice a ti que debas ser partera? –insistió ella.

–Yo me lo digo, madre –replicó convencida–. En esta zona no hay comadronas, ni tampoco herboleras-curanderas. Las mujeres han de esperar horas antes de que llegue una de Abadiño o de la propia Tabira. Sabes muy bien que muchas han muerto por no ser atendidas a su debido tiempo.

Tuvo que utilizar razonamientos de ésta y otra índole para convencerla y prometer que estaría de vuelta antes del invierno. No habría dejado Goiena de no saber que Ixile quedaba al cuidado de su madre y de la casa.

–Cuidarás de todo, ¿verdad? –le preguntó.

–Como siempre he hecho –fue su lacónica respuesta.

–¿Te parece mal que vuelva a Tabira durante unos meses?

–Cada cual debe saber lo que ha de hacer en cada momento –dijo el hombre y le sonrió por primera vez en mucho tiempo.

Partió hacia Durango deseando que su estancia en la villa le permitiera poner en orden la confusión que reinaba en su cabeza. Habían sido demasiados acontecimientos, demasiadas novedades en muy poco tiempo. Necesitaba estar lejos de Goiena, de Arrazola y del monte sagrado, que le hacía actuar y pensar de forma tan diferente cuando estaba cerca de él.

Llegaron a la villa a media mañana y se dirigieron directamente a casa de don Diego de Olea. Deseaba ver de nuevo a su maestro, confiarle sus dudas y contarle el fin de su abuela, pero la puerta de su casa estaba cerrada y nadie respondió por mucho que ella golpeó la madera.

–Si buscas al físico, no es aquí donde lo encontrarás –le gritó una vecina que aventaba un colchón de paja a la puerta de su casa.

–¿Ha partido de viaje? –preguntó la joven extrañada.

–Oh, sí –respondió la mujer sin dejar de sacudir el colchón–, a un largo, largo viaje del que nadie ha regresado, que yo sepa.

A la vecina debió de parecerle ingeniosa su respuesta y se echó a reír. Su risa fue para los oídos de Catalina un son estridente y desagradable. ¿Acaso le estaba diciendo que el buen médico había muerto? Decidió no seguir indagando en aquel lugar y subió de nuevo al carro, en el que Ixile la esperaba con las manos en las riendas, dispuesto a emprender el viaje de regreso a Goiena. Le indicó que siguiera por Artekale y que se detuviera en el cruce mientras ella enfilaba hacia el cantón de Zeharkalea.

–Espérame aquí –le dijo, sin darle una explicación que él no pidió.

Se dirigió rápidamente a la casa de Josefa, que tan bien conocía. Era una casa de tres pisos, toda de madera. Josefa vivía en el primer piso, en compañía de su hombre y de una sobrina. Subió los escalones tan aprisa como pudo y golpeó la puerta con nerviosismo. La partera abrió casi a continuación. Había cogido su pañoleta y se la estaba colocando en la cabeza pensando que una urgencia la reclamaba. Tardó unos instantes en reconocerla.

–¡Catalina! –exclamó sorprendida.

La joven había regresado a Goiena de forma tan intempestiva que no había podido despedirse de ella y de los pocos conocidos que tenía en la villa. Le había encargado a don Diego que se despidiera de su parte, pero desconocía a ciencia cierta qué explicación les habría dado.

–Me han dicho que don Diego ha muerto –afirmó con los ojos llenos de lágrimas.

Mostraba un aspecto tan patético que Josefa la agarró por un brazo y le hizo entrar en su casa.

–¿No lo sabías? –preguntó con un deje de asombro.

–No –respondió Catalina con voz temblorosa–. Acabo de volver y he ido a su casa. Una mujer ha dicho que ya no estaba y que había partido para un largo viaje del que nadie regresa...

–Murió la víspera de Santa Rita, Dios lo bendiga –le explicó su amiga al tiempo que la obligaba a sentarse en un taburete un tanto desvencijado–. El buen hombre estaba agotado por los años y el trabajo. Unas malas fiebres se apoderaron de él y ya no se levantó del lecho. Yo iba todos los días y envié a mi sobrina, que es muy voluntariosa, para que durmiera en su casa y atendiera a sus necesidades. Es curioso –añadió– lo solos que podemos encontrarnos en trances semejantes. Tanto bien como hizo y al final nadie fue a acompañarlo en sus últimas horas...

Sus palabras eran un reproche dirigido a la joven. Catalina se sintió culpable y dolida, pero luego recordó que también su abuela había fallecido por las mismas fechas. No habría podido ocuparse de él aunque lo hubiera querido. Entre hipos y sollozos explicó a Josefa el motivo por el cual había tenido que marcharse de Tabira con tantas prisas.

–Lo hecho, hecho está –sentenció la partera tras escuchar las explicaciones– y no está en nuestra mano prever los designios de Dios. Antes de ir a reunirse con los bienaventurados, el buen físico dejó algo para ti.

La sorpresa fue tal que su llanto cesó y siguió con la mirada los equilibrios de la mujer por alcanzar un pequeño fardo envuelto en tela colocado en la repisa más alta de la alacena. Tuvo, finalmente, que encaramarse a un taburete tan viejo como el que servía de asiento a la joven para llegar hasta el fardo. Se lo tendió y esperó curiosa a que Catalina lo abriera. Estaba envuelto, en efecto, en varias capas de tela burda pero resistente, como si su dueño hubiera temido que pudiera estropearse. Soltó el lío y encontró un sobre de cuero bastante ajado y lleno de rayaduras de puro viejo. Dentro había un pergamino que extrajo con cuidado y lo mantuvo en el aire sin saber qué hacer con él. No sabía leer, así que tampoco podía saber lo que contenía.

–¿Y bien? –inquirió Josefa sin poder aguantar la curiosidad–. ¿Qué es eso?

–No tengo ni idea –respondió la joven sin dejar de mirar el pergamino.

Permanecieron en silencio porque en tales situaciones poca era la ocurrencia que se podía tener. De pronto, la comadrona chasqueó los dedos y su rostro reflejó gran satisfacción.

–¡Ya sé lo que has de hacer! –casi gritó–. Vete a ver al escribano. Él te dirá lo que pone en el escrito.

Catalina no sabía quién era el escribano. Nunca le había hecho falta, aunque recordaba que don Diego solía acudir puntualmente dos o tres veces al año a una misteriosa cita con el bachiller diciendo que iba a comprobar si sus cuentas estaban en orden. Josefa le indicó dónde vivía y le recomendó vivamente que no olvidara pasar de nuevo por su casa para contarle de qué iba el asunto. Salió por tanto de nuevo a la calle. El escribano tenía su casa a dos pasos de allí e indicó a Ixile con una seña que tuviera un poco más de paciencia.

La casa era una sólida construcción de dos alturas cuyo bajo era de piedra y el resto de madera, con un pequeño jardín de hierba en su parte delantera, una extravagancia a fe de muchos. Catalina llamó con timidez, golpeando una aldaba de bronce reluciente como el oro y lo intentó de nuevo, un poco más fuerte, al no obtener contestación. Momentos después la gran puerta se abría ante sus ojos y por ella asomó una mujer sin edad definida, gorda y colorada, secándose las manos con el delantal.

–¿Qué deseas, muchacha? –le preguntó, tratando de averiguar la razón de su presencia y buscando en vano un atado enviado por algún comerciante.

–Ver al escribano –respondió ella utilizando un tono de seguridad que estaba lejos de sentir y mostrándole el sobre de cuero que sostenía contra su cuerpo–. Traigo un documento de don Diego de Olea, el físico.

La mujer cambió su sonrisa por un gesto apesadumbrado.

–El bueno de don Diego –recordó en voz alta–. Un alma bendita donde las haya. Nunca olvidaba preguntarme por mi salud y la de mis familiares. Siempre hizo el bien y ¡qué poco obtuvo a cambio! El escribano no está, pero puedes hablar con su ayudante.

La hizo entrar y le dijo que esperara mientras ella iba a informar al ayudante. A duras penas pudo retener una exclamación de asombro. Nunca había estado en una casa señorial, aparte de la de su tío Íñigo, pero aquélla en nada se parecía al viejo, aunque imponente, torreón de Muntsaratz. La entrada era tan amplia y espaciosa que bien hubiera podido caber y vivir en ella una familia entera, y continuaba a modo de pasillo entre dos filas de puertas; el suelo estaba recubierto de buena madera oscura que brillaba y olía a cera; el techo era alto y de él colgaba una lámpara de plata de varios brazos con velas nuevas, y en las paredes había retratos y objetos que Catalina desconocía. Estaba intentando averiguar quién sería aquel hombre de pelo cano y nobles rasgos que la miraba enojado desde un marco dorado cuando se abrió una de las puertas y la mujer apareció de nuevo.

–Pasa –le dijo indicándole el interior del escritorio–. El ayudante tiene tiempo de recibirte.

Entró en la habitación esperando encontrar a un hombre venerable, capaz de leer y escribir, que le ayudaría a descifrar el enigmático legado de su maestro, pero sus piernas se negaron a avanzar cuando sus miradas se cruzaron. Aquéllos eran los ojos azules que por dos veces tanta impresión habían causado en su ánimo.

La emoción al reconocer en el escribiente al hombre que había poblado sus fantasías durante los últimos meses la hizo balbucear al explicarle la razón de su presencia. Él no parecía sorprendido, más bien parecía haber estado esperándola, y una sonrisa divertida bailaba en sus labios mientras Catalina hablaba agitando el sobre de piel como si fuera un estandarte. ¡Qué buena presencia tenía! Jamás en su vida había conocido a alguien como él, tan alto, con largos cabellos castaños que le cubrían los hombros, la barba bien recortada enmarcando un rostro varonil de bellas facciones, hermosa nariz aguileña y, sobre todo, aquellos increíbles ojos azules. «Dos pedazos robados al cielo», pensó emocionada.

Recordó que su abuela decía a menudo que no era sabio dejarse llevar únicamente por la apariencia de las personas, que a veces las plantas más hermosas eran también las más venenosas, pero ¿quién podría reprocharle la fascinación que sentía en esos momentos? No siempre podía una ser dueña de sus actos, se dijo, y con más razón, tampoco podía serlo de sus sentimientos.

–Don Diego te dejó su casa –le explicó Gesala, alargándole una llave– y una pequeña cantidad de dinero que, sin ser una fortuna, te hará la vida más cómoda.

Le entregó un saquito de tela engordado con un montón de monedas que luego comprobó que eran ducados de plata. No sabía qué decir. La pena por la pérdida de su maestro se unía a la alegría de saber que, tal como era su intención, podría permanecer en Tabira sin preocuparse de la comida de cada día.

–¿Qué piensas hacer? –inquirió el escribiente con curiosidad.

–Seré partera –respondió ufana.

–Así que te quedarás en Tabira –afirmó.

–Sólo hasta que sea partera. Después regresaré a mi casa.

–Si algún buen mozo no te lo impide... –insinuó el hombre con sorna.

Se puso colorada como la saya que llevaba bajo la falda y Juan de Gesala se echó a reír al ver su expresión. Le dio las gracias como pudo y salió a toda prisa de su escritorio, sin apenas saludar a la sirvienta que esperaba atenta cerca de la puerta. Sólo pensaba en alejarse de allí cuanto antes y hallarse a salvo.

Indicó a Ixile que permanecería en Tabira, pero le pidió que volviera a recogerla cuando el otoño se uniera al invierno, como así se lo había prometido a su madre. Tenía gran curiosidad por saber algo y se lo preguntó antes de despedirse de él.

–Dime –le rogó–, ¿cuál es tu verdadero nombre?

La pregunta pareció pillarlo por sorpresa. La miró con los ojos entornados que brillaron maliciosos.

–Miguel de Ausona –respondió.

–¿Puedo llamarte por ese nombre? –le preguntó de nuevo.

El viejo respondió con un gesto afirmativo de la cabeza y arreó al burro tomando el camino de Abadiño.

–¡Adiós! –gritó–. ¡Adiós, abuelo Miguel!

Le dio la impresión de que su espalda se erguía al escuchar su despedida antes de saludar con la mano en alto sin girar la cabeza. Después se dirigió a su nueva casa, la vieja morada de don Diego, que éste le había legado, así como una pequeña cantidad de dinero que le permitiría vivir con desahogo mientras permaneciera en la villa. Todo ello se lo debía al buen físico y a Juan Ortiz de Gesala.

Don Diego de Olea había sido toda su vida un hombre pulcro y ordenado. La casa estaba como ella la conocía. Nada había cambiado, si acaso podía verse una capa de polvo cubriendo muebles y enseres. Las tres gallinas habían desaparecido y el pequeño huerto estaba lleno de hierbajos. Dedicó toda la jornada a orear y limpiar su nuevo hogar. Llevó sus cosas a la que había sido su habitación, pues no deseaba ocupar la del físico, mucho más amplia y luminosa, por respeto a su recuerdo y porque era de común conocimiento que el espíritu de los muertos vagaba durante algún tiempo por los lugares que le eran conocidos y ella no deseaba encontrarse una noche con el espíritu errante del médico. Puso su pequeña fortuna a buen recaudo y salió después a comprar verduras, frutas y un poco de carne.

Aquella noche durmió con la ventana abierta. Había luna llena y podía ver con claridad, o tal vez lo imaginó, la silueta del Anboto recortándose a lo lejos. Antes de caer vencida por el sueño, recordó que, al igual que todos los meses, habría asamblea en Jentilkoba. Fue sólo un momento, un chispazo del pedernal al frotarlo contra la piedra, un rayo en pleno día, pero se juró no volver a acordarse de la cueva y de las extrañas personas que acudían a ella. Su mundo era un mundo real, no uno repleto de añoranzas, danzas y cantos antiguos, rituales misteriosos y palabras desconocidas. Invocó a Mari, como cada noche, y se sumergió en un dulce sueño que Juan de Gesala llenaba por completo.

Llevaba meses recopilando material y tenía en su poder una gran cantidad de datos y testimonios. Bartolomé de Unda repasó de nuevo los documentos apilados cuidadosamente encima de la mesa. Ortuño Pérez de Belaziturri estaba dispuesto a presentar declaración contra una vecina suya, de nombre Mari Miguela, que, según él, le había echado el mal de ojo unos meses atrás después de una discusión mantenida porque su vaca cruzaba el límite y se iba a pastar a una huerta perteneciente a la mujer. No había podido dormir desde entonces y le había salido un sarpullido en la piel que el físico era incapaz de curar; Domingo de Isturitz aseguraba que Juana Johánez de Lesarri había dicho en su presencia que Dios no existía; una mujer de Goienkale juraba haber visto a su nuera convertirse en gato y mostraba unos arañazos en la cara, obra del susodicho gato embrujado; los moradores del caserío Errekabekoa decían haber tenido una plaga de brujas en su huerta que destrozaba los sembrados; una tal Marina de Zubileta había presumido de poder sanar la herpes de cualquiera con sólo desearlo; otra mujer aconsejaba poner unas tijeras, un cuchillo o algo cortante bajo la almohada para evitar que las brujas entraran en la alcoba durante la noche... Eran decenas las historias que había podido recopilar a lo largo de aquellos meses, suficientes para demostrar que la brujería se hallaba muy extendida en la comarca. Suficientes también para presentar la correspondiente acusación ante el consistorio.

Lamentó que en Vizcaya no existiese un tribunal eclesiástico encargado de velar por la ortodoxia católica y que los visitadores y oidores de la diócesis de Calahorra tuvieran tantas dificultades para ejercer su labor en tierras del señorío. Incluso el Fuero prohibía la entrada en el condado al obispo y vicarios de la sede episcopal de Calahorra. Los juicios por herejía, hechicería, blasfemias, bigamia, adulterio y demás corrían a cargo de los tribunales civiles y esto planteaba no pocos problemas.

Las confrontaciones que antes se dirimían en los campos de batalla se habían trasladado a las poblaciones bajo un aspecto legal que era difícil de evitar. Los bandos ejercían todo su poder en las villas y anteiglesias para obtener el mayor número de alcaldes y regidores. En Tabira, en concreto, y en vísperas de San Miguel, la villa se transformaba en un hervidero de intereses, peleas y sobornos. En el último año, incluso, se había recurrido al rapto de varios vecinos, conocidos seguidores de uno de los bandos, para impedir que votaran. El asunto era aún más grave por cuanto que únicamente podían emitir voto los propietarios más ricos y esto reducía considerablemente el número de bolas. Una vez ganadas las elecciones, los vecinos habían aparecido de nuevo. Los raptados acusaron de la fechoría a Martín Sánchez de Zaldíbar, hijo menor de una conocida familia oñacina, pero no pudieron aportar pruebas al haber permanecido todo el tiempo con los ojos vendados. Por otra parte, el alcalde oñacino de la villa, Juan Pérez de Uría, ordenó al alguacil mayor que cerrara la investigación. Seguramente, dijo, los seis propietarios desaparecidos se habían ido de jarana a Elorrio o a Elgoibar y luego habían ido contando por ahí una fábula para evitar tener que dar explicaciones a sus familias.

Maese Bartolomé acabó de releer los testimonios recogidos y meditó sobre los siguientes pasos que debía dar. El asunto de los herejes estaba dando mucho que hablar y los ánimos se habían encrespado en los últimos tiempos. No quería cometer ningún error. La cosa era seria y podía acarrear un gran número de conflictos en una villa como Tabira en la que todo el mundo se conocía. No convenía en principio, determinó, acusar a ningún pariente de los linajes importantes, así que centraría su atención en mujeres pobres, prostitutas, gitanas, extranjeras o viudas que no contaran con apoyo familiar. Recordó lo leído en el *Malleus* y en los otros libros sobre brujería. En ellos se aseguraba que el primer paso era el más difícil, después los propios brujos y brujas se acusarían unos a otros.

–Caiga quien caiga, no cesaré hasta que el mal quede erradicado de la merindad y del señorío –exclamó satisfecho de su decisión–. Estas tierras serán las más cristianas y piadosas de la Corona.

Juan de Gesala escuchó las palabras del escribano desde el añadido que le servía a él de escritorio.

–¿Decíais algo? –preguntó, asomando la cabeza por la puerta.

–¿Cómo va la investigación que te encomendé hace ya tiempo? –preguntó Unda a su vez.

–En ello estoy –respondió el escribiente.

Siempre decía lo mismo cada vez que su patrón se interesaba por el tema. Creyó que la investigación le llevaría unas pocas jornadas, que podría demostrar al empecinado obseso que no existían brujas en los contornos, que todo lo más eran viejos usos de gentes sin cultura. Redactó una larga lista de dichos populares y de lo que él llamaba supersticiones inocuas, recogidas aquí y allá, como el creer que toparse con un jorobado temprano por la mañana acarreaba infortunio o que pronto habría un muerto si un cuervo revoloteaba alrededor de una casa. «Algo que se soluciona matando al cuervo», había añadido con cierta ironía a continuación.

Pero maese Bartolomé quería más pruebas, pruebas firmes a las que poder agarrarse.

–Me han hablado de que los brujos se reúnen en algunos lugares de los alrededores –le instruyó–. Averigua dónde y acude allí como si fueras uno de ellos.

Juan sonrió. Su amigo Min le había puesto en contacto con un tal Negugogor de la población de Garai, quien, a cambio de unos cuantos maravedíes, le había llevado a Jentilkoba una noche en la que se celebraba una reunión.

–¿Quién acude a ese lugar? –le preguntó cuando iban de camino.

–Gentes muy diversas –respondió el otro–, viejos en su mayoría, pero también hay jóvenes y algún que otro niño.

–¿Y qué hacen?

–Bailan, beben, cuentan historias y algunos aprovechan la ocasión para darle al cuerpo.

–¿Darle al cuerpo? –era la primera vez que escuchaba aquella expresión.

–Sí, ya me entiende, su merced..., fornican a gusto –el hombre acabó la frase con una alegre carcajada.

–¿Todos?

–¡No, hombre! –exclamó Negugogor escandalizado–. Sólo algunos, los jóvenes, los que tienen prisa, los que esperan a que sus familias se decidan de una vez. Ya sabe su merced que los tratos llevan tiempo, que si tú me das tantas cabezas de ganado, que si yo te doy tantas fanegas de trigo... Las parejas se cansan de esperar.

–¿Y lo hacen delante de todo el mundo?

–Esperan a que la reunión se disuelva –dijo Negugogor, extrañado a su vez de que un hombre culto y bien vestido tuviera tanto interés por un asunto a todas luces poco importante–. Cuando los viejos y las familias se retiran, los jóvenes se quedan rezagados con cualquier disculpa y no regresan a sus casas hasta el amanecer. Bueno –añadió jovialmente–, todos hemos hecho algo parecido alguna vez. Yo conocí a mi mujer en una junta y ya llevamos sin separarnos más de veinte veranos.

–¿Y cómo se lo tomaron las familias? –preguntó el escribiente con curiosidad.

–Domeca se quedó preñada –explicó el hombre sencillamente–. A su padre le hubiera gustado otro con más posibles para ella, pero ¡a lo hecho pecho!

En un primer momento a Juan le pareció que el tiempo retrocedía. El antro de Jentilkoba, las velas, el humo de la fogata, la música que nunca había escuchado y las danzas que nunca había visto produjeron en él un efecto que le resultó difícil de identificar. Se apostó en una esquina y contempló asombrado la alegría que reinaba en el lugar. Las mujeres se habían desprendido de capas y tocas, los hombres habían dejado a un lado sayos y tabardos, hablaban unos con otros con una familiaridad no aceptada en Tabira entre miembros de distintos sexos, y media docena de chiquillos jugaban a esconderse. Aceptó, pero no probó el contenido de la escudilla que un mozalbete le puso en las manos. Debía estar despierto y atento a todos los pormenores de la reunión y ya alguna vez había caído bajo el efecto narcotizante de licores macerados, la gran especialidad de Min de Olejua.

Una anciana a la que todo el mundo parecía prestar mucha atención y respeto se levantó de un pequeño asiento de madera, el único que había, y los reunidos guardaron silencio. A su lado había un macho cabrío completamente negro y sujeto por una gruesa cuerda atada a una argolla clavada en una roca.

–¿Cómo podrá aguantar el mal olor? –se preguntó Juan divertido.

–Amigos –comenzó diciendo la anciana–, una vez más nos reunimos para mantener vivo el recuerdo de nuestros antepasados. Cada vez somos menos, e igual ocurre en otros lugares de la tierra vizcaína, pero la vieja fe no morirá mientras uno solo de nosotros siga creyendo en aquello en lo que creyeron los antiguos.

Un murmullo de aprobación recorrió la asamblea. Juan esperó lleno de emoción que a continuación se iniciaran los ritos brujeriles de los que tanto hablaba maese Bartolomé, pero, en lugar de ello, una mujer que mantenía en brazos a un chiquillo entonó una melodía desconocida para él, como también lo eran muchas de las palabras de la canción que más bien parecía una advocación.

Los asistentes volvieron a los bailes y a las conversaciones en cuanto la cantante finalizó su intervención. Juan sonrió con ironía. Si aquellas personas eran los brujos y brujas que con tanto ahínco buscaba su jefe, no sería él ciertamente quien le pusiera sobre la pista.

Entonces la vio. Parecía asustada y asombrada al mismo tiempo, fuerte y frágil, perdida y, sin embargo, tan segura de sí misma. La vio danzar, torpe al principio y ágil poco después; la vio beber el líquido de la escudilla y desprenderse luego de la capa y el corpiño. Su cuerpo era esbelto, muy diferente a las anchas caderas y pechos voluminosos que mostraban la mayoría de las mujeres presentes; su piel blanca y castaño su cabello corto. Un par de veces sus miradas se encontraron y se sorprendió pensando que nunca había visto unos ojos tan profundos y que no le importaría trabar amistad con su dueña. Durante toda la velada no la perdió de vista en ningún momento. Aunque la asamblea en general no le había resultado tan fascinante como esperaba, la presencia de la joven había compensado con creces el desplazamiento desde Tabira.

–¡En ello estás! ¡En ello estás! –la voz de Bartolomé de Unda no podía ocultar su malhumor–. Yo solo he reunido todos estos documentos –añadió señalando el montón de legajos sobre la mesa–. ¿Y qué has conseguido tú? Una lista birriosa de manías y poco más.

–Es lo que hay, maese Bartolomé –replicó el escribiente sin inmutarse.

–¿Y esas reuniones de las que mucha gente habla?

–Infundios –afirmó el joven–. Yo mismo he acudido a ciertos lugares en los días y horas en los que algunos aseguran que se reúnen los brujos, y allí no había nada de nada. Si queréis, podéis acompañarme la próxima vez. Tengo intención de acudir a una explanada a la que llaman Azkondo, en Mañaria. Dicen que los demonios se divierten tirándose por un barranco que hay cerca –añadió con guasa.

–Ve tú solo y tenme informado –ordenó el escribano con voz grave.

A Juan le pareció que la mención de los demonios le había asustado y estuvo seguro de que maese Bartolomé jamás iría en persona a comprobar si los dichos eran ciertos. La gente de Jentilkoba estaba segura por el momento.

Regresó a su mesa con la mente puesta en Catalina. Aunque hubiera aparentado confianza, se había visto sorprendido al ver delante de él, allí en su propio escritorio, a la joven que por dos veces tanto le había llamado la atención en Jentilkoba. La había visto ponerse colorada y retorcerse las manos y no supo si su nerviosismo era debido a que de pronto se veía heredera de las pocas pertenencias del médico Olea o a que también ella lo había reconocido. Quiso pensar que esto último era la razón de su zozobra y sonrió satisfecho.

—¡Ni se te ocurra vivir sola! –exclamó Josefa cuando supo lo de la herencia y su decisión de permanecer en la casa de su benefactor.

–¿Por qué? –le interrogó Catalina, asombrada por su reacción.

–Porque no es decente que una joven soltera viva sola –respondió la mujer escandalizada–, y menos con los tiempos que corren. Todo el mundo hablará de ti y chismorreará a tus espaldas.

–¡Que hablen! –replicó divertida.

No tenía ninguna intención de llevar a nadie a vivir con ella. Deseaba disfrutar de la soledad. Le parecía emocionante disponer de todo su tiempo sin tener que dar explicaciones de sus actos. A pesar de las recomendaciones de la comadrona, reiteradas durante los días siguientes, Catalina pronto se acostumbró a llevar una vida independiente, sin obligaciones familiares y dedicada de lleno al trabajo.

Al principio acompañaba a Josefa en sus recorridos, pero en poco tiempo empezó a hacerse cargo ella sola de algunos casos y a contar con sus propias pacientes. Cuanto más se adentraba en el oficio, más le gustaba. Esperaba con ansia la llegada de un nuevo niño al mundo y se maravillaba de poder ser ella misma la que le ayudara a nacer. Compartía los sufrimientos de la madre, pero también su emoción al tener a la criatura en sus brazos y lloraba con ella si el recién nacido moría, cosa que solía ser bastante habitual. El mundo se empeñaba en decir que no había nada más natural que parir un hijo. Ese mundo estaba formado por hombres que veían impotentes que parir era lo único que les estaba vetado.

–Tal vez si sintieran el dolor del parto –razonaba con su amiga ante un tazón de caldo de pollo–, si contemplaran la deformación de sus cuerpos, notaran la caída del cabello y de los dientes o la pérdida de la vista, sufrieran secuelas el resto de sus vidas o muriesen en el intento, verían las cosas de forma diferente.

Josefa afirmaba con la cabeza, pero no entendía muy bien los razonamientos de la joven. Ella nunca se había planteado semejantes cuestiones. La mujer estaba para parir, Dios así lo había dicho, y cuantos más hijos, mejor. ¡Qué idea más absurda pensar siquiera que los hombres pudieran quedarse preñados!

Catalina sentía que la diosa la protegía, que guiaba su mente y sus manos, y estaba segura de que nada malo podía ocurrirle. A medida que pasaban los días, el talento que le había otorgado era una ayuda esencial sin la cual no sabía cómo hubiera podido salir ilesa de algunas ocasiones dramáticas. Cuando advertía que habría complicaciones, cuando sus manos al palpar el desfigurado vientre de una mujer sentían que el niño no estaba vivo o cuando contemplaba la muerte en el rostro contraído de una parturienta, mandaba recado a Josefa o a alguna de las otras comadronas de la villa para que acudieran rápidamente. La presencia de aquellas mujeres con muchos más años y experiencia que ella, conocidas por todos y cuya labor estaba libre de sospecha, no sólo confortaba su ánimo, sino que también evitaba que alguien pudiera acusarla de haber hecho mal su trabajo. Cuando las cosas se torcían, el chivo expiatorio solía ser aquel que disponía de menos armas para defenderse y, en Tabira, ella estaba completamente sola.

A veces, cuando regresaba de un parto o de una urgencia justo antes del toque de retirada, comprobaba que su vecina, aquella a quien tanta gracia había hecho su explicación sobre la desaparición de su maestro, la observaba desde su ventana sin ningún pudor. Catalina se preguntaba si la mujer sólo dormía cuando ella también lo hacía y la saludaba con un gesto de la mano. La cotilla desaparecía inmediatamente de su atalaya, pero aparecía de nuevo y en el mismo lugar al día siguiente. De vez en cuando la sorprendía hablando de ella con otras mujeres de la calle. Era fácil adivinarlo porque callaban en cuanto ella se aproximaba.

No le importaba. Era joven y estaba demasiado ocupada para prestar atención a las habladurías. Empezó, sin embargo, a preocuparse por su situación el día en que encontró a un hombre apoyado en el muro de su casa.

–Tarde es ya para que una joven ande sola por las calles –le dijo sin moverse de su sitio.

–Los niños vienen al mundo cuando quieren y no cuando nosotros lo decidimos –respondió mientras buscaba algo nerviosa la llave en su bolsa.

–¿Y no temes que alguien pueda atacarte? –preguntó el hombre.

Vio su rostro iluminado por la luz del candil callejero, un rostro grotesco y feo, de espesas cejas y una gran nariz aplastada probablemente por un golpe o algo por el estilo, y de pronto sintió miedo. No respondió y abrió la puerta. Iba a cerrarla cuando el hombre metió el pie entre ésta y la jamba.

–El diablo anda de noche y tal vez un día te lo encuentres –dijo y soltó una risotada que le heló la sangre.

Empujó la puerta con todas sus fuerzas y la atrancó, incluso cerró por dentro con la llave, cosa que nunca antes había hecho. Comprobó, antes de acostarse, que todas las ventanas estaban debidamente aseguradas y ni aun así pudo conciliar el sueño, porque el rostro distorsionado y amenazador del hombre se le aparecía cada vez que cerraba los ojos.

Lo primero que hizo al día siguiente fue adquirir un perro en el mercado. Aún no era adulto, pero tenía un tamaño que presagiaba una buena planta en poco tiempo. Se lo compró a un pastor que pasaba con su rebaño más de medio año en Urkiolamendi y bajaba al valle durante el invierno. Estaba en una esquina del mercado, como si quisiera pasar desapercibido, rodeado por una hermosa perra y cuatro cachorros.

–¿Vendes alguno? –le preguntó.

El pastor la miró, pero no respondió. Mientras se decidía a hacerlo, Catalina se entretuvo en acariciar a los animales, empezando por la madre y no dejando de lado a ninguno de los cuatro pequeños. Eran perros de suave y brillante pelaje gris, ojos inteligentes y con muchas ganas de jugar y soltarse de las cuerdas que los retenían cerca de su amo. Enseguida se fijó en *Zintzo*, el más grande de los cachorros. No parecía hijo del mismo padre que los otros tres. Era más oscuro; tenía el morro y las orejas más puntiagudas que las de los demás y sus patas también eran más largas. Se agitaba nervioso, haciendo ademán de acercarse a ella y retrocediendo antes incluso de haber dado un paso.

–Dos ochavos –dijo el pastor.

Su voz la sobresaltó porque ya casi había olvidado su presencia silenciosa sosteniendo con mano firme las cuerdas que ataban a los perros.

–¿Por cualquiera de ellos?

–La madre no se vende –afirmó, acariciando la cabeza de la hembra adulta sentada a su lado como si fuera un mojón del camino.

–Quiero ése –dijo la joven señalando a *Zintzo*.

El hombre fijó su mirada en ella durante unos instantes antes de hablar.

–Es un animal especial –dijo al fin.

–Ya lo veo –respondió Catalina, sacando los dos ochavos de la bolsa y tendiéndoselos–, por eso lo quiero.

–Sólo será buen perro de un buen amo –añadió lacónico.

–En este caso será una buena ama –replicó ella, riendo divertida mientras cogía el cabo de cuerda que el pastor le tendía.

*Zintzo* no supo qué hacer en un primer momento, miraba a su madre y hermanos y luego miraba a Catalina. Dejar la camada siempre era duro para todo cachorro, hombre o animal, y así lo entendió ella. Se puso en cuclillas y le rascó detrás de las orejas y luego le frotó las puntas de las mismas. El perro levantó la cabeza con un gesto de placer que la hizo sonreír. Cuando echó a andar, *Zintzo* trotó a su par, en ningún momento intentó avanzar o retrasarse y la joven supo que siempre la protegería.

Creció muy deprisa y dos meses después tenía ya el aspecto de un perro adulto. Era silencioso como la noche y nunca se apartaba de su lado. Esperaba paciente a la puerta de las casas en las que su ama entraba y no se movía de allí por mucho tiempo que ella permaneciera dentro. Dormía a los pies de su cama y, si escuchaba un ruido sospechoso, no ladraba como hacían los de su raza, sino que se levantaba y acudía al lugar de donde procedía el ruido. No volvía a su sitio hasta que había comprobado todos los rincones de la casa.

Un día, el carnicero hizo amago de golpearla con la mano para ver cómo reaccionaba el animal. Los dos se quedaron muy sorprendidos cuando *Zintzo* le agarró la muñeca con delicadeza y le miró a los ojos.

–Me arrancará la mano si intento golpearte –dijo el hombre, convencido y algo atemorizado.

–¡Qué va! –exclamó ella–. Es incapaz de hacer daño a nadie.

–Se lo hará a quien intente algo contra ti. He visto otros perros como éste –explicó, bajando la mano despacio y comprobando aliviado que *Zintzo* la soltaba–. Te lo compro –añadió–. ¿Por cuánto lo vendes?

–¿Venderlo? –preguntó la joven divertida–. No se me ocurriría venderlo. Me siento más segura desde que lo tengo cerca, es más que un perro para mí.

–Sé de animales –dijo el carnicero–, y éste tiene más de lobo que de perro. Estoy seguro.

¡Un lobo! ¿*Zintzo* un lobo? ¿Una de aquellas bestias temibles que poblaban los montes y mataban a ovejas y reses, que aullaban en las noches y provocaban el pánico de quienes las escuchaban? No hacía mucho la merindad de Durango había ofrecido una recompensa a todo el que matase un lobo y mostrase su cadáver, tales eran los estragos que hacían en el ganado. ¡No podía ser! De regreso a casa, Catalina se sentó en un taburete bajo y lo examinó con atención. Como si supiera que estaba siendo juzgado y que su futuro dependía del resultado, *Zintzo* se mantuvo tieso, sentado sobre sus cuartos traseros, mirándola todo el tiempo, arrogante y majestuoso. La joven no podía apartar sus ojos de los del animal. Su mirada tenía un brillo tan inteligente que parecía que iba a hablar de un momento a otro.

–¡Qué hermoso eres! –exclamó finalmente.

El animal se relajó y se tumbó apoyando su cabeza sobre los pies de su dueña. Catalina podía sentir el calor de su aliento en la piel. Miró por la ventana y pensó en sus otros perros, los de Goiena. Recordó los paseos con ellos por colinas y lomas, pero, sobre todo, sus subidas a Anboto cuando iba a hablar con la Dama. Luego le vino a la memoria que su abuela solía decir que Mari podía adoptar la figura que desease. Unas veces era un relámpago que atravesaba el aire y quemaba el pajar o el establo de alguien que la había enojado con su negación; o era un caballo blanco volador que surcaba el cielo para acudir en ayuda de quien la necesitase, como ocurrió con el hijo que había tenido con el señor de Vizcaya, don Diego López de Haro, una vez que fue capturado por los castellanos. Lo tenían preso en una fortaleza y ella voló hasta allí en menos que cantaba un gallo, se posó en el patio, el joven montó sobre ella a toda velocidad y juntos regresaron a Vizcaya; o se transformaba en hoz de fuego, o en pedrisca, o en tormenta de agua... Y si era capaz de hacer lo que se decía, ¿por qué no habría de convertirse en lobo para protegerla o encargar a uno que lo hiciera?

Una tarde que se hallaba descansando a la espera de que enviaran aviso para atender a una parturienta que ya había salido de cuentas, llamaron a la puerta. Catalina reconoció al niño al que en vida de su maestro había cosido una herida en la pierna. Iba acompañado de su madre, que mostraba una gran angustia en su rostro. Les hizo pasar a la cocina y esperó a que le explicaran la razón de su presencia.

–Es Peru –dijo la mujer señalando al niño, que no dejaba de rascarse la cintura–. Tiene algo y el físico no puede curarle. Lo ha sangrado y me ha dado un ungüento, pero la cosa sigue ahí –explicó al tiempo que le levantaba la camisa.

El chaval tenía la cintura llena de granos rojos, avivados por el continuo rascarse para aliviar el picor. Mucha gente aseguraba que el mejor remedio en esos casos era cortar la cresta de un gallo vivo y frotar los granos con la sangre, pero Catalina no estaba muy convencida de que fuera un remedio seguro. Además, ¿quién se atrevía a coger a un gallo vivo y cortarle la cresta? Ella también había padecido aquellos molestos granos cuando era niña y su abuela le había hecho beber infusiones de tomillo y manzanilla durante varios días. Asimismo decía que eran muy buenas las de borraja y malvavisco, que así se limpiaba la sangre y que era el mejor de los remedios para los problemas de la piel. Aconsejó a la madre que hiciera beber a su hijo una tisana dos o tres veces al día y que cuando el chiquillo sintiese muchas ganas de rascarse, le hiciera meter las manos en agua fría hasta que se le pasase el picor.

No era nada extraordinario. Catalina estaba segura de que cualquier casera de Arrazola conocía el remedio, pero a aquella mujer debió de parecerle un milagro porque pocos días después apareció en casa de la joven con un hermoso capón recién sacrificado en prueba de agradecimiento por haber curado a su hijo.

Poco a poco notó que eran cada día más las personas que acudían a ella a por remedios que poco tenían que ver con partos, hemorragias, dolores lumbares y otros males parecidos que afectaban a la mujer. Lo mismo le pedían una cura contra la urticaria que contra los problemas del sueño, la fiebre o el reúma. Al principio el asunto le divertía. Volvió a recordar las lecciones en Goiena, junto a su madre y a su abuela, conocimientos básicos aprendidos por necesidad en lugares en los que no se contaba con la cercana presencia de un físico. Emplastos de linaza para las toses, o de ajos fritos mezclados con cera virgen para las heridas infectadas, o de ajo, aceite tibio, raíz de fresno, adormidera y escrofularia contra las mordeduras de la culebra, o de verbena para las fatigas.

Se levantaba temprano y, en compañía de *Zintzo*, salía de la villa y buscaba plantas, raíces, hojas, cortezas y bayas para preparar ungüentos, jarabes y tisanas. Como había comprobado que los niños nacían más a menudo por las noches que durante el día, se acostumbró a recibir consultas durante las horas del mediodía, dejando las tardes para la elaboración de sus boticas. En poco tiempo la cocina parecía un laboratorio de alquimista y, aunque nunca utilizaba plantas que no conocía, disfrutaba elaborando mezclas nuevas para las quemaduras, sarpullidos y nudos nerviosos de poca importancia.

Unas semanas más tarde, la cola de gente que esperaba a la puerta de su casa era igual o mayor que la que solía haber en vida de su maestro. A veces sentía una especie de terror ante tanta responsabilidad, pero lo olvidaba con presteza y se veía reconfortada al observar una cara alegre o una mirada agradecida, aunque también tuviera alguna que otra sorpresa.

–¿Y qué oraciones tengo que decir? –le preguntó una vez una anciana a la que había prescrito lavados de agua de rosas silvestres mezclada con miel para aliviar la irritación de sus ojos.

–¿Oraciones?

–Sí –insistió la mujer–. Ningún remedio funciona si no va acompañado de alguna oración.

Trató de recordar alguna, pero tuvo que reconocer que no sabía ninguna.

–¿Cuál es la oración que más te gusta? –le preguntó con una sonrisa.

–Una que me enseñó mi madre cuando era niña, dedicada a la Madre del Salvador –respondió la anciana, que empezó a recitarla de inmediato.

–Ésa funcionará, estoy segura –le interrumpió ella–. Dila siempre que te laves los ojos. Tres veces al día –le recordó–, no lo olvides.

Una mañana se presentó en su casa el alguacil de la villa y le comunicó que el escribano del concejo exigía su presencia en el consistorio. Entre la sorpresa por el aviso y el temor de que Juan de Gesala fuera el escribano en cuestión, Catalina se cubrió la cabeza con la sobrefalda y siguió al hombre. Nunca había estado en la casa consistorial y le llamó la atención el gran movimiento que había en el lugar. Podían verse gentes de todos los tipos y clases, desde señores vestidos con garnachas de tejidos bordados, calzas también bordadas y grandes sombreros de plumas, hasta humildes aldeanos de blusa y pañoleta al cuello; escolares de negro y puntillas asomando por cuellos y puños; mujerucas con alguna demanda que esperaban turno; ayudantes de alguaciles, clérigos y otros personajes a los que no sabría calificar, llenaban un espacio asaz menguado para tanta concurrencia. Su guía la condujo directamente a un escritorio del primer piso y la hizo entrar señalando el interior con el dedo.

Catalina respiró tranquila. El hombre sentado al otro lado de una gran mesa de madera llena de papeles no era Juan, sino alguien bastante más viejo, con más barriga y mucho menos pelo. Levantó la cabeza de su trabajo al oírla entrar y le señaló una silla.

–Tú eres Catalina, la sobrina y discípula de don Diego de Olea, ¿no es cierto? Yo soy maese Bartolomé Martínez de Unda –se presentó–. Me encargaba de sus asuntos legales, lo quería y respetaba, y sentí mucho su muerte.

Permaneció callada. ¿Qué podía decir? No era la sobrina de Olea, aunque sí su discípula. Esperó a que el caballero continuara.

–Verás... –prosiguió éste al tiempo que ojeaba algunos de los documentos–. Tengo aquí denuncias contra ti. Al parecer ejerces de física sin tener licencia.

La miró esperando que dijera algo, pero la joven estaba muda de asombro y paralizada por el miedo.

–Es una acusación muy grave. ¿Tienes algo que decir al respecto?

–Yo..., yo... –tartamudeó Catalina– soy partera.

–Me he informado de ello y además sé que eres buena en tu oficio y que no hay quejas –la tranquilizó con una sonrisa–. Aun así, para poder ejercer ha de tenerse una licencia y pagar por ella. ¿No lo sabías?

Negó con la cabeza. Nadie, ni Josefa, ni don Diego, habían dicho nunca nada de licencias, permisos o pagos.

–Bien –continuó el escribano–, eso tiene fácil arreglo. Ahora mismo te extiendo la licencia por la que tienes que abonar cinco reales y este asunto queda zanjado. Es el otro el que me preocupa, ¿es cierto que ejerces de física sin serlo?

Maese Bartolomé pasó a hacerle una relación de las razones por las cuales las leyes eran muy severas en cuanto al ejercicio de la medicina. Los médicos, dijo, tenían estudios, diplomas y el reconocimiento del consistorio; habían dedicado tiempo y dineros a obtener sus títulos y no podía dejarse en manos de curanderos y sanadores el cuidado de la salud pública. Había habido muchas denuncias contra impostores que ejercían causando grandes males y la villa estaba decidida a erradicar tales prácticas.

–¿Qué ocurrirá si recetas una medicina y el paciente muere? –preguntó finalmente.

No podía decirle que eso nunca ocurriría, puesto que la muerte no precisaba recetas, que sólo se ocupaba de casos menores que no requerían ningún otro conocimiento especial que el de las propiedades curativas de las plantas y que si las gentes de Tabira hubieran mantenido el saber de sus antepasados, ni siquiera tendrían que recurrir a ella.

–¿Y qué hago si alguien me pide algo contra el dolor de dientes? –le preguntó lo más humildemente que pudo.

–Le dices que vaya a ver al galeno –dijo Unda sin pensárselo dos veces.

–¿Y si la parturienta tiene vómitos? –preguntó de nuevo.

–Que vaya al galeno –respondió imperturbable el hombre–. Como partera sólo te corresponde asistir al parto, y mejor si hay un físico presente, aunque de todos es sabido que hay más partos que médicos y que éstos no pueden estar en todos los sitios al mismo tiempo. Ya sé que los asuntos de mujeres son delicados y que no siempre es fácil para ellas presentar sus partes a otros hombres que no sean sus maridos, pero los tiempos están cambiando y ya va siendo hora de que dejemos de lado las viejas costumbres que impiden los nuevos usos.

Con tal sencilla aclaración maese Bartolomé dio el asunto por zanjado.

–En recuerdo de mi buen amigo y como no has causado ningún percance grave y nadie ha muerto, archivaré estas denuncias –afirmó–, pero procura en lo sucesivo ocuparte únicamente de tus menesteres de partera, sin inmiscuirte en terrenos que te están vedados, y no olvides entregar en la contaduría los cinco reales por la licencia.

Con un gesto de cabeza dio por terminada la conversación y le señaló la puerta. Catalina hizo una pequeña reverencia y se dispuso a salir del escritorio, pero se detuvo antes de hacerlo.

–Perdone, su merced –el escribano levantó la cabeza de los legajos en los que de nuevo se había concentrado–. ¿Podríais decirme quién me ha denunciado?

–Se dice el pecado, pero no el pecador –aseveró–, pero en tu caso haré una excepción, más que nada para que tengas cuidado en el futuro. Una de las denuncias es de una tal Felipa de Ibaiondoa, vecina tuya, creo. La otra es del párroco de Santa María, don Tomás.

Le temblaban las piernas al salir del consistorio. Entendía lo de su vecina. Era de esas personas que no podían ocuparse de sus propios asuntos y estaban siempre más pendientes de lo que ocurría en las casas ajenas que en la suya propia. Pero ¿y el párroco?, ¿qué le había hecho ella? Sólo una vez habían coincidido y apenas si habían hablado.

Fue a atender a una pobre mujer, consumida por una vida llena de trabajo, cargada de hijos y con demasiados años para seguir pariendo. Sufría grandes dolores y Catalina vio la muerte en su rostro. Mandó aviso rápidamente a Josefa. A la experimentada comadrona le bastó con mirar a la parturienta, comprobar su gran calentura y el escaso hálito que llegaba a sus pulmones, para saber que con un poco de suerte sólo se salvaría el niño que llevaba en su seno. No hubo tal suerte. El niño nació muerto y ella abandonó el mundo que tan pocas alegrías le había dado. Don Tomás apareció poco después. Josefa y ella seguían en la habitación, retirando lienzos ensangrentados y envolviendo el pequeño cadáver que, al no haber podido ser bautizado, sería enterrado en tierra de nadie, sin oraciones, sin que alguien encendiera la vela de los muertos para indicarle el camino hacia el Más Allá. La joven no pudo reprimir las lágrimas mientras mantenía el pequeño envoltorio en sus brazos. ¡Pobre criatura sin nombre condenada a vagar con las almas perdidas! Cerró los ojos y apretó el cuerpecito contra ella, invocó a Mari y le ofreció aquel desventurado despojo de ser humano que nunca tendría la dicha de ver un amanecer.

–¿Y ésta quién es?

La áspera voz del párroco la obligó a abrir los ojos. El hombre la examinaba con una mirada dura bajo unas espesas cejas negras que le daban un aspecto terrorífico.

–Es Catalina de Goiena, partera y ayudante mía –le respondió Josefa en el mismo tono. Estaba claro que ambos no simpatizaban.

–Nunca te he visto en la iglesia –dijo el clérigo dirigiéndose a la joven.

Catalina no supo qué decir. Era verdad, nunca había ido a la iglesia en todos los meses que llevaba aposentada en la villa. Don Diego no asistía a los oficios y ella nunca lo había hecho en Arrazola y no veía por qué había de hacerlo en Tabira.

–¿De dónde vienes? –le preguntó al ver que ella no tenía intención de hablar.

–De Goiena –respondió.

–¿Y dónde está Goiena?

–En Arrazola.

–¿Y no es costumbre en Arrazola asistir los domingos a la santa comunión? –insistió él en un tono cada vez más acusador.

No respondió y salió del cuarto con el niño muerto en sus brazos, se lo entregó al padre, que no parecía especialmente apenado, y abandonó el lugar a toda prisa. Ya en la calle, echó a correr seguida por *Zintzo* y no paró hasta llegar a su casa y sentirse a salvo dentro de ella después de echar la tranca. Jamás en su vida se había sentido tan culpable y lo malo era que no sabía por qué.

–Es un amargado –le explicó Josefa al día siguiente–. Lleva la cuenta a todos los durangueses, sabe quién va a misa y quién no, quién tiene una manceba y quién se ha quedado preñada sin estar bendecida. Últimamente está empecinado con el tema de los herejes y no hay quien hable con él. Yo voy a la iglesia porque no quiero tener líos con el clero, pero te aseguro que de buena gana me quedaría en casa. Grita desde el púlpito y nos llama pecadores y dice que vamos a ir todos directamente al infierno. Una vez tuve una discusión con él porque quería dar los óleos a una mujer que estaba muy mal. ¡Pretendía que yo me apartara hasta que él hubiera acabado! Lo mandé afuera y le dije que lo primero eran la madre y el niño que iba a nacer y que luego obrase como mejor le plugiera. Me negó la comunión durante medio año y no me la volvió a dar hasta que fui a pedirle perdón.

Todo aquello era nuevo para Catalina, pero intuía que aquélla podría ser una fuente de sinsabores si no tomaba precauciones. No sabía exactamente qué eran los óleos de los que hablaba Josefa, pero barruntaba que tenían que ser algo muy importante y que sería bueno enterarse un poco de todo ello.

La vida no le estaba resultando tan fácil y placentera como ella había imaginado que sería. Después del aviso de maese Bartolomé, el escribano del consistorio, dejó de aconsejar remedios a los que venían a por ellos. No les permitía pasar el umbral de la puerta a fin de que la vecina no fuera otra vez con el cuento y les recomendaba que vieran al galeno Sainz o a un joven médico, recién estrenado, cuyos principales medios curativos eran la purga y la sangría. No obstante, era imposible no responder a una pregunta hecha en la calle o en la casa de una nueva madre durante la visita a la parturienta, que era uno de los momentos más agradables de su trabajo. Siempre había alguna mujer que le preguntaba si conocía un medio para tener más leche o para evitar las grietas de los pezones o el endurecimiento de los pechos. De paso intentaban obtener una solución para el mal de sabañones, los dolores de cabeza o el mal aliento de algún familiar. Así que pronto se vio de nuevo dando consejos para la hinchazón de pies, proporcionando untos para el eccema que ella misma preparaba o dictando recetas infalibles para combatir cólicos o liendres.

Un domingo asistió a misa mayor. Entró justo en el momento en que repicaban las campanas y el párroco salía de la sacristía. Se colocó en el fondo, a la derecha, del lado de las mujeres, llevando la cabeza cubierta por la sobrefalda hasta los ojos de modo que apenas si se la reconocía. La iglesia estaba llena, iluminada con decenas de cirios y oliendo a incienso. No se parecía en nada a los dos o tres funerales a los que había asistido en Arrazola. Seguía los movimientos, desconocidos para ella, del clérigo y los acólitos que hablaban en una lengua que no entendía y a la que, para su sorpresa, respondían los congregados. Se oía una música extraña y profunda, y no tardó en sentir una especie de mareo, parecido al sufrido en Jentilkoba. Después don Tomás comenzó a hablar en la lengua de sus padres y comprobó que, en efecto, gritaba en tono acusador y que la gente se encogía un poco al escucharle. Hablaba del pecado de la carne y le costó entender que nada tenía que ver con las viandas del carnicero, sino con las relaciones entre hombres y mujeres. No le prestó mucha atención porque en aquel momento sus pensamientos volaron hacia Juan de Gesala.

–Olvídate, Catalina –le dijo Josefa cuando ella le confió sus sentimientos por el ayudante meritorio de maese Bartolomé.

–¿De qué? –preguntó ella sin saber muy bien a qué se refería.

–Olvídate de ese hombre –insistió la partera–. No es trigo limpio. Tú te mereces un joven honrado y bueno.

–¿Por qué dices que no es trigo limpio? –preguntó de nuevo, molesta por un juicio a todas luces injusto y precipitado.

–Porque no lo es –afirmó su amiga–. El viejo notario Ezpeleta le tomó cariño y le dejó su casa y bastantes dineros, según dicen.

También decían que, avergonzado de su pasado de aprendiz de tonelero, Juan Ortiz había hecho correr el rumor de que su familia procedía de uno de los más antiguos linajes navarros, de los Ortiz de Gesala para más señas, y encargó al librero Orúe, amante incondicional de los tiempos pretéritos, que hiciera lo posible por indagar sobre su supuesta familia. Un par de meses más tarde, Orúe mandó recado de que fuera a verlo y le entregó un grueso atado en el que constaban los hechos de la familia Gesala de Navarra, cuyos antecedentes se remontaban al siglo X. Juan, seguían diciendo las malas lenguas, se encerró durante varios días y se aprendió la genealogía de los Gesala con puntos, comas y señales. Nombres, fechas, acontecidos, muertes, batallas, enlaces, acuerdos y donaciones fueron grabándose en su memoria de tal forma que, cuando acabó, estaba convencido de ser un descendiente directo de la antigua estirpe cuyo solar aún mantenía como nombre un rimbombante Jauregizar. Decidió añadir a su apellido el troncal de Gesala después de meditar durante días la forma de hacer más creíble la historia y, como a tan nobles antecedentes correspondía un no menos noble escudo, no tuvo ningún empacho en encargar el suyo, que naturalmente era el mismo que el de «su familia».

–En un principio hubo comentarios para todos los gustos –prosiguió Josefa con un deje irónico en su voz–. Los linajudos son poco proclives a admitir novedades, pero el hecho de que fuera propietario de su propia casa, que tuviera una buena planta y que se convirtiera en la mano derecha del escribano Unda hizo que el asunto entrara a formar parte de la costumbre.

–¿Y su familia? –preguntó Catalina con ánimo de desviar la conversación hacia otros derroteros más favorables para él.

–Con su hermano Otxote ni se habla y una vez que fue a pedirle dineros hizo que unos matones le dieran una manta de palos –explicó Josefa–. A su madre la llevó a vivir con él, pero no en calidad de señora de la casa, sino como ama de llaves, ¡de criada, vamos!

La joven no podía creer que el hombre de sus sueños fuera tan frío y desaprensivo. Estaba segura de que su amiga exageraba. Siempre se exageraban las cosas cuando pasaban de boca en boca. «¡Envidia! –pensó–. La gente siempre tiene envidia de aquellos que triunfan en la vida y gozan de oportunidades que los demás no han tenido.»

Aquella noche soñó que Juan iba hacia ella con sus brazos extendidos y que la acogía en ellos, la abrazaba con ternura y se acostaba a su lado.

Maese Bartolomé sacó de un bolsillo un pañuelo fino de lino y se secó la frente con él. Tantos años de práctica aprendiendo a ocultar sus pensamientos le habían permitido no mover ni una pestaña cuando tuvo delante a la joven discípula del viejo Olea. Creía firmemente que, tras la decepción sufrida por la traición de Xacobe, no volvería a sentirse atraído por una mujer. De hecho, así había sido durante once largos años, pero, hete aquí, después de tanto tiempo, que su pulso se había acelerado, tenía la camisa pegada por el sudor y la boca seca. ¿Cómo rayos había ocurrido? La muchacha no podía tener muchos más años que su hija Magdalena. Era obsceno. Sin embargo, no había podido apartar sus ojos de los labios de ella. Hubiera deseado besarlos, absorber su aliento, sentir su sabor. Cerró los ojos intentando verla de nuevo, sentada delante de él, la respiración entrecortada, sus pequeños senos empujando tímidamente bajo la ropa, las manos nerviosas y unos maravillosos ojos castaños sorprendidos y atemorizados. ¡Cómo había disfrutado de aquella sensación de poder, de superioridad, que le permitía su cargo! Nunca hasta entonces se había dado cuenta de lo excitante que era poder mirar a los demás desde su lado de la mesa. Su palabra era la ley y todos estaban obligados a acatarla. Pensó de nuevo en la joven. Catalina de Goiena, un nombre noble para una humilde aldeana llegada a Tabira con lo puesto..., pero, sin embargo, tan fuerte. Mucho más fuerte de lo que ella misma podía creer. Lo había advertido en su mirada, en la forma en cómo había vuelto para preguntar el nombre de sus delatores. Consultó sus papeles y comprobó satisfecho que, según la declaración de la vecina, la muchacha vivía sola en compañía de un perro y que no se le conocía parentela alguna en la villa. Era, por tanto, vulnerable.

Decidió dar por finalizada su labor en el consistorio.

–¡Total –exclamó–, por quinientos miserables maravedíes que me dan al año...!

Obtenía mucho más como escribano privado, redactando contratos matrimoniales y de venta, haciendo de intermediario en disputas familiares, vecinales y comarcales. Se había ganado el aprecio de la clase poderosa, a la que él mismo pertenecía, el día en que presentó con éxito ante el concejo un alegato en nombre del todopoderoso Juan de Urkiza, hijodalgo, ricohombre y propietario de tres ferrerías, en el que quedaba demostrado su derecho a utilizar las aguas del Ibaizabal abonando una cantidad similar a la que pagaban sus vecinos por industrias mucho más pequeñas y menos rentables. A partir de entonces se ocupaba de todos los asuntos que atañían a los linajes gamboínos. Incluso se ocupaba de los de algunos oñacinos, a pesar de que Martín López de Ortueta era extraoficialmente el escribano de este bando. Era rico, había invertido en la más importante fábrica de paños, propietario de un molino y de una guarnicionería y, además, poseía cincuenta cabezas de ganado y algunos caballos en un campo de su propiedad. Había aceptado el puesto de escribano municipal por el poder que le daba el cargo, aunque también había tenido algo que ver en la decisión la presión que su hermano mayor había ejercido sobre él, una vez más, amenazándolo con retirarle el apoyo y la palabra si permitía que un Ortueta se hiciera con el puesto.

Regresó a su casa con la mente puesta en Catalina y en el modo de conquistarla. No tenía que ser difícil, dado que él era hombre de posición y ella no era nadie, una simple hembra a fin de cuentas. Iba a entrar en su escritorio cuando su mujer le salió al paso hecha una furia agitando en la mano un sobre abierto.

–¿Qué significa esto? –gritó doña Marijuán haciendo bailar el sobre delante de sus ojos.

–Dímelo tú –respondió Unda, tratando de dominar el colérico temblor que siempre sentía cuando se enfrentaba con su mujer.

–¡Es una carta!

–Eso ya lo veo –replicó el hombre–, pero ¿de quién?

–¡De tu hermana, la monja!

El furor le hacía palidecer, las venas se marcaban en su cuello a punto de explotar y sus ojos despedían el desprecio acumulado contra su marido.

–Dice que tu hija –recalcó las palabras–, tu hija, está enferma. ¿Qué hija? ¡Tú no tienes ninguna hija, bastardo del diablo! ¡No serías capaz de hacer un hijo ni por mediación del Espíritu Santo!

Bartolomé de Unda la miró sin decir nada, y antes de que la mujer hubiera podido abrir otra vez la boca, dio media vuelta y salió de nuevo a la calle, fue directamente a su escritorio en el consistorio y redactó una acusación por blasfemias contra Marijuán de Ibargoen, su esposa.

A pesar de las amenazas de su hermano y de los parientes de su mujer, a pesar de que un juicio por blasfemias a la hija de uno de los hombres más poderosos e influyentes del señorío podría poner en entredicho el bando al que ambos pertenecían, maese Bartolomé se mantuvo en sus cinco y además firmó el acta del juicio en su calidad de escribano. Doña Marijuán fue condenada a permanecer en camisa durante dos horas junto a la picota de la plaza en domingo y a acudir después descalza a la iglesia, situarse a un lado del altar con una vela encendida y pedir perdón en voz alta a Dios, al cura y a todos los allí congregados. Su marido estaba en primera fila, contemplando íntimamente regocijado la humillación de la altiva mujer que le había amargado la existencia.

Envió un carro con caballos y a dos hombres de confianza a Barria en busca de su hija y ordenó que todos en la casa, incluida doña Marijuán, respetasen a Magdalena como a una hija legítima, lo cual solucionó redactando él mismo el documento pertinente y nombrándola su heredera, a pesar de que el Fuero prohibía taxativamente legalizar la situación de los hijos habidos fuera del matrimonio. A partir de entonces, las cosas parecieron ir mejor. Doña Marijuán trataba de refrenar sus enfados y siempre se dirigía a él en un suavizado tono de voz, aunque en lo tocante a la cama, seguía manteniendo la misma postura.

–Ya tampoco me importa demasiado –se dijo Unda sin pena–. ¿Quién quiere un pellejo viejo cuando se tiene al alcance una piel joven y tersa a la espera de que alguien la acaricie?

Algunas noches se removía inquieto en la soledad de su lecho y trataba de imaginarse a Catalina desnuda a su lado, sonriéndole y rogándole que le hiciera el amor. Su espejismo era tan real que alargaba los brazos para estrechar su cuerpo y besar sus labios, pero su abrazo sólo encontraba el vacío. Desesperado, se levantaba, encendía un candil y se dirigía a su escritorio. Allí daba rienda suelta a su otra obsesión, las brujas. Abría un gran sobre de piel muy abultado en el que guardaba todos los documentos recopilados por él y a los que había añadido las cartas que le escribía su amigo Johanes de Gastagnalde, escribano oriundo de Labastide, con quien había tenido relaciones tiempo atrás con motivo del envío de dos carretones de paños de su fábrica a Bayona. Gastagnalde se había encargado del papeleo al otro lado de la frontera. Durante los breves intercambios que tuvieron lugar, pudieron tratar sobre la magia en general y el tema que tanto les preocupaba, es decir, el de la hechicería a ambos lados de los Pirineos. Desde entonces mantenían una correspondencia asidua en la que ocupaban un lugar preponderante la nigromancia, en general, y la temible secta, en particular, que se expandía por Europa con más velocidad de lo que lo había hecho la peste negra, más de un siglo antes, diezmando a un tercio de la población.

Ambos estaban de acuerdo en cuanto a que la magia culta nada tenía que ver con las prácticas brujeriles. La gran ciencia era una herencia de la antigüedad al igual que otras fuentes de la cultura, como podían ser la filosofía o la astronomía. Gastagnalde había conseguido, en uno de sus viajes a París, un almadel, un cuadrado de cera con símbolos mágicos para conjurar a uno de los cuatro ángeles de los puntos cardinales –Seraph, Cherub, Tarsis y Ariel–, que se colocaba encima de cuatro velas y un incensario cuyo humo pasaba por cuatro agujeros. Se suponía que el ángel invocado debía aparecer entre dicho humo. Los dos amigos habían intentado realizar una sesión mágica durante uno de sus encuentros sin resultado alguno, aunque el fracaso no les desanimó lo más mínimo y Gastagnalde prometió hacerse con otro almadel más eficaz o con un grimorio o manual de magia en su siguiente viaje a la capital del reino.

Con su última carta, su amigo le había enviado una amplia documentación sobre casos de brujería que habían dado mucho que hablar allende los Pirineos y que eran una clara demostración de que la brujería no era una moda pasajera en tierra de vascos, sino que databa de antiguo. Los casos reseñados habían tenido lugar más de cien años antes y todas las brujas implicadas habían sido juzgadas, declaradas culpables y quemadas en la hoguera.

Ante los ojos de maese Bartolomé desfilaron Juana, *la Leprosa*, nigromante y fabricante de filtros; Peyrona de Posac, herbolera; Aranauda de Bosc, herbolera; Jehanne de Aurtegia y Jurdana de Irisarri, herboleras; Alamana de Meharin, acusada de sortilegios; Arnalda de Leiza y muchas otras. En su mayoría habían sido acusadas de fabricar pócimas y ungüentos para fines diversos, entre los que no podía faltar el envenenamiento. La pócima para envenenar a un amante desdeñoso o a un marido viejo había sido, según los documentos, una de las especialidades de Arnalda de Leiza. De hecho, su acusación se basó en la muerte de Sancho de Aurreberats de la población de Isaba. El tal Sancho se había sentido mal después de haber bebido un caldo preparado por Arnalda, amiga de su mujer, y había ido empeorando con el paso de los días y los caldos que diariamente le llevaba la supuesta bruja. Acusada por la viuda, detenida y atada a la silla caliente, una silla de hierro que se calentaba con carbones encendidos debajo, Arnalda confesó ser bruja y enumeró los ingredientes utilizados para hacer la famosa sopa: un corazón de niño, tripas de sapos, adormidera y beleño en cantidad, todo ello bien cocido en agua y colado después, a lo que añadía un poco de perejil, sal y pimienta para darle un toque más agradable, lo cual no dejaba de ser un detalle por su parte.

Las deducciones extraídas de lo anteriormente relatado eran claras como la luz del día: las brujas existían, conocían las propiedades de las plantas, sabían de elixires, narcóticos y ponzoñas que utilizaban para asesinar a honrados ciudadanos, ignorantes del peligro que los acechaba. Era preciso estar alerta y no perder de vista a curanderas, herboleras o sanadoras, que podían ser brujas disfrazadas.

Con los últimos documentos, Gastagnalde también le había hecho llegar una copia de las *Clavículas de Salomón*. Había buscado, le explicaba en su carta, sin encontrarlo, el grimorio o libro de magia del papa Honorio, uno de los más famosos. En su búsqueda había topado con algo mucho más importante, no sólo debido a su antigüedad, sino por ser también una de las obras prohibidas: el *Libro de Salomón*. Tanto era así que Inocencio VI, más de un siglo antes, había hecho quemar el libro así llamado por contener decenas de conjuros y prácticas para evocar a los demonios. Los estudiosos creían firmemente, decía su amigo, que las *Clavículas*, las pequeñas claves, nombre dado a la obra por los rabinos encargados de su custodia, eran una copia verídica del libro quemado. Añadía a modo de información suplementaria que «de todos es sabido que en la antigüedad la palabra "sabio" era sinónimo de "hechicero" y nada tiene de extraño que un hombre que sacrificó a los dioses Moloch, Chemos y Astarté hubiera tratado de evocar a los demonios y escrito sobre la forma de hacerlo...». No obstante, el escribano de Lapurdi estaba seguro, después de haber leído el libro y haber hecho su propia copia, de que la sabiduría y otras virtudes del rey hebreo no habían sido obra de un demonio, sino de un ángel enviado por Dios.

Otras veces abría una vez más el *Malleus*, absorbía las doctrinas en él expuestas y se centraba en los medios recomendados por sus autores para obligar a confesar a las malignas, puesto que por sí solas nunca reconocerían su pertenencia a la secta de Satán. Era preciso recordarles los sufrimientos sin fin que tendrían que padecer en el infierno una vez muertas, conmoverlas hablándoles de Nuestro Señor Jesucristo que tanto soportó por librar de las tinieblas a la humanidad y, si fuera necesario, torturar sus cuerpos poseídos para que abjuraran de su error y denunciaran a sus cómplices. Esta parte producía en él tal cúmulo de emociones que olvidaba el objeto de su deseo.

Los dos dominicos, autores del tratado, ya se habían enfrentado con el terrible azote y habían podido comprobar por sí mismos lo difícil que resultaba hacer que un hechicero confesara. Estaban prohibidos los Juicios de Dios que tan buenos resultados habían dado en el pasado y que consistían, entre otras pruebas, en obligar al acusado a caminar por encima de las brasas. Si el condenado salía indemne, es decir, sin chamuscarse las plantas de los pies, quedaba demostrado que era inocente, porque Dios estaba de su lado y lo había preservado. No se conocía ningún caso en que el Ser Supremo hubiese ayudado a ningún criminal, por lo que el desgraciado acababa siendo juzgado y ejecutado después. Alguna mente sibilina había influido en la decisión de que se prohibieran tales prácticas, aduciendo que eran crueles y no muy de fiar. A cambio se habían propuesto otras pruebas menos cruentas entre las que la del agua y la de las agujas tenían un gran predicamento y nunca fallaban.

Maese Bartolomé cerraba los ojos y trataba de imaginarse lo que podrían ser cientos de pinchazos en la carne como aguijones de avispas, el dolor, la angustia de verse desangrado lentamente, los hilillos rojos deslizándose por su piel blanca y fofa. Llegado ahí, sentía sus venas a punto de estallar, su respiración se aceleraba y su corazón dejaba de latir durante el tiempo que duraba su éxtasis. Relajado y tranquilo, regresaba al lecho y dormía plácidamente soñando con Catalina.

Los días, las semanas, transcurrían tan veloces que apenas se daba cuenta. El verano se presentaba cálido y húmedo. Catalina estuvo muy ocupada, al igual que las demás comadronas de la villa, porque era época de numerosos nacimientos. Siempre había creído que cuando la tierra descansaba, cuando los animales se refugiaban en sus madrigueras y los árboles perdían su vestimenta, hombres y mujeres iniciaban una gran actividad que daba sus frutos nueve meses después aprovechando las largas y frías noches de comienzos del invierno. Fuera como fuese, la requirieron en numerosas ocasiones para acudir a la cabecera de las parturientas. Tal vez, se decía, era su buena maña, la suerte o el hecho de que no hubiera tenido hasta el momento ningún percance lamentable, lo que hacía que las mujeres confiaran en ella en tan difícil trance.

No tenía tiempo de pensar en Goiena, ni tampoco en las acusaciones de mala práctica vertidas contra ella algún tiempo atrás, ni en las miradas que le dirigía el párroco cada vez que sus caminos se cruzaban, ni en los chismorreos que se traía su vecina con otras mujeres que vivían en la calle. Sus jornadas eran agotadoras y apenas tenía fuerzas para preparar su comida y la de *Zintzo*. El animal no la dejaba ni a sol ni a sombra. Muchos días, al despertar, lo encontraba tumbado encima de la cama, como si hasta en sus sueños quisiera extender su presencia protectora.

Aprovechaba los pocos momentos libres de los que disponía para recorrer Tabira y sus alrededores, hacer un poco de ejercicio y recoger hierbas para sus preparados. No conocía ninguna otra población tan grande, se decía que Bilbao y Bermeo lo eran, pero Tabira le parecía algo especial. Sus casas eran edificios altos y esbeltos de madera o adobe, incluso algunas, pocas, eran de piedra, y la mayoría de éstas mostraba en sus fachadas grandes escudos que recordaban que aquélla no era villa de villanos, sino de hijosdalgo. A veces coincidía en sus paseos con el librero Orúe y su mujer, doña Ana, y juntos caminaban durante un buen rato.

Martín de Orúe era un gran conversador; no así su mujer, que escuchaba siempre con una sonrisa las lecciones de historia y costumbres que el librero les impartía a las dos por igual. Así supo que Tabira tenía más de cuatrocientos años de existencia; que sus torres y palacios demostraban la hidalguía de muchos de sus habitantes; que las familias Ibargoen, Zaldibar y Unzueta llevaban siglos peleando entre sí y que continuaban haciéndolo a pesar de la paz entre los bandos; que personajes muy notables e importantes la visitaban con asiduidad; que los pañeros de Tabira eran conocidos en todo el reino por la calidad de su hilado y tejido de pardillos y que los fabricantes de hierro, armas, clavos y herrajes se contaban por decenas, como bien podía verse por la cantidad de ferrerías que mantenían sus fuegos encendidos día y noche.

Orúe era un pozo de sabiduría. Conocía todo lo que había que conocer sobre Tabira y la merindad de Durango y aportaba sus propias conclusiones cuando la historia no era lo suficientemente clara respecto a determinados asuntos. Así, por ejemplo, en el tema de los herejes que tanto estaba dando que hablar, opinaba que las cosas no estaban nada claras.

–¿Debe entenderse que el tal fray Alonso de Mella, un frailecillo que no tenía dónde caerse muerto, habría podido convencer a más de un quinto de la población para que siguiera sus erróneas enseñanzas? –se preguntaba, hablando más para sí que para las dos mujeres–. O era un santo o el mayor embaucador que haya parido madre.

A Catalina el tema de los frailes no le interesaba especialmente. Conocía el caso como todo el mundo, puesto que era conversación obligada en todo momento y Josefa y Maritxiki, otra partera amiga de la primera, se encargaban de tenerla al corriente, pero le gustaba la forma en la que Orúe explicaba las cosas.

–Entiendo –decía– que a los pobres les interese una doctrina que predica la comunidad de bienes. Ni ricos, ni pobres, sino todos iguales y reparto de las riquezas. ¿Cómo no iban a agradar tales intenciones a los desheredados de la tierra? Filósofos y pensadores se han ocupado de ese asunto a lo largo de los siglos, aunque sin encontrar una solución, todo hay que decirlo, pero lo de la comunidad de mujeres me resulta algo incomprensible.

Catalina y doña Ana le dejaban hablar y lo alentaban con una sonrisa.

–Además –continuaba cada vez más excitado–, según dicen, la mayoría de los seguidores del fraile eran mujeres y ¿a qué mujer puede gustarle compartir un hombre con otras?

Las dos mujeres se miraban y reían cuando llegaba a ese punto de su disertación. Era cierto, pensaba Catalina, y sabido que una misma mujer podía contentar a varios hombres en un mismo día, pero no podía decirse lo mismo de un hombre. Sus energías decrecían a cada acometida y poca sería la satisfacción de la última servida. De todos modos, nada podía decir ella de algo que ignoraba por completo y que únicamente conocía por lo que escuchaba en la visita a las madres recién paridas.

Otras veces paseaba sin otra compañía que la del fiel *Zintzo* y, por sus movimientos de cola y los saltos que daba a su alrededor mientras caminaban, le parecía entender que el animal prefería que estuvieran los dos solos. Salían de la villa por el portal de Santa Ana en el camino a Vitoria, o por el de San Pedro en el de Bilbao, o por el de Krutziaga en el camino de Elorrio, que era el que más le gustaba. Allí había una cruz de piedra labrada en la que estaba representada una antigua historia, tan antigua como el mundo, al decir de Orúe, a quien en una ocasión le preguntó qué significaban los grabados.

–Esto es el tronco de un árbol –le explicó un día, señalando el primer cuerpo de la cruz–, rodeado por la serpiente que tienta a Eva para que coma la manzana. Ahí tienes a Eva –le dijo indicándole la figura de una mujer desnuda que llevaba una manzana en la mano–, y al lado contrario están Adán y Eva, que, como ves, tienen la manzana, y aquí –señaló otro cuadro– son expulsados del Paraíso.

La joven no quería que el librero y su mujer supieran que ella nunca había sido instruida en la nueva religión, pero le intrigaban aquellas figuras y quería conocer más acerca de ellas.

–¿Por qué es tan importante la manzana? –preguntó con ingenuidad.

–Porque significa el pecado, hija –le respondió el hombre, encantado de tener alguien a quien aleccionar–. No es la fruta en sí, una de las perfecciones de la naturaleza, sino lo que representa. Dios dejó bien claro a nuestros primeros padres que podían comer todos los frutos del Paraíso, menos los de ese árbol en particular y fue precisamente eso lo que hicieron. Desobedecieron y fueron expulsados de la presencia del Creador, fueron condenados a la vida terrenal de miserias en la que vivimos sus descendientes.

–¿Por qué tiene la serpiente cabeza de mujer? –inquirió nuevamente.

–Porque la mujer, perdona querida –dijo Orúe dirigiéndose a doña Ana–, es el origen de todos los males del hombre. Fue Eva quien incitó a Adán a comer el fruto prohibido, es ella la que vuelve locos a los hombres y la que ha ocasionado muchos de los males que sufre la humanidad.

Catalina no quería discutir con el buen hombre y además tampoco sabía utilizar palabras sabias, pero no estaba en absoluto de acuerdo con él. A su juicio, aquel Adán era un blando sin carácter que se dejaba convencer fácilmente. En cuanto a que las mujeres volvieran locos a los hombres y ocasionaran males, tal vez era cierto, pero ella no conocía a ninguna así. Sólo conocía a mujeres que trabajaban de sol a sol; parían a sus hijos, los alimentaban, se ocupaban de ellos y de sus maridos; faenaban en casas y huertos, alimentaban al ganado, ordeñaban, escardaban, tejían, vestían a los suyos; atendían a los enfermos y a los ancianos; velaban a sus muertos; se encargaban de los negocios de sus maridos difuntos e impedían la ruina de las familias.

Estando un día contemplando la cruz, mientras *Zintzo* jugaba tratando en vano de atrapar a los mirlos atraídos por los frutos rojos y jugosos de las bayas y moras del camino, vio acercarse un jinete procedente de Elorrio. El caballero y su montura presentaban una estampa armoniosa, digna de ser admirada. Sus siluetas se recortaban en el atardecer como si las dos fueran una y las estuvo observando a medida que se aproximaban. El caballero llevaba un sombrero oscuro de paño, de los que tenían la parte posterior redondeada y la delantera acabada en un largo pico, con dos o tres plumas que se agitaban alegres al viento. Se mantenía erguido, sosteniendo las riendas, sin moverse hacia delante y hacia atrás como había visto hacer a algunos jinetes poco diestros. Antes de darse cuenta, estaba a su lado. Frenó el caballo y una polvareda la envolvió durante unos momentos. La joven se sacudió el polvo del corpiño y de la falda, pensando en los antepasados del caballero sin benevolencia alguna.

–Buenas tardes, Catalina –dijo.

Supo que era él antes de alzar la cabeza: Juan Ortiz de Gesala, el escribiente. Su corazón comenzó a latir con fuerza y lamentó sus malos pensamientos anteriores.

–¿Qué haces aquí sola como un capullo de rosa en medio de las zarzas? –preguntó el hombre con el deje irónico que tan bien le conocía.

–Paseo –fue lo único que se le ocurrió responder.

*Zintzo*, que había desaparecido de su vista momentos antes de que llegase el escribiente, regresó con la lengua fuera por la corrida. Se detuvo a corta distancia y pareció examinar la situación, después se aproximó y dio varias vueltas alrededor del caballero y de su montura. El caballo comenzó a agitarse nervioso, pateó la tierra y levantó la cabeza varias veces, retrocediendo y avanzando sin atreverse a romper el círculo que el perro trazaba a su alrededor. Juan intentó tranquilizar al animal, pero cuantos más esfuerzos hacía, menos éxito tenía.

–¿Es tuyo el perro? –preguntó a la muchacha mientras trataba de dominar la situación.

–Se llama *Zintzo* –respondió Catalina.

–Pues dile que se esté quieto. Está poniendo nervioso a mi caballo.

El perro se detuvo como si hubiese entendido sus palabras, pero comenzó a gruñir apoyándose en sus patas delanteras.

–Cuidado con ese bicho –dijo Gesala–, no vaya a ser que algún día se vuelva contra ti.

–No se volverá –rió divertida ante semejante idea–. Es manso como un cordero y además muy fiel.

–No existe la fidelidad, te lo puedo asegurar, ni en hombre ni en animal –añadió él.

–¿Ni siquiera entre aquellos que se aman? –preguntó, esperando que una mirada o un gesto suyo alentaran su sueño.

–El amor no existe, es sólo una vana ilusión que hace olvidar las miserias durante un tiempo –respondió mordaz mirándola fijamente antes de espolear su caballo hasta desaparecer por el portal de Krutziaga.

Catalina sintió una picazón de desaliento. Para una vez que se encontraban solos... y no había podido intercambiar más de dos frases con él. Se sentó a los pies de la cruz y levantó la vista hacia ella.

En la parte alta estaba tallado un Cristo crucificado. Por lo poco que sabía de él, había muerto, decían, por amor a los hombres. ¿Cómo podía alguien amar al prójimo muriendo de manera tan horrible? No podía entenderlo. Si a ella le hubieran hecho algo así, no sería precisamente amor lo que sentiría. Recordó las historias narradas por los ancianos la segunda vez que había acudido a Jentilkoba. En tiempos no muy antiguos, cuando fueron construyéndose iglesias por todo el territorio vizcaíno, cuando las gentes comenzaron a olvidar a los dioses de sus antepasados y los curas y frailes hicieron su aparición en su tierra, muchos murieron por no querer hacerse cristianos. Poco a poco fueron obligados a renegar de sus prácticas bajo la acusación de paganismo y hechicería. Los famosos agoreros, que podían predecir si las cosechas serían buenas o si se ganaría una batalla, fueron perseguidos y desaparecieron. Las sacerdotisas de Mari, las danzas en honor al astro de la noche, las hogueras encendidas en los amaneceres para invocar al dios sol, las oraciones y los sacrificios de animales también habían desaparecido en la espesa niebla del pasado. ¿Qué quedaba de todo aquello? La religión de los cristianos había comenzado con la muerte de su dios en una cruz, y sangre y muerte habían sido sus armas para hacer que su pueblo rechazara y olvidara los ritos a la Madre, a la Naturaleza, que los mantenía con vida, que les proporcionaba el alimento necesario, les daba el calor y el frío, la lluvia y la sequía, el día y la noche.

Regresó lentamente a su casa, sorprendida y atemorizada por sus pensamientos. ¿De dónde había sacado ella aquellas ideas? Miraba a la gente que se cruzaba en su camino y se preguntaba si alguno de ellos asistiría aún a las asambleas que secretamente reunían a los que todavía creían en lo mismo que habían creído sus padres y sus abuelos.

Y nuevamente fue llamada al consistorio. Esta vez maese Bartolomé no estaba solo. A su lado, de pie, iguales a dos columnas de piedra, se hallaban don Tomás, el párroco, y otro hombre al que no conocía y que luego supo que era el físico don Pedro Sainz. Los tres la miraban gravemente e incluso creyó observar cierta animosidad en las dos columnas humanas. Se sintió pequeña y desprotegida cuando el escribano le señaló un taburete, justo delante de la mesa.

–Catalina de Goiena –comenzó diciendo el letrado–, hace unos meses te avisé que era peligroso actuar al margen de la ley.

–Ya pagué la licencia –afirmó ella, creyendo que el hombre aludía a dicho asunto.

–No me estoy refiriendo a tu trabajo de partera –señaló maese Bartolomé frunciendo las cejas y mirando a sus acompañantes–. Nos han llegado noticias de que sigues recetando remedios para curar ciertas enfermedades.

Abrió la boca y la volvió a cerrar. ¿Qué podía decir?

–¿Callas? –preguntó el escribano–. ¿Es cierto, pues, que sigues haciéndote pasar por física?

Estaba tan atemorizada que, a pesar de sus intentos, no conseguía emitir sonido alguno. Miraba uno a uno a los tres hombres que tenía delante y en los que no había la menor señal de amistad.

–Cremas para quitar las asperezas del rostro y de las manos –dijo por fin y su propia voz le sonó extraña.

–Y sopa de tomillo recogido el Viernes Santo a medianoche para los males de estómago –dijo el físico Sainz–. Y lagarto frito macerado en vino para el reúma, o polvillo de cuerno de ciervo en las partes del varón para curar la impotencia...

–U orina de virgen para quitar la fiebre –añadió don Tomás–, o dar de mamar a un cachorro de perro para retirar la leche de la madre...

Catalina los escuchaba atónita. ¿De dónde habían sacado aquellos dos semejantes ideas? ¿Quién podía haberles dicho tales mentiras sobre ella? ¿Acaso pensaban que era una charlatana capaz de embaucar de tal manera a la gente? Hasta la más ignorante de las caseras de Arrazola sabía que el mal de estómago se curaba con una tisana de hinojo o una compresa de harina de linaza amasada con leche y que el calor o las fricciones con ortigas eran el mejor remedio para los dolores del reúma.

–¿No dices nada? –preguntó de nuevo maese Bartolomé–. Te lo advertí una vez y ésta es la última que lo hago.

No lo escuchaba. Le parecía increíble que unos caballeros instruidos pudiesen creer en tales patrañas. Todo el mundo conocía que la mejor manera de bajar las fiebres consistía en envolver al enfermo en paños mojados en agua fría y hacerle beber infusiones de borraja. No hacía falta ser un físico con estudios y diplomas para saber aquello.

–Irás a juicio si de nuevo llega a mi conocimiento que usas malas artes para curar a los enfermos –oyó decir al escribano–. Puedes irte, y que no vuelva a verte por aquí.

Salió de la habitación dando traspiés, como si la hubieran golpeado en la cabeza con un palo de azada. Era ignorante, no sabía leer ni escribir, apenas podía contar los números con los dedos de las manos y todo lo que sabía lo había aprendido en su casa y en los meses pasados junto a don Diego, el buen anciano. No había hecho mal a nadie y nadie podía decir que eso no fuera cierto, había ayudado a nacer a unos cuantos niños de Tabira y había aliviado algunas dolencias de gentes humildes que no disponían de dinero para pagar los servicios de un físico. No obstante, aquellos tres hombres la habían mirado como a una enemiga, alguien peligroso a quien había que apartar del camino. Se estremeció. Regresó a casa sintiendo frío en los huesos a pesar de que el sol brillaba envolviendo la villa en un cálido abrazo. Atravesó la plaza de Santa Ana y miró sin ver a varias mujeres que se entretenían hablando animadamente en torno a la fuente con sus cántaros rebosantes de agua. Había varios niños jugando en la plaza, pero sus risas fueron para sus oídos iguales al sonido de las campanas llamando a muerto. Temblando aún de miedo se metió en la cama nada más llegar a su casa, pero antes de dormirse recordó que el otoño pronto se uniría al invierno y que su abuelo iría en su busca. Sonrió. Deseaba volver a su hogar, junto a su madre, junto a los suyos.

El mes de agosto fue el más lluvioso que recordaban los viejos. Las calles de la villa se habían convertido en verdaderos lodazales por los que era difícil transitar. El Mañaria había aumentado su caudal y algunos bajos de las casas se inundaron varias veces. Catalina asistió a un par de partos, pero no volvió a dar ningún consejo, aunque algunas personas se los pedían con insistencia. Como si la seguridad de su pronto retorno a Goiena le hubiera restado ánimos, pidió a Josefa y a Maritxiki que acudieran en su lugar, pretextando males que no sufría. La lasitud iba apoderándose de su espíritu. Permanecía durante largas horas sentada junto al fuego, en la silla en la que tantas veces había visto a su maestro. Se sentía vieja, muy vieja. De pronto habían caído sobre ella años de conocimientos ignorados, perdidos en el pasado. Cerraba los ojos y veía a su abuela y a su madre ocupándose de ella; a su abuelo Miguel, Ixile, siempre callado, siempre taciturno, entregado a un amor desesperado que nunca podría mostrar; a las gentes reunidas en la cueva de los Gentiles, sofocadas y risueñas, bebiendo la mezcla cuya receta se perdía en los tiempos; y también veía a Juan de Gesala, orgulloso sobre su caballo, mirándola con sus ojos azules y fríos desde la altura de su montura.

Salió, no obstante, de su abstracción el día en que se supo que varios vecinos habían sido detenidos por los agentes del inquisidor Guinea.

Al igual que había ocurrido años atrás, las disputas entre los miembros del tribunal tenían en ascuas a la población. Sus riñas y gritos eran tan evidentes que únicamente hacía falta acercarse un poco al muro de la casa consistorial para oír lo que decían.

–Bueno, ¿y ahora qué? –había preguntado el alcalde en una de las sesiones del tribunal de pruebas.

–¿Qué quieres decir con eso de ahora qué? –inquirió don Tomás de Arandia.

–Ahora que tenemos a medio pueblo en la cárcel..., ¿qué? –insistió Uría ignorando al párroco y dirigiéndose a Guinea con tono irónico–, ¿los quemamos a todos?

–Primero habrá que juzgarlos –respondió el magistrado con frialdad.

–¿Y luego?

–Luego dependerá. Los que sean culpables deberán ser castigados.

–¿Y si todos lo son?

–Todos recibirán su castigo.

–¡Vamos! –Uría alzó la voz incapaz de contener por más tiempo su enfado–. ¡Que estáis dispuesto a emular a vuestro padre y quemar a vecinos de esta merindad como si tal cosa!

–La ley es la ley y...

El alcalde había interrumpido las palabras de Uriarte.

–Decidle a vuestro secretario que cierre la boca –ordenó a Guinea– o yo mismo lo echaré a patadas de esta sala.

De todos era conocido que el alcalde oñacino y el inquisidor de familia gamboína no se tenían ninguna simpatía, aunque tuvieran que guardar las formas, y que en más de una ocasión habían estado a punto de llegar a las manos durante las sesiones del tribunal. No eran únicamente diferencias políticas las que separaban a los dos hombres. En la mente de Uría se hallaba el recuerdo de dos de sus tías acusadas de herejes cuando la gran persecución. Ambas habían sido trasladadas a Valladolid y nunca más se había vuelto a saber de ellas.

–Juan López de Uría, ¿estás acaso en contra de que se juzgue a herejes confesos según nuestras leyes? –intervino el párroco poniéndose en pie y encarándose al alcalde.

–Y tú, Tomás Pérez de Arandia, ¿vas a quedarte tan tranquilo viendo cómo se ejecuta a algunos de tus parroquianos? –preguntó a su vez Uría.

–Antes eso que ver cómo las almas del resto de nuestros vecinos arden en el infierno para toda la eternidad.

–¡Ten cuidado! –le amenazó el alcalde–. No vayas a seguir el camino de tu tío y acabes loco como él por los remordimientos. Me niego a que el juicio se lleve a cabo aquí –dijo Uría dirigiéndose nuevamente a Guinea–. Vuestros son. Habéis traído una milicia para custodiarlos y ya podéis ir pensando qué hacer con ellos porque no respondo de lo que pase si dentro de unos días siguen aquí. No estoy dispuesto a permitir una revuelta y a dar pie para que los bandos utilicen Tabira como campo de batalla y os aseguro que eso es lo que ocurrirá si no tomáis pronto una decisión.

–Según el Fuero de la merindad, los culpables de herejía han de ser juzgados en la merindad.

–Ése sería el caso si el corregidor y la diócesis de Calahorra no hubieran enviado a sus hombres, pero puesto que así ha sido y que aducís un poder superior para inmiscuiros en nuestros asuntos, a vos corresponde tomar una decisión. –Uría se había levantado de su asiento y se había acercado a una ventana desde donde podía observar corrillos de gente discutiendo acaloradamente–. U os los lleváis o los suelto.

–La milicia...

–Dos docenas de hombres no tendrán nada que hacer contra una población enfurecida –le había interrumpido el alcalde.

–El corregidor...

–Es extraño a esta tierra –le había interrumpido de nuevo–, al igual que lo es el obispo de Calahorra. Hablad con ellos y decidíos pronto.

Al día siguiente, acompañado por un par de hombres, Guinea tomó el camino de Bilbao con la intención de hablar personalmente con el corregidor y recibir órdenes directas.

Grises nubarrones cada vez más oscuros corrían veloces por encima de su cabeza. Con un poco de suerte llegaría antes del anochecer, aunque no estaba seguro de conseguirlo antes de que empezara a llover a raudales, tal como lo auguraba el panorama y como lo presagiaba el dolor de huesos que empezaba a sentir.

–Definitivamente, ¡ya no tengo edad para vagar por los caminos como un mercachifle! –exclamó al sentir los primeros goterones–. De ahora en adelante viajaré en carro o no viajaré.

Pensó en sus gentes, bien aposentadas en Bilbao, en torno a una buena mesa, cerca del fuego, y arreó con furia a su cabalgadura. Empezaba a cansarse de andar de un lado para otro persiguiendo a criminales y gentes de mal vivir. Unos años antes disfrutaba viajando por comarcas y pueblos, conociendo paisajes y costumbres, probando comidas muy diferentes y catando vinos de todos los tipos. Le agradaba entablar conversaciones con los campesinos y gozar con los intercambios dialécticos que se le presentaban con letrados, estudiosos o teólogos de todas las procedencias. Pero el tiempo no pasaba en vano. Apenas podía disfrutar de la hermosa casa con una gran huerta que había adquirido en Salcedo, en Álava, tierra de su familia. No tenía hijos y estaba abocado a pasar su vejez en solitario. Deseaba ser presidente de tribunal antes de que la senectud invalidara su agilidad mental y corporal, y esperaba que la misión que le habían encomendado en tierras de Durango fuera la llave que abriría la puerta a cargo tan deseado y que le permitiría llevar una vida más sedentaria, con tiempo para el estudio y, tal vez, para redactar un libro bien documentado sobre sus propias experiencias como visitador de la Inquisición a lo largo de más de treinta años. Palpó la carta que llevaba bajo la pelliza y que le había sido enviada por don Pedro de Castro, oidor del Consejo Real y obispo de Calahorra, y sonrió. La había recibido una semana antes y en ella se le rogaba que aceptase el cargo de presidente de audiencia para los casos de herejía y brujería con jurisprudencia en todos los territorios de la sede.

En realidad, pensó aliviado al apercibir los muros de Bilbao desde el lugar llamado Miraflores, él sabía mucho sobre herejía y bien poco sobre hechicería. La Corona no se había ocupado demasiado de estos últimos casos. A fin de cuentas, encantadores, magos, nigromantes, adivinos, echadores de cartas, lectores de posos, alquimistas, agoreros o aojadores eran parte del mundo desde su creación. ¿No había hechizado Eva a Adán para que probase del fruto prohibido? ¿No fue a la famosa Bruja de Endor, la consejera del rey Saúl, a quien el propio rey le pidió que convocara al espíritu del profeta Samuel? ¿Y no confiaban todos los reyes de la cristiandad en magos y adivinadores? Platón, Plutarco y otros autores clásicos creían en la existencia de la magia y trataban de hallar las causas de la teurgia, la magia mediante la cual se pretendía tener comunicación con las divinidades.

Sabía que la encomienda de descubrir brujas o encantadores en tierras de vascos era como el aceite que flotaba en un barreño de agua, la capa visible, la excusa para llevar a cabo un exhaustivo examen de la situación política y social en ellas. Sonrió. Esta vez su labor también consistiría en ejercer de espía al servicio de la Corona. El corregidor no le había ocultado la preocupación del rey por mantener un ojo atento sobre unos territorios que eran teatro de luchas sin cuartel, de enfrentamientos entre linajes, de pillajes y quemas. Los partidarios de los dos bandos, gamboínos, entre los que él mismo se encontraba, y oñacinos, unos apoyando la unión con Castilla y los otros la unión con Navarra, no dejaban pasar ocasión para demostrar su fuerza, número de hombres y armas. El «más valer» era el lema de los banderizos y todo momento era bueno para demostrarlo. Los derechos de aduanas, peajes, puertos, cobro de los impuestos y portazgos, la actividad industrial y comercial eran codiciados por ambos bandos. En la corte se desconfiaba de la lealtad de los «vizcaínos», así llamados todos aquellos que moraban a partir de las aduanas interiores de Orduña y Vitoria.

Las tierras vascas no producían cereales, siendo escaso el trigo que debía traerse desde Castilla y otros lugares del reino, así como el vino, que procedía de Rioja o de Andalucía. Manzanas y castañas eran los únicos frutos abundantes. Sin embargo, la cría de ganado vacuno, ovejas, cerdos y yeguas era lo suficientemente importante como para que se hubieran elaborado disposiciones especiales para perseguir a los cuatreros que se apropiaban un día sí y otro también de los animales ajenos, no solamente de los de sus vecinos, sino incluso de los rebaños que se dirigían a los puertos para ser embarcados hacia otros países de Europa. Por otra parte, la caza de la ballena las convertía en la primera productora de aceite, producción que se vendía a Inglaterra y a Holanda; carros enteros partían hacia Castilla repletos de besugos, doradas, lubinas, sardinas, congrios, cabras o tollos, a veces frescos si la distancia era corta, o secos o en salmuera si debían recorrerse largas distancias; sus astilleros eran conocidos en toda la cristiandad y en ellos se construían todo tipo de barcos, desde pequeñas pinazas y fustas a enormes galeones, pasando por bajeles, carabelas, carracas o balleneros; sus ferrerías no paraban de producir hierro y las fábricas de armas no se detenían ni de día ni de noche. Se fabricaban espadas, cuchillos, azconas, ballestas, dardos, lanzas, mazas y bombardas, pero asimismo arneses, corazas, escudos o mallas. Estaban también los puertos, a los que llegaban maderas finas, vidrios, tejidos, especias, joyas, perfumes y otros bienes, y desde los que partían barcos repletos de tochos del hierro vizcaíno, ovejas y lana llegadas de Castilla, aceite y vino de Andalucía, paños finos de Burgos o cueros y dátiles del norte de África de camino a Francia, Inglaterra, Flandes o Italia. El trabajo de los pescadores, ferrones, herreros, pañeros, armeros, comerciantes, armadores y mercaderes, así como el de los piratas que no dejaban de robar barcos y mercancías a propios y ajenos, era una fuente de riqueza para el reino y el rey no estaba dispuesto a ver peligrar unas rentas que le eran imprescindibles para llenar las siempre necesitadas arcas del estado.

Hernando de Guinea suspiró aliviado al detener el caballo delante de su casa en la plaza del mercado. Había dejado de llover, pero la mojadura y los varios estornudos que lo habían acompañado durante toda la bajada hasta el portal de San Antón predecían un buen resfriado que lo mantendría en cama durante unos días.

–¡Debería haber sido profesor en la universidad! –exclamó.

El criado que había salido presto de la casa para atender al caballo y recoger la bolsa de viaje se le quedó mirando asombrado y el licenciado se echó a reír al tiempo que se introducía en su vivienda en medio de una serie de estornudos.

A Catalina no le importó que el agua cayese con fuerza sobre sus cabezas el día en que su abuelo fue a buscarla. Lo esperaba y supo que era él cuando oyó los golpes en la puerta. También *Zintzo* supo que su vida iba a cambiar; se acercó al hombre, se frotó contra sus calzas de lana y se tumbó en el suelo, a sus pies, aceptando su autoridad al igual que había aceptado la de su ama. A Miguel de Ausona le brillaron los ojos y su nieta no supo si fue debido al reencuentro o al homenaje inesperado que recibía del bravo animal.

La joven recogió su bolsa, metió en ella las piezas de plata que aún le quedaban de la herencia de don Diego, echó una mirada a su alrededor, cerró puertas y ventanas y salió dispuesta a no regresar jamás. Al montar en el carro, observó que su vecina, la delatora, los miraba con interés desde su ventana. Se echó la capucha sobre la cabeza, asió a su abuelo por el brazo y cerró los ojos para no ver las calles que esperaba olvidar tan pronto como estuviera lejos de allí.

Hicieron todo el trayecto en silencio. Al contrario que otras veces, Catalina no tenía ganas de hablar e Ixile respetó su silencio o quizá tampoco él tenía nada que decirle. De vez en cuando se apretaba contra él, necesitada de un poco de calor. Él la miraba entonces y sonreía. La joven estaba segura de que, sin que nadie se lo hubiera dicho, su abuelo intuía que sus últimos tiempos en la villa no habían sido tan felices como la vez anterior y que estaba deseando huir de ella y refugiarse en el abrigo seguro y protegido de su vieja casa.

Graciana tampoco dijo gran cosa cuando Catalina se apeó del carro, pero la abrazó con tanta fuerza que le cortó la respiración. Después la hizo entrar, la obligó a desprenderse de sus ropas mojadas, frotó su cuerpo entumecido con sus manos callosas de labradora untadas en aceite de romero, le entregó una camisa de dormir de lana y le hizo beber un gran tazón de leche caliente con una yema dentro. Finalmente, acercó al hogar la vieja silla con antebrazos y la hizo sentarse en ella. Los ojos de la joven se llenaron de lágrimas. Graciana, hija de Domenja, señora legítima de Goiena, le cedía su puesto como ama del caserío de sus padres.

Catalina pensó en aquel gesto muchas veces desde entonces. Era algo que muchos no entenderían porque habían dejado olvidadas las costumbres antiguas. Sus casas no eran suyas, eran entes independientes. No llevaban sus nombres, ellos llevaban los de ellas. Goiena era la casa en la que habían vivido varias generaciones y nadie recordaba los nombres de los que la habían habitado. Sabía cómo se llamaba su padre porque su familia era importante y renombrada, pero desconocía el nombre del marido de su abuela. Incluso ella, que debería ser Catalina de Muntsaratz, era Catalina de Goiena. La casa la cobijaba y la protegería mientras recordara que los suyos habían desaparecido en tanto que ella seguía allí, erguida, fiero baluarte de lo que representaba. Al cederle su puesto, su madre hacía lo que ya otros habían hecho antes que ella, dejar sitio al miembro más fuerte de la familia. ¿De dónde sacaba que ella era la más fuerte?, se preguntó la joven. Su madre era su seguridad, al igual que lo había sido la de su padre e incluso, se atrevería a asegurar, la de su abuela Domenja. Siempre discreta, siempre callada y, sin embargo, trabajadora y siempre presente en sus vidas.

Poco a poco fue recobrando los ánimos que había perdido en las últimas semanas de su estancia en Tabira. Recuperó los sonidos, los olores y los silencios de Goiena. Acudió de nuevo a sus citas con la Dama, a pesar del tiempo desapacible, de la lluvia que no dejaba de caer y del frío que empezaba a meterse en el cuerpo. Se acercaba al altar desde donde había visto por última vez a su abuela portada por su hombre, donde había tenido la experiencia maravillosa, ya casi olvidada, de haber *visto* a la Dama. Intentó sentir de nuevo la extraña sensación que había recorrido su cuerpo, descalzó sus pies, alzó los brazos y pidió a Mari que le concediera la inmensa dicha de su visión, pero fue inútil. La diosa permanecía sorda a sus súplicas. Regresaba a casa destemplada y mojada, prometiéndose una y otra vez no volver a intentarlo y recorriendo el mismo camino al día siguiente. Graciana la observaba, pero no decía nada. Esperaba, confiaba, que algún día desapareciese la fiebre que tenía a su hija prisionera.

Entonces ocurrió algo extraordinario. Un día en el que la niebla rodeaba la casa aislándola del resto del mundo, llamaron a la puerta. Madre e hija se miraron asombradas. Hacía años que nadie acudía a Goiena y mayor fue aún su sorpresa cuando al abrir se encontraron con una vecina de Arrazola que, envuelta en un grueso manto de lana, les rogó que la dejaran entrar.

–He venido –dijo dirigiéndose a Catalina– porque ya no puedo soportarlo más.

Diciendo esto, descubrió las manos que mantenía ocultas bajo el manto. Estaban tan rojas, hinchadas y deformadas que apenas podían distinguirse los dedos del resto del miembro.

–Siempre me ocurre igual al acabar el estío –explicó–, pero este año es mucho peor. No puedo moverlas y el dolor es a veces tan inmenso que lloro a lágrima viva.

–Ve al físico de Abadiño –le dijo Catalina con dureza, recordando sus malas relaciones con los vecinos del pueblo y también las amenazas del escribano de Tabira.

–Ya he ido –replicó la mujer sin inmutarse por el tono de voz de la joven–. Es un viejo inútil. Por dos veces me ha aplicado las sanguijuelas sin resultado y su consejo ha sido que espere a que pase el invierno.

–No sé qué podría hacer yo –insistió Catalina, algo molesta.

–Corren rumores –dijo la mujer, sin desanimarse por su frialdad– de que has heredado la buena mano de la abuela de tu madre, que Dios tenga en su reino. Dicen que no ha habido otra como ella, y si eso es verdad, tal vez tú puedas ayudarme.

La joven miró a su madre y vio el temor en sus ojos. La mención de la bisabuela le había hecho recordar tiempos que esperaba olvidados y la promesa que se había hecho a sí misma de que su hija nunca sería como aquélla.

–Te ruego que me ayudes –suplicó la mujer con lágrimas en los ojos–. Soy una inválida buena para nada, ni siquiera puedo peinarme, ni lavarme. No puedo hacer los trabajos de la casa y paso las noches en vela sintiendo el dolor que atraviesa mis manos. No le desearía un sufrimiento igual ni al peor de mis enemigos.

Catalina miró de nuevo a Graciana, contempló luego las manos deformadas de la pobre mujer y sintió lástima. ¿Cómo decirle que no podía hacer nada por ella a sabiendas de que sí podía?

–¿Tienes hierba de sapo? –preguntó a su madre.

Graciana pareció dudar durante el breve instante que tarda en caer una gota de agua colgada de una hoja, hizo un gesto afirmativo con la cabeza y se dirigió al desván, una parte del cual utilizaba para poner a secar hojas y flores recolectadas en los meses de floración. Su hija sabía, porque muchas veces se lo había visto hacer, que disponía las plantas sobre el suelo o las colgaba en racimos de las vigas, según fuera necesario; al sol o a la sombra, porque no todas habían de tratarse de igual manera, y que luego las metía en potes de barro para evitar que la humedad las estropeara. A pesar de que eran numerosos los racimos colgados, algunos de los cuales habían perdido el color y la forma, y de los potes, todos iguales, perfectamente alineados en un rincón del sobrado, Graciana conocía exactamente cada una de las hierbas que ella misma había recogido. Regresó al poco con un buen puñado de hojas de gordolobo, la hierba de sapo, como el pueblo la llamaba.

Catalina hizo entrar a la mujer en la cocina, le ofreció un asiento junto al fuego y puso sobre la parrilla un recipiente de cobre lleno de leche. Cuando la leche empezó a hervir y aparecieron las primeras burbujas, fue echando en ella las hojas después de haberlas triturado con las manos. Las otras dos mujeres contemplaban sus manejos en silencio. Apartó algunas brasas, retiró el recipiente del fuego y dejó que siguiera hirviendo suavemente sobre ellas durante un rato. Recordó que en su bolsa de viaje, que no había abierto desde su regreso de Tabira, tenía algunos ungüentos y subió en su busca. Cuando regresó, su madre y la vecina continuaban igual que como las había dejado, contemplando en silencio el lento burbujear de la leche.

–Esto es lo que harás –dijo a la sufriente mujer–. Cada día hervirás un cazo de leche al que añadirás las hojas de sapo, trituradas como me has visto hacer. Colarás luego la leche –cogió un paño limpio y coló el líquido a otro recipiente– e introducirás las manos en ella. Cuanto más caliente puedas soportar la leche, mejor, pero tampoco hace falta que te abrases –añadió con humor–, no vaya a ser que luego tengamos que ocuparnos de las quemaduras. Mantén las manos dentro de la leche hasta que ésta se quede fría, sécalas con un paño limpio y aplícate esta brea de abedul varias veces al día. Ya me dirás cómo te va.

Hizo que la mujer metiera las manos en el cazo. Su primer gesto fue de dolor, pero después debió de sentir alivio porque le sonrió agradecida. Secó luego sus manos hinchadas con mucho cuidado y aplicó la brea de abedul para que aprendiera la forma correcta de hacerlo.

–Tendremos problemas –sentenció Graciana cuando la vecina se hubo marchado.

–¿Y qué querías que hiciera? –preguntó Catalina–. ¿Dejarla sufrir?

Pasaron muchos días sin que supieran nada de la mujer, hasta que un mediodía en que aprovechaban que corría el viento para tender a secar la colada vieron que subía por el camino del pueblo. Azuzaba a un pequeño borrico que llevaba un saco sobre el lomo. Se detuvo sonriente al llegar a su altura y extendió sus manos para que pudieran verlas. La hinchazón había disminuido, los dedos habían recuperado su forma y el rojo intenso de la piel había desaparecido.

–Me has devuelto media vida –dijo emocionada, al tiempo que cogía el saco del lomo del burro y lo dejaba a sus pies–. No es nada comparado con lo que has hecho por mí, pero la ingratitud es prenda de mal nacidos y yo no lo soy.

La vieron alejarse y esperaron a que hubiera desaparecido de su vista antes de abrir el saco. Estaba lleno de oro molido. No se había sembrado trigo en Goiena desde la muerte de los hombres de la casa. Era un trabajo que precisaba tiempo –sembrar, recolectar, desgranar y moler–, y ellas no lo tenían. Ixile sembraba un poco en la parte baja de las tierras, pero no era suficiente para llenar el arcón y la mitad del año carecían de él o tenían que adquirirlo o cambiarlo por un cordero o alguna otra cosa. De ello se ocupaba él, pero no había vuelto a bajar al pueblo desde la desaparición de su amada Domenja y Graciana no se había atrevido a pedírselo las raras veces que se habían encontrado. Las dos mujeres se miraron y sonrieron, tenían suficiente para hacer borona, talo y papilla durante todo el invierno.

Tal como Graciana temía, la mujer contó a todo aquel que quiso escucharla la extraordinaria mejora de sus doloridas manos. Un día y otro también, acudía gente a Goiena en busca de remedios para sus males. Hoy era un hombre al que la tos no dejaba dormir, mañana una madre con un hijo que tenía lombrices, y al otro una joven que se había quedado en los huesos a pesar de que en su casa la atiborraban de comida. Eran males pequeños y de fácil cura en su mayoría. Recuperó el gusto por la curación, preparó untos y emplastos, pasó revista a las hierbas secas del desván y aprovechó sus paseos con los perros para recoger raíces, bayas, semillas y cortezas de roble, de castaño o de nogal.

*Zintzo* se había hecho el amo del grupo. *Lista* le había cedido su puesto, con agrado al parecer, puesto que siempre trotaba a su lado y los dos se enzarzaban en juegos y revolcones mientras Catalina contemplaba desde abajo la sombra estrecha y alargada que marcaba el camino hacia la cueva de Mari. A veces se preguntaba por qué los fieles cristianos necesitaban un lugar grande y sombrío, lleno del humo de las velas de sebo, para orar a su dios. Ella no necesitaba una iglesia, le bastaba con ascender a la loma y hablar con la Dama. No había vuelto a sentir la maravillosa sensación que había recorrido su cuerpo cuando vio a su abuela en la morada de la diosa, pero también era verdad que no había ofrecido ningún sacrificio y que no le había ocurrido nada verdaderamente importante que precisara su mediación. Sin embargo, la paz había regresado a su espíritu y, por el momento, era todo lo que necesitaba.

Ixile hizo acto de presencia en la casa nada más empezar a anochecer la víspera del solsticio del invierno. Graciana y Catalina se llevaron un buen susto cuando lo vieron aparecer por la puerta de la cocina. No habían vuelto a verlo desde el regreso de la joven, pero las dos tuvieron la impresión de que para él el ayer era igual que el hoy. Se había puesto sus mejores calzas y un *kapuzai* negro con ribetes blancos, casi nuevo, que la joven reconoció como el que Domenja había comprado en Tabira antes de regresar a Goiena y dejarla a ella en la casa de don Diego. Llevaba el cabello largo, completamente blanco, sujeto con una cinta de cuero a la frente en lugar de la cola que siempre le habían conocido, y había recortado su larga barba a la altura de la mandíbula. Catalina sonrió al comprobar que había limpiado sus viejas botas y les había sacado brillo. Parecía dispuesto para acudir a una fiesta.

–Te esperan –le dijo simplemente a modo de saludo.

Graciana y ella se miraron sin comprender muy bien sus palabras. La joven recordó entonces que para los antiguos el solsticio del invierno era tan importante o más que el del verano.

–Nuestros antepasados creían que el sol se alejaba de la tierra al llegar el invierno –le había explicado una vez su abuela–. Decían que una vez, hace mucho tiempo, la tierra estuvo envuelta en tinieblas durante varias generaciones. Temían que el sol no volviera y que su lugar lo ocupara la oscuridad eterna, trayendo la desolación y la muerte. Así pues, en la noche más larga del año, le rogaban que regresara para iluminar de nuevo los campos, hacer germinar las plantas y calentar sus cuerpos. Ahora sabemos que siempre regresa, que las estaciones se suceden unas a otras, al igual que lo hacen el día y la noche, pero, no obstante, seguimos manteniendo la antigua costumbre porque lo que una vez fue puede volver a ser.

Había olvidado las asambleas, o quería olvidarlas, pero allí estaba su abuelo para recordárselas. Desde la víspera del señor San Juan no había hecho mención a ellas ni había intentado llevarla a Jentilkoba. Muy importante tenía que ser aquella noche para presentarse en la casa con intención de acompañarla allí de nuevo. Graciana se frotó los brazos como si sintiera frío a pesar de hallarse junto al fuego. No dijo nada, pero su mirada le pedía que no fuera y que permaneciera junto a ella. Catalina tardó unos instantes en reaccionar. Se había prometido a sí misma no acudir nunca más a una junta y su experiencia con el escribano y el párroco de Tabira no habían hecho más que afincar su decisión, pero... ¿era la llamada de la tierra lo que la impelía a aceptar la invitación, casi una orden, de su abuelo, o era la secreta esperanza de que Juan de Gesala se encontrara también allí al igual que las dos veces anteriores?

No había pasado ni un día sin que recordara al hombre que ahora estaba segura de amar y del que, sin embargo, esperaba tan poco. Su corazón latía presuroso cuando pensaba en él; cerraba los ojos y veía sus ojos azules, violetas o grises, ya no sabía muy bien, mirándola; imaginaba que sus manos acariciaban su cuerpo y que sus bocas se unían en un largo beso. Durante el día, las ocupaciones en el caserío y sus cada vez más numerosos pacientes, la mantenían ocupada, pero cuando llegaba la noche, sola en su cama, su fantasía se desbordaba. Se dormía pensando en él y se juraba que sería él quien la tuviera. Él o ningún otro.

Acudió, pues, a la llamada de su abuelo. La noche era fría y no acababa de entrar en calor a pesar de la camisa de lana, la saya, el corpiño, la capa y la piel de oveja que cubría sus piernas. Temblaba debido al frío o, quizá, a la esperanza de encontrarse de nuevo con Juan. Eran numerosos los carros y mulas dejados cerca de la cueva, por lo que dedujo que aquélla iba a ser una asamblea importante. Trató de descubrir en la oscuridad el caballo del hombre que amaba, tarea ímproba, puesto que era noche cerrada a pesar de que la luna aparecía de vez en cuando entre las nubes, llena y redonda. Ascendió por la roca y se adentró en la cueva precediendo a su abuelo, al que dejó sorprendido por lo brioso de sus andares. Entró en el antro con paso firme y se dirigió resuelta al lugar de honor. El macho cabrío había llegado antes que ella y esperaba pacientemente mascando un manojo de hierbas. Lo habían adornado con un collar de machuelos de ajo, hojas de castaño y ramas de laurel y observaba a la concurrencia con ojos resignados, o al menos eso fue lo que a Catalina le pareció. Por un momento se le ocurrió pensar que los ajos estaban destinados a paliar en cierto modo su mal olor, aunque sabía que el ajo se utilizaba en aquellas tierras desde tiempos de los que ya no quedaba memoria, pues alejaba la peste, eliminaba las infecciones y los malos humores, impedía que los genios malignos penetrasen en los hogares, evitaba que la locura se apoderase de las mentes y daba fuerzas a los débiles. Era por tanto natural que adornaran con aquella planta al animal favorito de Mari.

De nuevo, uno tras otro, todos los presentes fueron a ella y le besaron la mano. Buscó con la mirada a María de Usúa, pero no la vio y supo luego que la mujer había muerto tras la junta en la que la había nombrado su sucesora. Buscó también a Juan de Gesala, pero tampoco lo halló. Estaba tan decepcionada que pensó en marcharse de allí de igual manera a como había llegado, pero entonces comenzó a sonar la música. Los danzantes no bailaban en corro como los había visto hacer las otras veces, sino que iban formando dos largas hileras. Avanzaban dos pasos y retrocedían uno, daban una vuelta y recomenzaban la marcha. Nadie la invitó a unirse al baile, por lo que supuso que la danza era en su honor ya que la fila iniciaba su marcha en el fondo de la cueva y se dirigía al lugar en el que ella presidía la reunión. Hizo una señal al joven encargado del bebedizo de la hierba loca y enseguida se encontró con un cuenco en las manos. Deseaba olvidar su decepción por no haber encontrado allí al escribiente, tal como ella esperaba, y bebió todo el líquido de un trago. No tardó la hierba en hacerle efecto y pronto olvidó sus penas.

Súbitamente ya no estaba en una gruta oscura iluminada por velas, sino en un espacio amplio y luminoso. Los hombres vestían pieles de animales, tenían largos los cabellos y las barbas, y las mujeres llevaban túnicas anchas de colores que les cubrían los pies. Todo el mundo sonreía, le sonreía. Se vio a sí misma vestida de blanco, el cabello largo y suelto adornado con una corona de flores silvestres como las que ella tejía para la Dama. Se elevaba sobre la asamblea y giraba por encima de ella sostenida por lamias de piel transparente y cabellos de oro. Escuchó su propia voz invocando a los dioses antiguos, aquellos cuyos nombres la anciana María de Usúa había grabado en su memoria seis lunas antes. Los danzantes dejaron de bailar, cesaron las conversaciones y ella se encontró en el centro de la cámara, girando al son de la *txalaparta* en torno al tronco de árbol seco y a las hogueras encendidas a su alrededor. Alzó los brazos y de su boca salieron palabras que ella misma desconocía. Invocó a Mari; a su compañero Sugoi, señor de las profundidades; a sus hijos, Atarrabi y Mikelats, el Bien y el Mal; a Inguma, el maléfico; a Akerbeltz, el macho cabrío negro, protector de los animales; a Aideko, el numen del aire; a Gaueko, el de la noche, y a Ilazki, diosa de los muertos. Giraba sin cesar, sin poder detenerse. Le invadía la sabiduría de un pueblo viejo como el mundo que había luchado contra hombres y fieras para sobrevivir. Ella era la representación de la diosa que velaba por él, la encargada de hacer perdurar sus tradiciones, el espíritu errante que no aceptaba desaparecer en el irremisible olvido causado por la negación de su existencia.

–Has venido –oyó decir a alguien a su lado.

No supo si aquélla era voz de hombre o de mujer hasta que se giró y lo vio. El hombre a quien desde hacía meses se entregaba en sueños estaba junto a ella, se inclinó y le besó la mano. Cerró los ojos y el gozo la invadió con tal fuerza que aguantó la respiración para mejor sentir el contacto de aquellos labios en su piel.

Despertó sintiendo frío y al abrir los ojos se topó con la mirada preocupada de su abuelo, que sostenía su capa de lana entre las manos. La ayudó a incorporarse, la cubrió con ella y salieron de la cueva dando algún tropezón que otro. Las velas se habían consumido y únicamente quedaban algunos cabos sueltos aquí y allá, los suficientes para poder apreciar la presencia en algunos rincones de parejas de amantes abrazados, tratando de alargar su placer al máximo. Buscó a Juan, pero no lo vio. La gente iba saliendo lentamente, algunos abrían la boca de sueño, otros parecían ebrios o enfermos. El jolgorio, las risas, los cantos y bailes habían dejado paso al cansancio de una noche en vela y Catalina se sintió vacía.

Acostada en su cama, con los lienzos de grueso hilo que olían a capo sobre su figura desnuda, recordó las últimas palabras de Juan antes de sumirse en el sueño que invade el cuerpo pleno y satisfecho.

–Catalina de Goiena, recuerda que ahora eres mía.

Después de la fiesta del solsticio, estuvo tan ocupada que apenas pudo encontrar tiempo para pensar en lo ocurrido en Jentilkoba. Como si todo el pueblo de Arrazola se hubiera puesto de acuerdo, diariamente acudían a ella personas en busca de remedios para sus dolores, fiebres o enfermedades. Fue la primera vez en que se encontró cara a cara con la muerte. En Tabira la evitaba llamando en su auxilio a Josefa o a Maritxiki, pero en Goiena estaba sola. ¿Cómo decirle a una madre que su hijo iba a morir o a un marido que su compañera de toda la vida iba a abandonarle? Una y otra vez se decía a sí misma que lo que hacía era peligroso, y una y otra vez volvía a hacerlo. No era únicamente porque recordara las palabras de su abuela Domenja diciéndole que Mari se enojaría si ella negaba su don, sino porque le estremecían las miradas suplicantes de sus vecinos. Era la primera en alegrarse y festejar la curación cuando el remedio aconsejado era beneficioso, pero cuando sabía que el enfermo no tenía cura, su angustia era tal que apenas podía conciliar el sueño. Era un peso demasiado grande para sus espaldas.

Ocurrió que un día se presentó una mujer entrada en años con una hija que más bien podía haber sido su nieta por la diferencia de edad que mediaba entre ellas. La joven se había provocado un aborto bebiendo grandes cantidades de ruda en infusión. Conocido era que la ruda favorecía el menstruo en mujeres que llegada la edad núbil carecían de él o lo tenían escaso, pero siempre que no se abusase, porque también podía producir la muerte. Por si fuera poco, o para estar más segura de tener éxito, la joven también se había introducido una ramita de perejil en la vagina. El resultado lo tenía delante de ella, a la pobre muchacha le quedaba muy poco tiempo de vida. La hemorragia le había vaciado de sangre, grandes ojeras rodeaban sus ojos como si los hubiera pintado con carbón y apenas tenía fuerzas para sostenerse sola. La madre miraba suplicante y esperaba que ella fuera capaz de darle un remedio milagrero. Catalina vio la resignación en la mirada de la mujer cuando sus ojos se llenaron de lágrimas sin tan siquiera haber puesto sus manos en la enferma.

Aquel día decidió no volver a atender a nadie nunca más y le dijo a Graciana que si alguien la buscaba, dijera que no estaba, que había regresado a Tabira o que se hallaba gravemente enferma. Escapó corriendo a su escondite infantil, se sentó sobre la hierba a pesar de estar húmeda y fijó su mirada en la montaña sagrada, morada de la diosa, rogándole desde lo más profundo de su corazón que la llevara con ella. Estuvo tentada de subir, coger la estrecha vereda que conducía a la cueva y adentrarse en ella, pero no lo hizo. Permaneció mucho tiempo en la misma posición. Su cuerpo entumecido no sentía el viento helado que azotaba la colina, y aunque en algún momento trató de incorporarse, sus piernas se negaron a obedecer. Se apoderó de ella un profundo sopor que le hizo sentirse ligera como la brisa; cerró los ojos y esperó tranquila a que llegara el final. Descansaría para siempre en la morada de la Dama, junto a su abuela. Juntas la servirían y jamás volverían el dolor ni el frío. Los lametazos de *Zintzo* la obligaron a abrir los ojos. Casi había anochecido. Observó dos siluetas aproximándose al lugar donde ella estaba, creyó que eran mensajeras de Mari enviadas en su busca y perdió el sentido.

Las fiebres la mantuvieron postrada hasta que la nieve desapareció de la cumbre del Anboto y los primeros brotes de la primavera comenzaron a alegrar los campos. Pasaba la mitad del tiempo aletargada, sin sentir ni frío ni calor, y la otra mitad tiritando de fiebre, temblando de pies a cabeza y agitándose en el lecho. Un día, por fin, abrió los ojos. Le dolían todos los huesos del cuerpo, pero tenía la cabeza despejada. Graciana estaba junto a su cama, sentada en un taburete y con una labor de calceta entre las manos. Se había quedado dormida y Catalina la contempló con detenimiento, tal vez por primera vez en su vida.

Del cabello recogido en un moño en la nuca se escapaban unos mechones ondulados a la altura de las sienes y el color blanco empezaba a superar al castaño, liso y brillante, que tantas noches antes de dormir había visto cepillar cuando era niña y compartía su cama. Su tez, que había sido blanca como la piel del cuerpo que ocultaba bajo sayas y corpiños, había adquirido el tono dorado de aquellos que pasan la mayor parte de su vida al aire libre. Observó el perfil de su rostro recto y anguloso esculpido por más años de sinsabores que de alegrías. Intentó encontrar en ella algún parecido con Domenja o incluso con el abuelo Miguel, pero el tiempo había hecho su propia obra y pudo comprobar que su extremada delgadez era lo único que le recordaba a su abuela. Había vivido para su madre y ahora vivía para ella. Su compañero la había dejado cuando aún era una joven ilusionada y se había llevado la esperanza consigo.

Como si se sintiera observada, Graciana abrió los ojos, la miró y sonrió tras convencerse de que no estaba soñando.

–Por fin, Catalina... –musitó complacida.

–¿He estado enferma? –preguntó Catalina, constatando que, en efecto, le dolían los huesos.

–Ay, hija –exclamó su madre dando un suspiro–, nos has tenido muy preocupados a Ixile y a mí. Gracias a *Zintzo* te encontramos arriba, en la colina, empapada y fría. Nos costó un gran esfuerzo bajarte y los dos hemos velado por ti día y noche.

Recordó entonces su huida del caserío y sus deseos de desaparecer de la misma manera que lo había hecho su abuela apenas unos meses antes, pero, a la vista estaba, Mari no había querido acogerla en su morada.

–El tiempo de cada uno llega cuando tiene que llegar –decía Domenja–. Cada cual tiene señalado el día en que abandonará este mundo y nada de lo que hagamos o dejemos de hacer evitará que tal momento se adelante o se atrase.

Así pues, su día aún no había llegado y se alegró por ello. Fijó sus ojos en el pedazo de cielo que se veía por la pequeña ventana de la habitación. Un rayo de luz entraba a través y estuvo largo rato contemplando los diminutos polvillos blancos que bailaban en su estela.

Tardó algunas semanas en recobrar las fuerzas y abandonar el lecho. Graciana pudo volver a sus quehaceres y todas las noches sin faltar ni una recibió la visita de su abuelo Miguel, que permanecía en silencio, mirándola con una media sonrisa bailando en sus labios.

–¿Piensas en ella? –le preguntó un día.

–La veo en ti –respondió el hombre gravemente.

–¿Me parezco a ella? –preguntó de nuevo, tratando de hacerle hablar.

–No. Te pareces a tu bisabuela... –dijo–, pero tienes la fuerza de Domenja –añadió al cabo de un momento.

Sus primeros pasos vacilantes la llevaron a la colina, acompañada y protegida por sus cuatro perros, con *Zintzo* a la cabeza, tal que un guía mostrando el camino. Se sentó en la roca, cercana al altar, en la que por última vez había hablado con su abuela y trató de pensar.

La enfermedad le había hecho perder unas cuantas onzas del poco peso que ya de por sí tenía, pero, sobre todo, se había llevado su infancia. Se sentía renovada, distinta. Había envejecido y nunca más volvería a ser la joven algo ingenua que había sido. Contempló con placer las peñas rocosas que rodeaban Urkiola a su derecha, el Udalaitz a su izquierda, el Alluitz al frente. La tierra la llamaba. Hubiera deseado permanecer allí el resto de su vida, convertida en árbol o en roca, siendo parte de la naturaleza al igual que lo eran los ríos que descendían de las cumbres.

Pensó en Juan. Quería estar de nuevo con él, sentir sus poderosos brazos alrededor de su cuerpo, beber el amor de sus labios y ser suya una vez más.

A finales de la primavera se hallaba de nuevo en la vieja casa de don Diego de Olea. Aún le quedaban las piezas de plata que su madre no había querido aceptar.

–Nunca hemos necesitado monedas en Goiena –dijo, respondiendo a la oferta de su hija–, pero sí de sus miembros. Ninguna casa puede sobrevivir sostenida por un viejo y una mujer que ya nada espera.

–Madre, no me voy para no volver –replicó Catalina angustiada al constatar una inmensa tristeza en su voz–. Necesito regresar a Tabira, de lo contrario jamás podré vivir en paz ni aquí ni en ninguna otra parte.

–Mi corazón me dice que no volveré a verte.

Su tono era tan seguro que la joven sintió miedo.

–¡Tonterías! –exclamó con una sonrisa confiada–. Volveré, me buscarás un buen marido y tendrás que ocuparte de media docena de nietos que no te dejarán en paz durante todo el día.

Graciana sonrió. La idea de unos cuantos niños corriendo por la casa y sus campos le hacía soñar y alegraba su ánimo. Un hogar sin niños era como una planta sin simiente. Lamentó que la naturaleza fuera tan avara con las mujeres de Goiena bendiciéndolas únicamente con una hija por generación.

Así pues, Catalina se hallaba de nuevo en la villa, acompañada, como siempre, por el fiel *Zintzo*, que había olvidado los juegos de Goiena para ocupar una vez más el puesto de vigilante a su lado. Fue a ver a Josefa, la partera, que la recibió al igual que lo había hecho su madre: la abrazó fuertemente durante largo rato sin decir nada y luego la hizo tomar asiento en el banco de la cocina, sentándose ella a su lado y sosteniendo sus manos con la alegría reflejada en el rostro.

–Creía que nunca más volvería a verte –dijo con un suspiro–. Me hago vieja y no hay ninguna otra en Tabira con tu habilidad.

–¡Seguro que la hay! –exclamó Catalina, halagada por el cumplido.

–No, no la hay –insistió Josefa–. Las cosas se están poniendo feas para las comadronas y nadie quiere correr riesgos.

–¿Qué ocurre? –preguntó extrañada por semejante comentario.

–La locura parece haberse adueñado de Durango –explicó la mujer con voz cansada–. La villa parece otra desde que detuvieron a los seguidores de los fraticellos. No hay día en que no detengan a alguien acusándole de sectario, de hereje, de..., ¡de cualquier cosa!

–¿Y qué tiene eso que ver con nosotras? –inquirió Catalina.

–Nos acusan de malas artes –explicó Juana respondiendo a su pregunta–, dicen que embaucamos a las mujeres, que somos charlatanas y que utilizamos medios no cristianos. Nos han prohibido recetar remedios tan sencillos como el *Zingiri*, que evita el endurecimiento de los pechos en las mujeres lactantes.

Catalina escuchaba atónita. Ella nunca recomendaba el *Zingiri* para el dolor de los pechos, aunque le habían asegurado que era un remedio muy eficaz. De todos modos, era inofensivo y ningún mal podía derivarse de él. Había visto a Josefa hacerlo. Se preparaban nueve manojos con tres clases de hierbas, hinojo, espadaña y ajenjo, y se hacían cruces con ellos sobre los pechos endurecidos mientras se recitaba: «*Zingiri sor*, sangre, *Zingiri* Salomón. Te signo por la gracia del Espíritu Santo». Esto se decía nueve veces y otras nueve se hacía la cruz sobre el pecho. Después se rezaban nueve padrenuestros y se quemaban las hierbas en una cazuela, aplicando el humo de la incineración al pecho de la paciente. No creyendo demasiado en el remedio, era dudoso que el resultado fuera beneficioso en el caso de que ella lo usara. Personalmente prefería un emplasto con una mezcla de cera, miel, aguardiente y laurel.

–Nos obligan a llamar al físico cada vez que atendemos a una mujer –prosiguió Josefa–. No importa que sea de parto o de alguno de los males que nos acucian a las hijas de Eva, y las penas pueden ir desde una fuerte multa a unos días en el calabozo del consistorio.

–¡Es ridículo! –exclamó Catalina tomándose la cosa más como una chanza que como algo serio–. Que yo sepa, y a menos que su número no haya variado durante mi ausencia, sólo hay dos físicos en la villa.

–Y eso es lo que nos salva por ahora –afirmó su amiga con un gesto de cabeza–. Siempre podemos decir que no los hemos encontrado o que el aviso ha sido urgente. No obstante, insisten en obligarnos a que les llamemos y les demos razón de nuestros actos en todo momento.

–Pero ¿quién obliga? –preguntó la joven recordando su última visita al consistorio.

–Los médicos, el alcalde... –respondió la partera descorazonada.

Catalina conocía la respuesta de antemano. Los poderes se aliaban para impedirles ejercer su oficio, aunque desconocía en aquellos momentos cuál era la razón por la que gente tan importante se había puesto de acuerdo para atacar a cuatro mujeres que habían ejercido de parteras toda la vida. Incontables mujeres les debían la vida y no había durangués que no hubiera nacido gracias a ellas. Pensó, convencida, que la locura se había apoderado de las mentes pensantes de la villa, recordó las palabras de su maestro y la advertencia recibida en el consistorio. ¿En nombre de qué o de quién osaban imponer leyes antinaturales? A las mujeres les estaba vedado el estudio y no podían obtener documentos con sellos y firmas, pero la sabiduría heredada a lo largo de los siglos era parte de ellas mismas y no había diploma que valiera tanto.

–Dejemos de ejercer –las palabras salieron de su boca sin tan siquiera haberlas meditado.

–¿Qué? –Josefa creyó haber oído mal.

–Dejemos de ejercer –repitió Catalina y la idea le gustó–. Hagámosles saber que ya no ejerceremos más, puesto que tales son las trabas que nos ponen.

Josefa la miró fijamente. Catalina sabía que estaba meditando sus palabras y le dejó pensar.

–Nunca se ha hecho –dijo por fin.

–Alguna vez tenía que ser la primera.

–¿Y las parturientas? –preguntó la partera con la mente en alguna mujer a punto de parir.

–Que llamen al físico –respondió Catalina en el mismo tono en el que un año antes el escribano Unda se había dirigido a ella.

–¿Y si hay problemas? ¿Y si el físico no puede acudir? –insistió Josefa.

Por un momento tuvo que darle la razón. ¿Y qué si les impedían ejercer? ¿Acaso eran ellos mujeres a punto de traer un nuevo ser al mundo? ¿Sabían ellos lo que era retorcerse de dolor para dar la vida? ¿O podían siquiera imaginarse lo que sentía una mujer cuando la sangre resbalaba por sus piernas y no sabía cómo detenerla? A la velocidad del rayo pasaron por su mente hemorragias, llagas, rasgaduras de útero, infecciones vaginales, abortos, dolores menstruales, grietas en los pezones, partos atravesados y otros muchos casos tratados por las comadronas. ¿Tenían derecho a negar su auxilio en alguno de aquellos casos?, pero también, pensó, ¿debían sufrir persecuciones, multas y penas de cárcel por tratar de aliviarlos?

–Que sean los físicos los que soliciten nuestra ayuda –sentenció–, que sean ellos los que manden aviso.

La reunión que se celebró en casa de Josefa fue lo más parecido a una de aquellas peleas de perros que enriquecían a alguno y empobrecían a muchos. Catalina era la más joven y trató de no intervenir. A fin de cuentas, las otras mujeres llevaban ejerciendo muchos más años que ella y eran las que tenían que decidir. De las cinco que se habían reunido, tres estaban de acuerdo en detener por algún tiempo toda actividad, pero las otras dos se negaban en redondo. Alegaban la obligación de toda buena comadre de atender a quien lo necesitara, pero en realidad eran ellas las necesitadas. Carentes de recursos, sin otros medios y con el agravante de tener a su cargo un marido inválido la una e hijos de corta edad la otra, no estaban dispuestas a impedir que entrase en sus casas el módico estipendio que les permitía subsistir. Aunque los ricos pudieran extrañarse, un pollo, un saco de maíz o de lentejas, castañas, manzanas, un par de botas para el invierno, una capa de lana o alguna pieza que otra ayudaban a mantener a una familia.

La conversación tomaba mal derrotero. Las voces se habían alzado y ya ninguna escuchaba a las demás. La idea le venía a la cabeza y la desechaba, pero volvía a plantearse la solución y finalmente decidió tomar la palabra.

–Si entiendo el problema –dijo Catalina, elevando la voz por encima de las otras y consiguiendo que le prestasen atención–, lo que os preocupa es no poder ganar el pan para alimentar a los vuestros, ¿no es así?

Hubo un leve amago de protesta por parte de las dos disidentes. La joven metió la mano en el bolsillo de la faltriquera y sacó unas piezas de plata.

–¿Bastará con esto? –preguntó.

Estuvo a punto de echarse a reír al ver el estupor reflejado en sus caras y que mostraba bien a las claras que nunca habían visto tanta plata junta.

–Es una herencia –se vio obligada a confesar para evitar dudas acerca de su procedencia–. Estoy dispuesta a compartirla con vosotras, si vosotras estáis dispuestas a no ejercer hasta que esos señores entren en razón.

La pelea de perros había cesado y la vista de las piezas había calmado los ánimos. Catalina aprovechó el momento para exponer su plan.

–No se trata de dejar desamparadas a las mujeres –explicó–, pero os prevengo que las cosas irán a peor.

Pasó entonces a relatarles su visita al consistorio y las advertencias que le habían hecho los tres hombres.

–Puedo aseguraros que no había ni un solo punto de mi cuerpo que no temblara cuando salí de allí –añadió, sintiendo de nuevo el repeluzno que tanto le había agitado–. Es necesario, por tanto, que nos defendamos o todas acabaremos en los calabozos de la villa. Les haremos saber que no estamos dispuestas a jugarnos el pescuezo y que, de ahora en adelante, tendrán que ser los físicos quienes vengan a buscarnos.

Parecieron conformes y repartió las piezas de plata entre ellas, diciéndoles que aún le quedaban algunas por si la cosa se alargaba.

Josefa y Maritxiki, las más reconocidas, se presentaron al día siguiente ante maese Bartolomé Martínez de Unda y le comunicaron que, en vista de cómo se estaban poniendo las cosas para las mujeres de su oficio, en adelante tendrían que ser los propios físicos los que las llamaran requiriendo sus servicios. Según le contaron después a Catalina, el escribano las escuchó con la boca abierta y con la boca abierta lo dejaron cuando salieron de su escritorio.

La voluntad de las comadronas de no ejercer mientras no se solucionase la situación provocó no pocos enfrentamientos entre los que estaban a favor y los que estaban en contra. Josefa y Maritxiki tuvieron incluso que soportar las iras de varias familias que se negaban en redondo a que los dos físicos de la villa examinaran a sus mujeres.

–¡Pues id a decírselo al alcalde! –les gritaron ellas manteniéndose en sus cinco–, ¡que suya ha sido la idea!

La confusión que causaba su decisión iba extendiéndose por la villa.

–No es que en Tabira nazca un niño cada día –explicó Josefa a un grupo de vecinas que la interpelaron en la calle–, pero los buenos oficios de las comadres no tienen que ver únicamente con los partos y vosotras lo sabéis muy bien. Podemos discernir una inflamación de los ovarios de algo más peligroso y podemos distinguir entre una hemorragia natural y otra maligna. El olor, el color y otros síntomas nos ayudan a diferenciar las diversas dolencias que pueden aquejar a una mujer. Hemos sido mujeres las que siempre hemos atendido a las mujeres, y ¿quién mejor que nosotras para conocer el mal que padecen las personas de nuestro propio sexo?

Catalina no tuvo problemas. El hecho de haber estado ausente durante varios meses y no tener por el momento ninguna visita pendiente la mantuvo fuera de las iras populares. Todo su empeño estaba puesto en encontrarse de nuevo con Juan. Acudió al mercado, paseó arriba y abajo por las calles principales, incluso asistió a misa mayor y se mezcló con la gente los domingos al mediodía con la esperanza de verlo de nuevo, pero todo fue en vano. No había ni rastro de él. No se atrevió a ir a su casa ni a pedir información a Josefa. Pasaban los días y empezó a preguntarse si había hecho bien regresando a Tabira.

Un anochecer llamaron a su puerta. *Zintzo* se levantó presto de su lugar junto al fuego, pero no ladró y la acompañó, silencioso como una sombra, hasta la entrada. Por un momento temió encontrarse con el hombre del rostro horrible a quien no había olvidado. Abrió sin soltar la cadena, tratando de distinguir algo a la luz de la vela que llevaba en la mano, pero sólo pudo observar una silueta negra al otro lado.

–Hola, Catalina –dijo una voz antes de que ella hubiera tenido tiempo de preguntar nada.

El corazón le dio un vuelco, sintió la garganta seca y la cabeza empezó a darle vueltas. Hubiera reconocido su voz entre cientos. Permaneció quieta, sin saber qué hacer.

–¿No piensas dejarme entrar? –preguntó la voz con ironía.

*Zintzo* gruñó y Catalina le ordenó volver a la cocina, quitó la cadena y abrió la puerta. Juan penetró sin prisas, cerrando la batiente tras de sí y se quedó mirándola con tal intensidad que estuvo a punto de perder el sentido. No podía hablar, ni apartar los ojos de su cara, su corazón estaba lleno de gozo y la vela que sostenía en la mano temblaba. La atrajo hacia él y la besó en la boca. El placer del que ama es tan intenso que no puede describirse con simples palabras y aquel que nunca ha amado es incapaz de comprenderlo. La cogió en sus brazos y vaciló no sabiendo hacia dónde encaminarse.

–Arriba –susurró ella.

Aquella noche se amaron varias veces. No fue un acto rápido y ofuscado por la hierba loca como lo había sido en Jentilkoba, sino algo consciente, mucho más embriagador que el vino o el aguardiente. No hablaron porque no hizo falta. A Catalina le bastaba sentir su cuerpo sobre el de ella, sus músculos tensos y su piel excitada por sus caricias. Sus besos no la saciaban, sus abrazos no le cansaban y hubiera dado su vida porque aquel momento durara toda la eternidad.

–¿Por qué te fuiste? –preguntó Juan cuando la luz penetraba de nuevo por el ventanuco.

–Necesitaba estar lejos de Tabira –respondió ella.

–¿Y por qué has vuelto?

–Necesitaba verte otra vez –confesó cerrando los ojos.

Se durmieron cuando las gentes honestas comenzaban su jornada y, antes de perderse en el sueño reparador, pudieron oír la voz del aguador y la del vendedor de hortalizas que recorría las calles de la villa empujando su viejo carro.

Al principio, las visitas del escribiente eran siempre nocturnas. Esperaban como un par de ladrones a que las luces se apagaran y se despedían cuando el claro del alba asomaba por el este, pero la seguridad del amor correspondido hace osados a los amantes. Poco a poco dejaron de tomar precauciones y comenzaron a verse a plena luz del día, paseaban cogidos del brazo y se reían cada vez que advertían una mirada reprobadora o un cuchicheo a sus espaldas. ¡Qué les importaba! Catalina dejó de cortarse el pelo al modo de las doncellas, cubriéndolo siempre con la sobrefalda cuando salía a la calle, pero constatando complacida cómo crecía rápido y abundante al igual que el de su madre.

Josefa la recriminó varias veces que fuera tan boba como para dejarse embaucar por un galanteador de tres al cuarto que basaba sus encantos en unos hermosos ojos, pero a ella le daba igual lo que su amiga pudiera pensar. No recordaba haber sido nunca tan feliz en su vida. Su rostro reflejaba la alegría de vivir e igualmente lo hacía su cuerpo, balanceándose en sus andares y provocando más de una mirada masculina ansiosa, pero ella no prestaba atención a nada ni a nadie. Se sorprendía a sí misma escuchándose cantar o dando unos pasos de baile en su cocina. Incluso *Zintzo* solía mirarla, asombrado, con las orejas tiesas, y acababa dando vueltas a su alrededor, agarrándole de la falda y tirando de ella hasta hacerle más de un desgarrón.

A pesar de que Juan no había mencionado la palabra «matrimonio», Catalina se consideraba igual de casada que lo había estado su madre. Se decía que no hacía más que seguir la tradición de las bodas a prueba que seguían siendo el primer paso en muchos hogares vizcaínos. Cierto que a veces se desataban furibundos ataques en contra de las parejas amancebadas, pero ni ella ni Juan estaban casados y, por lo tanto, a nadie ofendían ni traicionaban.

La joven olvidó durante algún tiempo todas aquellas preocupaciones que la habían asfixiado poco antes. Habían desaparecido de su recuerdo las asambleas de Jentilkoba, la mirada agónica de la muchacha que había abortado, las amenazas del escribano, las fiebres que la habían tenido al borde de la muerte durante tantas semanas, la atribulada mirada de su madre al verla partir una vez más, el enfrentamiento de las parteras con el vecindario, los presos que se hacinaban en la cárcel acusados de herejes. Su único pensamiento era para Juan y su único anhelo era estar de nuevo en sus brazos.

La cuestión de las parteras tenía a mal traer al consistorio. Eran tantas las quejas de los vecinos que el alcalde acabó por convocar bajo el pórtico de Santa María una asamblea popular para debatir el tema. De las cinco, sólo Catalina se armó de valor y acudió porque llegó a la conclusión, tras mucho meditarlo, de que no era cuestión de dejar sus asuntos en manos de otros.

Maese Bartolomé de Unda abrió la reunión declarando simplemente que las comadronas se negaban a acudir a la cabecera de las parturientas. Un rumor de desaprobación recorrió la asamblea y hubo comentarios para todos los gustos, siendo el que más se oía que se buscaran nuevas comadres en las poblaciones vecinas.

–Ya se ha hecho –adujo el escribano–. Hemos tratado de contratar alguna en Elorrio, Bilbao y Bermeo, pero no hemos tenido éxito.

De nuevo se oyeron rumores de censura. Intervino entonces el físico Pedro Sainz, que acusó a aquellas familias que se negaban a que él o el otro galeno de la villa, Ruiz de Salinas, visitaran a sus mujeres. No tenían en cuenta, dijo, los muchos años de estudios, el tiempo y el dinero invertidos en los mismos o la calidad de la enseñanza recibida. Ninguna mujeruca analfabeta podía saber sobre enfermedades, males, incluidos los partos, o remedios lo mismo que un doctor diplomado en medicina. Citó nombres de eruditos profesores, de físicos e investigadores que nadie conocía y soltó varias frases en latín para demostrar el alcance de su sabiduría. Catalina sonrió al constatar que el hombre había conseguido justo lo contrario de lo que se proponía. Las protestas arreciaron, ahora, en contra de Sainz, y pudieron escucharse con toda claridad palabras como «medicastro», «matasanos» o «medicucho» entre los espectadores.

–¿Por qué no están aquí las parteras? –preguntó alguien a voz en grito–. ¿Por qué no han venido a explicar la razón de su postura? ¡Tiran la piedra y esconden la mano!

Se hizo el silencio y los presentes se miraron unos a otros para comprobar que, en efecto, no estaban allí las causantes del problema. Catalina avanzó hacia la mesa presidencial antes de que alguien hubiera tenido tiempo de reconocerla.

–Nadie esconde la mano –replicó al gritón sin dejar de avanzar.

Notó todas las miradas puestas en ella y pudo escuchar un rumor amenazador que la envolvía como una niebla espesa. Se giró al llegar a la mesa y se encaró con sus vecinos.

–No hemos decidido dejar de ejercer –recalcó sin bajar la voz ni los ojos–. El concejo únicamente nos permite atender a las parturientas en el momento del parto, no podemos recomendar remedios, no podemos dar consejos, nos obliga a solicitar siempre la presencia de uno de los físicos y nos ha amenazado con multas y prisión si no lo hacemos.

La habían escuchado en silencio, pero sus últimas palabras provocaron comentarios airados dirigidos muy especialmente contra el alcalde y los regidores del bando gamboíno.

–Lo único que nosotras hemos dicho es que de ahora en adelante deberán ser los físicos los que reclamen nuestra presencia y no al revés –prosiguió la joven con voz firme para dejar las cosas bien claras–. Si nos necesitan, que nos llamen.

–No sé por qué tenemos que escuchar las explicaciones de una mujer que todo el mundo sabe que vive en pecado –exclamó airado don Tomás.

Estaba sentado a la vera del escribano y Catalina se giró para mirarle directamente a la cara.

–¿Acaso has metido tus manos en el útero de una mujer para sacar a un niño que viene de pies? –le preguntó–. ¿Acaso has sufrido con ella durante horas? ¿Has calmado su dolor y su angustia? ¿Acaso la has visto morir desangrada por no recibir atención en el momento debido?

Don Tomás no respondió. Se había quedado mudo del asombro ante la reacción de la joven, «la pagana de Arrazola», como la llamaba.

–Soy una buena comadre –continuó Catalina con firmeza, aunque apenas podía dominar el tembleque de sus piernas–. Desde hace más tiempo del que nuestra memoria puede recordar –dijo paseando su mirada por la concurrencia– ha sido labor de parteras ayudar a traer hijos al mundo, comadres que han aprendido su oficio de sus madres y éstas de las suyas. ¿Dónde estaban los físicos? ¿Dónde están cuando una mujer va a parir en un caserío monte arriba, cuando nieva y hay tormentas, cuando la madre pierde la leche o sus pechos se endurecen? ¿Quién os ayudó a todos vosotros a venir a este desagradecido mundo? Ahora, los que rigen estos lugares quieren vigilarnos y controlarnos, ¡pues que sean ellos los que acudan con sus terciopelos y sedas a atender a las parturientas!

Jamás hubiera creído que ella, Catalina de Goiena, mujer de aldea, sin preparación escolástica, fuera capaz de soltar un discurso tan largo y ante tanta gente. Se sentía tan segura de sí misma que hubiera podido continuar durante mucho más tiempo, pero decidió no hablar más y se marchó de allí con la cabeza alta, sin mirar a nadie.

Ya en la calle, comprobó que no sólo le temblaban las piernas, sino también las manos y el labio inferior. Apresuró el paso y se encerró en su casa, esperando que de un momento a otro fueran a buscarla para llevarla detenida, pero fue Juan quien apareció poco después.

–¡Pues que sean ellos los que acudan con sus terciopelos y sedas! –dijo nada más entrar, y se echó a reír–. ¿Sabes que en toda Tabira sólo se habla de ti?

Negó con la cabeza, incapaz de decir ni una palabra por el susto que aún tenía en el cuerpo.

–No sé si serás una buena partera –prosiguió Juan sujetándola por la cintura y atrayéndola hacia él–, pero, desde luego, serías el mejor de los letrados.

Olvidó el miedo entre sus brazos, su mirada perdida en las aguas de la suya, convencida de que nada malo podría ocurrirle teniéndolo a su lado.

Al día siguiente el alcalde convocó a Josefa y a Maritxiki, y les comunicó que a partir de entonces las cosas volverían a ser como antes, es decir, que no se les impediría asistir a las parturientas durante el parto, antes y después de la preñez, que no tendrían que avisar a los médicos cuando se las llamara, que eran libres de ir y venir sin ningún tipo de control y que podían continuar atendiendo a las mujeres en sus males.

–Pero –añadió– en ningún caso y por ningún motivo podéis ocuparos de heridas o enfermedades que no sean específicas de vuestro cometido.

Las mujeres se alegraron de la decisión del concejo y sintieron que se les quitaba un gran peso de encima, porque no era, ciertamente, agradable tener que soportar las miradas adustas de sus vecinos. Catalina, sin embargo, no acabó de sentirse a gusto con la sentencia. El hecho de que el alcalde hubiera insistido en limitar su incumbencia exclusivamente a temas de partos y males propios de las mujeres le dejaba un cierto resabio de boca. ¿Estaba advirtiéndolas a todas o únicamente se estaba dirigiendo a ella?

Confesó sus dudas, o temores, al librero Orúe, una de las pocas personas que había apoyado la postura de las comadronas. El ilustrado caballero le explicó en uno de sus paseos que las mujeres, en la antigüedad, también podían ejercer de médicos al igual que los hombres.

–No sin problemas, cierto es –afirmó mientras hacía memoria–. Pero normalmente no se consideraba algo contrario a las buenas costumbres. De hecho, hubo una mujer llamada Trotula, la Dama de Salerno, en la Itálica, que fue una doctora y comadrona de mucho merecimiento, incluso escribió un libro llamado

*Las enfermedades de la mujer* que tuvo mucho éxito en su tiempo, hace unos quinientos años, ¡que ya son años! Fue una lástima que se prohibiera a las mujeres la entrada en las universidades. ¿Sabes lo que es una universidad?

Catalina negó con la cabeza.

–Pues es un lugar donde se puede aprender todo lo que a uno le apetezca saber –afirmó Orúe muy complacido–. Yo mismo estudié un año en la de Burgos, pero era algo que resultaba caro y mi familia no tenía los medios suficientes. ¡Demasiadas bocas que alimentar!

–Esa mujer..., la comadrona..., ¿también fue a estudiar? –preguntó la joven ansiosa por conocer algo más sobre Trotula.

–¡No tengo ni idea! –exclamó el librero en un rasgo de humildad–. Pero entonces, como ahora, muchos aprendían con maestros que a veces resultaban ser sus propios padres. El hijo del médico solía ser médico, al igual que el hijo del carpintero acababa siendo carpintero.

–Mi madre, mi abuela y mi bisabuela sabían de plantas.

–Y por eso tú también sabes –concluyó Orúe con una sonrisa de aliento–. No te avergüences de lo que has aprendido en tu casa, aunque muchos ignorantes que se las dan de listos te pongan trabas.

La conversación con el librero no hizo más que acrecentar sus dudas.

Aquella misma noche oyó que alguien golpeaba a la puerta con insistencia y que la llamaban por su nombre a grandes voces. Se asomó a la ventana y vio a Maritxiki haciéndole gestos con los brazos, bajó a toda prisa y abrió el portón.

–¿Qué ocurre? –preguntó no sabiendo qué imaginarse.

–Coge tus medicinas y ven corriendo. ¡Es una urgencia! –exclamó la partera sin apenas resuello.

No se planteó su decisión de no volver a atender a nadie más en su vida, asió su bolsa de medicinas y salió corriendo detrás de su amiga. La carrera finalizó delante de un viejo caserío extramuros, próximo al camino de Bermeo. No hizo preguntas y siguió a Maritxiki. Tampoco se fijó en que dentro había demasiadas personas para tratarse de una morada familiar y se dejó arrastrar al interior de la cocina en la que una mujer entrada en años yacía sobre una cama con un rictus de dolor en el semblante y apretándose el pecho con las manos.

–De pronto le ha dado un dolor en el pecho que se ha extendido por el brazo hasta la mano –le explicó la partera.

Catalina cogió su bolsa de medicinas sin decir nada y extrajo de ella un pequeño pote de barro.

–Que pongan agua a hervir –dijo con un tono de voz tan tranquilo que un rumor de desconcierto se extendió entre los presentes–. Necesito una escudilla.

Maritxiki no se hizo repetir la orden y salió disparada hacia el hogar, colocó una pequeña olla encima de las llamas y regresó al lado de su amiga llevando una escudilla descascarillada en las manos. Catalina vertió en ella un buen puñado de flores de espino y le indicó con un gesto que vertiera agua sobre ellas. Mientras la tisana se enfriaba, cogió la mano dolorida de la mujer y comenzó a darle un masaje, dedo por dedo.

–No ha sido grave –informó a los presentes, que se habían mantenido a la expectativa y no le perdían ojo–, pero puede llegar a serlo. Deberá hacer mucho reposo y tomar una tisana de flores de espino tres veces al día durante lo que le queda de vida.

Momentos después la mujer parecía repuesta del susto, sonrió y pidió que la ayudaran a sentarse en la propia cama.

Los congregados habían tomado asiento a su alrededor y Catalina se encontró de pronto sentada entre ellos con un cuenco de leche caliente que una joven sonriente había puesto en sus manos.

–Es la maestra –le susurró Maritxiki al oído–, Marina de Minika.

¿La maestra? Iba a preguntar algo, pero su amiga se puso el dedo índice en los labios para indicarle que guardara silencio.

–Malos tiempos se avecinan, hijos míos –comenzó diciendo la anciana, cuya voz fuerte y segura contradecía su debilidad anterior–. De nuevo somos el punto de mira de las autoridades y de la Iglesia, que no pueden aceptar que haya gentes que no piensen y actúen como ellas dictaminan. Yo fui discípula de fray Alonso. Mis padres también lo fueron y por eso murieron en la hoguera. A mí me dejaron libre porque creyeron que no sabía nada del asunto, que era demasiado joven... –la mujer permaneció unos momentos en silencio perdida en sus recuerdos–. Pero sí sabía, lo he sabido siempre. Las palabras de mi maestro quedaron grabadas en mi mente y en mi corazón, y son las mismas que ahora os repito.

Catalina se había quedado paralizada por el estupor. Estaba en medio de un nido de herejes. Miró a Maritxiki, que le devolvió la mirada con una sonrisa, volviéndola a continuación hacia la mujer que seguía hablando.

–La historia de la humanidad, al igual que la Trinidad, se halla dividida en tres fases. La primera, la del Padre, antes de la llegada de Cristo; la segunda, la del Hijo, después de su advenimiento; y la tercera, la del Espíritu Santo, era inminente. Bajo el Espíritu Santo la Iglesia dejaría de ser aquella prostituta de Babilonia en la que se había convertido, olvidaría las riquezas y el poder y sería una Iglesia de monjes pobres cuya cabeza, el Santo Padre, lucharía contra el Anticristo.

Hombres y mujeres escuchaban en silencio afirmando con movimientos de cabeza. Catalina sentía ganas de ponerse a gritar y salir de allí cuanto antes, pero no podía mover ni un músculo.

La mujer hablaba de gentes cuyos nombres los oyentes nunca habían escuchado y que, según ella, eran verdaderos cristianos que seguían las enseñanzas de Jesús al pie de la letra. Puesto que a nadie le era dado interpretar las palabras del Hijo de Dios, ¿cómo se atrevían aquellos eclesiásticos inmorales que paseaban sus riquezas por entre los pobres a hablar de religión? ¿Quiénes eran aquellos que les decían lo que tenían que hacer y en lo que tenían que creer?, preguntó súbitamente exaltada. Descendientes de Sodoma y Gomorra que pervertían lo que tocaban y se rodeaban de lujo mientras los pobres de la tierra no tenían un pedazo de pan que llevarse a la boca; gordos y lirondos cardenales que se encamaban con prostitutas y procreaban hijos cuando tantos niños morían de hambre y de frío; obispos que compraban sus cargos y frailes ricos y avariciosos que escondían sus riquezas tras los muros de sus monasterios.

–Recordad, hermanos –finalizó diciendo la maestra que se había reclinado de nuevo sobre la almohada, agotada por el esfuerzo–, nuestro Salvador murió en una cruz. No debemos temer al martirio porque él prometió que regresaría con el Espíritu Santo, y ese tiempo ya ha llegado. Todos los credos se unirán. Cristianos, musulmanes, judíos..., todos verán la luz y serán iguales ante Dios. Él juzgará a aquellos que hayan utilizado su nombre para obtener poder y riquezas, a los que oprimen a su pueblo y a los que esconden su avaricia bajo los hábitos.

Catalina y Maritxiki apenas hablaron durante su vuelta a Tabira. La joven sentía las mejillas encendidas por la cólera y la rabia.

–¿Cómo te has atrevido a llevarme a ese lugar? –explotó por fin la joven a pocos metros de su casa.

Por un instante Maritxiki pareció desconcertada, pero enseguida adoptó su aplomo habitual.

–Había una enferma y no podíamos llamar a uno de los físicos, que nos hubiera denunciado.

–Y también había un grupo de herejes que acabarán en la hoguera y yo con ellos como a alguno se le ocurra dar mi nombre.

–Nadie dará tu nombre –replicó la partera ofendida–. No somos delatores.

–¿Cómo te has metido tú en esto? –preguntó de nuevo con más curiosidad que enfado.

–Siempre lo he estado –respondió Maritxiki con toda naturalidad–. Desde que era una niña. Mis padres, los dos, eran seguidores de los frailes.

–¡Herejes! –exclamó Catalina horrorizada.

–Así nos llaman algunos, pero yo creo que los verdaderos herejes son aquellos que han olvidado las enseñanzas del Evangelio porque...

Catalina se tapó los oídos con las manos.

–¡No quiero saber nada! –la interrumpió–. Nunca volveremos a hablar de este asunto y no me pidas jamás, de aquí en adelante, que vaya a atender a ninguno de tus amigos.

La partera iba a responder, pero la joven echó a correr, abrió la puerta de su casa y la cerró de un portazo. Sólo se consideró segura al sentir las lametadas de *Zintzo*, que parecía reprocharle que no lo hubiera llevado con ella.

En un apartado, Bartolomé de Unda escuchaba los comentarios jocosos de los hombres que saciaban su sed en La Posada de Min. Pocos había que no estuviesen al corriente de lo acontecido el día anterior en el consistorio.

–Esa Catalina de Goiena –dijo uno– tiene que ser mujer de armas tomar para haber osado enfrentarse al concejo.

–Tenías que haberla visto, allí de pie, desafiando a todo el mundo –le respondió su compañero–. Incluso se ha atrevido con el cura.

–Otra cosa me gustaría a mí ver y... ¡tocar! –dijo el primero entre risas.

–Pues a mí no me gustaría tener a una mujer así en la cama –dijo un tercero–. A lo peor resulta que es un varón disfrazado de hembra.

–¡De eso nada! –exclamó el segundo de los conversadores–. Es una mujer hermosa y apetecible, algo delgada para mi gusto tal vez...

Pasaron los tres hombres a hablar sobre las atrayentes redondeces de las mujeres en general y olvidaron a Catalina.

Maese Bartolomé no podía olvidarla. La veía de nuevo delante de él, retando al concejo, desafiando a los vecinos, orgullosa, la mirada franca y la voz clara. Ni siquiera había escuchado sus palabras. No había podido apartar su mirada de ella. Cuando se giró para encararse a don Tomás, al verla tan próxima que sólo tenía que alargar la mano para tocarla, tuvo que hacer verdaderos esfuerzos para contenerse y no abalanzarse sobre ella, allí mismo, delante de todos.

Los últimos meses habían sido una tortura. No podía quitársela de la cabeza, hasta había dejado de interesarle el tema de los herejes y había olvidado su particular caza de brujas. Ya no le interesaba. Pasaba el tiempo meditando sobre la mejor forma de abordarla, podía hacerse el encontradizo o podía también convocarla a su escritorio en el consistorio como ya lo había hecho las dos veces precedentes, pero estaba seguro de que ella notaría su falta de seguridad. Estaba convencido de que era preciso demostrar firmeza con las mujeres, hacerlas sentirse inferiores, recordarles que Dios había creado al varón antes que a la hembra y que alguna razón de peso habría tenido para obrar de aquella guisa. Luego se decía que, a una mujer como Catalina, sería mejor halagarla, enviarle algún pequeño presente, subyugarla... No encontraba solución para su problema y eso le irritaba.

Pensó en su mujer, doña Marijuán. Apenas si se hablaban. Ella intentaba ser amable, lo trataba con respeto y parecía apreciar a Magdalena, a quien había introducido en su círculo de amistades y estaba preparando en las cosas mundanas a la vez que la instruía para ser una buena esposa y ama de casa en vistas a un futuro casamiento, pero a él había dejado de interesarle, ya no la temía ni se acoquinaba cada vez que la tenía cerca. Simplemente la ignoraba.

Sus pensamientos volvieron a la joven partera. El día en que fuera suya pondría el mundo a sus pies, la envolvería en sedas y pieles, llenaría sus dedos de anillos y su cuello de cadenas de oro, le demostraría lo que una mujer podía esperar de un hombre de verdad. Seguro que había otros que la pretendían, pero pocos habría tan ricos y poderosos como él. Era cierto que él no era ni el más rico ni el más poderoso de Tabira, pero también era cierto que era el único que la amaba con una pasión capaz de arrostrar por ella críticas y condenas. A fin de cuentas, podría aducir que su mujer era una blasfema y era lógico que no quisiera yacer con ella y que se buscara un apaño fuera de su propia casa. No sólo era lógico, era natural.

Salió lleno de euforia de la taberna después de convencerse a sí mismo de que la razón estaba de su parte, de que la joven no podría negarse a los requerimientos del escribano consistorial, miembro de una familia importante, y de que no había más tiempo que perder. Había bebido más de la cuenta, tenía la cabeza pesada y notaba flojas las piernas, pero el aire de la noche lo envolvió con una agradable sensación de frescor y lo espabiló un poco. Se encaminó a su casa, pero cambió de opinión al cabo de un rato, tomó la dirección opuesta y se dirigió con paso vacilante a casa de Catalina. Le declararía su amor aquella misma noche y le pediría que no le hiciese sufrir ni un día más. ¡Por fin sería suya!

Al llegar, no lo dudó ni un momento y llamó a la puerta. Esperó y lo intentó de nuevo, pero tampoco hubo respuesta. Comprobó que no había luces dentro de la casa. Tal vez la joven estaba atendiendo un parto y no había regresado aún. Decidió esperar y se apostó en el portal de enfrente, que tenía un entrante en el cual podía ocultarse de miradas indiscretas, aunque era difícil que alguien pasara por allí a aquellas horas. Al cabo de un rato pensó que era absurdo quedarse allí plantado, pues lo mismo le daba al maldito niño por nacer varias horas después. Además, se dijo, tenía el estómago un poco revuelto debido al vino que había bebido sin comer nada y ya no tenía edad para andar haciendo tonterías. Iba a salir de su escondrijo cuando oyó voces en la calle y la alegría iluminó su rostro al reconocer en una de ellas la de su amado deseo. La alegría le duró muy poco al reconocer en la otra voz la de su escribiente, Juan de Gesala. Abrió la boca estupefacto. ¿Qué hacían los dos a altas horas de la noche andando por la calle?

Observó que un perro grande y negro se aproximaba al lugar donde él estaba y contuvo la respiración. Sintió un roce frío y húmedo en su mano y estuvo a punto de salir corriendo, gritando como un poseso, pero el perro se limitó a olisquearle las ropas, no pareció interesarse más por él y regresó junto a su ama.

Juan y Catalina hablaban bajo para no despertar al vecindario, pero maese Bartolomé podía ver claramente que sus cuerpos se unían y se separaban, que las manos de él se perdían por recónditos lugares bajo la capa de ella, que reían y se besaban. No podía dar crédito a sus ojos. Él, que había esperado durante meses para tener la posibilidad de obtener aquel cuerpo deseado, que había sufrido lo indecible por no poder contentar sus ansias, que se consumía pensando en ella, estaba siendo testigo nocturno de un comportamiento sucio y lascivo. La pareja penetró en la casa seguida por el perro negro y Unda salió de su escondite. Observó cómo, al poco, se encendía una luz en el primer piso. A través de las rendijas de la madera los veía, o más bien los imaginaba, despojándose de sus ropas, retirando impedimentos, uniendo sus cuerpos desnudos... La luz se extinguió y el escribano permaneció en medio de la calle silenciosa tal que un espantapájaros en un campo yermo.

–¿Qué estás haciendo aquí?

Una voz autoritaria lo sacó de su ensimismamiento. El alguacil de ronda lo contemplaba con cara de pocos amigos, dispuesto a blandir su vara al menor movimiento sospechoso.

–Comprobar que todo está en orden –fue su respuesta.

El alguacil levantó el candil y reconoció de inmediato el rostro de maese Bartolomé. El hombre retrocedió un paso, ocultó la vara tras su espalda e hizo un amago de inclinación.

–Perdonad, no os había reconocido, señor de Unda –dijo humildemente.

–Cumples con tu deber –le aseguró el escribano, hizo una seña con la cabeza y se encaminó lentamente hacia su casa.

Se dirigió directamente a su escritorio, se sirvió una copa de licor, encendió un candelabro de cuatro brazos, se sentó en el cómodo y caro sillón de badana con adornos moriscos traído ex profeso para él de tierras andaluzas y abrió el *Malleus*.

Pocas semanas después, la villa se vio nuevamente conmocionada por el anuncio del regreso del inquisidor Hernando Sánchez de Guinea. Venía acompañado de más hombres y otra vez se presentó ante el concejo exigiendo en nombre del corregidor que también le fueran entregados los últimos detenidos, a los que se mantenía encerrados en los bajos de la propia casa consistorial.

Los comentarios aumentaron de tono cuando se supo que Guinea no sólo venía esta vez en calidad de juez de tribunal delegado por la propia diócesis de Calahorra, sino también como representante del corregidor, es decir, del rey, para hacerse cargo de los reos de herejía y también para investigar unas acusaciones de brujería en la comarca. Algunas personas estaban al corriente de dicho asunto; otros, como Catalina, lo ignoraban completamente. Acudió con prontitud a casa de Josefa para que le informara y la encontró en compañía de Maritxiki y otra vecina, una mujer muy entrada en años, llamada Isabel de Errexota, quien, al parecer, era la que mejor conocía lo que estaba ocurriendo.

–Ha sido todo cosa de una niña, Inés Ederra, que no tiene más de diez años. Dice haber sido llevada a una reunión de brujos –explicó a Catalina, poniéndola al corriente sobre lo que ya llevaban un rato hablando–. Dice que una vecina suya, la Marinatxo, la sacaba de la cama, untaba las plantas de sus pies y manos, su cuello y espalda con un ungüento mágico y juntas volaban hasta las faldas del Anboto, donde tienen lugar las asambleas de los brujos.

La joven estuvo a punto de echarse a reír. ¿Quién podría creer que semejantes cosas pudieran ocurrir?, pero Isabel de

Errexota mantenía el rostro serio y el tono de su voz lo era aún más.

–También dice –prosiguió– que son muchos los niños y jóvenes obligados a acudir, que los sacan de sus camas y dejan a diablos con su figura para que en sus casas no sospechen de su ausencia; que una vez en el prado del diablo son obligados a cuidar rebaños de sapos enormes y que si no lo hacen, los azotan con manojos de sarmientos.

Las palabras de su abuela, las de su madre y las del buen doctor don Diego acudieron a su mente. También ellos habían hablado de brujas, aunque nunca les había oído relatar hechos parecidos a los que se refería su vecina.

–Se habla de que allí se reúne un gran numero de personas, todos brujas y brujos, que adoran al diablo en forma de cabrón, bailan, comen, beben y se entregan a actos lascivos hasta la llegada del nuevo día –añadió la anciana.

La mención del animal y de los bailes, y el recuerdo de la última vez que había acudido a Jentilkoba le heló la sangre. ¿Acaso aquella niña se estaba refiriendo a las asambleas en la cueva?

–¿Y la creen? –preguntó, tratando de dar a su voz un tono de indiferencia.

–Eso parece –replicó Josefa–. Según comentan, la niña puede identificar a todos los que son brujos con sólo mirarlos a la cara.

Respiró tranquila. Ella no era una bruja y, por tanto, no podía haber signo de ello en su rostro. Seguramente la historia era pura invención de una enferma de mente con mucha imaginación y la ayuda de las viejas leyendas que se narraban en todos los hogares vizcaínos en las largas y lluviosas tardes de invierno. En Goiena nadie contaba historias de brujas terroríficas, sólo historias que se referían a Mari y hablaban de cómo lanzaba tormentas contra los campos de los que la negaban, de cómo se llevaba las ovejas cuyo amo declaraba no poseer, de cómo era capaz de incendiar un pajar si sus dueños olvidaban o no querían invocar su nombre o de cómo premiaba con grandes piedras de oro a los quc le servían con fidelidad. Pocos habían tenido oportunidad de ver alguna de aquellas piedras, pero no había duda de que existían porque ella misma llevaba una colgada al cuello. Era pequeña y muy brillante, regalo de Ixile cuando era una niña y desconocía que él fuera el padre de su madre. Le gustaba mirarla y tanto la había sobado que desprendía reflejos cuando los rayos del sol se posaban sobre ella. Siempre había estado convencida de que era un amuleto que la protegía del mal. Don Diego de Olea le dijo que no era oro, sino ámbar, un tipo de resina, pero nadie iba a convencerla de que no era una de las piedras de la Dama.

–¿Y qué va a hacer ese hombre? –preguntó Maritxiki muy interesada en el asunto.

–Dicen que va a crear un tribunal para que investigue si son ciertas las acusaciones de Inés Ederra –respondió Isabel bien enterada–. Obligarán a la Marinatxo a presentarse ante él y le harán un interrogatorio.

–¿Vosotras conocéis a alguna bruja? –preguntó Catalina, con más curiosidad por la respuesta que por saber lo que ocurriría con las declaraciones de la niña.

Vio el temor reflejado en los rostros de las dos mujeres mayores y la ironía en el de Maritxiki, y se quedó muy sorprendida.

–Sabes de sobra, Catalina –dijo Josefa–, que todo lo que tiene nombre existe.

–Pero ¿conoces tú a alguna? –insistió divertida por la credulidad de su amiga.

–Personalmente no –respondió ésta con gran seriedad–, pero sé que existen y que son capaces de realizar muchas cosas terribles.

–¿Como cuáles? –preguntó Catalina cada vez más interesada.

–Pueden matar a personas y animales, hacer que la tormenta arrase los campos, hundir barcos –iba enumerando–, conseguir que una persona se quede inválida o que muera el niño que una mujer lleva en sus entrañas. Pueden producir sequías e inundaciones, lograr que se pierdan batallas, volar por los aires y –bajó la voz– transformase en gatos, lobos, aves o asnos.

La joven miró a su amiga y a la anciana Isabel y comprobó que en verdad creían lo que decían. El estupor la enmudeció. Algunos de los hechos que sus compañeras atribuían a la maldad de las brujas eran medios de los que Mari se valía para recordarles que su poder era grande y que debían procurar no enojarla si no querían sufrir su ira en sus propias carnes, pero jamás hubiera creído que pudieran atribuírselos a otros seres que no fueran ella.

–La Dama de Anboto –musitó.

Las otras la miraron sorprendidas.

–¿Qué dices? –preguntó Josefa.

–Eso que decís que pueden hacer las brujas, también puede hacerlo Mari, la Dama –respondió–, y ella no es ninguna bruja maligna.

–Mari es una leyenda de los antiguos –repuso Maritxiki– y las brujas son de carne y hueso, como tú y como yo, o al menos eso es lo que todo el mundo comenta.

Aquello le pareció una blasfemia. ¿Cómo se atrevía aquella mujer, una hereje, a negar la existencia de la diosa? Los peores males se abatirían sobre ella al igual que se habían abatido sobre otros que la habían negado. Instintivamente, se separó de ella unos pasos, esperando que de un momento a otro cayera la furia del rayo sobre la temeraria mujer.

–Haces mal en no creer en la Dama –añadió Isabel de Errexota dirigiéndose a Maritxiki–. Pueden ocurrirte cosas muy graves por negar su existencia.

–¿No me diréis que vosotras sí creéis en ella? –preguntó la incrédula mirándolas una a una.

–Aún están impresas en la puerta del caserío de Altxola las huellas de sus garras –dijo la anciana con voz cautelosa–, desde el día en que una moza de la casa se burló de su existencia. Poco después estaba en la huerta y vio cómo, en pleno cielo azul y en cosa de pocos instantes, una nube negra como el carbón avanzaba hacia ella a toda velocidad. Echó a correr y cerró la puerta temblando de pies a cabeza, oyó un estruendo y más tarde se pudo comprobar que la Dama había dejado sus huellas en la madera de la puerta.

–Y yo sé, porque me lo contó alguien que había conocido a la propia protagonista –añadió Josefa–, que siendo ella joven no acostumbraba a obedecer a su madre y que ésta, una vez, gritó que ojalá se la llevara la Dama y le enseñara a comportarse. Dicho y hecho, Mari la arrebató y la tuvo presa durante siete años, obligándole a hilar la rueca sin parar de día y de noche.

–¿Y tú no conoces alguna historia? –preguntó Maritxiki a Catalina, no sabiendo si tomarse en serio o no lo que estaba escuchando.

–No soy buena contadora de historias –replicó la joven–, pero sé que Mari existe porque desde el caserío de mis antepasados veo la entrada de su morada y puede también verse la cumbre del Anboto cubierta de nubes cuando ella está dentro; oigo el retumbar de sus truenos y el viento que azota con furia los árboles cuando está enojada; conozco la fuente en la que alguna vez se han encontrado prendas de muchachas descreídas que osaron penetrar en la gruta y a las que nunca más se ha visto vivas, y también sé que sus cabellos son de oro, como de oro es el peine con el que los peina y es de oro la cueva que habita.

Sus palabras habían dejado conturbadas a sus oyentes. Nunca habían conocido a nadie que pudiera decir que *casi* había visto a la diosa. Poco después se despidieron prometiendo volver a reunirse en cuanto tuvieran más información sobre el representante de los reyes y el juicio que pensaba celebrar.

Catalina trataba de imaginarse cómo sería la bruja, la Marinatxo, acusada por la niña, y qué aspecto tendría. Preguntó dónde vivía y se encaminó hacia su casa, excitada y preocupada a la vez. La mujer vivía sola en una miserable choza cerca de la muralla. La casucha se caía de puro vieja y su dueña no era mucho más joven. Encontró a una mujer muy mayor, vestida de negro y con todas las arrugas del mundo plasmadas en su rostro. Estaba sentada a la puerta de su vivienda, aprovechando los últimos rayos del sol de primavera. Le sonrió cuando observó que se dirigía hacia ella.

–¿Qué? ¿Vienes a ver a la bruja? –preguntó con ironía.

La joven se sorprendió al constatar la firmeza de su voz.

–¿Lo eres de verdad? –preguntó a su vez, sentándose a su lado.

–Si fuera una de ellas, ¿crees que viviría en semejante pocilga? –respondió en tono despectivo señalando las cuatro paredes que malamente se mantenían en pie.

–No lo sé –respondió Catalina–. No sé mucho de hechicerías.

–Tú eres la más joven de las parteras, ¿no es cierto? La que tanto barullo organizó hace algún tiempo en la casa del consistorio diciéndole al cura que se metiera en sus asuntos.

–¡Vaya! No sabía que me hubiera hecho tan famosa.

–Aquí todo se sabe –replicó la vieja sonriendo también y mostrando una hilera de dientes desiguales.

–¿Y por qué dice esa niña que tú eres una bruja y que la has llevado a la reunión de los brujos? –preguntó la joven, volviendo al tema que le interesaba.

–La niña no tiene la culpa, es una pobre criatura corta de entendederas. Mira –señaló una de las casas vecinas, casi tan vieja como la suya–, vive ahí. Hace años tuve un pleito con su padre por un asunto de tierras. Su huerta y la mía lindan y el desgraciado trató de quedarse con todo, aprovechando que soy vieja y que no tengo familia. Llevé el asunto ante el alcalde y éste me dio la razón. Martín *Zikiña*, que es así como le llaman, juró vengarse y ha esperado a que su hija la tonta tenga edad suficiente para acusarme de esas cosas horribles que dicen que hago.

–¿Y qué harás si te llevan al tribunal? –preguntó Catalina, asombrada de que alguien pudiera dar crédito a las palabras de la hija de un hombre despechado en su avaricia.

–¿Y qué puedo hacer? –preguntó ella en el mismo tono–. Decir la verdad.

–¿Y si no te creen? ¿Y si la creen a ella?

–Entonces..., que Dios Todopoderoso y su Santa Madre tengan piedad de mí.

Más tarde, ya en casa y con la segura protección de *Zintzo* a su lado, meditó sobre las palabras de la anciana y recordó las recomendaciones de su maestro cuando le decía que tuviera cuidado y que no dejara que nadie adivinara sus facultades para curar porque podrían tildarla de bruja. Invocó a Mari y le rogó que no permitiera que nada malo le ocurriera a la Marinatxo, tan vieja, tan sola y tan abandonada.

Dos semanas más tarde, la mujer fue detenida y encarcelada en el granero propiedad del consistorio. La acción provocó gran cantidad de reacciones entre la población. Hubo protestas y aplausos, de todo. Estaban los que se negaban a creer que la indefensa anciana pudiera ser una hechicera peligrosa, porque, si en verdad lo era, ¿por qué no había impedido que la arrestasen? A lo que los defensores de su detención respondían que las brujas podían utilizar sus poderes contra otros, pero nunca en su propio beneficio. Éstos creían en las palabras de Inés Ederra, tal vez por credulidad o por intereses o amistad con la familia de la acusadora. Otros, afectados por las detenciones de algunos de sus parientes y amigos acusados de herejía, pensaban que el asunto de la bruja podría distraer a las autoridades y darles tiempo para olvidar el otro. Muchos hubo que recordaron haber visto a la Marinatxo cerca de una casa antes de que muriese la vaca de la misma o de un caserío en el que todos los hijos habían sido atacados de viruelas. Los cuentos crecían, al igual que crecía la desazón general por un asunto que recordaba lo acontecido meses atrás, cuando la persecución de la secta de los frailes, y el daño que tal asunto había ocasionado a la villa.

La Marinatxo fue sometida a la tortura de las agujas y declaró todo lo que el verdugo quiso que declarase e incluso mucho más. Catalina nunca había oído hablar de ese tipo de tormento, pero Josefa se encargó de aleccionarla explicándole que cuando los tribunales querían que alguien confesase que era brujo, le sometían a tormento. Éste consistía en pinchar el cuerpo del acusado con una aguja de grandes dimensiones, casi una lezna. Si el torturador encontraba un punto del cuerpo que no sintiera el dolor producido por el pinchazo, quedaba demostrado que el torturado era brujo porque la falta de dolor era una inequívoca señal demoniaca.

–Para ello –prosiguió Josefa con su explicación– eliminan todo el vello del cuerpo del reo.

–¿Todo? –preguntó la joven atónita.

–Todo –le confirmó la partera–, incluso el vello de las partes íntimas, que queman con la llama de una vela; obligan al preso a mantenerse en pie y le van pinchando hasta que deja de quejarse. Al punto insensible lo llaman la «marca del diablo».

Catalina no podía creer lo que estaba oyendo. Cualquiera que estuviera en contacto con heridas o golpes fuertes sabía que a veces la parte herida no sentía dolor alguno porque se hallaba entumecida, como muerta. Imaginó lo que debía de ser que alguien te pinchara con una lezna una y mil veces hasta dejar la carne insensible, y tembló de terror por los así penados.

El interrogatorio de la Marinatxo dio como resultado el apresamiento de otros vecinos de Tabira. La pobre mujer los acusó de acudir a las juntas de brujos con ella, de danzar en torno a las hogueras y de besar el trasero del diablo. Esta última declaración llenó de estupor a Catalina.

–¿Besar el trasero del diablo? –preguntó alarmada a Isabel de Errexota, la experta en brujerías.

–Así es, querida. Los brujos y brujas se reúnen en campos o cuevas para adorar a Satán en forma de macho cabrío, juran renegar de los sacramentos de la Iglesia y le besan el trasero en señal de acatamiento.

Recordó al cabrón que ataban a su lado durante las asambleas de Jentilkoba y tuvo que hacer un verdadero esfuerzo para no echarse a reír, pues era inconcebible que alguien pudiera realizar semejante hazaña, queriéndolo o no. Sin embargo, muchos sí lo creían. Las jornadas del juicio, las declaraciones de la acusada y las muchas detenciones que se estaba llevando a cabo en toda la merindad eran conversación obligada entre la población. La inquietud aumentaba con el paso de los días. A nadie le había preocupado demasiado que la autoridad se hubiera encargado de una pobre vieja sin recursos ni apoyo, incluso se había tomado el asunto como una distracción, pero cuando la Marinatxo comenzó a decir nombres sin ton ni son, acusando a personas que tenían una fama intachable, a clérigos devotos y a miembros de las familias principales, la gente empezó a temer por su propia seguridad y se lanzaron los primeros avisos de alarma.

Catalina, por su parte, quiso visitar a la desgraciada mujer en su prisión, pero no le permitieron la entrada y le recomendaron que no lo intentara de nuevo pues alguien podría creer que también ella era una bruja, cómplice de la otra. Aceptó el consejo, no sin reprocharse la falta de coraje que mostraba en aquel trance.

Así estaban las cosas cuando un día se topó de bruces con su tío Íñigo de Muntsaratz. El susto fue mayúsculo. Iba distraída, cavilando sobre los aconteceres que agitaban su espíritu y el de todos sus vecinos cuando tropezó con él en plena plaza del mercado. Quedó tan impresionada al verlo delante de ella que estuvo a punto de gritar de miedo. Él la miró y entornó los ojos tratando de recordar su rostro, no en vano había pasado ya bastante tiempo desde su infortunado encuentro. Catalina iba a proseguir su camino como si tal cosa cuando sintió que una mano de hierro asía su brazo y la obligaba a volverse.

–Catalina –afirmó con su vozarrón–. Eres Catalina de Goiena, mi sobrina.

Hizo un gesto afirmativo con la cabeza, incapaz de desmentirlo, cosa que por otra parte hubiera sido inútil. El hombrachón la examinó con una mirada crítica y feroz, pero, para su sorpresa, una amplia sonrisa distendió su rostro y la abrazó con tal fuerza que a poco la dejó sin resuello.

–Bien, bien –exclamó, palmeándole la espalda como si ella fuera uno de sus hombres–. Veo que estás sana y aún más guapa que como te recordaba. La jovencita flacucha sin culo ni tetas se ha convertido en una joven de buen ver...

Soltó una risotada que Catalina no supo interpretar si era debida a su alegría por haberla descubierto o al recuerdo de su última noche en la torre, cuando había intentado abusar de ella y había recibido un buen castañazo en la cabeza.

–¿Te van bien las cosas? –preguntó de pronto con un deje de duda.

–Todo lo bien que pueden irme, señor tío –respondió ella temiendo que en cualquier momento insistiera de nuevo con lo de la boda–. Oficio de partera y me gano la vida.

–No creas que ignoro nada de lo tuyo –dijo Muntsaratz con ironía, y Catalina no pudo evitar un sobresalto ante tal aseveración–. Sé lo que has hecho desde el día en que llegaste a Tabira. También sé que recientemente te has enfrentado al concejo y que has sido nombrada maestra de la asamblea de Jentilkoba.

El ánimo se le cayó a los pies al escuchar las últimas palabras y permaneció silenciosa temiendo lo peor, pero también entonces se equivocó. Muntsaratz soltó de nuevo su risa estruendosa.

–¡Por Inguma y sus demonios! –exclamó jovialmente–. Eres digna de tu estirpe y me siento muy orgulloso de ti, ¡qué buen varón hubieras hecho!

Quedó tan asombrada por la reacción de su tío que apenas pudo responder a sus palabras. ¿Qué pretendía el taimado? ¿Intentaba volver a seducirla, esta vez alabando su acción?

–Los Zaldíbar y los Gamboa han olvidado a quiénes deben sus fortunas –dijo el hombre a voz en grito para que todo el mundo pudiera escuchar–. Nos las deben a nosotros, a los Muntsaratz y a los Berriz, Uría, Arroitia y otros que hemos dado nuestra sangre durante generaciones para que esos bastardos vivan como reyes, haciendo y deshaciendo a su antojo, y nos traten como rastrojos que hay que quemar. Que sepan de una vez por todas que no vamos a quedarnos callados, ni quietos como gallinas en vez de luchar como bravos vizcaínos.

Estaba claro que su tío no hablaba para ella, sino para las decenas de personas que en ese momento se hallaban en la plaza. Catalina no sabía qué hacer, ¿por qué decía aquellas cosas?, ¿de qué estaba hablando? Animado por la atención que le prestaba la concurrencia, el señor de Muntsaratz continuó con su perorata.

–Ésta es tierra de hombres libres y esos hijos de puta nos vendieron a cambio de prebendas miserables –clamó–. No murieron mi padre y otros muchos para llenar sus arcas y sus barrigas; no resistieron nuestros antepasados al invasor para ir a caer ahora en manos de unos desaprensivos que se reparten las ganancias de su traición.

La gente se había reunido a su alrededor y aprobaban las palabras del banderizo con comentarios y movimientos de cabeza. Todo el mundo lo conocía y estaba al corriente de sus proezas en las lides contra los enemigos de la merindad, su fama se había extendido por toda la zona y, en algunos casos, había tomado forma de leyenda. Verlo allí, en medio de la plaza, sobrepasando a todos por su altura y corpulencia, rodeado de hombres tan fieros como él y vociferando en contra del alcalde, los regidores y los notables de la villa, era algo digno de presenciar y de escuchar, algo que se comentaría después en la intimidad de los hogares, en el mercado y en las tabernas.

«El pueblo ansía un héroe –pensó Catalina– que haga ciertos sus deseos más ocultos.»

–Peleamos contra Castilla y contra el señorío –prosiguió su tío–, peleamos contra Butrón y sus gentes y pelearemos de nuevo si insisten en subirnos los impuestos y traer aquí a extraños para que juzguen a los hijos e hijas de este pueblo.

La última mención iba directamente dirigida contra el magistrado Guinea y los juicios que pronto iban a iniciarse en contra de los acusados de herejía y el de brujería contra la pobre Marinatxo, que parecía haberse vuelto loca tras sufrir torturas y cautiverio.

Íñigo de Muntsaratz dio por finalizado su discurso después de constatar con placer la aprobación que podía leerse en la mayoría de los rostros que lo escuchaban. Fijó de nuevo la mirada en su sobrina y le echó el brazo al hombro, al igual que había hecho la primera vez, en la puerta de su torre. Catalina sintió un escalofrío y él lo notó.

–No temas, sobrina –tronó–. No voy a comerte. Sé que no guardas un buen recuerdo de mí, pero, si de algo vale, te diré que aquellas fiebres pasaron y que hoy en día soy un hombre felizmente matrimoniado con una buena hembra que ya me ha dado dos hijos y espera darme más.

Sintió tal alivio al escuchar sus palabras que ni siquiera indagó sobre la mujer que se había atrevido a encamarse con semejante furia de hombre, pero también notó que se relajaba y que estaba más dispuesta que momentos antes a seguir hablando con él. La hizo acompañarlo a La Posada de Min y exigió una mesa para ellos dos y otra para sus hombres. Pidió unas sopas de berza, dos raciones de cordero, dos escudillas de verduras y una jarra de vino sin molestarse en recabar la opinión de su sobrina.

–¿Cómo sabes lo de Jentilkoba? –preguntó Catalina cuando las viandas estuvieron dispuestas sobre la mesa.

–¡Qué pregunta más tonta! –exclamó Muntsaratz riendo con fuerza–. ¿Con quién crees que estás hablando? Soy jefe de linaje y mis parientes me tienen al corriente de todo lo que ocurre en mis tierras y en las que no lo son. ¿Acaso piensas que los que acuden a las asambleas son gentes venidas de fuera? ¡Por Inguma que no lo son! Son parientes, vecinos y amigos. Este pueblo es pequeño y aquí nos conocemos todos muy bien.

Ciertamente su tío tenía razón. Era difícil creer que no estuviera al corriente de lo que ocurría en Tabira y en el resto de la merindad. Seguro que conocía a todos y cada uno de los habitantes, dónde vivían y en qué se ocupaban. No sabía cómo no había pensado antes en ello.

–¿Y tú por qué no vas? –preguntó la joven en el colmo de la osadía.

–Seguramente he ido muchas más veces que tú –afirmó mientas agarraba media pierna de cordero y comenzaba a comerla a grandes bocados–, pero hay otros lugares además de Jentilkoba, ¿sabes?

No lo sabía, ¿cómo iba a saberlo? El banderizo enumeró un par de nombres desconocidos para ella y luego prosiguió.

–También hay asambleas en ciertos caseríos y torres, en las encrucijadas de los caminos, en las cimas de todos los montes que se alzan en tierras vizcaínas, en las calas de la costa, lugares de difícil acceso a donde no pueden llegar los renegados sin que nos demos cuenta.

–¿Esos de los que hablabas en la plaza?

–¡Los mismos! –exclamó el hombre con furia–. Aquellos que nos niegan el derecho a elegir nuestra forma de vida, van contra el Fuero y se venden al mejor postor, ¡que Inguma les aplaste el cráneo!

–En Jentilkoba...

–En Jentilkoba no hay más que un grupo de aldeanos que añoran tiempos pasados –la interrumpió–, bailan al son de las flautas, adormecen sus sentidos con ese potingue verdusco que parece vómito de sapo y dan rienda suelta a los deseos que no pueden satisfacer en sus propios lechos.

Catalina estaba atónita. En tres frases su tío había descrito lo que ella había pensado en algún momento, aunque, por supuesto, jamás se le hubiera ocurrido describirlo de aquella manera.

–Yo me reúno con gentes que no pierden el tiempo en vagas ensoñaciones –prosiguió Muntsaratz–, que esperan el cambio de los tiempos para reclamar lo que por derecho les pertenece, que están dispuestos a empuñar las armas y que algún día expulsarán de esta tierra a los que nos usan a su antojo sin querer reconocer que, antes que ellos, nosotros ya estábamos aquí. Te invitaría a asistir a una de nuestras reuniones, pero son cosas de hombres, y una mujer, aunque valerosa como tú, no tiene sitio en ellas.

Por un lado se sintió como un trapo viejo que se tiraba después de usado al escuchar sus últimas palabras, pero por otro sintió un gran alivio. No deseaba complicarse la vida más de lo que ya lo había hecho y tampoco quería verse envuelta en secretas maquinaciones de hombres belicosos, dispuestos a todo y que, seguramente, les reportaría más desagrados que agrados. Se despidieron poco después con la promesa, por parte del tío, de volver a verla, algo que ella esperaba no ocurriera en mucho tiempo.

Aquella noche, acostada al lado de Juan, con sus brazos protectores alrededor de su cuerpo, rendida una vez más al inmenso placer de amar y ser amada, le preguntó su opinión acerca del famoso juicio.

–¿El de los brujos herejes? –preguntó él a su vez como si hubiera algún otro juicio que suscitase tanta expectación–. Que paguen sus culpas si han andado con hechicerías, nada tienen que temer si no ha sido así.

–¿De verdad crees que la Marinatxo y los demás son culpables? –la joven creyó haber oído mal la respuesta.

–Desconozco si lo son o no, lo que sí sé es que es necesario erradicar todo tipo de prácticas paganas que van en contra de la autoridad y de la Iglesia.

–No te entiendo –balbuceó Catalina, incapaz de seguir su razonamiento.

–Es muy sencillo, querida. Creo que las gentes son muy supersticiosas y que se dejan embaucar por charlatanes e insanos de espíritu que inventan viajes fantásticos por los aires y encuentros sobrenaturales con las potencias del mal, pero, si yo fuera el juez del tribunal, los condenaría a todos a morir en la hoguera.

–¿Estás hablando en serio?

–¡Por supuesto que sí! –afirmó Gesala–. Estoy hablando muy en serio. No puede permitirse que se ponga en peligro el orden establecido. Esas gentes no tienen cabida dentro de una comunidad respetable porque inducen a los demás a creer que en efecto existen todos esos seres misteriosos, malignos y diabólicos de los que hablan. La autoridad, por otra parte, debe poner fin a semejantes desmanes antes de que vayan más lejos.

Catalina se sentó en el lecho y lo miró directamente a los ojos.

–¿Me estás diciendo que ordenarías matar a unos pobres desgraciados aun a sabiendas de que todo lo que cuentan es pura invención? –insistió horrorizada.

–¿Qué más dan media docena de locos si está en juego la salud mental de muchos cientos y, lo que es más importante, la estabilidad del poder público?

No quería creer lo que estaba escuchando. Juan, el amado de su corazón, el hombre en cuya mirada se reflejaba su dicha cada vez que la abrazaba, pretendía convencerla de algo que le parecía monstruoso. Hizo un último intento.

–¿Y qué me dices de los inocentes que son acusados por esos dementes o por envidias, por interés o por cualquier otra razón?

–Todas las causas tienen siempre sus mártires –su voz sonaba glacial y exenta de misericordia–. Tampoco es demasiado importante que desaparezcan algunos inocentes para que prevalezca la cordura.

–¿Debo entender que también te parece bien que se juzgue a los seguidores de los frailes?

–En realidad, me parece algo exagerado, pero yo ni entro ni salgo en temas religiosos y ellos se lo han buscado. Además, tampoco tengo ningún pariente ni amigo entre los detenidos.

¿Era posible que ella amara con todas sus fuerzas a un hombre sin entrañas, duro como la roca y frío como el hielo? ¿Un hombre a quien la tortura y tal vez la muerte de sus vecinos dejaban indiferente?

–¿Por qué acudes a las asambleas de Jentilkoba? –preguntó la joven de nuevo tratando de no mostrar la inquietud y pesar que sentía en aquellos momentos.

–Me divierte. La primera vez que asistí fue la misma en la que tú apareciste acompañada por tu abuela. Luego regresé con la intención de verte de nuevo, pero hubo varias a las que no acudiste. Ya desesperaba de encontrarte cuando apareciste, hermosa, rodeada de luz y adorada por unos cuantos paganos chalados que creen que en verdad eres la reencarnación de una diosa.

La mente de Catalina estaba en blanco y no podía reaccionar.

–Aunque en algo he de darles la razón –prosiguió él sin advertir su reacción–. En verdad eres para mí Venus, la diosa del amor adorada por griegos y romanos. He visto una estatua que la representa y tú eres igual que ella, bella, de líneas perfectas y piel tan blanca como la crema de la leche e igualmente apetitosa. Perderme dentro de ti es un gozo no comparable a ningún otro.

A medida que hablaba iba acariciándole el cuerpo y el roce de sus dedos hacía que su piel se erizase. Catalina lo deseaba con tal ardor que olvidó sus palabras y a los reos que desfallecían en un antro oscuro y húmedo a poca distancia de su casa. Se entregó sin ambages ni condiciones al hombre que era parte de ella misma, deseó morir en sus brazos y que sus cuerpos fueran transportados al paraíso de los amantes para toda la eternidad. No había placer más dulce que el amor y ella era muy afortunada por haberlo encontrado con Juan de Gesala.

–Y tú, ¿por qué vas a la cueva? –le oyó preguntar en la lejanía.

–Tú mismo lo has dicho –respondió en un susurro–, porque soy la reencarnación de una diosa.

El juicio de los herejes se llevó a cabo delante de Santa María. El buen tiempo y el deseo de muchos habitantes de la villa de asistir al mismo habían aconsejado trasladar la vista desde la casa del consistorio. Cuantos más asistentes hubiera, ¡mejor!, se dijo maese Bartolomé. Era preciso dar un escarmiento ejemplar y aviso a los que aún perduraban en el error. Que supieran que la ley tenía puestos los ojos en ellos y que no descansaría hasta que hubieran desaparecido de la faz de la merindad.

La mesa estaba presidida por el párroco Arandia, Sánchez de Guinea, el alcalde, el merino, el alcalde de Hermandad y el escribano Martínez de Unda. Juan de Gesala, como ayudante del escribano, se sentaba detrás de él e iba tomando nota de los hechos. Llegar a un acuerdo sobre quién debería presidir el juicio había costado no pocos esfuerzos, puesto que al alcalde no le había hecho ninguna gracia tener que contar de nuevo con la presencia del magistrado.

–¡No nos hacen falta gentes de fuera para dirimir nuestros asuntos! –exclamó al conocer la presencia del magistrado.

–Es una orden real –explicó Unda conciliador.

El hecho de que el tribunal eclesiástico, representado por la persona de Guinea, que ejercía el cargo de presidente y acusador, un notario del secreto, un escribano de secuestros, un nuncio y algunos oficiales más que lo acompañaban, se hubiera establecido en Durango procedente de Calahorra había causado una tremenda ira entre los habitantes de la meridad personificados por el alcalde y los regidores de Tabira, el vecindario más grande. Desde un primer momento dejaron claro que no abonarían ni un maravedí para su mantenimiento; que si querían alojamiento, que hicieran ellos mismos las gestiones con algún vecino que quisiera arrendarles su casa; que las villas del señorío tenían el privilegio de no estar obligadas a aposentar a nadie –ni siquiera por orden real– y que pensaban mantenerlo y que, además, el representante del obispo y su gente ya recibían un sueldo por su oficio y, por lo tanto, ¡que de lo suyo gastasen!

Las discusiones entre Guinea, el párroco Arandia, Juan López de Uría y los regidores ocuparon el interés de la villa durante varios días hasta que finalmente llegaron a un acuerdo. El magistrado presidiría el tribunal con igual rango que el párroco y sus oficiales se mantendrían apartados, ocupando el puesto de escribano el propio del consistorio, es decir, Martínez de Unda.

Era imposible juzgar a todos los detenidos, casi medio centenar, así que se decidió comenzar por los últimos apresados. Una oportuna delación había puesto a la autoridad sobre la pista de las reuniones que se celebraban en un caserío situado en el camino de Bermeo. Una noche, Guinea y sus hombres se presentaron allí de improviso y detuvieron a todos los que se hallaban dentro de la casa: Marina de Minika, la anciana a la que Catalina había atendido; Juan de Unamuno, de profesión cuchillero; su hermano Sancho y su cuñada María de Zearra, más María de Lezama, tejedora; Juan Miguel de Zestona, Domenxa de Aguirre y algunos más. Había suficientes testimonios que demostraban claramente que la tal Marina de Minika y sus más cercanos seguidores habían inducido a muchas otras personas a unirse a la secta herética. Ellos eran los cabecillas y a ellos les tocaba ser los primeros en sufrir el rigor de la ley.

Los comercios habían cerrado, las fábricas de paños también y sólo se mantenían activas las ferrerías, pues no era cuestión de dejar que los fuegos se apagasen. No obstante, se había sorteado entre los ferrones el derecho a asistir a la vista, quedándose retenes de guardia a los que se había prometido una pronta y exacta información sobre el asunto que tanta excitación provocaba en todos.

El pórtico, la pequeña plaza y los aledaños estaban llenos de gente que se apretaba esperando ansiosa el inicio del juicio. Las ventanas de las casas estaban a rebosar y los más osados habían trepado a unos árboles vecinos, desde los que, si bien no se podía ver, al menos se podía escuchar.

La entrada de los reos fue recibida con un murmullo en el que no faltó algún que otro insulto, aunque la mayoría de los comentarios estaban plenos de conmiseración hacia los inculpados, que con paso vacilante arrastraban sus pies encadenados. Parecían desorientados y sorprendidos por el ruido y por la gente que abarrotaba el lugar o, tal vez, por la luz del día que no habían vuelto a ver desde su encierro en la prisión.

El escribano, en su calidad de secretario del tribunal, leyó con una potente voz, totalmente desproporcionada con su físico, los cargos de los que se acusaba a los detenidos, entre los cuales se hallaba el más importante, el de ser blasfemos de Nuestro Señor Jesucristo y enemigos e incrédulos de la fe, con abusos y doctrinas diabólicas. Tampoco faltaba el de que, según los herejes, *no había otra cosa que nacer o morir*, que interpretaban las Sagradas Escrituras de modo diferente a como lo hacían los doctores de la Iglesia y que se ayuntaban en su locura y herejía.

Los espectadores escuchaban con la boca abierta la retahíla de acusaciones que Unda iba desgranando y no perdían la vista a los acusados, para los que se trajo un banco corrido de madera a fin de que se sentaran, ya que su mucha debilidad amenazaba con hacerles caer redondos al suelo.

Don Tomás Martínez de Arandia, muy en su papel de presidente de tribunal añadido al de pastor de su grey, se creyó en la obligación de dar una explicación sobre las creencias de la secta para así dejar bien claro que no erraba el corregidor en nombre del rey al enviar emisarios especiales para acabar con el peligro que ésta suponía.

–Se han atrevido a decir –declaró con el tono que utilizaba para dirigir el sermón a los fieles– que los buenos cristianos pueden comunicarse con Dios directamente. ¡Blasfemia! Que el clero, los sacramentos y las iglesias son innecesarios. ¡Anatema! Que la Iglesia católica y el símbolo de la cruz son engaños. ¡Maldición!

Todos los presentes se hallaban sobrecogidos por tan terribles palabras, incluso los propios reos parecían encogerse a cada acusación del párroco.

–Alientan el adulterio en las mujeres y la fornicación en los hombres –prosiguió el clérigo, embalado en el discurso que le era más querido–. Se ayuntan de tres en tres y los hijos que nacen de sus uniones pecadoras son sacrificados para elaborar hostias con sus restos y...

–¡Eso es falso!

El indignado grito de Marina de Minika enmudeció a don Tomás. La mujer se levantó del asiento y los cuellos se alargaron para poder ver mejor. A pesar de su edad, de los días pasados en encierro y de la suciedad que cubría su rostro y sus ropas, la acusada se mantenía erguida. Paseó su mirada por la asamblea y finalmente la fijó en el hombre que les acusaba.

–¡Mientes, Tomás de Arandia, y serás condenado para toda la eternidad por tus aborrecibles palabras! –exclamó señalándolo con un descarnado dedo índice–. No eres digno de ser sacerdote ni de mencionar el nombre de Cristo. No engañas a nadie y todos sabemos que, aunque escondido bajo ese humilde tabardo, el lujo te rodea, que en más de una ocasión has aprovechado tu hábito para dar gusto a tu lujuria y que te sirves de las confidencias que se te hacen para ayudar a tu familia y a sus partidarios. Tu tío asesinó a decenas de personas inocentes y tú...

–¡El diablo habla por tu boca, Marina de Minika! –la interrumpió Arandia a voz en grito al comprobar los gestos afirmativos de muchos espectadores.

–¡Tú mismo eres el diablo, hijo del diablo! –gritó la mujer a su vez.

Guinea hizo un gesto a los bocineros y el estridente sonido de los instrumentos acalló el conato de tumulto que se había iniciado.

–¿Reconoces que eres seguidora de fray Alonso de Mella? –preguntó el magistrado a la acusada.

–¿Por qué iba a negarlo?

–¡Responde!

–Sigo unas enseñanzas que hablan de amor, de caridad y de pobreza –respondió la anciana con voz serena–, que rechazan la riqueza y el abuso, la acumulación de bienes y el uso de éstos para obtener el poder.

–Los *fraticelli* han sido condenados muchas veces por la Iglesia.

–Una Iglesia que desdice el mensaje de Cristo, se enriquece a costa de los pobres y comparte la mesa de los ricos. ¡Ésa sí que es una adúltera!

Guinea ordenó a sus soldados que reprimiesen la bronca que estalló, provocada por las últimas palabras de Marina y alentada por el párroco desde la mesa. Durante largo rato no se supo muy bien quiénes eran los acusados, quiénes los acusadores y quiénes formaban el público. Los insultos, las amenazas y los golpes se propagaron por la plaza y sus aledaños hasta que finalmente la calma volvió de nuevo al lugar.

–De ahora en adelante permanecerás callada –ordenó el magistrado dirigiéndose a la causante del alboroto–. Si vuelves a abrir la boca, haré que te atraviesen la lengua con una pica.

La amenaza surtió efecto. La mujer pareció pensárselo durante un brevísimo espacio de tiempo y después optó por sentarse de nuevo entre una mujer que se deshacía en lágrimas y Juan de Unamuno, no sin antes haber dirigido una mirada de conmiseración a Tomás de Arandia.

Los acusados no tenían derecho a un defensor, por lo que nadie rebatió los cargos que uno a uno fueron exponiéndose a lo largo del juicio. Únicamente al final del mismo se permitió que a aquellos culpables que sintieran arrepentimiento por su conducta y jurasen no volver a incidir en ella les sería conmutada la pena de muerte por otra más leve, como la de encierro a perpetuidad, ingreso en un monasterio o penitencia pública. Seis respondieron a la oferta cayendo de rodillas y suplicando el perdón del tribunal, los demás permanecieron mudos, con los ojos fijos en ninguna parte, como si la cosa no fuera con ellos.

Don Tomás, a pesar del disgusto reflejado en el rostro de los demás miembros del tribunal, aprovechó la ocasión para hacer preguntas a los arrepentidos sobre doña María de Muntsaratz y doña María López de Mondragón, y demostrar claramente que las dos señoras habían sido tan herejes o más que los que callaban. Aunque su tío no le había dicho nunca nada al respecto, había oído hablar del asunto en más de una ocasión y opinó que era una manera de compensar al viejo loco, que se había visto obligado a dar sepultura en el campo santo a las dos herejes.

El tribunal se retiró para deliberar y regresó poco después con la sentencia que Unda leyó con el tono pomposo que la ocasión requería. Los seis arrepentidos fueron condenados a diversas penas, entre las que no faltó la de azotes para tres de ellos; las tres mujeres, en la plaza pública a fin de que sirviera de escarmiento a todos los que aún no estaban convencidos de su culpabilidad y para que las mujeres honestas supieran el fin que aguardaba a las que olvidaban sus deberes conyugales y filiales. Los otros siete, un hombre y seis mujeres, que se habían negado a abjurar la héretica doctrina de los *fraticelli* fueron condenados a morir en la hoguera. Con ellos arderían los restos de las dos nobles difuntas, que serían exhumados sin dilación del cementerio cristiano donde no tenían ya derecho a permanecer, y asimismo serían exhumados los cadáveres de otras tres mujeres que también habían fallecido y cuyas culpas habían sido sobradamente demostradas durante el juicio.

Una semana después dio comienzo el juicio de la Marinatxo. No hubo discusiones entre el alcalde Uría y Sánchez de Guinea a la hora de formar el tribunal, pues sería el mismo que había juzgado a los herejes. Era preciso mantenerse unidos y que la justicia prevaleciese por encima de los bandos y de las diferencias de opiniones. Para gran sorpresa de todo el mundo, don Tomás de Arandia se negó a participar.

–No seré yo quien juzgue a mis vecinos –replicó sin abandonar su tono severo habitual–. No juzguéis si no queréis ser juzgados –añadió, citando las Sagradas Escrituras.

Este comportamiento levantó una gran polémica. ¿No había sido el párroco uno de los principales instigadores de la caza de los herejes? ¿A qué venía negarse ahora a juzgar a la bruja? Durante muchos días se sucedieron las discusiones entre aquellos que opinaban que un pastor de la Iglesia tenía la obligación de luchar contra la secta de los brujos que adoraban al diablo y los que veían en la presencia del representante de la diócesis un ataque a las libertades de los vizcaínos defendidas en el Fuero.

Don Tomás parecía haber envejecido mil años en poco tiempo. Había desaparecido su seguridad, la altanería con la que trataba a los demás. En sus sermones ya no hablaba del pecado de la carne, de la coyunda obscena o de la inmoralidad en las costumbres. Hablaba del perdón, de la caridad y del amor al prójimo, algo que tenía verdaderamente asombrados a todos sus parroquianos.

El día en que Bartolomé de Unda, muy satisfecho de sí mismo, le presentó todos los informes que sobre la brujería en la merindad había ido recopilando y ordenando con gran rigurosidad, el clérigo apenas les echó un vistazo.

–¿Por qué queréis empezar otra vez? –preguntó.

–No os entiendo –balbuceó el escribano.

–¿No ha sido suficiente para vos? –insistió el clérigo–. ¿No ha sido suficiente la condena de los herejes? ¿Sabéis que serán quemados aquí mismo, en Tabira? ¿Asistiréis impávido a su ejecución? ¿Escucharéis sus gritos y oleréis su carne quemada sin tan siquiera pestañear?

Unda, al igual que muchos otros, se quedó sorprendido ante la reacción del párroco. Intentó convencerlo de que el asunto era muy serio, pero viendo que Arandia no le escuchaba y que volvía a aquello del amor entre los hombres, el escribano decidió que el clérigo se había vuelto loco como su tío y lo dejó por imposible.

Los días transcurridos desde la celebración del juicio habían sido una verdadera tortura para don Tomás. Regresó a la casa cural, satisfecho por el deber cumplido y se dirigió a su escritorio para brindar por el éxito de su gestión que había llevado a desenmascarar a los culpables de los más horrendos crímenes contra la santa Iglesia. Se detuvo en el umbral de la puerta al ver a su tío Alfonso sentado en su sillón. Iba a llamar a los criados, pero algo en el gesto del anciano clérigo le hizo detenerse.

–¿Los habéis condenado?

La voz de Alfonso Pérez de Arandia sonaba extrañamente serena.

–Sí –respondió su sobrino perplejo–. Su culpabilidad ha quedado sobradamente demostrada.

–¿Los quemarán?

–Por supuesto.

–¿Cuándo?

–Después del juicio de los brujos. Aprovecharemos y haremos una gran pira con todos esos discípulos del diablo, además hemos pensado que...

Don Alfonso no lo escuchaba, sus recuerdos retrocedieron cuarenta y cinco años. La ejecución se había llevado a cabo al día siguiente del juicio, un domingo, a las doce del mediodía, después de misa mayor, siendo observadores privilegiados aquellos cuyas ventanas daban a la plaza de Santa María. Las trece estacas rodeadas de leña ocupaban la mayor parte de la pequeña plaza y los soldados del teniente del prestamero acordonaban el lugar e impedían el acceso. La población se apiñaba bajo el pórtico y en las calles adyacentes; los más jóvenes se subieron a los tejados. Hubo muchos que prefirieron regresar rápidamente a sus casas o marchar a las poblaciones vecinas para no estar presentes cuando se ejecutase a sus vecinos. A una señal de Otxoa de Guinea, después de leída la sentencia, el verdugo había prendido fuego a las leñas. Hubo una reculada de horror cuando se escucharon los primeros alaridos de los condenados e incluso algunos gritos de protesta que fueron acallados rápidamente por los espectadores que no deseaban que sobre ellos se abatieran los soldados que rodeaban la plaza dando la espalda a las hogueras y enfrentándose a la multitud con sus picas dispuestas y la mirada feroz.

Cuando aún no se había apagado el humo de las brasas y los gritos de los sacrificados resonaban por calles y cantones de la villa, varias carretas repletas de durangueses partieron para Valladolid y para Santo Domingo de la Calzada. Tiempo después se supo que todos habían sido juzgados en ambas poblaciones y quemados vivos.

El asunto se le había escapado de las manos. Creía que sus feligreses le agradecerían sus esfuerzos para acabar con el mal que amenazaba a las buenas almas, pero, en su lugar, encontró lágrimas en los ojos de las madres y reproches, incluso odio, en los de muchos buenos cristianos. Empezó a tener pesadillas. En su sueño se le aparecían rostros desfigurados por el fuego, esqueletos con restos de carne en sus huesos. Todas las noches le despertaban los angustiosos gritos de los ejecutados y no podía volver a conciliar el sueño. Llevaba atormentado cuatro décadas y no pasaba un solo día en que no pidiera a Dios que le enviara la muerte de una vez por todas. Pero Dios se había olvidado de él o era su manera de hacerle penar por su terrible crimen.

–¿Marina de Minika? –preguntó de pronto volviendo a fijar la mirada en su sobrino.

–También ella –respondió éste con una sonrisa de triunfo en sus labios–. Es la más contumaz de todos. Incluso se ha atrevido a plantarme cara y a acusarme de ser el hijo del diablo.

–Tal vez lo eres.

–¿Qué queréis decir? –las palabras del viejo cura habían borrado su sonrisa de un plumazo.

–Era joven y muy bonita –la mirada de don Alfonso había vuelto a perderse en el pasado–, rellena de formas y con una piel clara. Le dije que sus padres estaban perdidos, pero que ella podría salvarse, que todavía no era tarde y que sus pecados quedarían perdonados, que yo tenía el poder de perdonárselos... –una risa seca seguida de un ataque de tos interrumpió sus palabras–. Tú naciste nueve meses después. Mi hermano Domingo se hizo cargo de ti para evitar el escándalo, pero estaba escrito que yo tendría que pagar mis culpas y tú también las tuyas. Ya ves, yo mandé a la hoguera a sus padres y ahora tú la has mandado a ella, a tu propia madre.

Tomás de Arandia no se recuperó del estupor depresivo en el que se hundió tras escuchar la declaración del que hasta entonces creía su tío. Se encerró en un silencio total que únicamente rompió para negarse a ser miembro del nuevo jurado.

Entre los más asombrados por la reacción del párroco fueron sin duda aquellos que como Josefa, Catalina y muchos otros eran diana de la ira santa del clérigo por su ausencia de la iglesia y de las prácticas religiosas.

–A ver si me había equivocado –comentó Josefa al enterarse del asunto– y resulta que don Tomás es mejor de lo que yo pensaba.

–¿Por qué lo habrá hecho? –preguntó Catalina recordando las miradas furibundas del cura cada vez que se lo encontraba en su camino.

–¿Quién sabe...? La Marinatxo y los otros son cristianos fieles que acuden a misa y nunca han dado motivo de escándalo. Además –añadió–, probablemente también se confiesen y nunca le hayan dicho nada de brujos y cosas por el estilo.

Las dos mujeres se encaminaban hacia Santa María con ánimo de asistir al juicio al igual que la mayoría de sus vecinos. No habían podido convencer a Maritxiki para que las acompañara. El terror se había apoderado de todos los miembros de su grupo tras la captura, juicio y condena de sus correligionarios. No se atrevía a salir de su casa por miedo a que la prendiesen en cualquier esquina y se negaba a hablar con nadie. Catalina no le dijo a Josefa lo que sabía de ella y de las reuniones de los herejes. ¿Para qué echar más leña al fuego? Mejor dejar las cosas como estaban y esperar a que la tormenta amainara.

Se le encogió el corazón al reconocer a la Marinatxo en una vieja encorvada y andrajosa. Nada en su aspecto recordaba a la mujer pobre pero cuidada con la que había hablado unas semanas antes. Estaba sucia, el pelo gris mugriento y despeinado le daba un aspecto de loca, sus ropas habían sufrido desgarros y podían apreciarse manchas de sangre reseca en ellas. La joven se mordió los labios y las lágrimas asomaron a sus ojos. ¿Cómo podía alguien ser tan cruel?

Martínez de Unda había comenzado a leer el acta del juicio y enumeraba con voz exaltada los crímenes de los que se acusaba a los presos. Las palabras «brujería», «hechicería» y «malas artes» se repetían una y otra vez arrancando exclamaciones de terror de entre la multitud.

–A María Teresa de Aguirre, conocida como Marinatxo –declaró–, se la acusa de haber embrujado a la niña Inés Ederra, haberla transportado mediante ungüentos y magia a una reunión de brujos y haberla obligado a cuidar un rebaño de sapos.

–Que se presente Inés Ederra –ordenó el alcalde.

La niña iba vestida para la ocasión con una falda azul con adornos en los bajos, un corpiño de manga corta y una blusa de lino con el cuello bordado. Llevaba el cabello peinado en dos trenzas y unas abarcas nuevas, como todo el mundo pudo comprobar. Una cruz de plata que brillaba sobre el corpiño demostraba claramente su religiosidad y la de sus familiares. Respondió a las preguntas del magistrado Guinea, declarando que todo lo dicho era cierto, que la Marinatxo la obligaba a acompañarla a las reuniones de los brujos, que la untaba con un ungüento del que desconocía la composición, que juntas volaban por encima de los matos y por debajo de las nubes, y que en compañía de otros muchos niños se la obligaba a cuidar de un rebaño de sapos enormes que nadaban en una charca, mientras las brujas y los brujos se divertían en una campa en compañía de un ser, negro como la noche, mitad hombre y mitad animal, con cuernos en la cabeza y barbas de chivo.

El silencio era total. Todo el mundo contenía la respiración y pocos había que dudasen de su sinceridad. Conmovía los corazones más duros ver allí a la pobre niña, con sus largas trenzas y sus ojos asustados relatando la horrible pesadilla. El alcalde Uría tuvo que hacer uso de toda su autoridad y amenazar con llevar el juicio a un local cerrado si no cesaban los comentarios y las amenazas que suscitaron las palabras de Inés Ederra. Guinea esperó pacientemente a que se aquietaran las voces para interrogar a la Marinatxo.

–¿Es verdad lo que esta criatura acaba de declarar? –preguntó con una voz tan potente que todos pudieron escucharlo, incluso los situados en los lugares más alejados.

–Ella sabrá por qué ha dicho lo que ha dicho –respondió la mujer en un tono tranquilo, como si la cosa no fuera con ella.

–¿Niegas entonces que su acusación sea cierta? –preguntó de nuevo el magistrado.

–Si la niego, volveréis a torturarme, me colgaréis de los dedos pulgares, me sentaréis en la silla caliente, me haréis la prueba del agua, me aplicaréis las agujas y cosas peores –dijo la Marinatxo resignada–, entonces ¿para qué negar si antes o después os diré lo que queréis escuchar?

–¡Responde a la pregunta, mujer! –bramó Guinea esperando una confesión que le diera el triunfo, la demostración de que la presencia del Tribunal de la Inquisición en tierras de Durango había sido absolutamente necesaria.

–Pues bien, ¡malditos seáis! –gritó la desgraciada con una fuerza inusitada para su edad–. Sí, soy bruja, utilizo cuerpos de niños muertos y testículos de gallos negros para elaborar mis pócimas, llevo toda la vida aojando a mis vecinos y ocasionando sus desgracias e incluso sus muertes y asisto a las reuniones en las que fornico con el propio Satanás. Y, ya que queréis saberlo, puedo llamar a las tormentas, los vientos escuchan mi voz, los rayos me obedecen y podría acabar con todos vosotros en un instante.

Hubo un movimiento de reculada entre la multitud, horrorizada por lo que estaba escuchando y temerosa de que la bruja hiciera ciertas sus amenazas.

–Pero –prosiguió la Marinatxo con la misma fuerza– jamás he llevado a Inés Ederra a ninguna de nuestras reuniones. Todo es una patraña inventada por *Zikiña*, su padre, para vengarse de mí –buscó con la vista al objeto de su acusación, lo vio en primera línea y lo señaló con el dedo–. Tú, Martín Ederra, seas por siempre maldito. Mi espíritu te perseguirá allá adonde vayas y no volverás a tener paz el resto de tu vida.

Dicho esto, la mujer empezó a reírse de forma tan histérica que heló la sangre del tribunal y de los espectadores. El aludido retrocedió asustado y empezó a gritar como un poseso al constatar que las personas que se hallaban a su lado se apartaban de él. El alboroto fue tremendo. Con grandes esfuerzos, los alguaciles pudieron retener a la gente dispuesta a lanzarse sobre los acusados y acabar con ellos allí mismo. Finalmente fueron conducidos de nuevo al granero que hacía las veces de cárcel, quedando la vista aplazada hasta el día siguiente.

Cuando todo el mundo se hubo dispersado y sólo quedaba en la plaza algún que otro curioso, Catalina se sentó en un mojón de piedra agotada por la larga permanencia en pie, los apretujones y la angustia.

Juan Ortiz de Gesala había tomado cuidadosa nota de todo lo dicho durante el juicio y también de la resolución aceptada por el tribunal a puerta cerrada. El jurado se había reunido nada más acabar la tumultuosa asamblea popular para examinar con detenimiento todas las pruebas y dar un veredicto. Sus miembros no querían ser acusados de ligeros en materia tan grave, sabiendo además que la cosa traería cola, puesto que había muchas otras personas inculpadas por brujería y, además, la quema de los trece estaba muy reciente y aún quedaban decenas de presos por juzgar.

En cuanto a la culpabilidad de los acusados, todos estaban de acuerdo en que la de la Marinatxo no planteaba ninguna duda. La mujer era bruja. Ella misma así lo había declarado públicamente y sin ser coaccionada, y únicamente había un veredicto para ella: culpable, y la pena: muerte en la hoguera. Sánchez de Guinea sintió que un gran peso se le quitaba de encima por haber alcanzando tan fácilmente un acuerdo con las fuerzas vivas de la villa. No era fácil para él, pensó, tener que actuar como juez y fiscal en una causa de hechicería contra acusados que podían contar con el apoyo de su familia o el de sus vecinos. Los durangueses olvidaban sus refriegas y odios para hacer causa común cuando se veían atacados por los foráneos. En el caso de la mujer no parecía haber habido trabas de esa índole. Al parecer no contaba con las simpatías de nadie y eso había hecho todo más fácil.

Respecto a los otros cuatro acusados, él era partidario de aplicarles la misma pena, pero se encontró con la violenta oposición de Uría. Uno de los acusados era su pariente y los otros tres lo eran de familias de peso en la villa.

–¿No es del todo natural que la bruja haya acusado a otras personas en un deseo de venganza? –preguntó–. Todos hemos oído sus terribles palabras. Es una mujer sin alma ni conciencia.

–Pero –adujo Guinea– también los otros han confesado durante los interrogatorios y...

–¡Vamos! –le interrumpió el alcalde–. ¿Acaso vos mismo no confesaríais si os hubieran sometido al tormento?

–No lo sé.

–Si queréis hacemos la prueba –añadió Uría con sorna–. Seamos serios. La Marinatxo ha sido la única que se ha declarado culpable, los otros cuatro se han mantenido firmes, han negado las acusaciones y se han retractado de sus confesiones. Conociendo de antemano que serían nuevamente puestos a tortura, ¿por qué habrían de desear volver a sufrir?

–Tal vez esperaban la benevolencia del tribunal...

Las palabras de maese Bartolomé recibieron como respuesta la mirada colérica de Juan de Uría. Los cuatro acusados pertenecían al bando oñacino, ¿quería aquel segundón gamboíno de los Unda echar más leña al fuego?, ¿no le bastaba con un reo?, ¿acaso pensaba quedarse tan tranquilo si eran declarados culpables y sus bienes pasaran a los reyes y a sus siervos, los inquisidores?

–La única prueba en su contra ha sido la acusación de la bruja –tronó y el escribano se encogió en su asiento–. ¿Vamos a dar crédito a las palabras de una mujer que ha confesado que fornica con el propio Satanás? ¿Quiere eso decir que de ahora en adelante cualquiera que sea señalado por ella deberá sufrir tortura?

–Si es culpable, sí –afirmó Guinea tajantemente.

–Entonces, si mañana os acusa directamente a vos como discípulo del diablo, ¿deberemos deteneros, colgaros de cadenas y sentaros en la silla caliente hasta que se chamusquen vuestras partes más íntimas?

Aquél era un terreno peligroso, el magistrado lo sabía. Sus relaciones con el concejo eran meramente superficiales y en ningún momento se le había dejado olvidar que se le había aceptado como «invitado», no como juez, y que el recuerdo del paso de su padre, el teniente del prestamero, y lo que ello había traído consigo estaba aún demasiado fresco en la memoria de todos. Incluso creyó entender que alguien podría convencer a la bruja para que lo acusara a él en persona.

–Tal vez necesitemos más pruebas... –dijo con un suspiro.

El rostro del alcalde se distendió con una sonrisa.

–Vamos entendiéndonos, señor presidente del tribunal –dijo, y Guinea percibió de nuevo el tono irónico que el alcalde utilizaba cuando se dirigía a él.

La sesión duró poco más. La Marinatxo sería enviada a la hoguera y los otros cuatro acusados quedaban libres por falta de pruebas, sus bienes restituidos y recuperada su honra.

El pueblo recibió el veredicto con alivio. Que la mujer fuera culpable después de lo que había dicho delante de todos era algo tan claro como el agua más limpia, pero los otros eran asunto de otro costal. La villa no estaba dispuesta a pasar de nuevo por la prueba de ver arder a miembros de familias conocidas, y menos cuando nadie, antes de las acusaciones de la bruja, había dicho nada en contra de ellos. Todos alabaron la prudencia de los miembros del tribunal y sólo algunos repararon en el hecho de que, aunque declarados inocentes, los cuatro imputados sufrirían el resto de sus vidas las consecuencias de la tortura. Juan de Ibáñez quedaría cojo, Domingo Itúrriz no volvería a ver por su ojo derecho y Marina González de Maribona y su hermana Miguela, a su edad, no recuperarían la salud después del tormento y las semanas transcurridas en la «pocilga», como algunos llamaban al granero prisión.

El único que no salió convencido de la reunión fue maese Bartolomé. De nuevo en su escritorio, mientras leía el acta que su escribiente había pasado a limpio, despotricó contra la debilidad del alcalde, que permitía que cuatro posibles brujos quedasen libres para volver otra vez a sus fechorías.

–Que los hombres fueran inocentes, puede que sea verdad –afirmó–, pero las dos mujeres son tan brujas como la Marinatxo. ¿Tú qué piensas?

Juan de Gesala se alzó de hombros. Había asistido al juicio y llevado las actas como un espectador más. Aquello ni le iba ni le venía. La justicia no tenía sentimientos y era así como se la tomaba. Recordó su entrevista con Guinea en La Posada de Min unos días antes.

–No son vuestros paisanos muy dados a la hospitalidad –se quejó el letrado haciendo clara referencia a la poca predisposición del concejo–. No nos han dado ninguna facilidad, pretenden que corramos nosotros mismos con nuestros gastos y encima ponen en entredicho nuestra autoridad.

–Debéis intentar comprenderlos –trató de apaciguarlo–. Por una parte existe una gran conmoción por lo que está ocurriendo. Ésta es una plaza tranquila, puedo asegurároslo, y es la segunda vez que ocurren cosas de esta índole. El anterior juicio y ejecución de los herejes causó una honda impresión en la población.

–No es plato de mi gusto, también puedo yo asegurároslo, acusar y condenar a las personas –aseveró Guinea–. Pero la ortodoxia debe primar antes que cualquier otro argumento. ¡Apañados estaríamos si permitiéramos que la herejía se extendiera por el mundo sin ponerle coto! La humanidad entera estaría perdida en la más negra de las podredumbres.

Guinea continuó hablando.

–Sólo una mano firme y una política severa han impedido que las sectas se propaguen por toda la cristiandad. Ahora le toca el turno a la brujería, como ya antes les tocó a los herejes. La muerte en la hoguera de unos cuantos es un mal menor si se compara con la muerte espiritual del género humano –afirmó mientras daba cuenta de unos *kaskallus*, pececillos de río, fritos que Min les había servido a poco de sentarse a la mesa–. Aunque, a veces, es necesario que surjan estos focos de maldad y error para que nos demos cuenta de cuál es la única verdad. Incluso San Pablo escribió: «Hasta es conveniente que haya divisiones entre vosotros para que se sepa quiénes son de virtud probada». ¿Cómo probar nuestra virtud si no tenemos con qué compararla?

Había cosas en el discurso de Sánchez de Guinea que a Juan se le escapaban, pero en su conjunto estaba de acuerdo con él. No quería un mundo en el que reinase el caos, su vida debía estar regida por el orden, le hacía sentirse más seguro.

–¿Y vos qué? –preguntó de pronto el magistrado.

–¿Yo qué? –repitió la pregunta.

–Sí, vos. ¿Cuál es vuestra meta en la vida?

–Ah, eso... –¿Cuál era su meta en la vida? ¿Acaso alguna vez se lo había planteado?

–¿Pensáis seguir siendo un escribiente, ayudante de escribano, el resto de vuestra vida?

–Espero ser yo mismo un escribano algún día –respondió Gesala pensando al tiempo que tal día estaba aún muy lejano.

–Para eso se necesitan buenos apoyos...

–Ciertamente, ¡y mucha suerte!

–La organización ayuda a los suyos –sonrió Guinea–. Les proporciona medios para cuando decidan dejar su servicio.

–¿Estáis proponiéndome que cambie de oficio?

–En tierra de extraños siempre es bueno contar con un natural que sepa la lengua, con quién debe hablarse y cuándo.

–¿A cambio de qué?

–El tribunal se encuentra actualmente en Tabira, pero no es ningún secreto que antes lo estaba en Calahorra y mucho antes en Osma –aclaró el magistrado–. Sin embargo, algún día acabará asentándose en un lugar fijo y yo diría que ese lugar será Calahorra por ser plaza de mucha raigambre y tradición en esto de la religión. Ese día seréis libre de disponer de vuestra vida de la manera que os plazca, aunque a lo mejor para entonces le habéis tomado gusto y preferís seguir sirviendo a la causa de Dios en lugar de a la de los hombres.

No se le ocultaba a Juan lo que la oferta suponía. Encontraría oposición entre sus vecinos, su presencia sería sospechosa y pocos habría en quien podría confiar, pero, a cambio, gozaría de un poder desconocido, de la posibilidad de hacerse un hueco en la poderosa organización eclesiástica aun sin ser clérigo, no pagaría impuestos, disfrutaría de la inmunidad de su puesto, obtendría un buen sueldo y parte de los bienes confiscados a los culpables de crímenes de herejía, blasfemia, bigamia, adulterio, violación y tantos y tantos otros delitos que tenían lugar todos los días, o casi todos... Después, cuando el tribunal se organizase, podría irse con él o seguir residiendo en la villa, dependiendo de cómo le hubieran ido las cosas.

–Dadme tiempo para que lo piense –respondió con cautela–. Los pasos importantes siempre han de meditarse antes de darlos.

–Sabia respuesta.

Continuaron hablando de otros aspectos de la vida y disfrutando de unos dulces de queso y membrillo acompañados del aguardiente especial de Min, que éste había colocado delante de ellos una vez retirados los restos del cordero.

–¿No me estás escuchando?

La voz de maese Bartolomé le hizo olvidar su entrevista.

–Os escucho, maese, os escucho...

–¿Estás entonces de acuerdo conmigo? –preguntó de nuevo el escribano– Este asunto no ha hecho más que empezar.

–Tal vez tengáis razón.

–Tal vez no, ¡seguro que la tengo! –exclamó el hombre con vehemencia–. Esos cuatro liberados han tenido mucha suerte, pero que se anden con cuidado porque a la menor sospecha, yo mismo los acusaré ante el tribunal sin importarme un bledo a qué bando pertenezcan. ¡Dios es más importante que cualquier bando! Ahora, centrémonos en las denuncias de las que disponemos. Haremos una selección y elegiremos las más potenciales, no vaya a ser que Uría o cualquier otro usen triquiñuelas como las aducidas hoy por el alcalde para librar del castigo a su pariente.

El escribano observó a Juan mientras leía los documentos e iba separándolos según un criterio de veracidad. No había podido olvidar lo que había visto en la calle la noche en la que esperaba el regreso de Catalina a su casa. Tampoco estaba demasiado sorprendido. Su ayudante era uno de los hombres más atractivos que conocía, ¿qué mujer podía resistirse a sus encantos? Tenía una voz profunda y agradable, perfecta para hablar de amor. El hecho de que se le hubiese adelantado no lo ponía en su contra, más bien lo admiraba. Lo que ya no perdonaba era que ella se hubiese entregado al escribiente. ¿Qué mujer decente podía entregarse a un hombre sin estar legalmente casada? Volvió a dirigir la palabra a doña Marijuán sólo para preguntarle si tenía conocimiento de que su ayudante estuviese prometido o tuviera alguna intención de estarlo. Su mujer le agradeció con una sonrisa que se dirigiese a ella y le permitiera corresponder al detalle.

–Son muchas las familias en Tabira que no verían con malos ojos que Juan de Gesala pidiese la mano de sus hijas solteras –le informó con las mejillas sonrosadas por el placer–. A pesar de pertenecer a una familia sin recursos, es hombre apuesto, tiene una casa y, aunque ahora es tu ayudante, algún día tendrá su propio escritorio.

–¿Y no tiene ya edad para estar comprometido?

–Está encoñado con una mujer, una tal Catalina, una partera-curandera –continuó informándole la mujer–. No es de Tabira, viene de alguna de las aldeas del valle. Dicen que el viejo físico don Diego era amigo de su familia, la trajo a vivir aquí para enseñarle el oficio y luego le dejó la casa y un montón de dinero.

No era tanto el dinero, pensó maese Bartolomé, aunque la casa valía una bonita suma.

–El caso es que cuando murió el buen médico –prosiguió doña Marijuán–, la joven adquirió un perro con pinta de lobo y se quedó sola en la casa sin querer compartirla con nadie. Ni siquiera tiene una sirvienta con ella. Entonces el asunto sorprendió a sus vecinas, pero lo entendieron en cuanto vieron entrar en la casa a tu ayudante. Dicen que pasan las noches juntos y que no tienen ningún recato en andar por las calles cogidos del brazo como si fueran un verdadero matrimonio...

La mujer siguió contando lo que sabía con pelos y señales, pero maese Bartolomé ya no la escuchaba. ¿Cómo era posible que él no hubiera sabido nada de todo aquello en aquel tiempo? Recapacitó un poco y se dio cuenta de que apenas si sabía nada de la vida privada de su escribiente. Lo había contratado porque necesitaba uno y porque Juan, además de buena presencia, algo que siempre era aconsejable a la hora de tratar con la clientela, había sido el ayudante de Ezpeleta, y eso ya era de por sí una recomendación. Ezpeleta había sido el maestro de todos los actuales escribanos que ejercían en Tabira y sus alrededores.

–¿El caso de María Pérez de Urkiola?

–¿Eh?

–Os pregunto si el caso de María Pérez de Urkiola, llamada Maritxiki, podría considerarse veraz...

Unda miró a Gesala y trató de recordar el caso del que le hablaba. Maritxiki era una de las parteras que tanta guerra habían dado hacía algún tiempo. Una denuncia la acusaba de la muerte de un niño nacido vivo. Era una denuncia muy grave que había dejado a un lado porque la mujer era una de las parteras más experimentadas de la merindad –de hecho había atendido a Xacobe cuando parió a Magdalena– y jamás había habido una queja sobre ella. En su dolor, muchos padres que perdían a sus hijos por voluntad de Dios acusaban de su desgracia a quienes se habían ocupado del parto, es decir, a las comadronas, a las vecinas y a los físicos. Abrió el *Malleus* y releyó el párrafo que trataba de las comadronas y sobre las cuales los autores de la obra recomendaban todo tipo de vigilancia. Sólo ellas se ocupaban de los recién nacidos, pudiendo hacer todo tipo de sortilegios e invocaciones sin que nadie se diera cuenta. Aunque, añadían los esclarecidos frailes, por esta misma razón, debía también prestarse mucha atención a las madres, todas, que podían obrar de igual forma y transformar a sus hijos, especialmente a las niñas, en brujos o brujas al servicio del Tenebroso.

–Pon ese caso entre los posibles –ordenó al escribiente– porque...

–Padre... –Magdalena entró en el escritorio interrumpiendo la última frase del escribano.

A Bartolomé de Unda le dio un vuelco el corazón. ¡Adoraba a su hija! Era tan hermosa –se decía cada vez que la veía– que parecía casi imposible que él fuera su padre. Le llevaba una cabeza de altura, era armoniosa de formas, tenía un rostro pequeño y ovalado, adornado con una diminuta y recta nariz y unos hermosos ojos negros a juego con el cabello del color del azabache abundante y naturalmente ondulado, herencia de su madre. Magdalena se lo había dejado crecer después de regresar del convento y no tenía intención alguna de cortárselo.

–¿Para qué, padre? –le había preguntado cuando maese Bartolomé señaló que no parecía apropiado que una joven soltera llevara el cabello largo y que tal vez convenía que se lo cortara–. Nadie lo ve, salvo tú y doña Marijuán. Casi no salgo de casa, y cuando lo hago, voy tan embozada que apenas si se me ven los ojos...

Era cierto. Eran pocos los que conocían a la hermosa joven. Unda la mantenía en casa como una preciada joya que mostraría a todos cuando tuviera la edad de matrimoniar. Ese día abriría su caja de sorpresas, llevaría a su hija del brazo vestida con el más hermoso vestido que pudiera confeccionarse en Bilbao, o incluso en Baiona, e irían andando hasta Santa María causando la admiración de todos. Gozaba imaginándose el momento. Se veía saludando a derecha e izquierda, orgulloso de la prenda que llevaba al brazo, pero cuando llegaba al punto en el que tenía que entregar a su hija bienamada al supuesto marido, éste no aparecía por ningún lado. Magdalena no sería para ningún patán por mucho dinero que tuviera, ella también lo tenía; tampoco quería un hombre feo y vulgar, ni uno demasiado gordo, ni demasiado delgado, ni que tuviera marcas de viruela en la cara, ni que fuera colérico, ni demasiado blando, que no fuera un vago, ni tampoco un borracho... Iba borrando de su lista imaginaria a todos los solteros y viudos que presentaban algún defecto, lo cual le dejaba una elección más bien menguada. Además, había que tener también en cuenta que los mayorazgos importantes estaban comprometidos desde la niñez con las hijas legítimas de sus iguales.

–Padre...

–Dime, querida.

Gesala sonrió. La voz de su jefe cambiaba de forına milagrosa cada vez que se dirigía a su hija.

–Padre, me ha dicho la cocinera que van a quemar a una bruja en la plaza.

–Así es, niña –afirmó el escribano–. Es una mujer muy mala que ha hecho y dicho cosas terribles.

–¿Podré ir a verlo? –preguntó la joven con terrorífica inocencia.

–Tus hermosos ojos jamás deben ver algo tan pavoroso –respondió su padre asustado.

–¿Por qué?

–Porque la malvada mujer podría aojarte mientras la contemplas, por eso –le explicó pacientemente maese Bartolomé–. Los niños y las jóvenes son las víctimas más propicias para el mal de ojo, *oculus fascinus* –añadió para deslumbrar a su hija y, de paso, a su escribiente–. Tu alegría desaparecería, entrarías en un letargo sin fin, sentirías náuseas y desgana, nada te entretendría y te quedarías en los huesos de puro delgada. No, hijita, cuanto más lejos te encuentres de esa bruja, mejor para todos. Y ahora déjanos, ya hablaremos luego de este tema, ¿de acuerdo?

Magdalena hizo un mohín, no muy convencida por las palabras de su padre, y salió después del escritorio, no sin antes haber dirigido una sonrisa al escribiente, que esperaba a que cesase la interrupción para proseguir con su tarea.

–Es guapa, ¿verdad? –afirmó el escribano siguiendo la mirada de su ayudante.

–Ciertamente lo es, señor.

–Es divertida, inteligente y, sobre todo, pura. Será una esposa excelente –concluyó maese Bartolomé henchido de orgullo paterno que no trató de disimular– y aportará una dote más generosa que la de la hija de un corregidor. El hombre que consiga mi aprobación para casarse con ella tendrá mucha suerte, ¿no crees?

A Juan se le encendió una luz en el cerebro. ¿Estaba haciéndose ideas raras o su jefe le acababa de ofrecer a su hija por esposa? Y si no era así, ¿qué le impedía intentarlo? Él, hijo de una pobre viuda, que apenas recordaba a su padre y cuya pequeña fortuna se la debía a un hombre generoso que se apiadó de él, podría tal vez pretender a la hija de un miembro de una de las familias más notables de Tabira; podría soñar con suceder a su posible suegro en el cargo de escribano y en ocupar su escritorio; podría aumentar su capital de la noche a la mañana y, lo que no era algo que despreciar, podría tener en su lecho a una mujer hermosa como un rayo de luz. Sonrió. La vida le estaba deparando unas sorpresas muy asombrosas. La propuesta del inquisidor Guinea bullía en su cabeza y a ella venía a añadirse ésta de su jefe, no menos sorprendente. Definitivamente, podía considerarse un hombre afortunado.

Aquella misma noche, maese Bartolomé tuvo de nuevo una de sus pesadillas. Veía a Catalina radiante delante de él, abriendo sus brazos para recibirlo, entregándole su cuerpo y su alma, pero él no podía avanzar, sus piernas parecían cargar con unos grandes pesos que le impedían el movimiento, su respiración era cada vez más fatigosa y el aire no llegaba a sus pulmones. Se despertó completamente empapado en su propio sudor.

–¡No puedo continuar así! –exclamó.

Se levantó del lecho, se quitó el camisón, secó su cuerpo con un paño de lino y se enfundó una camisa limpia que sacó del arcón de la ropa. Fue a su escritorio, al igual que otras noches, pero no cogió el *Malleus*, sino *Las clavículas de Salomón*. No le bastaba un alivio momentáneo, debía encontrar el medio para solucionar su problema de una vez por todas. Pasó las hojas con celeridad hasta encontrar el capítulo que le interesaba: «Secreto para hacerse amar». Leyó ávidamente el escrito y lo releyó con más calma una vez que se aseguró de que, en efecto, era aquello lo que andaba buscando.

Lo más difícil de encontrar iba a ser el pedacito de carne sobre la frente que, el libro decía, llevaban los potros al nacer y que se llamaba hipómanes. Luego recordó que en el prado de su propiedad, donde pastaba su ganado, también se criaban yeguas y que justamente entonces estaban naciendo o iban a nacer los nuevos potrillos. Tendría que hablar con su encargado y encomendarle la misión. ¿Qué explicación podría darle? ¿Que, según le habían dicho, de esa manera el potro crecería más deprisa, que sería más rápido o más fuerte? Bueno, ya pensaría en ello más tarde. Debía dejarlo secar y reducirlo a polvo muy fino. Luego coger una manzana roja, practicarle una extracción del ancho de una pequeña moneda, sacarle las pepitas, rellenar el hueco con el polvo y volverlo a cerrar.

–Hasta aquí no parece que sea muy difícil –reflexionó el escribano.

Los siguientes pasos eran un poco más complicados. Había que mondar alrededor de toda la circunferencia de la manzana una banda de un través de dedo de ancho, escribir el nombre de la persona interesada y un carácter que venía dibujado en el manual, una especie de plumilla o algo parecido que significaba ABVNEOP, con sangre sacada del dedo anular del interesado en hacerse amar y reponer la mondadura en su sitio. Esta operación debía realizarse en el viernes más próximo al 15 de abril y a las seis de la mañana, la hora de Venus.

–Bien –opinó mientras consultaba el calendario–, sólo tendré que esperar algunas semanas.

La última operación consistía en dejar secar la manzana, por medios naturales o en el horno, reducirla a polvo y hacérsela beber o echarla encima de los vestidos de la persona deseada. También pensaría en ello cuando llegara el momento. Lo más urgente en aquel instante era hacerse con un... ¿cómo se llamaba? Hipómanes.

Aparentemente, Domingo, el encargado del ganado de Unda, no pareció poner en duda las explicaciones dadas por su jefe para obtener el pedacito de carne de la frente de potro, pero maese Bartolomé notó o creyó notar cierta sorna cuando el hombre se rascó la cabeza antes de preguntar.

–¿Hay que llevar a bendecir *eso* para que el animal peleche?

–Tú no te preocupes –le respondió como sin darle importancia–, me lo das que ya me encargo yo.

Dos días más tarde tenía tres hipómanes encima de su mesa.

–Si la cosa funciona –había manifestado pragmáticamente el vaquero–, más vale que sean tres en lugar de uno.

Metió los preciados elementos en una cajita de madera que había hecho horadar en todo su perímetro y la dejó en sitio seguro a la espera de que se secasen y se transformasen en el mágico polvo que iba a hacer sus sueños realidad.

Me alegro de que hayáis tomado una decisión referente a mi propuesta –dijo Sánchez de Guinea sin poder ocultar su satisfacción mientras los dos hombres caminaban por la nogaleda de Intxaurrondo.

–Espero estar haciendo lo correcto –replicó Juan de Gesala con un deje de duda en su tono. Le había costado menos de un día decidirse.

–¡Por supuesto que lo estáis haciendo!

–Vos no conocéis a las gentes de estos parajes... –afirmó el escribiente.

–Ellas no han de preocuparos, puesto que su peso es leve en el entresijo de los grandes asuntos del reino y de la Iglesia –le tranquilizó el magistrado–. Y puesto que habéis decidido ser uno de los nuestros, bueno será que os ponga al corriente de nuestro cometido.

–Juzgar herejes...

–Sí y no, amigo mío –rió Guinea–. ¡Es mucho más que todo eso! Los herejes ciertamente existen y hacen gran daño en un reino cristiano como el nuestro, y también es necesario controlar el comportamiento social y moral de la plebe para no acabar como los salvajes que me cuentan habitan las tierras recién descubiertas. Sin embargo, la Iglesia siempre está alerta y de ahí que encargue a hombres como nosotros que protejan la ortodoxia cristiana, al menos en Castilla y Aragón, y que insten al monarca para que dé su aprobación para que de nuevo se cree el Tribunal de la Inquisición. Dejad que os explique. El tribunal no es algo nuevo, fue creado por el papa Gregorio IX en 1231 y ¡mucho es lo que ha llovido desde entonces! Algunos aseguran que el creador fue el papa Inocencio III, en el Concilio de Aviñón de 1209, pero se equivocan.

Sánchez de Guinea pasó a impartirle una lección magistral sobre los orígenes de la Inquisición en los reinos de Europa. Creada por dicho Papa, pero impulsada en realidad por el emperador del Sacro Imperio, Federico II, como arma contra cátaros y albigenses, el Santo Tribunal había sido un instrumento eficaz para acabar con revueltas y desórdenes sociales que, amparándose en la religión, menoscababan el poder de los dos grandes de la tierra. El emperador declaraba el origen divino de su autoridad y se arrogaba el derecho de proteger a la Iglesia a la vez que resucitaba el derecho romano, que condenaba a muerte a los reos de lesa majestad humana, decidiendo la ejecución de los cátaros por ser reos de *lesa majestad divina*. Por su parte, el Papa, no deseando injerencias en su terreno, instituyó el cargo de juez extraordinario para actuar en su nombre y juzgar a los herejes que luego enviaba al brazo secular para recibir el merecido castigo. Gregorio IX eligió a los frailes predicadores dominicos para reprimir la herejía y reformar la Iglesia, aunque posteriormente también fueron encargados de dicha misión miembros de otras órdenes predicadoras, como los franciscanos, e incluso personas idóneas para el puesto que no pertenecían a éstas.

–Ya veis, por tanto, que el poder judicial lleva casi trescientos años quemando herejes –concluyó Guinea.

–Y la Iglesia... –añadió Juan.

–Bueno, no –respondió el inquisidor con celeridad–. La Iglesia no condena a muerte a los herejes, sólo los condena por herejía o por cualquier otro crimen horrendo. Es el poder judicial el que dicta la orden de ejecución.

–Una forma muy limpia de lavarse las manos –dijo el escribiente con ironía–. ¿No hubo un romano que hizo algo parecido?

–Ocurre que los tribunales no siempre han sido ecuánimes en sus veredictos, todo hay que decirlo –prosiguió Guinea sin querer apercibir la ironía de su interlocutor–, pero no ha sido su culpa, sino la de sus agentes, hombres al fin y al cabo y, como tales, con defectos.

–Que encuentran una buena disculpa para enriquecerse a costa de los bienes de los penados –añadió Gesala recordando las acusaciones de las que los inquisidores eran objeto.

El licenciado lo contempló con severidad antes de responder.

–Espero que no haya sido ése el motivo que os ha impelido a uniros a nosotros...

–¡Por supuesto que no! –se defendió el durangués–. Ha sido únicamente mi deseo de servir a una buena causa.

–El caso es que el fin primero de la Inquisición era la persecución de los herejes –prosiguió Guinea–, es decir, de las sectas religiosas, enemigas del verdadero mensaje de Nuestro Señor Jesucristo. Pero con el tiempo su labor se extendió a otros crímenes como la hechicería, la práctica de sortilegios, el incesto, la blasfemia o el sacrilegio.

–No me decís nada que ya no sepa –terció el escribiente que esperaba una declaración secreta, oculta al común de los mortales sobre los fines del Santo Tribunal.

–No seáis impaciente, señor de Gesala.

Guinea prosiguió su exposición explicando el cometido de los jueces, comisarios, oidores, visitadores, secretarios, alguaciles, familiares y demás cargos que formaban la organización. En pocos años la célula habría extendido sus tentáculos y en unos pocos más estaría en disposición de controlar todos los territorios de la Corona.

–Ahora bien, en el caso de las zonas marítimas o fronterizas, como es ésta, también deben controlarse los puertos y los puestos aduaneros –continuó explicando el licenciado–, ya que pueden ser accesos para herejías extranjeras y, por otra parte, el hecho de que estas tierras sean algo... –dudó antes de encontrar la palabra adecuada– peculiares hace que el tribunal tenga aquí cometidos diferentes a los que tiene en el resto del reino.

Sonrió al observar la mirada interrogante de su interlocutor y prosiguió.

–Los fueros, las exenciones fiscales, los aranceles, los sistemas aduaneros especiales, el propio carácter de sus habitantes, su apego a viejas costumbres y su innata inclinación por la rebeldía hacen de ellas un foco de preocupación para los soberanos. La Iglesia, aunque con grandes limitaciones, es una de las pocas instituciones vascas que tienen libertad de movimiento en el señorío. Esto nos permite vigilar, controlar, inspeccionar e informar no solamente acerca de los pecados contra la fe, fin primordial de nuestra tarea, sino también sobre los movimientos rebeldes que puedan tener lugar.

–¿Movimientos rebeldes? –inquirió Gesala en el colmo de la sorpresa.

–Sí, estimado amigo. Existen grupos que no desean acatar a nuestro monarca y que creen hallarse todavía en tiempos remotos en los que no había ni ley ni orden. Además, corren rumores cada vez más firmes de que el reino de Navarra pronto formará parte de la gran Castilla y dichos grupos alientan entre sus huestes la necia idea de ayudar a los navarros, creyendo los insensatos que así obtendrán más privilegios de los que ya disfrutan.

–¿Pensáis que esos grupos de los que habláis pretenderían levantarse en armas?

–No sería la primera vez y tampoco será la última –le aseguró Guinea–. Entenderéis por qué es importante nuestra presencia en estas tierras. Las zonas costeras son más ricas que las de tierra adentro gracias a los puertos y al comercio de mercancías, la construcción de barcos y, en Vizcaya, concretamente, la producción de hierro. El rey no está dispuesto a permitir ninguna alteración, ¡que bastante trabajo y pérdidas le están costando las luchas de bandos!

–No creo que pueda acabar con ellas –pensó Gesala en voz alta.

–No, pero lo hará –afirmó Guinea–. Los privilegios de los que gozan las villas bajo la protección real son un gran atractivo para todos esos hidalguillos que han visto mermar sus rentas y disminuir su poder. Quieren volver a los tiempos en los que la única ley era la que ellos imponían.

–No ellos –manifestó el escribiente algo molesto–, sino el Fuero.

–Tal vez, pero, decidme, ¿quiénes son los causantes de las trifulcas y reyertas que tienen lugar cada dos por tres? –inquirió Guinea–. No son extranjeros. El Fuero no autoriza el asentamiento de comunidades foráneas, los conversos de judío o de moro aquí no son un problema dado su escaso número y los franceses que hay por esta zona son pocos, están desperdigados, son mal vistos por los naturales y tampoco realizan oficios de importancia. Aunque tampoco debemos ignorarlos, puesto que nos han llegado noticias de que algunos actúan como espías del rey francés, que, nadie ignora, desearía ocupar las tierras navarras y también éstas si se le presenta la oportunidad.

Permanecieron en silencio durante un buen rato, cada cual inmerso en sus pensamientos, escuchando el trino de los pájaros cobijados en los árboles y aspirando el suave olor a musgo, hierbas secas y humedad que la brisa les hacía llegar.

–Los jefes de los linajes son la causa de los disturbios –afirmó finalmente el doctor Guinea–. Siempre lo han sido. En esta tierra existen tantos linajes como familias y si algo nos ayuda es el hecho de que raramente se hayan puesto todos de acuerdo. Las diferencias entre ellos y el odio, a veces ancestral, que se profesan hicieron posible que fuera conquistada por Castilla y es lo mismo que ocurrirá en Navarra. Así que, amigo mío –concluyó el licenciado–, ya veis que nuestra labor es algo más que perseguir crímenes religiosos. La Iglesia agradecerá cualquier informe que podáis enviarle acerca de todo tipo de opiniones, comportamientos o manifiestos contrarios al poder real que puedan darse en estos lugares y sabrá corresponderos por ello.

Juan meditó sobre las palabras de Guinea mientras se dirigía a La Posada de Min. De mutuo acuerdo habían decidido no hacer público por el momento su nuevo cargo de comisario dentro de la organización, aunque, eso sí, recibiría el estipendio correspondiente. Continuaría ocupando su puesto en el escritorio del escribano Martínez de Unda y su anonimato le permitiría, sin duda, averiguar muchas más cosas, puesto que nadie tendría a mal sus preguntas, ni tampoco sospecharían de él como lo harían si supieran que colaboraba con Guinea. Podría también, a su discreción, hacerse con los servicios o la colaboración de alguien que le ayudara en sus pesquisas, puesto que, y en esto estaban los dos completamente de acuerdo, únicamente Dios era capaz de estar en varios sitios a la vez. De la noche a la mañana se había convertido en un agente real y tenía que reconocer que la idea le excitaba.

–¿Quién es? –le preguntó a Min al tiempo que señalaba con la cabeza en dirección a un hombre que era el centro de la atención del grupo que le rodeaba.

–Íñigo de Muntsaratz, ¿no lo conoces?

Había oído hablar de él, pero no lo conocía en persona. Había visto su torre en Abadiño y sabía que tenía un par de casas en Tabira; estaba al corriente del apego que sus hombres sentían por él y de la admiración que provocaba en mucha gente. Lo contempló con detenimiento mientras bebía y contaba historias groseras que sus acompañantes festejaban con grandes risas. A pesar de sus propiedades y de su fortuna, el hombre vestía como un soldado de la antigua usanza: calzas, peto de cuero y botas de montar con espuelas; portaba un hermoso espadón a la cintura y sus cabellos y barbas pobladas y enmarañadas le daban un aspecto fiero.

«Un hombre que puede vestir como un notable y lo hace como un soldado de tropa no es de fiar», pensó antes de dirigirse a su amigo.

–¿Es tan temible como parece?

–Lo es –respondió Min–. Amigo leal de sus amigos, pero enemigo implacable de aquel que está enfrente.

–Las luchas de los bandos cesaron hace años...

–Bueno, oficialmente sí, pero todavía quedan rescoldos y muchas heridas sin cicatrizar –afirmó el tabernero–. Pasará aún mucho tiempo antes de que podamos vivir sin sobresaltos. Los linajes no acaban de aceptar la pérdida de su influencia y poderío y tratan de obtenerlos en las villas como antes los tuvieron en la tierra llana.

–Los reyes siempre andan necesitados de soldados. Si el caballero no se amolda a la vida de propietario real y quiere lucha, que se aliste con sus hombres.

–¿Quién? ¿Muntsaratz? –Min se echó a reír como si lo dicho por su amigo fuera la cosa más divertida del mundo–. Muntsaratz jamás se alistará en el ejército real ni permitirá que lo haga ninguno de sus parientes, que son muchos.

–¿Por qué?

–Es un espíritu libre que sólo hace su propia voluntad. A duras penas acata las leyes del señorío, que es su tierra –prosiguió Min–, y menos acatará las de Castilla. Tiene o tenía, no sé ya, un hermano, caballero del rey, que ha obtenido el favor real y numerosos privilegios. Íñigo jamás habla de él, como tampoco lo hizo su padre desde que se marchó y puso su espada al servicio de los castellanos. Es como si para él su hermano estuviera muerto.

Gesala se quedó pensativo, ¿sería aquél uno de los que alentaban la revuelta de la que le había hablado Sánchez de Guinea? Por supuesto, no era nada nuevo el descontento existente entre algunas gentes. La merindad había disfrutado durante siglos de una situación atípica en relación con el resto del señorío. Tal vez su más larga dependencia del reino de Navarra había marcado su Fuero y también la forma de ver las cosas por parte de sus habitantes. No era extraño que aún hubiese confrontaciones verbales y a veces físicas entre los partidarios de volver al antiguo orden y los que preconizaban la completa unión con Castilla. Decidió no olvidarse del banderizo y prestar oídos atentos a cualquier noticia que de él le llegara. Se despidió de su amigo y se dirigió a casa de Catalina.

La noche estaba clara y podía verse el cielo repleto de pequeños puntos como diamantes brillando en la oscuridad. Con todo aquel asunto del juicio que lo había mantenido ocupado de día y de noche, no había tenido tiempo de estar con ella. Un par de veces se habían encontrado en la calle y él le había susurrado al oído un requiebro y su deseo no menguado de ella, pero, al contrario que otras veces, la joven no le había seguido el juego y se había limitado a sonreír. Se la imaginó en su alcoba, a punto de acostarse, cepillándose su abundante cabello, limpiándose la boca con la cocción de la corteza del aliso para endurecer las encías y raíz de malvavisco para blanquear los dientes, o aplicándose en la cara una crema que ella misma elaboraba con savia de abedul y aceite para mantener una tez blanca y transparente. No había, a su parecer, ninguna otra mujer en toda Tabira que pudiera comparársela en belleza y esbeltez. Se complació pensando en su cintura estrecha, sus pechos del tamaño justo para abarcarlos con sus manos y sus nalgas tan redondas y firmes que daba gusto acariciar.

Pensó en Magdalena Martínez de Unda y los planes que poco a poco iban tomando cuerpo en su mente. Era bonita y tenía unos hermosos ojos negros, pero en pocos años sería una matrona de pechos voluminosos y anchas caderas. Era casi una niña, alegre y sin mucho seso. Imaginó lo que serían sus relaciones pasados algunos años y supo que se aburriría mortalmente con ella, puesto que estaba seguro de que sería incapaz de amarla de igual forma a como amaba a Catalina. Sin embargo, se dijo, amor y matrimonio no tenían por qué ir parejos. El amor era un placer que lo dejaba exhausto de dicha, hacía vibrar todos los músculos de su cuerpo, le sumía en un éxtasis en el que olvidaba el día y la hora, y no pensaba renunciar a él. El matrimonio, por otra parte, era un negocio, un convenio, una transacción comercial en la que cada una de las partes aportaba sus haberes. En el caso de Magdalena, ella proporcionaría posición, seguridad y la fortuna de maese Bartolomé; él, un futuro brillante y, sonrió, una planta y una hombría por la que muchas mujeres estarían dispuestas a perder su honra.

Llegó a la casa de Catalina y golpeó la puerta con suavidad, esperó un buen rato y volvió a golpearla con algo más de energía, pero no obtuvo respuesta. Se sintió defraudado. ¡Maldito oficio el de las parteras que las obligaba a salir de noche y no regresar hasta Dios sabía cuándo! Quería estar con ella, escuchar su voz, deseaba perderse en aquellos hermosos ojos castaños de mirada sorprendida y amarla hasta caer rendido. Soltó una blasfemia en voz baja y se dirigió resueltamente al portal de Santa Ana, pagó cinco maravedíes al guarda de la puerta para que le dejase salir y se encaminó a la casa de postas extramuros. En el lugar, además de ocuparse de las caballerizas y de los correos procedentes de y en dirección a Vitoria, daban comidas y disponían de unas habitaciones para los viajeros y de otras para aquellos moradores de la villa que encontraban compañía nocturna entre las varias mujeres que esperaban beneficiarse a alguno de ellos para poder mantenerse con las miserables ganancias que obtenían ejerciendo el antiguo oficio de la prostitución. Eligió a una joven recién llegada, de aspecto limpio y maneras tímidas, la asió del brazo sin decir nada y se la llevó a uno de los cuartos del piso superior, donde se desfogó sin delicadeza alguna, cerrando los ojos e imaginándose en todo momento que hacía el amor con Catalina.

La joven suspiró cuando lo vio marchar a través de la celosía de su ventana. A punto había estado de abrirle la puerta y lanzarse en sus brazos, olvidando todo lo que se había estado diciendo a sí misma durante las últimas semanas. Agradecía el hecho de que una serie de partos la hubieran mantenido muy ocupada, que a él le hubiera ocurrido otro tanto debido al juicio y que no hubieran tenido tiempo para verse, ni siquiera para charlar.

Ella también lo deseaba con todas sus fuerzas. Perdía el sueño y las ganas de comer cuando no estaba con él, pero tenía que poner sus ideas en orden y para ello necesitaba estar algunos días sin verlo, puesto que era incapaz de pensar o razonar cuando lo tenía a su lado. Pasados los momentos de pasión durante los cuales era completamente suya en cuerpo y espíritu, sus palabras volvían una y otra vez a su mente y no conseguía sacarlas de la cabeza. La sangre se le helaba cada vez que recordaba su opinión despiadada sobre lo que había de hacerse con toda persona acusada de brujería, fuera o no culpable, y tampoco olvidaba la satisfacción plasmada en su rostro cuando el escribano Unda leyó en público el veredicto del jurado por el cual se condenaba a la pobre Marinatxo a ser pasto de las llamas. Si tenía que salir, regresaba pronto a su casa, decidida a no abrirle la puerta, esperaba con el corazón en un puño hasta que oía el ruido de sus pisadas alejándose y daba las gracias a Mari cada vez que una parturienta reclamaba sus servicios. En dichas ocasiones, incluso *Zintzo* permanecía quieto como una piedra, como si adivinase las intenciones de su ama.

Una noche, antes de que el alguacil de las horas pasara en su última ronda gritando a pleno pulmón la llegada de la noche y el cierre de los portales de la villa, llamaron a la puerta. No se movió, tal como se lo había prometido a sí misma. *Zintzo* alzó la cabeza al oír los golpes, pero la joven le acarició el lomo susurrándole que se estuviera quieto. No había encendido el hogar, ni alumbrado el candil, esperando que quienquiera que fuera, es decir, Juan, creyera que no había nadie y se marchara. Sin embargo, volvieron a golpear en la puerta al cabo de un rato. Esta vez no pudo retener al perro, que salió raudo hacia la entrada gimiendo y arañando la madera. Le extrañó su comportamiento, porque no había conseguido que él y Juan fueran amigos. El animal no dejaba de gruñir cada vez que su amante acudía a la casa o se encontraban en la calle y enseñaba los dientes, cosa que, en otro tipo de situaciones, raras veces hacía. Catalina había tomado por costumbre encerrarlo cuando esperaba su visita, ya que la antipatía del hombre por el perro igualaba a la que éste sentía por aquél. Siguió a *Zintzo* hasta la puerta y preguntó a través de la rejilla el nombre del importuno visitante.

–Ixile –respondió la voz grave de su abuelo al otro lado.

Tardó unos instantes en reaccionar. Con todo el jaleo de los últimos tiempos, el conflicto de la comadronas, el juicio de los herejes y el de los acusados de brujería y la revelación del carácter de Juan, había olvidado por completo a las dos únicas personas que sabía que jamás la defraudarían. No había dedicado ni dos pensamientos seguidos a su madre y al hombre que había hecho tan feliz a su abuela. Apenas había pensado en Goiena y sintió remordimientos por su ingratitud al oír la voz que le devolvía a la infancia. Abrió con presteza y se estrechó con fuerza contra él. Ixile pareció un poco sorprendido por el caluroso recibimiento, pero la dejó hacer y estuvieron así abrazados durante un largo rato, mientras el perro se restregaba el lomo en las calzas de lana áspera.

–La asamblea –dijo con su habitual falta de locuacidad una vez que se hubieron separado y se cruzó de brazos esperando la decisión de la joven.

No podía negarse. A pesar de los últimos acontecimientos en la villa, a pesar de que las descripciones de los delatores de los brujos se asemejaban demasiado a lo que ellos hacían en sus reuniones, a pesar de las palabras de Juan. «Ésta será la última», se dijo mientras montaba en el carro y ocupaba su lugar al lado de su abuelo.

–¿Y madre? –preguntó con timidez.

–Bien –respondió el hombre sin dar más indicaciones.

–¿Me echa en falta? –inquirió de nuevo.

–El corazón se le parte en dos cada vez que piensa en ti –no era un reproche, sólo una constatación.

El caserío se había quedado vacío con la marcha de Catalina. Acostumbrada a soportar sola las penas, Graciana había continuado llevando su vida habitual, sus jornadas laboriosas, sus plantas. Por deferencia hacia ella o porque la edad empezaba a pesar y necesitaba algo de calor humano, su padre reapareció por la casa y sólo se alejaba de ella lo mínimo imprescindible. No era hombre de palabras y Graciana había heredado dicha virtud, o defecto, según se mirase. Los dos permanecían sentados junto al hogar al acabar la jornada. Apenas hablaban, pero cuando lo hacían, la joven era el centro de sus conversaciones. La recordaban de niña, corriendo por las colinas cubiertas de esponjosa hierba, recogiendo frutos y cuidando de las ovejas. La veían creciendo hermosa, alegre y rebosante de salud. Era su orgullo, el orgullo de Goiena, y Graciana se preguntaba una y otra vez qué era lo que le había impelido a abandonarlos, a dejar la paz de su hogar por un lugar desconocido donde la vida era aún mucho más dura que en el campo.

–Tal vez tenía que buscar una respuesta a sus preguntas –afirmaba el hombre, y ambos volvían a su silencio.

A medio viaje, Catalina se armó de valor y comenzó a hablar. Le relató los acontecimientos que tenían revueltos a los vecinos de Durango; también le describió su encuentro con su tío Íñigo de Muntsaratz, sin omitir lo que éste había dicho sobre las asambleas de la cueva de los Gentiles y las otras a las que, al parecer, acudía con asiduidad. Finalmente le habló de Juan. No le ocultó nada porque nada había que ocultar. Había sido muy poco cauta durante los últimos meses y estaba convencida de que todo el mundo, desde Tabira hasta Arrazola, conocía su asunto con él. Le detalló la opinión del escribiente sobre los acusados de brujería y la que tenía de sus reuniones y de sus participantes, «paganos chalados», había dicho.

–¿Crees que estamos en peligro por asistir a las asambleas?

El hombre tardó en responder y, cuando lo hizo, Catalina pudo constatar que medía a fondo sus palabras.

–No estaba al corriente de todo lo que me has dicho –dijo con su voz grave y pausada–, pero sí de parte, lo suficiente para entender que nos esperan tiempos difíciles. Por lo que parece, comienza un nuevo ataque contra los viejos usos y aquellos que los practican.

–¿Por qué? –preguntó intrigada.

–Existen gentes que no entienden o no quieren entender nuestro apego por el pasado –le respondió con la vista puesta en el camino–. Llaman superstición a lo que no hace mucho era una costumbre o creencia natural que nadie discutía, cuando en realidad es una herencia de generaciones que es difícil de abandonar u olvidar. Quieren que rompamos con todo aquello que nos ata a nuestro pasado y nos centremos sólo en el presente o en el futuro, pero no reparan en invocar escritos antiguos para negarnos el derecho a actuar y pensar como mejor creamos.

–¿Esas gentes vienen de parte de los reyes de Castilla? –preguntó de nuevo Catalina, recordando la información recibida sobre el inquisidor llegado a Durango para perseguir a herejes y brujos.

–De Castilla y de Vizcaya, que de todo hay –dijo Ixile sin variar el tono de su voz–. No hay que achacar todos los males al foráneo. También aquí, en nuestra casa, hay gentes que reniegan de sus antepasados y a los que no les tiembla el pulso cuando redactan una nueva ley contraria a los usos y costumbres o cuando firman una orden de encarcelamiento para sus vecinos.

El viejo permaneció un rato en silencio antes de proseguir.

–Los linajes no deberían haber permitido que se llevaran a cabo los juicios. Tendrían que haberse alzado en armas, haber acabado con la tropa enviada por el corregidor y dado fuego a la torre de Leriz con el inquisidor dentro.

Catalina permaneció muda ante la súbita explosión de su abuelo. Jamás en su vida le había escuchado palabras semejantes.

–Están dispuestos a enfrentarse y darse muerte por un insulto o por unas vacas y no son capaces de defender a las gentes de sus tierras. ¡Que Inguma se los lleve a todos a las profundidades del abismo y les saque las entrañas para que sean devoradas por los buitres!

–Mi tío Íñigo dice que...

–Pertenece al tipo de hombres que no puede vivir sin pelear –le interrumpió su abuelo–. No se le puede reprochar por ello, no ha hecho otra cosa en la vida. Es de los que cree que las cosas han de hacerse por la fuerza, que las palabras no bastan, pero los tiempos están cambiando y es difícil que un grupo de belicosos pueda enfrentarse a un ejército de gente bien armada y mejor preparada.

–¿Hablas de los bandos? –preguntó la joven, recordando las batallas narradas por su tío durante la corta y desafortunada estancia en su torre.

–Hablo de ejércitos de miles de hombres bien adiestrados –aclaró el anciano–, que ya una vez nos vencieron y volverían a hacerlo.

Aquello desbordaba sus conocimientos. Estaba demasiado absorta en sus propios problemas como para preocuparse de invasiones y guerras. Era la primera vez que escuchaba a su abuelo hablar tanto y tan seguido. No dejaba de sorprenderle que un hombre que jamás entablaba una conversación con sus vecinos, que vivía solo la mayor parte del tiempo y que ni siquiera se explayaba con su madre y con ella pareciese conocer tan bien lo que se cocía a su alrededor. Lamentó el tiempo perdido, pero tal vez aún no era demasiado tarde para que pudieran conocerse.

–En cuanto a Juan de Gesala...

–Conozco bien a ese tipo de hombres –dijo Ixile mirándole directamente a los ojos–. No les importa venderse con tal de medrar y harás bien en alejarte de él porque él no dudará en hacer lo mismo contigo si se le presenta la oportunidad de encontrar algo mejor.

Sus pensamientos no habían llegado tan lejos. De acuerdo que Juan la había decepcionado profundamente al decir que no dudaría en enviar a la muerte a cualquiera que se opusiera a la autoridad, pero estaba segura de que no sería capaz de traicionarla. Intentó pensar en el hombre que la amaba con pasión, el que había dicho: «Recuerda que ahora eres mía», e incluso el que había confesado que había ido de nuevo a la asamblea con el único propósito de verla. No había vuelto a Jentilkoba desde que se había entregado a él.

–No hay nada allí que pueda interesarme ahora que te tengo toda para mí –le había dicho en su último encuentro.

Para cuando quiso darse cuenta, ya estaban en la cueva.

La reunión comenzó como las precedentes, la gente reunida en el antro, hablando animadamente, los sones de flautas y tamboriles y los pasos de danza que se iniciaban en cuanto había un número suficiente de danzantes dispuestos. Había, sin embargo, algo en el ambiente que presagiaba que aquélla no sería como las demás. Para empezar, Catalina observó que no estaba presente el joven encargado del bebedizo –el «vómito de sapo», como lo había llamado su tío– y nadie parecía tener intención de prepararlo. Constató que la gente se miraba con cierta desazón e incluso desconfianza, y no había en las danzas la alegría acostumbrada.

Tampoco ella estaba en su mejor momento y apenas intercambió media docena de palabras con los que tenía más cerca.

No se había situado en la plataforma al lado del macho cabrío y el animal rumiaba su soledad y tiraba de la soga que lo mantenía amarrado, confiando en poder soltarse y correr al exterior en busca de un buen prado. Buscó con aprensión y ansia al mismo tiempo la figura sobresaliente de Juan, pero no había ni rastro de él.

Un hombre, en quien reconoció al hermano de su abuelo, aquel que una vez había colocado una manta sobre sus rodillas, pidió silencio y se dispuso a dirigirse a los presentes:

–Todos sabéis que nubes oscuras se ciernen sobre nuestras cabezas –dijo y muchos afirmaron con la cabeza–. Algunos de nuestros compañeros han sido apresados y están acusados de herejía y otros lo están de brujería. Esto nos pone a todos en peligro porque el dolor de la tortura puede hacerles decir nuestros nombres aunque ellos no lo quieran.

Un tenue murmullo se alzó de la audiencia, algunos se movieron inquietos y el terror asomó en muchas de las miradas.

–No es ésta la primera vez que ocurre –prosiguió el hombre–. Pero recientemente parecen haberse puesto todos de acuerdo para perseguir fantasmas. Cuando lo de los seguidores del fraile, algunos de nosotros fueron a prisión, otros sufrieron torturas y otros tuvieron que exilarse a otras tierras. Parece ser que los gobernantes temen que dicha situación se repita de nuevo y quieren atajarla antes de que comience, si es que algo va a comenzar.

El hombre calló durante unos instantes y meditó con cuidado sus siguientes palabras.

–Amigos –dijo por fin–, no podremos reunirnos hasta que la situación se normalice, cosa que puede tardar bastante en ocurrir. Por vuestra seguridad y la de todos, os ruego a los que podáis que os marchéis de vuestras casas durante un tiempo, que vayáis a visitar a los parientes que tengáis en otros lugares, que os refugiéis en las bordas si poseéis alguna y, sobre todo, que soportéis los interrogatorios y el dolor en caso de que caigáis en manos del perseguidor y no delatéis a vuestros vecinos.

Las últimas palabras cayeron como una pesada losa sobre la asamblea. El temor, incluso el pánico, se reflejaron en muchos rostros y también la determinación de luchar en otros. Catalina permanecía con la boca abierta, alelada. Sintió un brazo protector que le rodeaba los hombros y giró la cabeza esperando, anhelando más bien, que fuera Juan el dueño de aquel brazo, pero era su abuelo a quien tenía a su lado.

No había mucho más que decir y la gente fue saliendo poco a poco de la cueva, hablando en voz baja, sollozando o en silencio. ¿Qué mal hacían, se preguntó la joven, reuniéndose unas cuantas veces al año, cantando antiguas canciones que ya nadie entonaba, tañendo instrumentos de hueso y piel, o narrando viejas gestas para no dejar que se perdieran en el olvido más profundo? ¿Qué mal hacían invocando a la diosa de sus antepasados, rogándole que iluminara a su pueblo en un mundo tan difícil?

–No hacemos mal alguno, niña –le confirmó su abuelo–. Las gentes temen lo que desconocen y muchos de los nuestros hace tiempo que abandonaron la antigua fe y creen a pies juntillas que en el nuevo orden no hay lugar para viejas creencias.

A pesar de su insistencia para que regresara con él a Goiena, Catalina le instó para que la llevara de vuelta a Tabira.

–¿Por qué? –preguntó–. Puede que alguien haya dado tu nombre y te anden buscando.

–Si es así –respondió ella indiferente–, lo mismo da que vuelva a la villa o que vaya contigo a casa. También allí pueden ir a buscarme; además, ¿por qué iba nadie a dar mi nombre?

Ixile le dirigió una mirada compasiva que en un primer momento ella no entendió. Giró el carro que ya había encaminado hacia Axpe y la llevó a Tabira. Catalina tardó en comprender que la mirada de su abuelo no era de compasión, sino de pena. Ella, la maestra de la asamblea de Jentilkoba, no era capaz de entender, tan ajena estaba a lo que representaba, que si alguno de los asistentes a las reuniones era preso y confesaba, el suyo sería el primer nombre que diría.

No obstante, pasaron varias semanas después de aquella última junta y nadie fue en su busca. Prosiguió con sus visitas a las parturientas y evitó dar remedios para que nadie pudiera acusarla de haber contravenido la orden del consistorio en cuanto a que ninguna comadre osara ejercer el oficio reservado exclusivamente a los físicos diplomados.

No habían transcurrido dos meses desde su último encuentro con Juan en la intimidad de su pequeña alcoba cuando se dio cuenta de que llevaba en su vientre el fruto de su amor. La falta de su sangre mensual y el cambio que se estaba produciendo en sus pechos, las náuseas que en un principio achacó a sus preocupaciones, el dolor de cabeza y otros síntomas por el estilo le confrontaron con una realidad que aceptó sin pena ni alegría.

No había vuelto a estar a solas con él desde el día en que descubrió su falta de piedad por los desventurados que se pudrían a la espera de un juicio. No podía evitarlo. Le producía un sentimiento de asco pensar que podría permitir que un hombre así entrara en ella y, sin embargo, seguía amándolo. Se decía una y mil veces que no era posible tener dos sentimientos tan opuestos, pero así era. Tuvo que reconocer que la atraía y repelía con la misma fuerza. Por una parte acudían a su mente los consejos de Josefa cuando supo que se había enamorado de él, consejos que se había repetido muchas veces y a los que no había prestado ninguna atención. También recordaba las palabras de su abuelo camino a Jentilkoba en la última ocasión y las palabras y actos del propio Juan, siempre irónico, duro en sus juicios y desengañado de la vida.

–Lo único que demuestra la inteligencia de una persona es su capacidad para amoldarse a las tendencias más provechosas para ella y para su bolsa –había dicho una vez que discutían sobre el interés de los dos médicos de la villa por acabar con el ejercicio de las comadronas.

–No siempre han de hacerse las cosas para obtener un beneficio –había replicado ella.

–¡Por supuesto que sí! –exclamó Juan entre risas–. ¿De qué vale si no la vida? Estamos en este mundo unos cuantos años y es nuestra obligación sacar el mayor provecho.

–¡Eres un desvergonzado!

–No, ya te lo he dicho antes, soy una persona inteligente y además práctica.

Cuando después pensaba en sus palabras, no las tomaba en serio y deseaba convencerse de que aquélla era su forma de hablar con desenvoltura de temas graves. Y, por otra parte, estaban sus besos, sus abrazos, lo dichosa que la hacía cada vez que olvidaban que, además de ellos, existía un mundo a su alrededor. La hacía reír contándole los chismes de la villa con su peculiar forma de hablar, la sorprendía con sus conocimientos sobre todo tipo de asuntos y la hacía soñar explicándole sus planes para el futuro, un futuro que ella imaginaba a su lado en todo momento, aunque él jamás mencionase la palabra matrimonio.

Su primer impulso al saberse embarazada fue ir a contárselo. ¿Qué mayor placer para un hombre que saber que su semilla había producido el fruto de su unión con la mujer que amaba? Después lo pensó con mayor detenimiento. ¿Aceptaría él con alegría una noticia que de seguro no esperaba? Por un instante, un brevísimo instante, pensó en abortar. Conocía de sobra las propiedades abortivas del cornezuelo de centeno, del perejil, del hongo del trigo o de las hojas del selago como para desechar aquella criatura que ella no había buscado. Imaginó las miradas de su vecina y sus amigas, las murmuraciones, el dedo acusador de don Tomás llamándola fornicadora, el disgusto de su madre... Pero el simple pensamiento de un pequeño ser, todo de ella, creciendo seguro y confiado en sus entrañas la hizo olvidar un proyecto no meditado, las habladurías de la gente y la reprobación general. A partir de ese momento comenzó a amar a su hijo con todas sus fuerzas. Lo tendría costase lo que costase, a pesar de las hablillas, a pesar de estar sola.

Tres semanas después del juicio a la Marinatxo, la villa ardía de nuevo a la espera de uno nuevo. Las acusaciones de la pobre vieja habían llevado a prisión a más de veinte personas, la mayoría mujeres. Las condiciones de vida de los presos eran penosas, apenas tenían espacio para moverse, les faltaba el aire y la paja del suelo estaba sucia de orines y excrementos. Recibían una escudilla de potaje de castañas y un trozo de pan al día y el carcelero se negaba a penetrar en el antro, temeroso de pillar alguna enfermedad o de, lo que sería incluso peor, verse atacado por los desesperados dispuestos a todo con tal de salir de aquel lugar de pesadilla. Las familias de los detenidos, tanto de los acusados de herejía como de los de brujería, habían reclamado que se les juzgase o soltase. Al principio habían sido sólo algunas protestas aisladas, pero cada día que pasaba aumentaba la irritación. El Fuero, al que cualquier vizcaíno tenía derecho a apelar en caso de detención o acusación, declaraba exentos de tal privilegio a los extranjeros, gitanos y acusados de herejía o hechicería, entre otros. Por lo tanto, los encerrados no tenían ninguno de los derechos establecidos para los habitantes del señorío y este hecho encrespaba aún más los ánimos de sus parientes, que amenazaban con amotinarse si no se solventaba pronto el problema. Uría decidió celebrar el juicio, aunque el magistrado Guinea no lo tenía muy claro.

–Apenas hay dos que han confesado voluntariamente sus fechorías –expuso en la reunión que mantuvo con el alcalde–, los demás niegan toda acusación.

–Tal vez sea porque son inocentes –replicó Uría punzante–. ¿Se os ha ocurrido esa posibilidad?

–No pueden serlo –respondió el licenciado convencido–. Es sabido que el diablo no pacta con personas aisladas. ¿Por qué si no les hubiera acusado la vieja? Podría haber elegido entre muchos y eligió a esos veinte. Podría, incluso, haber acusado a Ederra y no lo ha hecho.

–Sí, ¡y también podría haber acusado a toda la villa! Ni yo ni el resto de la población estamos dispuestos a aceptar infundios y malas prácticas.

–¿Me estáis acusando de no hacer bien mi trabajo? –inquirió el magistrado–. Pues tened cuidado porque se me ha encomendado una tarea. El rey, el corregidor y el obispo de Calahorra me la han encomendado –subrayó–, y pienso llevarla a cabo caiga quien caiga. Descubriré si es cierto o no que en esta tierra hay un foco de brujería y cumpliré con mi misión de acabar con él.

–Tened también vos cuidado –le advirtió el alcalde, picado por la amenaza–, la paciencia de nuestras gentes es limitada y no será la primera vez que se hayan tomado la justicia por su mano.

–Habláis de la secta de los brujos...

–Hablo de cualquiera que intente sobrepasarse, brujo o no.

Los dos hombres se miraron sin pizca de simpatía y ambos decididos por igual a hacer valer sus prerrogativas, seguros de contar con suficientes apoyos para tal fin.

–Dadme unos días más –dijo finalmente Guinea en tono conciliador–. Si de verdad son inocentes, las pruebas lo demostrarán.

–¿Pensáis descoyuntarlos hasta que confiesen? –preguntó Uría mostrando bien claramente su irritación por el uso del tormento.

–Os recuerdo que la tortura no es un placer para quien la aplica, sino un medio válido aceptado por la Corona y por el mismo Papa –afirmó el licenciado con total seriedad–. Gracias a ella ha podido darse con grupos de herejes dispuestos a abatir a la Santa Iglesia o con focos de subversión que hubieran trastocado el orden establecido.

–¿Y no es también cierto que a aquellos que soportan el tormento con valentía se les acusa de contar con la ayuda del diablo y que, por tanto, da lo mismo que confiesen o no?

–No sé de dónde sacáis tales suposiciones, señor alcalde. En mi largo ejercicio como magistrado, jamás he aducido algo semejante.

–Pues, según mis informaciones, algunos de vuestros colegas sí que las aducen. Tenéis cuatro días, ni uno más.

Uría dio media vuelta dejando a Guinea pensativo. Aborrecía la práctica de la tortura y tenía que reconocer que en parte daba la razón al irascible alcalde. Recordó el caso de una mujer de Tudela que había sido acusada de brujería por su vecina. Dos vacas y algunas ovejas se le habían muerto de la noche a la mañana sin motivo aparente. La acusada había comentado entre risas con otras mujeres que tenía lo que se merecía por ser tan ruin y meapilas. Negó todo durante la declaración, se mantuvo firme a pesar de sus muchos años y soportó el tormento con una valentía que hasta sus mismos verdugos admiraron. No obstante, el tribunal consideró que no era normal que una anciana pudiera soportar tanto dolor si no era porque contaba con la ayuda del mismísimo Satanás, así que fue condenada y quemada sin que hubiera confesado su culpabilidad. Él era entonces un joven que iniciaba su carrera y no tuvo ni arte ni parte en el asunto, pero no había olvidado a la mujer en todos aquellos años. Había escuchado el veredicto con serenidad y mirado fijamente después a sus acusadores.

–Que Dios se apiade de los sanguinarios que asesinan a inocentes en su santo nombre –dijo antes de que se la llevaran a la hoguera.

Siempre recordaba sus palabras cuando tenía que tomar una decisión importante como era la de decidir la aplicación de la tortura o la condena de un reo. Era necesario actuar con rapidez en el caso que le ocupaba. Los ánimos se encrespaban de día en día. Uno de sus oficiales había sido atacado al salir de una taberna por la noche; la mujer de la casa en la que se aposentaban y que se ocupaba de la limpieza y las comidas había aducido una vaga disculpa para no volver y podía leer en el rostro de los habitantes de la villa una patente animosidad y una amenaza velada. Incluso el señor de Leriz, el dueño de la torre en la que él mismo residía, apenas le dirigía la palabra.

Se dispuso a actuar inmediatamente y reclamó la presencia de varios cargos del concejo para que fueran testigos de sus métodos y de la forma cómo los aplicaba. No quería ser acusado de crueldad ni dar motivos para que se dijera que las confesiones habían sido forzadas. No tenía mucho tiempo y tampoco podía perderlo haciendo venir un potro de Bilbao, puesto que en la villa no había ninguno. Decidió apañárselas a su manera apoyándose en el asesoramiento de dos de sus oficiales, duchos en la materia.

Lo primero que hizo fue ordenar que vaciasen una habitación, pequeña y sin entrada de luz, dedicada a almacén de trastos viejos que había en los bajos de la casa consistorial. Después mandó colocar una silla de madera a la que hizo poner unos arneses para sujetar manos y pies y aserrar el asiento, colocando debajo un brasero que en su momento se llenaría de ascuas, obligando al preso a sentarse encima hasta que el calor abrasara sus partes y se decidiera a confesar sus crímenes. Hizo colgar del techo dos enormes ganchos de carnicero, de los cuales pendían sendas cuerdas para colgar a los acusados remisos y finalmente pidió una mesa de buen tamaño a la que también se le colocaron unos arneses para sujetar al torturado por la frente, el cuello y las extremidades, de forma que pudiese aplicársele el tormento del hierro candente o se le pudiesen romper los huesos de los dedos de pies y manos. Para completar el terrorífico aspecto del habitáculo, mandó colocar un tablón apoyado sobre caballetes y dispuso todos los artilugios que sus oficiales habían encontrado en una herrería de las proximidades, algo imprescindible, puesto que a veces la sola visión de los instrumentos de tortura era suficiente para que los acusados cantaran de plano todos sus delitos. Tenazas de boca plana, tenazas de pico, un cincel tajador, un martillo de mano, otro de desbastar, un gancho circular, una sierra para metales, varios escoplos de tamaños diferentes, tornillos de gran tamaño, una maza e incluso una azuela clavada en un taco de madera, un par de cuchillos de carnicero y un juego completo de leznas y agujas fueron dispuestos en orden sobre el tablón. Finalmente, Guinea hizo colgar unas cuantas sogas y cadenas de las paredes. Las sombras que se reflejaban sobre los muros a la luz de velas colocadas estratégicamente por toda la habitación, la pequeña mesa con varios asientos para los jueces y un gran crucifijo de plata encima acabaron por darle la apariencia aterradora que el licenciado pretendía.

El alcalde se negó a asistir a las sesiones de tortura. La razón para su decisión fue el hecho de que le disgustase la visión de la sangre y la, no menos importante, de que se aproximasen las elecciones de septiembre. En ningún momento quería verse implicado más allá de lo necesario en las causas seguidas contra algunos de los vecinos que, a su vez, contaban con parientes y amigos que podrían negarle su voto a pesar de pertenecer al mismo bando. Envió a un regidor gamboíno del que deseaba librarse y alegó múltiples ocupaciones que exigían su presencia. El párroco de Santa María, don Tomás, no solamente se negó a acudir, sino que aprovechó la ocasión para soltar una filípica al enviado del magistrado sobre lo pernicioso e inhumano de su proceder y su falta de amor al prójimo, haciéndole saber que pensaba seguir todo el proceso con suma atención, denunciando todos los abusos que considerase oportunos. Bartolomé Martínez de Unda aceptó la invitación con una curiosidad morbosa de la que él mismo se sorprendió, pues una cosa era imaginarse la tortura de las agujas y otra, muy distinta, ser espectador de primera fila. Se preguntó si sería capaz de soportar los gritos de los torturados, ver sus carnes desgarradas y sus miembros aplastados. Llegó a la conclusión de que era su obligación como jurista, cristiano y defensor de la moral ser testigo de la aplicación de la ley en su justa medida. ¿Cómo si no podría erradicarse el terrible mal de la brujería de la merindad? Sería fuerte, se dijo, soportaría la desagradable visión de la tortura, no temería ser aojado o maldecido por alguno de aquellos brujos y rogaría a Dios por sus almas.

El primer acusado, Diego de Garitaonaindia, de profesión labrador, un hombre maduro pero no viejo, de piel curtida y facciones duras, parecía haber soportado bien el hacinamiento y la falta de comida de las últimas semanas. Se negó en redondo a confesar, a pesar de la amenaza de la tortura, a pesar de la insistencia de Guinea y de las demás personas presentes en la habitación y se santiguaba cada vez que alguno de ellos mencionaba a Satanás. Llegó un momento en que incluso se negó a hablar, encerrándose en un mutismo que desesperó a sus acusadores. Lo desnudaron, lo tumbaron encima de la mesa, amarraron su cuerpo con los arneses y el verdugo de la Inquisición, un tal Juan Valle que antes de la llegada de Guinea no había tenido ocupación fija, se aplicó de manera concienzuda a quebrar cada uno de los dedos de sus pies. El hombre apretaba sus dientes con fuerza, sin dejar que ni un solo gemido escapase de su boca. Después le aplicaron el hierro candente en el pecho y en las palmas de las manos, pero el acusado continuaba mudo como una roca aunque las lágrimas rodaban por sus mejillas sin poder evitarlo. Guinea y el verdugo se miraron y éste alzó las cejas e hizo un gesto de impotencia. En un último intento, Juan Valle asió unas tenazas de las usadas para extraer los clavos de las herraduras de las caballerías y se las mostró.

–Con estas tenazas –le dijo sonriendo de oreja a oreja– voy a arrancarte los cojones. Cuando haya acabado contigo, serás un guiñapo de hombre y preferirás estar muerto.

El magistrado hizo ademán de detenerle. No quería que el hombre se desangrase y luego le acusasen del homicidio de un inocente, pero el verdugo le hizo un guiño antes de proseguir.

–No hay dolor que pueda comparársele, te lo aseguro –afirmó sin perder la sonrisa, asiendo el miembro con las tenazas–. ¿Vas a confesar de una vez?

El torturado abrió los ojos, pero se mantuvo en silencio, fue tal el odio y desprecio que el verdugo leyó en ellos que reculó asustado. Guinea decidió poner fin a la sesión y envió al preso de vuelta a la celda. El labrador tuvo que ser transportado por dos alguaciles al ser incapaz de andar. Tal vez, pensó Guinea, si los otros veían el estado en el que se encontraba, recapacitarían y no haría falta llegar tan lejos.

La siguiente fue una mujer, Juana Díaz, que se ganaba la vida vendiendo huevos y pollos. Era viuda, tenía varios hijos y una lengua demasiado larga a gusto de sus vecinos; tampoco le ayudaba mucho su aspecto exterior, ceñuda y cejijunta, brusca en sus ademanes y poco limpia. Había sido una de las primeras personas a las que había acusado la Marinatxo, con la que se había enfrentado en varias ocasiones. Los días pasados en el calabozo, la vista del estado en el que había quedado el anterior interrogado y la lúgubre estancia en la que fue introducida fueron suficientes para hacerle hablar nada más solicitársele su confesión.

–Es cierto, es cierto –dijo apresuradamente–, soy una bruja, pero nunca he hecho mal a nadie. También puedo fabricar amuletos en contra del mal de ojo o el piojo de las gallinas. Sus mercedes deben ya saber que en varias ocasiones he discutido con la Marinatxo porque ella sí es una bruja de las de verdad y se empeñaba en que la acompañara a las asambleas de Murumendi. Como yo me negaba a acudir, amenazaba con matarme todos los pollos y profería todo tipo de insultos y palabras horribles.

La mujer continuó enumerando una larga lista de males que, según ella, eran todos debidos a la bruja confesa y ninguno a sí misma, algo que juraba sobre las cabezas de sus pobres hijos, que desde su encierro se veían desatendidos y sin pan que llevarse a la boca. Los había visto a través de una abertura del muro del calabozo, casi desnudos, sucios y desamparados. Suplicó clemencia en nombre de Dios, su Hijo y la Santísima Virgen, añadió los nombres de San Roque y San Pedro; recitó de memoria y en latín el padrenuestro y se abrió el corpiño mostrando una cruz de plata que llevaba colgada al cuello y que aparecía estrujada entre dos senos desbordantes y sorprendentemente blancos, causando el natural desasosiego entre los presentes. Guinea decidió acabar con la retahíla de lamentaciones y la instó a que dijera quiénes eran sus cómplices, los brujos de Durango. La mujer, con voz firme y segura, acusó con nombres, motes y apellidos a los otros veinte presos que compartían el encierro con ella, lo que hizo sonreír al magistrado y pensar que, aunque poco agraciada, tosca y analfabeta, de tonta no tenía ni un pelo.

Fueron pasando uno a uno todos los detenidos y, al finalizar la sesión, el resultado era ciertamente desolador. En la mayoría de los casos, los acusados habían confesado sin tener que aplicárseles los instrumentos de tortura, habían declarado afirmativamente a todo lo que se les había preguntado, contradiciéndose a menudo cuando Guinea, queriendo ser justo, les hacía una misma pregunta con diferente planteamiento. A la hora de delatar a otros brujos y brujas de la secta habían soltado todo tipo de nombres, algunos inexistentes, otros muertos, otros vivos, pero muy viejos, personas notables como Larrea, Ibáñez u Olaso, el nombre del merino, el del alcalde, el de la mujer del escribano Unda, que ya una vez había sido penitenciada, el de la sacristana de Santa María, el del médico Sainz..., todas personas conocidas en la villa. Eran tales los despropósitos que Guinea, Unda y los demás llegaron a la conclusión de que o todos se habían puesto de acuerdo, o estaban locos de atar o no tenían ni la más mínima idea de lo que hablaban.

En dos ocasiones, ni las amenazas, ni los hierros, ni las tenazas habían tenido éxito alguno. Los torturados no habían abierto la boca. Sólo en tres casos quedaba la cosa a medias y podía llevárseles a juicio sin temor a caer en el más terrible de los ridículos. María Pérez de Urkiaga aseguró, tras habérsele aplicado las agujas media docena de veces, que las reuniones de brujos existían en realidad, que solía acudir a ellas gracias a una pomada de color verdoso que se aplicaba en las palmas de los pies, de las manos y en el sexo, y le permitía volar las noches de los lunes, miércoles y viernes hasta los campos de Garaigorta, en Orozko, que allí bailaba y fornicaba con otros brujos, con demonios disfrazados de hombres y hasta con el mismísimo Satanás, dando detalles sobre el número de veces, las posturas utilizadas y la duración de los encuentros, y que al amanecer regresaba agotada a su casa. Nombró a unos cuantos «cómplices», todos hombres y todos personas notables. El regidor gamboíno, Juan López de Anda, expresó sus dudas en cuanto a la veracidad de la declaración de la mujer, una vez que ésta fue enviada de nuevo a su encierro. La tal María de Urkiaga era conocida por su desmedida afición al sexo masculino de cualquier edad y condición, añadiendo que el número señalado de las coyundas le parecía excesivo incluso para una bruja y que lo más probable es que fuera fruto de su imaginación calenturienta.

La segunda candidata a bruja, Marina Sáez de Mendiola, chica vieja y beata de Santa Ana, declaró que era obligada a asistir a las juntas de brujos y que allí la golpeaban con varas y le chupaban la sangre, mostrando, para corroborar la veracidad de sus palabras, una serie de cardenales y moratones en espalda y piernas. Dijo también que el diablo y los demás brujos la habían obligado a renegar de Dios, de la Trinidad y de la Virgen, a pisar la cruz y escupir sobre el crucifijo. Ya embalada, dio detalles truculentos sobre misas negras en las que, en más de una ocasión, ella misma había servido de «mesa» para la celebración y durante las cuales se daba la comunión a unos sapos que luego eran reducidos a polvo para elaborar pócimas maléficas. Cuando se le preguntó por los nombres de los cómplices, sólo fue capaz de decir el de su madre, ya muerta y que en vida había tenido cierta fama de fitillera, es decir, de maga. A todos les pareció que la mujer desvariaba bastante y que tenía una gran imaginación.

Teresa de Arrazola, la tercera, mujer de Martín de Asteiza, de profesión cinturero, fue el único caso en el que todos los jurados estuvieron de acuerdo. La mujer aguantó la tortura de las agujas, pero no pudo soportar la silla caliente. Entre horribles insultos y blasfemias proclamó que la Virgen María ni era virgen ni santa, que Jesús era un hombre normal como todos los demás y que Dios no existía, y que si existía debía estar muy ocupado en otras cosas visto lo mal que había hecho el mundo, llenándolo de inmundicias y obscenos mirones como los que estaban en la sala en aquel momento. No hubo manera de sacarle nada sobre las juntas de los brujos y negó conocer el famoso ungüento que permitía volar.

–De conocerlo –apostilló con ironía–, ¿creéis que iba a estar aquí dejándome manosear por una cuadrilla de pervertidos? ¡Hubiera volado hasta el infierno!

Tampoco fue posible hacerle confesar los nombres de sus compañeros de orgías y ni la amenaza de la silla caliente ni la de la ordalía del agua fueron capaces de hacerla desistir de su postura.

Exhaustos por el esfuerzo y las dos jornadas sin apenas descanso que habían debido soportar, Guinea y los demás redactaron el documento en el que se acusaba formalmente de brujería a Juana Díaz, María Pérez de Urkiaga, Marina Sáez de Mendiola y Teresa de Arrazola. A los demás detenidos se les acusaba de diversos cargos sin mayor importancia, como resistencia a la autoridad y actos deshonestos, por lo que se decretaba su libertad a condición de que pagasen multas e hicieran penitencias públicas. Las cuatro mujeres convictas deberían comparecer en juicio en la fecha que la autoridad civil determinase.

Al llegar a su casa, el escribano Unda se dirigió directamente al escritorio y se encerró con llave haciendo caso omiso a las llamadas de su mujer y de Magdalena, que, ansiosas, esperaban les relatase los interrogatorios y el resultado de los mismos. Después de insistir durante un rato y al recibir el silencio por respuesta, las dos mujeres decidieron retirarse y esperar un momento más propicio para conocer lo acontecido.

Maese Bartolomé se sirvió una copa de licor, se sentó en su sillón de badana y cerró los ojos intentando recuperar de su memoria algunos de los momentos de los interrogatorios. La vista de aquellas mujeres desnudas, desamparadas, con el terror pintado en sus caras y la angustia en sus voces lo había excitado hasta tal punto que en algún momento había tenido que ausentarse de la sala para aliviarse. Cierto que no todas lo habían estimulado por igual, quedaban descartadas las muy viejas y las muy feas, pero estaban las otras, las que se hallaban en sazón, generosas en carnes, aún apetecibles. Disfrutó durante un rato recordando sus vergüenzas socarradas, los azotes con ramas de sarmientos en sus espaldas, los pinchazos en sus cuerpos y su mente voló a Catalina de la misma manera que el aroma de un guisado suculento abría su apetito en cualquier momento del día o de la noche.

Después de haber reducido a polvo los hipómanes de los potros, haber introducido dicho polvo en la manzana y haberse ocupado él mismo de asar el fruto en el horno de pan situado en los bajos de su casa, hecho que causó no poco asombro en la sirvienta encargada de la cocina, había desmenuzado con gran cuidado la pieza reseca, había pasado repetidamente por encima el rodillo de amasar y había recogido el resultado metiéndolo en una cajita de plata adquirida a tal efecto. La cajita y su contenido le quemaban en la faltriquera de su jubón y no veía el momento de verterlo sobre el objeto de su deseo. Una de las condiciones para que el hechizo funcionase, claramente descrito en *Las clavículas*, era echarlo encima de la persona a la que se pretendía enamorar sin que ésta se diera cuenta. ¿Cómo espolvorear a Catalina sin que lo advirtiera? Pasó días imaginando la forma más adecuada, podía hacerla llamar al consistorio con una excusa, podía acudir a su casa aduciendo una inspección o cualquier otra cosa..., pero no hallaba el medio para echarle los polvos en secreto. Finalmente, decidió apostarse en la esquina de su calle, esperar todo el tiempo que fuera necesario a que ella saliera de su casa y seguirla. Sabía que era algo de locos, que podían pasar horas, que la joven podía estar atendiendo a un parto, que las gentes se extrañarían viendo al escribano principal de la villa parado en una esquina como si fuera un palo de cucaña, pero era tal su ansiedad y la necesidad de poseerla que no veía ninguna otra manera de poder llevar a cabo sus planes. La suerte le sonrió.

–Dios está conmigo –se dijo al verla salir al poco de apostarse bajo el toldo de un tendero de paños que inútilmente trataba de llamar su atención sobre la mercancía expuesta.

Sintió un gran alivio al constatar que llevaba un gran cesto de compra y que su inseparable compañero, el perro con pinta de lobo, no la acompañaba. La joven se detuvo ante un puesto de verduras y frutas para adquirir algunas; hizo lo mismo en un tenderete de chorizos, quesos, tortas y pasteles; preguntó el precio de un paño de Holanda del mismo color que sus ojos y se entretuvo contemplando a un barbero que proclamaba desde un carro la excelencia de sus servicios para sacar muelas sin dolor. Era día de mercado y había mucha gente moviéndose por las estrechas calles del centro de Tabira. Fue acercándose poco a poco hasta hallarse a sus espaldas, abrió la cajita de plata y extrajo una pequeña cantidad de polvos que esparció por la falda de Catalina, quien no se percató en absoluto, atenta como estaba en las piruetas de dos saltimbanquis que se ejercitaban en la plaza. El éxito le envalentonó y repitió la operación hasta que la cajita quedó casi vacía. En un último gesto de osadía, el hombre lanzó el polvillo restante sobre la cabeza de la muchacha, que miró hacia arriba tratando de ver a la persona que sacudía una alfombra o un trapo sobre los viandantes. Fue tal la satisfacción del escribano que la risa brotó alegre de su garganta sin poder evitarlo. La joven se volvió y se encontró cara a cara con él.

–¡Buenos días, Catalina! –exclamó Unda jovialmente–. ¿Disfrutando del día del mercado?

La joven tragó saliva varias veces antes de responder.

–Buenos días, señor escribano –dijo por fin.

–Veo que has comprado un montón de fruta y verdura –prosiguió él señalando el cesto–. ¡Eso está bien! Mi abuela siempre decía que todo lo verde es fuente de salud. Aquí nos damos con gusto a los guisos y al cerdo, ¡demasiada grasa para el cuerpo!

Catalina estaba atónita. ¿A cuento de qué le hablaba el escribano del concejo en aquellos términos, como si fueran amigos de toda la vida? Temía encontrarse con él. Aún recordaba su mirada dura al decirle que no podía ejercer como curandera y también recordaba su ceño fruncido el día en que se había presentado en el consistorio para defender a las parteras. ¿Qué ocurriría la siguiente vez que se encontraran? Y allí estaba, hablando de verduras como si nada.

–¿Puedo acompañarte en tu paseo? –preguntó maese Bartolomé y el estupor de la joven no tuvo límites.

–Es que..., bueno..., yo ya me iba para mi casa –respondió tartamudeando por primera vez en su vida.

–Además no estaría bien que te vieran acompañada del escribano consistorial –añadió él con una sonrisa–, la gente podría pensar que hay algo entre nosotros...

Maese Bartolomé se sirvió otra copa de licor.

Catalina no había sabido qué decir, había hecho una pequeña inclinación de cabeza a modo de despedida y se había apresurado a volver a su casa.

–Tiempo al tiempo –se había dicho. Tal vez la magia de Salomón precisaba de algunos días antes de surtir efecto.

Habían transcurrido, sin embargo, un par de semanas y la joven no se había presentado ante él ni le había enviado recado alguno para que fuera a visitarla a su casa. La tensión de la preparación del nuevo juicio, los interrogatorios de los brujos y tantas jornadas ocupadas en los mismos le habían hecho olvidar su deseo durante unos días. Pero ahora volvía a pensar en ella con más intensidad que nunca y no estaba dispuesto a esperar más. El cansancio y el licor lo habían aturdido y sintió un ligero mareo al levantarse del sillón. Salió del escritorio, se dirigió a su alcoba, vació la jarra de agua en la palangana y metió la cabeza en ella. La impresión al contacto del líquido frío despejó su mente; se pasó las manos por el cabello, se echó unas gotas de aroma de romero por la cabeza y sobre el jubón y salió dispuesto a hacer realidad sus sueños.

La noche era aún joven y el día había sido caluroso. Vio gente bajo los soportales, sentada en pequeños taburetes o sillas de paja charlando animadamente, unos hombres se entretenían jugando a los dados en un tapete de color incierto colocado directamente sobre el empedrado y unos cuantos chiquillos corrían dando voces. Se sintió satisfecho de sí mismo, convencido de su éxito, seguro del encantamiento y de sus efectos. Esa noche la pasaría en los brazos de su amada, la amaría hasta el amanecer y no habría en toda Tabira hombre más afortunado que él.

Se detuvo al llegar ante la casa de la joven y contempló la ventana en la que la había visto, o mejor adivinado, en brazos de su escribiente. ¿Y si Gesala estaba ahora con ella? Esperó un rato, tratando de percibir alguna sombra o escuchar algún ruido que pudiera darle una pista, pero todo estaba en calma. Había luz en el piso inferior y no lo pensó dos veces, se aproximó y golpeó la puerta con la aldaba. Los momentos se le hicieron eternos hasta que escuchó la voz de Catalina al otro lado de la puerta.

–¿Quién es? –la oyó preguntar.

–Yo –fue lo único que se le ocurrió responder.

–¿Quién es yo? –inquirió la joven de nuevo.

¿Por qué tenía que hacer tantas preguntas en vez de abrir la puerta de una vez y caer rendida en sus brazos?

–Bartolomé Martínez de Unda –respondió rogando al cielo que no apareciese nadie por la calle y lo viera en situación tan comprometida.

El silencio siguió a su respuesta.

–Catalina –ordenó–, abre la puerta.

Escuchó el ruido de los cerrojos y la llave girando en la cerradura, después la puerta se abrió, pero no lo suficiente para permitirle la entrada. Una gruesa cadena le impedía franquear la entrada.

–¿Qué desea, su merced?

No pudo evitar una sonrisa al ver el rostro atemorizado de la muchacha iluminado por la vela que sostenía en la mano, pero apenas pudo disimular su impaciencia al responderle.

–Déjame entrar –ordenó de nuevo.

–No son éstas horas de visita –se excusó Catalina sin mostrar el menor indicio de obedecer–. Vivo sola y no sería correcto permitiros la entrada.

–Tengo algo que decirte.

–Ya me lo diréis mañana...

–Tiene que ser ahora.

La voz de Unda había adquirido el tono conminatorio que utilizaba en las sesiones de los juicios y Catalina tembló de terror. ¡Finalmente habían ido en su busca! Los temores de su abuelo eran ciertos. Todo el mundo sabía lo de los interrogatorios, alguno de los acusados habría dicho su nombre... A fin de cuentas ella era la maestra de la junta de Jentilkoba. No podía huir, era demasiado tarde, debía haberse refugiado en Goiena cuando aún estaba a tiempo. Soltó la cadena con manos nerviosas y pesadas, pidiendo a Mari su ayuda y protección, recordando la imagen de la Marinatxo después de haber sido torturada y pensando en el hijo que llevaba en sus entrañas.

–¡Por fin!

Maese Bartolomé se abalanzó en cuanto vio vía libre entre él y la mujer que había atormentado sus sueños durante meses. La estrechó entre sus brazos y buscó sus labios con avidez. La besó con ímpetu mientras manoseaba su pecho con una mano torpe que después trató de introducir bajo sus sayas. Catalina tardó unos instantes en reaccionar. El súbito ataque la había dejado anonada y horrorizada a la vez. Sintió náuseas y se soltó con brusquedad empujando con fuerza a su agresor.

–¿Estáis loco? –preguntó sin poder contener ni su rabia ni las lágrimas que brotaban de sus ojos.

–Catalina, Catalina, te amo, te deseo, no puedo dormir pensando en ti, el fuego de la pasión me corroe, sería capaz de matar con tal de poseerte...

Hizo ademán de acercarse de nuevo a ella, pero algo le agarró de la muñeca y le hizo detenerse. La tenue luz de la vela iluminó una sombra negra en la que brillaban unos ojos fijos en los suyos. Un profundo abismo a sus pies no le hubiera causado una sensación de miedo tan grande como la que sintió en aquellos momentos. Notaba los dientes afilados del animal en su carne, no le herían, simplemente le sujetaban a la espera de su siguiente movimiento.

–Dile a este animal que me suelte –dijo en un susurro.

–Marchaos y os soltará –respondió la joven, que iba poco a poco recobrando su sangre fría.

Hizo un último intento.

–Tienes que amarme –medio suplicó, medio ordenó.

–Sois un cerdo –replicó ella con desprecio–. Marchaos ya o *Zintzo* os dejará manco de por vida.

El hombre reculó y el animal aflojó su presa, pero no la soltó hasta que maese Bartolomé hubo salido completamente de la casa. Catalina cerró la puerta con furia, la atrancó con gran estrépito, colocó de nuevo la cadena, giró la llave, se apoyó en el muro y se dejó resbalar hasta el suelo en medio de un jadeo angustioso y las lametadas con las que *Zintzo* quería demostrarle que allí estaba él para protegerla.

El escribano permaneció durante largo rato en medio de la calle, con los ojos puestos en la puerta, la mente en blanco. El miedo aún atenazaba su garganta y sentía el pálpito de su corazón. Le asfixiaban sentimientos de rabia por el rechazo sufrido, de ira por el fracaso de su intento y de venganza contra la joven que había osado despreciarlo e insultarlo. Regresó a su casa como un perro apaleado y de nuevo se encerró en su escritorio en compañía de la botella de licor y del *Malleus Maleficarum*. Buscó con avidez en la obra algo que pudiera alimentar su rencor. Los autores insistían una y otra vez con obsesión enfermiza sobre la innata maldad de las mujeres: las piadosas y las vírgenes, objetos de seducción por parte del diablo tentador; las jóvenes de vida airada y también las doncellas abandonadas; las que no asistían a las prácticas religiosas e igualmente las beatas deseosas de ocultar su entrega al Maligno con una falsa piedad; las madres, que inculcaban en sus hijas la total obediencia al amo de los infiernos, y éstas por la misma razón... No había mujer alguna libre de pecado, todas eran obscenas, tentadoras, herejes o brujas, estaban corrompidas y el mal anidaba en su alma desde el momento de su concepción. Pero eran sobre todo las comadronas el blanco de los ataques de los dos frailes alemanes, autores de la obra. Presentes en los nacimientos desde los tiempos remotos, poseedoras de conocimientos que se transmitían de madres a hijas, podían dejar vivir o matar al nuevo ser y, lo que era más importante, bautizar a los recién nacidos en nombre de Satanás. El bautismo cristiano de nada valdría después de que el niño hubiera sido consagrado al Maligno.

El escribano golpeó la hoja impresa que ponía en sus manos el arma de su odio, se bebió lo que quedaba de la botella de licor y se sumergió en un profundo sueño repleto de diablos, brujas y cuerpos torturados.

Un par de semanas más tarde, don Tomás anunció desde el púlpito las capitulaciones de boda de Juan Ortiz de Gesala y Magdalena Martínez de Unda. Josefa corrió en busca de Catalina para comunicarle la noticia.

–¿Juan y la hija del escribano? –preguntó la muchacha incapaz de reaccionar.

–Lo que has oído –respondió la partera, apenada por su amiga, pero satisfecha en parte porque el tiempo le había dado la razón–. Es lo que se llama un braguetazo en toda regla. El escribiente se hace con una posición, la fortuna de los Unda y entronca con una familia vieja de una sola tacada.

–¿Para cuándo la boda? –preguntó de nuevo la joven con un hilo de voz.

–Para la fiesta de la Asunción, de aquí a tres domingos. Dicen que asistirá toda Tabira –continuó Josefa, ajena al dolor de Catalina, cuyos ojos estaban repletos de lágrimas– y que acudirán muchos jefes de linajes. Se asegura que incluso han invitado al corregidor y que éste ha aceptado la invitación, lo cual es un gran honor, pues no debe ser hombre que se prodigue en ese tipo de acontecimientos.

Catalina no la escuchaba. El terror que se había apoderado de ella tras la visita del escribano había dejado paso a una ansiedad nunca antes sentida. Esperaba que fueran a detenerla en cualquier momento del día y de la noche, el mínimo ruido la sobresaltaba, una cara desconocida la ponía en alerta, había perdido el apetito, se imaginaba a sí misma presa, sufriendo tormento, apenas salía de casa y a veces creía volverse loca. Sin embargo, los días pasaban y ninguno de sus fúnebres presagios se hacía realidad. Poco a poco fue recobrando la calma y dejó de lado su primer impulso de regresar a Goiena a toda prisa y ocultarse en alguna de las grutas que poblaban las montañas de su entorno. No le contó a Josefa lo sucedido con maese Bartolomé para no preocuparla, pero se hacía acompañar por *Zintzo* hasta cuando iba a la cabañuela del huerto a hacer sus necesidades.

¡Y ahora esto! El padre del hijo que esperaba, el hombre que le había declarado su amor mil veces y a quien se había entregado sin condiciones iba a matrimoniar con la hija de un ser perverso y lascivo sin tan siquiera habérselo comunicado. Suspiró. Era cierto que tampoco ella le había dado oportunidad de hacerlo últimamente, pero no había transcurrido tanto tiempo y él podría haber insistido un poco más. Recordó las palabras de Juan cuando decía entre risas que lo más importante en la vida era asegurarse un buen porvenir o cuando le advertía que no existía la lealtad ni en los hombres ni en los animales, y se dijo que había sido una cuitada, tonta de pies a cabeza, por haber creído que algún día él le pediría que fuera su esposa. ¿Qué ocurriría si se presentaba ante él y le informaba de que esperaba un hijo de su amor? Recapacitó. Probablemente se echaría a reír y le diría que debería haber puesto más cuidado para no dejarse preñar, que el señorío estaba repleto de hijos bastardos y que nadie iba a notar la existencia de uno más.

–¡Han condenado a tres mujeres más a la hoguera!

La voz de Maritxiki que acababa de llegar la sacó de su abstracción.

–¿Qué dices? –le preguntó limpiándose la nariz con el dorso de la mano.

–Como estos últimos días has estado tan rara y apenas has salido de casa, no te has enterado de que se ha llevado a cabo un nuevo juicio. Esta vez eran más de diez los acusados. La mayoría ha salido libre con penas de mayor o menor importancia, excepto en el caso de Juana Díaz, a la que han condenado a recibir cincuenta latigazos en público porque confesó ser bruja, pero no de las malas, y estuvo en todo momento dispuesta a colaborar con el tribunal.

Maritxiki había recobrado los ánimos después de que hubieran transcurrido varias semanas desde la detención de sus compañeros. No parecía que fuera a proseguir la caza de los herejes. Otras veces también habían sido perseguidos, se dijo, y ella siempre había salido bien librada y no había razón para que en esta ocasión no fuera así.

–¿Y esas tres mujeres? –preguntó Catalina sin poder evitar un ligero temblor en sus piernas.

–Condenadas al fuego al igual que la Marinatxo. Todas arderán a la vez.

–¿Cuándo las ejecutarán? –preguntó Josefa.

–Eso no está aún muy claro –explicó Maritxiki muy en su papel de informadora–. Al parecer el magistrado quería que se hiciera cinco días después del juicio, como normalmente se hace, pero dicen que ya que va a haber más juicios, el alcalde no tiene ninguna intención de andar quemando gente cada poco. Prefiere que se cumplan las sentencias todas a la vez y, además, tampoco quiere organizar una pira antes de las elecciones de San Miguel. Así que no te puedo decir cuándo se llenará de nuevo Durango de humo y del olor nauseabundo de cuerpos reducidos a cenizas.

–¿Más juicios? –una señal de alarma se encendió en la mente de Catalina.

–Sí, claro. Al igual que ocurrió con la Marinatxo, éstas también han acusado a otras personas y todo el proceso recomenzará una vez más.

–¿Se sabe quiénes son los acusados esta vez? –trató de no mostrar el pavor que de nuevo se había apoderado de ella.

–Son todas mujeres. Unas cuantas notables, a las que no les ocurrirá nada, y otras cuantas desgraciadas que acabarán en los calabozos, muertas de hambre, repletas de costras y con tan sólo una cojera, la falta de un ojo o unos cuantos huesos rotos si tienen suerte. Ya las han detenido a todas –concluyó.

Respiró tranquila, pero su desazón no desapareció.

–¿Y puede saberse de qué se las acusa? –preguntó Josefa de nuevo.

–De lo mismo que la otra vez –respondió Maritxiki con un gesto de asqueo–. Que si provocan tormentas, que si destruyen cosechas, que si envenenan a los vecinos con los que se llevan mal, que si desentierran cadáveres de niños recién nacidos para utilizar su grasa en la preparación de ungüentos voladores...

–No parece que tú creas demasiado en esas cosas...

–No creo en ellas, ésa es la verdad –dijo la mujer haciendo un signo negativo con la cabeza.

–¿No crees en los brujos? –Josefa estaba escandalizada.

–No. Nunca he visto a ninguno, y si alguien piensa que voy a creerme eso de que una bruja es capaz de hundir un gran barco con sólo remover un palo en un cubo de agua, ¡va listo!

–¿Y cuando alguien muere envenenado...?

–¡Vamos, Josefa! –replicó Maritxiki con ironía–. No hace falta ser bruja para preparar venenos, basta con conocer qué plantas son ponzoñosas. ¿No es cierto, Catalina?

La joven había vuelto a perderse en un mar de cavilaciones. Tal vez Juan no se casaría si ella no se hubiera mostrado tan distante en las últimas semanas... ¿Por qué no le había dicho que esperaba un hijo de él? Pero, por otra parte, pensó, si en verdad la amaba, jamás se le hubiera ocurrido matrimoniar con la hija de Unda, y ¿por qué no le había informado de sus intenciones?

–¡Catalina!, ¿dónde estás, hija?

La voz de Maritxiki resonó en sus oídos como una *alboka* mal afinada.

–Pensando en Juan de Gesala, sin duda –repuso Josefa con conmiseración.

–¿Sabes que va a casarse con la hija de maese Bartolomé? –preguntó su amiga esperando ser la primera en dar la noticia.

–¿Quién no lo sabe en Durango?

–Él no tiene fortuna propia, sólo una buena planta y conocimientos de letras. ¡Bien lejos que ha llegado el hijo de la viuda!

–El hijo de perra, dirás mejor –aseguró Josefa señalando a Catalina–. No le había dicho nada.

–¡Bah! ¡No te preocupes! –exclamó Maritxiki con jovialidad–. Una joven lista y guapa como tú no tendrá problemas en encontrar marido. ¡Más crudo lo tengo yo, por dos veces viuda y sin galán a la vista! ¡Dispuesta estaría a meter en mi cama a un chico viejo con la bolsa más llena que las calzas!

Las dos parteras se echaron a reír y Catalina sonrió también ante su descaro.

Horas más tarde, mientras intentaba comer sin ganas un guiso de carne y verduras, no dejaba de pensar en lo sola que se sentía. Aparte de las dos comadronas y alguna otra persona, apenas tenía buenos amigos en la villa, la casa se le caía encima y empezaba a pesarle no haber seguido los consejos de Josefa y no tener una sirvienta o alguien que le hiciera compañía en los largos anocheceres de verano. Había incluso perdido el gusto de salir a pasear en compañía de *Zintzo*, ahora que había dejado de recoger plantas para sus medicinas. Era hora de volver a Goiena y tener su hijo en la casa de sus antepasados. Ya nada le ataba a Tabira.

Unos golpes secos en la puerta estuvieron a punto de hacerle verter el cuenco de la comida. Sus manos comenzaron a temblar y notó que su corazón empezaba a latir como si fuera un caballo desbocado. No podía levantarse del asiento, las piernas no le obedecían. De nuevo sonaron los golpes. Venían a buscarla, era el fin. Se levantó con gran esfuerzo apoyando sus manos sobre la mesa y se dirigió a la puerta seguida del fiel *Zintzo* que no dejaba de gruñir.

–¿Quién es? –preguntó con voz temblorosa.

–Juan –respondió la voz mil veces escuchada, mil veces amada.

Hubiera dado media vida por no encontrarse allí en aquel momento. Hubiera preferido que fueran los alguaciles quienes llegaran en su busca. El dolor le atenazó la garganta y la saliva se secó en su boca.

–Abre, Catalina, tengo que hablarte.

Sin fuerzas para sostenerse sobre sus piernas, levantó la tranca, soltó la cadena y abrió la puerta. Aún no había oscurecido del todo. El sol acababa de ponerse dejando una estela roja en el cielo que muchos decían que era el rastro de fuego liberado por un dragón cuando se dirigía a los mares bermejos y una brisa cálida le acarició el rostro. Delante de ella se encontraba el hombre al que amaba y odiaba a la vez, bello como un dios, frío como el hielo.

–Déjame entrar –pidió Juan al constatar que la joven se había limitado a dejar abierto un estrecho resquicio.

–¿Para qué?

–Tenemos que hablar...

–No hay nada que decir.

Juan de Gesala empujó la puerta con vehemencia y penetró en la casa.

–Dile a tu perro que se marche –le rogó al comprobar que el animal estaba dispuesto a saltar sobre él.

–Vete, *Zintzo*.

El perro enseñó sus dientes y gruñó al tiempo que reculaba sin perder de vista al hombre.

–Vete –Catalina repitió la orden y el animal desapareció por la puerta de la cocina.

–Has engordado –fue lo primero que Juan dijo en cuanto se hubo asegurado de que no había señales del animal.

Catalina no respondió.

–Voy a casarme.

–Lo sé –respondió ella con lasitud.

De pronto ya no le importó lo que él hiciera con su vida y recobró las fuerzas que momentos antes parecían haberle abandonado.

–Pero lo nuestro no tiene por qué cambiar.

Catalina lo miró como si lo viera por primera vez. ¿Estaba diciéndole que sus relaciones seguirían igual que hasta ahora, que debía sentirse feliz porque él deseaba que ella continuara siendo su manceba?

–Tú sabes que yo nunca te he hablado de matrimonio –se justificó Juan al comprobar que ella no parecía tener ninguna intención de hablar–. Nuestra relación se basa en la libertad de cada uno de nosotros. Puedes continuar con tu oficio de partera y seguiremos viéndonos como hasta ahora. No amo a Magdalena, pero esa boda me va a permitir hacer y obtener cosas fuera de mi alcance hasta este momento. Si tú y yo nos casáramos, viviríamos como todas esas gentes mediocres que no acaban de salir de la penuria y a quien nadie respeta.

Catalina continuaba callada, preguntándose cómo era posible que ella hubiera amado a aquel hombre, que hubiera abandonado a su madre, que hubiera dejado su casa, sus campos y su monte sagrado por una sabandija que buscaba el sol más caliente para tumbarse panza arriba.

–Vivirás como una reina –insistió Juan–, te llenaré de joyas, compraré para ti una casa mucho mejor que ésta. Siempre serás la única mujer a la que ame...

–Tienes tiempo de marcharte antes de que llame a *Zintzo* –le interrumpió–. Cuando él acabe contigo no te quedará virilidad suficiente para hacer abuelo a ese hijo de puta que hace unos días intentó violarme.

El rostro de Gesala mostró el asombro que le producía la revelación y no pareció prestar atención a la amenaza de la joven.

–¿Que maese Bartolomé intentó abusar de ti? –preguntó atónito.

–*¡Zintzo!* –llamó Catalina.

Juan apenas tuvo tiempo de abrir la puerta y cerrarla tras de sí antes de que el perro se abalanzara sobre él.

–¡Catalina! –llamó desde el otro lado–. Catalina, escucha...

La joven colocó de nuevo la tranca y echó la cadena sin querer escuchar una sola palabra más del hombre que tanto daño acababa de hacerle.

No le había llevado mucho tiempo a maese Bartolomé preparar su venganza. Lo primero que hizo al día siguiente de la tremenda humillación sufrida por su orgullo y por su honor fue llamar al escribiente que se afanaba en el cuartito de al lado, preparando las actas del juicio que había condenado a la hoguera a las tres últimas brujas.

–Te hablaré claro, muchacho –dijo sin ningún preámbulo–. Yo tengo una hija en edad casadera y tú eres un buen mozo que puede darme unos nietos listos y guapos. Esto es lo que te ofrezco: dejarás de ser mi escribiente para pasar a ser mi socio y, cuando yo me retire, te quedarás con todo el negocio. También dispondrás a partir de la boda de la mitad de mis tierras y de mis animales. Serás igualmente mi socio en la fábrica de paños y en la guarnicionería, y entrarás a formar parte de la clase dirigente de Tabira. Cuando yo muera, aparte de lo que le corresponda a doña Marijuán, todo lo mío será tuyo. Magdalena es bonita, ha sido muy bien educada por las monjas, sabe leer y escribir y será una buena esposa. Cierto que su nacimiento no fue legal, pero es mi heredera legítima, como así consta en estos documentos.

Maese Bartolomé extendió sobre el escritorio un montón de legajos en los que constaba la legitimidad de su hija, así como los documentos de propiedad de todos sus bienes.

–¿Qué dices? –preguntó finalmente.

–¿Qué queréis que os diga? Es un honor que...

–¡De acuerdo! –le interrumpió el escribano–. Ya están redactadas las capitulaciones y sólo falta tu firma.

Colocó la hoja delante de su ayudante y le tendió el cálamo después de haberlo introducido en el pocillo de la tinta.

–¿Dónde está la recopilación de testimonios sobre las brujas que clasificaste hace unas semanas? –inquirió después, como si la firma del contrato matrimonial hubiera sido un mero trámite comercial.

Juan salió del escritorio y regresó con una carpeta de cuero en la que estaba grabado el nombre del escribano.

–Ahora puedes ir a ver a tu prometida, que te espera en el patio de atrás –le indicó, más bien ordenó, Unda y lo despidió con un gesto de la mano mientras se centraba en el contenido de la carpeta.

Buscó entre las numerosas declaraciones y delaciones de prácticas brujeriles, hechizos y encantamientos hasta encontrar la que buscaba. La denuncia contra María Pérez de Urkiola, llamada Maritxiki, de profesión comadrona. Unos padres habían acusado a la partera de la muerte de su hijo recién nacido. Había desechado dicha acusación en su momento porque, entre otras cosas, ambos cónyuges eran de edad avanzada y antes habían tenido otros hijos también muertos al nacer. Estaba claro, y así se lo hizo saber el físico Sainz, que la mujer adolecía de algún mal que no le permitía llevar a buen fin sus preñeces. Sin embargo, los párrafos releídos decenas de veces en el *Malleus* sobre la prevención a observar en referencia a la malignidad de las comadronas y su actual estado de ánimo le hicieron ver con otros ojos lo que en principio había tomado como una expresión del dolor de unos padres desconsolados por no conseguir descendencia. Sonrió triunfante. La segunda parte de su venganza estaba en marcha.

Maritxiki fue detenida varios días después por orden del consistorio. La denuncia del escribano municipal no podía echarse en saco roto, era algo muy serio. La conmoción en la villa fue enorme. La partera era mujer querida y respetada a pesar de su genio pronto, llevaba mucho tiempo ejerciendo su oficio y jamás había sido acusada de mala práctica, ni había protagonizado escándalo alguno.

A maese Bartolomé no le costó mucho convencer al magistrado Guinea de la perversidad que anidaba bajo el aspecto, aparentemente normal, de la mujer. No sólo los padres de la criatura muerta estaban dispuestos a declarar en su contra, también había otros testigos que juraban haberla oído blasfemar y decir que las brujas no existían y que eran un cuento inventado para atemorizar a gentes incautas. La negación de la existencia de la temible secta era igual que negar la existencia del diablo, y quien rechazaba la existencia del demonio también rechazaba la de Dios.

–Por lo tanto, es herejía –afirmó tajantemente–. Su merced debe tomar cartas en el asunto.

Hernando Sánchez de Guinea empezaba a estar harto de su estancia en Durango. Desde el veredicto del último juicio apenas podía pasearse por las calles sin que alguien escupiese a su paso o le espetase algún insulto soez; estaba cansado de la lluvia que un día sí y otro también caía imperturbable de un cielo que él raramente había visto despejado; deseaba descansar en sus propiedad de Salcedo. No quería eternizarse en aquellas tierras inhóspitas para alguien de su condición y, al paso que iban, el goteo de acusaciones y juicios podría durar el resto de su vida.

–Tenemos pendientes los casos de la decena de mujeres acusadas de brujería y aún quedan los interrogatorios –adujo sin ganas.

–He comprobado que todas las acusaciones contra ellas son falsas y producto de envidias y rencores –respondió Unda con celeridad.

–¿Todas? –preguntó el letrado, alzando las cejas con escepticismo.

–Todas.

Se había discutido sobre dicho tema en una reunión en la que habían estado presentes varios jefes de linajes. La mayoría de las acusadas eran miembros de familias notables y el malestar de éstas era manifiesto. Como escribano oficial de la merindad en general y del tribunal en particular, le habían presionado para que diera el asunto por zanjado.

–Tú verás lo que haces –le había amenazado su propio hermano Diego–. Los linajes no están dispuestos a pasar por el trance de ver torturadas, denigradas y acusadas a sus madres, hijas y hermanas. Puede que haya graves problemas antes de que eso ocurra, tú estarías en el propio meollo del asunto y no creo que el apellido pueda servirte de mucho.

El aviso estaba bien claro: o detenía la caza de brujas o lo iba a pasar francamente mal. Por cosas menos importantes habían desaparecido algunos que más tarde habían sido encontrados flotando en el Ibaizabal o despeñados a los pies del Untzillaitz.

–En este caso, no obstante –prosiguió queriendo desviar la atención del magistrado hacia el tema que le interesaba–, las denuncias son formales y pueden probarse.

–¿Existe algún otro caso parecido? –preguntó Guinea aliviado de no tener que pasar de nuevo por un proceso de brujería en el que las pruebas se basaban muchas veces en denuncias anónimas que no había que demostrar, lo cual daba mayores quebraderos de cabeza a los magistrados que tenían que sonsacar las confesiones a base de presiones sobre el denunciado.

–Puede que haya otro... –respondió maese Bartolomé con cautela, no deseando dar una impresión de interés personal–, pero aún lo estoy investigando.

–De acuerdo, entonces. Redactad una orden de puesta en libertad de las mujeres que están detenidas y en cuanto al caso de la partera, procurad daros prisa. No deseo pasar el invierno en esta tierra húmeda y desapacible.

Maese Bartolomé inclinó la cabeza a modo de despedida, ocultando la satisfacción en su rostro y la sonrisa que pugnaba por asomar en sus labios.

El tribunal, dispuesto para examinar las pruebas y escuchar las confesiones de las mujeres detenidas, se reunió para escuchar a Maritxiki.

–¿Niegas haber dado muerte al hijo de Domingo y Andresa de Martiondoa? –le preguntó Guinea al rechazar ella la acusación de infanticidio.

–¡Por supuesto que lo niego! –replicó la mujer con vehemencia–. Andresa no puede parir hijos vivos, como así lo ha demostrado en repetidas ocasiones, y os recuerdo que antes que yo fueron otras parteras las que se ocuparon de ella. ¿Por qué iba yo a querer matar a un recién nacido? Me gano la vida trayendo hijos vivos, no muertos, al mundo. Pueden contarse con los dedos de una mano los niños que han muerto durante los muchos años que he ejercido mi oficio. Andresa está desesperada, todo el mundo lo sabe, por no poder darle un hijo sano a su marido y cualquier excusa es buena con tal de quitarse la culpa de encima.

–Las brujas utilizan el corazón y la grasa de los recién nacidos en la elaboración de sus pócimas –afirmó Unda convencido.

–¿Y quién os ha dicho a vos que yo soy una bruja? –respondió Maritxiki con ímpetu–. Yo soy tan bruja como lo pueda ser vuestra esposa, señor...

–¿Crees en las brujas? –le soltó a bocajarro el escribano sin darle tiempo a finalizar la frase.

–Los curas así lo afirman –respondió la partera con la misma celeridad– y no seré yo quien dude de sus palabras.

–¿Niegas haber dicho que las brujas no existen? –insistió el escribano.

–¡Claro que lo niego!

Maese Bartolomé sonrió satisfecho, sacó una hoja de su famosa carpeta de cuero y se la tendió al magistrado.

–Aquí tenéis varias declaraciones en las que se asegura haber oído decir a esta mujer que las brujas son cuentos para engañar a gentes incautas.

–¿Sigues negándolo? –preguntó a su vez Guinea repasando con la vista el escrito.

–¡Mentiras! ¡Embustes! ¡Eso es lo que son! –gritó la partera encolerizada–. ¡Que vengan esos que me acusan y den la cara!

–Este tribunal no puede revelar sus fuentes de información –aseguró el magistrado–. Sólo queremos que confieses que has negado la existencia de las brujas y por lo tanto de los demonios y la de los ángeles. Quien rechaza la existencia de los ángeles también rechaza la de Dios y se convierte en defensor del propio Satanás, que es quien inspira tales creencias.

–¡Idos al infierno!

La ordalía del agua se llevó a cabo dos días después, tras la celebración de la misa en Santa María. Una multitud expectante se apiñó a las orillas del Mañaria. Maritxiki llegó al lugar de la prueba vestida con una simple camisa y fuertemente protegida por cuatro alguaciles. Antes de someterla al tormento se le dio una nueva oportunidad.

–¿Niegas que existan los brujos? –le preguntó Guinea de nuevo.

–Ya os lo dije el otro día, ¡idos al infierno! –respondió la partera alzando la barbilla de forma retadora.

El magistrado hizo un gesto y el verdugo despojó a la mujer de la camisa, dejándola desnuda a la vista de todos. Después la obligó a tumbarse en el suelo y ató su mano derecha al pie izquierdo y su mano izquierda al pie derecho, hizo una señal a sus ayudantes y éstos la transportaron hasta la orilla del río, lanzándola a continuación a las aguas. Un gritó de terror brotó de las gargantas de los espectadores. Si la acusada se hundía, quedaba demostrada su inocencia; si, por el contrario, flotaba, se corroboraba la aseveración de que el agua, elemento de pureza, rechazaba a una secuaz de Lucifer. Era una de las pruebas más seguras según los tribunales de media Europa, que la preferían a muchas otras por ser incruenta. El pueblo no aceptaba de buena gana la visión de los cuerpos maltrechos y destrozados de personas conocidas, aunque se hubiera demostrado que fueran brujos.

Maese Bartolomé había previsto la posibilidad, a todas luces probable, de que la partera se hundiera en el Mañaria vistas sus gorduras. En tal caso sería declarada inocente y todos sus planes se irían al garete. Decidió, por tanto, aleccionar al verdugo, de quien se había hecho muy amigo en los últimos días después de haberle enviado una pequeña barrica de sidra de la mejor clase. La cuerda que amarraba las extremidades de la mujer se alargaba unos cuantos metros hasta ambas orillas del río para, se informó a quien demandó una explicación, sacarla rápidamente y que no se ahogara en caso de ser inocente. En realidad, la soga servía para mantenerla a flor de agua y demostrar así su culpabilidad.

Sacaron y tiraron de nuevo unas cuantas veces a Maritxiki hasta que ésta empezó a dar señales de pánico ante el temor de ahogarse de verdad.

–¡Es cierto! ¡Es cierto! –gritó finalmente cuando estaban a punto de lanzarla al agua una vez más–. En alguna ocasión he dicho que no creo en los brujos. Lo he dicho, ¡lo confieso!

Unda se aproximó a ella y le susurró algo al oído.

–¿Quién más ha dicho una herejía similar? –preguntó en voz alta para que todos le oyeran.

Maritxiki le miró con ojos vidriosos sin entender la pregunta.

–¡Confiesa, mujer! –le gritó, y aproximándose le susurró de nuevo algo al oído.

La partera permaneció muda con los ojos fijos en él.

–¡Échala otra vez al agua! –ordenó el escribano al verdugo.

El contacto de las manos que la asían por brazos y muslos la sacó del letargo en el que parecía haber caído.

–¡Catalina! –gritó desaforada– ¡Catalina de Goiena!

Catalina fue detenida poco después de que todo el mundo hubiera escuchado su nombre en la boca de la desafortunada atormentada. No había querido asistir a la ordalía porque estaba convencida de que no podría soportar ver el sufrimiento de su amiga y había permanecido en su casa, acompañada como siempre por su fiel *Zintzo* y esperando la llegada de su abuelo Miguel, a quien había enviado recado para que fuera en su busca lo antes posible.

No dijo ni hizo nada para evitar su detención. De alguna forma la esperaba. En cuanto supo que la partera había sido detenida y que su principal acusador era Martínez de Unda, tuvo la certeza de que no era Maritxiki, sino ella, el objetivo del escribano. Dejó a *Zintzo* en el pequeño patio trasero y pidió a uno de los alguaciles, a quien había sanado de herpes en varias ocasiones, que cuidara de él. Fue conducida al calabozo consistorial a través de las calles de Tabira en medio de una gran expectación. Su nombre había corrido como un reguero de pólvora entre los asistentes al *juicio de Dios*, que se habían movido tras el merino y sus ayudantes en cuanto éstos recibieron la orden del propio alcalde y echaron a andar hacia la casa del extinto físico Olea.

Como si la cosa no fuera con ella, Catalina contempló con curiosidad los rostros de las gentes que se apartaban para dejar pasar a la pequeña comitiva. Los conocía a casi todos de verlos por las calles y en el mercado, de haberlos curado o recetado algún remedio para sus males, de haber atendido a algunas mujeres en los partos o escuchado a los maridos de otras. Sonrió cuando una niña le hizo un saludo con una mano pequeña y gordezuela, y se emocionó al comprobar que algunas personas inclinaban las cabezas en señal de respeto ante la maestra de las juntas de Jentilkoba.

Despertó de un sueño para entrar en una pesadilla cuando sus captores la lanzaron sin miramientos en el interior de un antro que apestaba a orines, cuya paja para cubrir el suelo estaba sucia y pegajosa y donde apenas entraba la luz por una hendidura practicada directamente en el muro. Invocó a Mari, a la que no se había dirigido en meses, tal vez debido a sus preocupaciones o tal vez, se dijo, porque la inculpación de la Marinatxo, los otros juicios, el saberse embarazada, el intento de violación por parte de maese Bartolomé y, finalmente, el anuncio de la boda del hombre que tanto había amado habían endurecido su corazón y lo habían vuelto estéril. Ahora la necesitaba, necesitaba su ayuda para soportar la maldad de quienes la perseguían, la injusticia de verse acusada de crímenes horrendos y la seguridad de que no existía ningún medio para defenderse. Estaba sola. ¿Qué es lo que había hecho mal? ¿Por qué se veía en una situación que no deseaba ni a su peor enemigo?

Curiosamente, no sintió miedo cuando la sacaron de la celda para llevarla al cuartucho del terror dispuesto para las confesiones. Conocía los procedimientos. El magistrado o cualquier otro de los jurados le haría preguntas y ella tendría que contestar. Si contestaba lo que ellos esperaban, no sufriría tortura; si negaba las acusaciones, le aplicarían aquellos artilugios de los que habían hablado aquellos que habían tenido que sufrir sus efectos o simplemente su visión. De todos modos, ¿de qué podían acusarla? Luego recordó la detallada descripción de las preguntas a las que eran sometidos los acusados y que Isabel de Errexota había sabido por una de las primeras detenidas.

–Te preguntan si eres bruja, si asistes a las juntas de la secta, si has visto al diablo en persona y qué forma tiene.

–¿Qué forma tiene? –preguntó ella con curiosidad.

–Unos dicen que tiene forma de hombre, con dos cuernos enormes en la frente y un rabo largo, dedos con largas uñas y barba de chivo, pero también puede adoptar la figura de un mono.

–No parece muy atractivo –comentó Catalina con ironía.

–También dicen que toma el aspecto de un asno o de un macho cabrío y que fornica con todas las brujas que acuden a las reuniones.

–¡Acabará agotado! –había dicho Maritxiki en aquella ocasión sin poder evitar la risa.

–No queda ahí la cosa –prosiguió la vieja Isabel sin prestar atención al comentario–. El acto es muy doloroso y las brujas elegidas para satisfacer al Maligno quedan después malparadas y con muchos arañazos y cardenales.

–¡Pues ya tienen ganas de ir! –añadió Josefa con mucha seriedad.

–Satanás les promete mucho poder, les muestra la forma para elaborar filtros amorosos y pócimas ponzoñosas, les enseña advocaciones para que los diablos acudan a su llamada, les...

–No parece que sean tan poderosas –Maritxiki la interrumpió, volviendo a la carga–, puesto que, si lo fueran, se liberarían de las cadenas o aojarían a los jueces para impedir que las llevaran a la hoguera.

–¡Eres una ignorante! –exclamó Isabel de Errexota con desaprobación–. Todo el mundo sabe que el poder que el diablo otorga a las brujas es únicamente para usarlo contra o en favor de otros, nunca de sí mismas. Ellas no pueden liberarse de las cadenas, pero pueden hacer que otros se liberen.

–¡Pues menuda birria de brujas! –insistió la partera echándose a reír.

Habían estado hablando durante horas y lo único que Catalina sacó en claro de todo aquello fue que, antes o después, todas las brujas acababan confesando y, lo que era aún peor, también confesaban las que no lo eran, por lo cual era muy difícil distinguir a las unas de las otras.

–Catalina de Goiena, ¿estás dispuesta a confesar?

El hombre acercó su rostro y clavó en ella su mirada de ave de rapiña. Apenas podía distinguir sus rasgos. Únicamente veía una figura negra como la noche que se agitaba en una danza infernal que parecía no tener fin. Trató de abrir los párpados y demostrarle que no le tenía miedo, pero permaneció inmóvil, incapaz de hacer el más leve movimiento. Intentó pensar cuánto tiempo llevaba en aquel lugar, pero no pudo recordar.

–Y bien, mujer –el hombre acercó su rostro al de Catalina aún más–, ¿estás dispuesta a confesar?

No sentía el cuerpo. La habían tendido desnuda encima de una tabla y habían sujetado sus muñecas y tobillos a sendas sogas. Su cabeza también había sido aprisionada por una estrecha banda de cuero. Una vez más oyó el ruido de la rueda al girar mezclándose con los gritos del hombre de negro que le ordenaba confesar. ¿Confesar qué? Notó cómo lentamente le estiraban brazos y piernas y cómo la banda de cuero se estrechaba más y más, clavándose en su frente. Reconoció en su torturador al hombre de la cara desfigurada que tiempo atrás le había preguntado si no tenía miedo de andar de noche por las calles, el que le había dicho que el diablo andaba suelto, y gritó desesperada. Oyó su propio grito, angustiado, inhumano, y se hundió en un abismo negro, indoloro y silencioso.

Guinea contempló el cuerpo inane de la joven. Había conseguido traerse el potro desde Bilbao y ella había sido la primera en probarlo. Ordenó al verdugo que le echase una jarra de agua sobre el rostro para reanimarla, pero no se movió. Parecía muerta. Alarmado mandó en busca del físico Sainz, que llegó rápidamente por hallarse en una habitación contigua a la espera de que sus servicios fueran reclamados. El médico examinó a Catalina y después levantó el rostro hacia el magistrado.

–Es sólo un desmayo.

Guinea respiró tranquilo. ¡Lo único que le faltaba era que se le muriera una acusada entre las manos!

–Pero –añadió Sainz– esta mujer espera un hijo.

La noticia cayó en la sala como un mazazo en la cabeza de una persona desprevenida. ¡Habían torturado a una mujer embarazada!

–¿Estáis seguro? –preguntó el letrado.

–Conozco mi oficio –respondió el físico con arrogancia y en tono ofendido– tan bien como vos podáis conocer el vuestro. Esta mujer está preñada de... Yo diría que de unos cuatro meses, aunque se le note menos que a otras.

–¡Buena se va a armar en cuanto la gente lo sepa! –exclamó el regidor gamboíno.

–Nadie va a saber nada de nada –afirmó Guinea mirando fijamente uno a uno a todos los testigos–, ¡y ay de aquel que se vaya de la lengua!

Un silencio sepulcral siguió a sus palabras. El magistrado trataba de pensar con rapidez. Ordenó que soltaran a la joven, la llevaran a una celda más limpia y metieran también en ella a Maritxiki, la partera, que sabría cómo atenderla. Luego maldijo su perra suerte. Una mujer preñada no podía ser torturada ni ejecutada hasta que no hubiera nacido la criatura, a quien arrancaban de los brazos de su madre nada más nacer. Miró a Unda con rencor por ponerle en un aprieto que podía dar al traste con sus esperanzas de ser nombrado presidente de tribunal y salió de la sala de torturas dando un portazo.

Catalina no sentía nada. Algo así tenía que ser la muerte, pensó, un vacío inmenso, sin dolor, sin conciencia, a la espera de que el mundo futuro se abriese para ella como ya antes se había abierto para tantos otros. Intentó moverse, pero no pudo. Su cuerpo no respondió. Oyó voces confusas y notó que se elevaba, transportada por manos invisibles que no sentía. El trayecto no fue largo. Oyó otra vez las voces, el golpe seco de una puerta al cerrarse y de nuevo el silencio. Abrió los ojos y un haz de luz cegó momentáneamente su visión. Sintió entonces frío, un temblor recorrió todo su cuerpo desde la punta de los pies hasta la raíz de sus cabellos y volvió a hundirse en la negra oscuridad, que la atraía con fuerza sin que ella pudiera resistirse.

Le dolían tanto los huesos que incluso antes de despertarse del todo supo que no podría moverse. Intentó, no obstante, llevarse una mano a la frente para aliviar la angustiosa sensación que sentía, como si la banda de cuero aún estuviera allí, aprisionándole la cabeza hasta hacer saltar los ojos de sus cuencas. No pudo mover la mano y emitió un débil gemido.

–Tranquila, mi buena amiga, tranquila –le susurró una voz al oído–. Ya ha pasado lo peor. Ahora te dejarán en paz durante algún tiempo. No se acordarán de ti hasta que hayas recobrado las fuerzas.

Gimió de nuevo y se pasó la lengua por los labios resecos. Notó que dejaban caer unas gotas de agua dentro de su boca entreabierta y apenas tuvo fuerzas para tragarlas.

–Poco a poco –oyó de nuevo el susurro en su oído–, poco a poco...

Nuevas gotas cayeron en su boca. Después sintió cómo unas manos temblorosas colocaban sobre su frente herida un paño húmedo que alivió su ardor. Tiritó. Notó que la cubrían con pajas y que éstas se clavaban en su carne.

–Esto te mantendrá en calor –dijo la voz.

Reconoció en ella la de Maritxiki y entonces recordó. Un par de lágrimas rodaron lentamente por sus mejillas.

Pasaron varios días, no supo exactamente cuántos. Seguía sin poder moverse, encima de unas pajas sucias que ella había ensuciado aún más.

–No sufras, ángel. Yo te limpiaré.

Apenas si tenían agua, ni paja limpia, ni trapos y Maritxiki había desgarrado su vieja falda para hacer paños y aliviar un poco su vergüenza. Continuaba desnuda y tenía que soportar la humillación de verse observada por los carceleros cada vez que les llevaban un poco de agua y unos trozos de pan seco. Quitaban las pajas que su amiga ponía sobre ella a modo de protección y reían al tiempo que la sobaban con manos toscas y sucias. En aquellos momentos le entraban unas terribles ganas de vomitar y deseaba estar muerta.

–El niño... –fue lo primero que dijo cuando recobró el habla.

–Está bien –le aseguró Maritxiki–, estate tranquila. No has tenido ninguna hemorragia y no parece que haya habido ningún contratiempo.

–¿Estás segura? –insistió.

–En este lugar es de lo único que estoy segura, puedes creerme.

–¿Por qué...?

–¿Por qué estás aquí? –le interrumpió la mujer–. Porque yo te acusé de ser mi cómplice.

–¿Cómplice de qué?

–¿Qué más da? De lo que ellos quieran. Me acusan de ser bruja porque no creo en las brujas, también dicen que he matado a niños nada más nacer y que a otros los he bautizado en nombre de Satán. Ya ves, yo que me alegraba de no haber sido atrapada con mis hermanos de religión, ahora resulta que van a quemarme por algo de lo que me he burlado toda mi vida. Iban a ahogarme –se disculpó con voz contrita–. El escribano me ordenó que dijera tu nombre...

–¡El escribano!

Así pues, sus temores eran ciertos. Todo aquello, la detención de su amiga, la boda de Juan y su propio encarcelamiento eran obra del despechado obsceno que había intentado seducirla. Nada de lo que ella hiciera o dijera iba a servirle de mucho, Unda ya la había condenado y convencería a los otros para que también lo hicieran. Cerró de nuevo los ojos e invocó a Mari. Volvieron a su mente los nombres de los dioses que durante generaciones habían protegido a su pueblo y los llamó en su ayuda.

–Ayudadme, dioses de mis antepasados. No permitáis que mi hijo muera.

Volvieron a por ella unos días más tarde. Continuaba desnuda y la escoltaron hasta una habitación oscura con olor a moho. No había ventanas, sólo un pequeño tragaluz en el techo y unas cuantas velas a medio usar encima de la mesa iluminaban los rostros poco benévolos de tres hombres, uno de los cuales era su enemigo. Espantada, miró a su alrededor y respiró hondo al comprobar que no había allí ningún instrumento de tortura.

–Mujer –dijo el hombre sentado en el centro y en quien ella reconoció al magistrado–, ¿estás dispuesta a confesar que eres culpable de haber dado muerte a niños recién nacidos, que conoces el poder de las plantas ponzoñosas para preparar venenos, que elaboras una sal especial que luego esparces por los huertos para que las simientes se sequen?

Todo su cuerpo se estremeció al igual que el de un animalillo cazado en una trampa. Aquel hombre había ordenado que la torturaran sin piedad, haciéndole desear que llegara pronto la muerte y con ella el fin de su sufrimiento.

–Mujer –repitió el hombre–, ¡contesta! ¿Vas a confesar? Hay métodos, ya lo sabes, para hacerte confesar y es deber de este tribunal que así lo hagas.

Afirmó con la cabeza, incapaz de soportar de nuevo la tortura.

Los tres hombres se miraron y sonrieron satisfechos. El escribano empujó un pliego sobre la mesa.

–¿Sabes leer y escribir? –le preguntó.

Negó con la cabeza y el hombre le alargó un estilete de cuya punta goteaba la tinta.

–Pon una marca en el espacio vacío –le ordenó.

Con mano temblorosa escribió una equis deforme y dolida, emborronada por las lágrimas, segura de haber firmado su sentencia de muerte. Miró a los tres hombres. La escasa luz de las velas deformaba sus rasgos dándoles un terrible aspecto. Los examinó detenidamente uno a uno, mientras hablaban en voz baja. Martínez de Unda parecía el más complacido y no dejaba de lanzarle miradas recorriendo su desnudez con ojillos porcinos. El magistrado, juez severo, seguro de estar cumpliendo con su deber, parecía más interesado en comprobar los documentos que tenía delante que en su persona. No conocía al tercer personaje, pero le llamó la atención su continuo parpadeo y el temblor que agitaba sus manos.

–Estáis enfermo –no pudo evitar decir.

Los tres hombres cesaron su conversación y se le quedaron mirando.

–¿Qué has dicho? –preguntó Guinea.

–Ese hombre –dijo la joven señalando a Juan López de Anda, el regidor gamboíno– está enfermo. Morirá.

Sonrió tristemente al advertir el miedo en las facciones desencajadas del hombre. Así eran los implacables jueces, se dijo. No temblaban al condenar a personas inocentes a los más horribles sufrimientos, torturas y muertes, pero se agitaban con pavor si alguien les anunciaba su próximo final.

–¿Cómo lo sabes? –había gran curiosidad en el tono del magistrado.

–Es un don de Mari, la Dama. Lo tengo desde que nací.

–¿Quién es esa Mari? –inquirió de nuevo el licenciado–. ¿Es acaso María, la madre del Salvador?

–No lo sé.

–Es un cuento –dijo Unda dirigiéndose a Guinea–. Los aldeanos creen que es una diosa que vive en una gruta del monte Anboto. Esta mujer nació en un caserío, a las faldas de la montaña que algunas mentes obtusas consideran sagrada. No es extraño que crea las historias que se cuentan.

–No es una historia –replicó Catalina con voz firme–. La Dama existe. Yo misma la he visto. Es la luz que nos ilumina, el agua que desciende y riega los huertos, la simiente que crece y nos alimenta, el bálsamo que calma nuestra angustia. Es la voz de nuestros montes, de las peñas, de los ríos y de los valles, el espíritu de nuestros antepasados. Siempre ha estado aquí y siempre lo estará.

Guinea miró estupefacto a Unda, quien se limitó a alzarse de hombros. Al igual que todo el mundo, sabía lo que se decía del numen que habitaba en Anboto. Él mismo había escuchado en la casa de sus padres relatos fantásticos sobre él.

–Y ese don del que hablas... –tomó el magistrado la palabra.

–Mari me lo dio al nacer –le interrumpió la joven.

–¿Quieres decir que sabes cuándo una persona está enferma de muerte?

–Sí.

De nuevo reinó el silencio en el cuartucho. Anda temblaba de pánico y los otros dos mostraban signos de estupor, mezclados con temor.

–¡Es una bruja! –exclamó finalmente Unda–. Ha aojado al regidor y por eso sabe que va a morir, sólo las brujas son capaces de tanta maldad.

–Estáis enfermo –insistió Catalina, dirigiéndose al regidor–. Vos lo sabéis, ¿verdad?

Anda afirmó con la cabeza. Llevaba tiempo sintiéndose mal, no podía dormir, cualquier comida, por muy liviana que fuese, le producía un tremendo ardor en el estómago y le hacía vomitar seguidamente. Había acudido a Sainz, quien lo había sangrado y le había recomendado colocar encima del estómago una botella de barro con agua caliente para apaciguar el dolor. Pero ni lo uno ni lo otro habían aliviado su mal.

–No puedo ayudaros –prosiguió Catalina con tranquilidad–, pero el agua de cocción de las raíces de la adormidera os aliviará y sufriréis menos.

–¡Os lo había dicho! –exclamó Unda, dirigiéndose a Guinea en tono triunfal–. Es una bruja hecha y derecha y ¡de la peor especie!, puesto que puede predecir la muerte que seguramente ella misma causa.

Guinea hizo un gesto afirmativo, cogió el estilete y añadió las palabras «bruja confesa» en el documento.

Maese Bartolomé regresó a su casa con la mente confusa. Había logrado lo que se había propuesto. La mujer que le había despreciado sería juzgada por brujería y acabaría, como tantas otras malignas, purificada por las llamas. Sin embargo, no conseguía discernir si el motivo de su celo era el rechazo sufrido o el convencimiento de que Catalina era uno de aquellos seres malvados. De acuerdo con que tal vez en un comienzo había obrado por despecho, pero ahora, después de haberla oído decir que Anda estaba enfermo de muerte, ya no dudaba de que tenía poderes que únicamente el diablo podía haberle concedido. Trató de pensar en otra cosa y abrió el libro que le había hecho llegar unos días antes su amigo Gastagnalde desde Bayona, uno más para ampliar su extensa biblioteca sobre demonología y brujería.

El *Canon episcopi* era parte de una guía de disciplina eclesiástica redactada por el arzobispo de Trèves en el siglo X.

–Ya entonces el hombre sufría el acoso de las encantadoras... –dijo en voz alta mientras ojeaba el volumen que no había tenido tiempo de examinar hasta ese momento.

Se detuvo en el pasaje que evocaba a aquellas mujeres inspiradas por Satán que volaban a lomos de animales diversos junto con Diana, la divinidad romana, la «diosa de las brujas», madre y comadrona, unida a la luna, a las aguas y a los lugares húmedos. Recordó el cuerpo desnudo de Catalina en el potro, la blancura de su piel, sus pechos llenos y sus muslos tersos. La imaginó recorriendo el aire, reflejándose en las aguas de los ríos, iluminada por la luz de la luna, los cabellos al viento. Volvieron a su recuerdo relatos que creía olvidados y sintió pánico. Se desabrochó la camisa con dedos nerviosos, extrajo de su pecho el pentáculo mágico de cobre, oro, plata y estaño que se había hecho fabricar por un forjador que siguió sus indicaciones sin tener ni idea de para qué servía y lo frotó entre sus manos. Según *Las clavículas*, el amuleto le defendería de los encantamientos y le haría resistente a los venenos. Pensó en tirarlo después del fracaso en el asunto de Catalina, pero continuó llevándolo colgado al cuello porque tampoco estaba muy seguro de haber seguido correctamente todas las instrucciones para elaborar los polvos del amor. Si de verdad la joven poseía el don de conocer la enfermedad, también podría producirla y, en ese caso, él estaba perdido y precisaba de toda la magia que pudiera obtener para contrarrestar los efectos perniciosos de una maldición.

Don Tomás de Arandia pidió ver a Catalina cuando supo su detención y el resultado de su interrogatorio. El alguacil mayor lo dejó entrar entendiendo que el clérigo acudía en ayuda de una alma pecadora y que intentaría convertirla antes de que fuera ejecutada. Él mismo lo acompañó a la celda que ahora ocupaba sola, puesto que Maritxiki había sido conducida de nuevo a la de las otras condenadas. El párroco se horrorizó al verla desnuda, intentando tapar sus vergüenzas con un puñado de paja. Salió del antro y exigió que se le procurara ropa decente para cubrirse. El alguacil no se hizo repetir la orden dos veces y volvió al cabo del rato con la falda y el corpiño de la joven.

–¿Cómo te encuentras? –le preguntó el clérigo cuando volvió a entrar en la celda y se la encontró ya vestida y más tranquila.

–No muy mal vistas las circunstancias –respondió Catalina con una sonrisa triste en sus labios.

–¿Es verdad que has confesado ser bruja?

–No podía hacer otra cosa.

–Podías haberlo negado...

–¿Y volver a pasar por lo mismo? –dijo mostrándole la marca aún visible que cruzaba su frente–. Creía que la cabeza me iba a estallar en mil pedazos, el dolor era tan intenso que deseé morir. No, mejor era confesar lo que querían.

–Te condenarán al fuego.

–Ya me han condenado –afirmó la joven resignada–. Mi abuela siempre decía que nuestro destino está marcado desde el día en que nacemos y que nada puede hacerse por cambiarlo.

–Ya sé que tú y yo no nos hemos llevado muy bien –dijo don Tomás al cabo de unos instantes de silencio–, pero me gustaría ayudarte en lo posible, consolar tu alma, ser tu amigo en estas horas de aflicción...

–Gracias –respondió la joven verdaderamente conmovida–. Siempre es de agradecer un amigo cuando todos parecen haberte abandonado.

–¿Es cierto lo que dicen? ¿Estás embarazada?

–Sí, lo estoy. Mi hijo nacerá cuando las hojas se desprendan de las ramas, cuando los pájaros busquen tierras más cálidas para hacer sus nidos y las familias se reúnan junto al fuego del hogar.

–¿Quién es el padre? –preguntó el párroco–. Tal vez si...

–¿De qué serviría? –le interrumpió ella–. Mi hijo es sólo mío. Si me matan, quiero que sea mi madre quien se encargue de educarlo, al igual que me educó a mí, que crezca conociendo los nombres de las plantas y de los árboles, que sepa cuidar de los animales y aprenda a sembrar las simientes que luego lo alimentarán. Quiero que despierte por las mañanas contemplando la cumbre del monte sagrado, que corra por los campos que la Dama baña con su bendición, que meta los pies en el agua fría de los ríos que descienden de las cumbres y que duerma protegido por el manto que la luna extiende cada noche sobre la tierra.

Don Tomás la escuchaba, cautivado por sus palabras. Jamás hubiera imaginado que una aldeana sin educación fuera capaz de expresarse en unos términos reservados a los poetas. Recordó a su propia madre, Marina de Minika, condenada por él mismo y que se consumía en un antro insalubre y oscuro como aquél, y un dolor agudo le atravesó el pecho.

–¿Crees en Dios y en Nuestro Señor Jesucristo? –preguntó cuando la joven calló.

–Dios, diosa... ¿Qué más da su nombre? Sólo tenemos que mirar a nuestro alrededor, temblar cuando escuchamos el trueno y maravillarnos ante el amanecer.

Días después, desde el púlpito, el sacerdote causó una impresión extraordinaria en sus parroquianos, dispuestos como cada domingo a escuchar una plática sobre el amor entre las personas, tal como venía haciendo desde el juicio a los herejes. En lugar de ello, don Tomás se dirigió a sus feligreses hablando de los desmanes de quienes en nombre de la justicia torturaban a pobres hombres y mujeres indefensos, acusando, sin nombrarlas, a ciertas personas que, a su parecer, adoraban al diablo y acusaban a los demás.

–¡Satanás anida en sus almas! –vociferó haciendo temblar hasta al más templado–. ¡Es él quien les infunde sus actos y sus palabras! Han traído el desasosiego y el dolor a nuestra villa, han convertido a honrados vizcaínos en delatores de sus vecinos y obtienen las confesiones por medio del sufrimiento.

Aquel día el sermón se alargó más de lo previsto. Hubo comentarios para todos los gustos y una comisión encabezada por el alcalde se presentó en la sacristía al acabar el oficio.

–¿Os habéis vuelto loco? –le preguntó López de Uría sin poder contener su furia–. ¿O es que os han comprado los gamboínos?

–Mide tus palabras –le ordenó don Tomás en el mismo tono–. Estás hablando con un hombre consagrado.

–¡Y una mierda! –respondió el alcalde fuera de sí–. Nos habéis acusado de ser adoradores del demonio.

–Allá cada cual con su conciencia.

–Ya podéis ir buscándoos otra parroquia porque voy a hacer lo que tenga que hacer para que os echen de aquí –le amenazó Uría.

–No podrás echarme –le aseguró el clérigo– y desde ahora te aviso que no pienso darte la comunión y que no recibirás tierra sagrada cuando hayas muerto si no vienes a confesarte y a pedir perdón por tus injuriosas palabras.

El alcalde se mordió los labios para no responder, dio media vuelta y salió de la sacristía con la misma furia con la que había entrado.

La entrevista del magistrado con don Tomás tuvo un cariz mucho más disimulado. Sánchez de Guinea esperó para ir a verlo a que amainara un poco la tormenta de comentarios y reacciones suscitadas por sus palabras.

–Comprenderéis que con vuestra postura atacáis a la Iglesia y a la Corona –comenzó diciendo después de haberle explicado la razón de su presencia en la casa cural.

–Ataco a los que las usan para llevar a cabo los crímenes más horrendos.

–Os recuerdo que es la propia Iglesia la que ha incoado los procesos contra la brujería –prosiguió el letrado tratando de razonar con el tozudo clérigo–. En el Antiguo Testamento se advierte contra el maléfico poder de las hechiceras; en el capítulo XXII del Libro de Moisés se lee: «No dejes con vida a las encantadoras».

–En Durango no hay brujas de esa especie –insistió don Tomás–. Esas a las que habéis condenado a muerte son unas pobres mujeres que nada tienen que ver con las hechiceras de las que habla Moisés.

–¿Y vos cómo lo sabéis?

–Porque conozco a mi rebaño, por eso –replicó el cura indignado por la pregunta.

–Tal vez no lo conozcáis suficiente o... tal vez lo conozcáis demasiado.

–¿Qué queréis decir?

–¿Conocéis el caso del condado de Artois en Francia?

Don Tomás miró a su interlocutor como si éste le estuviera hablando en otra lengua.

–En Artois –prosiguió Guinea–, hace cerca de medio siglo un eremita fue ejecutado por crimen de brujería a pesar de estar considerado un hombre de Dios. Desde entonces, han sido muchos los clérigos, frailes y hombres de la Iglesia que han sido llevados ante los tribunales eclesiásticos y civiles.

–¿Y...?

–¿Cómo llamaríais vos a un párroco que osa ponerse del lado de unas mujeres que han confesado ser brujas y que ataca a los hombres que, a riesgo de sus propias vidas, intentan devolver la cordura a una región infestada de seguidores del diablo? –preguntó el magistrado mirándolo fijamente y sin tan siquiera pestañear.

Don Tomás amagó el golpe sin mover un solo músculo de su cara. La advertencia estaba clara. Él mismo podía ser acusado de brujería en cualquier momento, ser interrogado, juzgado y condenado. Recordó las marcas en la frente de Catalina, la descripción que de su tortura habían hecho los primeros detenidos y los relatos que había escuchado de niño a gente que había visto con sus propios ojos quemar a trece personas delante de Santa María.

–Diría que es un hombre que trata de ayudar a las más desamparadas de sus feligresas –respondió finalmente con cierta cautela.

El rostro de Guinea se distendió con una amplia sonrisa.

–Loables intenciones –dijo–, pero equivocadas. Un párroco debe ocuparse de todo el rebaño y no sólo de unas pocas ovejas descarriadas.

Don Tomás no volvió a hablar en contra de la caza de brujas desde el púlpito y procuró mantenerse al margen de los acontecimientos tanto como pudo, aunque no dejó de ir a visitar a Catalina y a las otras acusadas para, de alguna manera, aliviar su mala conciencia por no hacer nada para salvarlas. No acudió, sin embargo, a visitar a los herejes. No quería encontrarse con la mirada de su madre.

La ejecución de los herejes condenados y de las brujas convictas y confesas se llevó a cabo pocas semanas después en un descampado algo alejado de las murallas de la villa, cerca del camino de Elorrio. Estaba muy vivo el recuerdo de la quema de los sectarios en pleno centro de la villa y el alcalde y los regidores dispusieron que no volvieran a repetirse las escenas de terror que los más viejos aún rememoraban.

Marina de Minika, Juan de Unamuno, Juana de Bilbao, María de Zearra, Marina de Arrazola, María Pérez de Ibarra, María Pérez de Urkiaga, Teresa de Arrazola, Teresa de Aguirre, llamada Marinatxo, y María Pérez de Urkiola, llamada Maritxiki, fueron sacados del calabozo en lastimoso estado, los pies encadenados y las manos atadas a una soga que conducía el alguacil mayor. Iban rodeados de los ayudantes del alguacil en prevención de posibles tumultos, pero no portaban el capirote con la imagen del diablo, ni el sambenito ilustrado con llamas, como se obligaba a los acusados de herejía o brujería en las tierras vecinas. Los ayudantes del magistrado y el propio maese Bartolomé habían dejado bien claro que no había nada que temer, que las brujas ya no harían daño a nadie, puesto que habían sido abandonadas a su suerte por su amo, el Maléfico, y que sus poderes habían desaparecido. Los once condenados arrastraban sus pies descalzos por la gravilla y no parecían sentir los guijarros que se clavaban en sus plantas; miraban sin ver al gentío que se había apelotonado en los alrededores de la campa para asistir al acto. Estaban absortos, atónitos, por lo que les estaba ocurriendo y únicamente la Marinatxo soltaba de vez en cuando la risa estridente que había helado la sangre de más de uno durante su juicio.

No hubo ningún tumulto. Los reos fueron atados a sendas estacas que fueron rodeadas con gran celeridad con leña, pajas secas y ramas. En otras seis estacas fueron colocadas unas figuras que representaban a doña María de Muntsaratz, doña María Pérez de Mondragón, Marina Pérez de Goxencia, María de Mondragón, Marina de Arriaga y María de Lezama, difuntas y condenadas por herejes. Sus restos se apilaron encima de las leñas. El cadáver de Marina Sáez de Mendiola, fallecida días antes en prisión, también fue atado a una estaca.

Todo el mundo conocía a las mujeres, quien más o quien menos había tenido tratos con ellas, pero el dolor en algunos rostros se agudizó al contemplar la mísera estampa que presentaba Maritxiki, la partera. Josefa, su amiga, sufrió un desmayo cuando el verdugo encendió la pira y lo mismo ocurrió con muchas otras personas que, no pudiendo soportar el espectáculo, regresaron a la villa.

Catalina contempló el humo de las hogueras a través de la rendija que dejaba pasar algo de luz y aire a su encierro y maldijo a los causantes de tanto dolor, deseando que sufrieran en sus propias carnes una muerte tan atroz como la de las mujeres infamadas. Después de su segundo interrogatorio había sido separada de Maritxiki y ni siquiera le habían permitido despedirse de ella. No había podido consolarla ni decirle que no le guardaba ningún rencor por haberla denunciado.

Su caso y el del medio centenar de personas que aún esperaban juicio provocó un fuerte enfrentamiento entre el alcalde y el magistrado. Uría insistió en el hecho de que los acusados eran vizcaínos y que, por tanto, el señorío era el único estamento autorizado para juzgarlos. Guinea no dio su brazo a torcer, respondió que Dios y la Iglesia estaban por encima de cualquier señorío, por muchos fueros que tuviese, y amenazó con pedir la excomunión para él y para toda la villa si persistía en sus cinco. Aceptó a regañadientes que los presos fueran conducidos a Bilbao y que el corregidor decidiera qué hacer con ellos, pero exigió que la joven bruja embarazada le fuera entregada para llevarla a Calahorra, donde, después de nacer su hijo, sería juzgada y condenada.

–La criatura será educada por una familia verdaderamente cristiana –aseguró Guinea a la pregunta de Uría de qué ocurriría con el recién nacido–. Jamás sabrá que su madre fue una bruja y cuando tenga edad suficiente, ingresará en un convento de frailes o monjas, según sea su sexo.

Días después, y tras recibir nuevos refuerzos, los acusados que aún quedaban pendientes de juicio fueron obligados a montar en unos carros y conducidos fuertemente escoltados a Bilbao para ser juzgados. Los soldados tuvieron que hacer uso de toda su fuerza y de sus armas para impedir que una multitud enfurecida liberara a los prisioneros. Tras casi una batalla campal, los carros tomaron el camino de Bilbao. Sánchez de Guinea decidió acompañar al grupo que llevaría a Catalina a Calahorra, donde se vería su caso.

A primeras horas del día siguiente la joven fue sacada de su encierro, montada en una carreta cubierta y atada a un poste de pies y manos. Guinea dio por finalizada su labor sobre el asunto de las brujas de Durango y, no teniendo intención de pasar ni un día más en tierras de la merindad, decidió partir cuanto antes sin dar aviso de su marcha para evitarse una nueva discusión con el alcalde y otra revuelta popular.

La joven vio pasar las calles y casas de Tabira a través de la abertura que dejaban libre las dos partes de la lona en la parte trasera. El cielo estaba cubierto por gruesos nubarrones grises que presagiaban una tormenta de verano de las que dejaban caer la piedra que acababa con los frutos apenas madurados. Los recuerdos del tiempo transcurrido en la villa se mezclaron con las imágenes de don Diego, de Juan de Gesala, de Josefa, la partera, de maese Bartolomé y de tantos otros. ¡Había vivido cien vidas en poco tiempo! Suspiró pensando en su madre y en la pena tan tremenda que tendría al conocer su fin. Lamentó no haber sido una hija mejor, no haber seguido sus consejos, no haber permanecido junto a ella en el seguro abrigo de Goiena. Ya nunca más volvería a verla ni pisaría la hierba suave y mullida de sus campos, su hijo no conocería a su abuela, ni tampoco el solar de sus antepasados. Crecería lejos de su tierra, entre extraños. Las lágrimas brotaron incontenibles de sus ojos y el oficial del tribunal que iba con ella dentro del carro se echó a reír.

–¡Ya es tarde para lamentarse! –exclamó.

Catalina centró su mirada en la abertura de la lona. La carreta se había detenido ante el portal de Santa Ana y la comitiva esperaba que el guardia lo abriera aunque aún no fuera la hora. Escuchó una discusión entre éste y los hombres de Guinea y finalmente oyó el ruido de los goznes mezclados con las imprecaciones del guardián. La carreta se puso de nuevo en movimiento. Observó entonces una figura, integrada en el paisaje, que se mantenía inmóvil junto a un gran roble. El corazón le dio un vuelco y estuvo a punto de gritar su nombre, pero se contuvo. Fijó su mirada en la sombra que echó a andar detrás de la comitiva. Aparecía o desaparecía por la abertura siguiendo las sinuosas líneas del camino y la vio avanzar, manteniendo una distancia prudente y deteniéndose de vez en cuando para coger una rama o lanzar una piedra.

El camino no presentaba ningún problema hasta llegar a Mañaria, pero a partir de entonces se iniciaba la subida a Urkiola, paso obligado para coger después la vía hacia Otxandio y de allí a Vitoria. Los jinetes se apearon de sus monturas y asieron por las bridas a los caballos obligándolos a subir la pendiente. Incluso tuvo que descender de la carreta el oficial que iba dentro para apoyar su hombro y empujar el transporte mientras otros se aplicaban en la tarea de tirar de la mula. La abertura de la lona se había agrandado al bajar el oficial y Catalina trataba desesperadamente de descubrir a su abuelo. Era inútil. Las curvas, los árboles y la estrechez del camino impedían cualquier visión a pocas varas desde su posición. El débil lazo que la unía a la vida estaba a punto de romperse definitivamente. La vista de Miguel de Ausona había sido tan sólo una esperanza fugaz. Además, ¿qué podría él contra una docena de hombres más jóvenes, armados hasta los dientes y acostumbrados a la lucha? Probablemente habría acudido a la prisión esperando poder verla y se había visto sorprendido por la acelerada marcha del magistrado y de sus acompañantes.

La carreta se detuvo y escuchó los gritos de los hombres que tiraban de la mula y las palabrotas del oficial que empujaba por detrás y de otros dos que habían acudido en su ayuda. Una rueda del carro se había atascado en un agujero del camino. Observó la pendiente que se acababa en un recodo y adivinó la terrible caída que sobrevendría si los hombres no eran capaces de sujetar el transporte. Sintió vértigo, pero también una calma profunda. Si el carro se despeñaba y ella con él, su muerte sería rápida, mucho más que si moría por las llamas. Se acabarían el terror, el dolor, la humillación. No vería nacer a su hijo, pero tampoco deseaba que naciera. La vida era injusta y los hombres tan crueles que ni las fieras más salvajes podían compararseles. Al menos éstas no hacían sufrir a sus víctimas ni se regodeaban viendo padecer a un miembro de su misma especie. Invocó a Mari y esperó.

Hernando Sánchez de Guinea también se había apeado de su cabalgadura y avanzaba lentamente teniendo a su caballo bien sujeto por las bridas. Odiaba el monte, él era de tierra llana y le disgustaba profundamente el esfuerzo que había de realizar para ascender cualquier pendiente.

–Un esfuerzo más –se dijo– y dentro de unas horas estaremos en Vitoria.

De allí a Calahorra, aunque el trayecto era largo, no habría dificultades. El clima era más seco y menos frecuentes los peligros. Se detuvo y miró a su alrededor súbitamente preocupado, pero el silencio era total y sólo de vez en cuando se escuchaba el revoloteo de algún pájaro entre las copas de los árboles. Siguió ascendiendo con la vista fija en el camino. Pensó en los acontecimientos en los que se había visto inmerso durante los últimos meses. Esperaba no tener que volver a pasar por algo parecido en lo que le quedaba de vida. Las hostilidades, las presiones, las detenciones, los juicios y las ejecuciones de herejes y brujos habían sido un plato demasiado pesado de digerir. Confiaba en que el éxito de su misión en tierras vizcaínas tuviera su merecida recompensa y que el obispo lo nombrara por fin presidente de un tribunal fijo en la misma diócesis. Las imprecaciones de los hombres que tiraban de la carreta le hicieron pensar en la prisionera que llevaba para entregar al tribunal. Recordó su mirada triste al anunciarle su próxima muerte al regidor Anda y sintió que un escalofrío le recorría la columna vertebral.

–Las tierras vascas aún ocultan misterios difíciles de desentrañar –le había dicho su padre en una ocasión.

–¿Qué tipo de misterios? –había preguntado él con la curiosidad y escepticismo naturales de su edad.

–Misterios, costumbres, supersticiones..., llámalos como quieras, pero las gentes creen en ellos. Creen que existen personas dotadas con poderes sobrenaturales capaces de realizar cosas extraordinarias.

–¿Como cuáles? –había insistido él a punto de echarse a reír.

–Como predecir los acontecimientos futuros o cambiarlos invocando a las fuerzas de la naturaleza. ¿Sabías que los agoreros vascos ya eran famosos en tiempos de los romanos? Tan famosos eran que incluso el gran César los consultó en más de una ocasión. Eran consideradas personas sagradas y nadie osó nunca ponerles la mano encima sin correr el riesgo de sufrir un mal irreparable.

¿Y si la muchacha era uno de aquellos agoreros? Cierto que él nunca había oído hablar de que aún existieran, pero...

Catalina escuchó un grito ahogado y voces en el exterior. Trató de escudriñar a través de la abertura, pero no pudo ver nada. El carro inició un retroceso a trompicones, observó que se aproximaban al recodo y cerró los ojos esperando la caída final. Notó un fuerte bamboleo, se golpeó la cabeza con la estaca a la que iba amarrada y perdió el sentido.

Lo primero que vio al abrir los ojos fue el rostro de su abuelo, que le sonreía sin poder retener las lágrimas. Estaba tendida sobre el suelo polvoriento, cubierta con una manta. Contempló el cielo. Las nubes habían abierto un claro para dejar pasar los rayos del sol, que le daban la bienvenida al mundo de los vivos. Se incorporó con dificultad ayudada por su abuelo y abrió la boca horrorizada, incapaz de emitir sonido alguno. Guinea y sus hombres, todos, yacían muertos a pocos pasos de donde ella se encontraba, degollados o atravesados por espadas. El rostro del magistrado tenía los ojos abiertos y en ellos se reflejaba la sorpresa por el inesperado ataque.

–Bien, sobrina, volvemos a vernos tal como te prometí.

La voz de Íñigo de Muntsaratz le provocó tal sobresalto que estuvo a punto de caer de nuevo desmayada.

–Tío...

–Teníamos que haber actuado antes –prosiguió el banderizo, frunciendo sus espesas cejas y dirigiendo una mirada feroz a los muertos–. No permitir que estos miserables vinieran a nuestra tierra y mataran a nuestras gentes.

–No han sido sólo ellos –dijo Catalina con un hilo de voz y la mente puesta en Bartolomé de Unda.

–Lo sé, lo sé –replicó su tío con impaciencia–. También aquéllos pagarán por lo que han hecho, ¡te lo prometo!

–¿Qué vais a hacer con..., con...? –indicó los cadáveres con la mano.

–Hacerlos desaparecer, ¡naturalmente! Nadie los echará en falta durante algún tiempo, el suficiente para que las cosas vuelvan a ser lo que eran y se pierda su pista.

Muntsaratz se dirigió a sus hombres y les ordenó que cargaran los cuerpos en el carro que nuevamente había sido puesto en pie. Los hombres obedecieron con una rapidez asombrosa y un rato después una nueva comitiva echaba a andar hacia el alto de Urkiola tras haber barrido el camino con ramas arrancadas de los árboles y no haber dejado el menor indicio de lucha en aquel lugar.

Catalina ascendía la pendiente ayudada por su abuelo. Sentía un nudo en la garganta que no sabía si atribuir a la sensación de hallarse nuevamente en libertad o a la terrible visión contemplada momentos antes.

–¿Cómo te encuentras? –le preguntó Ixile con cariño, apretando su brazo alrededor de su cintura.

–Bien..., sorprendida.

–¿Y el niño?

Sonrió abrazando su vientre como si acunara al pequeño ser que llevaba dentro. Notó un golpe y después otro. Era la primera vez que el niño se movía y tuvo una sensación extraordinaria. Cuando acudía a atender a una mujer preñada de varios meses, le encantaba posar sus manos sobre el vientre hinchado y sentir el movimiento de la criatura dentro de él, pero jamás hubiera imaginado que a ella pudiera provocarle tanta dicha la llamada de su hijo.

–Bien, está bien –respondió con los ojos humedecidos por la emoción–. Se mueve.

El abuelo rió grave y calladamente, tan emocionado como la nieta.

–Mi tío..., ¿cómo es que está aquí?

–Yo lo llamé. Acudí en tu busca después de recibir tu recado, pero ya te habían detenido. Vagué durante horas de un lado para otro, tratando de hallar la manera de sacarte de allí. Estaba dispuesto incluso a entrar a saco y matar a todo aquel que se interpusiera en mi camino, pero... –sonrió y le guiñó un ojo– no soy tan loco como para no darme cuenta de que sólo hubiera conseguido mi propia muerte con un acto de ese tipo. Acudí a Muntsaratz y le expuse la situación.

–Los asuntos de brujería no son de mi incumbencia –había comenzado diciendo el banderizo.

Se había ausentado de su torre un par de meses durante los cuales había estado muy ocupado tratando con otros jefes de linajes, guipuzcoanos y navarros, los unos dispuestos a sacudirse del yugo castellano y los otros a no caer en él. A su regreso, le habían informado sobre lo que estaba aconteciendo en Durango, la quema de los herejes, incluida la osamenta de su difunta tía, y el juicio a los brujos. Aunque le enfurecía el hecho de que un magistrado enviado por el obispo y el rey metiera sus narices en los asuntos de la merindad, no había, a su entender, razones suficientes para enfrentarse a él. A fin de cuentas, se trataba de unos pocos desgraciados y su tía había muerto por causas naturales. Por otra parte, no estaba de más el descontento que tales hechos provocaban en la población, abonando el terreno para cuando llegara el gran momento de una revuelta en toda regla.

–También son asuntos que atañen a tu familia –le respondió Ausona.

–Que yo sepa, ningún pariente de esta casa está acusado.

–Te equivocas. Lo hay. Tu sobrina Catalina, mi nieta, ha sido encerrada esta misma mañana.

Muntsaratz permaneció mudo durante unos momentos y después se fue a dormir. A la mañana siguiente cabalgó hasta Tabira acompañado por Ixiłe, Manu y otro par de hombres. Se dirigió directamente a La Posada de Min y preguntó al dueño sobre los últimos acontecimientos.

–Catalina fue inculpada por Maritxiki, otra partera –les informó Min de Olejua–, pero se dice que el asunto nada tiene que ver con prácticas hechiceriles ni nada por el estilo.

–¿Con qué, pues? –preguntó Muntsaratz con su habitual brusquedad.

–Se dice que un personaje importante de la villa trató de seducirla y, al no conseguirlo, se ha vengado acusándola de bruja –dijo el tabernero bajando la voz–. Ya sabes que puede acusarse a alguien de forma anónima y que no es la justicia la que debe demostrar la culpabilidad del reo, sino el propio reo quien debe demostrar su inocencia. Mal asunto.

Durante los días y las semanas que siguieron, Íñigo de Muntsaratz organizó una verdadera red de informadores que lo mantenían al corriente de todo lo que ocurría entre las cuatro paredes del consistorio. Tuvo que hacer un verdadero esfuerzo para no lanzarse contra el edificio y prenderle fuego cuando supo por uno de los carceleros que su sobrina había sido torturada hasta perder el sentido, aun estando embarazada. También supo que había firmado una confesión y que se hablaba de un extraño poder que le había permitido declarar que Juan López de Anda estaba enfermo de muerte. No asistió a la ejecución de los once condenados al fuego porque consideraba que matar mujeres era cosa de cobardes y no estaba muy seguro de su reacción si presenciaba el acto. Vio partir hacia Bilbao los carros llenos de presos y seguidamente tuvo conocimiento de que el magistrado pensaba partir a la mañana siguiente en cuanto rayara el alba sin comunicar su decisión a las autoridades. El herrero que se había ocupado de las caballerías había escuchado la conversación de dos de los hombres de Guinea que se felicitaban por su inmediata marcha de aquella tierra desapacible.

Tenderles una emboscada fue cosa fácil. Había pateado toda la región desde el Anboto hasta el Mugarra en busca de los partidarios de Butrón o de buenas piezas de caza. Conocía palmo a palmo cada paso del terreno, cada senda, cada roca. Elgoin, Kurutzeta, Saibigain, Untxillaitz o Eskubaratz le eran tan familiares como las cimas, valles y pasos que los separaban y no le costó decidir el lugar exacto en el que esperaría con sus hombres la llegada del magistrado y su gente.

–Yo he seguido por detrás por si ocurría algún percance o Guinea cambiaba de itinerario, cosa nada probable porque ese hombre tenía un ansia obsesiva por perdernos de vista cuanto antes –le informó Miguel de Ausona.

Habían llegado al alto de Urkiola, donde sólo una pequeña iglesia y una posada dispuesta a recibir al caminante sediento y cansado por el ascenso daban testimonio del paso del hombre. Catalina contempló admirada un paisaje desconocido e inimaginable. El cielo se había despejado completamente sin descargar el pedrisco con el que había estado amenazando toda la mañana. Las inmensas moles de piedra se alzaban hacia el cielo como colosales agujas colocadas allí por los gigantes que habían construido la Tierra, rodeadas de frondosos bosques y campos que subían y bajaban como si tuvieran movimiento propio. Hubiera deseado permanecer allí el resto de su vida, embelesada en la contemplación de tanta belleza.

No se percató de la desaparición del carro y de los hombres de Muntsaratz, que habían continuado avanzando a través de una senda que se perdía por un bosque de hayas y tuvo que hacer un gran esfuerzo para desviar su mirada de las peñas cuando oyó la voz de su tío.

–Bueno, sobrina. Aquí nos separamos. Miguel se ocupará de ti y me tendrá al corriente. Aquello que ocurrió en mi casa hace años... –el hombretón vaciló unos instantes antes de continuar– fue sólo una acción estúpida, motivada por la soledad y la desesperación. Espero que lo entiendas y me perdones.

Sin darle tiempo a reaccionar, el hombretón la cogió en brazos y le dio un par de besos sonoros en ambas mejillas. Lo vio marchar por la vereda en pos de sus hombres, fuerte y duro como las rocas gigantes que dejaba a su espalda.

–No puedes regresar a Goiena porque allí será el primer lugar al que vayan en cuanto sepan que el magistrado ha desaparecido.

Miró a su abuelo sin entender lo que le decía.

–He preparado un refugio para ti donde estarás a salvo y nadie, nadie –recalcó– te buscará en él.

Caminaron por encima de las montañas durante largo tiempo y no se detuvieron hasta que ya estaba cayendo la tarde. La luz rojiza del ocaso prestaba por el oeste su resplandor al hermoso valle de Atxondo que ella tan bien conocía, mientras que por el este avanzaba la noche anunciada por la presencia de la primera estrella. Podía ver Axpe, Santiago, Arrazola y ¡Goiena! con toda nitidez y el corazón empezó a latirle con fuerza.

¡Estaban en la cumbre del monte sagrado! Respiró tranquila. No había hilos de nubes trazando la red invisible que la ocultaba a los mortales cuando Mari se hallaba en su morada.

–La Dama no está –dijo simplemente.

Su abuelo sonrió, le tendió la mano y empezó a descender con cuidado por una pequeña senda empinada hasta que finalmente llegaron a un túnel horadado en la montaña llamado Gerrikokobie. La joven se detuvo, incapaz de seguir avanzando.

–No hemos llegado –sonrió el hombre–. Queda aún lo más difícil.

El terror atenazó sus miembros al contemplar el precipicio bajo sus pies y la estrechez del paso, una roca plana que parecía mantenerse en el aire.

–No mires hacia abajo –le indicó Ixile– y agárrate bien al saliente.

Catalina se encomendó una vez más a la Dama y se arrastró por la piedra como si fuera una lagartija. No respiró tranquila hasta hallarse sentada en una pequeña plataforma cubierta de hierba. Jadeaba más por el pavor sentido que por el esfuerzo, tragó saliva y cerró los ojos. Cuando los abrió, vio ante sí la entrada de la cueva y lo primero que acudió a su mente fue lo mucho que le recordaba a la puerta de una iglesia.

–¿Es aquí dónde vas a dejarme? –preguntó cuando pudo recobrar el habla.

–Ningún sitio tan seguro como éste –respondió Ausona–. Nadie vendrá en tu busca.

–La Dama... –sintió que sus piernas flaqueaban.

–Hora es ya, hija mía, de que sepas que esta cueva sólo está habitada por algún que otro animalillo que se refugia en ella en busca de calor durante el invierno.

¿Acaso su abuelo se había vuelto loco? Él mismo había llevado a su abuela a aquel lugar para reunirse con la diosa. La Dama se enojaría con él por su negación, lo despeñaría monte abajo, lanzaría el rayo contra Goiena.

–Mari es la luz de nuestro espíritu –prosiguió él, ajeno a todos los males que se le avecinaban–. Vive en nuestras mentes, es la tierra que nos alimenta, el agua que sacia nuestra sed y el aire que respiramos, pero no es un ser que se pueda ver ni tocar. No necesita una casa para vivir ni tiene necesidad de encender el fuego, no tiene muebles de oro, ni tampoco son de oro los cabellos que la cubren. No rapta jóvenes desobedientes ni se transforma en lobo o en águila. No necesita hacerlo.

Catalina se dejó arrastrar hacia el interior de la gruta por un estrecho pasadizo lleno de piedras. Todo su cuerpo temblaba. No supo muy bien si era debido al frío que reinaba en el interior o al terror que sentía. Llegaron a una sala cuyo suelo estaba cubierto de tréboles a modo de alfombra y en la que una grieta alta y alargada, como si de un ventanal se tratara, dejaba pasar la última luz del atardecer.

Su abuelo había dispuesto para ella un colchón de hierba seca, unas cuantas mantas, ropa de abrigo, comida, utensilios, un infiernillo y montones de leña para que pudiera calentarse.

–La abuela...

No se atrevía a preguntar por ella. Si era cierto lo que su abuelo acababa de decirle, ¿estaría su cuerpo aún dentro de la cueva?

El hombre, a sabiendas de lo que pasaba por la mente de su nieta, señaló con el dedo un lugar cerca de la grieta, cubierto con unas pocas piedras entre las que florecían unas campanillas silvestres, las flores preferidas de Domenja de Goiena.

–Yo mismo la enterré.

Permanecieron un instante en silencio y finalmente el hombre se dispuso a continuar su marcha.

–Vendré a verte todos los días y a traerte comida. No te preocupes, todo saldrá bien –le aseguró; y se despidió con un gesto de la mano.

La joven permaneció clavada al suelo mientras veía alejarse la figura de su abuelo. Después se sentó junto al túmulo que protegía el cuerpo de Domenja, agotada por tantas emociones.

–Hola, abuela –dijo acariciando una de las piedras–. Ya estamos juntas de nuevo.

Juan de Gesala no podía dormir. Se levantó, encendió el candil y contempló el rostro confiado de Magdalena apoyado sobre el dorso de su mano. Iban para tres los meses que ya llevaban casados y no había pasado ni un solo día en que no se hubiese arrepentido de haber dado el paso que lo había alejado definitivamente de Catalina. Ahora más que nunca se daba cuenta de que no sólo la amaba con todas sus fuerzas, sino de que era ella a quien deseaba, con quien quería yacer cada noche, la que animaba su vida y despertaba en él sensaciones desconocidas. Aún recordaba su ira fría y la amenaza de lanzar contra él al maldito lobo que tanta aversión le producía. Se había dirigido a La Posada de Min después de esperar inútilmente a que la joven se decidiera a abrirle de nuevo la puerta.

–¡Peor para ella! –exclamó al acabar de narrar a su amigo el trance pasado–. ¡Acabará como la Marinatxo, vieja, sola y perseguida!

–¿Por qué no te casas con ella? –le preguntó Min.

–¿Y qué haríamos los dos juntos? ¿Morirnos de hambre?

–Tiene tierras...

–Yo no soy hombre para andar arando la tierra, ni llevar el ganado a los pastos.

–El escribano no es una buena persona –declaró Min tras una pausa–. Su mirada no es recta y nunca da la mano.

Pasó entonces Juan a relatarle lo que Catalina había dicho respecto al ataque que había sufrido por parte de aquél.

–No me extraña nada lo que me dices –afirmó el tabernero sin mostrar sorpresa alguna–. Entre su obsesión contra las mujeres y el deseo de poseer a una de ellas no hay más distancia de la que hay entre tú y yo en estos momentos.

–Estoy seguro de que también sabía lo nuestro. Ahora entiendo por qué me propuso casar con su hija.

–No te menosprecies –le aconsejó Min–. Lo que eres se lo debes a tu propio esfuerzo y maese Bartolomé no ha podido encontrar mejor yerno.

–No sé...

La boda se celebró tal como estaba previsto el día de la Asunción, una semana después de que Catalina hubiera sido encerrada en el calabozo consistorial.

–¿Te acuerdas de Catalina de Goiena? –le preguntó su suegro después de la ceremonia.

Se había dispuesto una larga mesa para unos treinta comensales en el amplio pasillo de la casa del escribano. Los jóvenes y los niños ocuparían otra similar en el jardín trasero de la vivienda. Únicamente habían sido invitados los jefes de linaje gamboíno y sus esposas, así como el alcalde, el merino, los dos físicos de Tabira, don Tomás y el representante del corregidor en la merindad. Este último había enviado recado de que no lo esperasen porque asuntos de importancia requerían su presencia en Bilbao. Por parte de Juan únicamente asistieron su madre y Min de Olejua, y ninguno de los dos compartió mesa con los principales porque se esperaba de ellos que ayudaran a doña Marijuán a tener todo a gusto de los demás invitados.

–¿Catalina de Goiena? –preguntó Juan sobresaltado.

Estaba ayudando a su ahora suegro a elegir una barrica de vino que se hacía traer de la zona bordelesa mediante los buenos oficios de su amigo Gastagnalde, el experto en magia.

–Sí –respondió Unda leyendo las etiquetas de la última remesa–. La tutelada del físico Olea a quien éste dejó su casa y algunos dineros. Nosotros nos encargamos del asunto.

–Ah..., ésa, sí.

–¿Sabes que está acusada de brujería?

Gesala trató de descubrir algún indicio en la voz del escribano que demostrara que estaba al corriente de sus relaciones con la muchacha, pero el hombre siguió hablando en el mismo tono con el que comentaba las incidencias de un pleito cualquiera.

–Yo estuve presente en el interrogatorio. Guinea ordenó que le aplicaran el potro, un invento del diablo –rió–, muy propio para quienes lo adoran. ¡Tenías que haber visto su cuerpo estirado por las sogas! Sus músculos se tensaban como barras de hierro recién salidas de la forja y el sudor cubría hasta sus partes más íntimas. Tiene un hermoso cuerpo hecho para el amor. ¡Lástima que vaya a ser pasto de las llamas!

Juan trató de no demostrar el desprecio que en aquellos momentos sentía por su suegro. ¡De buena gana le hubiera estrellado una de aquellas preciadas barricas en la cabeza! ¡Maldito bastardo! Salieron de la bodega para dirigirse a la casa. Antes de entrar, maese Bartolomé le asió por la manga de su jubón nuevo.

–Y, ¿sabes? –dijo en tono confidencial, su mirada porcina clavada en la de su yerno–, según Sainz, la muy perra está preñada de unos cuatro meses.

Juan se alzó de hombros, mostrando una indiferencia que estaba lejos de sentir y fue a sentarse junto a la novia, que lo miraba con ojos embobados. Le costó tragar la exquisita comida que su madre y doña Marijuán habían dispuesto con ayuda de Min, dos cocineras y dos ayudantes de cocina contratadas para el evento. La ensalada de gambas con salsa de ajo, los chorizos cocidos a la sidra, los muslos de pollo rebozados y aderezados con romero, laurel y vino blanco, el cordero asado en el horno de pan, los pastelillos de verduras y nata, los pimientos con jamón y una enorme tarta de merengue y almendras –elaboración exclusiva del dueño de La Posada de Min– no alegraron su paladar ni tampoco su ánimo.

¡Catalina preñada! ¿Preñada de quién? Quiso pensar que no era de él, puesto que si una mujer se daba a un hombre sin estar matrimoniada, igual podía darse a cualquier otro. Inmediatamente se dijo que era un imbécil. Él sabía muy bien que no había habido, ni había, ningún otro hombre que él mismo. Recordó la última vez que la había visto, el día en que había ido a comunicarle su boda con Magdalena. La había encontrado cambiada, había desaparecido el talle estrecho que tanto le atraía, pero no le había dado ninguna importancia, tan ansioso estaba de que comprendiera la razón por la cual iba a casarse y deseando tenerla una vez más. Luego habían detenido a Maritxiki y después la habían detenido a ella. Maese Bartolomé no le había permitido asistir a las vistas del juicio que en dicha ocasión se celebraron sin público. No había podido entrevistarse con ella y, todo había que decirlo, tampoco había hecho nada para salvarla. No quería poner en peligro su compromiso ni su puesto secreto de comisario del tribunal. Sintió que todos los pelos de su piel se erizaban cuando supo que el magistrado pensaba llevársela con él a Calahorra para que allí fuera juzgada y condenada, y trató de olvidar que alguna vez hubiera existido. Pero a medida que pasaba el tiempo, cada vez se acordaba más de ella, ¡y ahora le llegaba la revelación del cerdo de su suegro! Por eso no la habían quemado junto a las otras cinco mujeres acusadas de brujería. Tal vez podría hacer alguna gestión en su calidad de comisario, tal vez podría solicitar la custodia de su hijo, tal vez...

–Estáis muy pensativo, maese Ortiz de Gesala. ¿Pensando en la noche de bodas?

La pregunta del merino interrumpió sus pensamientos e hizo reír a toda la mesa.

–¡Brindo por mi yerno! –Unda se levantó alzando la copa–. ¡Para que me haga abuelo la próxima primavera! ¡Estoy seguro de que sabe muy bien cómo hacerlo!

El brindis provocó un gran jolgorio entre los comensales que también alzaron las copas, deseando todo tipo de parabienes a la nueva pareja. A Juan le pareció que su suegro se reía de él y juró vengarse algún día.

Aquella noche desfloró a su mujer con el ímpetu de un violador. No se detuvo ante sus quejas y gemidos, y volvió a la carga una y otra vez hasta que cayó rendido. Se despertó con la llegada del nuevo día y, sin tan siquiera echar una mirada a Magdalena, que dormía a su lado, agotada por la experiencia que acaba de sufrir, se vistió y salió de su casa, dirigiéndose directamente a la taberna de su amigo para tomar su desayuno acostumbrado.

La recién casada se levantó de la cama pasado el mediodía, tenía el cuerpo dolorido y apenas podía andar.

–¿Y bien?

La viuda Ortiz le sonrió cuando la vio entrar en la cocina pálida y ojerosa.

–Tu hijo es el propio diablo –respondió, dejándose caer sin fuerzas sobre un taburete.

–Sí –respondió la mujer plena de orgullo materno–. Es un hombre muy viril, hecho para hacer gozar a las mujeres.

¿Dónde estaría ella ahora? Juan se dirigió a su escritorio y releyó la carta que había sido enviada desde la sede de la diócesis de Calahorra al concejo de Tabira. En ella un tal Gómez de Miranda pedía información y exigía una pronta respuesta sobre el paradero del magistrado Guinea, de quien no se tenían noticias a pesar de haberse recibido un mensaje escrito de su puño y letra dos meses antes, comunicando que había finalizado su cometido en tierras del señorío y que regresaba a Calahorra. No habían vuelto a saber nada más y el mensajero enviado a Durango había regresado sin haber podido dar con él.

El secretario había recibido la carta y se la había entregado al alcalde, quien, a su vez, se la había pasado a maese Bartolomé pidiéndole que investigara el hecho. Unda se la había dado a su yerno.

–Averigua qué ha ocurrido con Guinea y su gente –le ordenó, pues sus relaciones seguían siendo las de un jefe y un empleado– y averigua también que ha sido de la bruja.

Habló con el guarda de Santa Ana, quien le comunicó que, en efecto, el magistrado y su comitiva habían salido de la villa a altas horas de la madrugada, obligándole a abrir el portal en contra de las ordenanzas. Aguijoneado por una sospecha, cogió su caballo y se dirigió hacia Mañaria haciendo preguntas en los caseríos que bordeaban el camino. Subió hasta Urkiola, unas veces a caballo y otras andando, acudiendo primero al pequeño santuario que coronaba el alto, pero los frailes no supieron decirle nada porque nada habían visto y nada habían escuchado en las fechas en las que se suponía que la comitiva debía haber llegado a aquellos lugares. También preguntó en la posada y la respuesta fue igualmente negativa. Prosiguió su marcha. El frondoso bosque apenas dejaba paso a la luz del sol sobre la estrecha vereda que llevaba a Otxandio. Se informó de nuevo en el primer caserío que encontró y comió el potaje que sus dueños se empeñaron en compartir con él, pero tampoco pudieron darle razón de los supuestos viajeros. A pesar de que el camino era bastante transitado, un grupo de hombres armados escoltando un carro cubierto con una lona no hubiera pasado desapercibido y tendrían que haberse detenido para descansar en algún punto del mismo. Nadie sabía nada. La pista de Guinea y su gente se perdía en Txakurzulo, el último caserío antes de llegar a Urkiola.

Recorrió el camino de regreso, tratando de hallar una huella, una pista, algún indicio que pudiera indicarle lo que en verdad había ocurrido. Oteó los barrancos y se aventuró entre el espeso follaje, pero en aquel caso la naturaleza se aliaba al misterio. Regresó a Tabira a la puesta del sol, cansado y nervioso. Ya no le quedaba la menor duda de que sus sospechas tenían grandes visos de ser acertadas. El magistrado y su grupo habían sido atacados, tal vez muertos, y sus cuerpos estarían en algún recóndito lugar de aquellas sierras inexpugnables, pero ¿y Catalina? ¿Habría sufrido la misma suerte? ¿Estaría aún con vida y a salvo? No tenía respuestas para sus preguntas y eso le descorazonó todavía más. Vivir con la idea de que su amada estaba muerta era una cosa, pero la incertidumbre de no saberla viva o muerta era otra muy diferente. Aquella noche tuvo una idea mientras penetraba a Magdalena con la misma furia que le embargaba cada vez que lo hacía, el pensamiento puesto en Catalina.

Al día siguiente, después de haber desayunado en la taberna de Min como todos los días, montó en su caballo y se dirigió a Arrazola. El nerviosismo iba apoderándose de él a medida que se aproximaba al Anboto. ¿Serían ciertas las historias que se contaban sobre la Dama que, decían, habitaba la cueva más alta del monte o sólo eran imaginaciones de aldeanos iletrados? Algo misterioso envolvía el lugar. Un labrador se detuvo al ver que se aproximaba, se irguió apoyado en la azada y le miró directamente a la cara. Había nobleza y orgullo en la figura del hombre, que se limitó a cabecear ligeramente cuando él lo saludó. Preguntó por Goiena al llegar a Arrazola y le sorprendió la sospecha que vio reflejada en el rostro de su interlocutor, un viejo sentado junto a la fuente, en medio de la pequeña plaza del pueblo. El hombre no respondió, señaló con la mano hacia alguna dirección indeterminada y su mirada se desvió de él dando por terminado el encuentro. Una mujer, un poco más abajo, le indicó el camino a Goiena y a Juan le pareció que se quedaba con las ganas de preguntarle la razón de su interés.

Subió una vereda empinada en la que había más curvas que líneas rectas hasta que divisó el caserío que tantas veces se había imaginado cuando escuchaba a Catalina narrando lo feliz que había sido su niñez, al lado de su madre y de su abuela, a la vera del monte sagrado de los vizcaínos. El lugar estaba silencioso, demasiado silencioso. Parecía deshabitado y un par de perros que dormitaban tumbados cerca de la entrada ni siquiera se molestaron en levantarse para olfatearle. La puerta estaba abierta, pero no se atrevió a entrar.

–¡Ah! ¡Los de la casa! –llamó.

Espero un rato sin recibir respuesta alguna y ya iba a mirar por los alrededores cuando una mujer apoyada en un bastón apareció en el umbral. Iba vestida con una saya oscura y un corpiño del mismo tono, un viejo delantal y un pañuelo anudado a la cabeza. Le sorprendió su triste mirada y el rictus amargo de su boca.

–¿Es ésta la casa de Catalina de Goiena? –preguntó, no sabiendo cómo empezar.

Le pareció que la mujer recibía la pregunta como si fuera un golpe, pero no movió un solo músculo de su cara.

–¿Por qué quieres saberlo? –preguntó ella sin mostrar ninguna emoción.

–La conozco. Me gustaría hablar con ella.

–A Catalina la mataron hace unos meses –respondió la mujer sin variar el tono de su voz.

–¿La mataron?

–La mataron.

Estaba claro que no iba a conseguir mucho más de ella, hizo un gesto con la cabeza a modo de saludo y se dispuso a marcharse cuando una voz masculina le obligó a girarse.

–¿Por qué has venido a esta casa, Juan Ortiz de Gesala, seductor de mi nieta?

Se quedó paralizado. Reconocía en aquel hombre al que había visto acompañando a Catalina la noche en que la amó por vez primera, en la cueva. No había amabilidad en el rostro pétreo que lo examinaba de pies a cabeza. La mujer se frotó nerviosa el pecho con la mano libre y penetró en la casa.

–Quería saber dónde está Catalina –alcanzó a responder.

–Está muerta. Tú deberías saberlo.

–No..., yo..., ¿y el hijo que esperaba?

–Muerto también –afirmó Miguel de Ausona con dureza.

No tenían nada más qué decirse. Juan montó sobre su caballo y se alejó de Goiena lo más deprisa que pudo a riesgo de desbocar al animal o hacerle romperse una pata en la bajada.

Entró en el escritorio de maese Bartolomé, que alzó la cabeza sorprendido por la interrupción y enojado por no haber sido antes advertido.

–Guinea y sus hombres desaparecieron entre Mañaria y Otxandio –dijo Gesala a bocajarro.

–¿Y la bruja?

–Desaparecida con ellos.

El escribano iba a decir algo, pero su yerno había salido del escritorio al igual que había entrado, como una exhalación.

Graciana salió de nuevo al oír los cascos del caballo alejándose de su hogar. Su padre continuaba en el mismo sitio, las piernas abiertas, bien apoyado sobre el suelo y las manos en las caderas. Seguía con la mirada al jinete que descendía la pendiente y desaparecía entre la hojarasca.

–¿Era ése? –preguntó siguiendo la mirada del hombre.

–Ése era –respondió su padre.

–¿Crees que sabe algo? –le interrogó de nuevo.

–No.

Graciana cerró los ojos. Volvió a abrirlos al escuchar el graznido de un águila y levantó la vista hacia el Anboto. La cumbre estaba rodeada de nubes, no podía distinguir la vereda que llevaba a la morada de la Dama, pero su pensamiento voló hasta ella al igual que volaba el hermoso animal que tenía su nido en algún lugar del monte sagrado. Su hija, su Katalintxe, estaba allí, sola. Sintió un nudo en la garganta y apretó los dientes con fuerza para no echarse a llorar.

Su padre no le había ocultado la situación en ningún momento. Por él supo lo ocurrido en Durango, la detención de su hija, su tortura, su procesamiento, su embarazo y el final de los hombres que se la llevaban lejos de su tierra a manos de su cuñado Muntsaratz.

–¿Por qué no la has traído a casa? –fue lo primero que preguntó cuando el hombre le explicó dónde había dejado a Catalina.

–Antes o después vendrían a buscarla –respondió él impasible.

–La casa es grande, hay lugares para ocultarla –insistió ella en un tono de reproche.

–La encontrarían. No le ocurrirá nada –añadió viendo la angustia reflejada en la cara de Graciana–. Yo subiré todos los días para llevarle comida y agua. No te preocupes.

–¡Yo misma subiré! –exclamó ella.

Graciana echó a andar por la senda que llevaba a la cueva, pero su agitación, las prisas, las suelas de esparto de sus alpargatas y el suelo abrupto dieron al traste con sus intenciones. Cayó dando vueltas como si fuera un canto rodado hasta dar contra un árbol. El resultado de la conmoción fueron dos costillas rotas y un pie dislocado.

Sentada en el sillón que había sido de su madre y que ahora era de su hija por expreso deseo de aquélla, Graciana contempló las llamas del hogar maldiciendo la mala suerte que le impedía acudir en ayuda de Katalintxe. Se había atado al torso una banda de tela a modo de faja para sujetar las costillas rotas e Ixile le había vendado el pie, después de haberlo puesto de nuevo en su lugar y haber cocido unas hojas de hierba mora, haciendo un emplasto con ellas y aplicándoselo en la zona dañada para bajar la inflamación. Apenas sentía dolor si permanecía quieta, pero no podía caminar y menos subir la ladera que llevaba a la cueva.

A su mente volvieron imágenes gozosas de su pequeña corriendo colina abajo, recogiendo flores, jugando con los perros... Recordó su primera partida hacia Tabira y la alegría de su vuelta; vio la decisión en su rostro tras la muerte de su abuela y su regreso de nuevo, dolida y destrozada por algo que nunca le confió. Se reprochó no haber estado más cerca de su hija, haber permitido que su madre Domenja influyera tanto en ella, no haber sido para ella la compañera que necesitaba. Tan dolida estaba por la muerte de su marido en la flor de la vida que no reparó en el hecho de que Katalintxe la necesitaba aún más de lo que ella necesitaba a su hombre. Lamentó también no haberla acompañado a la cueva de los Gentiles, haberse alejado de aquello que abuela y nieta compartían, y se juró no volver a ser débil. Cuando las cosas cambiaran, cuando ya nadie buscara a su hija, cuando naciera el hijo que esperaba y todos volvieran a vivir bajo el techo protector de Goiena, sería la madre que nunca había sido.

Habían pasado ya más de dos meses y todavía no podía valerse por sí misma, necesitaba un apoyo para caminar y era impensable que pudiera subir a la cueva. Su angustia se acrecentaba con el paso de los días. Sabía por su padre que Catalina estaba bien, que no le faltaba abrigo y comida y que su vientre le impedía moverse con facilidad.

–¿No puedes bajarla para el parto?

–No me atrevo –le confesó él–. El paso desde la cueva hasta el camino es muy peligroso y ella está muy torpe, un mal movimiento y ella y su hijo morirían.

Hacía ejercicios todos los días, mantenía el pie en agua caliente con sal durante largas horas, se daba masajes y se aplicaba cataplasmas de harina de linaza disuelta en un poco de agua de lluvia hervida. Estaría con su hija el día del nacimiento de su nieto aunque tuviera que subir a rastras hasta ella.

Durante los primeros días de su estancia en la cueva, Catalina apenas pudo pegar ojo. El terror la sobrecogía cuando imaginaba que Mari se le aparecía, enojada por haber entrado en su casa y haberse aposentado en ella. Oía de nuevo las palabras de su abuelo diciéndole que nadie, excepto algún que otro animalejo, habitaba la cueva, que la Dama sólo existía en espíritu, que no había que confundir deseos con realidades, pero nada podía calmar su ansiedad. Pasaba las horas sentada junto a la tumba de su abuela, rogándole que le diera fuerzas para soportar aquel trance y dirigía su asustada mirada hacia el fondo de la gruta.

–No vayas hacia el interior –le había dicho su abuelo–, hay una sima tan profunda que desaparecerías en ella.

Volvían a su mente historias sobre desaparecidos y también otras que señalaban que las entrañas de la cueva estaban plagadas de corredores subterráneos que llevaban a los caseríos más próximos a la montaña. Si ella fuera más valiente, se dijo, si el temor no la paralizara, trataría de descubrirlos. Tal vez alguno de ellos llevara directamente hasta Goiena. En lugar de ello se limitaba a esperar las visitas de su abuelo con la vista puesta en el cielo que veía a través de la grieta. A veces creía que no podría soportar tanta soledad y que, quizá, fuera mejor dejarse caer desde la peña y acabar de una vez por todas. El peso de su vientre y las patadas de protesta de la criatura, como si oyera sus pensamientos, le hacían olvidar tan funestos proyectos y pensar en el día en que podría bajar a Goiena con su hijo en brazos.

Poco a poco fue recobrando el ánimo. Se atrevió a salir de la cueva y contemplar desde su atalaya el hermoso panorama que se le ofrecía a los ojos. Los valles, los montes, las casas desperdigadas la llenaban de amor por aquellas tierras en las que había nacido, que eran parte de sí misma, que estaban ligadas a los momentos más gozosos de su vida. Observaba el vuelo de una pareja de águilas que todos los días y a la misma hora jugaban revoloteando sobre su cabeza, uniéndose y volviéndose a separar, volando en picado hacia el valle y remontando de nuevo. Se sentía menos sola cuando aparecían las aves, las esperaba. Alguna que otra vez se posaban cerca de donde ella estaba y los tres permanecían silenciosos mirándose, comprendiéndose.

Tal como le había dicho su abuelo, dentro no había ni rastro de la Dama. Tuvo que admitir que aquellas historias que había escuchado desde niña distaban mucho de la realidad. No había paredes luminosas recubiertas de oro, ni muebles extraordinarios. No aparecía por ningún lado la famosa cocina en la cual Mari se preparaba las comidas y cuyo humo ascendía al cielo por una chimenea. Tampoco estaba la rueca que, eterna, hilaba sin detenerse nunca. Pero su fe se reforzaba cuando el sol penetraba por la grieta y sus rayos chocaban contra las paredes de la roca e iluminaban la profunda garganta, similar a la gigantesca tráquea de un inmenso dragón, que se introducía en las profundidades de la tierra. La diosa existía. Tenía su morada en algún lugar del interior de la montaña sagrada desde donde contemplaba y protegía a su pueblo, enviaba su bendición para que las cosechas fueran abundantes o mostraba su enfado con un terrible pedrisco o con interminables días de agua y viento, pero ella estaba a salvo. Lo sabía. Mari la había protegido durante toda su vida y seguía haciéndolo.

A medida que se acercaba el momento del parto, permanecía cada vez más tiempo tumbada sobre el colchón de hierba. Había perdido el apetito y tenía frío a pesar de las numerosas coberturas de piel de oveja que su abuelo no dejaba de llevar a la cueva. Sus sueños estaban repletos de fantasmas que le llegaban de su propio pasado y ya no tenía fuerzas para ahuyentarlos. Ixile decidió permanecer junto a ella el día en que comprobó que su nieta no había tocado la comida que Graciana le había enviado la víspera. Mantenía el fuego siempre encendido, frotaba sus manos ateridas, hablaba como nunca lo había hecho para mantenerla despierta y la velaba cuando el cansancio se adueñaba de ella.

–Si es una niña, quiero que se llame Mari Katalin –solía repetirle la joven con insistencia mirando fijamente a su abuelo.

–Será como tú quieras –respondía éste mientras trataba de avivar el fuego y hacerle comer algo.

Un amanecer, cuando el sol asomaba tímido por el este y sus débiles rayos caían sobre el catre iluminando su rostro, Catalina despertó a Ixile que dormía a su lado.

–Abuelo, el niño ha decidido no esperar más –dijo con una sonrisa.

El hombre la miró medio dormido sin comprender sus palabras. Un instante después estaba de pie, moviéndose de un lado para otro sin saber qué hacer, preguntándole si estaba segura y moviéndose de nuevo cuando ella le respondía afirmativamente.

–Voy a por tu madre –dijo al fin.

–No, quédate –le rogó su nieta–. No os dará tiempo a llegar.

–Nos dará, nos dará –le aseguró antes de besarla en la frente y salir a toda prisa de la cueva.

Supo que no sería así. Las contracciones eran cada vez más seguidas, el dolor le atenazaba los riñones y sentía la nueva vida empujando con fuerza para salir. Se puso en cuclillas y esperó agarrándose las rodillas y empujando ella también cuando sentía una nueva contracción más fuerte que la anterior. El último esfuerzo fue acompañado por un grito de dolor y de victoria; recogió con sus propias manos la cabeza de su hijo y le ayudó a nacer; dejó con sumo cuidado el pequeño cuerpo encima del suelo y cortó con un cuchillo el cordón umbilical que la unía a él antes de cogerlo de nuevo y examinarlo con atención.

–Bienvenida a la vida, pequeña Mari Katalin –dijo con los ojos llenos de lágrimas al comprobar que era una niña.

Un rato después yacía bajo las mantas con su hija apoyada en su brazo derecho y agarrada al pecho. No podía dejar de sonreír, nunca en su vida había sentido una felicidad tan intensa, la dicha embargaba su espíritu. Estaba en paz. Mari la había bendecido de nuevo y esta vez el don, aquel cuerpecito sonrosado que mamaba ansioso su leche, era mil veces más valioso que el talento para discernir y curar enfermedades. Tenía la impresión de estar flotando en el aire y podía ver el cielo a través de la entrada de la cueva, azul como los pétalos de la genciana, azul como los ojos de Juan de Gesala. Notaba que la fuerza iba escapándose de su cuerpo y, en un último esfuerzo, apretó el pecho con sus dedos para que su hija se alimentara de su propia vida.

Graciana y su padre la encontraron así cuando llegaron, con la sonrisa en los labios y los ojos abiertos. Su cuerpo aún estaba tibio y la niña mamaba hambrienta, ajena al terrible dolor que su llegada había provocado.

La villa había vuelto a su calma habitual. Nada recordaba ya a los acontecimientos que la habían agitado durante los últimos tiempos. Si acaso, algún que otro ramillete de flores silvestres en el lugar en el que se habían encendido las piras. La gente no hablaba del asunto y tampoco respondían a las preguntas de los viajeros que pasaban por Tabira cuando éstos se interesaban por lo ocurrido. *Zikiña* Ederra pagó un precio miserable por la huerta de la Marinatxo, derribó la choza y construyó un gallinero en su lugar. Nadie pareció extrañarse de su proceder y hasta se consideró lógico, teniendo en cuenta que la mujer había embrujado a su hija. Era una compensación justa por los malos ratos pasados.

Juan López de Uría y sus regidores oñacinos perdieron las elecciones del día de San Miguel a pesar de que, al igual que otras veces, habían hecho desaparecer durante unos días a media docena de vecinos con derecho a voto. El bando gamboíno tomó el poder y el primer acto del nuevo alcalde, Martín de Olaso, fue ceder la explotación de la cuadra comunal a los hijos de Maritxiki, la partera ejecutada.

Los dos físicos de la villa se vieron de pronto agobiados por una ingente cantidad de trabajo al que apenas podían atender. Josefa y las otras dos comadronas habían decidido no seguir ejerciendo vistos los peligros que entrañaba su oficio y ni las súplicas ni las amenazas pudieron hacerles cambiar de opinión. La pérdida de sus dos amigas fue para Josefa el mayor golpe de su vida. Se volvió retraída y huraña. Apenas salía de su casa y, cuando lo hacía, no hablaba con nadie ni respondía a los saludos o preguntas de sus vecinos. Hacía a todos por igual responsables de la muerte, asesinato lo llamaba, de sus compañeras, los acusaba de no haber levantado un dedo para defenderlas y el rencor iba minando poco a poco su salud.

Maese Bartolomé de Unda era, al parecer, una de las pocas personas a quien todo aquel asunto parecía haber sentado estupendamente. Volvía a dormir de un tirón toda la noche, ya no le despertaban sudores de angustia ni tenía necesidad de consultar sus libros. Olvidó su obsesión por las brujas y sus maleficios en el mismo instante en que tuvo la certeza de que nunca más se encontraría con Catalina en alguna plaza o calle de Tabira. Había cumplido con su deber, se dijo ufano. La herejía y la brujería habían desaparecido de la merindad y la prueba de ello era que también había desaparecido el irrefrenable deseo por la joven partera, que, estaba seguro, se debía al hechizo que la propia Catalina de Goiena había lanzado sobre él. Se volvió más locuaz, se detenía a charlar con los vecinos, reía jovialmente en compañía de sus conocidos cuando acudía a La Posada de Min e incluso tenía palabras amables para doña Marijuán, quien no acababa de entender muy bien el cambio operado en su marido.

Mientras estaba un día departiendo con su yerno sobre un litigio que debían presentar ante el consistorio, Unda sorprendió a Juan de Gesala al pedirle que compartiera con él un trago del licor que guardaba en una botella de cristal tallado y que todo el mundo sabía que era de su exclusivo uso.

–Bien, hijo mío –comenzó diciendo después de haber paladeado el licor y haber hecho un comentario sobre las excelencias del mismo–. Hora es ya de que pongamos en práctica el contrato matrimonial.

Juan se sorprendió, sospechando una nueva jugarreta de su suegro, pero no dijo nada y esperó a que el otro continuara.

–Como bien te anuncié, quiero que seas socio en todos mis negocios –prosiguió Unda con una amplia sonrisa en su rostro–. De hecho, quiero que te ocupes tú de la mayoría de ellos. Ya empieza a ser tiempo de que me tome un respiro y saboree las mieles de los largos años de trabajo. A partir de hoy, te ocuparás del escritorio y sólo deberás acudir a mí cuando el asunto sea demasiado grave o importante para llevarlo tú solo. De mis otros asuntos te iré dando información a medida que vaya poniendo en claro mis ideas.

Gesala permaneció mudo de asombro escuchando las palabras del padre de su mujer. Después de varios meses casados, el escribano no había dado señal alguna de querer cambiar la situación en la que ambos se encontraban antes de la boda. Había llegado a pensar que todo había sido una treta para casarlo con Magdalena y alejarlo de Catalina. El despecho que sentía era a veces tan grande que tenía que hacer verdaderos esfuerzos para no descubrirse.

La falta de noticias de Guinea también le había inquietado. A pesar del informe que había redactado sobre su desaparición a la vuelta de Urkiola, en su fuero interno esperaba haberse equivocado. Algunas veces, cuando pensaba en el asunto, quería creer que los moradores de los caseríos de la ruta a Otxandio se habían confundido o que, simplemente, no habían visto ni oído nada. También se imaginaba que el magistrado y su comitiva habían vuelto sobre sus pasos y habían tomado el camino de Barazar, que igualmente llevaba hacia Vitoria y que presentaba muchas menos dificultades a la hora de atravesarlo con un carro. Pero los meses habían pasado y seguía sin haber noticias de ellos. De nuevo se recibió en el consistorio un mensaje de Calahorra y otro del corregidor instando al concejo a llevar a cabo las oportunas indagaciones para conocer el paradero del magistrado Guinea, y de nuevo el concejo respondió que no tenía ni idea de dónde estaba y que una vez fuera de Tabira no era asunto suyo averiguar lo que había sido de él. Juan no tenía contactos en Calahorra y a nadie podía escribir explicándole sus relaciones con el magistrado, ni exponiendo la propuesta que éste le había hecho y que él había aceptado. Su extraño y secreto puesto de comisario del tribunal había acabado antes de comenzar.

Empezó a lamentar que su ambición le hubiera hecho caer en dos trampas a la vez, la del escribano y la del magistrado. Él, que esperaba llegar a los más altos puestos del poder administrativo y judicial, que había perdido a la única mujer que podía haberle hecho feliz, que había vendido su honra por un plato de habas como el hijo de no sabía qué personaje del Antiguo Testamento, había continuado siendo un simple escribiente, como lo era antes de que todos aquellos acontecimientos hubieran trastornado su existencia.

–... Y te ocuparás de todos mis clientes –Unda proseguía describiéndole las responsabilidades de su nueva posición–. Al principio podrás utilizar mi escritorio hasta que tu situación sea lo suficientemente estable como para trasladar el negocio a tu propia casa. Por otra parte...

Dejó de prestarle atención, la mente puesta en Catalina. Pensaba en ella en todo momento. Sentía el corazón seco ahora que ella ya no estaba, el remordimiento no le permitía ni un momento de reposo y se angustiaba cada vez que reflexionaba sobre el hecho de que ella y su hijo estaban muertos por su culpa. Sin embargo, no podía evitar mantener una leve esperanza de que no fuera así. Recordaba su encuentro con la madre y el abuelo de la joven. Ambos le habían asegurado que había muerto, pero no había dolor ni desesperación en sus palabras, su tono de voz era frío y distante. ¿Y si la habían ocultado en algún lugar del espeso bosque que rodeaba su casa?, ¿o en alguna de las innumerables cuevas que se decía herían la sierra?, ¿o en el propio caserío, lo suficientemente grande como para que alguien se escondiera en él y no pudiera ser encontrado? Poco a poco iba fijándose en su mente la idea de que Catalina aún estaba viva y que, si lo estaba, antes o después él la encontraría, le suplicaría su perdón y se iría con ella y con el hijo de ambos a algún lugar lejano donde nadie pudiera jamás encontrarlos.

–Y ahora te dejo –oyó decir a su suegro– para que inicies tu nueva profesión. Yo voy a darme una vuelta hasta San Pedro.

Con una sonrisa de satisfacción, Bartolomé Martínez de Unda se levantó de su sillón de badana y le hizo una seña para que ocupara su lugar. Se puso su tabardo de piel adornado con tiras de pelo de tejón, se encasquetó un hermoso sombrero de copa alta, cogió la *makila* y salió del escritorio silbando una melodía que hacía furor aquella temporada en los bailes de la plaza. Se dirigió pausadamente hacia el camino que llevaba a la vieja iglesia y se entretuvo un rato hablando con el guarda encargado de cobrar el peaje. El día estaba gris y un vientecillo frío azotaba su rostro. No había vuelto a sus paseos desde el momento en que vio a Catalina por primera vez en su escritorio del consistorio. Sonrió. Todo volvía a la normalidad, la pesadilla había terminado. Los fantasmas habían desaparecido con el humo de las hogueras y, gracias a él, su amada tierra estaba de nuevo en paz.

Un ruido le llamó la atención al pasar por delante de San Roque. Inmediatamente pensó en Larrea.

–¿Habrá sido capaz el muy hijo de puta de volver a llevar su cerdo a la ermita? –se preguntó en voz alta.

Se aproximó con paso decidido y escudriñó el interior. Estaba muy oscuro y no podía ver nada, pero podía escuchar una respiración jadeante en el fondo de la minúscula ermita.

–¡Hush! ¡Hush! ¡Sal de ahí! –gritó, golpeando la *makila* contra el muro.

Escuchó un gruñido salvaje que le heló la sangre, vio el brillo de unos ojos que en nada se parecían a los de un cerdo y, a continuación, unas mandíbulas abiertas que mostraban dos filas de dientes blancos y afilados. No tuvo tiempo de salir corriendo. El lobo se abalanzó sobre él agarrándole el cuello y tirándolo al suelo. Maese Bartolomé se debatió intentado gritar pidiendo auxilio, pero la tenaza le aprisionaba la garganta cada vez con más fuerza, sus ojos estaban a punto de saltar de sus cuencas y su lengua colgaba fuera de su boca en un último intento por aspirar un poco de aire. Unos labradores que se hallaban en una huerta cercana se dieron cuenta de lo que ocurría y acudieron prestos con sus azadas dando gritos para ahuyentar al animal, que no dejó a su presa hasta que comprobó que ésta ya no se movía, ni pataleaba. Entonces soltó al escribano, lanzó una mirada de desafío a los dos labradores que no habían dejado de chillar y salió corriendo, perdiéndose entre la arboleda.

Unda fue llevado a toda prisa a casa del médico Sainz. La sangre brotaba de las incisiones practicadas por los colmillos en su cuello y había perdido el pulso.

–¡Aún no está muerto! –exclamó triunfalmente el físico.

Ante los atónitos ojos de los labradores, de su ayudante, de su mujer, de dos sirvientas y de algunos vecinos que habían acudido a los gritos de los dos hombres, Sainz apretó con dos dedos la nariz del herido, le abrió la boca y le insufló aire varias veces. Una tos ahogada que escupió un montón de sangre sobre la cara del médico hizo saber a todos que el muerto estaba aún vivo.

–¡Ya os lo había dicho yo! –gritó Sainz triunfalmente.

Ordenó a su ayudante que preparara el hierro candente mientras él vertía una gran cantidad de alcohol de vino sobre el cuello del herido. A continuación se aplicó en cauterizar las heridas ante la mirada horrorizada de sus espectadores y el silencio de su paciente. Maese Bartolomé se había desmayado al primer contacto del hierro con su carne.

Durante varias semanas nadie dio un maravedí por la vida del escribano. Incluso se hicieron apuestas, un vicio muy arraigado entre los vizcaínos que la Iglesia intentaba hacer desaparecer sin conseguirlo, sobre cuánto tiempo viviría. Doña Marijuán y Magdalena se turnaban para atender al herido y no permitían que nadie sino ellas lo tocase. El físico Sainz se pavoneaba por la plaza del mercado recibiendo los parabienes de sus amigos y conocidos por el buen trabajo realizado. Los labradores habían contado a todo el mundo que maese Bartolomé estaba muerto y bien muerto cuando ellos lo llevaron a la consulta del médico y que éste lo había resucitado. Durante unos días no se habló de otra cosa en Tabira y el alcalde ordenó un edicto por el cual se ofrecía una recompensa a quien le llevara la cabeza de la bestia.

Juan de Gesala fue el único que no pareció especialmente afectado. En el fondo estaba convencido de que su suegro había recibido únicamente lo que se merecía. La descripción que los dos labradores hicieron del lobo asesino le había dado qué pensar. Según los dos hombres, el animal no se parecía a los otros de su especie que caían habitualmente en las trampas, éste era más esbelto, gris oscuro, casi negro. Pensó en *Zintzo*, el perro de Catalina, y un escalofrío le recorrió el cuerpo. Había desaparecido el mismo día en que detuvieron a su ama. Creyó que habría sido muerto o que habría huido al encontrarse solo, pero de pronto volvieron a su mente recuerdos sueltos.

«Es tan fiel –había dicho la joven un día en que él le advirtió sobre su peligrosidad– que estoy segura de que no perdonaría a nadie que me hiciera daño. ¡Así que procura ser bueno conmigo!», había añadido riéndose y acurrucándose en sus brazos.

«No te preocupes –le había dicho en otra ocasión en que advirtió que los gruñidos del animal lo ponían nervioso–, no te hará nada. Lo que pasa es que yo y mi abuelo somos las dos únicas personas a quienes de verdad venera. ¿Sabías que hay lobos que siguen a ciegas al jefe de la manada y que son capaces de tirarse por un barranco si él también se tira? Sospecho que *Zintzo* tiene más de lobo que de perro.»

Así pues, el animal había regresado para vengar a su dueña, o tal vez nunca se había ido. Había esperado pacientemente a que el causante del drama se confiara para atacarlo con el propósito de darle muerte.

Pocos días después, Juan supo por su amigo Min que un lobo había aullado durante toda la noche del mismo día en que había tenido lugar el ataque. Los aullidos habían sobresaltado y tenido despiertos a los habitantes de Arrazola.

Habían transcurrido ya seis años desde el nacimiento de Mari Katalin y Graciana no podía ni quería olvidar la pena que sentía por la muerte de su hija. A veces era tal su dolor cuando pensaba en ella que tenía que sentarse, cerrar los ojos y respirar profundamente media docena de veces antes de continuar con sus labores. No podía quitarse de la cabeza la visión de su cuerpo desangrado, sus ojos con la vista puesta en el cielo, la sonrisa en los labios, su hija al pecho. Se decía una y otra vez que no hubiera muerto si ella hubiera llegado a tiempo y se culpaba por ello.

–No fue culpa tuya –le decía Ixile cuando observaba su mirada turbia fija en ninguna parte–. A cada uno nos llega el fin cuando tiene que llegar.

Habían enterrado a Catalina al lado de su abuela y sólo el llanto de la niña pudo arrancar a Graciana de los dos túmulos que señalaban sus tumbas. Descendió como pudo, apoyándose en el hombro de su padre que llevaba a la pequeña amarrada a su espalda. El esfuerzo de la subida había vuelto a resentir su pie; el dolor era tan intenso que tuvo que detenerse varias veces, pero no se ocupó de él hasta que no alimentó a su nieta. Observó a la criatura, que dormía confiada en un cesto, al lado de la lumbre, chupándose el nudillo del pulgar; se vendó el pie con una tira de tela y salió cojeando al exterior de la casa. Contempló durante un rato la cima del Anboto envuelto en las sombras del anochecer, buscó con la mirada el lugar donde su hija y su madre reposaban para toda la eternidad y de su garganta salió un grito desgarrado que rompió la quietud del valle uniéndose al aullido de un lobo, cuya silueta muchos aseguraron al día siguiente haber visto en la vereda que conducía a la entrada de la cueva de la Dama.

A medida que Mari Katalin crecía, se parecía de tal forma a su madre que a veces Graciana se sorprendía llamándola Katalintxe. Corría descalza por el campo seguida de los perros, los hijos de la vieja *Lista*, muerta años atrás; se revolcaba con ellos, reía con la misma risa de su madre y regresaba a la casa cubierta de hierbas y pajas; recogía flores en un cestillo y obligaba a su bisabuelo a que le tejiera coronas que luego se colocaba sobre la cabeza y no se quitaba hasta que poco a poco iban cayendo, dejando un reguero de pétalos y hojas secas por toda la casa; ayudaba, o más bien entorpecía, a su abuela, desgranando lentejas o pelando habas sin dejar de hacer preguntas en todo momento, o bien se escondía en el establo. En más de una ocasión la hallaron allí dormida, abrazada a un cordero que dormía tan plácidamente como ella. Las risas y la alegría habían vuelto a Goiena. Como si no hubieran transcurrido los años, como si Catalina hubiera renacido en aquella criatura despierta y traviesa a la que no se podía perder de vista. Sólo sus ojos eran diferentes de los de su madre. Graciana se sobresaltaba a menudo al advertir la mirada azul de su nieta fija en ella. Entonces sentía en el pecho una aguda punzada y recordaba al hombre al que sólo había visto una vez en su vida, el hombre que había abandonado a su hija, el causante de su muerte. Mari Katalin nunca conocería a su padre, nunca sabría lo que le había ocurrido a su madre. Ni ella ni Ixile se lo dirían jamás.

Un día, la niña entró en la cocina como una tromba.

–Mi cordero está enfermo –dijo al tiempo que empujaba a su abuela hacia la puerta.

Graciana e Ixile se miraron. El terror se pintó en el rostro de la mujer. Recordó a Catalina corriendo hacia su abuela para decirle aquellas mismas palabras. ¡La historia se repetía! Al igual que la otra vez, el animal no parecía sufrir de ningún mal ni tenía heridas aparentes. Sin embargo, murió a los pocos días. La desesperación se apoderó de Graciana. No podía volver a pasar el mismo calvario.

–Moriré si algo le ocurre –le confió a su padre aquella misma noche.

–No tiene por qué ocurrirle nada –respondió lacónico el hombre.

–Tiene el don –aceptó, muy a su pesar.

–Es natural –dijo Ixile en el mismo tono.

Permanecieron en silencio. Graciana había esperado, anhelado, que la habilidad de las mujeres de Goiena saltara una o dos generaciones, al igual que había ocurrido con su madre y con ella misma, pero, a la vista estaba que no había sido así. Mari Katalin había heredado el talento de Catalina y, antes o después, lo pondría en práctica. Pasó varias noches sin dormir, dándole vueltas al asunto e ideando alguna forma para eliminar la maldición que, según ella, pesaba sobre su nieta. Sacó del fondo de una de las arcas un pequeño atado en el que estaba envuelto el pedazo de cordón umbilical que se había desprendido del ombligo de la niña a los pocos días de nacer y que ella había guardado en previsión para el futuro; cosió una almohadilla en forma de corazón, metió dentro el cordón, un pedazo de carbón y una rama de apio, y pasó un cordón por el ojal.

–He hecho un amuleto para ti –le dijo a la niña al día siguiente mostrándole el corazón de tela.

–¿Qué es un amuleto, abuela? –preguntó Mari Katalin encantada con el regalo que rápidamente se colgó al cuello.

–Una bendición para que nada malo te ocurra, cariño.

–Ah, bueno –dijo la niña, y salió a correr por el campo.

Durante algún tiempo Graciana estuvo segura de que el amuleto funcionaba. Claro que era un talismán contra el mal de ojo, se dijo, pero en este caso también parecía servir. Una tarde, sin embargo, encontró a su nieta curando la pata de una oveja y el mundo se le vino abajo. La oveja se hallaba tendida sobre la hierba y se dejaba curar por la niña, que se aplicaba en limpiar la herida con un paño mojado en leche mientras hablaba al animal que incluso parecía entenderle.

Sin pensárselo dos veces, llamó a gritos a Ixile y le dijo que se marchaba y que se ocupara de Mari Katalin. No respondió a la pregunta de adónde iba y comenzó a subir ranqueando la empinada senda que llevaba al Anboto. Tuvo que detenerse varias veces para coger aire y masajearse el pie, cuya movilidad no había vuelto a recuperar y que empezaba a dolerle de nuevo, hasta que finalmente llegó a la cueva y se dejó caer junto a las dos tumbas.

Escuchó durante largo rato el silencio interrumpido por los trinos de los pájaros, sonriendo contenta consigo misma por ser capaz de distinguir el canto del cernícalo que respondía al tri-tri-tri de un colirrojo posado en algún árbol situado más abajo en la montaña; aspiró el aroma de robles, hayas y castaños que el viento hacía llegar hasta ella mezclado con la fragancia de la manzanilla, y se sintió en paz por primera vez desde la muerte de su marido. Cerró los ojos. Domenja y Katalintxe aparecieron ante ella tan reales como lo habían sido en vida; ambas le sonreían. Se recostó sobre la tierra que guardaba el cuerpo de su hija y se quedó dormida.

Bajó al amanecer, ligera, renovada. Su padre la esperaba sentado junto a la entrada de la casa, nervioso e impaciente, y se levantó al verla aparecer.

–¿Dónde has estado? –preguntó enojado.

–¿No te has ido a dormir en toda la noche? –preguntó ella a su vez con una sonrisa.

–¿Cómo iba a dormir sin saber qué había sido de ti?

Graciana se aproximó a él, acercó sus labios a su mejilla rasposa y depositó un beso en ella.

–Gracias por todo –dijo, y entró en la casa dispuesta a preparar el desayuno.

Miguel de Ausona se tocó la mejilla y un par de lágrimas emocionadas brotaron de sus ojos cansados.

A partir de aquel día, Graciana se encargó de enseñarle a su nieta todo lo que ella sabía sobre flores, plantas, hierbas o cortezas de árboles. Juntas recorrían los campos, los bosques y las laderas del Anboto, recolectaban los frutos de la naturaleza, hacían ramos que colgaban boca abajo en el desván, secaban hojas y tallos, pétalos y raíces, recogían resina para preparar pomadas para la piel y elaboraban pez con la leña de los tejos para usarla contra la roña del ganado. Le mostró la diferencia que había entre la exquisita palometa y la peligrosa oronja verde y le hizo prometer que nunca se llevaría a la boca una baya que no conociera antes. A Mari Katalin aquella nueva actividad le parecía un juego del que nunca se cansaba, pero para Graciana era algo muy diferente. Día a día revivía el tiempo pasado, recuperaba los años perdidos en vanas lamentaciones, se sentía joven de nuevo. Le sorprendía la rapidez con la que la chiquilla aprendía los nombres de las plantas que le iba señalando y podía permanecer horas enteras viéndola afanarse en la preparación de un sencillo bálsamo para las heridas elaborado con cera, resina y vino, o controlando el hervor de los pétalos para preparar el agua de rosas. Ya no volvió a angustiarle el color de los ojos de su nieta.

Miguel observaba complacido el nuevo rumbo que iban tomando las cosas. Se alegraba de que su hija, al fin, hubiera encontrado un sentido a la vida, de que no se opusiera, por miedo, a la natural inclinación de Mari Katalin. Por su parte, dejó a un lado su aire normalmente taciturno e hizo un esfuerzo por ser para la niña el padre que ella nunca tendría. La sentaba sobre sus rodillas, buceaba en su memoria y le relataba viejas historias, él que tan parco había sido siempre con las palabras. Héroes que atravesaban los mares en busca de enormes monstruos marinos, guerreros que se enfrentaban contra los enemigos por el norte y por el sur, dragones de tres cabezas que lanzaban fuego por cada una de sus bocas arrasando huertas y pueblos, lamias con pies de pato que peinaban sus cabellos de oro al borde de los ríos a la espera de un pastor enamorado, gentiles que lanzaban enormes piedras de una montaña a otra y que habían dejado sus huellas sobre las rocas, señores de los bosques altos como los árboles y peludos como los osos que asustaban a los humanos, pequeños hombrecillos vestidos de rojo capaces de construir tejados y puentes...; seres todos ellos que eran parte de sus vidas y de su historia pasaban ante los maravillados ojos y oídos de Mari Katalin, grabándose en su memoria. Y luego, siempre las mismas preguntas.

–¿Y Mari, la Dama?

–La diosa que habita en lo alto del Anboto, en una cueva que ningún humano ha podido nunca ver porque el resplandor de sus muros cegaría sus ojos.

–¿Es buena?

–Buena con los que la veneran, mala con los que la niegan.

–¿Qué es negar?

–Decir que no es, que no existe.

–¿Por qué es buena?

–Porque ilumina nuestras vidas, nos envía los rayos del sol para que nos den calor y para que los frutos germinen, nos envía la lluvia para regar los huertos y para que no suframos la sed, llena el cielo de estrellas por la noche para que sepamos que no estamos solos...

–Yo me llamo como ella.

–Así es.

–Y mi madre se llamaba también como yo.

–Casi, casi.

–Y ahora ella vive con Mari en su cueva de oro.

–Cierto.

–Y yo iré también un día, cuando sea muy, muy mayor.

Graciana y su padre se miraban entonces y una sonrisa llena de recuerdos y promesas iluminaba sus rostros.

Maese Bartolomé había salvado la vida después del ataque del terrible animal que ningún avezado cazador había conseguido atrapar, a pesar de la recompensa, gracias a los buenos oficios del físico Sainz, pero todo había cambiado en su vida. Había perdido el habla y sólo era capaz de hacerse entender por medio de gestos, gruñidos y algunas palabras que emitía con gran esfuerzo. También se hacía entender escribiendo órdenes, preguntas y respuestas en una tablilla, pero éste era un método que precisaba de alguien que supiera leer, lo que dificultaba la situación pues las únicas personas de su entorno que sabían hacerlo eran Juan y Magdalena, y no siempre estaban cerca. Las cicatrices de su cuello le recordaban cada día la pesadilla sufrida. Pasaba la mayor parte de su tiempo encerrado en su escritorio y jamás salía de su casa si no era acompañado por un par de hombres contratados como guardaespaldas. El recuerdo del lobo lanzándose sobre su gaznate y el inmenso temor que le producía pensar que podría encontrárselo de nuevo no le dejaban vivir en paz. No volvió a interesarse por sus negocios y dejó que Juan se encargara de todo desde su propio escritorio, el del notario Ezpeleta, suyo desde hacía casi veinte años. A él sólo le preocupaba averiguar la razón por la cual había sido atacado sin más ni más. Su yerno le había dado una razón más de preocupación.

–El lobo que os atacó no era tal –le soltó un día que fue a llevarle unos documentos que precisaban su firma–. Era el perro de Catalina de Goiena –continuó diciendo el ahora escribano, contento al observar la mirada interrogante y atemorizada de su suegro–. ¿Os acordáis? Era un animal grande, casi negro, capaz de arrancarle a uno la mano al menor enfrentamiento con su dueña. ¿Hicisteis vos algo en contra de ella?

Unda creyó notar cierto tono de ironía en la voz de su yerno y presintió que conocía lo ocurrido entre él y la bruja, pero el antiguo escribiente no hizo más comentarios al respecto y lo dejó con las dudas.

Una vez más volvió a él su antigua obsesión. El mal radicaba en todas las mujeres, excepto en Magdalena, que era un alma bendita que, después de dos niñas, acababa de darle su primer nieto, aunque lamentaba que no llevara su apellido. No se había atrevido a obligar a su yerno a renunciar a su apellido y tomar el de él para que así sus nietos fueran también Martínez de Unda. Juan había hecho oídos sordos a la propuesta las dos o tres veces que se lo había insinuado e incluso había creído notar una satisfacción malévola en el marido de su hija al no darse por aludido.

Compensaba la pérdida de la voz y la fobia que sentía cuando se hallaba en espacios abiertos con la correspondencia que asiduamente mantenía con su amigo de Lapurdi, Johanes de Gastagnalde, y con otros corresponsales de diversos lugares con los que había llegado a contactar por medio de aquél. Así, por ejemplo, supo por Giuseppe Lombardini, jurista de Cremona, que el papa Julio II había dado orden a su magistrado en aquella ciudad para que exterminara la brujería, llamando su atención sobre el peligro de las metamorfosis de los seguidores de la secta, que podían transformarse en gatos o en lobos. Esta última afirmación le produjo un estado de ansiedad tan grande que lo tuvo que calmar con un buen trago de alcohol, pero no hizo más que confirmar lo que él ya barruntaba: el perro de la bruja que le había atacado era, sin duda, otra bruja transformada que había querido vengar a su compañera. También supo por Henri Jacquot, un antiguo estudiante de teología que había encontrado mucho más rentable dedicarse a la fabricación de cerveza, oficio que alternaba con su afición por el esoterismo y las sectas hechiceriles, que los ejecutados por brujería, en su inmensa mayoría mujeres, podían contarse por cientos en el Valais, un valle situado en la región de los suizos, así como en el valle del Levantino, en la Itálica, y en los países de Vaud, Friburgo y Neuchatel. Eran nombres que leía por vez primera y cuya ubicación ignoraba, pero pasaron a formar parte de sus referencias en un extenso documento que estaba preparando para enviar al corregidor de Vizcaya. En él demostraría con pelos y señales que las brujas existían y que estaban ampliando su campo de acción por todos los países cristianos y civilizados de Occidente, que era necesario promulgar leyes más duras contra ellas y que allí mismo, en el propio señorío, campaban a sus anchas sin que nadie hiciera nada por detenerlas.

Uno de los hombres que le servía de guardaespaldas, apodado Txirrinka, y que también trabajaba en la casa como «mozo para todo», decía que sabía mucho de brujas por haber sido criado por una de ellas, la difunta segunda mujer de su padre. Así llegaron a conocimiento de maese Bartolomé prácticas que él desconocía totalmente como la forma exacta de provocar las tempestades que hundían incontable número de barcos en el Cantábrico.

–Las brujas bailan alrededor de una hoguera –le explicó Txirrinka–, también cantan diciendo cosas que nadie salvo ellas pueden entender. Luego se levantan las faldas y las agitan gritando: «Aire, aire, aire». En ese mismo momento se alza la tempestad.

El sortilegio también era válido para provocar las tormentas que destruían cosechas y frutos.

–Muchas veces al año, cuando los panes y los frutos empiezan a florecer –dijo otra vez el locuaz criado–, las brujas hacen ponzoñas y polvos con sabandijas, sapos, culebras, sirunes, lagartos, lagartijas, limacos, caracoles y «pedos de lobo» y los esparcen luego por los campos al tiempo que dicen: «Polvos, polvos, piérdase todo y salvo sea lo mío».

Txirrinka acabó su exposición añadiendo que los mismos polvos también servían para hechizar a las personas a las que se les deseaba el mal, pero, esta vez, en forma de ungüento que se extendía sobre ellas.

–Y dicen: «El Señor te dé mal de muerte» si quieren matarlas o el nombre de una enfermedad si sólo quieren indisponerlas.

A maese Bartolomé le habría gustado hacerle mil preguntas, pero ante la imposibilidad de hacerlo, se limitaba a anotar cuidadosamente la valiosa información de su criado.

Una vez más, la alarma la dio una niña de pocos años de edad que aseguró que ella sola era capaz de distinguir a una bruja en medio de un grupo de mujeres honestas. Tal vez por seguirle la chanza o tal vez para comprobar si lo que decía era cierto, su padre reunió a un grupo de mujeres en su casa con la disculpa de mostrarles una nueva rueca de su invención que hacía que la rueda girase a más velocidad de lo acostumbrado. Entre ellas estaba Juana Díaz, la pollera que había sido acusada de brujería y que se había librado de la hoguera con una buena tanda de latigazos. La niña se paseó como si tal cosa entre las invitadas y al cabo de un rato se detuvo delante de la tal Juana.

–Ésta es bruja –declaró ante el estupor de todos los presentes.

No podía, por su edad, conocer los hechos ocurridos siete años antes y sus padres juraron que jamás se había hablado en su casa de aquellos lamentables acontecimientos. El asunto se propagó por la villa a la velocidad del rayo y el temor se adueñó de hombres y mujeres, que esperaban no volver a pasar por la tragedia que había finalizado con la quema de cinco vecinas de la villa.

Don Tomás, el párroco, casi ciego y aparentando muchos más años de los que en verdad tenía exigió hablar con la niña. Los recuerdos de las anteriores persecuciones habían dejado tal huella en él que muchos opinaban que el clérigo se había vuelto loco al igual que su tío, fallecido poco después de las últimas ejecuciones. Había también los que opinaban que eran los remordimientos los que le hacían desvariar por el encono mostrado contra los vecinos a los que había acusado de herejes y había llevado a la hoguera. No obstante, aún se le respetaba y tenía alguna influencia entre la clase dirigente. La niña, Francisca de Olea, fue llevada por sus padres ante don Tomás en medio de una gran expectación, ya que la entrevista tuvo lugar delante de Santa María. El cura, el alcalde y el merino se colocaron a un lado de la mesa juntera y la niña al otro.

–Nos han llegado rumores –comenzó diciendo el alcalde– de que vas por ahí diciendo que reconoces a una bruja con tan sólo mirarla.

Francisca afirmó con la cabeza.

–¿Y puede saberse cómo lo haces? –la interrogó a su vez don Tomás airado–. ¿Baja un ángel del cielo y te lo indica?

–Lo sé porque les veo la señal del diablo en los ojos –respondió con una vocecita demasiado grave para su edad.

La afirmación de Francisca levantó un montón de comentarios entre los espectadores, que empezaron a mirarse unos a otros para comprobar si ellos también eran capaces de distinguir la marca del Maligno en los ojos de los concurrentes más próximos. Un silencio expectante cayó sobre los reunidos después del conato de inquietud.

–¿Y qué señal es ésa? –preguntó de nuevo don Tomás en el mismo tono en el que había hecho la pregunta anterior–. ¿Es acaso una bruja montada en un palo volador?

–Es un sapo con forma de garra.

Sin que nadie se lo hubiera pedido, la niña se dirigió a la primera fila de los mirones, que reculó como un solo cuerpo compacto. Fue mirando una por una a las personas que se encontraban allí y que no podían contener su nerviosismo.

–Éste la tiene, ésta también, éste no, ésta sí...

Juantxon de Olea tuvo que coger en volandas a su hija y llevársela de allí porque la reacción de los acusados, tras un primer momento de estupor, tenía todos los visos de convertirse en un linchamiento en la persona de Francisca al verse inculpados de la manera más tonta y delante de toda la villa.

Don Tomás parecía derrotado por la evidencia, mientras que el alcalde y el merino discutían sobre lo que debía hacerse.

Finalmente decidieron ordenar el desalojo de la plaza y esperar a que las iras amainasen. Días después, sin embargo, fueron convocados al consistorio pequeños grupos de personas que eran enfrentados a la vidente, quien, con todo el aplomo, continuaba señalando con su pequeño y gordo dedo índice quiénes eran brujos y quiénes no. La gente empezó a negarse a acudir en cuanto se tuvo noticia del proceder de la autoridad, pero se envió a la milicia para remitir los casos rebeldes. Muchos abandonaron Tabira y otros se escondieron en sitios inverosímiles, como las carboneras de las ferrerías o los montones de heno apilados en los establos comunales. Cuando toda la población pasó por el examen de sus ojos, más de treinta personas estaban detenidas y habían sido acusadas formalmente de brujería.

El número de inculpados era tan grande que el alcalde no se atrevió a formar un tribunal civil y solicitó instrucciones de las más altas instancias del señorío, que, a su vez, después de haber leído atentamente el informe de maese Unda que acompañaba la solicitud, se dirigieron al tribunal de Calahorra pidiendo ayuda. Casi tres semanas más tarde, un tribunal investigador acudió una vez más a Tabira, dispuesto a acabar con la plaga que volvía a sacudir la villa. Bartolomé Martínez de Unda dio gracias a Dios por haberle permitido llevar a cabo su cruzada particular en contra del mal en forma de bruja que se había apoderado de casi todas las mujeres de la merindad cuando recibió del nuevo magistrado la más calurosa felicitación por su minucioso trabajo de investigación.

La víspera del solsticio de invierno de aquel año, los asistentes a las asambleas de Jentilkoba se reunieron una vez más. Habían esperado un tiempo prudencial después de la quema de las brujas antes de reunirse todas las noches en las que la luna mostraba su redondo esplendor. Al principio habían sido tan sólo unos pocos, el miedo era aún muy fuerte y aconsejaba sensatez. No era cuestión de jugarse el pellejo. Pero se olvidaron los temores con el paso de los meses y de nuevo reinó la alegría, las risas, los bailes, los cantos y las narraciones que tanto habían sorprendido a Juan de Gesala la primera vez que acudió a una junta –aquella en la que vio a Catalina– buscando una secta de brujos y brujas ayuntándose con el diablo para encontrarse con un grupo de personas que añoraban costumbres casi olvidadas.

El escribano acudió pues con el pensamiento puesto en ella en cuanto supo por Min de Olejua que las reuniones volvían a tener lugar. Si todavía vivía, ella estaría allí. No podía faltar, era la maestra, la representante de Mari. Si había muerto, lo sabrían y nombrarían a otra en su lugar. Para su sorpresa, no ocurrió ni lo uno ni lo otro. Catalina no apareció, pero tampoco se nombró a otra maestra. Su sitio al lado del macho cabrío permaneció vacío, aunque nadie mencionó a la joven y él no se atrevió a preguntar por ella. Vio a Miguel de Ausona y éste también lo vio a él, aunque su mirada lo atravesó como si fuera un ser incorpóreo. También cató el bebedizo que se había negado a probar otras veces y le invadió una sensación de bienestar nunca antes sentida. Se sintió ligero y feliz, no dejó de sonreír e incluso participó en los bailes, pero fueron las narraciones de los ancianos las que más llamaron su atención. Algunas ya las había escuchado en otras ocasiones, pero esta vez le sonaron diferentes. Tenía la mirada fija en la gran hoguera que ahumaba toda la cueva y vio entre las llamas terribles batallas en las que los suyos morían y mataban; observó horrorizado las lenguas ardientes de los dragones que abrasaban montes y pueblos y que finalmente eran vencidos por humildes herreros que se valían de lanzas forjadas por ellos mismos con el hierro de Vizcaya, y sintió una honda pena cuando el viejo gentil ciego pidió a los suyos que lo despeñasen rocas abajo porque había llegado Kixmi, el predicador de la nueva fe.

Volvió a Jentilkoba mes tras mes, esperando encontrar a Catalina en ella, pero también con la mente puesta en el bebedizo, las viejas canciones y las epopeyas. De pronto ya no sentía la necesidad de ser un hombre poderoso y estimado entre los notables y se le hacía eterno el tiempo que mediaba entre una y otra junta. Tal como se había vaticinado a sí mismo, Magdalena se había convertido en una matrona de anchas caderas y pechos demasiado voluminosos y él se aburría mortalmente a su lado. Pasaba el tiempo ocupándose de sus tres hijos, que cada vez se parecían más a su abuelo, y era la voz de maese Bartolomé. También había comenzado a hablar de brujerías y sortilegios y en alguna ocasión la había pillado enfrascada en alguno de los libros del antiguo escribano.

–¡De tal padre, tal hija! –había exclamado con ironía.

–De tal padre tienes tú lo que tienes y no eres un escribiente muerto de hambre –había respondido ella con altanería.

Aquel mismo día dispuso que sus ropas fueran trasladadas a otra alcoba. Todo el mundo en Tabira supo que el escribano y su mujer ya no dormían juntos. Magdalena puso el grito en el cielo y fue a quejarse a su padre, quien intentó hacer valer su autoridad sobre su yerno, pero únicamente encontró en él la frialdad de su mirada.

–No será un violador de mujeres quien haya de decirme a mí lo que he de hacer –respondió con desprecio–. Antes de enmendar las casas ajenas, mejor sería que enmendarais la propia.

Llegaba a los alrededores de la cueva a media tarde, mucho antes que los primeros asistentes. Se sentaba en un rincón de la cueva y pensaba en Catalina.

–Tal vez esta noche...

Los años habían pasado y ella no había vuelto, Miguel de Ausona dejó de mirar a través de él y algunas veces incluso respondía a su saludo con una sonrisa velada, aunque nunca habían llegado a hablar.

Aquella noche constató una agitación inusual entre los congregados. Observó que se llevaban a la gran hoguera más leños de los acostumbrados, las gentes parecían más alegres y las conversaciones más animadas, la música comenzó antes de lo habitual y no fue una mujer, sino varias las que entonaron viejas canciones de letra incomprensible. El caldero rebosaba con el caldo verdusco y hasta el macho cabrío había sido engalanado con ristras de ajos, brezos y flores de eléboro. Esperó divertido y curioso a que se desvelara la razón de tanta agitación. Un súbito silencio le hizo dejar de prestar atención a su acompañante, un hombre viejo que por segunda vez en la velada le estaba narrando sus experiencias como marino en un barco ballenero, y seguir la mirada de los demás.

El corazón le dio un vuelco al ver a una mujer delgada, cubierta con una capa y una capucha que ocultaba su rostro, que avanzaba por un pasillo humano llevando de la mano a una niña de pocos años. ¡Catalina! Tuvo que apoyarse en la roca para reponerse de la impresión y coger aire. La mujer y la niña habían llegado al sitial. La expectación era enorme y él tuvo que morderse los labios para no gritar el nombre de aquella a la que nunca había dejado de amar. La mujer descubrió su rostro y la decepción más profunda se pintó en el de Juan. Sintió que el corazón se le partía en dos y que la sangre manaba de una herida invisible.

–Ésta es mi nieta –dijo Graciana con la voz rota por la emoción–. La hija de Catalina de Goiena.

Miguel de Ausona avanzó hacia la niña, puso una mano sobre su cabeza y cerró los ojos antes de hablar.

–Selatsa, Lakubegi, Anderixo, Heraukorritse, Erditse, Lurgorr, Aherbelste, Leheren, Iturbe, Aberri, Artetx, Belisama, Baizorixo, Asto-ilun, Arixo, Ilixo, Ilurberrixo, Larrason, dioses de nuestro pasado, recibid con agrado a Mari Katalin de Goiena, representante de la madre Mari Urtzia, nuestra diosa y protectora.

Uno a uno, todos fueron acercándose a besar la mano de la niña, al igual que habían besado la de su madre, al igual que generaciones enteras habían besado las manos de las mujeres sabias, eslabones de una misma cadena, que mantenían viva la luz del pasado y la esperanza del futuro.

Juan Ortiz de Gesala fue el último en aproximarse. Miró primero a Graciana suplicándole perdón por el mal que había ocasionado. La mujer respondió sin reproches a su mirada. El dolor y la ira hacía tiempo que habían dejado paso al sosiego. Miró luego a la niña, su hija, y se vio reflejado en su propia mirada azul. Escuchó la voz risueña de Catalina cuando yacían uno junto al otro contemplando el amanecer, después de haberse amado toda la noche, diciéndole que sus ojos eran dos pedazos que había robado al cielo; besó la mano de Mari Katalin y rompió a llorar amargamente.

# Apéndice

La brujería vasca ha dejado una huella tan profunda en nuestra tierra que nuestra toponimia designa claramente la presencia de las brujas en incontables lugares: *sorginerreka,* «río de la bruja»; *sorginiturri,* «fuente de la bruja»; *sorginleze,* «sima de la bruja»; *sorginetxe,* «casa de la bruja»... Nuestros relatos están plagados de brujas, esos seres temibles que, según una idea generalizada heredada de otros tiempos, penetran en las casas por cualquier agujero, se transforman en animales, especialmente en gatos de negro pelaje, vuelan por los aires gracias a ungüentos elaborados con fórmulas secretas, bailan en torno a las hogueras y adoran al diablo en forma de macho cabrío o carnero. Son las causantes de la pérdida de las cosechas, de las averías en las ferrerías, de aojos, de enfermedades, de muertes de niños, de naufragios.

Don José Miguel de Barandiaran, don Resurrección M.ª de Azkue y otros grandes nombres de nuestra cultura nos legaron, entre otras muchas cosas, el inapreciable tesoro de la tradición oral que, de no ser por ellos, hubiera ido a parar al saco del olvido donde la humanidad ha metido a lo largo de su historia los saberes y tradiciones de sus antepasados. Gracias a su labor de investigación conocemos lugares de reuniones de los brujos y brujas como Akelarre, en Zugarramurdi; Fikozelai, en Sara; Artegaña, en Altzai; Petiriberro, en Aezkoa; Irantzi o Mairubaratza, en Oiartzun; Arleze, en la sierra de Andia; Mugarri, en Soraluze; Etxebartxuko-Landa, en Murueta; Eperlanda, en Muxika; Akerlanda, en Gautegiz de Arteaga; Askondo, en Mañaria; Petralanda, en Dima; Amezola, en Olaeta; Garaigorta, en Orozko; Abadalueta, en Zigoitia; Mariturri, en Orenin; Urkiza, en Peñacerrada, y tantos y tantos otros. Algunos de estos lugares son cuevas cuya habitabilidad en tiempos prehistóricos ha quedado demostrada y otros son dólmenes o crónlechs erigidos por motivos religiosos, funerarios u otros que desconocemos y que testimonian la antigüedad de las creencias del pueblo vasco.

Todos los pueblos antiguos de la tierra creían, y algunos aún creen, en la existencia de hechiceros, magos o brujos. Se les temía y, al mismo tiempo, se les buscaba. Eran los sacerdotes de las tribus, los intermediarios entre los dioses y los humanos, los jueces, los médicos, los guías, los agoreros. Predecían las tormentas, sanaban las enfermedades, veían el pasado y leían el futuro en la naturaleza. Los reyes mantenían a uno o varios nigromantes a su lado para que les aconsejaran sobre la mejor forma de gobernar y les aseguraran la victoria sobre los enemigos; las mujeres acudían a ellos para conocer el sexo de sus hijos o para conseguir tener uno; los labradores solicitaban la intercesión de los hechiceros para sanar a sus animales enfermos y todos llevaban amuletos de la suerte o colgaban cardos y ramas de espino albar en sus casas para evitar que el rayo o los espíritus malignos penetraran en ellas.

Podrían escribirse libros enteros sobre la brujería, pero nunca llegaríamos a saber exactamente qué fue lo que provocó la histeria colectiva que en Europa occidental desembocó en la caza de brujas que entre 1500 y 1700 llevó a la hoguera a más de cien mil personas inocentes, en su mayoría mujeres.

A partir de la publicación de la encíclica *Sumis desiderantes* de Inocencio VIII en 1484 y de la aparición en 1486 del libro *Malleus Maleficarum (Martillo de brujas)*, escrito por dos frailes dominicos alemanes, Institoris y Sprenger, la caza de brujas se extendió como un reguero de pólvora.

La caza de brujas siguió a la caza de herejes, especialmente cátaros y valdenses en el Mediodía francés, cuyas doctrinas habían hecho tambalearse el monopolio de la Iglesia católica en Europa. Una vez eliminados los herejes, las instituciones creadas para perseguirlos tuvieron que buscar nuevas funciones para justificar su existencia. Curiosamente, el famoso *Canon Episcopi*, redactado en el siglo X, documento respetado y guía de actuación de la Iglesia católica, aseguraba que la creencia en las brujas era una herejía propia de paganos y no de buenos cristianos. Para justificar el cambio de mentalidad, teólogos e inquisidores adujeron que los brujos y brujas que ellos perseguían eran otros que no existían en la época de la redacción del famoso documento.

Lo que más asombra es el hecho de que en pleno Renacimiento, en plena edad de oro del razonamiento, de los descubrimientos, la pintura, la literatura, la filosofía, las matemáticas y los inventos como la imprenta o el telescopio; en épocas en las que vivieron grandes glorias de la humanidad como Leonardo da Vinci, Cervantes, Galileo, Elcano, Erasmo, Velázquez, Bach o Newton, por citar a unos pocos, pudiera creerse en la existencia de unas mujeres que volaban sobre escobas para ir a besar el trasero del diablo en forma de macho cabrío. Y que no fueran crédulas únicamente las capas populares analfabetas y sin instrucción, sino que también jueces, teólogos, filósofos o médicos creyeran en ellas hasta el punto de que Europa entera fue una enorme fogata cuyas llamas tardaron en apagarse, dejando muchos rescoldos en nuestro subconsciente.

Está claro que acabar con las antiguas prácticas paganas que aún se mantenían vivas y con las sectas religiosas que ponían en solfa la actuación de la Iglesia católica fue una de las razones de la caza de brujas. Posteriormente, los países protestantes también mostraron un celo parecido. Igualmente, sirvió como medio para eliminar movimientos subversivos contra los poderes establecidos y opositores políticamente incorrectos. Recientes estudios han demostrado que la clase médica tuvo asimismo algo que ver en la psicosis brujeril, puesto que comadronas y curanderas fueron el blanco de los ataques en la mayoría de los casos. El hecho de que la mitad de la población, es decir, las mujeres, prefirieran acudir a ellas menguaba de manera importante los ingresos económicos de los galenos provistos de sendos diplomas universitarios. Finalmente, la sociedad, en su conjunto, tampoco veía con buenos ojos que estas mujeres fueran capaces de bastarse a sí mismas –hubo un gran número de viudas y mujeres solteras entre ellas– sin necesidad de contar con el apoyo del hombre (léase un marido, un padre o un hermano).

En el País Vasco los hombres y mujeres acusados y ejecutados por prácticas de brujería pertenecían a las clases más humildes, artesanos y labradores. Eran herederos de costumbres ancestrales relacionadas con la devoción a Mari, reminiscencia de la era matriarcal y personificación de la tierra, en palabras de don José Miguel de Barandiaran.

Hoy, cuando cualquier aniversario es excusa para conmemorar las grandes gestas de la humanidad, cuando se habla de reconciliaciones ecuménicas y se rehabilita a personajes importantes injustamente condenados, aún no se ha reivindicado la inocencia de miles de personas quemadas vivas *legalmente* gracias a las mentiras, prejuicios y obsesiones de las clases dirigentes políticas y religiosas. La palabra «bruja» sigue siendo sinónimo de maldad, de mujer vieja y fea, y hemos olvidado que muchas de aquellas víctimas eran niñas que aún no habían cumplido los diez años, que otras eran jóvenes en la flor de la vida y que la mayoría eran mujeres que únicamente intentaban ganarse el sustento.

# Cronología

**Siglo XIV** Varios hombres y mujeres son quemados en el País Vasco francés y en la zona de Navarra acusados de brujería.

**1442-1444** Persecución de los herejes de Durango. Trece personas fueron quemadas delante de la iglesia de Santa María, otras cien fueron enviadas a Valladolid y Santo Domingo de la Calzada, donde fueron juzgadas y ajusticiadas en la hoguera.

**1466** Enrique IV de Castilla recibe en Valladolid a una delegación de Guipúzcoa en queja por la plaga social que representan las brujas.

**1478** Sixto IV concede a los Reyes Católicos la prerrogativa de nombrar un inquisidor general especial en sus reinos.

**1484** Encíclica *Sumis desiderantes* de Inocencio VIII por la que se da libre paso a la caza de brujas.

**1486** Aparece el *Malleus Maleficarum (Martillo de brujas)*, escrito por dos frailes dominicos alemanes, Institoris y Sprenger.

**1500** Importante proceso en Durango contra herejes y brujas, las llamadas brujas de Anboto. Once personas, un hombre y diez mujeres, fueron ejecutadas en la hoguera y también se quemaron los huesos de otras seis mujeres ya fallecidas.

**1507** Proceso y ejecución de treinta mujeres vascas en Calahorra.

**1527** Persecuciones en Navarra.

**1528** Persecuciones en Karrantza, Vizcaya.

**1530** Persecuciones en Hondarribia, Guipúzcoa.

**1538** Persecuciones en Navarra.

**1555** Persecuciones en Guipúzcoa y proceso de brujería en Zeberio, Vizcaya.

**1575** Persecuciones en Navarra.

**1576** Proceso y ejecución de cuarenta y una personas en Lapurdi.

**1595** Persecuciones en Tolosa, Guipúzcoa.

**1605** Proceso de Biarritz.

**1609** Proceso y ejecución de seiscientas personas en Lapurdi, País Vasco francés.

**1610** Proceso y ejecución de treinta y tres personas en Logroño (brujos de Zugarramurdi).

**1611** Proceso de Hondarribia.

# Bibliografía utilizada

*BEGIZKOA, EL MAL DE OJO CONTRA LOS VASCOS*
Anton Erkoreka
Ekain Argitaratzailea, 1995

*BRUJAS Y PROCESOS POR BRUJERÍA*
Kurt Bachwitz
Luis de Caralt, 1998

*BRUJAS*
Enciclopedia Ilustrada del País Vasco

*BRUJERÍA VASCA*
Julio Caro Baroja
Editorial Txertoa, 1985

*DICCIONARIO ILUSTRADO DE MITOLOGÍA VASCA*
José Miguel de Barandiaran
Biblioteca de La Gran Enciclopedia Vasca, 1972

*DURANGO, Monografías de pueblos de Vizcaya*
Andoni Iturbe Mach
Diputación Foral de Vizcaya, 1993

*ENCICLOPEDIA DE LOS HEREJES Y LAS HEREJÍAS*
Leonard George
Ediciones Robinbook, S. L., 1998

*EUSKALERRIAREN YAKINTZA*
Resurrección M.ª de Azkue
Espasa-Calpe, S. A., 1959

*EXPRESIONES HERÉTICAS EN LA ESPAÑA MEDIEVAL: Los herejes de Durango*
Ernesto García Fernández
XII Seminario sobre Historia del Monacato
Aguilar de Campoo, 1999

*HADAS, BRUJAS Y HOMBRES LOBO EN LA EDAD MEDIA*
Claude Lecouteux
José J. de Olañeta, Editor, 1999

*HISTORIA DE LAS MUJERES: UNA HISTORIA PROPIA*
Bonnie Anderson y Judith Zinsser
Editorial Crítica, 1991

*HISTORIA GENERAL DE BIZCAYA*
Labayru
Biblioteca de la Gran Enciclopedia Vasca, 1968

*LA MUJER EN LOS RITOS Y MITOS VASCOS*
Txema Hornilla
Editorial Txertoa, 1989

*LA MUJER EN LA HISTORIA DEL MUNDO*
Rosalind Miles
Civilización Ediciones, S. L., 1989

*LA INQUISICIÓN ESPAÑOLA EN EL PAÍS VASCO*
Iñaki Reguera
Editorial Txertoa, 1984

*LAS BRUJAS, AMANTES DE SATÁN*
Jean-Michel Sallmann
Aguilar Universal, 1991

*LOS ASOMBROSOS REMEDIOS DEL CURANDERO*
José Manuel Dueso
Roger Editor, 1998

*LOS INQUISIDORES*
Besaide Bilduma
Fundación Sancho el Sabio con el patrocinio de la Caja de Ahorros de Vitoria y Álava, 1993

*RECETAS Y REMEDIOS EN LA TRADICIÓN POPULAR VASCA*
José Miguel de Barandiaran
Editorial Txertoa, 1990

*RELIGIÓN PREHISTÓRICA DE LOS VASCOS*
Anastasio Arrinda Albisu
Editorial Auñamendi, 1965

*RELIGIOSIDAD Y SOCIEDAD EN EL PAÍS VASCO (S. XIV-XVI)*
Ernesto García Fernández y otros
Servicio Editorial UNIVERSIDAD DEL PAÍS VASCO, 1994

*RITO Y FÓRMULA EN LA MEDICINA POPULAR VASCA*
Juan Garmendia Larrañaga
Editorial Txertoa, 1990

*SORGINAK ETA EUSKAL HERRIA*
Gaiak Argitaldaria, 1992

*VALLE DE ATXONDO, monografías de pueblos de Vizcaya*
Marisa Bergón Guaresti
Diputación Foral de Vizcaya, 1997

*VIZCAYA EN LA ALTA EDAD MEDIA*
J. A. García de Cortázar y otros
Haranburu Editor, S. A., 1985

## *La voz de Lug*

*La epopeya del pueblo astur*

256 págs.

## *Las torres de Sancho*

*En el reino de Sancho el Mayor de Navarra*

448 págs.

## *Señor de la guerra*

*Señores y vasallos en el siglo* XV

352 págs.

# De la misma autora

*Encuadernación en cartoné con sobrecubierta*

## *A la sombra del templo*

### *Intriga y conspiración en la ciudad de Vitoria*

*A la sombra del templo* transcurre durante los dos meses en los que la ciudad se vio desbordada por los más diversos visitantes: prelados, embajadores, nobles y fieles que deseaban rendir pleitesía al nuevo Pontífice.

328 págs.

## *La Abadesa*

### *María, la Excelenta*

En esta novela, la autora rescata a una de las hijas ilegítimas de Fernando el Católico, María Esperanza, abadesa del monasterio de Madrigal.

224 págs.

## *La comunera*

### *María Pacheco, una mujer rebelde*

En esta novela, Toti Martínez de Lezea nos ofrece una historia maravillosa donde el amor permitirá a una joven pareja encontrar la fuerza necesaria para luchar contra la tiranía y la opresión.

328 págs.

## *La voz de Lug*

### *La epopeya del pueblo astur*

Ambientada en el primer siglo antes de nuestra era, esta novela transcurre en Asturias y relata el enfrentamiento entre astures y romanos.

264 págs.

## *El verdugo de Dios*

### *Un inquisidor en el Camino de Santiago*

A lo largo de la ruta peregrina conviven los más diversos personajes, entre ellos agotes discriminados durante siglos por oscuras razones, cátaros huidos de la quema de Montségur, templarios, maestros constructores y un cruel inquisidor que se ha propuesto restablecer el orden de Dios en la tierra...

368 págs.

# LE JOURNAL

*de*

# FRANKIE PRATT

*Scrapbook*

*par*

CAROLINE PRESTON

*Traduit de l'anglais (États-Unis) par*

KATEL LE FUR

CE JOURNAL
APPARTIENT À
Frankie Pratt
(PRIVÉ !)
MADE IN U.S.A.

Le Journal de Frankie Pratt

1920 JUNE 1920
Sun Mon Tue Wed Thu Fri Sat
1 2 3 4 5
6 7 8 9 10 11 12
13 14 15 16 17 18 19
20 21 22 23 24 25 26
27 28 29 30

# Chapitre 1

Cornish
New Hampshire

1920

# La jeune fille qui voulait écrire

Au commencement...

Mère m'a offert ce journal pour mon diplôme d'études secondaires.

J'ai trouvé la vieille Corona de papa à la cave. Des souris ont grignoté l'étui, mais elle marche encore !

J'ai commandé le mode d'emploi gratuit pour apprendre à taper. J'écrirai une page par jour.

Frances Pratt
Informations personnelles

Surnom : « Frankie » (je déteste Frances !)

Date de naissance : 5 sept. 1902

Adresse: Cornish Flat. New Hampshire

Taille : 1,74 m et des poussières
(avec mes chaussettes)

Poids : 52 kg
(avec mes chaussettes)

Couleur de cheveux : blond vénitien foncé
avec des mèches couleur
miel en été

Yeux : bleus avec des reflets vert noisette au soleil

Nez : droit, fin.
Il peut sembler trop pointu
vu du profil gauche

Teint : beaucoup trop de taches
de rousseur

Mon chien
s'appelle Fritzy.

Je n'ai pas de photo qui ne me fasse
un nez pointu, mais d'après mon frère
Teddy, la fille sur cette carte du jeu
Dr. Busby est mon portrait craché.

Mère dit que je ressemble à la jeune fille en couverture de cette partition. Adorables illusions...

# Ma famille

## Mon père

Nom : George Osborne Pratt

Date de naissance : 18 octobre 1872

Scolarité : lycée Windsor
université de Dartmouth, promo de 1893
école de médecine de Dartmouth, promo de 1895

Profession : médecin
Cornish, New Hampshire

Date de décès : 25 janvier 1915. Hôpital de Dartmouth

Papa avait le cœur fragile depuis qu'il avait souffert d'un rhumatisme articulaire aigu à 5 ans (cela ne l'empêchait pas d'avoir toujours de bonnes couleurs et les bras musclés d'un boxeur). Il a attrapé une grippe qui s'est transformée en pneumonie. Il est mort en six jours. Ils ont dit que son cœur avait lâché.
J'avais 12 ans.

Bluebell, le chat de Teddy.

Mes parents lors de leur lune de miel en 1900, en route vers Smuggler's Notch. Papa est jeune et beau (il le restera toujours ; il ne vieillira jamais). Mère, la tête encore pleine de rêves...

Ma mère

Nom : Roxanne Bayliss Pratt
Surnom : Roxie

Date de naissance : 24 avril 1878

Scolarité : lycée de Windsor
diplôme d'infirmière auxiliaire

Mère a repris le travail après la mort de papa. Elle s'est occupée des vieilles dames riches de Dingleton Hill.

Mes frères

Teddy & Wally

PAS DE SŒUR

Mère, papa, Teddy, Wally, et moi. J'ai 5 ans. Mère a déjà sa ride au front.

Ma maison

NOTRE MAISON

Je me tiens devant notre maison aux côtés de Lizzie Compton, ma (toujours) meilleure amie. Après la mort de papa, le toit au-dessus du vestibule s'est détérioré et mère a tout fait enlever.

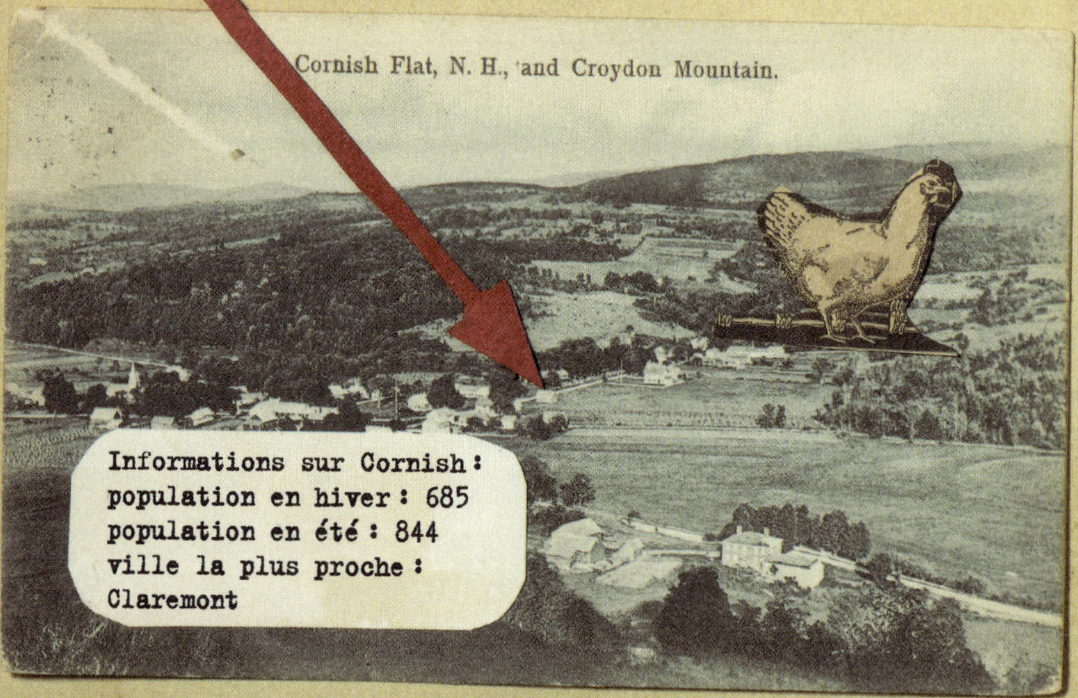


Informations sur Cornish :
population en hiver : 685
population en été : 844
ville la plus proche :
Claremont

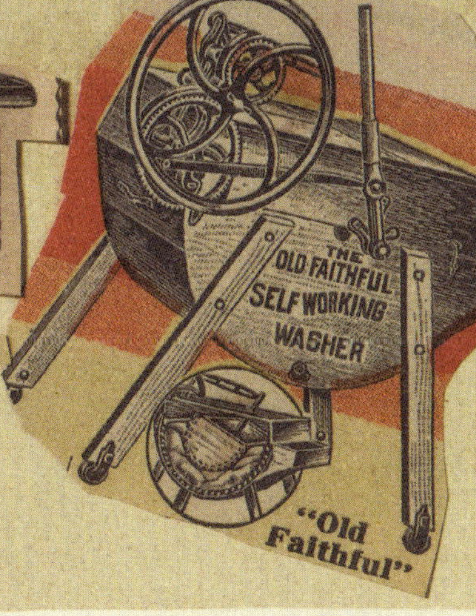


Notre ferme n'est pas encore
équipée des commodités
de la vie moderne, telles
une cuisinière à gaz ou
une machine à laver électrique.

Et ce n'est pas demain la veille
que nous en serons pourvus !
*** soupir ***

Nous n'avons pas non plus
les moyens de nous
approvisionner très souvent
à l'épicerie.
Mère a un grand potager
(plein de mauvaises herbes)
et deux-trois poules.

La classe de terminale
vous invite
à la remise des diplômes
le 26 juin
à 8 h 00

Je suis bachelière !

Program

Music—Selected ...rchestra

Salutatio—Latine

ELSIE VIRGINIA BRAND

Oration—The Louisiana Purchase

WILLIAM WEBSTER RICE

Serenade—Abt *Double Quartette*

Class Poem

...hool

...HEL HO...

Presenta...

...esident... ...tion

Recep... to Friends of C... ...e Gymnasium

...GO. COLBURN, Directo... Orchestra

mon bouquet
de fleurs

**Le poème de terminale, par Frances Pratt, major de sa promotion**

**Le succès**

Ô âmes, concentrez toutes vos forces
Sur ce qui au plus profond de vous repose !
Orientez vos moindres pensées vers cela
Et ainsi, sans doute aucun, vous vous élèverez
Vers les sommets que vous atteindrez,
Et une nouvelle gloire gagnerez !
Renoncez parfois, mais attachez-vous à réussir,
Toujours soyez le maître de votre âme
Constamment tournée vers une ambition lointaine,
Un idéal élevé et un unique rêve !
Ne répandez pas vos forces en vain !
Réalisez-vous ! Réalisez-vous !
Et trouvez votre Eden
En bonnes actions accomplies, et votre nom
Parmi les immortels de cette terre
Chantera les chemins de la gloire.

Le poème que j'ai écrit en tant que major de promo. Il est rempli de fadaises, mais personne ne semble s'en être aperçu.

**Ma classe**

La fille la plus populaire : Adelaide Bullard

Le garçon le plus populaire : Tommy Gaines

La plus jolie fille : Adelaide Bullard

Le plus beau garçon : Tommy Gaines

L'élève la plus raisonnable : Bessie Fergusen

* La plus intelligente : Frankie Pratt (si je puis me permettre)

Le plus intelligent : Will Atwater

Tommy
Le plus sportif
le plus populaire
(le plus riche)
(le plus bête... aussi)

Tommy en tenue de football
Will (le plus intelligent) qui n'a pas été retenu dans l'équipe.

Adelaide
La plus jolie et la plus populaire
(une vraie pimbêche)

**MES AMIES**

**Lizzie Compton**

Ma meilleure amie depuis toujours. Son père est receveur. C'est la fille la plus gaie de la classe et elle ne comprend pas que je sois si sérieuse et studieuse. Elle ne SAISIT PAS non plus pourquoi Bessie et moi tenons tant à aller à l'université.

**Bessie Fergusen**

Ma seconde meilleure amie. L'élève la plus raisonnable de la classe. Elle va aller à l'université d'État de Plymouth pour étudier l'économie domestique Elle cuisine et coud comme une reine.

## Baking Powder Biscuit

2 cups flour
4 teaspoons baking powder
2 tablespoons lard
¾ to 1 cup milk
1 teaspoon salt

Bessie nous donne des cours de cuisine. Mes biscuits ressemblent à des balles de golf.

## Ce que je fais avec Bessie et Lizzie

**On confectionne des robes**

Lizzie, notre experte en mode, choisit des modèles de robes chez McCall et Bessie les coud. C'est un ange !

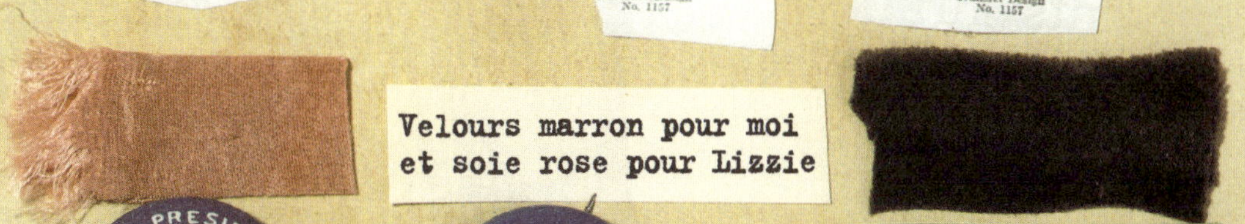

Velours marron pour moi et soie rose pour Lizzie

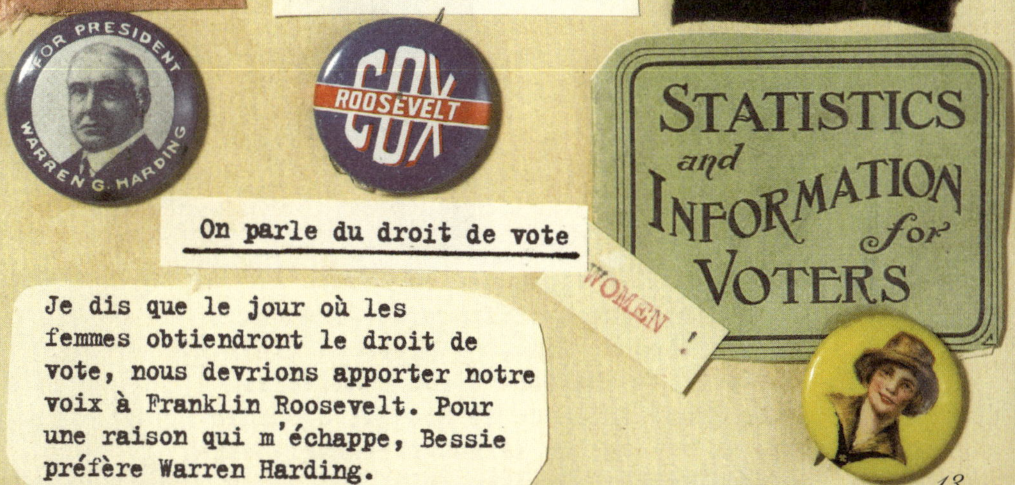


**On parle du droit de vote**

Je dis que le jour où les femmes obtiendront le droit de vote, nous devrions apporter notre voix à Franklin Roosevelt. Pour une raison qui m'échappe, Bessie préfère Warren Harding.

On joue aux cartes

Je gagne toujours au jeu des « Auteurs ». Mais c'est parce que tous ces livres sont dans la bibliothèque de papa. Après sa mort, je m'étais juré de les lire, un par un. Et, à 15 ans, j'avais tenu ma promesse.

Aujourd'hui, j'emprunte les livres à la bibliothèque municipale de Cornish. Pour la seconde fois, je viens de finir <u>Été</u> de Mrs Edith Wharton. C'est l'histoire d'une jeune fille de 16 ans qui s'ennuie dans un village de la Nouvelle-Angleterre. Ça vous rappelle quelqu'un ?

On se prédit l'avenir

Mon avenir.

Mais qu'est-ce que ça peut bien signifier... ?

On s'échange
des secrets de beauté

Mère dit qu'une jeune fille
n'a besoin que de savon,
mais nous utilisons aussi
Palmolive pour...

... conserver
le teint frais de
notre mariage.

10c

# Freckles

**Tan or Liver Spots positively removed** by using **Stillman's Freckle Cream.** Prepared for one purpose only—*clearing the skin.* If you have freckles, write us today for our **Free Booklet** "*Wouldst Thou Be Fair?*" Stillman's Cream is sold by most druggists, 50c a jar, or direct from us, same price, prepaid. Write now. We can help you.

**Stillman Cream Co.,** Dept. 34, **Aurora, Ill.**

On concocte notre
crème maison contre
les taches de rousseur
avec du peroxyde, du jus
de citron et du lard.
Ça m'a provoqué des
démangeaisons.

Enlève les pellicules

Lizzie s'est fait couper les cheveux au carré chez Watkins, à Claremont. Je me suis dégonflée et je me suis seulement fait faire une frange.

*Une mèche des cheveux de Lizzie*

# Camoufler vos rondeurs superflues

Bessie en a commandé un pour ses hanches. Trois semaines qu'elle le porte et elles n'ont toujours pas fondu.

Vous pouvez dissimuler en un rien de temps et sans aucun danger le superflu, où qu'il vous gêne, en suivant le traitement du **Dr Walter :** Portez sa fameuse **gaine réductrice en caoutchouc**

→

Selon la réclame, une jeune fille doit faire attention à son haleine, alors nous nous brossons les dents avec Pebeco.

## Mon premier rendez-vous

Will Atwater (le premier de la classe) m'a officiellement demandé (à moi, la première de la classe) de sortir avec lui.

Nous sommes allés au nouveau cinéma, à White River Junction, pour voir À travers l'orage. Figurez-vous que le film a été tourné ici sur la White River. Imaginez- un peu !

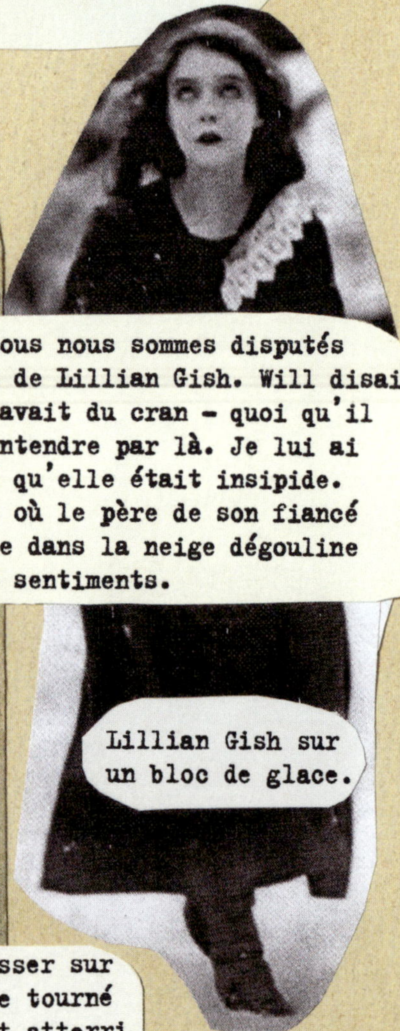

Après, nous nous sommes disputés au sujet de Lillian Gish. Will disait qu'elle avait du cran - quoi qu'il puisse entendre par là. Je lui ai rétorqué qu'elle était insipide. La scène où le père de son fiancé la pousse dans la neige dégouline de bons sentiments.

Lillian Gish sur un bloc de glace.

Will a essayé de m'embrasser sur la bouche, mais j'ai vite tourné la tête et ses lèvres ont atterri sur ma joue. Un vrai fiasco, ce rendez-vous.

Mon idée de l'homme idéal

(Rien à voir avec Will Atwater !)

Un homme en chemise Arrow, muni d'un cerveau et d'un fonds de placement.

Un côté cow-boy ne serait pas pour me déplaire.

Qu'il sache embrasser est indispensable.

??????????? Mon avenir ???????????

Papa a toujours voulu que j'aille à l'université. Miss Vera Jones, le proviseur du lycée, s'est arrangée pour que je passe le concours d'entrée de Vassar. Elle faisait partie de la promotion de 1892. L'examen était sacrément difficile et j'étais certaine d'avoir échoué.

Vassar College

me veut...

Chère Miss Pratt,

La commission d'admission de l'université de Vassar
est heureuse de vous annoncer votre réussite au concours d'entrée
et se réjouit de vous accueillir au sein de la promotion de 1924.

Suite à la lettre du révérend Phelps concernant la situation
financière de votre mère veuve, nous sommes disposés
à vous exempter d'une partie des frais d'inscription,
lesquels seront portés, grâce à une bourse, à $500
pour l'année académique 1920-21.
La commission vous demandera,
afin de conserver cette bourse,
de vous maintenir à une moyenne de B.

Avec toutes nos félicitations.
Bien à vous,

C. Mildred Thompson
Secrétaire de la commissi

Vassar semble être un endroit grandiose.

... Mais je décide de ne pas y aller.

Mère dit qu'elle trouvera les $500 manquants, mais comment ? On s'en sort déjà à peine comme ça.

Je soutiens à Mère que je n'ai plus envie d'aller à Vassar. « Il n'y a que des petites filles riches », lui dis-je. Elles me mépriseront, moi, la simple boursière.

Je vais passer mon diplôme d'infirmière, comme Mère. C'est de loin bien plus utile qu'un diplôme de Vassar.

## Mon premier travail

Mon premier dollar reçu de Mrs. P.

Je suis embauchée comme infirmière auxiliaire (baby-sitter) auprès de Mrs. Pingree, 83 ans, une des plus riches femmes de Dingleton Hill.

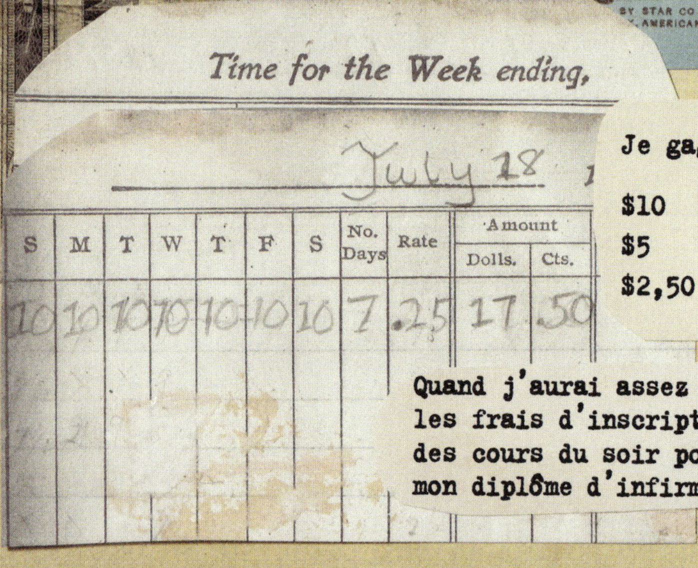

*Time for the Week ending,* July 18

| S | M | T | W | T | F | S | No. Days | Rate | Amount Dolls. | Amount Cts. |
|---|---|---|---|---|---|---|---|---|---|---|
| 10 | 10 | 10 | 10 | 10 | 10 | 10 | 7 | .25 | 17 | .50 |

Je gagne $17,50 par semaine.

$10 pour Mère

$5 d'argent de poche

$2,50 pour mes économies

Quand j'aurai assez épargné pour payer les frais d'inscription, je prendrai des cours du soir pour passer mon diplôme d'infirmière.

Une journée avec Mrs. Pingree :
une bien triste histoire
par Frances Pratt

6 h 30 J'arrive chez Mrs. P., je la réveille, je l'aide à marcher jusqu'à la chaise percée. Je lui mets ses lunettes. Je brosse son dentier et le lui pose.

7 h 00 Je lui monte son petit déjeuner au lit : une tartine nature et une tasse de Postum.

8 h 00 Je lui apporte un bassin d'eau chaude et l'aide à accomplir ses « ablutions ».

8 h 30 Je brosse ce qui lui reste de cheveux blancs.

10 h 15 Elle s'assoupit.

10 h 30 Je rapporte le plateau du petit déjeuner à la cuisine et je rince la vaisselle. Je m'ennuie et vais fouiner dans le casier du secrétaire de la bibliothèque. Je tombe sur la photo de Mrs. P., en débutante.

Mrs. P. à 18 ans.

Mrs. P.
aujourd'hui.

Le capitaine Pingree
fait son entrée

11 h 45 Le capitaine James Pingree descend à la cuisine pour prendre son petit déjeuner. Il habite chez sa grand-mère depuis qu'il a été démobilisé de l'armée, il y a un an. Il ne peut plus exercer son métier d'avocat à New York en raison des lésions aux poumons causées par le gaz moutarde.

Le capitaine Pingree autrefois.

Il a servi

dans la $2^{de}$ artillerie

et a été gazé à Mezy

Il a reçu la plus haute décoration militaire.

(La médaille de scout de Teddy qui ressemble à celle du capitaine Pingree.)

Le capitaine n'a que 32 ans, mais il paraît plus âgé. Teint blafard et maladif, cheveux en bataille. Pourtant il est encore beau.
Mère me répète que je ne travaille pas pour le capitaine, mais pour Mrs. Pingree. Malgré tout, je lui prépare des œufs à la coque et du café. C'est la seule personne de moins de 80 ans avec qui je peux parler ici.
Le capitaine Pingree aujourd'hui.
Il prend son petit déjeuner à la table de la cuisine. Ses mains cessent de trembler après la seconde tasse de café. Il allume une Fatima qui sent comme le café Left Bank (c'est du moins mon impression).
—all the difference
between just an ordinary cigarette and—FATIMA, the most skillful blend in cigarette history.
FATIMA

14 h 20. Le capitaine part faire sa promenade quotidienne en voiture. Je l'observe depuis la fenêtre de la cuisine tandis qu'il grimpe dans son cabriolet Aero. Il l'a payé avec l'argent de Mrs. P. Il met ses lunettes de soleil et sa casquette en tweed.

Il se regarde dans le rétroviseur. Quel vaniteux !

Où va-t-il comme ça tous les jours ? A-t-il une petite amie ?

16 h 30. Je fais réchauffer une boîte de soupe Campbell pour le dîner de Mrs. P.

Pour la première fois depuis qu'elle s'est réveillée, Mrs. P. s'anime et a envie de discuter.

« Ton père est mon médecin, mais il n'est pas venu me voir dernièrement. »
« C'est parce qu'il est mort. »
« Quand ça ? »
« Il y a cinq ans. »
« Alors il serait temps que tu te maries pour que ton époux puisse aider ta mère. »
« Je n'ai que 17 ans. »
« C'est bien assez vieux. Quand le capitaine sera-t-il de retour ? »
« Je ne sais pas. »
« Je croyais que tu étais une fille futée. Tu ne sais pas grand-chose pour quelqu'un censé l'être. »

**Le capitaine me propose de partir à l'aventure !**

Frankie

Venez faire un tour en voiture avec moi cet après-midi. Je sais ce que vous allez dire... Vous ne voulez pas laisser grand-mère toute seule. Mais j'ai demandé à Tess, la fille des Hobbes de venir. Je m'occupe du pique-nique. Je n'accepterai pas de refus. Rendez-vous à 13h00 dans l'allée...

J. P.

L'Aero détale et fonce.
Je réalise que je n'ai jamais roulé aussi vite de toute ma vie.

Nous traversons Cornish Flat et nous passons devant chez moi.
Je m'enfonce dans mon siège.

Que ferait Mère si elle me surprenait en voiture avec le capitaine ?
Mieux vaut ne pas y penser.

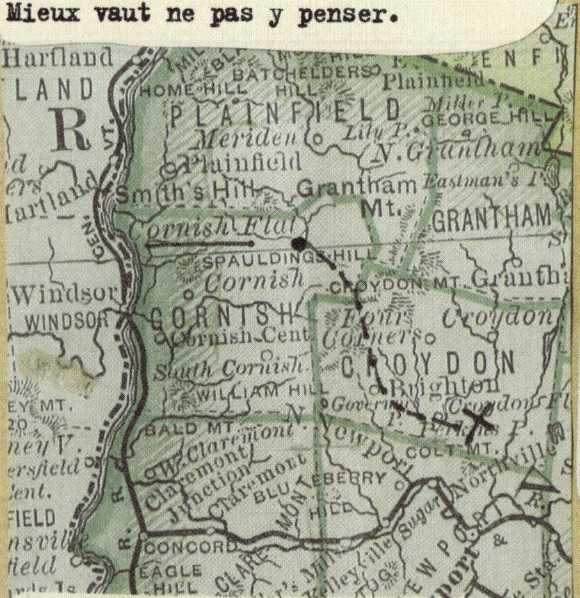


Il se gare près de Whitman Pond.
« C'est l'endroit que j'ai choisi pour notre pique-nique », m'annonce-t-il.

Ce que le capitaine a emporté pour notre pique-nique.

Le pique-nique

« Désolé pour les moustiques. »
« Je ne me fais jamais piquer.
Je ne dois pas avoir très bon goût. »
« J'ai du mal à croire ça. »
« Pourquoi ce sandwich est-il rose ? »
« C'est à cause du jambon.
C'est du Deviled Ham.
On ne mangeait que ça à l'armée. »
« Vous pensez souvent à la guerre ? »
« Non, j'essaie d'éviter. »
« C'était une question idiote, sans doute. »
« Je préférerais que l'on parle de vous.
Alors, vous voulez devenir infirmière ? »
« Non, pas vraiment. »

« Que voulez-vous
faire, alors ? »
« Vous allez vous
moquer. »
« Mais non. »
« J'aimerais devenir écrivain. »
« Et qu'aimeriez-vous écrire ? »
« Des romans. »
« Comme Dickens ? »
« Plutôt comme Mrs. Wharton. »
« Mais ses personnages féminins
sont si tristes. »
« Alors, vous avez déjà
lu Edith Wharton ? »
« Ne soyez pas si étonnée.
J'ai moi aussi rêvé
de devenir écrivain.
Mais c'était il y a
longtemps. »
« Pourquoi ne vous
êtes-vous pas lancé ? »

« Mes parents voulaient que je gagne ma vie.
Puis, il y a eu la guerre. Mais la vraie raison,
c'est que je ne suis pas très bon.
Enfin, pas suffisamment. »

« Il n'est pas encore trop tard pour faire ce dont vous avez envie. »
« C'est trop tard pour moi, mais pas pour vous. Il commence à faire chaud. Vous ne voulez pas aller vous baigner ? »
« Je n'ai pas emporté de maillot de bain. »
« Dommage. Cela dit, vous pourriez aller dans l'eau, enfin, vous voyez, en sous-vêtements. »
« Je suis content que vous n'ayez pas coupé vos cheveux au carré. C'est si joli la façon dont ils tombent sur vos épaules. »
« Ça vous embête si je vous prends en photo ? Je suis fou de mon Kodak ! »
« Comme ça ? »
Snap!
« Levez la tête. Mettez vos cheveux en arrière. Adorable. Vous êtes ravissante. »
Snap!

Jamie m'emmène faire un tour en voiture tous les après-midi, ou presque.

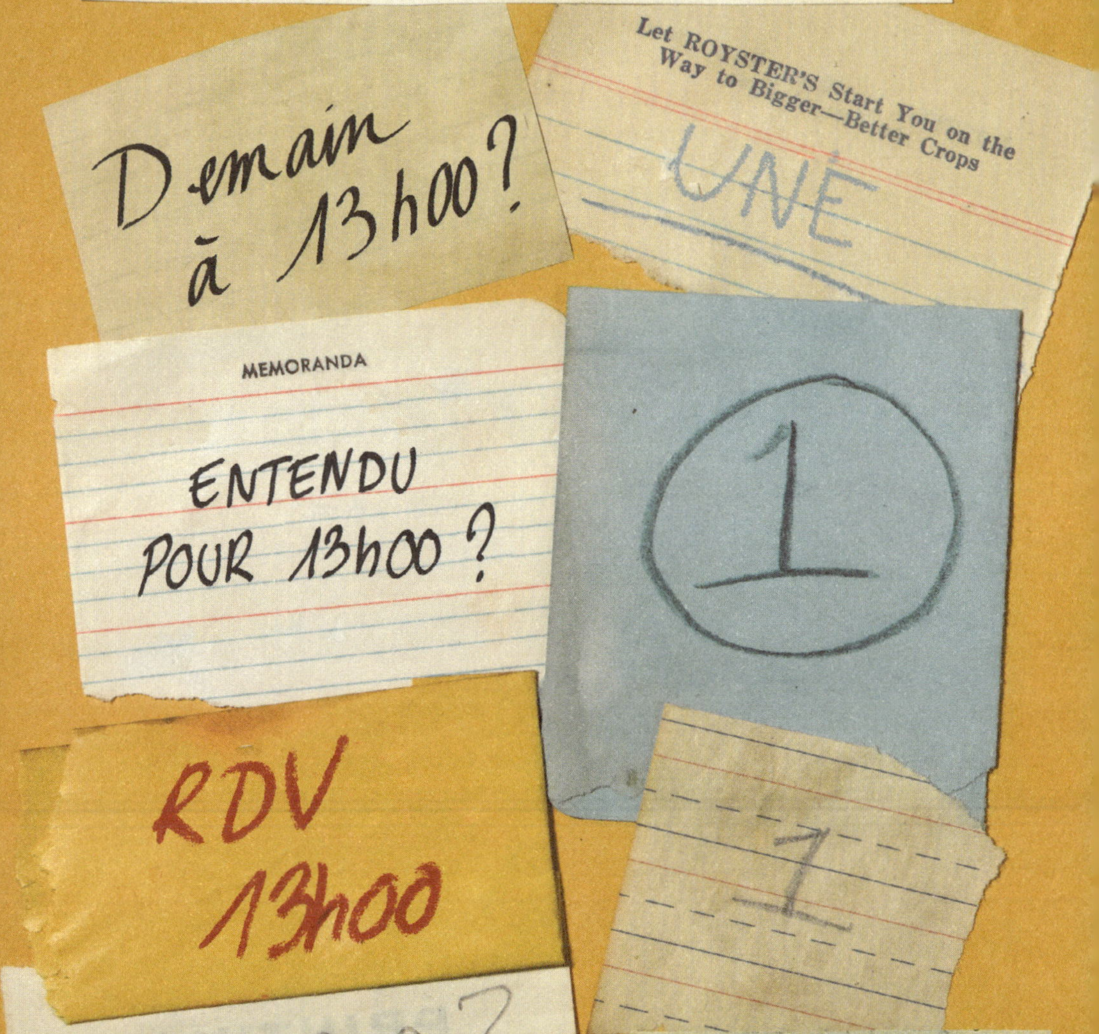


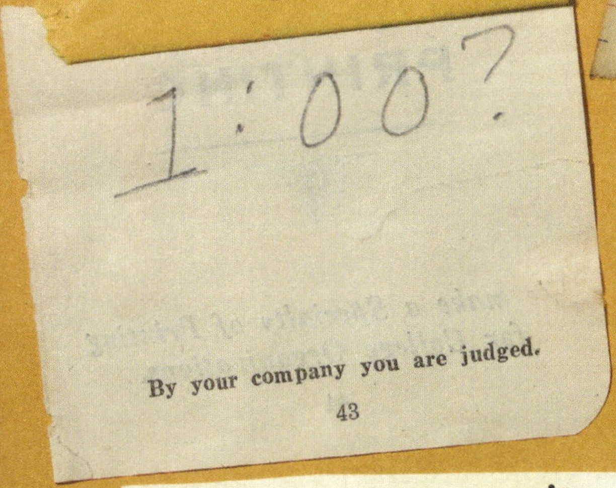

Il m'achète une paire de lunettes de soleil, rien qu'à moi.

J'ai arrêté de m'inquiéter d'être aperçue à Cornish avec lui.

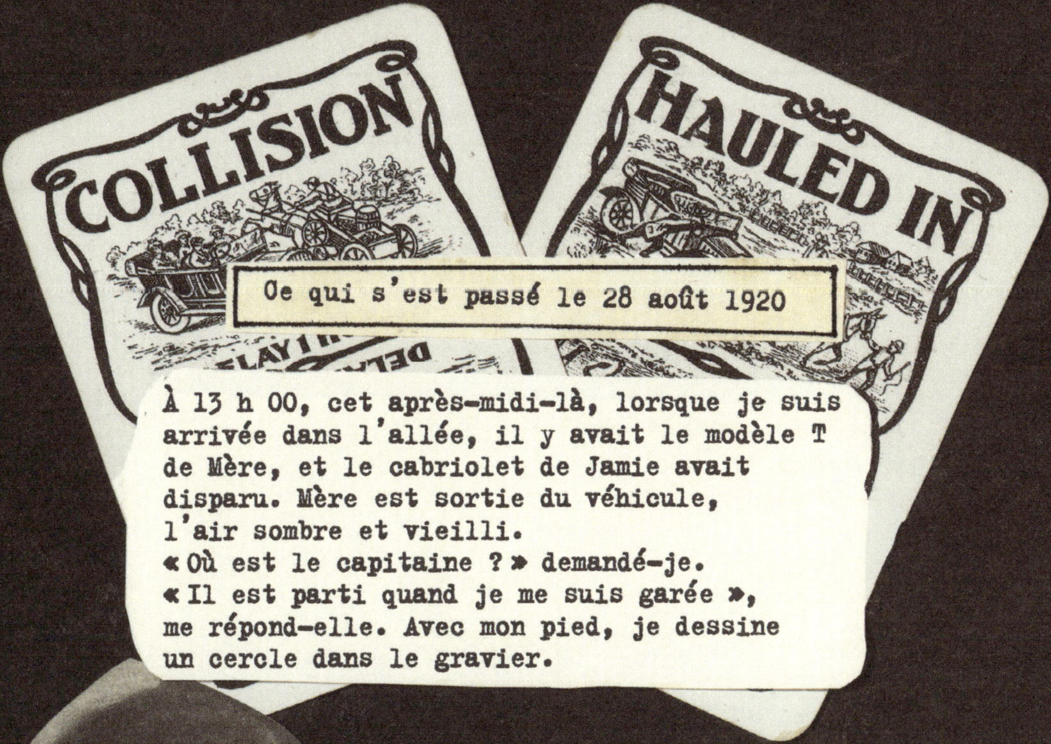


Ce qui s'est passé le 28 août 1920

À 13 h 00, cet après-midi-là, lorsque je suis arrivée dans l'allée, il y avait le modèle T de Mère, et le cabriolet de Jamie avait disparu. Mère est sortie du véhicule, l'air sombre et vieilli.
« Où est le capitaine ? » demandé-je.
« Il est parti quand je me suis garée », me répond-elle. Avec mon pied, je dessine un cercle dans le gravier.

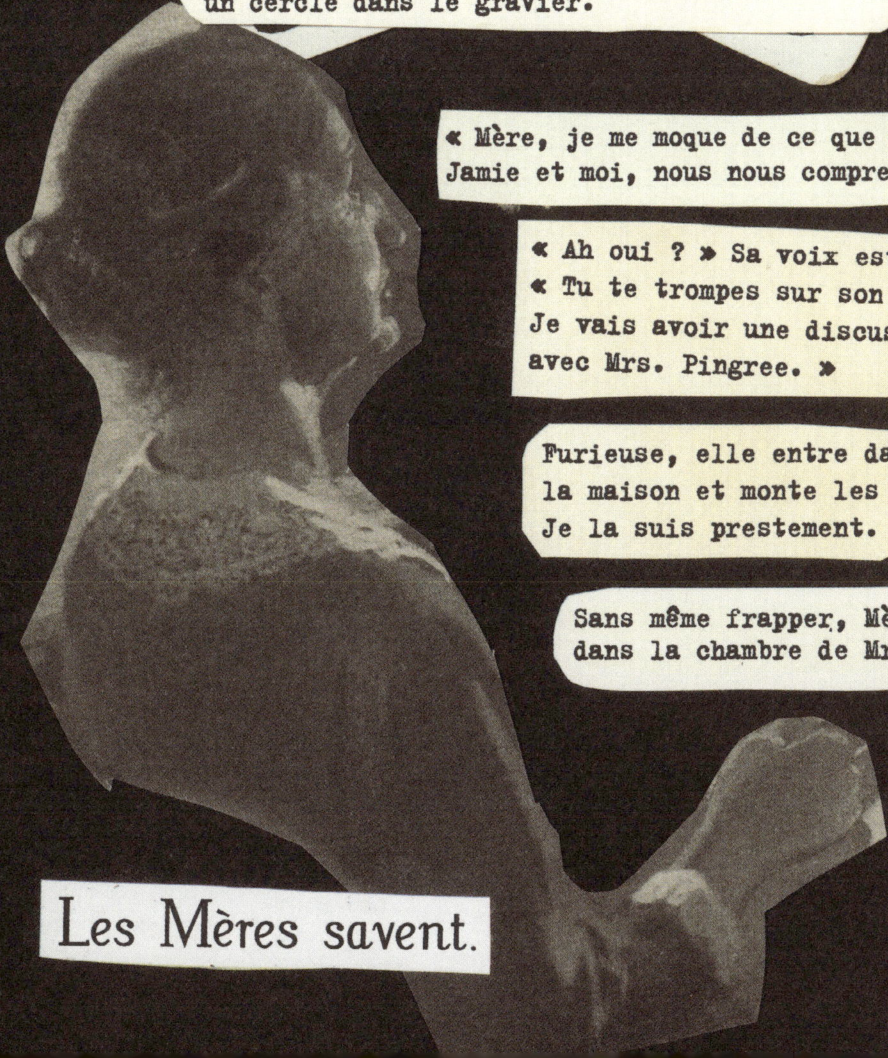

« Mère, je me moque de ce que vous pensez. Jamie et moi, nous nous comprenons. »

« Ah oui ? » Sa voix est si triste. « Tu te trompes sur son compte. Je vais avoir une discussion avec Mrs. Pingree. »

Furieuse, elle entre dans la maison et monte les escaliers. Je la suis prestement.

Sans même frapper, Mère entre dans la chambre de Mrs. Pingree.

Les Mères savent.

Ce que je trouve dans la chambre de Jamie

Je me tiens dans le couloir. La chambre de Jamie est ouverte et je décide d'entrer.

Des coupures de la revue Town & Country sur la femme de Jamie (?!)

**Corinna Pingree,**
épouse du héros de guerre James Pingree, en Lanvin, aux courses hippiques de Saratoga.

Les photos que Jamie
a prises de moi le jour
du pique-nique.

Ce qu'a fait Mrs. Pingree

Mère est sortie de la chambre de Mrs. Pingree un quart d'heure plus tard et elle m'a tendu un chèque.

$ 1000 No. 19

THE SECOND NATIONAL BANK,
OF BOSTON

Pay to the order of Frances Pratt

One thousand and —— 00/100 Dollars.

Ada Dering Pingree Treasurer.

Chère Miss Thompson,

Est-il encore possible pour ma fille, Frances Pratt, d'intégrer la promotion de Vassar pour l'année 1924 ?

Un récent changement de situation nous permet d'accepter la généreuse offre de bourse de l'université.

Merci de m'informer des dispositions à prendre pour qu'elle puisse entrer en première année dès septembre.

Bien à vous,

Roxanne Bayliss Pratt

Vassar est toujours d'accord pour me prendre.

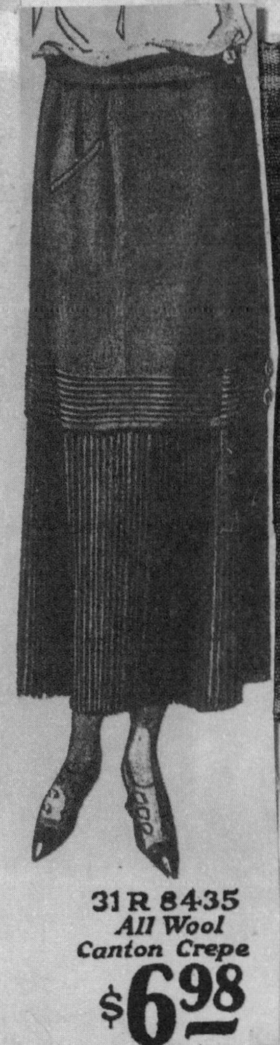


## Université de Vassar trousseau exigé en 1re année 1920

5 chemisiers blancs (avec col ; décolleté discret)
5 jupes (pas d'ourlet à plus de 20 cm du sol)
2 foulards en soie de Vassar ($2,50 à la boutique du campus)
1 paire de chaussures Oxford marron (pas plus de 5 cm de talon)
calotte et broche de 1re année ($1,25 ; $0,75 à la boutique du campus)
tunique et culottes bouffantes pour les exercices
corsets (ni corsage ni caraco)
bas (noirs ou blancs, pas de « couleur chair »)
porte-jarretelles (les bas doivent être portés avec des porte-jarretelles)
Les étudiantes sont tenues d'être habillées décemment dans les dortoirs.
Les pyjamas d'hommes et les « shorties » sont interdits.

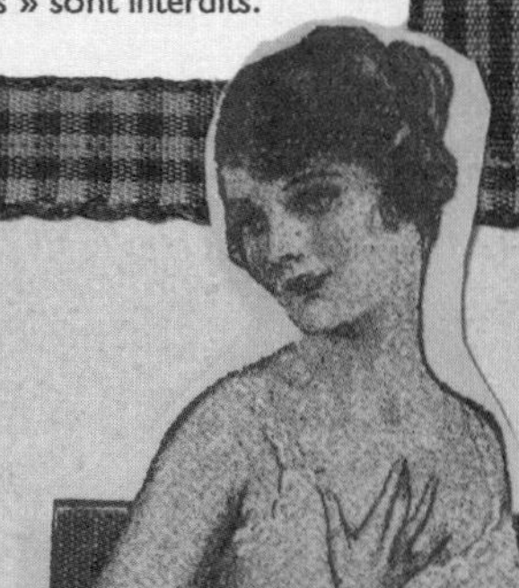

Je commande ma garde-robe pour Vassar sur le catalogue de Sears.

Le 12 septembre, avant l'aube, Mère et les garçons m'accompagnent à la gare de White River Junction.

Et nous pouvons voir notre souffle fumer dans l'air glacial.

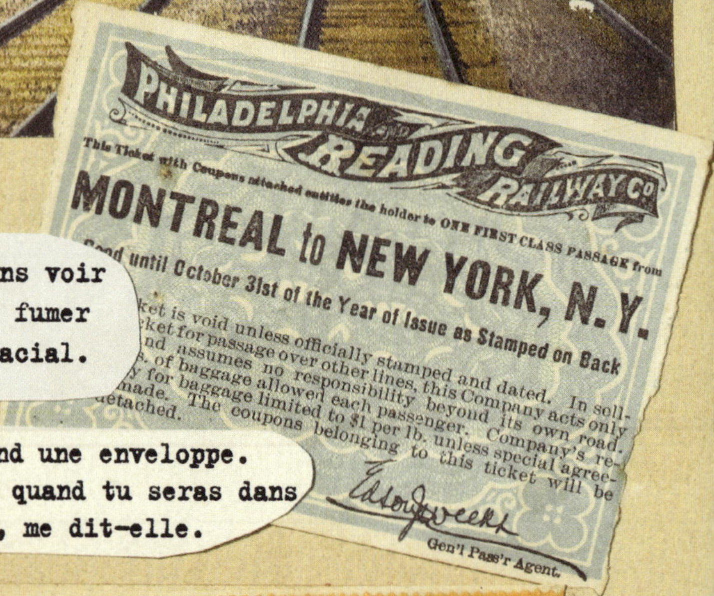

PHILADELPHIA AND READING RAILWAY CO.

This Ticket with Coupons attached entitles the holder to ONE FIRST CLASS PASSAGE from

MONTREAL to NEW YORK, N.Y.

Good until October 31st of the Year of Issue as Stamped on Back

...ket is void unless officially stamped and dated. In selling ticket for passage over other lines, this Company acts only ...nd assumes no responsibility beyond its own road. ...s. of baggage allowed each passenger. Company's re...y for baggage limited to $1 per lb. unless special agreement made. The coupons belonging to this ticket will be detached.

Gen'l Pass'r Agent.

Mère me tend une enveloppe. « Ouvre-la quand tu seras dans le train », me dit-elle.

RAILWAY EXPRESS

RAILWAY EXPRESS AGENCY

Ce que contient l'enveloppe

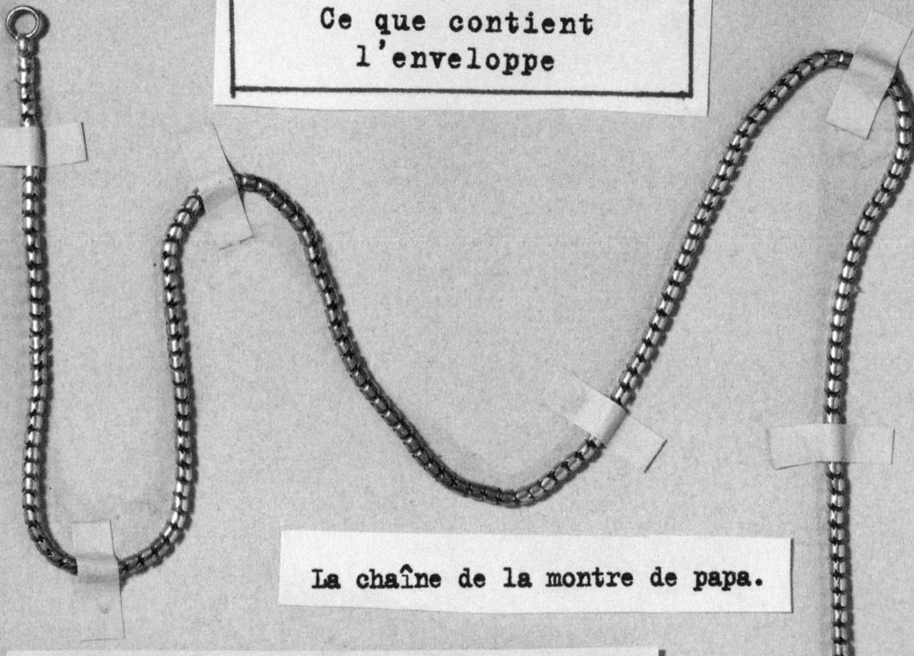

La chaîne de la montre de papa.

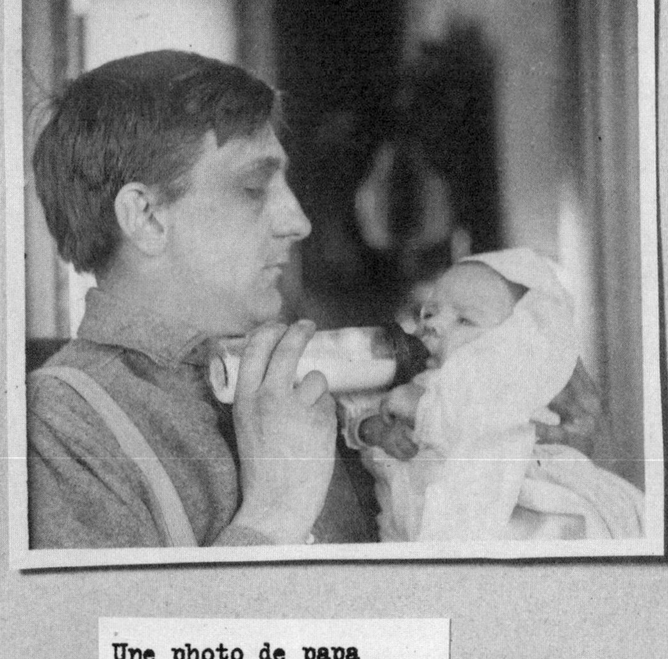

Une photo de papa
me donnant le biberon.

L'ancre que portait toujours
papa sur lui. Il disait
qu'avec il était en sécurité.

À travers la fenêtre, j'admire le lever du soleil. À chaque passage à niveau, je guette les voitures à l'arrêt.

Je ne peux m'en empêcher.

Je cherche du regard
un cabriolet Aero.

# I KNOW WHAT IT MEANS TO BE LONESOME

VASSAR

YALE
YALE
F. EARL CHRISTY
Q

# Chapitre 2

Université
de Vassar

1920-1924

## Je deviens une fille de Vassar

### Les principes de Vassar

**Et la morale de tout ça est :**
Prenez un bon départ ! Rappelez-vous que de mauvais résultats dès la première année vous handicaperont tout au long de vos études.

Peu importe si vous vous sentez mal lorsque la porte de la chapelle se ferme devant vous, aucune excuse ne sera acceptée.

Les machines à laver et les chiens du campus rendent nécessaires des vêtements à toute épreuve.

Vous ne rattraperez pas en une semaine votre gym de l'hiver.

Les appareils électriques sont interdits. Mieux vaut donner votre fer à friser à une cousine coquette. Le hall serait plongé dans le noir si vous vous en serviez.

Il est devenu délicat de différencier une Miss d'une Mrs. depuis les mariages contractés en temps de guerre. Par conséquent, appelez-vous par vos prénoms.

Même s'il est d'usage de ne pas porter de chapeau sur le campus, Poughkeepsie ne fait pas partie du campus.

Ne vous amourachez de personne. Vous serez peut-être populaire mais pas plus appréciée pour autant.

### La chanson de Vassar

**VASSAR SE FAIT DE LA PUB**

La jeune fille qui va à Vassar
doit être millionnaire
Elle possède au moins deux voitures
et toujours se colore les cheveux
Pour connaître la dernière mode,
elle est toujours la première –
Et c'est vrai qu'elle est plutôt fringante,
chante Willie Randolph Hearst.

### L'argot de Vassar

**Bûcher :** étudier dur pour les examens
**Piquer :** voler (à éviter)
**Cartonner :** bien s'en sortir en interrogation ou en récitation
**Dézinguer :** obtenir une permission
**Palabrer :** pérorer dans le vide
**Pomper :** copier
**Le requin :** celle qui excelle en classe
**Quiz :** questionnaire à choix multiple
**Bluffer :** faire semblant d'aller en cours
**Lèche-bottes :** déléguée (qui a besoin d'être brossée dans le sens du poil)
**Se carrer :** quitter la classe si un prof n'arrive pas dans les dix minutes
**Sécher :** ne pas aller en cours
**Se rétamer :** ne pas atteindre la moyenne dans un devoir
**Faire le rat :** étudier

### La blague de Vassar

Si une fille de Vassar est surprise en train de s'étouffer,
C'est sans doute qu'elle doit fumer.

Mes cours

**EMPLOI DU TEMPS – 1er semestre**

| HEURE | LUNDI | MARDI | MERCREDI | JEUDI | VENDREDI |
|---|---|---|---|---|---|
| 8-9 | RÉDACTION | | | | |
| 9-10 | FRANÇAIS | | | | |
| 10-11 | GÉOMETRIE DANS L'ESPACE | | | | |
| 11-12 | HISTOIRE ANCIENNE | | | | Gréco-Romaine |
| 12-13 | DÉJEUNER | | | | |
| 14-16 | BIOLOGIE : L'ÊTRE HUMAIN | | | | + Les mammifères |
| 16-18 | ÉDUCATION PHYSIQUE | | | | HYGIÈNE |

Hiérarchie des filles de 1re année

1- Les New-Yorkaises ont auparavant étudié chez Miss Chapin. Elles arrivent à l'université dans des voitures avec chauffeurs, lesquels portent leurs nombreuses malles à monogramme. Leurs pères font des « placements ».

2- Les Bostoniennes, elles, sont allées en cours chez Miss Winsor. Elles portent des surnoms tels que Weezie et Boo. Leur nez est bronzé de toutes les heures passées à jouer au tennis. Leurs pères sont sénateurs ou ambassadeurs.

Et moi, tout au bas de l'échelle, avec les autres filles sans fortune qui ont été à l'école publique (même si aucune d'entre nous n'admettrait être boursière).

# Ma camarade de chambre

Allegra

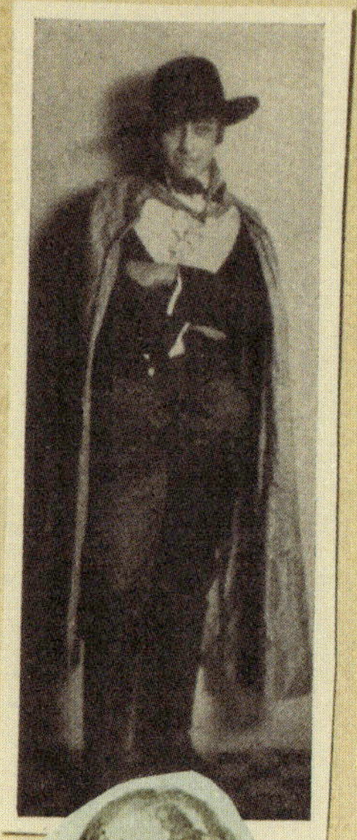

Allegra Wolf de New York. Belle, exotique. Toute petite (à peine 1,52 m), la peau olive, les yeux onyx, une coupe au carré extrêmement courte. Elle s'habille de robes drapées en soie très modernes. Elle m'a tout de suite prise en amitié. « Je suis bien contente que tu ne sois pas une de ces filles rasoirs de la Cinquième Avenue », a-t-elle ricané (alors que les Wolf vivent eux-mêmes à l'ouest de Central Park, ce qui me semble être un quartier tout aussi snob).

Allegra sait absolument TOUT. Quel cours suivre, comment s'habiller, avec quelle fille nous voulons nous lier d'amitié, et celle que nous devons éviter, ou encore de quel club devenir membre et comment décorer notre chambre.

## Notre chambre

Nous sommes au quatrième étage du bâtiment principal, dans une mansarde avec de grandes fenêtres.

Allegra a recouvert les murs de deux tentures en soie de Chine et de copies, noir et blanc, de toiles peintes par les « cubistes ».

Nous avons rapporté deux vieilles chaises en osier du sous-sol. Notre chambre ressemble désormais à une fumerie d'opium douillette. Toutes les autres filles de 1re année ont pris l'habitude de venir traîner chez nous.

Allegra m'enseigne les mauvaises manières

Nous suçons des pastilles Life Savers pour que notre haleine ne sente pas la cigarette et le café.

Je suis désormais officiellement fumeuse ! Comme c'est interdit de fumer, nous nous penchons à la fenêtre et soufflons la fumée dehors. J'en suis déjà à 5 cigarettes par jour.

Nous nous faisons des litres de café dans une cafetière électrique (parfaitement défendue, du reste). J'ai appris à le boire bien noir, comme Allegra.

A. est la seule en 1re année à avoir une Victrola portative.

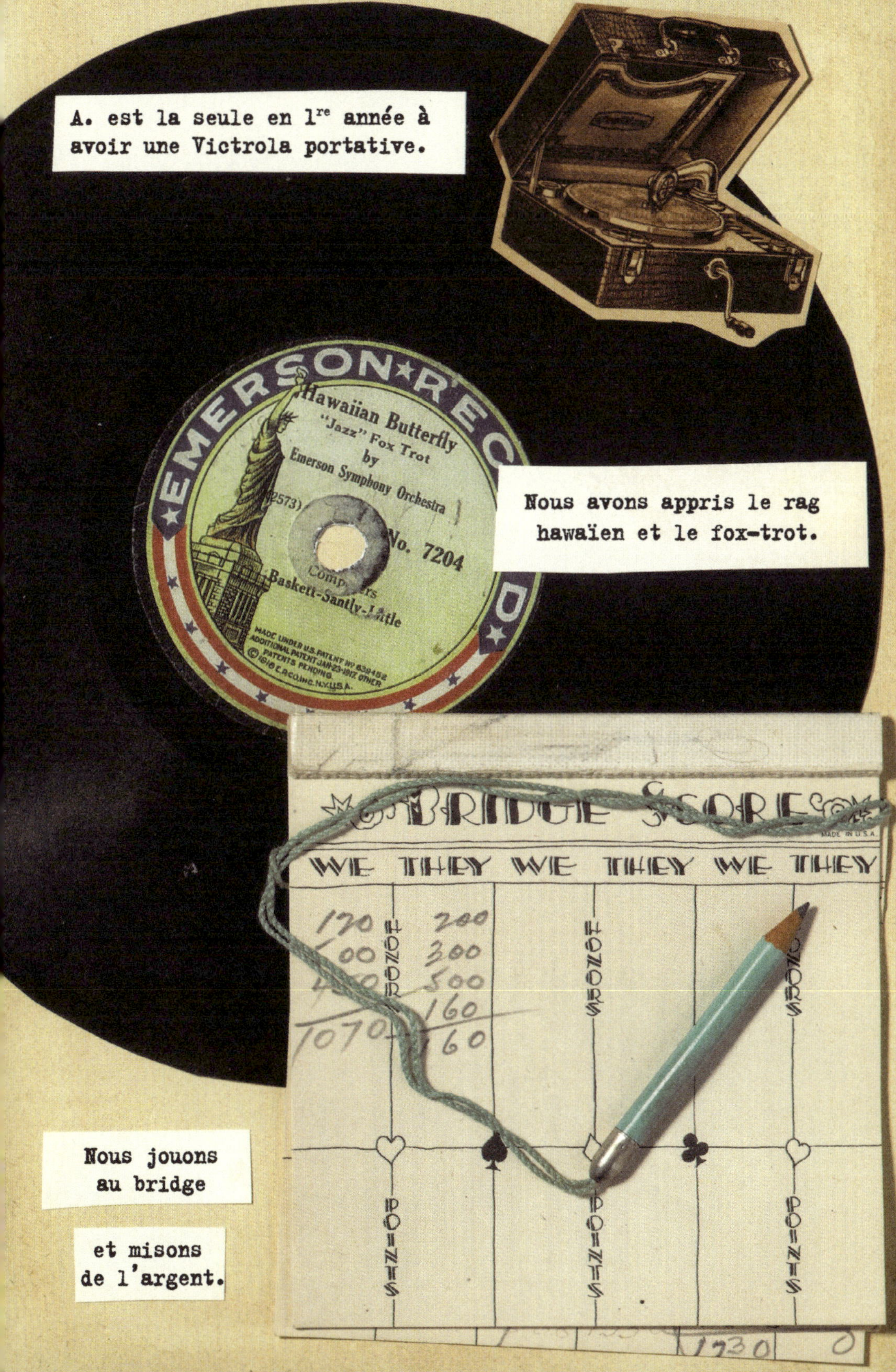


Nous avons appris le rag hawaïen et le fox-trot.

Nous jouons au bridge

et misons de l'argent.

Je me fais couper les cheveux au carré

Allegra me dit que mes cheveux longs me donnent l'air d'une paysanne : elle m'entraîne chez le coiffeur.

College Hair Dressing Parlors
50 Raymond Avenue, Poughkeepsie, N. Y.
Shampooing with Rain Water
Electric Scalp Treatment Manicuring Marcel Waving

(Je me souviens combien Jamie se réjouissait que je n'aie pas encore coupé mes cheveux. Soulagée d'avoir passé le cap. Je n'ai pas encore parlé de lui à A. Je ne doute pas de sa bienveillance, mais je ne veux surtout pas qu'elle pense que je suis faible ou idiote. Jamais.)

A. m'achète de pinces à cheveux très chics, à la mode européenne.

## Allegra tente de m'initier à la mode

A. affirme que l'or et le platine ne sont plus au goût du jour. Les seuls bijoux indispensables sont les bracelets en bakélite – une matière ultramoderne très en vogue – à enfiler sur un même poignet.

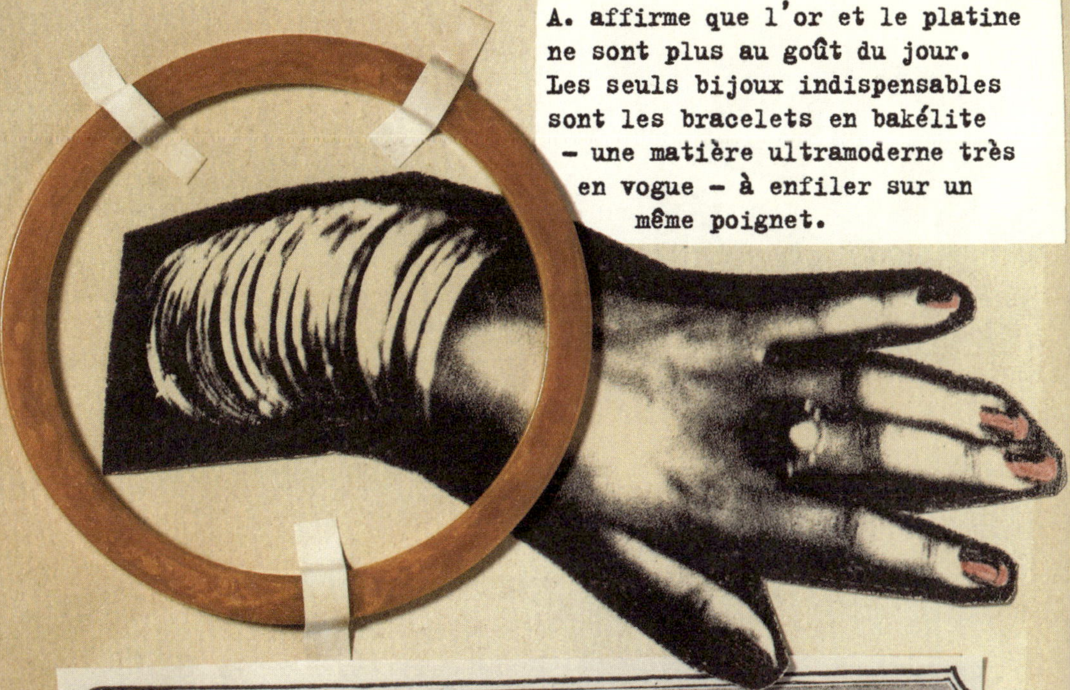

Appliquez du rouge sur les pommettes et poudrez-les avec Cashmere Bouquet. Finissez avec un trait de rouge Passion Woodbury sur les lèvres.

Nos divergences sur la littérature

LITTLE REVIEW

Poetry
A Magazine of Verse

À la librairie de Washington Square,
Allegra achète des magazines littéraires
à l'encre baveuse.

Pour elle, Stein, Eliot et
Pound sont les plus importants
des poètes modernes.

**POEMS**
BY
**EZRA POUND.**

**L'ART.**

Green arsenic smeared on an egg-white cloth,
Crushed strawberries! Come let us feast our eyes.

**T. S. ELIOT.**

The lamp said,
"Four o'clock,
"Here is the number on the door.
"Memory!
"You have the key,
"The little lamp spreads a ring on the stair,
"Mount.
"The bed is open; the toothbrush hangs on the wall,
Put your shoes at the door, sleep, prepare for life.
The last twist of the knife.

GERTRUDE STEIN

In a ribbon.
In a ribbon there is red.
Red white and blue.
Can you know why green is so is so yellow.
In a ribbon for a ribbon there is a necklace.
Do not say you do like beads.
I likeshells As bells.
Not as door bells.

« Extraordinaire », dis-je.
Enfin, je crois.

J'adore le nouveau roman de Scott Fitzgerald,
l'ancien étudiant de Princeton
(A. dit que c'est « bourgeois »).

Je le considère comme une étude
anthropologique sur la façon dont
les riches étudiants d'université
pensent et s'expriment.
(Et bien plus utile que mon livre
de biologie – où j'accumule déjà
deux chapitres de retard.)

## Ce que les filles de Vassar savent des hommes

Bien que les filles de Vassar se considèrent comme des femmes modernes, elles reprennent le discours de leurs mères et de Jane Austen sur les hommes.

1. Il vient d'une si bonne famille (il est extrêmement riche).

2. Il a l'air très enthousiaste (il s'apprête à faire sa demande).

3. Il n'est pas très gentil (il essaie de drôles de choses avec la jeune fille qu'il fréquente, et/ou il n'est pas riche).

La carte préférée dans la salle d'étude des 1re année.

Oubliez les principes de la conseillère d'éducation ! La jeune fille la plus populaire dans notre classe est May Davenport qui nous a annoncé qu'elle nous quitterait après Noël pour se marier.

Ce que les filles de Vassar ignorent des hommes

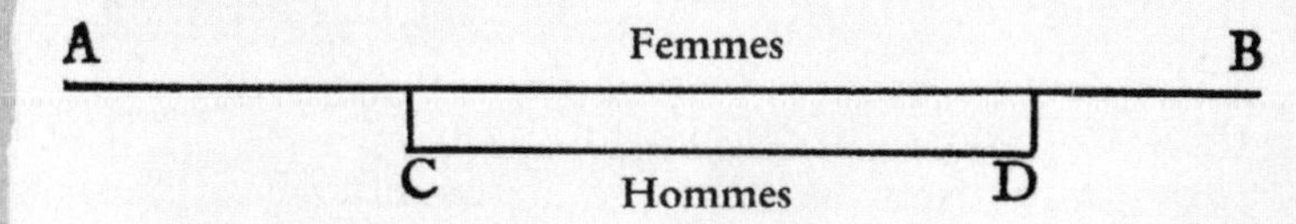


Diagramme 1

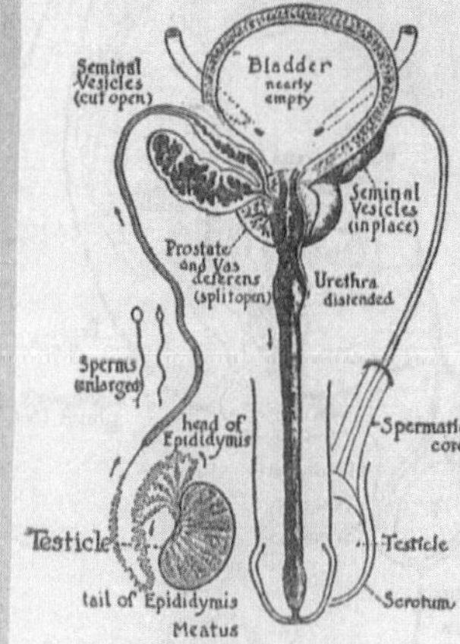


*Figure 1*, MALE ORGANS FRONT VIEW

En cours d'hygiène, le Dr Thelberg nous montre de vagues listes et schémas.

MALADIES VÉNÉRIENNES

(a.) Blennorragie

(b.) Syphilis

Adaptation mutuelle des sexes → Le plaisir rompu

(ou)

→ L'épanouissement glorieux

RIEN D'ESSENTIEL N'EST OMIS OU LAISSÉ DANS L'OBSCURITÉ.

# LES TECHNIQUES SEXUELLES DU COUPLE MARIÉ

Le manuel du mariage qui tourne dans la salle d'étude des 1re année est encore plus troublant (et effrayant).

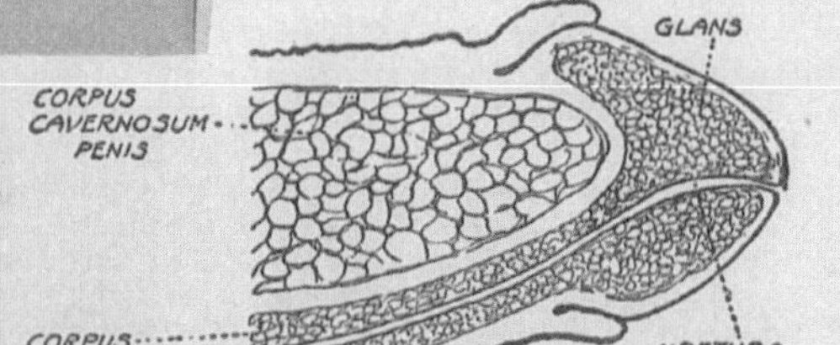


D. DIAGRAM OF ERECTED ORGAN; SHOWING THE DILATION OF THE BLOOD SPACES.

POSITIONS AU COURS DE L'ACTE SEXUEL

1. *La position du missionnaire*

2. *La position postérieur-latérale*

3. *La position d'Andromaque*

Le mythe de l'hiver en Nouvelle-Angleterre

(Je ne parle pas des radiateurs installés dans les dortoirs à Vassar.)

Toute voûtée près de la lampe à pétrole, Mère reprise les chaussettes des garçons. Elle n'a eu d'autre choix que de prendre d'autres patients pour joindre les deux bouts. « Je suis contente que tu aies échappé à tout cela », me dit-elle.

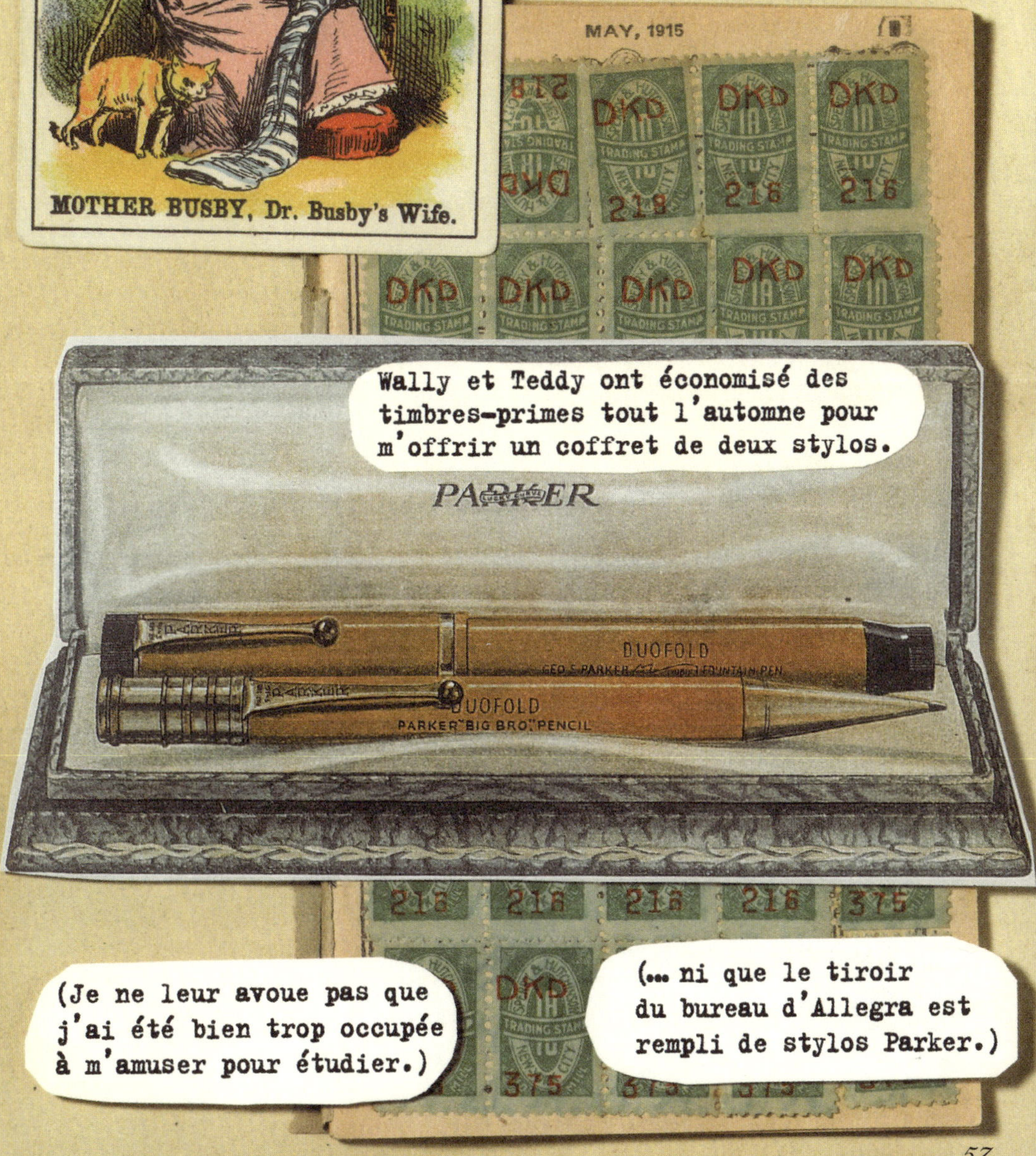


Wally et Teddy ont économisé des timbres-primes tout l'automne pour m'offrir un coffret de deux stylos.

(Je ne leur avoue pas que j'ai été bien trop occupée à m'amuser pour étudier.)

(... ni que le tiroir du bureau d'Allegra est rempli de stylos Parker.)

## Exit capitaine Pingree

Enfin, je ravale ma fierté

et demande des nouvelles de Jamie à mère.

M'a-t-il envoyé une lettre...

ou a-t-il essayé de me contacter ?

Elle me fixe d'un air sévère quelques secondes et finit par me répondre : « Non. »

Mère me mentirait-elle ? Elle n'oserait pas, non, même pour me protéger.

Elle m'apprend que Mrs. Pingree est repartie à Beacon Hill et que le capitaine est rentré chez sa femme à New York.

La maison est fermée et les gens disent que les Pingree ne reviendront pas.

Un après-midi, je me décide à aller voir de moi-même. L'allée n'est pas déneigée et je m'enfonce dans la poudreuse jusqu'aux genoux.

Les volets de la maison sont verrouillés. Je réussis à ouvrir de quelques centimètres la porte de la grange. Dans l'obscurité, perchée sur des blocs de bois, l'Aero est là, immobile.
Près de la grange, je remarque un objet brillant dans la neige.
Mes lunettes de soleil.
Je passe le reste des vacances dans ma chambre glaciale, à bûcher pour les examens de janvier.

Je passe

mes contrôles

du 1er semestre

Mes notes lamentables

83

Biologie

C-

Histoire ancienne

D+

Rédaction

47

Géométrie dans l'espace

Echec

et, pour finir, Français

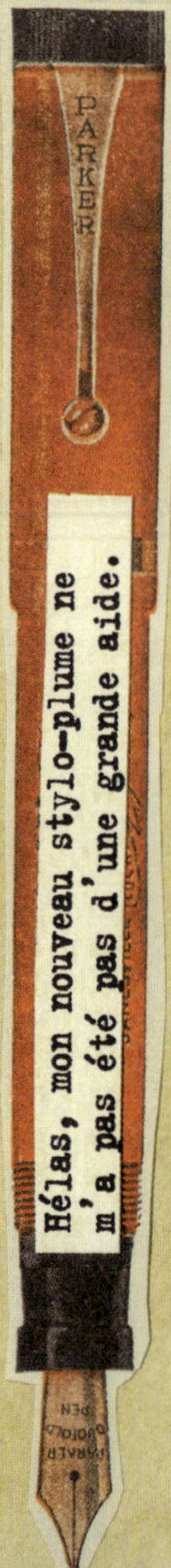


Hélas, mon nouveau stylo-plume ne m'a pas été pas d'une grande aide.

## J'ai une « discussion » avec Ms Thompson.

Je suis convoquée dans le bureau de Ms Thompson, la conseillère principale d'éducation. Ça sent le camphre, un chat persan blanc et obèse repose sur ses genoux. Un dossier étiqueté « Frances Pratt » est ouvert sur son bureau.

Ses paroles :

Mes professeurs sont très déçues par mes « médiocres résultats ».
*Elle n'est cependant pas étonnée, car je n'étais pas aussi bien « préparée » que les « autres filles ».
*Peut-être que tout cela me dépasse ?
*Il ne faut pas oublier que ma bourse ne sera pas renouvelée si je n'ai pas une moyenne finale de B
(comme si ce détail avait pu m'échapper !).
*Miss Wolf est-elle indisciplinée et perturbatrice ?
*Peut-être travaillerais-je mieux si j'avais une chambre à moi ?

Les miennes :

(En m'efforçant de ne pas pleurnicher)
*Je vais m'appliquer à mieux travailler et à obtenir de meilleures notes.
(Mais comment ?)
*Je ne me sens certainement pas dépassée. (Oh que si !)
*Miss Wolf ne me distrait absolument pas.
(Oh que si !)
*Je veux rester dans ma chambre.
(De Vassar, c'est ce que je préfère.)

## Un tuteur me vient en aide

Allegra me retrouve dans le fauteuil en osier, en train de pleurer.

« Pourquoi fais-tu cette mine, Miss ? »

Je lui tends mes notes.

« Et alors ? La moitié des filles ici ont eu des C, des D et n'ont jamais ouvert un livre. »

« Mais je risque de perdre ma bourse et de devoir quitter Vassar. »

Elle est sidérée. Elle ne sait pas ce que c'est d'être pauvre et orpheline de père.

« Ça n'arrivera pas. Je vais te donner des cours particuliers. Je suis plutôt bonne en français, en maths, et en rédaction aussi. »

Y a-t-il une chose dans laquelle Allegra n'excelle pas ?

**Les notes et antisèches d'Allegra**

L'introduction doit captiver.

Répéter le terme pour créer le parallélisme.

Insérer un paragraphe d'illustration. Deux sous-parties au minimum.

Le Theorème de Pythagore

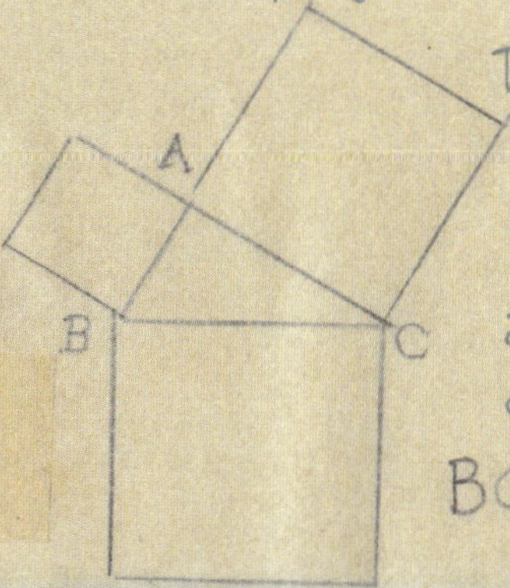


Dans un triangle rectangle, le carré de la longueur de l'hypotenuse est egal à la somme des carrés des longueurs des côtés de l'angle droit.

$$BC^2 = CA^2 + AB^2$$

BALAIE TON INQUIÉTUDE.

## Mon premier étudiant

Polly Peabody m'invite au thé dansant des 2e année de Yale pour être la cavalière de son frère Chad. Elle lui a dit que j'étais la plus jolie des filles de son étage. (Vraiment ?)
Il est incroyablement gentil (c'est le terme qu'elle a employé). C'est un joueur de hockey.

Allegra me prête sa robe Patou de satin pêche.

Comment je m'imagine Chad Peabody : plein d'esprit et un peu canaille, comme les étudiants dans <u>L'Envers du paradis</u>.

La vérité sur les étudiants

Scott Fitzgerald a tout faux.

Les étudiants ne discutent pas de films,
de livres, des endroits où ils ont été danser,
des filles qu'ils ont pelotées ou embrassées,
et encore moins de ce qu'elles portent.

Non, ils parlent football,
hockey, confréries, alcool
de contrebande et automobiles.

## Ce que j'apprends de Chad Peabody

C. « Je crains de ne pas savoir bien danser – surtout les danses des Noirs. »

F. « Les quoi ? »

C. « Tu sais bien : le rag, le shimmy, le black bottom. Je ne sais pas danser comme ça. »

F. « Alors, tu te plais à Yale ? » (Envie soudaine de disparaître : quelle question idiote !)

C. « Les livres de cours sont nuls. Tiens, c'est comme <u>La Théorie de la classe de loisir</u> qui, en gros, se moque des riches. J'ai aussi eu 3 F. Le doyen m'a dit de me ressaisir où j'allais être viré. »

F. (Mon visage s'égayant) « Moi aussi ! Mais ma colocataire est très intelligente et m'aide à bûcher. »

C. « Oui, Polly m'a parlé de ta camarade de chambre. La Juive. Tu sais que son frère est dans ma classe : Oliver Wolf. »

F. (A. ne m'a jamais dit qu'elle avait un frère ; pourquoi ? Je parie qu'Oliver Wolf sait danser, lui, et qu'il comprend Veblen. Je regarde autour de moi.) « Est-il ici ? »

C. « Sans doute pas. Ils restent entre eux, si tu vois ce que je veux dire. »

F. « Non, je ne vois pas. »

C. « Oh. Ah bon. Peut-être devrais-tu changer de colocataire. »

## Je rencontre les Wolf

— « Je ne savais pas que tu avais un frère à Yale » (moi, contrariée).

— « Et en quoi ça te concernerait ? » (Allegra, haussant les épaules).

— « Tu es ma camarade de chambre, de fait, ta famille m'intéresse. »

— « Eh bien peut-être que j'ai honte de ma famille. »

— « Peut-être que c'est moi qui te fais honte » (moi, maintenant, les larmes aux yeux).

— « Oh, voyons » (elle, la voix apaisante). « Si la famille Wolf te passionne tant, viens donc passer les vacances de printemps à la maison. Mais je te préviens, mes parents sont suffisants et mon frère est une vraie peste. »

Louis, le chauffeur des Wolf, vient nous chercher au volant de la Packard.

La vie à Central Park Ouest
La bibliothèque de Mr. Wolf
La salle de musique
L'appartement a même un troisième étage !
Les fenêtres donnent sur Central Park.
Lucie, la domestique. A. s'adresse à elle en français.

Splendides salles de bains.
BEAUTY IN THE OPEN; CRANE QUALITY IN ALL HIDDEN FITTINGS
Lucie m'apporte le petit déjeuner au lit !
Les parents d'A. : Emil et Inez Wolf. Elle les appelle par leur prénom et j'en fais autant. Petits et élégants. Amicaux, mais évasifs. Ne semblent se souvenir ni qu'A. étudie à Vassar ni qui je suis exactement.
Inez et Emil s'habillent toujours pour le dîner.
Lui, passe ses journées dans sa bibliothèque à faire je ne sais quoi. Elle, est très occupée par l'opéra et l'orchestre symphonique.

## Oliver Wolf entre en scène

Un matin, je tombe sur un homme allongé sur le canapé du salon. « Oh, bonjour », me dit-il en relevant une mèche de son front et en trébuchant sur ses chaussettes (il y a un trou à l'un des orteils). « Je suis Oliver. Je sais qui vous êtes : celle qui a battu froid à ce lourdaud de Chad Peabody. »

Il boit son café et me presse de questions. « Parlez-moi de vos parents, de vos frères, de Cornish. Est-ce que vous vous plaisez à Vassar ? Comment sont les autres filles ? Quel est votre écrivain préféré ? » (« Fitzgerald », lui lancé-je plutôt que Wharton). « Que voulez-vous faire après vos études ? Vous ne souhaiterez pas vous marier, j'espère ? » (« J'aimerais écrire pour un magazine », lui dis-je). « Où voudrez-vous vivre ? » (à New York, Paris peut-être, mais surtout pas à Cornish !) Et il écoute attentivement mes réponses, hochant la tête comme si elles étaient d'une grande profondeur.

Allegra ne me pose jamais de questions, elle, et se contente de lancer des affirmations.

Oliver ressemble à un homme de chez Arrow Shirt, mais dépenaillé : trous de mites dans son pull, boutons manquants à son manteau et cravate tachée.

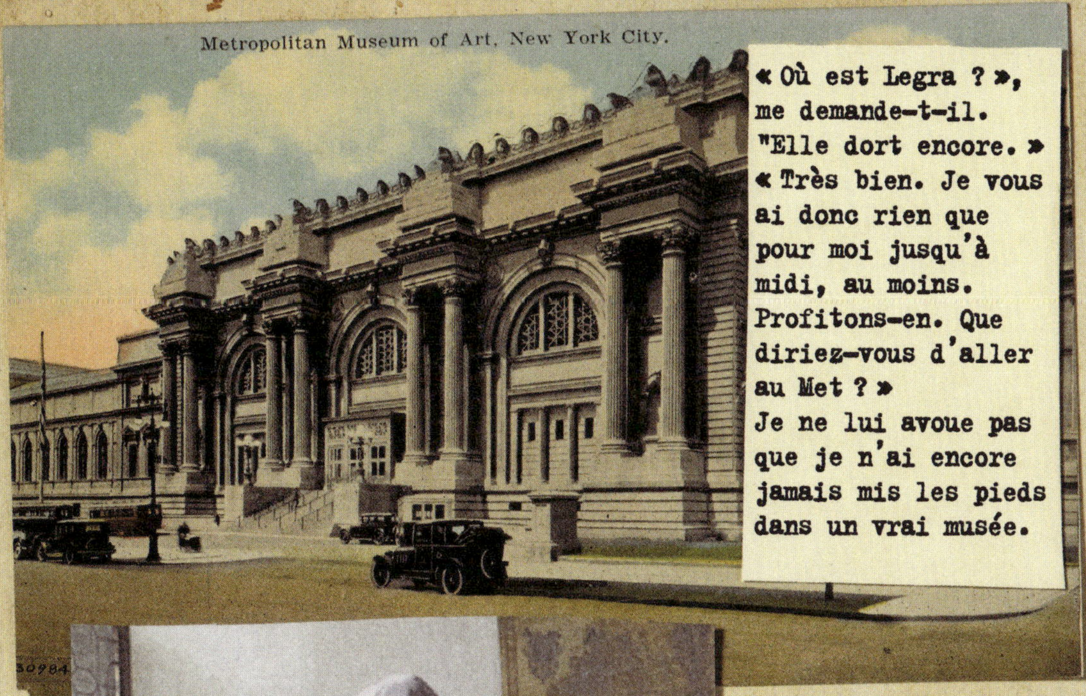


« Où est Legra ? », me demande-t-il. "Elle dort encore. » « Très bien. Je vous ai donc rien que pour moi jusqu'à midi, au moins. Profitons-en. Que diriez-vous d'aller au Met ? » Je ne lui avoue pas que je n'ai encore jamais mis les pieds dans un vrai musée.

La peinture préférée d'Oliver est un Vermeer. O. m'apprend que le bleu a été crée à partir du lapis-lazuli.

« J'aurais tant aimé que nous puissions nous revoir », dit-il sur un ton mélancolique.

« Et pourquoi ce ne serait pas possible ? » lui demandé-je.

« Legra n'apprécie pas de partager ses protégées », me répond-il. « Elle est très jalouse. N'avez-vous pas remarqué ? »

**Probation académique !**

UNIVERSITE DE VASSAR

BULLETIN DU 2e SEMESTRE 1920-1921

Frances Pratt

| Matières | Heures | Notes |
|---|---|---|
| Anglais | | B |
| Histoire | | B- |
| Mathématiques | | B |
| Biologie | | B- |
| Français | | C- |
| Hygiène | | B |
| | | |
| Education physique | | B |

Total des UV obtenus à fin juin 1921

C. Mildred Thomps

(OVER)

Je réussis à faire remonter la plupart de mes notes à un B-. Exception faite du français, ma « bête noire ». La conseillère principale Thompson m'accorde un sursis.

Elle m'informe que je dois passer l'été à Vassar et que Mlle Monnier me donnera des cours particuliers de français. Si je réussis l'examen de rattrapage, je pourrai conserver ma bourse.

Je suis autorisée à rester dans la pension où logent les professeurs célibataires.

En échange de quoi, je tape les fiches du catalogue de la bibliothèque.

## Un été maussade

Mes amies m'envoient des cartes postales depuis leurs destinations de rêve.

Allegra effectue un grand tour de France.

Polly Peabody passe les vacances au club de Bar Harbor.

GREETINGS FROM

VASSAR

Chère Allegra,

Merci pour les CP de Chartres, Versailles, du Mont-Saint-Michel, etc. Comme je t'envie.

Je dois supporter les interminables corrections de Mlle Monnier et apprendre le système décimal de Dewey. Le soir, je fais des parties de cribbage avec Miss McCaleb, notre conseillère d'éducation. (Tu vois, je m'amuse !)

Je suis devenue une grande amie de Miss Sandison, qui m'a dit que l'an prochain nous pourrions suivre ses cours d'écriture de troisième année. Elle m'a passé Femmes amoureuses de D. H. Lawrence, interdit par la censure. C'est très osé ! Ainsi que des nouvelles de Katherine Mansfield, ma nouvelle héroïne.

Ne t'enfuis pas avec un gigolo... F.

**Frankie : une étoile montante**

Mes premiers A.

Le professeur Sandison me dit que mes nouvelles sont « prometteuses ». Premiers mots élogieux de la part d'une enseignante de Vassar.

J'écris des critiques de livres pour <u>la Revue de Vassar</u> des 2^e^ année.

En 3^e^ année, je deviens rédactrice en chef de <u>la Revue</u>.

## LA TERRE VAINE

T.S. Eliot

*par Frances Pratt, 1924*

*La Terre vaine* est une mosaïque composée de milliers de fragments distincts, certains familiers, d'autres anciens, récents ou intimes à l'auteur, qui figure un motif obscur dans son intention et pourrait sembler manquer d'unité. On sort de la première lecture confus, amusé et fortem

## UNE DAME PERDUE

Willa Cather

*par Frances Pratt, 1924*

Dans les premières pages, elle semble puiser sa force de ces fondations solides, offrant sa beauté et sa joie à un époux plus âgé et à la petite ville de Sweet Water où ils vivent, tout comme aux grandes plaines elles-mêmes, et à Neil Herbert, le jeune narrateur de son histoire. Tous sont ensorcelés par sa grâce et son intelligence, et tous seront finalement trahis, car Marian désire vivre « à tout prix » et, en réalisant ses ambitions, elle perdra tout ceux qu'elle aimait et qui l'aimaient.

# *The* VASSAR REVIEW

4ᵉ année – Allegra et moi tenons le haut de l'affiche

**Les Valentins**
**(brillent par leur absence)**

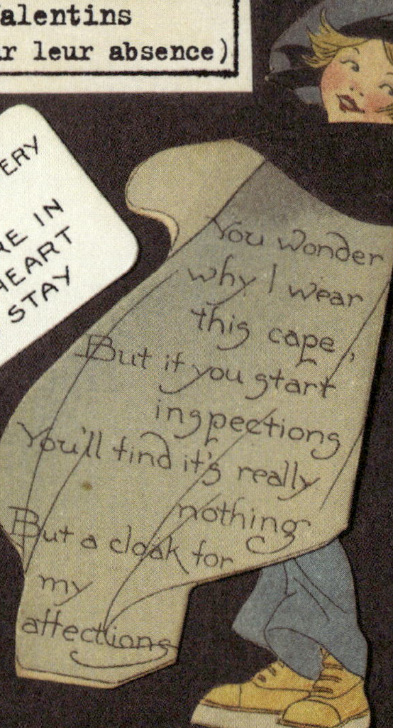


Le jour de la Saint-Valentin me rend triste. Les autre filles reçoivent des tas de cartes de leur petit ami et de leur père ; des roses aussi et des boîtes en velours de chez Tiffany's.

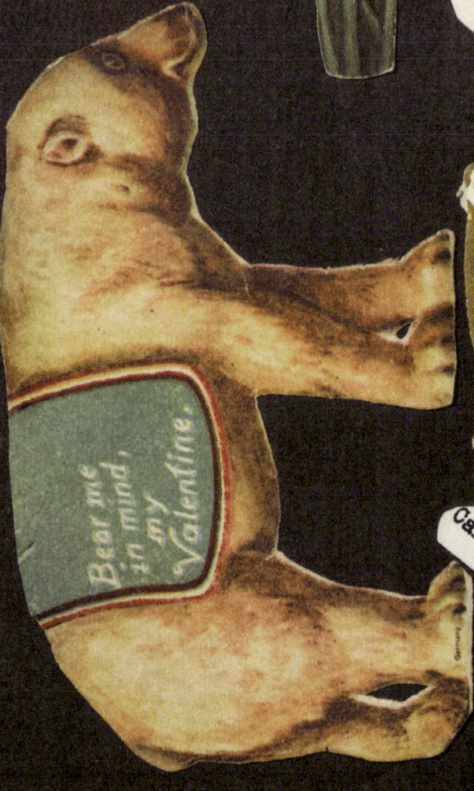

Cartes sauvées de la poubelle

près de la boîte aux lettres

Ici

se trouve

la

de

Mon

En 3e année, je reçois UNE carte de Saint-Valentin.

Une carte faite à la main, comme celles que Lizzie, Bees et moi envoyions aux garçons de notre lycée.

Qui est mon admirateur secret ?

J'analyse les indices.

* cachet : de Cornish

* adresse : tapée à la machine (craindrait-il que je reconnaisse son écriture ?)

Conclusion :

Je voudrais croire qu'elle vient de Jamie.

Mais Lizzie et Bessie me l'ont sans doute envoyée pour me faire une farce.

Ou bien mes frères.

Bref, aucun grand amour ne se profile à l'horizon.

La rupture

Allegra et moi soumettons chacune notre nouvelle pour le prix Addison, qui est décerné à une étudiante de Vassar pour la meilleure histoire.

« Le pique-nique »
une nouvelle de Frances Pratt

« Désolé pour les moustiques. »

« Ils ne viennent jamais m'embêter. Je ne

« J'ai du mal à le croire. »

« Qu'est-ce que cette chose rose dans le sandwich ? »

« Du jambon Deviled Ham. Nous e

« Penses-tu à la guerre ?

« J'essaie d'éviter. »

« C'était une question idiot

« Je préférerais parler de

« Non, crois-moi. »

« Alors, qu'est-ce que tu

"Tu vas te moquer. »

"Non, pas du tout. »

Frankie, ma chère,
Je crains que cette nouvelle ne soit un tantinet naïve.
Tu sous-entends que cette jeune fille se sent humiliée, bafouée, par cet homme plus âgé sous prétexte qu'il a pris des photos d'elle avec son Kodak. S'il avait pu, il lui aurait certainement pris bien davantage, comme sa virginité.
Souviens-toi : écris sur ce que tu connais.
Joli effort, ceci dit.
Accroche-toi !

A.

Je commets l'erreur de montrer « Le pique-nique » à Allegra pour avoir son opinion.

Le 18 mars 1924

Chère Miss Pratt,

Nous sommes heureux de vous informer que votre nouvelle « Le pique-nique » vient d'obtenir le prix Addison de l'année 1924.

Toutes nos félicitations

La tête d'Allegra lorsqu'elle apprend que j'ai reçu le prix Addison.

La semaine suivante, Allegra m'annonce qu'elle change de chambre. « Regarde les choses en face, Frankie, ça ne marche plus entre nous », me lance-t-elle. Elle emménage avec Ruth Wheatley, une fille de 2e année : sa toute nouvelle protégée.

Vincent vient à Vassar

Edna St Vincent Millay
Promotion de 1917
La diplômée la plus tristement célèbre revient pour faire une lecture de ses poèmes.

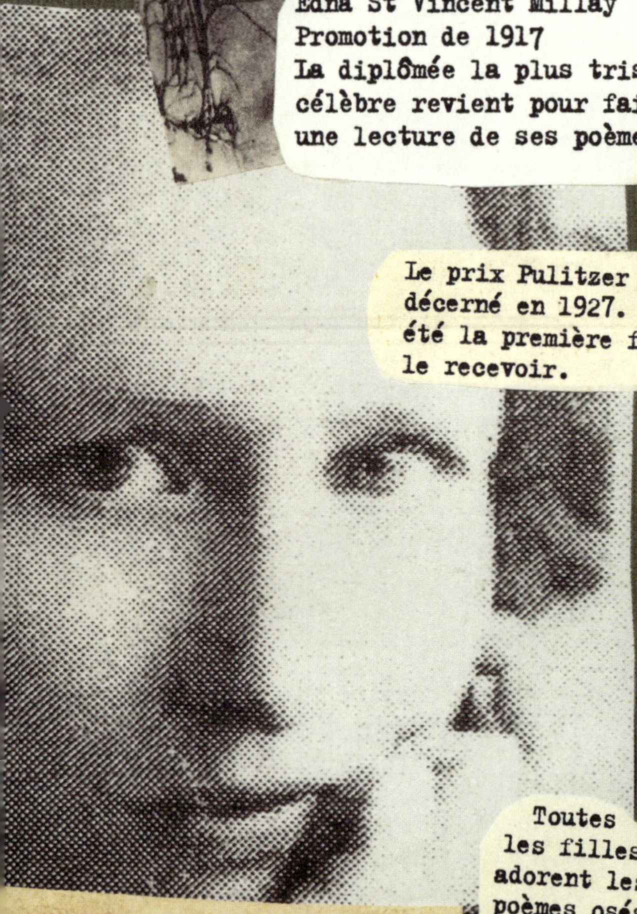

Le prix Pulitzer lui a été décerné en 1927. Vincent a été la première femme à le recevoir.

Miss Sandison me nomme escorte officielle de Vincent « en raison du prix Addison », ce qui fait bouillir A.

Toutes les filles adorent les poèmes osés qu'elle a écrits sur ses nombreuses liaisons.

« Ma bougie brûle par les deux bouts
Elle ne durera pas l'entière nuit
Mais ah, mes ennemis, et oh, mes amis
D'une belle lumière, elle m'illumine. »

## *Jeudi*

Et si je t'aimais mercredi
qu'est-ce que cela te ferait
Je ne t'aime plus jeudi
et cela est vrai.

Vincent me prodigue des conseils.

Première impression : minuscule dans son manteau en peau d'Astrakan, cheveux d'un roux flamboyant, coupés aux oreilles ; regard las, doigts jaunis par la cigarette.

Je raconte à Vincent que "Lamentation" me fait beaucoup penser à ma mère après la mort de mon père.

« Je l'ai écrit pour ma mère », me répond-elle, « qui était infirmière ». Vincent, aussi, est allée à VC grâce à une bourse.

Je lui dis que j'ai l'intention de rentrer chez ma mère dès que j'aurai reçu mon diplôme pour lui apporter mon aide.

« Si vous voulez être écrivain, ne vous laissez pas dévorer par votre famille », me prévient-elle. « Fuyez. »

## *Lamentation*

Écoutez, mes enfants  
Votre père est mort.  
De ses vieux manteaux  
Je vous ferai des vestes  
De ses vieux pantalons,  
Des culottes courtes.  
On trouvera dans ses poches  
Ce qu'il avait l'habitude d'y mettre  
Des clés et des pièces de monnaie  
Recouvertes de tabac ;  
Dan aura l'argent  
Pour le déposer à la banque ;  
Anne recevra les clés  
Qu'elle fera cliqueter.  
La vie doit continuer  
Et nos morts doivent être oubliés.  
La vie doit continuer  
Même si des hommes bons  
doivent succomber ;  
Anne, mange ton petit déjeuner ;  
Dan, avale tes cachets ;  
La vie doit continuer,  
Mais la raison je l'ai oubliée.

Edna St. Vincent Millay

Je suis diplômée de Vassar !
VASSAR
Promotion de 1924
Remise des diplômes
1924

Le cadeau de Mère pour mon diplôme

Dress 1521

Pour la cérémonie de remise de mon diplôme, Mère et les garçons commandent de nouvelles tenues sur le catalogue Sears.

Wally et Teddy sont éblouis par toutes les Packards, Pierce-Arrows, Stutzes et autres Marmons.

Les autres filles se rendent au Vassar Lodge pour déjeuner dans des salons privés.
Nous allons au snack-bar Smith Brothers'.

J'aperçois Oliver avec le reste du clan Wolf qui fourmille autour d'une Allegra triomphante avec sa clé de la société Phi Beta Kappa. Il me salue d'un air penaud.

# Smith Brothers' RESTAURANT

## SODA FOUNTAIN AND LUNCHEONETTE

Operated at the Home and by the Makers of S. B. COUGH DROPS

| | |
|---|---|
| Breaded Veal Cutlet, Tomato Sauce, Potato | $1.35 |
| Broiled Select Ham Steak, Jelly, French Fried Potatoes | 1.35 |
| Chicken a la King on Toast, Whipped Potato | 1.35 |
| Griddle Cakes and Syrup .40 With Bacon | .65 |
| Welsh Rarebit .75 Golden Buck Rarebit | .90 |

Je prends le poulet royal,
Mère le toast au fromage, Wally
et Teddy les pancakes au bacon.

PRICE, 10 CENTS

J'achète aux garçons deux boîtes
de Smith Brothers', les fameuses
pastilles pour la toux.

Mère me tend une carte
contenant $400. Il lui a
sans doute fallu deux ans
pour économiser autant.

« Quelque chose pour t'aider à démarrer
dans ta nouvelle vie », me dit-elle.

Jamais vu autant de billets. (On dirait des
faux.) Une belle liasse à mettre à la banque.

L'avenir d'une diplômée de Vassar

85 % des diplômées de la promotion de 1924 déclarent que leur ambition professionnelle est de devenir « épouse et mère ».

Son abécédaire de diplômée

Un petit nombre de jeunes filles sérieuses souhaitent être médecins et assistantes sociales. L'une d'elles a même l'intention de créer un syndicat.

# · LA VIE DEVANT MOI ·

TILT-A-WHIRL
WONDERLAND PARK
1000 Surf Ave., Coney Island
ADMIT ONE
10c Admission 10c
012101
HORN & HARDART
VISIT THE AUTOMATS
順旅
Let's Meet Again at
PORT ARTHUR
RESTAURANT
7-9 Mott St., N. Y. C.
REAL CHINESE ATMOSPHERE

# Chapitre 3

Greenwich Village

1924 - 1925

## J'arrive à New York

Une semaine après la remise des diplômes, je déboule à la gare de Grand Central. J'enregistre à la consigne mes deux valises et ma machine à écrire recouverte d'un étui rouge puis je m'achète un guide au kiosque. Vincent m'a dit que Greenwich Village était le quartier idéal pour un artiste.

Alors, comment faire fortune ?
Voici ma liste :

1- Me repérer dans NY
(acheter plan)
2- Déchiffrer le système du métro
et de bus (étudier plan)
3- Trouver un studio
(lire le journal)
4- Ouvrir un compte en banque
5- Trouver du travail
(lire le journal)
6- Écrire un roman
7- Trouver un éditeur pour
ledit roman
8- Rencontrer l'homme de ma vie

Mon plan bien en main, j'emprunte les escaliers en fer en direction du vacarme sourd du métro de l'East Side. Tout ce que j'ai à faire, c'est de descendre à Astor Place et de me diriger vers l'ouest. Ça a l'air plutôt simple, non ?

**DESIGNATED LOCALITIES**

**Automobile Row,** along Bdway 50th to 75th sts
**Chinatown,** Pell Mott & Doyers st at Chatham sq
**Down Town,** below Canal st to the Battery
**East Side,** east of Bowery, below 1st st
**Financial,** below Wall st to Battery Park
**Greenwich Village,** West of 6th av, N. of W. Houston
**Harlem,** 110th to 135th sts, e & w 5th av
**Hell's Kitchen,** W. of 8th ave, 38th to 59th sts
**Italian,** S. of Washington Sq.
**Latin America,** W. 14th st.
**Little Church Around the Corner,** 5 E. 29th st
**Little Italy** (Paradise Park) Leonard & Mulberry sts, formerly known as Mulberry Bend, 5 Points, etc.
**Millionaires Row,** 5th ave, 59th to 110th sts
**Newspaper Row,** Park Row, opp City Hall
**Roaring Forties,** 40th to 49th st; 6th to 8th aves.
**San Juan Hill Colony,** 55th toth st W. of 8th ave.
**Shopping Distr.,** 34th & B'way to 5th & fr 34th to 57th
**Syrian Quarter,** Greenwich & Wash. sts, N fr Battery Park.
**Tenderloin,** (Not recognized) formally bounded by 23rd to 50th sts, West of Broadway
**Washington Heights,** north of 155th st
**White Lights Dist.,** along Bdway 34th to 59th

# Greenwich Village

## GREENWICH VILLAGE

À l'ouest de Washington Square.

Le « Quartier latin » new-yorkais.
Refuge des artistes, sculpteurs, écrivains, musiciens, etc.

C'est ici que prédominent le génie, le tempérament artistique, les blouses et les cravates bouffantes. C'est ici que vit la bohème new-yorkaise ! GV est célèbre pour ses modes de vie peu conventionnels et sa vie nocturne animée.

Les caves, mansardes, et même les granges, sont transformées en ateliers, cafés et clubs. Une décoration étrange, une adaptation singulière d'embellissement moderne, et un talent certain pour créer une « atmosphère » attirent des milliers de curieux au Pepper Pot, au Samovar, au Nut Club, au Pirates Den, et à une centaine d'autres lieux de rendez-vous. Là, sur des tables en bois rugueux et des chaises rudimentaires, on sert des plats simples et plutôt bons.

La lumière tamisée des bougies plantées dans de vieilles bouteilles de bière souligne encore cette ambiance insolite. On suppose qu'un peu de thé altho et de bière légère sont à l'origine de l'humeur joyeuse qui règne dans les différents restaurants et bars du quartier. Des bruits circulent toutefois sur l'existence de certaines oasis dans le désert où l'on servirait de l'« eau de feu », enfreignant ainsi la loi Volstead. Il faut dire que les bars clandestins sont si bien camouflés que les policiers qui patrouillent dans le quartier n'y voient que… du feu. Tout ceci semble ajouter à l'attrait de cette communauté et à accroître, chaque soir, le nombre de visiteurs qui sortent dans le Village.

FOYER COMMUNAUTAIRE
Genre de centre social et de loisirs.

Je me rends au célèbre Pepper Pot et y commande un thé oolong et un crumpet (25 cents pourboire inclus). La serveuse (une garçonne négligée, la cigarette à la main, du henné dans les cheveux, du rouge à lèvres sur les dents, et ne portant pas de bas) aperçoit mon livre rouge.
« Laissez-moi deviner: vous venez de terminer vos études et vous vous installez dans le Village pour devenir artiste. »

Est-ce à ce point évident ?

« Je dois d'abord trouver un logement », murmuré-je. Je me sens stupide et naïve. Est-ce que ça se remarque quand je parle ?

« Allez voir le tableau d'affichage à la librairie de Washington Square », me dit-elle. « Les propriétaires y accrochent des annonces pour des chambres à louer, une fois que leur dernier locataire aspirant artiste a fui la ville avec six mois de loyer impayés. »

## Je me trouve une chambre

Washington Mews : une allée derrière ce qui était autrefois le magnifique Washington Square (penser Catherine Sloper). Ce sont d'anciennes étables converties en maisons/ateliers. Isabelle McVoy est une ancienne cantatrice (à en juger par les photos au mur, elle est toujours restée dans les chœurs). Je ne sais pas où est Mr. McVoy, s'il a jamais existé.

« L'appartement » est une chambre à l'arrière de la maison, au premier étage, qui sent le moisi et le café brûlé. La baignoire et les toilettes partagées par trois autres locataires se trouvent au rez-de-chaussée.

La dernière locataire en date était surnommée Winnie de St Paul. Elle étudiait la peinture à l'Art Students League. Elle a laissé un kimono avec un dragon, un bâtonnet de rouge à lèvres Tangee, et des esquisses de nus d'elle-même dans des poses suggestives. « Typique d'elle ! », a soufflé Mrs. McVoy en reniflant.

ALL BY MYSELF
J'installe ma machine à écrire près de la fenêtre et je dispose mes livres à côté. Je punaise les croquis de nus au-dessus de mon lit.
Je m'endors au son d'un gramophone Victrola jouant « Indian Love Call » et, venus de l'extérieur, les éclats de rire d'une femme.

Je cherche un travail (en vain)

Je présente ma candidature à tous les magazines de Manhattan. Personne ne semble impressionné par mon expérience d'assistante éditoriale de la <u>Revue de Vassar</u> ni par mon prix Addison.

On ne fait que me demander si je sais taper, mais mon diplôme de Vassar sous-entend que j'ambitionne d'avoir des responsabilités. On semble croire qu'une fille de Vassar est trop prétentieuse pour n'être qu'une simple dactylo. Elle risquerait d'ÉDITER ou de RÉDIGER quelque chose par elle-même.

Le rédacteur en chef du Time me dit qu'il m'aurait bien donné ma chance si j'avais été à Yale (comprendre, si j'avais été un homme). Pour lui, c'est un compliment qu'il me fait.

À Vanity Fair, on me propose un travail de journaliste pour la page des mondanités, mais l'offre est retirée quand on comprend que je compte être rémunérée. Apparemment une fille de Vassar devrait se considérer honorée de travailler à titre gracieux.

# À l'Automat, sans emploi

L'endroit le moins désagréable pour les chômeurs est l'Automat de Times Square.
Sans la moindre serveuse pour lancer des regards noirs, on peut parcourir tranquillement les offres d'emploi, lire ou gribouiller.
On peut rester assis de 8 heures du matin à 6 heures du soir comme si on était au bureau. La seule chose qu'on exige de nous est de dépenser un nickel (5 cts) toutes les deux-trois heures pour un bol de flocons d'avoine, un sandwich aux œufs, une part de tarte (chaudement recommandée, celle au citron meringuée) et un énième café.

## Le retour d'Oliver Wolf

Un jour, alors que je récupère un sandwich jambon-fromage dans l'un des distributeurs automatiques, un homme me tapote l'épaule.
C'est Oliver, un plateau de pancakes entre les mains. Toujours aussi espiègle. Sa chemise et sa cravate semblent moins élimées. Si nous étions dans un film avec Mary Pickford, ce serait la scène où l'héroïne, jusqu'ici malchanceuse, finit par rencontrer son sauveur/véritable amour.

Copyright, 1922, Judge,

Self-service

## Un après-midi avec Oliver

Il s'assoit à ma table.

« Tu t'es mis à vivre à la dure », lui dis-je.

« Non. Pendant ma pause-déjeuner, je suis un membre du prolétariat tout ce qu'il y a de plus vrai. »

« Tu travailles ? Tu fais quoi ? » C'est difficile d'imaginer les Wolf faire quelque chose d'aussi banal que de travailler pour gagner leur vie.

« J'écris pour un magazine. »

« Lequel ? » Il semblerait que ce soit plus facile d'être journaliste pour un incapable comme Oliver que pour moi.

« C'est un nouveau magazine, alors il n'a pas encore de nom, mais tous les grands auteurs de *Vanity Fair* et *Judge* y contribuent. »

« N'auraient-ils pas besoin d'une brillante diplômée de Vassar ? » lui demandé-je, feignant le détachement.

« Certainement », répond-il de façon presque inaudible. « Mais personne n'est payé pour le moment. »

« Je crains d'avoir besoin d'un salaire. »

« On pourrait aller au cinéma un de ces jours », enchaîne-t-il.

« Je croyais qu'il t'était interdit d'être mon ami. »

« Maintenant que toi et Legra ne vous parlez plus, j'ai le droit. D'ailleurs, j'ai quitté le nid familial alors je ne la vois guère plus. Je loue une chambre dans un hôtel miteux de Chelsea. »

« C'est bien ce que je disais, tu t'es mis à vivre à la dure. Que devient-elle ? » lui demandé-je non sans quelque appréhension.

« Elle étudie à Columbia. Elle s'est inscrite en troisième cycle. Elle est résolue à faire renvoyer cette prof de lettres de Vassar et à se faire embaucher à sa place. »

« Il faut le reconnaître à Allegra : elle sait se montrer rancunière. »

« C'est ta troisième part de gâteau », lui dis-je.

« Je n'ai jamais eu le droit de fréquenter ce genre d'établissement quand j'étais enfant. C'est infesté de microbes, me disait notre gouvernante. Alors, je surcompense. C'est ce qu'affirme mon psychiatre. »

« Je ne savais pas que le prolétariat consultait des psychiatres. »

« Je suis plein de contradictions. Je vole des choses aussi. Prends cette cuillère. »

« Merci, je vais la cacher dans mon sac. »

« C'est là que tu devrais travailler », me dit-il en pointant du doigt une annonce.

"True Story?"

« Pas la peine de prendre des grands airs. C'est le magazine le plus populaire de tout le pays. Tu es payé $30 par semaine. Et pense à toutes ces histoires larmoyantes. Excellente matière pour ton roman. »

« Alors, ce film ? Qu'en dis-tu ? »

« D'accord, pourquoi pas ? »

True Sto
La vérité est plus étrange que la fiction
Je décroche un emploi !!
Le lendemain, je me rends au 1926 Broadway, aux portes de l'empire des Éditions Macfadden, pour postuler comme journaliste à True Story.
LA PLUS GROSSE VENTE EN KIOSQUE AU MONDE.
Je donne un formulaire à la secrétaire et, après une heure d'attente, elle me dit : « Mr. Macfadden va vous recevoir. » Le grand homme souhaite me rencontrer ?

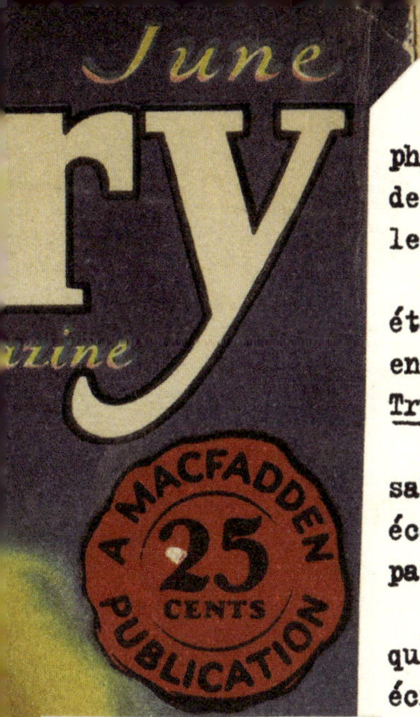


Bernarr Macfadden – célèbre mordu de culture physique et magnat de l'édition – a écrit des douzaines d'ouvrages pratiques, tant sur les problèmes de pellicules que de frigidité.

Un ascenseur me conduit au bureau du dernier étage dont les murs sont recouverts des unes encadrées de <u>True Detective</u>, <u>Physical Culture</u>, <u>True Romance</u> et <u>Movie Magazine</u>.

Macfadden apparaît soudain d'une arrière-salle, tel le magicien d'Oz, vêtu d'un costume écossais très classe. Dieu merci, il ne s'étire pas torse nu comme dans l'une de ses publicités !

« Alors, Miss Pratt, qu'est-ce qui fait qu'une fille de Vassar se croit qualifiée pour écrire des histoires sur de vraies gens qui savent ce que souffrir veut dire ? »

Mon nouveau patron, Bernarr Macfadden.

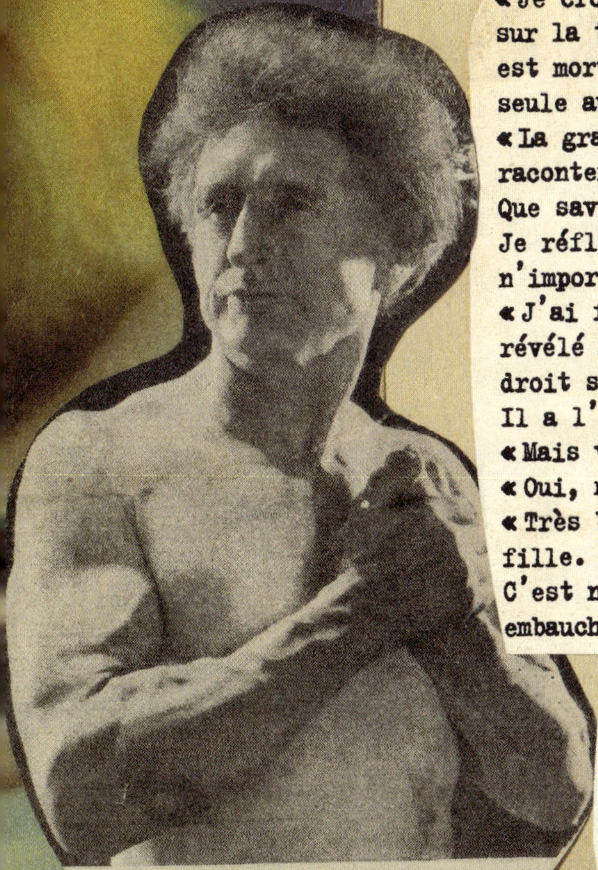

BERNARR MACFADDEN

*Tel qu'il est aujourd'hui, à 58 ans. Cette photo a été prise peu de temps avant la publication de cette réclame.*

« Je crois que j'en connais un bout sur la tristesse, Mr. Macfadden. Mon père est mort jeune, laissant ma mère subvenir seule aux besoins de trois enfants. »

« La grande majorité de nos articles racontent des histoires de cœurs brisés. Que savez-vous là-dessus ? »

Je réfléchis un court instant. Dis n'importe quoi, mais décroche ce boulot !

« J'ai fréquenté un homme qui s'est révélé marié. Voilà une histoire tout droit sortie de <u>True Story</u>. »

Il a l'air satisfait !

« Mais vous êtes-vous repentie ? »

« Oui, monsieur, tout à fait. »

« Très bien, ça c'est une bonne fille. Péché, souffrance, repentance. C'est notre mot d'ordre. Vous êtes embauchée. »

Il se tourne vers une étagère remplie de livres tous écrits par lui et en sort <u>Être femme et épouse</u>. « Ceci pourrait vous être utile, Miss Pratt. N'hésitez pas à revenir vers moi si vous avez des questions. »

$50,000.00 in Cash
for TRUE STORIES
Your Own Story May Be Your Fortune!
Ce qui se cache derrière True Story.
TRUE STORY
Le jour suivant, on me conduit à mon « bureau », un espace minuscule en verre avec un bureau métallique et trois caisses de lettres, toutes pleines à craquer.
Ce sont les histoires pour le concours True Story. La plus larmoyante aura l'honneur d'être publiée dans notre magazine et son auteur recevra $5000.
Mon travail consiste à lire toutes ces lettres, d'extraire les plus « captivantes », puis de les « éditer ».
THE LATEST DIRT

Dear Mr. Macf
This is my Tru
was 16 I was a very
good figure and a peppy personality but I
was wild and didnd listen to anyone
not not even my mother wich I regret
because now she is dead.
A sereous boy who was in dentist school
at State was intrested in me but I
didn't give him the time of day.
Instaid, I fell for an older man
who sold Bucks. Now I am sorry.

Malheureusement, la vérité n'est PAS plus étrange que la fiction. La plupart des lettres ne sont que des histoires de regrets, ordinaires et vieilles comme le monde. Par exemple, celle-ci d'une jeune fille qui a préféré un vendeur de Buick à un futur dentiste.

Comment éditer une histoire pour True Story :

1. Rendre des personnages séduisants (préférer un étudiant en médecine à un étudiant en dentaire, un mannequin à une collégienne, un musicien de jazz à un vendeur de voitures).
2. Ajouter un rebondissement dramatique à l'intrigue (un musicien tué lors d'une rixe dans un bar clandestin et dont le décès est constaté par notre héros qui est aujourd'hui un célèbre médecin).
3. Conclure avec une fin aussi heureuse qu'improbable (le médecin n'a jamais cessé d'aimer la toujours magnifique héroïne).

Piegée par mon passé.

Knickerbocker
Entire Week
June 29th
"There's No Place as Cool as the Knickerbocker"
Nous sommes allés voir I Want My Man au Knickerbocker, un cinéma doté de l'air conditionné. (La meilleure chose du film !)
"I WANT MY MA
20¢
GLOBE TICKET COMPANY, PHILA.
a lones sweethe
LYRIC
LYRIC THEAT
TO-DAY
Chaplin
Je vais au cinéma avec Oliver
Charlie Chaplin au cinéma Le Lyric
MAUDE MARTIN ELLIS
D
ROW
CENTER
113
SEAT
BALCONY
LYRIC THEATRE

**CINÉMA LE ROXY**
Le plus grand cinéma au monde ; plus de 6 200 sièges ; le plus grand orchestre permanent ; orgue colossal. Trois organistes, un carillon de 21 cloches. La chorale est présente en permanence tout comme une troupe de danseurs classiques et les Roxyettes. Halls et foyers d'une splendeur et d'une grandeur exceptionnelles ; décoration d'une sublime beauté ; magnifiques spectacles et films parlants de première qualité. Les nouvelles du monde en Fox movietone. Température fraîche en été grâce à l'air conditionné. L'endroit est confortable et pourvu de toutes les commodités. Une des salles de spectacle de New York les plus célèbres où se précipitent des gens venus des quatre coins du monde.

Mary Astor et John Barrymore dans Beau Brummel au Rialto. Les deux plus célèbres profils du monde.

Notre endroit préféré est le nouveau cinéma Le Roxy.

Ce que je fais avec Oliver

Nous dégustons des Baby Ruths au zoo du Bronx.

Et des glaces à l'eau sur le ferry qui nous emmène à la statue de la Liberté.

(Sucreries interdites par les Wolf, bien entendu.)

Chop Suey et pâtés impériaux à Chinatown.

Nous allons au stade des Yankees pour voir le grand Babe. Il ne ressemble guère au meilleur athlète du monde. Il est corpulent, rougeaud et essoufflé avant même d'avoir atteint la première base. Nous sommes occupés à acheter des Cracker Jack quand il accomplit enfin un « home run ».

Oliver me fait un bracelet avec les breloques des Cracker Jack.

## Nous allons à Coney Island

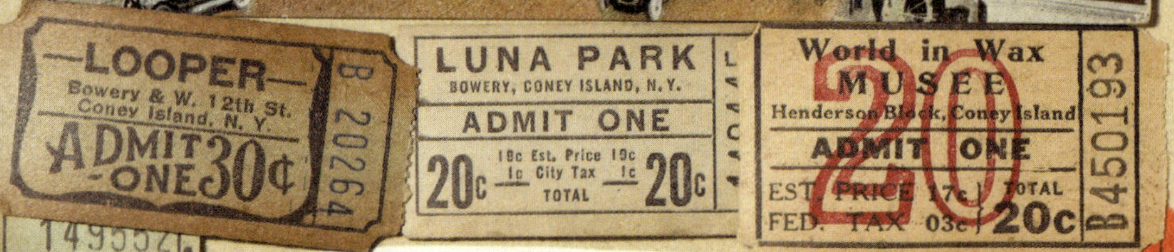

Le dimanche, O. et moi prenons le train pour Coney Island. J'ai du mal à respirer dans ces wagons pleins à craquer, mais O. aime la foule.

Il m'entraîne d'un bout à l'autre de la promenade, sur tous les manèges et super-huit. Ça plonge, ça tourne dans tous les sens et O. sort par poignées entières des pièces de monnaie de ses poches. Il a l'air envoûté par le clignotement des lumières, le bruit des jeux d'arcade, tel le Skeeball, et le vacarme de la musique métallique. Il s'empiffre de hot dogs de chez Nathan, de beignets de maïs, de glaces tutti frutti et de barbe à papa. « Ralentis », lui dis-je. « Impossible », répond-il, « je n'en ai pas envie. »

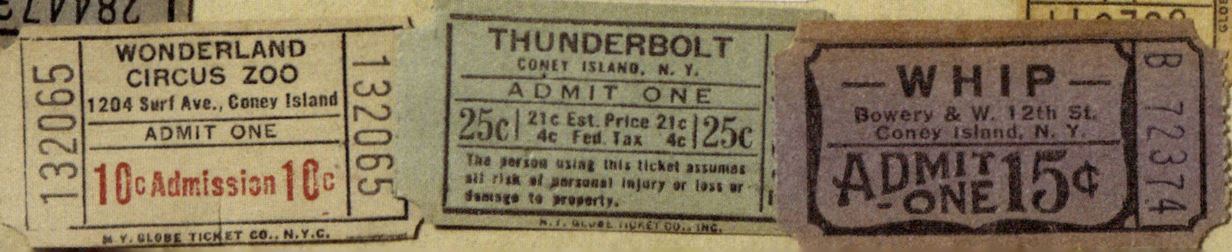

BUSHMAN BATHS CONEY ISLAND
Rental of LOCKER
30
026336
NOTICE
Retain this as a Pass Out Check. Bring TOWEL to door man.
Greetings from CONEY ISLAND
RED HOT! FRANKFURTERS & SAUERKRAUT
STEEPLECHASE PARK CONEY ISLAND, N.Y.
O. affirme que c'est bien mieux qu'Oyter Bay (où les Wolf ont une résidence).
Moi j'en doute.
On se fait bronzer sur la plage et on s'amuse à un jeu : je choisis des filles pour lui, et lui des garçons pour moi.

Je vais danser avec Oliver

O. achète les tout nouveaux disques chez RCA Victor, le disquaire sur Broadway. Nous nous entraînons pendant des heures – jusqu'à ce que Mrs. McVoy nous hurle que nous fissurons son plafond.

Oliver me dessine même des schémas.

Une grande partie de ma paie hebdomadaire va dans une paire de chaussures bleu et argent de chez Saks.

**PRESSÉ**

Paire de chaussures à talon de couleur chair, mauve, violette, rouge orange, bleu canard, verte ou satin noir. Avant-pieds brodés à la main en France et ornés de rubans pastel. Délicates chaussures à lanières et talons argentés ou dorés. 18,50.

Toujours en mesure, O. me fait sautiller, tournoyer sur la pointe des pieds d'un bout à l'autre de la pièce comme le couvercle d'une boîte de conserve. J'enfouis mon visage dans son cou qui sent toujours le savon de bois de santal.

Les gagnants.

Nous participons à une compétition de charleston et arrivons jusqu'en demi-finale. Je réussis à couvrir les tibias d'O. de bleus de la taille d'une orange.

Les meilleurs dancings sont : le Pirates Den et le Village Barn.

Je crois que je suis en train de tomber amoureuse (ou ai-je lu trop d'histoires de True Story ?)

Le nouveau magazine d'Oliver !
Après des mois d'un labeur frénétique, le premier numéro (du nom suffisant de New Yorker) sort en kiosque.
Discrètement, plutôt qu'en fanfare, je le crains.
Price 15 cents
THE NEW YORKER
February 21, 1925
Dégingandé avec ses dents du bonheur, Harold Ross est le « génie » à l'origine du New Yorker.
(En réalité, il vient du Colorado où il était le rédacteur en chef du Stars & Stripes).

UNCLE: *Poor girls, so few get their wages!*
FLAPPER: *So few get their sin, darn it!*

Le New Yorker se vante de publier un tout nouveau genre de caricatures. Mais qu'est-ce qui pourrait être plus ah ! ah ! ah ! qu'un dessin mettant en scène une garçonne ?

Le NEW YORKER en appelle à votre indulgence pour son premier numéro. Il reconnaît qu'il reste à améliorer certains points et qu'il est impossible pour un magazine d'établir sa réputation en un seul et unique numéro. En même temps, le New Yorker est très fier de ses articles et éprouve une vive reconnaissance envers ceux qui le soutiennent déjà.

---

Le NEW YORKER s'engage officiellement à défendre et à promouvoir un journalisme rigoureux, tout en refusant de jamais se prendre tout à fait au sérieux. Il espère refléter la vie urbaine, suivre l'actualité, être joyeux, humoristique, et satirique sans pour autant tenir le rôle de bouffon.

Il publiera des reportages qui auront nécessité des investigations approfondies et se tiendra à l'écart des sujets à scandale en particulier, et du sensationnalisme en général. Le plus consciencieusement possible, il essaiera de garder ses lecteurs informés de ce qui se passe dans les domaines qui les intéressent. Il a aussi annoncé qu'il n'était pas publié à l'attention de la vieille dame vivant à Dubuque, Iowa. Bref, si vous ne l'avez pas encore compris, le New Yorker n'appartient pas à cette presse destinée à exploiter les grandes régions du centre des États-Unis, en faisant le commerce de miroirs et autres perles de couleur sous la forme des meilleurs balivernes.

Pourquoi le premier numéro est (à mon humble avis) à mourir d'ennui :

1. bellâtre britannique en couverture
2. éditorial pompeux
3. aucune photo en couleurs
4. pas de table des matières
5. aucune signature connue

# GOINGS ON

Mr. Ross appelle O. « Wolf », et ne le laisse écrire que dans la section « Sortir » les listes des pièces de théâtre et d'expos. La plupart du temps, il l'envoie chez le contrebandier chercher des cigarettes et de la gnole.

*The New Yorker*

Je ne dis pas à O. que je ne donne pas un mois au New Yorker avant de disparaître – pauvre Wolf, il y croyait tellement.

Polly Peabody m'envoie une lettre de Paris

Chère Frankie,

Hier, j'étais au café Sélect (l'un des repaires préférés des expats américains) à boire un café au lait et à déchiffrer péniblement Le Père Goriot (pour mon maudit cours de littérature française à la Sorbonne).

Un homme s'est assis à la table d'à côté et a commandé un cognac (... il n'était que 11 heures). 35 ans environ, dirais-je, sombre, très beau mais très marqué pour son âge.

« Américaine ? » m'a-t-il demandé. (Cela se voit donc tant que ça ?)

Nous avons entamé une conversation décousue qui semblait l'ennuyer royalement jusqu'à ce que je mentionne avoir terminé mes études à Vassar il y a peu.

« Vous n'auriez pas par hasard connu une jeune fille du nom de Frankie Pratt ? » Il fixait le trottoir de façon désinvolte tandis qu'il me posait la question, mais je voyais bien que son attitude était feinte.

« Frankie ! C'est une de mes meilleures amies. » J'ai ajouté que tu avais été la star de la classe, que tu avais gagné un prix d'écriture (« Je ne suis pas surpris », a répondu l'homme mystérieux), que tu vivais à Greenwich Village et écrivais pour un magazine. Je lui ai demandé s'il voulait ton adresse.

« Non, j'ai promis de ne pas la contacter. » (Bon sang, qu'est-ce que c'est que tous ces mystères ?) « Mais la prochaine fois que vous lui écrirez, ayez la gentillesse de lui transmettre mes amitiés, de la part de James Pingree. »

Alors, voilà, je te passe le message. Un jour, il faudra que tu me racontes toute l'histoire !

Chad aussi est à New York. Je lui ai dit de t'emmener dîner un soir...

Amitiés,
Polly

Love, Polly

Jamie ne m'aurait donc pas oubliée.

Mais, moi, est-ce que je pense encore à lui ?

# Ma première radio

RCA
Radiola
AN RCA PRODUCT

***Radiola Super Heterodyne***

Reçoit un signal sans antenne, sans fil de terre et sans raccordement. Une fois réglées les fréquences, vous tournez l'aiguille et il ne vous reste plus qu'à écouter. Le son est pur – vrai – réel !

Marche uniquement avec batteries sèches

Modèle UV-199 avec 6 lampes, - Pavillon Radiola, - boitier pour batteries.

Fourni sans batterie.
$269

Le jour de mon anniversaire, O. titube jusque chez moi en portant une énorme caisse. Après bien des efforts pour l'ouvrir, je chasse de la main les copeaux d'emballage. C'est une Radiola ! Portative, elle fonctionne avec des piles et ne pèse que 18 kg.

Nous tournons le cadran sur la Rhapsodie hongroise jouée par Paderewski en direct du Carnegie Hall. Ça grésille tellement et le son paraît si lointain : on dirait que c'est radiodiffusé depuis la lune.

Les filles avec des radios sont bien plus glamour !

4 mars 1925. Nous faisons l'école buissonnière pour écouter le discours d'investiture de Coolidge, le tout premier diffusé sur les ondes. Je ne sais pas pourquoi – nous avons tous les deux voté pour La Follette. Le sempiternel discours de Cal en faveur du business américain est d'un profond ennui.
Mr. Macfadden affirme qu'une jeune fille devrait faire sa gymnastique rythmique tous les matins en écoutant la radio.
Comment interpréter le fait qu' O. m'ait offert un cadeau si cher ?
(Je ne peux m'empêcher de penser qu'une bague de fiançailles aurait coûté autant...)
R 3
A 27
D 39
I 57
O 61

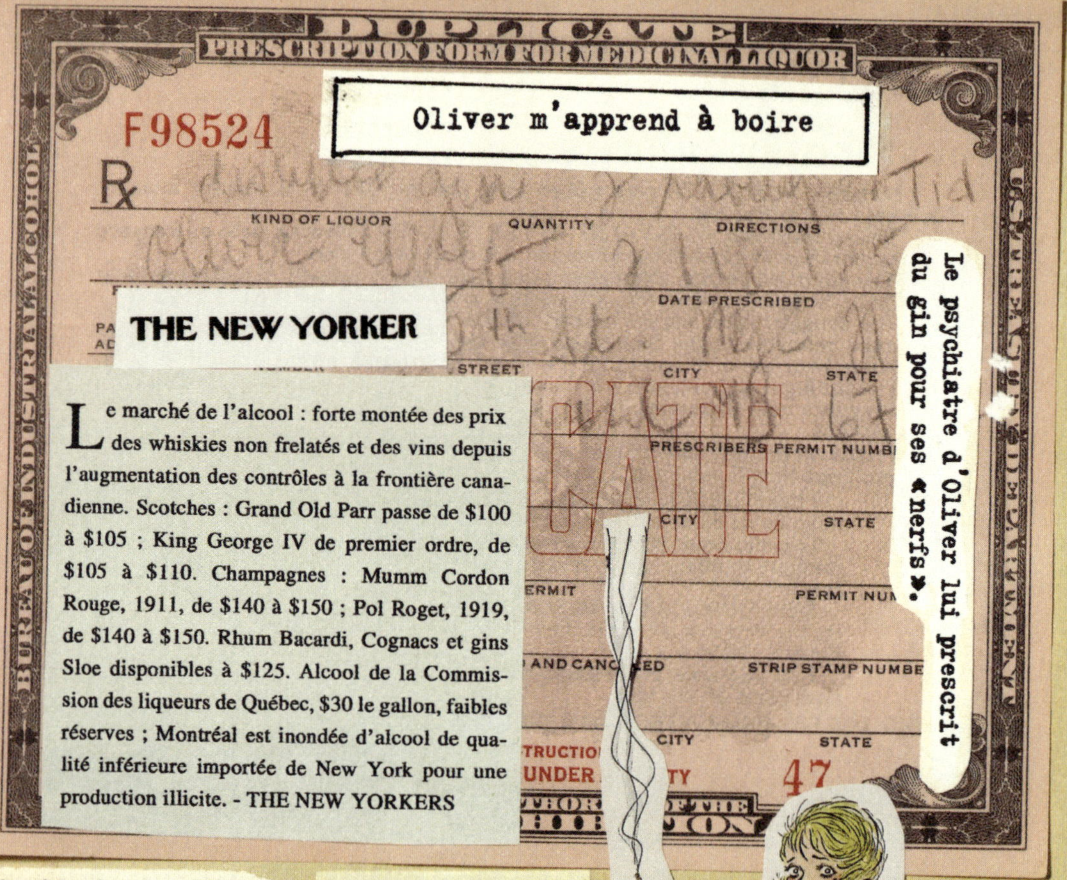


# Oliver m'apprend à boire

Le psychiatre d'Oliver lui prescrit du gin pour ses «nerfs».

## THE NEW YORKER

Le marché de l'alcool : forte montée des prix des whiskies non frelatés et des vins depuis l'augmentation des contrôles à la frontière canadienne. Scotches : Grand Old Parr passe de $100 à $105 ; King George IV de premier ordre, de $105 à $110. Champagnes : Mumm Cordon Rouge, 1911, de $140 à $150 ; Pol Roget, 1919, de $140 à $150. Rhum Bacardi, Cognacs et gins Sloe disponibles à $125. Alcool de la Commission des liqueurs de Québec, $30 le gallon, faibles réserves ; Montréal est inondée d'alcool de qualité inférieure importée de New York pour une production illicite. - THE NEW YORKERS

O. tient la rubrique intitulée «Le marché de l'alcool» dans «Ce qui se dit en ville» – un grand privilège à ses yeux. Toutes les semaines, il parcourt la ville et interviewe une douzaine de contrebandiers. Ces derniers lui donnent des échantillons gratuits ; il a ainsi pu installer un bar bien achalandé dans le dernier tiroir de ma commode.

CHAMPAGNE BRUT

La boisson préférée d'O. est le martini « sec » ou un bourbon avec des glaçons. (À l'aide d'un marteau, il écrase un sac de glace sur l'escalier de secours.)

La seule façon pour moi d'ingurgiter le gin est de le mélanger avec de l'Orange Crus – ce côté « pataude » qui amuse tant O.

Après plusieurs martinis, O. devient très romantique. Il met « Rhapsody in Blue » et m'attire sur ses genoux. Il fait glisser un doigt le long de ma joue et m'embrasse. Ses longs baisers m'étourdissent. « Je t'aime, me dit-il, plus que n'importe qui au monde. »

« Merci », répliqué-je bêtement en guise de réponse, me demandant ce qu'il veut vraiment dire.

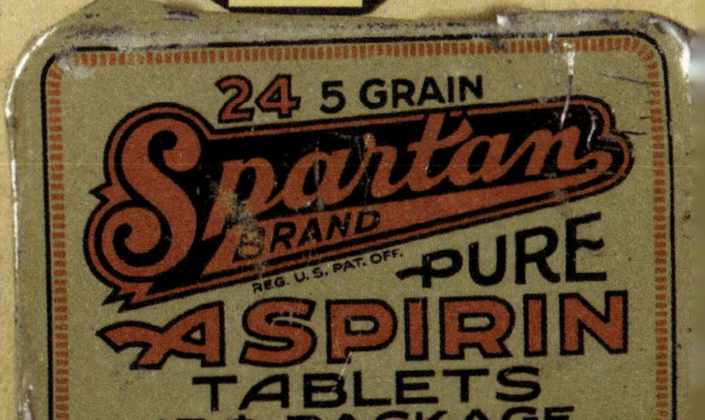


En cas de gueule de bois : prendre deux spartans avec de l'eau tonique au moment d'aller se coucher puis deux autres avec de la Listerine avant le petit déjeuner.

Je suis amoureuse...
... mais lui, m'aime-t-il ?
O. est mon petit ami depuis plus d'un an.
Tous les soirs, ou presque, nous allons voir un film ou danser.
Ensuite, il vient chez moi et nous buvons tout en écoutant la radio.
Nous parlons et parlons encore, rions beaucoup, et nous nous embrassons.
« Je t'aime tant », me répète-t-il sans cesse.
Parfois, nous nous allongeons sur le lit avant de nous endormir dans les bras l'un de l'autre (tout habillés).
C'est à ça que doit ressembler le mariage, me dis-je (enfin, à peu de chose près !).
En tant que féministe, je pense qu'une femme n'a pas besoin d'être mariée pour s'épanouir. Ceci dit, j'aimerais qu'Oliver me fasse sa demande (nous sommes âmes sœurs tout de même !).

# Être Femme et Épouse

de Bernarr Macfadden

## Ne vous trompez pas en choisissant votre partenaire.

Par Bernarr Macfadden

**Remplissez ce simple questionnaire et vérifiez si vous et votre prétendant êtes compatibles.**

### I. Jugez des aptitudes d'un homme

O Est-il aussi intelligent que vous ?
O Est-il physiquement attirant ?
N Est-il physiquement robuste ?
N Est-il mentalement stable ?
N Est-il ambitieux ?
N Pourvoit-il à vos besoins ?
N Est-il financièrement responsable ?
N Boit-il avec excès ?

### II. Êtes-vous compatibles ?

O Avez-vous des intérêts communs ?
O Appréciez-vous sa compagnie ?
O Êtes-vous physiquement attirée par lui ?
O Est-il le plus souvent plaisant ?
N Avez-vous des amis communs ?

### III. Partagez-vous les mêmes valeurs ?

N Vous entendez-vous bien avec sa famille ?
N Partagez-vous les mêmes croyances ?
? Croit-il en l'union sacrée du mariage ?
? Désire-t-il des enfants ?
? Ferait-il un bon père ?

6 Oui

12 + C'est un très bon parti !
8 + C'est un parti correct !
7 - Il ne vous convient pas du tout ! !

Enfin, en désespoir de cause, je m'en remets au livre de Mr. Macfadden pour avoir des conseils sur les relations hommes-femmes et je remplis son questionnaire.

Peut-être Oliver n'est-il qu'un incorrigible célibataire.

Oh là là...

Nous allons à une soirée
BERGDORF GOODMAN
616 FIFTH AVENUE
NEW YORK
Alden Fisher, l'ancien camarade de chambre d'O. à Yale, nous invite à la pendaison de crémaillère de son luxueux appartement au dernier étage d'un tout nouvel immeuble sur Sutton Place. Tenue de soirée exigée.
« Je ne peux pas y aller », soupiré-je. Je n'ai rien à me mettre.
Le jour suivant, Oliver me tend une boîte de Bergdorf. Dans un papier de soie lavande se niche une robe de soirée Premet. Couleur « acide », la dernière nuance en vogue.
Nous ressemblons au couple arrogant de la réclame pour les chemises Arrow.
Neet
Neet
J'utilise Neet pour me faire lisse et douce.
SON ŒIL VIF REMARQUA TOUT DE SUITE
LA DOUCE BEAUTÉ IMMACULÉE DE SON AISSELLE.

Selon Oliver, Alden dilapide la fortune familiale en écrivant des « petites pièces que personne ne comprend ».

L'appartement d'Alden est une création en noir et blanc d'Elsie de Wolfe, une « décoratrice d'intérieur ».

L'air blasé, les femmes portent des robes des plus élégantes. Soudain ma Premet paraît bien terne.

Ellin MacKay, la tristement célèbre garçonne qui a choqué la haute société en prenant la fuite avec Irving Berlin (plus âgé, divorcé, et juif).

J'attrape un cocktail couleur « acide » sur un plateau en chrome. (On ne sert pas d'Orange Crush ici.)

Un tour sur la piste de danse

Une main me saisit par le bras
et me conduit vers la piste de danse
(que recouvre un film plastique pour
empêcher les rayures)...
C'est Chad Peabody.

« Eh bien, tu es très jolie. Tu n'as plus rien de la jeune fille mal fagotée de Vassar. »

« Je prends ça pour un compliment. Que deviens-tu ? Tu as l'air de prospérer » (nom de code pour dire qu'il a épaissi).

« Je vends des actions. Je me fais un paquet d'oseille, comme tout le monde. Je viens de m'acheter un appartement de luxe à deux pas de Madison. Bien plus grand que celui-ci. »

« Ça a l'air impressionnant. Félicitations ! »

« Merci » (Mon sarcasme semble être passé très au-dessus de sa grosse tête). « Laisse-moi t'inviter à dîner un de ces jours. »

« C'est que je ne suis pas vraiment disponible. »

« Ah bon ? Très bien. Tu es fiancée ? »

« C'est tout comme. »

« Est-ce que je le connais ? »

« Il se trouve que oui. C'est Oliver Wolf. »

(Ça le laisse perplexe) « Ça m'étonne. Il n'a pas l'air d'être ton type. »

« Ah oui, vraiment ? Et quel est mon type ? »

(Il hausse les épaules) « Sais pas. J'en ai trop dit, visiblement. J'ai besoin d'un autre cocktail. »

Où est Oliver ? me demandé-je en moi-même. Il ne devrait pas me laisser seule avec des « Chad Peabody »

J'erre dans un long couloir, j'ouvre des portes, je jette un coup d'œil dans chaque pièce. Et finis par le trouver dans l'office du maître d'hôtel.

En train

d'embrasser

Alden Fisher

sur la bouche.

Je me dispute
avec Oliver
« Je t'en prie, cesse de pleurer.
Pourquoi es-tu si contrariée ? »
« C'est à cause d'Alden ? »
« Mais, je t'aime.
Sincèrement. »
« Enfin, ça n'est pas vraiment
de l'amour, c'est autre chose. »
« J'éprouve des sentiments
pour toutes sortes de gens. »
« C'est ça que tu veux ? Eh bien dans
ce cas-là, je t'épouserai. Nous pouvons
passer demain devant le juge de paix. »
SLOW
« Rentrons chez toi. Nous prendrons un verre.
Ça nous fera du bien à tous les deux. »

« À ton avis ? »
« Je croyais que tu m'aimais. »
« Mais c'est d'Alden dont tu es amoureux.
« C'est-à-dire ? »
« Je suis une idiote. Je pensais que tu allais me demander en mariage. »
« Ne sois pas stupide. Le mariage a un sens pour moi. »
« Dépose-moi ici. J'ai besoin d'être seule. »

Je regarde la vérité en face
Je titube jusqu'à ma chambre et m'effondre en travers de mon lit (encore vêtue de ma robe Premet).
Pourquoi suis-je tant choquée à propos d'Oliver ?
La vérité était sous mes yeux depuis le début, mais je ne voulais pas l'affronter.
Les regards qu'il échangeait avec d'autres hommes -
dans la pénombre des salles de cinéma
dans le métro
sur la piste de danse
à la plage
Des regards qu'il ne m'a jamais adressés, à moi.

Il

est

temps

de faire

tomber

les masques

Réponds aux questions qui te sont posées.

<u>Les Faits</u>

1. Oliver m'aime,
mais c'est d'un amour
sans passion (il ne pouvait
m'embrasser qu'après
plusieurs verres).

2. Au fond, je suis comme
toutes ces filles de Vassar
qui ne rêvent que d'une
chose : se voir passer
la bague au doigt.

3. Je clame haut et fort
vouloir devenir écrivain,
mais jusqu'ici, je n'ai
fait qu'écrire pour
<u>True Story</u>.

4. Le temps est venu
d'un changement radical !

THROW·ME·A·KISS FROM OVER THE SEA
SONG
Le jour suivant, je donne ma démission à Mr. Macfadden.
« Alors, vous êtes fiancée ? », me demande-t-il l'air ravi – son guide pour trouver un mari a forcément marché !
« Non », lui dis-je. « Je vais à Paris. » Je sors avant qu'il ait le temps de me demander : « Qu'allez-vous faire là-bas ? » ou : « De quoi vivrez-vous ? » Questions auxquelles je n'ai aucune réponse...
Lorsque j'annonce à Oliver que je vais vivre à Paris, il semble soulagé. Plus besoin de se mentir.

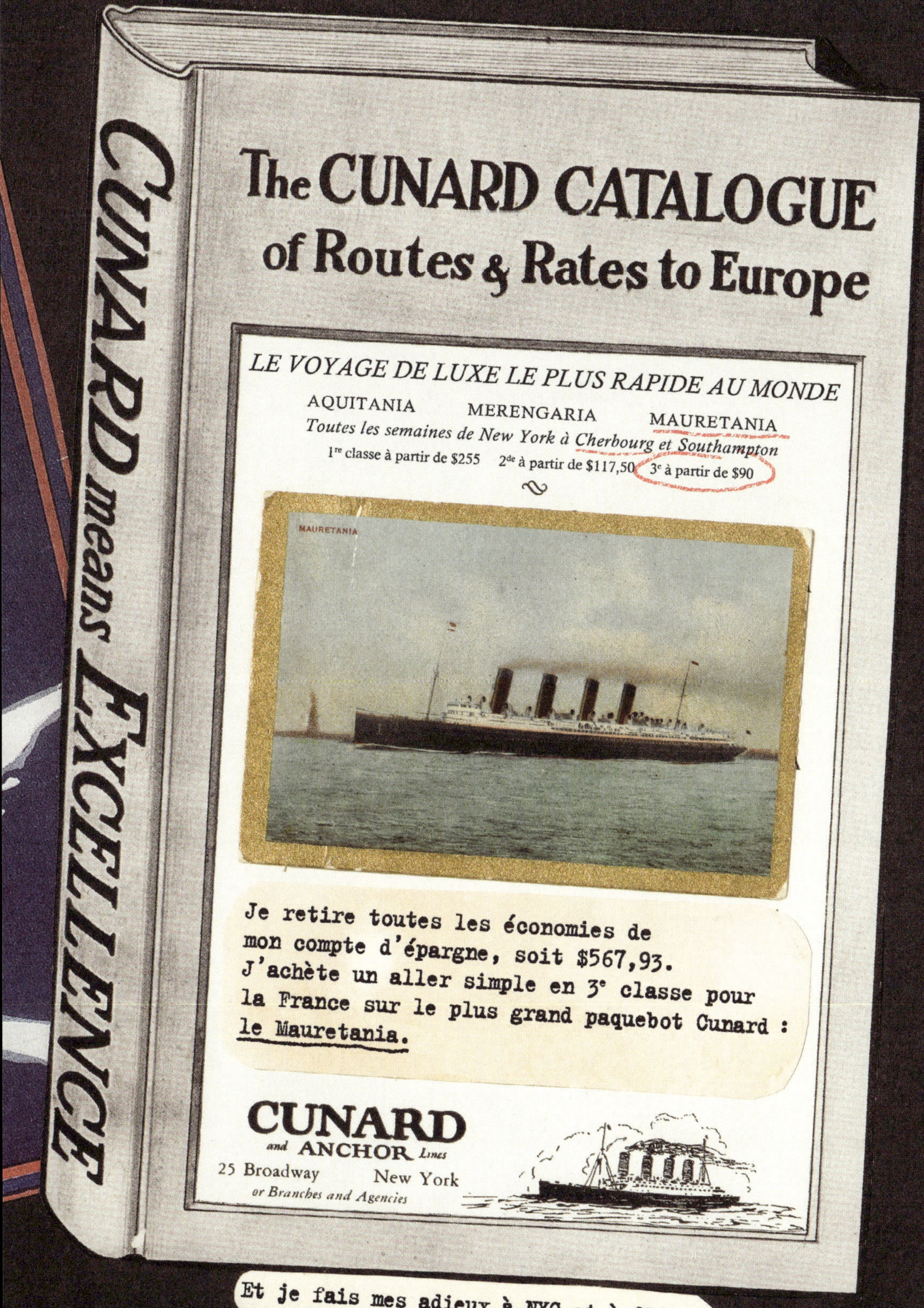


Je retire toutes les économies de mon compte d'épargne, soit $567,93. J'achète un aller simple en 3e classe pour la France sur le plus grand paquebot Cunard : le Mauretania.

Et je fais mes adieux à NYC et à Oliver.

# Chapitre 4

L'Atlantique

Janvier 1926

**Ma cabine**

Ma cabine de 3e classe se situe juste au-dessus de la salle des machines. Elle vibre et exhale les émanations de gazole. On se croirait dans une maison de poupée, tout est en miniature : le lavabo, les couchettes, la commode et le hublot (lequel ne s'ouvre pas, car la cabine est trop proche du niveau de la mer). Je peux tirer un rideau tout autour de ma couchette pour avoir un peu d'intimité vis-à-vis de l'inconnue qui va partager ma cabine. (C'est le prix à payer pour un billet bon marché !)

1288 C. R. Hoffmann, Southampton. CUNARD WHITE STAR LINER "MAURETANIA." 34.000 TONS
THIRD CLASS CABIN.

Lorraine Root, ma camarade de cabine

Une enseignante d'économie domestique de 37 ans originaire de Muncie dans l'Indiana.

Presque 1,80 m, elle porte des lunettes à monture en écaille et enchaîne les Lucky Strike.

Lorraine se présente ainsi :

« Je suis une vieille fille aventurière. »

Elle a pris une année sabbatique pour découvrir le monde « avant qu'il ne soit trop tard ». Elle se sert de l'argent qu'elle a économisé pour son trousseau (« Je n'en aurai plus besoin, j'imagine », dit-elle).

Sa garde-robe est raffinée et imposante (elle remplit la minuscule penderie). Il y a des robes de mousseline perlées à la main, des tailleurs en lin brodés, un manteau vert bouteille avec col et manchettes en vison. Elle a tout cousu main à partir des patrons Chanel qu'elle a copiés dans le magazine Vogue.

## Conversations avec une aventurière

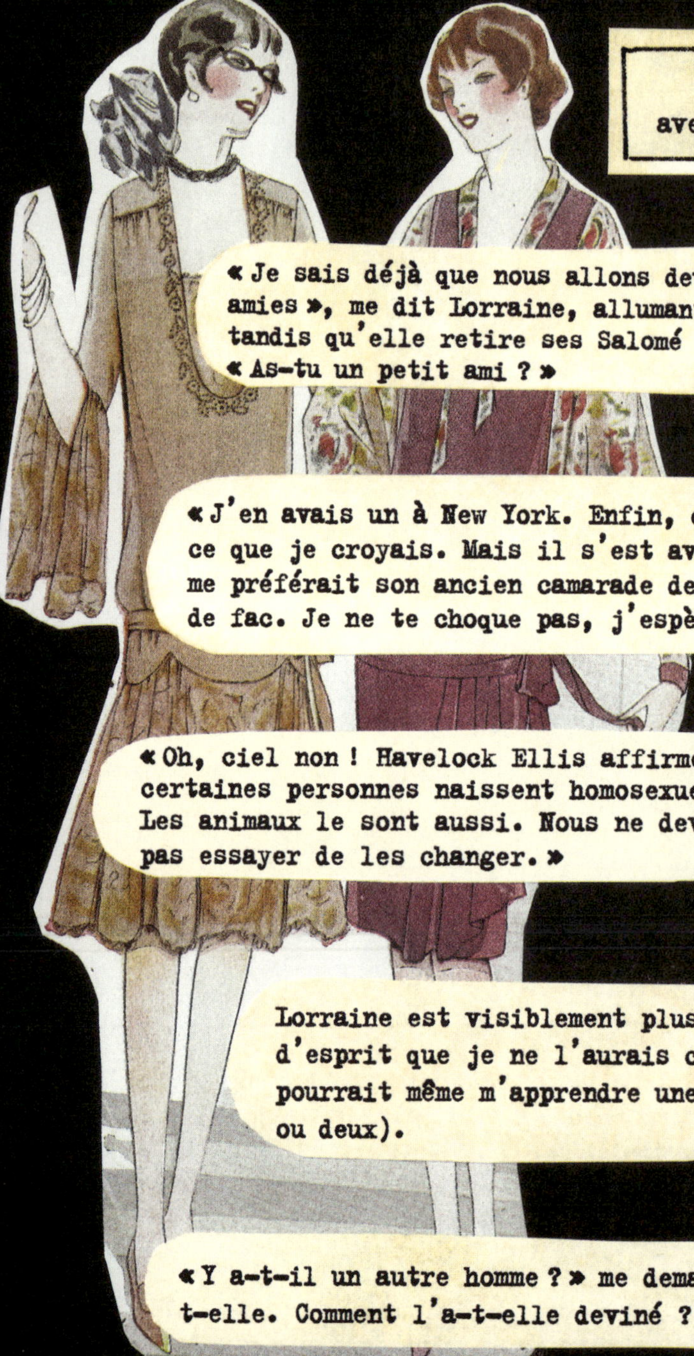

« Je sais déjà que nous allons devenir des grandes amies », me dit Lorraine, allumant une Lucky Strike tandis qu'elle retire ses Salomé en daim à talons. « As-tu un petit ami ? »

« J'en avais un à New York. Enfin, c'est ce que je croyais. Mais il s'est avéré qu'il me préférait son ancien camarade de chambre de fac. Je ne te choque pas, j'espère. »

« Oh, ciel non ! Havelock Ellis affirme que certaines personnes naissent homosexuelles. Les animaux le sont aussi. Nous ne devrions pas essayer de les changer. »

Lorraine est visiblement plus ouverte d'esprit que je ne l'aurais cru (elle pourrait même m'apprendre une chose ou deux).

« Y a-t-il un autre homme ? » me demande-t-elle. Comment l'a-t-elle deviné ?

« Pas du tout » (mensonge). En vérité, j'espère secrètement rencontrer de manière fortuite Jamie au Sélect. « Que vas-tu faire à Paris ? »

« C'est à mon tour de te choquer. » Elle sort un épais volume de sa valise, couvert d'un papier de soie bleu, qu'elle brandit vers moi : « Voilà ! »

C'est Ulysse de James Joyce, le fameux roman interdit par la censure. Tout le monde en parlait à New York, mais je n'avais encore jamais vu un exemplaire.

« Mr. Joyce vit à Paris. Je lui ai écrit et il a accepté de signer mon livre. L'as-tu lu ? » me demande-t-elle.

« Pas encore », lui avoué-je. Même Oliver disait que c'était bien trop difficile à comprendre.

« Tu dois absolument le lire », me dit-elle en me mettant l'exemplaire entre les mains. « C'est du pur génie ! »

# ULYSSE

CUNARD LINE

**Dîner avec les masses populaires**

TOURISTS' THIRD CABIN

## - - DÉJEUNER - -

Consommé du Pauvre homme     Bouillon d'orge

Canelet frit

Queue de bœuf - jardinière

Purée de navets et de pommes de terre

Saucisse bolognaise

Voici un exemple de la pâtée qu'ils servent à la modeste 3e classe. Des rumeurs circulent à propos des festins de la 1re classe : huîtres, bœuf Wellington et omelette norvégienne flambée.

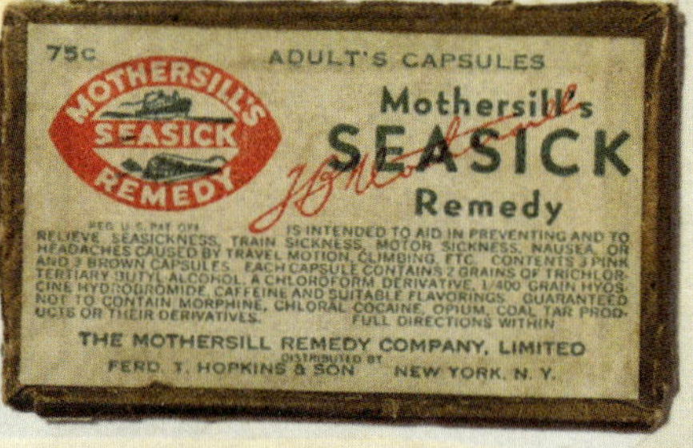


Café     fromage

La plupart des passagers de la 3e ont le mal de mer (Lorraine et moi faisons exception. Nous sommes faites de l'étoffe des pionniers.) Est-ce la faute de la nourriture ? Ou des émanations de gazole ?

NEW YORK

## Nous frayons avec des Russes blancs

Les autres passagers sont des étudiants, des artistes débraillés sans le sou, et des émigrés qui n'ont pas réussi à faire fortune.

Nous prenons place à côté de membres de la famille royale russe ! Les princes Gregor et Alexei Volkonsky qui ont échappé aux bolcheviks en 1919. Ils n'ont que 32 et 29 ans, mais semblent prématurément marqués par les ans. Leurs vestes ont été abîmées par les mites ; ils glissent des petits pains dans leurs poches.

Lorraine est la seule à prendre la peine de s'habiller à l'heure des repas.

Prince Alexei

en des jours meilleurs.

## Distractions à bord du paquebot

Après le dîner, Lorraine nous entraîne au salon pour « les jeux ». Les princes, qui ont l'air de s'être entichés de nous, nous accompagnent.

Lorraine et le prince Alexei sont pris dans une partie de bridge où ils jouent gros contre deux étudiants de Cornell.

Il s'avère que Lorraine est un prodige au bridge, tout comme le prince. Tout le monde rit beaucoup et, dans un français approximatif (pour elle) et un anglais hésitant (pour lui), les mises s'envolent. Ils remportent $55 !

La main gagnante de Lorraine.

Je bavarde (en français) avec le prince Gregor

Gregor me rejoint à la table où l'on assemble les pièces d'un puzzle. Comme il ne parle pas du tout anglais, nous nous débrouillons avec notre français.

Il appelle Lorraine « l'héritière américaine ».

« Qu'est-ce qui vous fait penser que c'est une héritière ? » le questionné-je.

« Elle a dit que son père était négociant en viandes, non ? »

Lorraine voulait dire par là que son père était boucher chez A&P. Mais le prince Gregor pense qu'elle descend d'une fortune de négociants tels les Armour ou les Swift.

« Mais pourquoi une héritière voyagerait-elle en 3e classe ? » lui demandé-je.

« Oh, vous le savez. Les Américaines ont toujours été de grandes originales. »

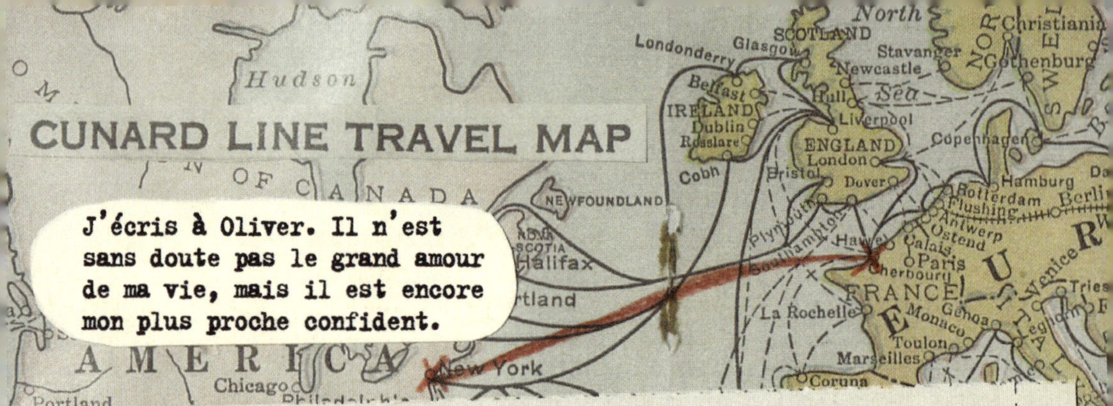


J'écris à Oliver. Il n'est sans doute pas le grand amour de ma vie, mais il est encore mon plus proche confident.

*Cunard White Star*

*R·M·S "Mauretania"*

Cher Oliver,

Je suis terrée dans ma cabine, où l'air est étouffant, à taper des lettres. Je n'ose m'aventurer au salon, car un prince russe à l'allure élimée me poursuit avec fougue. Il lui manque plusieurs dents et, si j'en crois le bruit de sa claudication, il doit avoir une jambe de bois. Son plus jeune (et de loin plus présentable) frère courtise ma joyeuse camarade de cabine Lorraine (il croit, à tort, qu'elle est immensément riche).

Devine quoi ! J'ai déjà trouvé où loger à Paris ! L'éditrice de James Joyce (qui possède aussi une librairie anglaise du nom de Shakespeare & Company) a proposé de louer une chambre juste au-dessus de la librairie à Lorraine, qui a offert de m'y héberger.

Je serai donc au cœur même de la rive gauche, chère aux expats. À suivre...

D'ailleurs, à propos de James Joyce, je passe une bonne partie de la traversée allongée sur une chaise, sur le pont, enveloppée dans un plaid, à tenter de lire Ulysse (le prince a les poumons fragiles et doit se garder des vents de l'Atlantique). Je saute la plupart des passages scandaleux : Leopold Bloom dans la remise, à la maison close, et lorsqu'il reluque la culotte d'une jeune fille à la plage. Je ne suis pas sûre d'apprécier une lit-tai-râ-ture aussi ampoulée. Mais désormais je peux au moins affirmer que j'ai lu Ulysse dans son intégralité (ou presque).

Tu me manques beaucoup !

Je t'embrasse,

F.

Je m'attaque à Ulysse

(et évite ainsi le prince Gregor).

Les dernières lignes d'*Ulysse* (page 732 !) : Molly Bloom se souvient de son désir d'antan pour Leopold. C'est le meilleur passage du livre.

J'ai demandé avec mes yeux qu'il me demande encore oui et puis il m'a demandé si je voulais oui de dire oui ma fleur de la montagne et d'abord je l'ai entouré de mes bras oui et je l'ai attiré tout contre moi comme ça il pouvait sentir tout mes seins mon odeur oui et son cœur battait comme un fou et oui j'ai dit oui je vous Oui.

Hourra ! Fin!

# Bal Masqué !

Un bal masqué est organisé à l'occasion de notre toute dernière soirée à bord. Les serveurs ont promis que le repas et le champagne seraient dignes de la 1re classe !

Lorraine passe toute sa journée à coudre un costume qui ressemble à une tuile de mah-jong (à partir d'un patron du magazine Woman's Home Companion).

Mon déguisement minable de señorita espagnole : une écharpe à franges nouée autour de la taille et un œillet calé derrière l'oreille.

THREE O'CLOCK in
Alexei, vêtu d'une queue-de-pie et d'une cravate blanche (sans doute la relique d'un temps prospère à Saint-Pétersbourg), fait le baise-main à Lorraine et annonce sur un ton doucereux : « Je serai vôtre pour toutes les danses. » On dirait que Lorraine est prête à se pâmer de plaisir.
the MORNING
Aucun signe du prince Gregor (Dieu merci). J'imagine qu'il ne doit pas être évident de danser avec une jambe de bois.
Je suis emportée par les gars de Cornell, qui se sont confectionné des chapeaux en papier de journal comme le faisaient Teddy et Wally.
Tout au long de la soirée, je garde un œil sur Alexei et L. Il lui allume une cigarette, lui tire sa chaise, l'entraîne sur la piste de danse. Est-il fourbe ou galant ?

L. me réveille.
« Alexei vient de me demander en mariage », murmure-t-elle.
Je me redresse. L'aube s'infiltre par le hublot. « Que lui as-tu répondu ? »
« J'ai dit oui, bien sûr ! Alexei veut que le capitaine nous marie avant que l'on arrive au port. » Elle a ôté ses lunettes, ce qui lui donne un regard éthéré.
« Mais pourquoi se précipiter ? »
Elle éclate de rire : « Parce que j'ai 37 ans. Je n'ai plus une seconde à perdre. »
« Es-tu sûre que c'est une bonne idée ? » lui demandé-je.
« Frankie », entame-t-elle en me prenant la main. « Je sais qu'Alexei se berce d'illusions en me prenant pour une riche et extravagante Américaine. Mais je serai une bonne épouse et nous réussirons à être un couple heureux. Fais-moi confiance. »

Le jour suivant, le navire entier s'émeut du conte de fées entre le prince russe et l'enseignante célibataire.
Une divorcée de la 1re classe fait don de son alliance et une jeune mariée lui prête son voile.
Le petit bouquet de fleurs que j'ai épinglé à mon corsage. Je suis la demoiselle d'honneur et Gregor, le garçon d'honneur.
Alexei et Lorraine sont mariés par le capitaine une heure avant que le Mauretania jette les amarres à Cherbourg.
Lorraine débarque en sa qualité de princesse Volkonsky !
L. m'offre son exemplaire d'Ulysse avec la lettre de l'éditrice de Joyce. « C'est ton aventure à présent », me dit-elle.

PARIS

# Chapitre 5

**Paris**

**1926 - 1927**

J'arrive à Paris

Le train de Cherbourg me laisse (moi et mes deux vieilles valises) à la gare Saint-Lazare.

Je vérifie l'adresse dans la lettre de Miss Sylvia Beach, l'éditrice de Joyce.

Je monte dans un taxi miniature aux sièges en toile (comme les chaises de plage). « 12, rue de l'Odéon. »

PANORAMA DES HUIT PONTS.

Premières impressions de Paris :

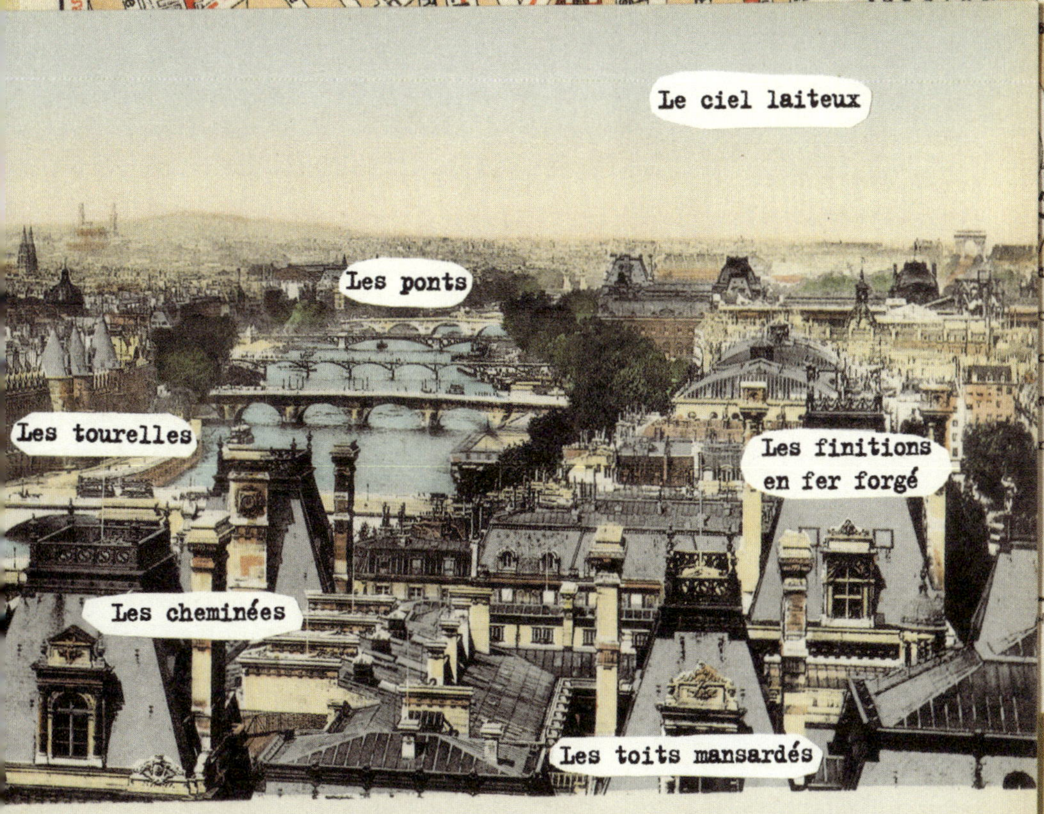


NERAL VIEW OF EIGHT BRIDGES

12
SHAKESPEARE
Shakespeare & Company
(Le remarquable éditeur de James Joyce)...
... s'avère être une librairie et une bibliothèque aux volumes poussiéreux qui s'empilent en vitrine.
Une rafale de vent glacial balaie la rue étroite.
Un carillon retentit lorsque la porte s'ouvre.

" SHAKESPEARE AND COMPANY "
– SYLVIA BEACH –
Frances Pratt
Library Member
1926
12, RUE DE L'ODÉON
PARIS (VI<sup>e</sup>)
Un petit bout de femme vêtue d'un confortable tailleur de tweed, des chaussures Oxford assorties, lève les yeux vers moi tandis que j'entre en traînant mes bagages.
« Miss Beach ? » lui demandé-je.
Je travaille à la bibliothèque.
La librairie de Sylvia est le refuge de tous les écrivains expatriés à Paris.
« Je garde leur courrier, je leur prête de l'argent, et les prends en photo pour mon mur », m'apprend-elle.

Ma mansarde

Sylvia me montre la chambre à louer au-dessus de la librairie. « C'est un peu spartiate pour des Américains », me prévient-elle.
Nous grimpons trois étages pour atteindre enfin les soupentes qui abritaient les domestiques à l'époque où ils vivaient à demeure.
Il fait si froid ici que de la buée s'échappe de nos bouches.
Une étroite porte vitrée (avec deux carreaux fissurés) s'ouvre sur une petite cour avec des pots de fleurs fanées. « Mais c'est charmant au printemps. »

Le minuscule poêle à
charbon peut chauffer une
bouilloire électrique, mais
« c'est à peu près tout ».

Les vieux meubles
semblent tout droit
sortis de l'appartement
d'un petit bourgeois,
digne de Balzac.

Le lavabo est
sur le palier, et
les W.C. à l'étage
d'en dessous.
Je ne vois pas de
baignoire, mais
Sylvia m'affirme
que l'on « arrive
très vite à s'en
passer ».

Anthiel,
un compositeur
avant-gardiste,
vit au-dessous.
« Il compose une
symphonie pour
pianola et hélices,
alors ça peut être
bruyant. »

**Une touriste à Paris**

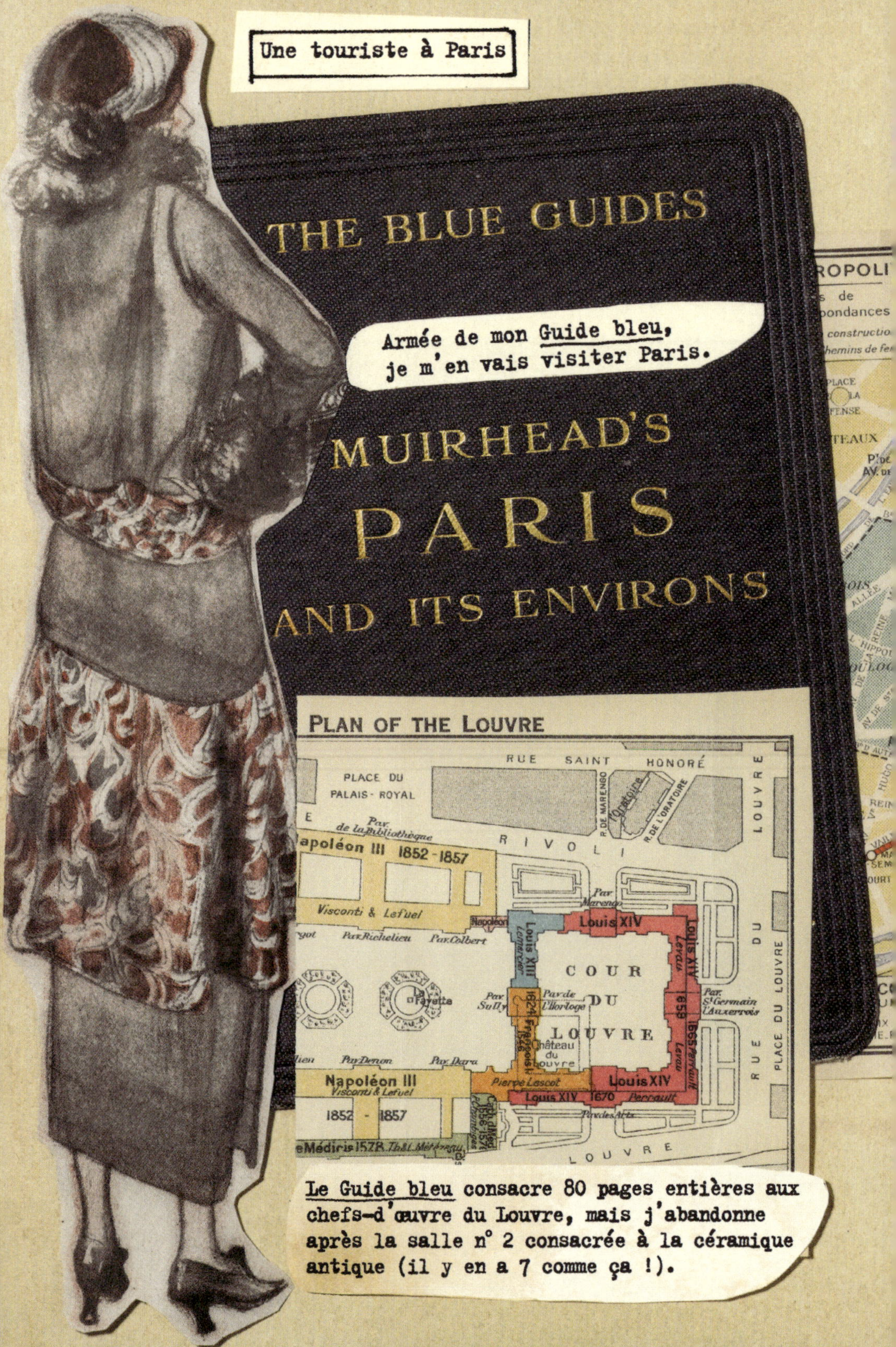


Armée de mon <u>Guide bleu</u>, je m'en vais visiter Paris.

<u>Le Guide bleu</u> consacre 80 pages entières aux chefs-d'œuvre du Louvre, mais j'abandonne après la salle n° 2 consacrée à la céramique antique (il y en a 7 comme ça !).

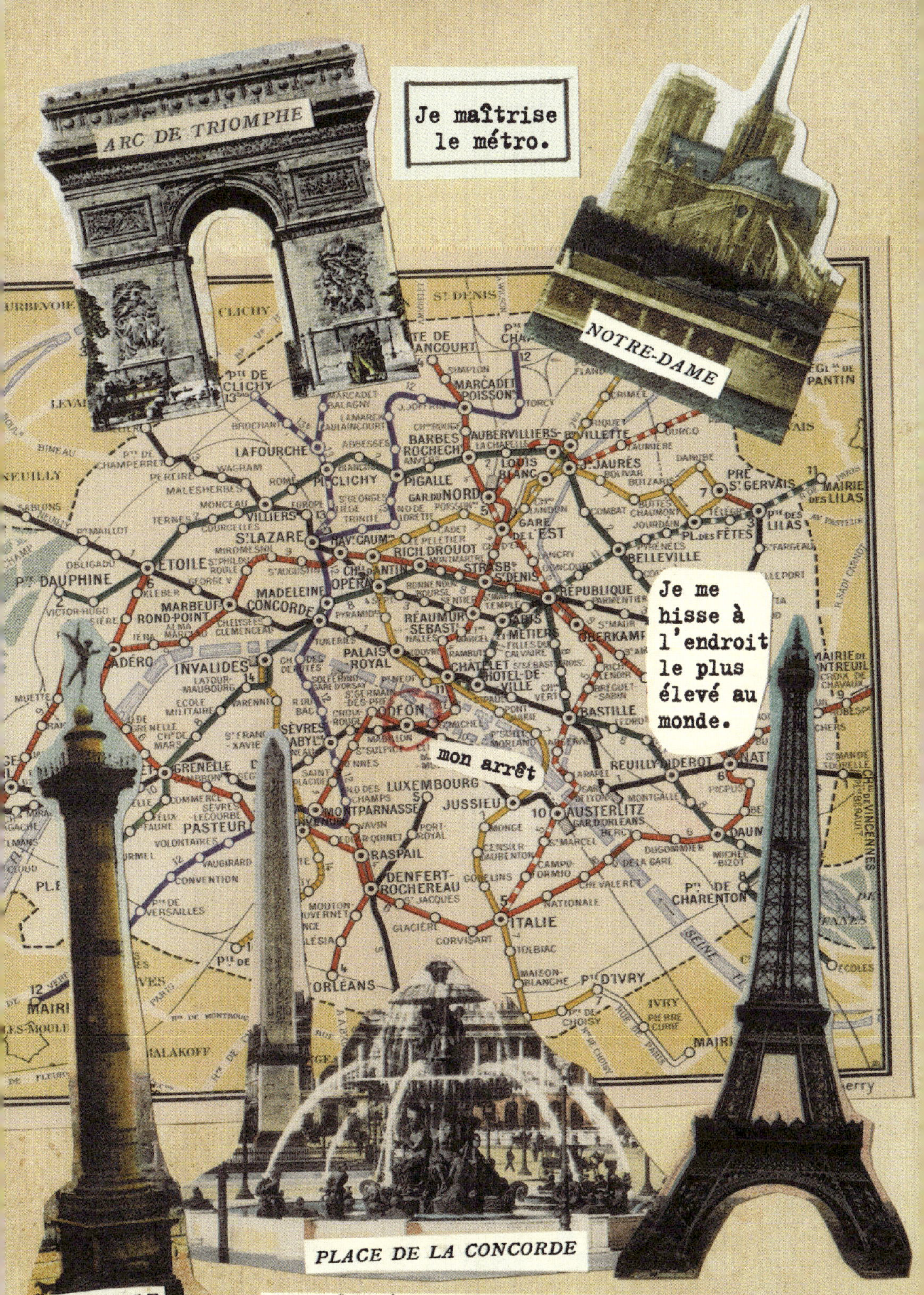


En bordure du fleuve, au bout du Champ-de-Mars, et face au Trocadéro, s'élève la **Tour Eiffel** (Pl. R 26 B). Avec 324 m de hauteur, elle est la plus grande structure au monde (le Woolworth Building à New York : 241 m ; l'obélisque de Washington : 169 m ; la grande pyramide : 137 m) et domine l'ouest de Paris.

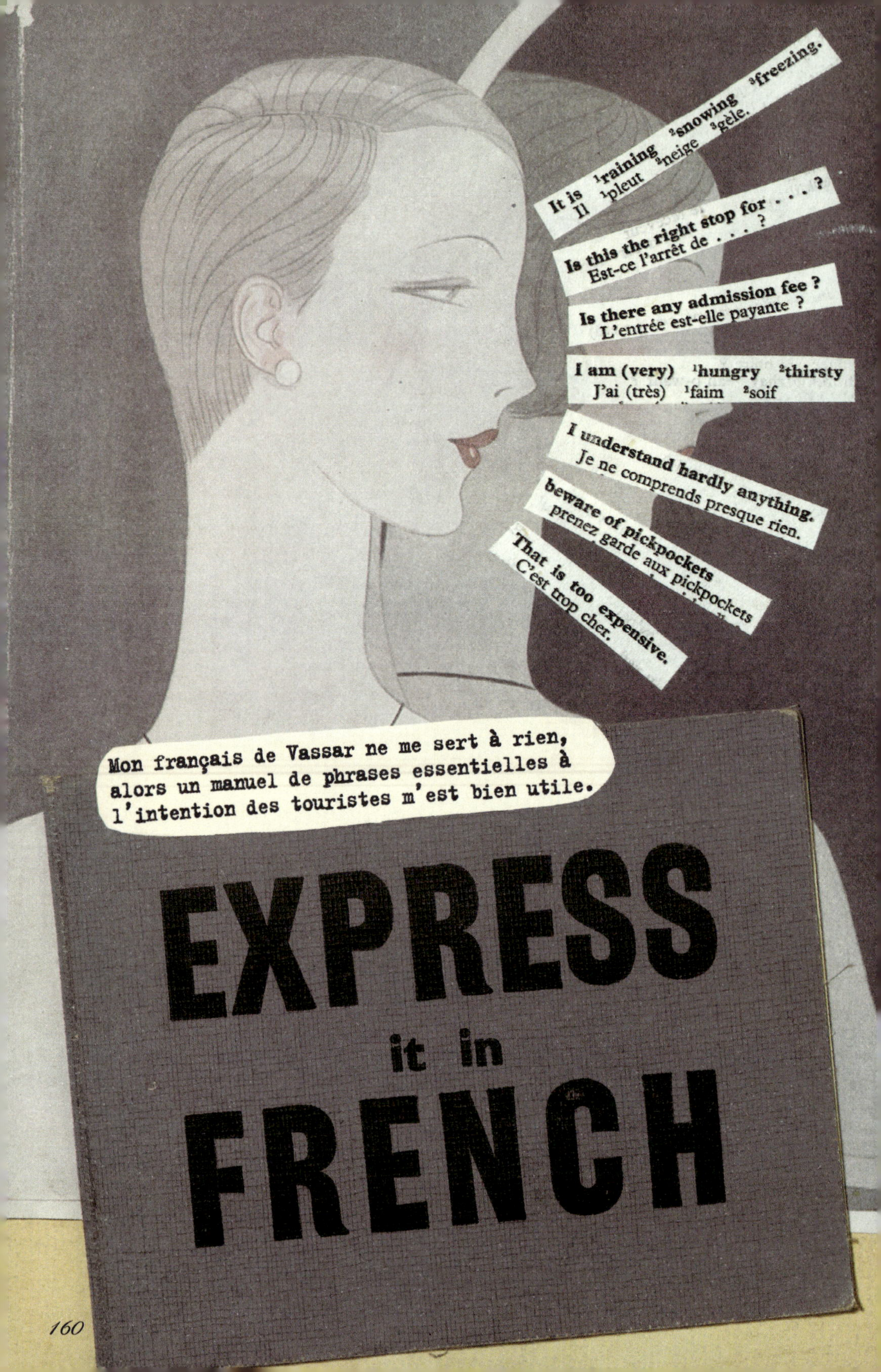
It is ¹raining ²snowing ³freezing.
Il ¹pleut ²neige ³gèle.
Is this the right stop for . . . ?
Est-ce l'arrêt de . . . ?
Is there any admission fee ?
L'entrée est-elle payante ?
I am (very) ¹hungry ²thirsty
J'ai (très) ¹faim ²soif
I understand hardly anything.
Je ne comprends presque rien.
beware of pickpockets
prenez garde aux pickpockets
That is too expensive.
C'est trop cher.
Mon français de Vassar ne me sert à rien, alors un manuel de phrases essentielles à l'intention des touristes m'est bien utile.
EXPRESS
it in
FRENCH

Je trouve un petit guide grivois sur le « vrai » Paris (maisons closes, bars, dancings, revues aux « petites femmes nues », etc.) C'est bien plus amusant que le Guide bleu.

Souvenirs achetés dans une boutique de la tour Eiffel.

Le guide « <u>Paris with the Lid Lifted</u> » conseille de laisser de côté les sites touristiques et de se poser directement dans l'un des cafés de Montparnasse pour observer le spectacle de la rue. Je choisis le Sélect (là où deux ans auparavant Polly a rencontré Jamie).

Toutes les deux heures environ, je commande un café, une soupe à l'oignon ou un verre de vin et je passe ainsi la journée en ne déboursant pas plus de 8 francs.

**waiter**
garçon

**Please get me . . .**
Donnez-moi, s.v.p. .

**'white coffee**
'café au lait

**a glass of wine**
un verre de vin

**a lemonade**
une limonade

**another . . .**
encore . . .

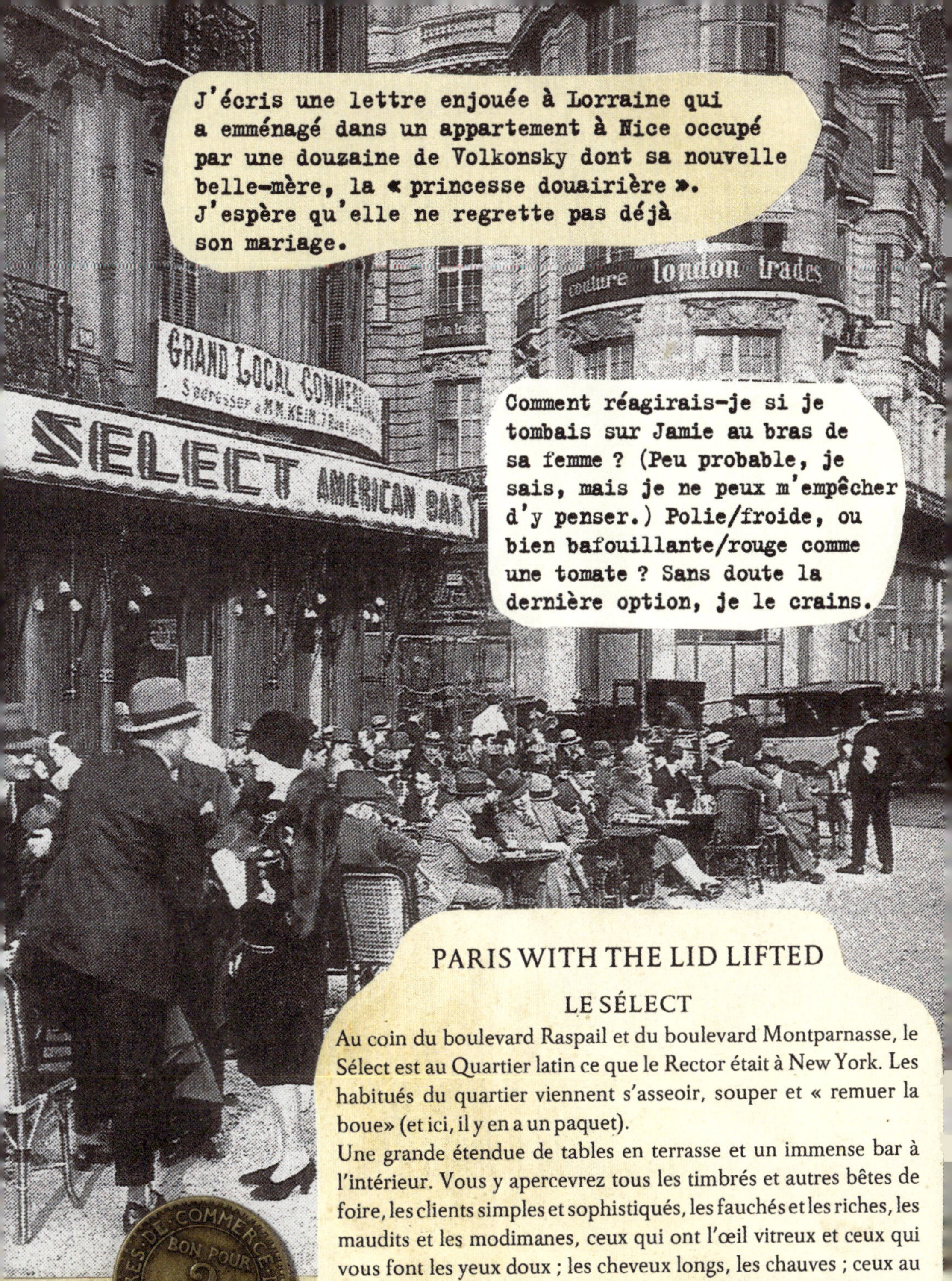


J'écris une lettre enjouée à Lorraine qui a emménagé dans un appartement à Nice occupé par une douzaine de Volkonsky dont sa nouvelle belle-mère, la « princesse douairière ». J'espère qu'elle ne regrette pas déjà son mariage.

Comment réagirais-je si je tombais sur Jamie au bras de sa femme ? (Peu probable, je sais, mais je ne peux m'empêcher d'y penser.) Polie/froide, ou bien bafouillante/rouge comme une tomate ? Sans doute la dernière option, je le crains.

another two, three, etc. . . .
encore deux, trois, etc. . . .

## PARIS WITH THE LID LIFTED

### LE SÉLECT

Au coin du boulevard Raspail et du boulevard Montparnasse, le Sélect est au Quartier latin ce que le Rector était à New York. Les habitués du quartier viennent s'asseoir, souper et « remuer la boue» (et ici, il y en a un paquet).

Une grande étendue de tables en terrasse et un immense bar à l'intérieur. Vous y apercevrez tous les timbrés et autres bêtes de foire, les clients simples et sophistiqués, les fauchés et les riches, les maudits et les modimanes, ceux qui ont l'œil vitreux et ceux qui vous font les yeux doux ; les cheveux longs, les chauves ; ceux au teint terreux et ceux qui portent la barbe à la Van Dyke ; les gens comme il faut et les dépravés ; les pieux et les pervers ; les jeunes hommes efféminés et les demoiselles virilisées. S'y côtoient tous les genres, les types, les silhouettes masculines, féminines que vous ayez jamais vus sur scène et ailleurs.

Le style parisien
Coupe au carré géométrique avant-gardiste
Robe portefeuille géométrique audacieuse.
Sac à main miniature qui peut contenir tout au plus un rouge à lèvres et deux cigarettes.

Les Parisiennes adorent l'Afrique.
Le porte-cigarette est à brandir tel une rapière.
chapeau-bonnet
Bijoux "tribaux"
Tout est recouvert de peau de lézard : chapeaux, manteaux, sacs, chaussures.

The Chicago Tribune AND THE DAILY NEWS NEW YORK

EUROPE'S AMERICAN NEWSPAPER

Trouver un travail : l'édition parisienne

# LA SEMAINE A PARIS

Features of the week in Paris

Sylvia me dit que le meilleur moyen de trouver un emploi dans l'édition est de passer une annonce dans tous les quotidiens de langue anglaise.

ENGLISH EDIT

Mon annonce

Corrections et relecture d'épreuves : diplômée de Vassar. Expérience dans un important magazine à NY. Contact : Frances Pratt: c/o Shakespeare & Co., 12 rue de l'Odéon, Paris VI.

YNDICAT d'INITIATIVI

4, rue Volney (2e) — Louvre 08-90

Friday

Un ﬁ anc

Après deux semaines, je reçois enfin une réponse.

Pour ouvri … pointillé.

RÉPUBLIQ…

POSTES ET TÉLÉGRAPHES

CARTE PNEUMATIQUE FERMÉE

TAXE RÉDUITE 30 c.

RÉPUBLIQUE FRANÇAISE 50 TÉLÉGRAPHE

*Ce côté est exclusivement réservé à l'adresse.*

Mlle. F. Pratt

Shakespeare & Co.

12 rue Odéon, Paris

LE PORT EST GRATUIT

PARIS

*Cette carte peut circuler à Paris, dans les limites de l'enceinte fortifiée.*

130

Via pneumatique.

Chère Mlle Pratt,

Nous souhaiterions embaucher une personne de langue anglaise pour relire et éditer des textes. Merci de passer à nos bureaux dès que vous le pourrez.

Solange Reid,
Secrétaire d'édition

Aero Press
29, quai d'Anjou
Île Saint-Louis

(À Paris, tout le monde envoie des pneus, plutôt que d'utiliser le téléphone.)

La Revue Aero
Pour aller sur l'Île Saint-Louis, je passe par le quai de la Tournelle, devant les bouquinistes ; je traverse la Seine et contourne l'arrière de Notre-Dame.
**L'Île Saint-Louis** (Pl. R 72, 77, G), en hommage à Louis XIII, est plus connu sous le nom familier de « L'île ». La partie la plus calme et isolée de Paris est reliée à la rive droite de la Seine par trois ponts et à la rive gauche par deux ponts. Jadis deux îlots, c'est au XVII^e siècle, sous Richelieu, qu'ils furent reliés. L'accès depuis l'Île de la Cité se fait par le pont Saint-Louis.

Le 29 Quai d'Anjou est un immeuble austère, typiquement parisien, avec une petite enseigne pour la Revue Aero qui m'indique un grand escalier menant au sous-sol.
AERO
Je descends donc au son métallique des rotatives, submergée par des vapeurs d'encre.
Je pousse une lourde porte en chêne qui donne sur un atelier de typographie. On se croirait à l'époque de Victor Hugo.
Une voix d'homme se fait entendre derrière un bac de caractères mobiles. « Je me demandais quand tu viendrais. Je commençais à m'inquiéter. » Un homme sort de l'ombre.
C'est Jamie Pingree.
Vincennes

## Le retour de Jamie

Je le regarde éberluée pendant quelques secondes, le temps de prendre conscience qu'il est là, devant moi. Il est vêtu comme un paysan breton, d'une chemise en lin tachée d'encre aux manches. Il est plus âgé, bien sûr, avec des mèches grises aux tempes, mais il semble en meilleure santé qu'en 1920. Il a les traits plus doux de la cinquantaine. Et c'est encore un bel homme ténébreux (hélas !). Quand je retrouve enfin ma voix, elle est froide, indignée.

« Que fais-tu ici ? »

« La Revue Aero m'appartient. »

« Depuis quand ? Je pensais que tu étais rentré à New York pour exercer comme avocat. »

« C'est ce que j'ai fait, pendant un an environ. Puis, je me suis souvenu de ce que m'avait dit une jeune fille, qu'il n'est jamais trop tard pour faire ce qu'on veut vraiment. Alors, j'ai tout quitté et je suis venu à Paris. »

« Et qu'est-ce que ta femme en a pensé ? »

« Pas grand-chose, elle avait déjà obtenu le divorce à ce moment-là. »

« Est-ce que je suis censée me sentir mieux, compte tenu de la façon dont tu m'as piégée ? »

« Frankie, non. Je me suis senti terriblement coupable... et honteux. »

« Pourquoi ne m'as-tu pas écrit, alors ? »

« J'avais promis de ne pas le faire. »

« Mais à qui as-tu fait cette promesse ? »

« À ta mère. Elle est venue me voir après ton départ à Vassar. Elle m'a dit que j'avais fait assez de mal comme ça, que je devais te laisser tranquille, et que tu pourrais trouver bien mieux qu'un panier percé comme moi. »
(Je souris. Ma chère vieille mère !) « Alors pourquoi reprendre contact avec moi aujourd'hui ? »
« Parce que tu es assez grande et intelligente pour que je ne te cause plus de tort. Parce que je désirais te revoir. Et parce que j'ai vraiment besoin d'une éditrice. »

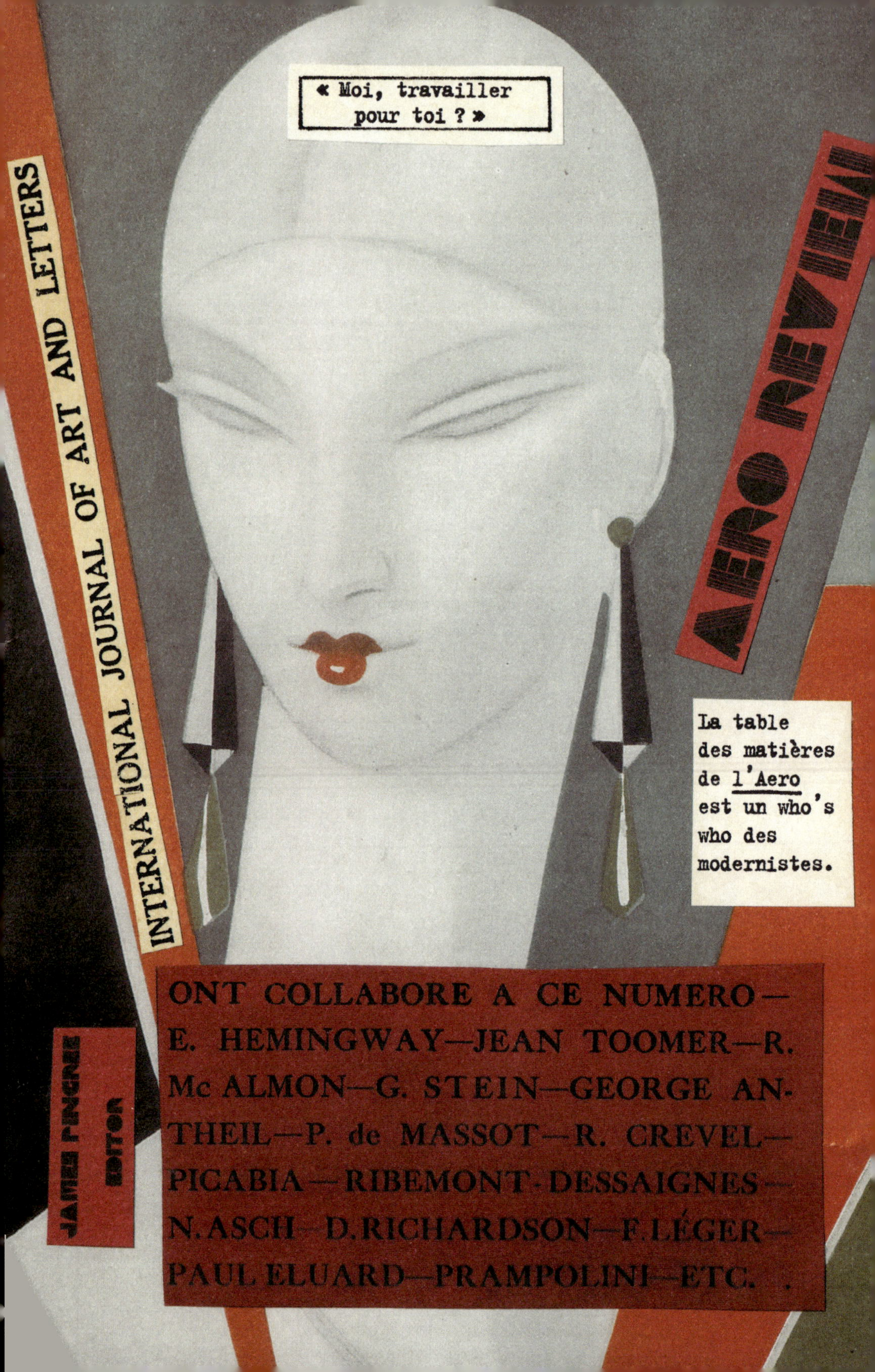
« Moi, travailler pour toi ? »
INTERNATIONAL JOURNAL OF ART AND LETTERS
AERO REVIEW
La table des matières de l'Aero est un who's who des modernistes.
ONT COLLABORE A CE NUMERO— E. HEMINGWAY—JEAN TOOMER—R. Mc ALMON—G. STEIN—GEORGE ANTHEIL—P. de MASSOT—R. CREVEL—PICABIA—RIBEMONT-DESSAIGNES—N. ASCH—D. RICHARDSON—F. LÉGER—PAUL ELUARD—PRAMPOLINI—ETC.
JAMES PINGREE
EDITOR

L'offre d'emploi

Il lève une main.

L'Aero publie des manifestes radicaux (comme celui-ci sur ceux qui mériteraient de finir sur la chaise électrique).

# LA CHAISE ELECTRIQUE

JOHN D. ROCKFELLER JR.

HOOVER

GARY

GOMPERS

DUPONT FAMILY

BILLY SUNDAY

SUNDAY OBSERVANCE

Y. M. C. A.

THE MAN WHO INVENTED THE ELECTRIC CHAIR

DR. FRANK CRANE

COFFEE HOUSE (ENTIRE)

BISHOP MANNING

PAUL ROSENFELD

THE BARRYMORES

DARIUS MILHAUD

100 PER CENT OF THE ACTORS

98 PER CENT OF THE PAINTERS

98 PERCENT OF THE POETS

99½ PERCENT OF THE MUSICIANS

YOU'RE NEXT (STIEGLITZ FOR MSS)

« Avant de dire non, écoute-moi.
Je te paierai 100 francs par semaine.

Et mon comportement sera
100 % professionnel.
Pas d'entourloupe,
je te le promets.
Penses-y. »

Voilà ce que
je pense :

– Le salaire est deux
fois plus élevé ici que
dans tout autre journal
de langue anglaise.

– Je travaillerai
avec les plus grands
écrivains demeurant
à Paris.

– Tout n'est pas
encore fini entre
Jamie et moi.

Alors, j'accepte.
Je lui dis oui,
oui, oui.

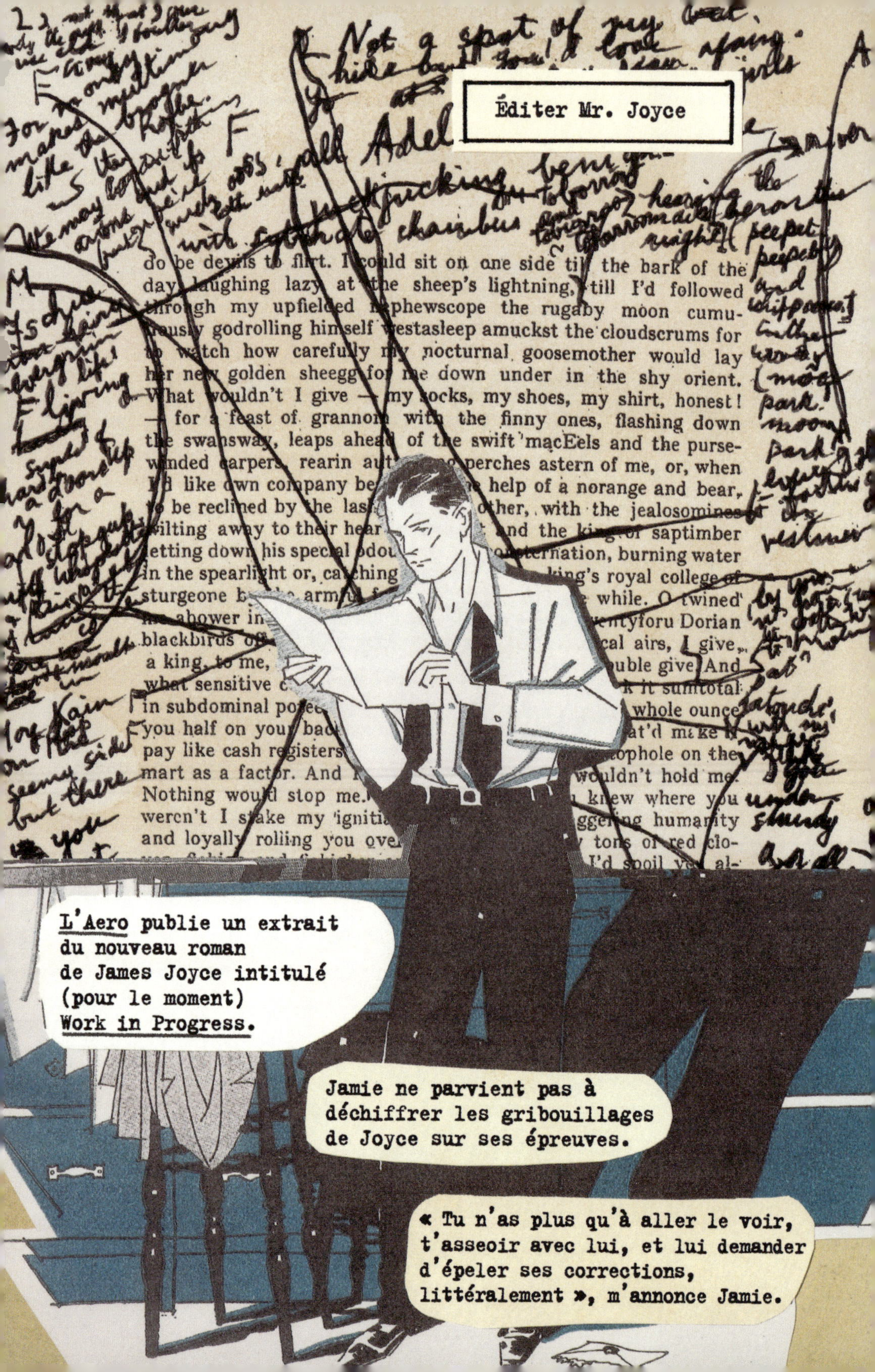
Éditer Mr. Joyce
L'Aero publie un extrait du nouveau roman de James Joyce intitulé (pour le moment) Work in Progress.
Jamie ne parvient pas à déchiffrer les gribouillages de Joyce sur ses épreuves.
« Tu n'as plus qu'à aller le voir, t'asseoir avec lui, et lui demander d'épeler ses corrections, littéralement », m'annonce Jamie.

L'écrivain le plus obscène au monde vit dans un appartement bourgeois avec sa femme, Nora, et leurs deux enfants.
Premières impressions du grand homme : frêle, pimpant dans sa veste de smoking et la monture de ses lunettes en or.
Presque aveugle, il ne peut plus lire qu'avec une loupe, près de la fenêtre.
« Les Américaines », observe-t-il avec son charmant accent irlandais. Toujours joyeux, toujours travailleur.
Les mots inventés par Mr. Joyce me font tourner la tête.
cache-and-cache-can-again
Cache-and-cache-can-again
pobbelque
pobbelque
smellysputterygut

Je me promène avec Jamie
En fin d'après-midi, Jamie passe une tête dans mon placard/bureau.
« Je ne tiens plus en place », m'annonce-t-il (alors qu'il ne travaille que depuis quatre heures). « Allons faire un tour. »
Pendant que nous flânons dans les rues, Jamie me débite toute l'histoire de Paris tel un guide touristique.
« Les grands hôtels sur le quai d'Anjou ont été bâtis sous le règne de Louis XIII à l'endroit de marécages asséchés. »
Jamie va voir les bouquinistes pour dénicher de récents romans américains.
« Les touristes les laissent dans les hôtels de la rive gauche et les femmes de chambre les vendent pour quelques centimes. »

Nous remontons la rue du Cardinal-Lemoine jusqu'au Panthéon, le mausolée de Français célèbres (aucune femme n'a été jugée digne d'y reposer).

« On dirait que je finis toujours devant une tombe ou dans un cimetière à Paris », me dit Jamie. « La guerre a fait de moi un éternel morbide. »

Nous achetons une baguette rassie et jetons de gros morceaux à une famille de canetons dans le bassin octogonal du jardin du Luxembourg.

« Comme le jour de notre pique-nique. Tu t'en souviens ? » me demande-t-il.

« Bien sûr que je m'en souviens. »

Nourriture pour canards.

À 19 h 00, nous partons à Montparnasse boire un verre.

## Les Expats de Montparnasse

Nous commençons par le Dôme où nous commandons un « plat du jour ». Nous sommes rejoints par quelques « écrivains » expatriés qui passent davantage de temps à cancaner dans les cafés qu'à écrire. Jamie leur offre également le repas.

Ensuite, nous allons tous à la Rotonde, où nous rejoignent d'autres personnes.
Puis, nous nous rendons au Sélect pour boire encore quelques verres.

Jamie me présente comme sa « nouvelle collègue, Frankie, sortie de Vassar ». (Il a bien dit sa « collègue »..)

Ce à quoi ils rétorquent : « Il était temps que quelqu'un s'occupe de la grammaire de Pingree. »

Ce dont parlent les expats
(après plusieurs verres)

Quel paquebot vient d'arriver.
Qui était à bord.
Qui s'est pris une cuite
la nuit dernière.
Qui a insulté qui (ivre).
Qui est complètement fauché.
Qui doit de l'argent à qui.
Qui a une liaison.
Qui est en train de divorcer.
Quelle nouvelle peinture/pièce
/poème est un désastre.
Le nouveau roman de Joyce
est-il enfin terminé ?
Est-ce qu'il sera réussi ?
Joyce a-t-il maintenant perdu
la vue ?
Ernest Hemingway (est-il dans
les Alpes ou aux USA ?
Est-il avec son épouse ou
sa nouvelle petite amie ?)

Peu après minuit, j'en
ai assez. Jamie me met
dans un taxi et il retourne
au Sélect.

Chez Jamie
Jamie vit au-dessus de l'imprimerie, dans un appartement au dernier étage.
« Alors, quand me fais-tu visiter ta garçonnière ? » lui demandé-je.
« Je pensais qu'une invitation à monter pourrait paraître quelque peu inappropriée. »
« Et depuis quand te soucies-tu de ce qui est inapproprié ? »
Les murs sont couverts de liège.
Les meubles viennent de l'extraordinaire exposition « Arts Déco ».
EXPOSITION INTERNATIONALE des
ARTS DÉCORATIFS ET INDUSTRIELS
PARIS 1925 MODERNES PARIS 1925

Dessins de Juan Gris,
un ami de Jamie.

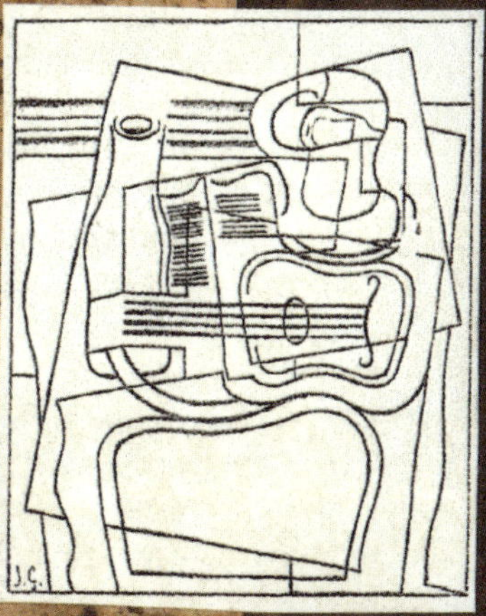

GRANDE FINE CHAMPAGNE

Il sort une bouteille de champagne d'une glacière en plomb tandis que je m'imprègne de la vue qui s'étend de la Seine jusqu'aux gargouilles de Notre-Dame.

Un bateau-mouche passe, avec son cortège de remous. Les touristes américains me regardent bouche bée. Je les salue de la main.

La séduction

Je me retourne et je pose mon verre.

Je me dirige vers Jamie, me dresse sur la pointe des pieds et l'embrasse sur la bouche.

(Il a le goût du champagne et des Fatima. Je sens les poils de sa barbe épaisse sur mon menton. C'est exactement comme je me l'étais imaginé.)

Il me regarde étonné, ravi.

« Tu es sûre de vouloir faire ça ? » me demande-t-il tout en m'embrassant dans le cou.

« Ma mère et tous les autres à Cornish ont toujours cru que nous étions amants... Autant leur donner raison. »

« Oui, fait-il de la tête, donnons-leur raison. Nous avons assez attendu. »

Il glisse ses bras autour de ma taille et me soulève contre lui.

Le lendemain matin, Jamie se tourne vers moi et me dit :
« Nous devrions garder ça pour nous. »

« Mais pourquoi ? » (J'ai envie de le crier à la face du monde)

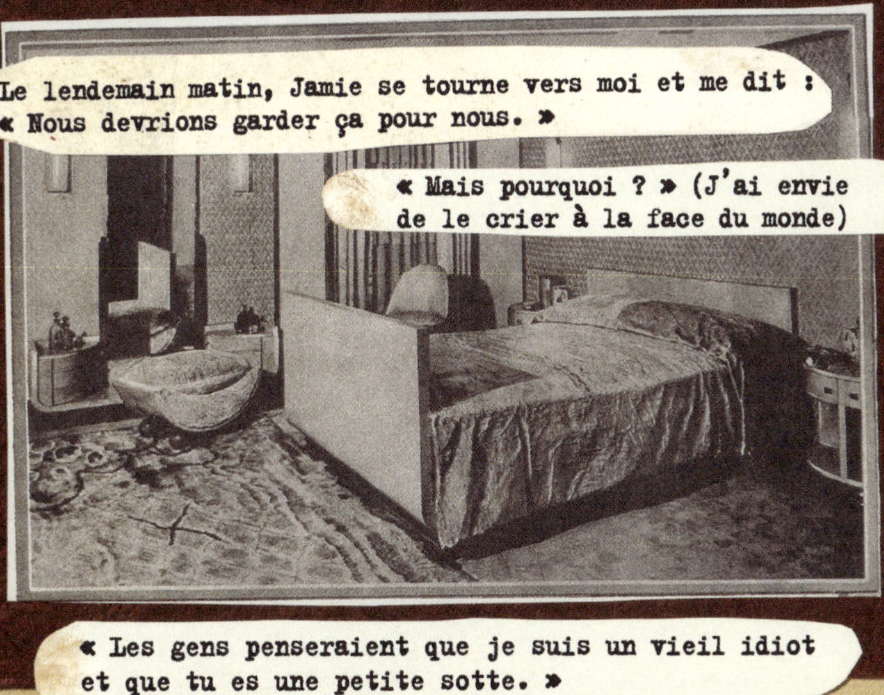

« Les gens penseraient que je suis un vieil idiot et que tu es une petite sotte. »

## Attractions parisiennes

Jamie et moi allons voir le dernier film avec Gloria Swanson au célèbre Moulin Rouge (qui a été transformé en cinéma).

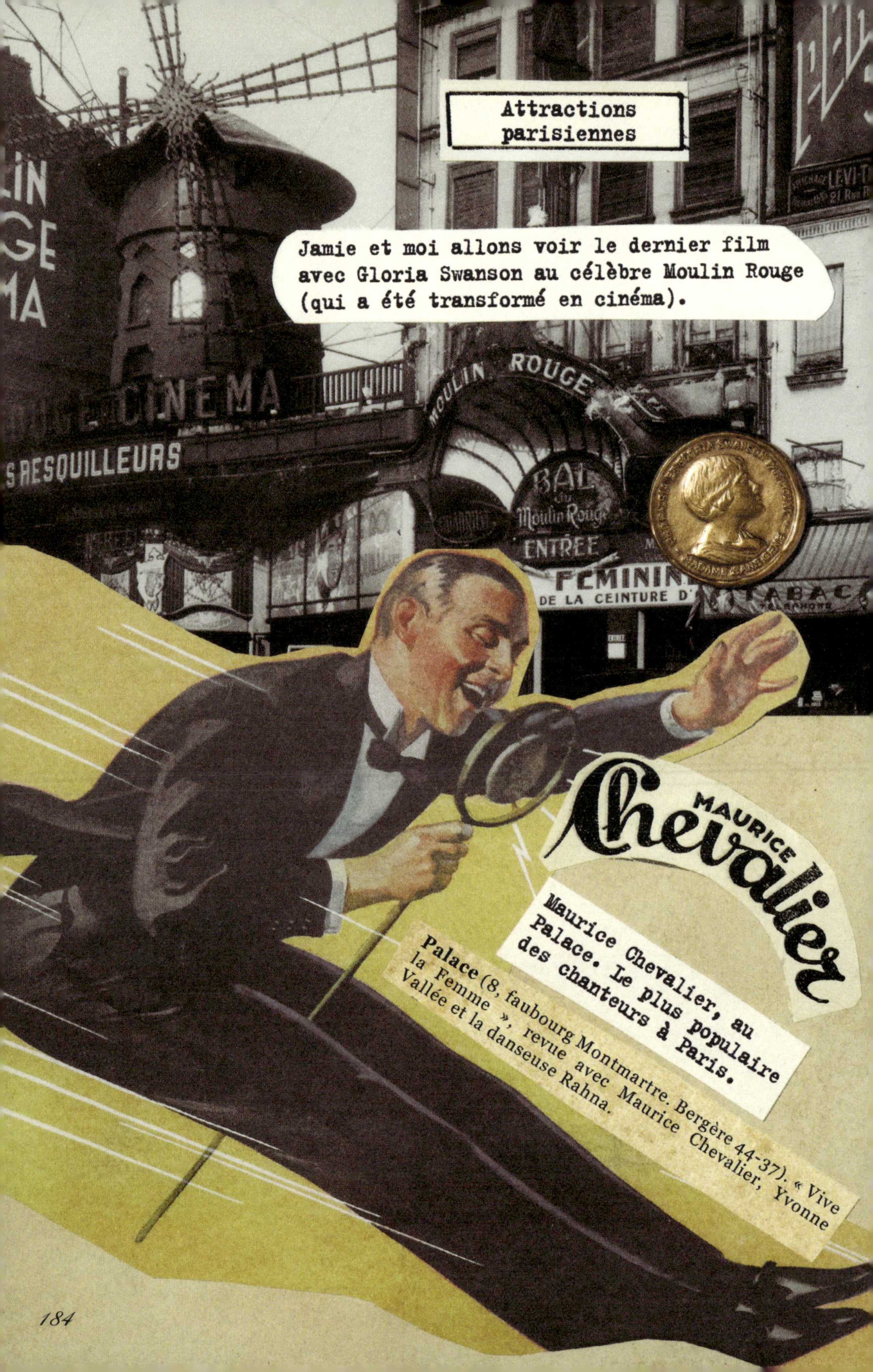


Maurice Chevalier, au Palace. Le plus populaire des chanteurs à Paris.

**Palace** (8, faubourg Montmartre. Bergère 44-37). « Vive la Femme », revue avec Maurice Chevalier, Yvonne Vallée et la danseuse Rahna.

Jamie et moi sommes, comme tout le monde à Paris, éblouis par Joséphine Baker aux Folies Bergère.

Nous allons voir la danseuse Anna Pavlova dans l'une de ses tournées d'adieu annuelles. À presque 50 ans, elle tient encore sur ses pointes et tournoie telle une poupée de bois, entre les mains de deux robustes danseurs.

**THE NEW YORKER**

**PARIS LETTER**

Mais la diabolique Joséphine Baker, « être prodigieux à la souplesse simienne, idole lubrique qui mène les hommes au désespoir et dont la splendeur éternelle tend vers le ridicule » – (suit un bloc, une synthèse spectaculaire de danseurs noirs, susceptibles d'apparaître dans nos seules revues médicales) – oui, la diabolique Joséphine Baker ne gambadera qu'aux Folies-Bergère.

FOLIES-BERGÈRE

VENDREDI SOIRÉE

Fauteuil de Galerie

RÉSERVÉ

N°

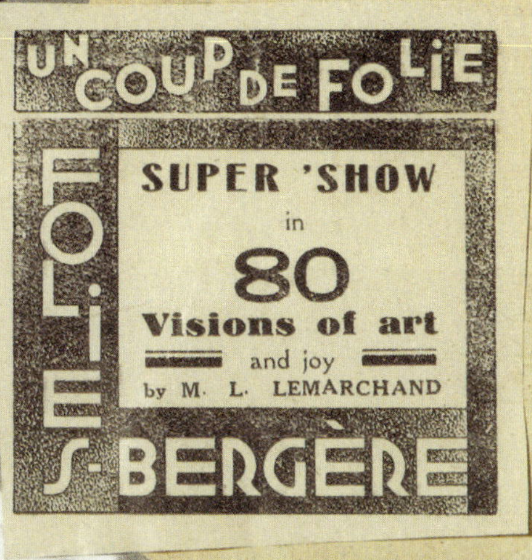

THE SUN ALSO RISES
Le roman d'Hemingway, très attendu/redouté, sur les expatriés a enfin paru. Tout le stock est parti en deux jours chez Shakespeare & Co., Brentano's et Smith's.
Dans tous les cafés, les gens prennent soin de montrer qu'ils le lisent, avec force pouffements de rire ou grognements entendus.
Maintenant que j'ai fait le lien entre les personnages du roman et les expats, j'ai vraiment le sentiment d'être un membre de Montparnasse à part entière.
ERNEST
Author of
SCRIBNERS

# PARIS LETTER

PARIS, LE 4 DÉCEMBRE 1926

La publication du *Soleil se lève aussi*, le roman à clef d'Ernest Hemingway, a fait des vagues à Montparnasse. Les quatre personnages principaux, originaires du quartier, sont facilement identifiables. La Britannique titrée déclassée et son ami écossais ; Frances, l'Américaine et son malchanceux de Robert Cohn lequel, avec son magazine d'art, était censé réinventer l'esthétisme. Tous ces personnages peuvent être vus là où Hemingway les place souvent : au Sélect. Sans vouloir extrapoler, on peut sans crainte affirmer que Donald Ogden Stewart n'est autre que Bill, celui qui aime les oiseaux empaillés. Sous le déguisement peu convaincant de Braddocks se cache sans aucun doute Ford Madox Ford, l'Anglais qui organise, comme le fait Mr. Ford, des soirées dansantes dans un bal musette derrière le Panthéon. Parce que c'est aussi tiré de la vie : *La Mort difficile* de René Crevel a également eu une critique. C'est un autre épisode de Montparnasse d'un amour américain et d'un désespoir français.

Ernest raconte fièrement que des gens veulent lui mettre leur poing dans la figure, mais la seule qui le souhaite sans aucun doute, c'est Hadley, la future ex-Mrs. Hemingway.

| Fiction | | Réalité |
|---|---|---|
| Jake Barnes (sans testicules) | = | Hemingway (avec testicules) |
| Robert Cohn (mauvais romancier qui geint à cause d'une fille) | = | Harold Loeb (pas si mauvais que ça) |
| Lady Brett Ashley (charmante alcoolique mondaine) | = | Lady Duff Twysden (alcoolique sans charme) |

Déjeuner avec la princesse Lorraine

À partir d'un des vieux manchons de la douairière, tout de velours brun brodé et de zibeline, Lorraine s'est fait une magnifique tenue de voyage pour cacher son état.
Elle me raconte les horreurs du clan Volkonsky. Aucun des hommes n'a jamais travaillé et ils s'en sortent grâce aux aumônes d'autres Russes blancs. Sa belle-mère affirme que travailler est « ordinaire ».
(Lorraine n'approuve pas mon idylle avec Jamie. « Il était temps que je me range, me lance-t-elle, mais ce n'est pas encore l'heure pour toi. »)

C'est Lindbergh !
"HE
La première fois que nous avons entendu le bulletin d'information sur le dernier « fou volant » en date qui tentait de traverser l'Atlantique, nous n'y avons pas prêté attention. Tant d'autres avaient essayé avant lui et disparu sans laisser de trace (y compris le grand Nungesser).
Mais lorsque Lindbergh, le pilote américain, est aperçu au-dessus de la Cornouaille puis de Cherbourg, tout le monde à Paris se précipite dans les rues pour le chercher dans le ciel.
Lorsque le bruit se répand qu'il a atterri au Bourget, on se croirait le soir de la Saint-Sylvestre ; le champagne gratuit coule à flots pour les Américains.
Gee, I'd like to meet him, I'd be proud to greet him
'Fly - ing Fool' they named him, Now the world's ac - claimed him

LO LINDY
Dès le lendemain, il y a déjà des chansons et des badges en son honneur.
NEW YORK 7.51 A.M. MAY 20TH PARIS 5.21 P.M. MAY 21ST
CAPTAIN CHARLES "PLUCKY" LINDBERGH
CAPT. LINDBERGH
— Dédié au —
CAPT. CHAS. A LINDBERG
LE HEROS VOLANT DE L'AMERIQUE
EN HOMMAGE A SON VOL
TRANSATLANTIQUE NON-STOP REUSSI
DE NEW YORK A PARIS
20 ET 21 MAI 1927
Personne n'est plus heureux que Jamie.
Sa revue ne s'appelle-t-elle pas Aero, après tout !

La jeunesse perdue de Jamie
Mais après coup, toute l'effervescence autour du héros Lindy rend Jamie d'humeur sombre.
« J'ai été jeune comme lui », dit-il.
Sous-entendu avant la guerre et son divorce. Lorsque tout semblait possible, même traverser l'Atlantique en biplan.
Et je dois avouer que dans la lumière crue de cette mi-journée, son visage apparaît bouffi et ridé. Les soirées arrosées à Montparnasse commencent à laisser des traces.
« Ne parle pas ainsi, je t'en prie », lui dis-je. « Regarde tout ce que tu as accompli. Tu as créé l'Aero, tu as donné une chance à des écrivains que personne d'autre n'avait osé publier. »
« Oui, justement. Prends l'Aero. À chaque trimestre, on plonge un peu plus dans le rouge. Je ne serai bientôt plus solvable. »

« Alors, fais autre chose. »

« Comme quoi, Frankie ? »

« Reprends ton métier d'avocat. »

« Je le détestais. »

« Arrête de t'apitoyer sur ton sort. Tu crois que ma mère aime être infirmière de nuit ? »

Il lève ses mains, l'air penaud.
« Tu as raison. J'arrête de geindre.
Ta mère est-elle déjà venue à Paris ? »

« Bien sûr que non. Le plus loin où elle soit jamais allée est à Poughkeepsie pour ma remise de diplôme. »

« Elle devrait alors venir te rendre visite. Je paierai son voyage. C'est le moins que je puisse faire après tout le chagrin que je lui ai causé. »

« Et comment vais-je lui expliquer ta résurrection ? »
(Je n'ai pas mentionné Jamie dans mes lettres, évidemment.)

« Nous trouverons bien quelque chose une fois qu'elle sera là. »

WRITE A LETT
HOME TO MOT
Expédié par M F. Pratt
Demt à Rue Odeon
Nº 12
L'inscription du nom et de l'adresse de l'expéditeur est facultative.
MARCELIN BERTHELOT
POSTES
90c
REPVBLIQVE FRANCAISE
POSTES
LE MOULIN D'ALPHONSE DAUDET
2F
FONTVIEILLE
POSTES
RF
20c
1836 ROUGET DE LISLE 1936
Madame Roxanne Pratt
Cornish Flat, New Hampshire
États-Unis
LA REMISE EST GRATUITE
Voir au verso.
Pour ouvrir la carte, déchirer en suivant le pointillé.
Le lendemain, j'envoie une invitation à ma mère.
Je lui écris que j'ai économisé beaucoup d'argent grâce à mon travail ; c'est donc moi qui régale.

Acceptera-t-elle jamais ma relation avec Jamie ? Sans doute pas.

Serait-elle plus heureuse s'il faisait de moi une honnête femme ? Sans doute pas.

(Serais-je plus heureuse ? Sans doute pas...)

Sa réponse

Frankie chérie,

Un voyage à Pariiis ! J'ai du mal à y croire ! Merci, ma petite. Je suis déjà en train de préparer la liste de tout ce que je veux faire. Voir la tour Eiffel, les vitraux de la Sainte-Chapelle, visiter la tombe de Louis Pasteur (le héros de ton père), manger des escargots (c'est aussi dégoûtant que ça en a l'air ?).

Tu as proposé que je vienne en juin, mais est-ce que je pourrais pas repousser un peu ? J'ai dû lever le pied depuis quelques mois à cause d'un mauvais rhume de poitrine, et le Dr Hardy m'a dit d'y aller doucement. Quand j'étais au plus mal, il voulait même faire venir une infirmière de nuit. Imagine un peu ! Les dames de St Luke se sont bien occupées de moi et m'ont apporté de l'extrait de bœuf à infuser. Je me sens un peu plus forte chaque jour.

Je suis très impatiente de venir et devrais pouvoir faire le voyage à l'automne. Tiens-toi prête ! Je vais t'épuiser.

Adieu...
et à la prochaine
Je montre la lettre de ma mère à Jamie. Dois-je m'inquiéter ?
Il la lit deux fois. « Ta mère ne semble pas le genre de personne à parler de sa santé à moins... »
« ... que ce ne soit grave », complété-je.
(J'essaie de ne pas penser à papa, qui souffrait d'un « rhume de poitrine » et qui décédait une semaine plus tard.)
« Tu devrais retourner chez ta mère. Viens. Je t'accompagne à l'agence Cunard et je t'achèterai un billet pour le premier paquebot en partance pour New York. »
Pourquoi si vite ? me demandé-je. S'inquiète-t-il pour ma mère ? Ou essaie-t-il de se débarrasser de moi ?)

Quatre jours plus tard, Jamie me conduit à Cherbourg et j'embarque à bord de l'Aquitania. Je pleure pendant la majeure partie de la traversée.

« Je serai bientôt de retour, dis-je, avec ma mère. »

« Peut-être », répond-il. S'ensuit un long silence qui sous-entend : « Ou peut-être pas ».

« Tu me manqueras », lui avoué-je.

« Tu me manques déjà. » Lui aussi a les larmes aux yeux.

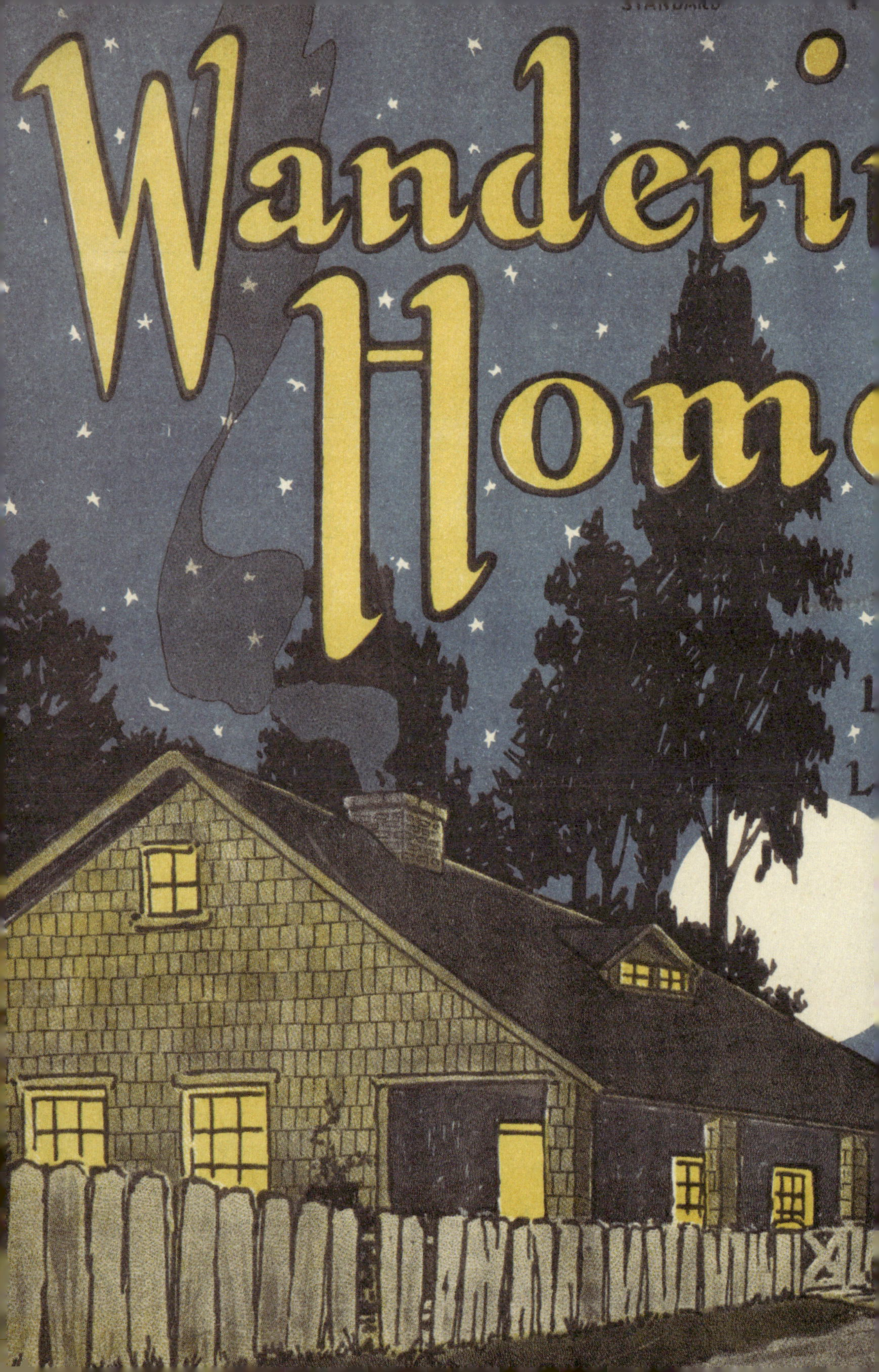
Wanderi
Hom

# Chapitre 6

Cornish,
New Hampshire

1927 - 1928

## Le retour de la fille prodigue

À présent que Wally et Teddy sont à l'université, la maison semble étrangement calme. Seule une lampe pâle est allumée dans la cuisine.

Envahi de mauvaises herbes, le jardin n'a jamais été aussi mal entretenu.

# Mother

Je trouve Mère dans une
chaise, assoupie, près
de la fenêtre.

Elle se réveille en sursaut
et tousse, d'une toux sèche
et inquiétante.
« Frankie, te voici.
Je t'attendais. »

Je m'agenouille à ses côtés et
je lui caresse sa joue amaigrie.
« Comment te sens-tu ? »

« On dirait bien
que je n'ai plus le même
allant qu'autrefois. »

La caisse à petit bois
pour le poêle est vide.

Notre dîner : un plat
froid de haricots blancs
à la sauce tomate.

L'hôpital
Le jour suivant, je conduis Mère à l'hôpital Mary Hitchcock de Dartmouth.
Published by The Dartmouth Book Store
Mary Hitchcock Hospital, Hanover, N. H.

(Même si elle ne cesse de répéter qu'elle est en voie de guérison.)
Elle est escortée jusqu'au cabinet du docteur et je reste dans les couloirs, à errer pendant une heure.
À l'époque de papa, ce n'était guère plus qu'un dispensaire.
Aujourd'hui, il y a un service de chirurgie, d'obstétrique, de pédiatrie, d'ophtalmologie et un laboratoire d'analyse. Le toit du bâtiment est recouvert de tuiles vertes.

Malgré cela, les gens tombent encore malades et certains ne s'en remettent pas.
« Pourquoi cela prend-il autant de temps ? » demandé-je à l'infirmière.
« Nous avons envoyé votre mère passer une radio », me répond-elle.
Comme je suis sur le point de pleurer, elle ajoute: « Ne vous inquiétez pas, elle est entre de bonnes mains. Le nouveau docteur vient du Massachusetts General Hospital. Il est très doué. »
Une demi-heure plus tard, un homme s'adresse à moi: « Viens dans mon bureau, Frankie. »
Je connais cette voix. C'est celle de Will Atwater, le meilleur élève du lycée de Cornish.

## Le diagnostic

Il me fait entrer et ferme la porte derrière lui : « Je voulais m'entretenir avec toi en privé. Ta mère finit de se rhabiller. »

La pièce est sombre. Seul le négatoscope est allumé. Il éclaire une radio des poumons.

« Nous avons trouvé une tache ici », me dit-il en indiquant une ombre floue sur le côté droit.

« Une tache ? » À l'entendre, ça semble un mot si anodin.

« La tuberculose. »

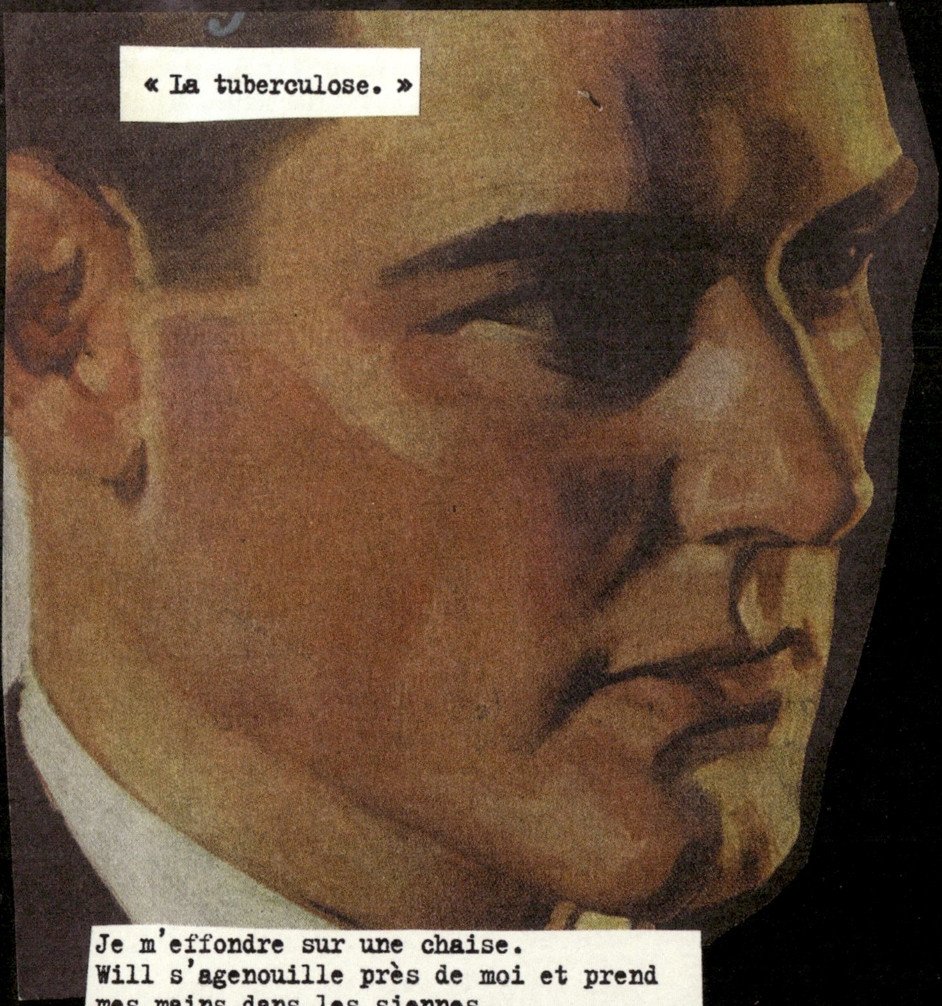

Je m'effondre sur une chaise.
Will s'agenouille près de moi et prend mes mains dans les siennes.

« Elle est encore petite. Je suis convaincu que ta mère peut guérir complètement », ajoute-t-il.

Je lève mes yeux vers son beau visage solennel. Ses diplômes sont accrochés au mur : Université de Harvard, mention bien Ecole de médecine de Harvard, Institut Pasteur

La dernière fois que je l'ai vu, c'est lorsque j'ai esquivé son baiser à la fin de notre premier rendez-vous désastreux. J'espère qu'il ne s'en souvient pas.

« Comment ? Dis-moi ce qu'il faut faire, » le prié-je.

Les instructions du Dr Atwater :

1. La TB s'attrape à cause de l'humidité, de mauvaises conditions de vie et d'un état d'épuisement. Pour l'éradiquer, il faut donc créer une « maison sanatorium ».

2. Le patient doit s'aliter pendant plusieurs semaines, voire plusieurs mois.

3. Le régime alimentaire doit être riche en calories. Prendre 3 repas et 2 encas consistants par jour. Consommer de grandes quantités de laitages et de légumes frais.

4. Enlever toutes les sources de moisissures et de fumée de la maison. Remplacer les poêles et les lampes au kérosène par le chauffage central et l'électricité.

5. Afin d'empêcher toute contagion chez le patient dont le système immunitaire est affaibli, opter pour un assainissement rigoureux de la salle de bains, des draps et des divers ustensiles de la maison.

Je m'occupe de Mère
Je suis les directives de Will pour transformer la maison en sanatorium.
GARDEN GUIDE
Je fais bouillir tous les draps 30 minutes dans de l'eau de Javel pour les assainir.
Au menu, des céréales complètes deux fois par jour.

Good Things to Eat
J'apprends à cuisiner (mal).
... Et aussi des salades, deux fois par jour.
MADE WITH
ARM & HAMMER BAKING SODA
Sans oublier le lait condensé pour les calories supplémentaires.
Libby's
Evaporated
Milk
J'apprends à jardiner (mal).

Je modernise la maison
avec l'aide de Will

Tous les deux ou trois jours, Will passe pour contrôler l'état de santé de mère,

ce qui est d'autant plus attentionné de sa part qu'il habite à Hanover, à 25 km d'ici.

Pour achever la transformation en sanatorium, il aurait fallu remplacer le poêle à bois (qui obstrue les poumons) par un fourneau adéquat. Ce que je n'ai pas réussi à faire.

« C'est bien trop cher », expliqué-je à Will.

Mère n'a plus que deux-trois mille dollars d'économie, et je n'ai pas réussi à épargner plus de $400 au cours de ma carrière éclair d'« éditrice ».

« Tu n'as qu'à en commander un chez Sears et je te l'installerai », me propose-t-il.

« Toi ? » lancé-je.

« Tu ne te souviens pas de l'émetteur radio que j'avais fabriqué en 5e ? Et les becs Bunsen que j'avais montés en cours de chimie ? »

Il me montre ses grandes mains expertes. « Je peux tout faire avec mes mains, et tu pourras m'assister. »

Ainsi, tous les samedis et dimanches pendant un mois, Will installe des conduits et des plaques de ventilation au sol pour un fourneau.

Et moi, diplômée de la promo de Vassar de 1924 et lauréate du prix Addison, j'apprends à souder et fixer des tuyaux.

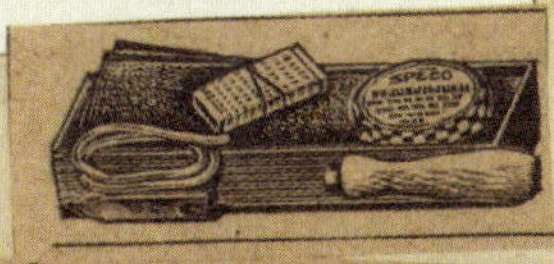

Une lettre de Jamie

J'écris de longues lettres à Jamie à propos du merveilleux docteur qui s'occupe de Mère. Je lui dis que je serai de retour à Paris au printemps.

Chère, chère Frankie,

En retour, je ne reçois en deux mois que quelques cartes au ton désinvolte.

Je te prie d'excuser mo
Comme tu le sais, je ne peux

Merci pour toutes tes charmantes lettres. Je les ai lues et relues et je suis désol

Et cette lettre...

avoir répondu plus tôt.

Alors, voici mes nouvelles. j'ai décidé de me séparer de la revue Aero et ai même trouvé quelqu'un d'assez dingue pour la racheter et m'en débarrasser. Nancy Cunard, l'héritière des paquebots, a pensé que détenir un magazine littéraire serait un passe-temps susceptible de la distraire.

Et maintenant, le plus dur, ce qui m'amène à t'écrire : ton retour à Paris. Si tu le fais pour être avec moi, alors, je t'en prie, ne reviens pas.

Tu es ce qu'il m'est arrivé de mieux. J'ai encore du mal à croire qu'une fille aussi épatante et sensée puisse être amoureuse de moi.

Mais qu'ai-je à te donner en retour ? D'autres soirées avec tous ces expats sans le sou ? Des promenades lugubres dans les cimetières parisiens ?

Tu mérites une vie meilleure. Un jeune mari (rien que de l'écrire, cela me rend jaloux). Des enfants. Un foyer. Tous ces plaisirs quotidiens que je semble incapable d'offrir (tu n'as qu'à demander à mon ex-femme).

Je te soupçonne d'être d'accord avec moi et même soulagée de recevoir ma bénédiction pour passer à autre chose.

Je vais maintenant poster cette lettre avant de changer d'avis...

Avec mon affection éternelle Love Always J.

J.

P.S.: Une dernière chose. Tu m'as conseillé de me lancer dans une nouvelle aventure, et c'est ce que j'ai fait. Je prends des cours de pilotage avec un ancien as décrépit à bord d'un biplace De Havilland sans verrière. Alors, pense à moi, en train d'effectuer des descentes en piqué et de voler autour de la tour Eiffel, comme Lindy.

Je me remets à écrire
Étrangement, je me sens étourdie, sereine, après avoir lu la lettre de Jamie.
J'entre dans le bureau poussiéreux de papa et j'enlève les livres de médecine de la table (peut-être devrais-je les donner à Will ?).
J'installe ma Corona devant la fenêtre et mon regard se perd dans la vallée, vers le mont Ascutney.
Un chemin coupe-feu sur le côté nord que je n'avais encore jamais remarqué. Je devrais aller m'y promener un de ces après-midi. Peut-être Will pourrait-il m'accompagner.

« Le pilote »
une nouvelle
de Frances Pratt
L. C. Smith & Corona Typewriters Inc
Je trouve une feuille de papier ministre jaunie dans le tiroir du bas et je la glisse dans la Corona.
Un homme d'une quarantaine d'années assiste à l'atterrissage de Lindy et va tenter par la suite de retrouver sa jeunesse en prenant des cours de pilotage. (Je suis le conseil d'Allegra et me sers de mon expérience pour trouver l'inspiration.) Devrais-je finir de manière tragique (son avion s'écrase) ? Non, ce sera poignant, mais avec une fin heureuse : il retourne auprès de sa femme qui l'a patiemment attendu.
J'écris ma nouvelle en quatre jours et je l'envoie au Saturday Evening Post (on peut toujours rêver, non ?).

Le second rendez-vous
Grosse effervescence ! Le cinéma de White River est désormais équipé pour diffuser des films parlants.
J'invite Will à la première du Chanteur de jazz avec Al Jolson.
« C'est moi qui offre », lui dis-je. « C'est le moins que je puisse faire pour l'installation du fourneau. »
« Pourtant, la dernière fois qu'on est allés ensemble au cinéma, ça ne s'est pas bien terminé. »
« Cette fois-ci, je saurai me tenir. » Promis.

ARNER BROS. SUPREME TRIUMP
AL JOLSON
THE JAZZ SINGER
La réalité du miraculeux
« Vitaphone » :
– Les lèvres de l'acteur bougent, mais la voix est décalée de 2 secondes
et l'enregistrement grésille.
Nous sommes d'accord – le cinéma parlant n'est qu'un feu de paille et les films muets sont bien plus romantiques.
MAY McAVOY
Après, nous nous rendons au Mayflower, le seul restaurant de White River qui ne soit pas un snack-bar.
Nous passons commande, puis un silence gênant s'installe. Au cours de ces dernières semaines, nos conversations tournaient autour de la santé de Mère et revêtait un caractère d'urgence.
Based upon the play by
DIRECTED BY ALAN CROSLAND

## Le parlant

Puis, nous nous détendons et nous discutons comme du temps où nous allions ensemble à la cantine du lycée de Cornish.

Je lui raconte mes débuts laborieux à Vassar, lui parle des séduisants Wolf, et de mes expériences guère prestigieuses à True Story et à l'Aero.

« Qu'écris-tu si frénétiquement sur cette machine à écrire ? » me demande-t-il.

« Ma deuxième nouvelle, sachant qu'aucun magazine n'a encore voulu publier la première. »

« Tu y arriveras. J'en suis persuadé », poursuit-il. « Tu avais tout pour réussir, tu te souviens ? »

En réalité, c'était lui qui avait toutes les chances de réussir.

Je lui demande pourquoi il a choisi de devenir médecin.

« À cause de ton père. » À 8 ans, Will a attrapé la rougeole et mon père est allé le voir. Il lui a montré tous les instruments que contenait sa mallette et l'a laissé écouter les battements de son propre cœur avec le stéthoscope.

« Alors, as-tu déjà été amoureuse ? » me demande-t-il.
« J'ai cru que je l'étais. » Et je lui parle de mon histoire avec Jamie. Sans lui cacher quoi que ce soit.
« Tu ne retourneras pas à Paris ? »
« Non. »
« Bien.
Tu m'en vois ravi. »
« Et toi, Will, as-tu déjà été amoureux ? »
« Comme toi, j'ai cru que je l'étais. » De la sœur de son camarade de chambre, une jeune fille saine et équilibrée qui a remporté des régates et des tournois de tennis. Mais elle ne voulait pas que Will devienne médecin à cause des microbes qu'il pourrait attraper en touchant les malades.
« J'ai donc rompu », poursuit-il.
« Bien,
tu m'en vois ravie. »
Lorsqu'il me dépose chez moi, il se penche pour m'embrasser. « Promets-moi de ne pas détourner la tête. »
« Je te le promets. »

Au fil des saisons,
je passe de plus en plus de temps avec Will.
Nous allons
à un match
de football.
1927
Sec. 11
Row D
No. 16
Dartmouth versus Harvard Oct.22
H
D

Will m'apprend
à skier
Je me familiarise avec la nouvelle méthode autrichienne pour tourner, le virage chasse-neige.

# THE SATURDAY EVENING POST

Founded A°D! 1728 by Benj. Franklin

**Enfin, le succès**

Le 13 novembre 1927

Frances Pratt
Cornish Flat
New Hampshire

Chère Mlle Pratt,

Nous vous renvoyons « Le pilote ».
Malheureusement, c... nouvelle ne correspond pas
à l'heure actu... ...oins éditoriaux.

Le Saturday Evening Post refuse « Le pilote ».

**Libert**

*A Weekly for Everybody*
247 Park Avenue
NEW YORK, N. Y.

Tout comme Liberty, Cosmopolitan, et McLure's.

Peut-être devrais-je boire un Coca-Cola quand j'écris.

# Collier's

THE NATIONAL WEEKLY

William L. Chenery, *Editor*

Frances Pratt
Cornish Flat
New Hampshire

Le 19 janvier 1928

Chère Mlle Pratt,

Mais Collier's l'accepte !

Nous sommes ravis d'accepter votre nouvelle « Le pilote » pour publication.
Votre description des rues de Paris après l'atterrissage du capitaine Lindbergh est aussi saisissante que si vous aviez réellement assisté à l'événement.
Nous la ferons paraître dans le numéro du 24 mai 1928. Vous trouverez ci-joint un chèque de $400.
Nous serions vivement intéressés de recevoir d'autres de vos nouvelles.

Avec nos meilleurs sentiments,

C'est l'annonceur publicitaire le plus important de Collier's

La Saint-Valentin

Will offre à Mère
une boîte de chocolats
Whitman's Sampler.

À la voir mordre dans
un caramel, on la dirait
en parfaite santé.

(Parfois, je me demande si
elle n'est pas tombée malade
exprès pour m'obliger à quitter
Paris et me pousser dans les
bras de Will.)

## Éclipse de soleil

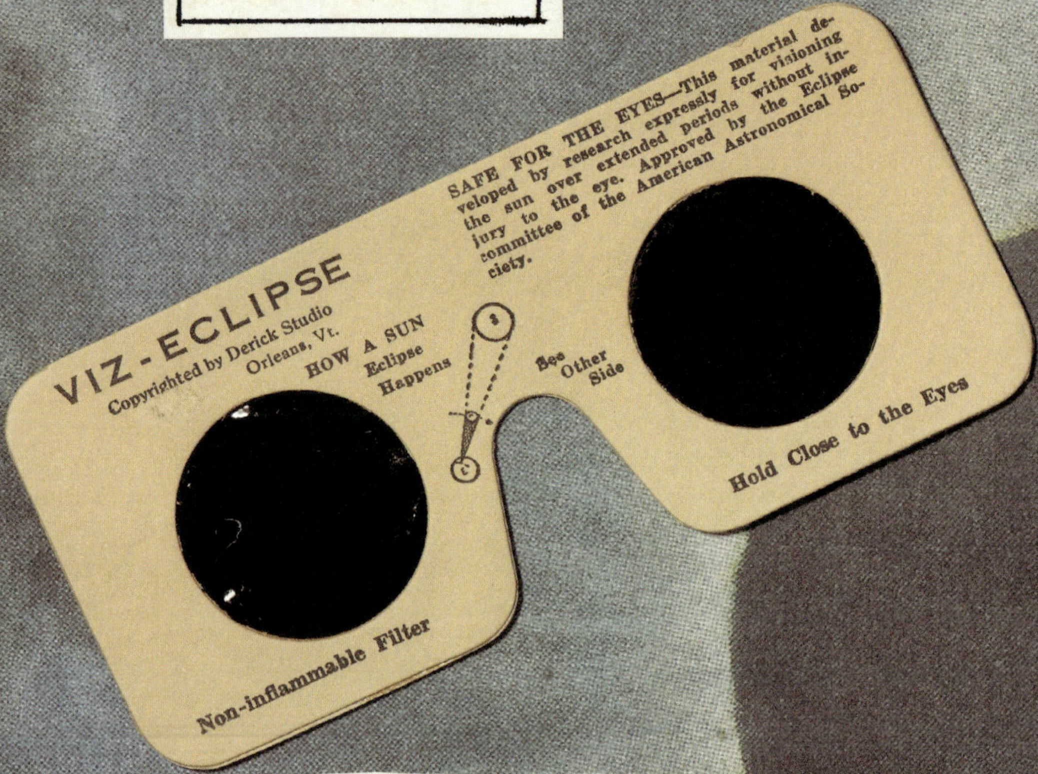


Le 19 mai 1928 à 14 h 20,
il y aura une éclipse totale
du soleil au-dessus
de la Nouvelle-Angleterre.

Le laboratoire Hanover
distribue des lunettes gratuites
qui protègent les yeux
des rayons nocifs.

### LE SPECTACLE DE LA COURONNE

Le soleil est enveloppé d'un halo d'une telle rareté qu'il est invisible en plein soleil, mais lorsque la lumière directe est obscurcie par la lune, nous apercevons ce halo, ou cette couronne, orné de rayons brillant d'une lumière pâle verdâtre.

Will et moi emportons un pique-nique jusqu'au sommet du mont Ascutney pour avoir la meilleure vue.

Tandis que l'ombre inquiétante recouvre le soleil, notre coin devient glacial.

Nous passons une couverture sur nos épaules et Will me serre fort dans ses bras.

La demande en mariage
Quand l'ombre se retire, le soleil semble un miracle. Tout reprend sa place.
Will met la main dans sa poche et en sort une boîte en velours qu'il me tend.

ma réponse

## La préparation du mariage

Le mariage aura lieu le 18 août dans notre jardin. Wally et Teddy me conduiront au bras de mon futur époux.

Bessie et Lizzie seront mes demoiselles d'honneur.

Lorraine sera ma dame d'honneur (Alexei et leurs deux garçons seront aussi présents).

Lorraine s'est proposée de coudre toutes les robes.

la robe de la demoiselle d'honneur

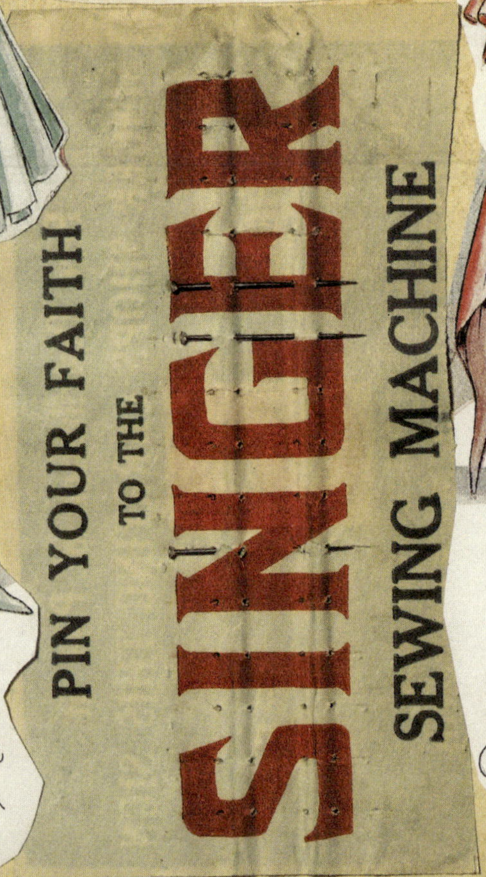

la robe de la mère de la mariée

Pour moi, elle a choisi le patron d'une robe Chanel plutôt audacieuse. « Tout Cornish va en tomber à la renverse », me lance-t-elle.
satin de soie en ivoire commandé spécialement de Paris
cinq mètres de tulle de soie pour le voile
décolleté
bras nus
roses en appliqué à la taille

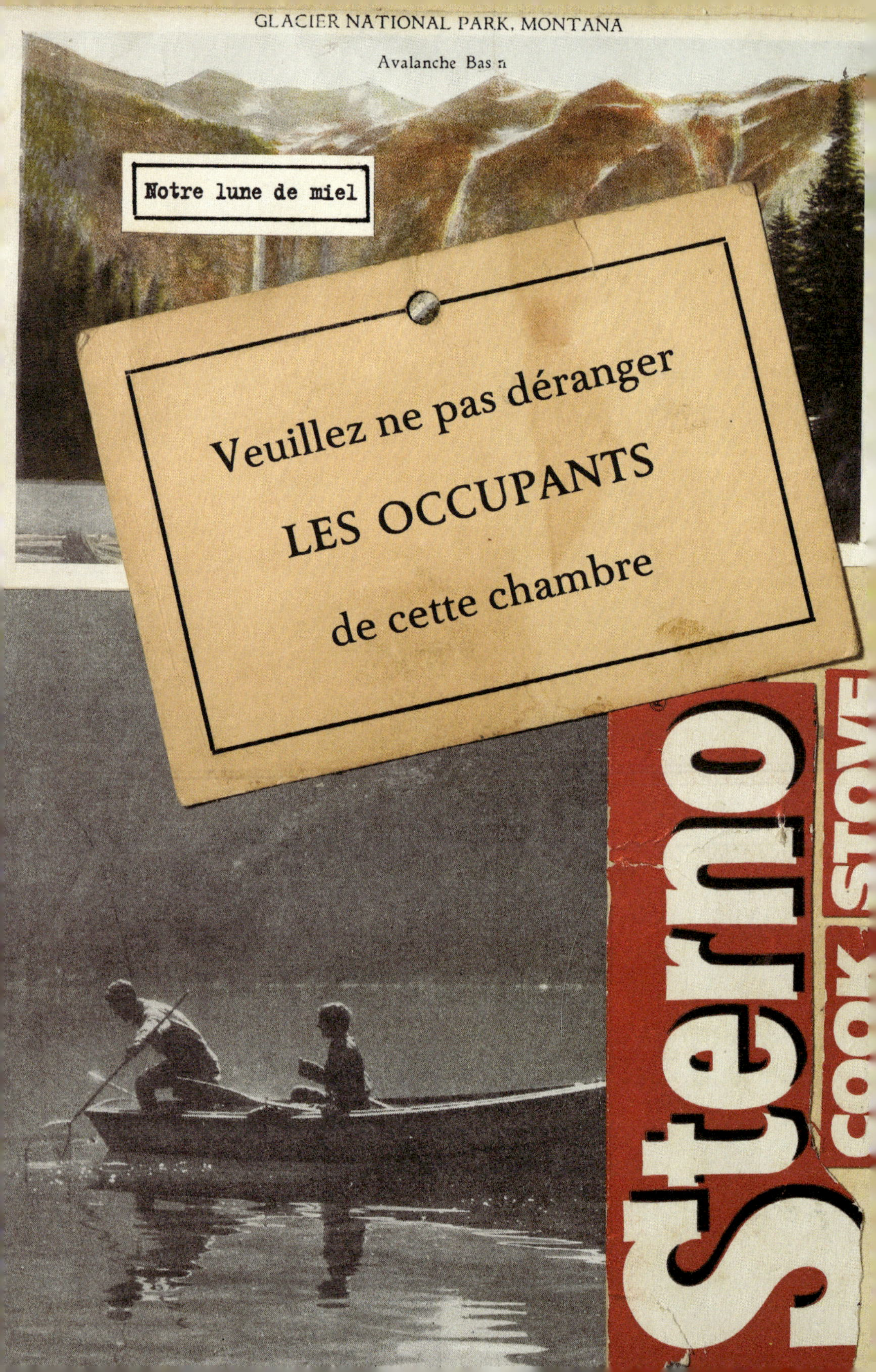
GLACIER NATIONAL PARK, MONTANA
Avalanche Bas n
Notre lune de miel
Veuillez ne pas déranger
LES OCCUPANTS
de cette chambre
Sterno
COOK STOVE

END
9
There is sunshine behind the clouds.
Your troubles will soon disappear.
Live your own life.
9

# REMERCIEMENTS

Mes plus sincères remerciements à :

Ma mère, Sylvia Peter Preston (1918-2011) pour m'avoir inspirée avec ses propres journaux ainsi que les souvenirs et nombreux objets venant de sa marraine, Sylvia Beach.

Mes premiers lecteurs : Rosamond Casey, Chris Tilghman, Donna Lucey, Henry Wiencek, et Mameve Medwed.

Luke Tilghman, Margo Beck, et Trisha Orr pour leur aide indispensable.

Mon agent, le sage et infatigable Henry Dunow.

Ma fantastique éditrice Lee Boudreaux et l'excellente équipe d'Ecco/ HarperCollins : Abigail Holstein, Mary Austin Speaker, Alison Forner, Daniel Halpern, Rachel Bressler, Ben Tomek, Michael McKenzie, Kim Lewis, Andrea Molitor, Eric Levy, Mark Ferguson, Andrea Rosen, Doug Jones, Carla Clifford, Kate Pereira, Jeanette Zwart, et Catherine Barbosa-Ross.

Richard Sheaff pour les pièces de choix de sa collection éphémère.

Deborah Paddock pour le journal de Dartmouth de 1927 de son père Erwin.

Dean Rogers aux archives de l'université de Vassar.

La Fondation Ragdale et le Centre des arts créatifs de Virginie pour leur accueil.

Mes fils, Matthew, Luke, et Will Tilghman, pour n'avoir jamais cessé d'encourager leur mère.

Et à plus de 300 vendeurs d'eBay. Note A+++.

## DU MÊME AUTEUR

*Lucie efface tout*, NiL, 2001.

## DÉDIÉ À

mes sœurs
Margo & Marion

Design : Caroline Preston
Pages de garde : images extraites de *Baroque,* publié par Pepin Press, www.pepinpress.com
Photographie : Ray Buonnano
Graphisme pour l'édition français : Anne-Cécile Ferron

Titre original : THE SCRAPBOOK OF FRANKIE PRATT


---

ISBN : 978-2-84111-594-5
(éd originale : ISBN 978-0-06-196690-3, HarperCollins Publishers, New York)
Traduction française : Éditions NiL, S.A., Paris, 2012